BIANCA NAWRATH
ANNA KNIAZIEVA

Wann hat das Konzept der Grenze eigentlich sein letztes Update erhalten?

HarperCollins

1. Auflage 2023
© 2023 by Bianca Nawrath & Anna Kniazieva
© 2023 by HarperCollins in der
Verlagsgruppe HarperCollins Deutschland GmbH, Hamburg
Umschlaggestaltung von Dominic Wilhelm,
wilhelm typo grafisch, Zürich
Umschlagabbildung: Vögel: shutterstock_622498271
Hauptmotiv: shutterstock_2175732641
Gesetzt aus der Arno
von GGP Media GmbH, Pößneck
Druck und Bindung von CPI books GmbH, Leck
Printed in Germany
ISBN 978-3-365-00319-0
www.harpercollins.de

>>Eine Welt, die Platz für die Öffentlichkeit haben soll, kann nicht nur für eine Generation errichtet oder nur für die Lebenden geplant sein; sie muss die Lebensspanne sterblicher Menschen übersteigen.<<

HANNAH ARENDT

>>Hey Gewissen – bin ich tot?<<

DORIE IN *FINDET NEMO*

25. März 2022, Tag 30
Für die Anmeldung ihres Termins in der Ausländerbehörde am Freitag sehe ich zum ersten Mal ihren Pass. Nicht nur, dass sie drei Namen hat, jetzt ist sie auch noch fünf Jahre älter, als sie gesagt hat. Meine neue Mitbewohnerin ist eine Geheimagentin. Oder Spiderwoman. Oder ich habe meine Erklärung dafür, warum sie ukrainische Frauen als zu abhängig von ihrer Außenwirkung durchschaut. Man erkennt in anderen Menschen die Macken und Märchen, die Stärken und Schwächen als Erstes, mit denen man selbst durchs Leben geht.

Nach dem Herumplagen mit Anmeldeformularen und Infobroschüren lesen wir gemeinsam die Nachrichten, was fast die Sehnsucht nach dem vorhergegangenen Beamtendeutsch in mir weckt. Die russische Armee kommt vor Kyiv* weiterhin nicht voran, zur Abwechslung wirft sie jetzt Bomben auf Wohnhäuser und Einkaufszentren. »Schau mal«, sagt Ann, Anna, Hanna, Ganna oder wie auch immer sie heißen mag, auf Englisch und zeigt mir ein Foto auf ihrem Handy. Schwarze Rauchschwaden, dunkelgraue Betonwüste.

---

* »Kyjiw« ist die ukrainische Schreib- und Sprechweise der Hauptstadt, »Kiew« die russische. Letztere wird von manchen Ukrainer:innen als Anspielung auf die frühere Vorherrschaft Russlands gedeutet, deshalb entscheiden wir uns bewusst für die eingedeutschte ukrainische Version (deshalb eingedeutscht, um unseren deutschen Zungen die Aussprache zu erleichtern).

»Das ist ein Fitnessstudio in einem kleinen Dorf in der Nähe von Kyiv. Gar nicht lange her, dass ich mal da war.«

In Russland sind Facebook und Instagram seit heute Nachmittag verboten. Good job, Putin. Den Wahnsinn hast du im Griff. Oder er dich. Währenddessen sind sich im Rest der Welt alle einig. Es hängen keine Friedensflaggen von den Balkonen, alle bekennen Blau-Gelb.

25. Februar 2022, Tag 2

»Wenn sie erst mal hier sind, werden sie bleiben.« Meine Mutter weiß, wovon sie spricht. Sie ist auch gekommen, um zu bleiben. »Millionen Menschen aus der Ukraine werden fliehen. Und auch wenn viele Familie in Polen haben, bei der sie unterkommen – Deutschland ist ein attraktives Ziel.«

»Es klingt komisch, wenn du das so sagst, Mama.« Ich bereue bereits, auf dem Weg zur Arbeit noch mal haltgemacht zu haben. Offiziell, um meine Tupperdosen, inoffiziell, um mir eine Umarmung abzuholen.

Gestern, am 24. Februar 2022, startete Putin seinen Angriffskrieg der Russischen Föderation gegen den souveränen Nachbarstaat Ukraine. An diesem Tag stand ich am Set eines Weihnachtsfilms und drehte 43-mal dieselbe Glühbirne in ein Gewinde. »Cut! Noch mal auf Anfang – und bitte.«

Während Menschen zu verstehen versuchten, was der Kreml-Chef und sein unberechenbares Ego planen, wiederholte ich die immer gleichen drei Zeilen, die jemand anderes für mich geschrieben hat. Genauso, wie gerade unzählige Menschen in einem Krieg sterben, den jemand anderes für sie begonnen hat. Während Menschen aus der Ukraine flohen, kehrte ich, vom Set-Fahrer chauffiert, in meine beheizte, mit Fotos und Mamas Kissen ausstaffierte Zweizimmerwohnung zurück.

Besagter Set-Fahrer steht in zehn Minuten vor der Tür meiner Eltern, um mich für den heutigen Drehtag abzuholen.

»Wovor hast du denn Angst?« Ich werde es bereuen, dass ich Mama diese Frage stelle, anstatt das RTL-Morgenmagazin lauter zu stellen. Selbst da sprechen sie zur Abwechslung nicht über die Royals, sondern über Ukraine–Russland. »Noch wissen wir nicht, wie viele Menschen fliehen und …«

»Ich habe nichts gegen sie, solange sie sich benehmen.«

26. März 2022, Tag 31

Anna: »Viele Menschen aus Syrien leben hier, stimmt das? Wie benehmen die sich?«

Ich: »Das kann ich, ehrlich gesagt, nicht beantworten, weil ich kaum Berührungspunkte mit ihnen habe. Habt ihr keine Syrerinnen und Syrer in der Ukraine?«

Anna: »Doch, doch. Auch Doktoren aus arabischen Ländern. Aber hier leben viel mehr, denke ich. Hast du manchmal Angst?«

Ich: »Wovor sollte ich denn Angst haben?«

Sie zuckt mit den Schultern.

Ich: »Weißt du, ich finde, dass Deutschland nicht immer gut mit Menschen umgeht, die hier einwandern wollen oder müssen.« Das Wort »Souveränität« eignet sich ganz wundervoll, um staatliche Verantwortungslosigkeit zu verschleiern. Deutschlands Anspruch an Souveränität sollte nicht im Schutz des Inneren durch Abschottung zum selbst definierten Äußeren bestehen, sondern im Schutz der Menschlichkeit. Doch wenn Menschen ins Land gelassen werden, dann ausgewählt und um unterbezahlt zu arbeiten. Dennoch wurden die vornehmlich aus Syrien stammenden Geflüchteten während *unserer* letzten großen *Flüchtlingskrise* (Begriffsekel) nicht ganz so herzlich aufgenommen.

»2015 war hier eine ganz andere Stimmung«, fasse ich zusammen.

»2015?« Anna hebt fragend die Augenbrauen.

»Wir hatten eine große Krise.«

»Krise?«

»Ich meine ... ehm, viele Geflohene, viele Menschen sind nach Deutschland gezogen. Und einige Deutsche hatten davor Angst.«

Schweigen.

Anna: »Es leben auch viele Homosexuelle in Berlin. Und Türken, Asiaten und so. Wie in einem Netflixfilm.«

»Du erinnerst mich irgendwie an meine Eltern ...«

»Es ist ja nicht so, dass ich sie nicht mag!«

»Ja, ich weiß. Ich habe nur das Gefühl, dass die jüngeren Generationen von Berliner:innen mehr daran gewöhnt sind, Menschen aus anderen Ländern zu sehen.«

26. Februar 2022, Tag 3

Zwei Taxifahrer winken mir zu. Rechts Bierbauch, blond, blass, biodeutsch. Links Bierbauch, buschige Brauen, sonnengeküsst, Türkeitrikot. Intuitiv richten sich meine Zehenspitzen rechtsbündig aus. Zu diesem Zeitpunkt weiß ich leider noch nicht, *wie* rechts.

Nach fünf Minuten Fahrt bitte ich den Taxifahrer, das Radio lauter zu drehen, um die Nachrichten besser verstehen zu können. Egal, ob Politik-, Kultur- oder Sportteil, es geht um den Krieg.

»Sehen Se ma.« Der Taxifahrer deutet mit dem Wurstfinger auf den Lautsprecher. Im Gegensatz zum Fahrzeug nimmt das Gespräch eine unerwartete Wendung. »Jetzt komm se wieder alle. Die lügen doch, wenn se behaupten, am Ende wieder zurückzuwolln.«

Leider ist er trotz FFP2-Maske gut zu verstehen. Und leider, leider fehlen mir die Gegenargumente. Nicht, weil es sie nicht gibt, sondern weil ich sie zu wenig geschärft habe. In meiner Bubble bin ich solchen Meinungen nicht ausgesetzt. »Haben wir mit den Syrern und Afghanen und wat weeß ick nich allet doch jesehen.« Der Mann scheint gern mehrere Themen auf einmal abzufrühstücken und keines davon richtig. Schade, dass die rote Ampel, an der wir halten, nicht für sein Gerede gilt. »Aber schon interessant, datt jetzt nur Frauen und Kinder anreisen.« Das Wort »Anreise« hat in diesem Kontext so viel verloren wie Logik in seiner Argumentation. »Von da unten sind's ja viel mehr Männer, die kommen und dann behaupten, Familie nachzuholen. Haha. Suchen sich hier 'ne neue Ische und vergessen Frauen und Kinder.«

Eigentlich muss ich mich darauf gar nicht einlassen, ich werde den Taxifahrer ohnehin nicht bekehren können. Es ist auch nicht mein Job. Ich sollte um einen anderen Radiosender bitten, einen, in dem einfach nur Musik läuft.

»Ich sehe das anders«, antworte ich. »Erstens ist so eine Reise gefährlich, und vielleicht wollen die Männer ihre Frauen und Kinder der Gefahr nicht aussetzen, zweitens flüchten sie vor dem Einsatz im Krieg, der …«

»Im Krieg lebt man nich, im Krieg stirbt man.«

»Eben.«

»Wir ham '39 wenigstens noch richtig jekämpft.«

»Wir?«

»Unsere Väter. Dit war'n richtige Männer.« Der Taxifahrer bedient den Schaltknüppel so energisch, als stellte er sich vor, es sei meine Gurgel.

»Wat da ausm Süden kommt, ist kriminell. So is dit nämlich.«

»Also, ich finde nicht, dass man das so …«

»Wir können doch nich die janze Welt uffnehmen!« Das Gespräch wird nicht besser, dem Taxifahrer gelingt es sogar, den Satz »Ick sach's, wie's is: Ick wähl AfD« unterzubringen.

»Einbahnstraße«, erwidere ich daraufhin und klemme mir die Maske so unter die Brille, dass sie nicht beschlägt.

»Wat?«

»Das ist eine Einbahnstraße.« Ich deute auf das Schild.

Als das Navi endlich das Erreichen des Zielorts verkündet, korrigiert sich die Intuition meiner Zehenspitzen und richtet sich auf Flucht aus. Ich habe den einen Fuß schon aus der Tür, als dem Taxifahrer auffällt, nicht das letzte Wort zu haben.

»Werden Se erst mal so alt wie icke, dann reden wa noch ma«, ruft er mir, sich versonnen die Wampe streichelnd, hinterher. »Dit sind allet Schmarotzer!«

Hallo, ich bin Anna

Am Morgen des 24. Februar 2022 wurde ich mit einem Anruf von meinem Vater geweckt. Er sagte: »Steh auf, Tochter, der Krieg hat begonnen!« Ich sprang aus dem Bett und fing an, meine Sachen zusammenzusuchen, meine Papiere, alle meine Hundeutensilien. Ich habe meine Mutter und andere Verwandte angerufen. Meine Mutter war ganz ruhig und sagte mir, ich solle mir keine Sorgen machen, außer den militärischen Einrichtungen sei nichts betroffen. Aber ich hatte nur eines im Sinn – so nah wie möglich an die Grenze zur EU zu kommen. Das brachte mich letztendlich nach Berlin und zu Bianca. In diesem Buch möchte ich den Deutschen wie auch den Polinnen und Polen dafür danken, dass sie Menschen aus der Ukraine in ihre Familien und Häuser aufgenommen haben. Genauso all denen, die mit einem freundlichen Wort geholfen haben, die mir den Weg zur nächsten Apotheke zeigten oder im Supermarkt nicht die Geduld verloren, wenn ich nicht verstand, dass ich keinen Blumenkohl auf der Waage finden würde, weil er pro Stück bezahlt wird.

Ich rede nicht gern über mich, aber Bianca sagt, ich soll an dieser Stelle noch ein paar Sachen schreiben, die nichts mit meiner Fluchtgeschichte zu tun haben, weil ich nicht nur meine Fluchtgeschichte bin.

Also: Ich bin gern allein und eher introvertiert. Deshalb verbringe ich viel Zeit in der Natur, da kann ich gut Energievorräte aufladen. Wenn ich Zeit mit Freundinnen und Freunden verbringe, dann im kleinen Kreis. Ich brauche nur wenige Menschen in meinem Umfeld, aber die möchte ich richtig kennenlernen. Tagsüber treibe ich Sport, vor allem Yoga macht mir Freude. Am Abend will ich es gemütlich haben, vielleicht einen guten Thriller gucken und eine Pizza warm machen. Es ist wie mit den Märchen, die uns in der Kindheit vorgelesen wurden. In der echten Welt fühlt man sich umso sicherer, je größer der Horror in der Geschichte ist. Wenn mein Hund Oscar dann noch auf meinem Schoß sitzt und kuscheln will, anstatt wie wild durch die Wohnung zu rennen, um bespaßt zu werden, ist es noch schöner.

Hallo, ich bin Bianca

Ich bin Autorin und Schauspielerin, in Berlin geboren, mit polnischen Wurzeln. Außerdem bin ich Frühaufsteherin, passionierte Gastgeberin für Spieleabende, vernarrt ins Fahrradfahren und in Schwarzkopfschafe, abhängig von Kaffee und empfänglich für Flachwitze. Dass ich mich zuerst über meinen Beruf vorstelle, zeigt, wie deutsch ich bin. Dass ich mit Hobbys und Schmarrn weitermachen kann, ist mein Privileg. Etwas, was mir durch den Austausch mit Anna umso bewusster geworden ist. Unser Zusammenleben führte nicht nur dazu, dass ich mit ihr eine wahnsinnig starke Frau kennenlernte, sondern auch, mich selbst neu einzuschätzen. Der Krieg musste mir erst mal näher kommen, damit ich bereit war, einen Schritt aus meiner Komfortzone heraus zu machen und mich maßgeblich mit dem Rassismus in mir auseinanderzusetzen.

Anna gibt mir die Chance, mir ein Narrativ für mich selbst zu basteln, das mich mit Stolz erfüllt. Nicht nur die Tatsache, dass wir uns über das Internet kennenlernten, macht unsere Geschichte zu einer modern lovestory, sondern auch der Umstand, dass hier weibliche Kraft, politische Jugend, Migration als Protestform und Gespräche über vegane Fleischersatzprodukte zusammenkommen.

Doch es wird auf den folgenden Seiten zum Glück viel mehr Spaß gehabt als kritisiert. Es wird nicht erst gelernt und dann gehandelt, sondern aus dem Handeln gelernt. Nicht nur, *was* man lernt, kann sich unterscheiden, sondern auch, *wie* man lernt. (Mein Kopf fühlt sich im besten Sinn so wohlgenährt an wie noch nie, auch wenn ich mit ziemlich großer Sicherheit den, im Vergleich zu Anna, spaßigeren Lernteil mitnehmen durfte. Angst- und sorgenfrei, ausgesucht und gefühlsbasiert.)

Durch und mit Anna erfahre ich eine neue Art des Lernens, fernab meiner Schmöker. Ich lerne, dass Lernen »Verlernen« beinhalten kann. Irgendwo zwischen Aktivismus, Erfahrung und Leben *etabliert* sich in mir *empfundenes* Wissen über Gerechtigkeit und aktiviert kritische Denkstrukturen besser und dauerhafter, als Bücher das je konnten. Außerdem habe ich gesunde Selbstgerechtigkeit und Wut getankt. Selbstwirksamkeit ein- und Hoffnung ausgeatmet. Nicht umsonst gibt es ein Wort dafür, dass man Gelerntes vergisst, aber kein Wort dafür, dass man Gefühle verliert. Menschen verlernen, aber sie verfühlen nicht. Erkenntnisse haben keine Chance gegen die Gefühle, die in unseren Mägen knurren. Weder meine geliebte Arbeit noch meine daraus erwachsenen Möglichkeiten, Dinge zu kaufen, haben mir so viel (Achtung, überstrapaziertes Wort) Selbstwirksamkeit geschenkt wie die Zeit mit Anna, in der ich mich als Teil einer Zivilgesellschaft begreifen darf.

Es wäre wahrscheinlich zu einfach, alles auf den Kapitalismus zu schieben. Aber ich werde das Gefühl nicht los, dass ich mich bereitwillig von ihm habe bescheißen lassen. So von Romantik geblendet bin selbst ich nicht, dass ich verleugnen würde, dass Geld eine Notwendigkeit ist. In einer kapitalistisch strukturierten Welt muss man es sich leisten können, zu machen, was man will. Ob und wie sich dieser Trend zurückdrehen lässt, können andere besser erklären. Sorry, Kapitalismus, es ist 2022. Feste Beziehungskonstrukte waren gestern, offen ist in. Ich will mich nicht über mein neues Smartphone definieren, das mich modern und erfolgreich aussehen lässt, ich will mich über uns definieren. Das Uns, in dem es in diesem Buch geht, sind Anna und ich.

Diese unsere Erfahrung ist nicht auf alle übertragbar. Es ist nicht an mir, über Anna zu urteilen, doch an dieser Stelle erlaubt sie es mir, deshalb wage ich mich küchenpsychologisch so weit vor, zu sagen, dass Anna eine sehr resiliente Person ist. Es kann leichter, schwieriger, auf viele Arten anders laufen für andere Menschen. Doch wenn jede und jeder *unsere* Geschichte erleben würde statt einer eigenen, wäre das ja auch ganz schön langweilig.

Ich habe dieses Buch auch geschrieben, um damit anzugeben, dass ich etwas Gutes getan habe, dass ich hilfsbereit und ein guter Mensch bin (meistens). Ein Fortschritt, ich habe nämlich schon mit wesentlich unwichtigeren Dingen angegeben. Doch es gibt gerade ganz viele Menschen, die sich ebenso dazu entschieden haben, ihren Wohnraum zu teilen, die nicht in der Öffentlichkeit stehen, um sich in Buchform selbst auf die Schulter zu klopfen. Menschen, die im Gewöhnlichen ungewöhnlich handeln, was leider selten Ruhm bringt. Kollektive Weltenrettung bedeutet nicht das Geschenk eines individuellen Held:innennarrativs. Aber es bringt Spaß.

PS: Dieses Buch enthält Meinung, Wut und andere Nebenwirkungen.

PPS: *Як і найкращий у світі рецепт борщу.*

27. März 2022, Tag 32

»Look! Bianca, guck mal!« Anna freut sich wie ein Kind am Weihnachtsabend. Sie hat noch nicht mal die Schuhe ausgezogen, da hält sie mir bereits das halb leere, aussortierte Parfüm meiner Mutter entgegen. »Calvin Klein in *blushment*!«

»Basement«, korrigiere ich sie, obwohl ich den Keller bis gestern selbst noch »Blushment« genannt habe und das immer noch tun würde, hätte vorhin eine Freundin beim Telefonieren nicht gefragt, was ich mit »Blushment« überhaupt meine. Dieser falsche Freund hat sich über Annas Sprachgebrauch in meinen geschlichen, so, wie mir nach jahrelangem Zusammenleben mit polnischen Eltern auch »Norwegien«, »Mazorella« und die Redewendung »Jetzt wollen wir mal die Katze in der Kirche lassen« ein Begriff waren.

»Calvin Klein in *basement*«, wiederhole ich gleich noch mal.

Anna zuckt fassungslos mit den Schultern: »Germany!«

Und bislang war sie nur in meinem, noch nicht in Mamas Keller, in dem Papa und sie Auslegeware verlegt, einen kleinen Kronleuchter angebracht, Bilder aufgehängt und dekorativ Puppen platziert haben. Ihr Keller sieht aus wie ein Wohnzimmer, mein Keller sieht aus wie ein Keller.

Anna hängt Staub in den Haaren, als sie nach zwei Stunden wieder auftaucht. Sie sollte sich nach Dingen umsehen, um sich ihr neues Zimmer zu eigen zu machen oder aber eine erste Aussteuer anzulegen. Nicht, dass ich mir die Illusion mache, sie würde auf dem hart umkämpften Wohnungsmarkt Berlins schon nächste Woche eine Wohnung finden, jedoch habe ich von meinen Eltern gelernt, dass, wer Zeit hat, auch besser sparen kann. Wenn Anna weiß, was sie aus meinem Keller haben kann, kaufen wir nichts doppelt und können in den nächsten Wochen weitere Dinge ansammeln, die wir zum Beispiel bei Flohmarktbesuchen erbeuten. Dann muss sie nicht wie meine Eltern damals im Übersiedlerheim Konserven zu Geschirr umfunktionieren, und ich habe nach ihrem Auszug Platz für das Rennrad, das ich mir zulegen will. Win-win.

Als Nächstes präsentiert Anna mir stolz eine Lampe, die mal meinem Bruder und dann mir gehört hat. In Annas Händen macht sie sich besonders schön. Sie platziert sie am Kopfende neben dem ordentlich gemachten Bett, das sie mit zusätzlichen Kuscheldecken ausstaffiert hat. Der warme Schein wirft gemütliche Schatten über die verhipsterte, weil tapetenfreie Wand und mein »Léon – Der Profi«-Filmplakat.

»But something is kaputt …«, sagt Anna in ähnlichem Tonfall, wie sie sonst »Hitler kaputt« sagt, wenn man sie zu ihren bereits bestehenden Deutschkenntnissen befragt. Das hat sie leider nicht von mir.

»Warte eine Sekunde.« Ich schnappe mir den Lampenschirm aus Papier, der aufgespannt so groß ist wie Anna selbst, drehe ihn um 180 Grad und befestige ihn neu in den Ösen. »So ist es besser!«

»Ahaaa.« Sie klatscht aufgeregt in die Hände. »Du bist mein Ehemann!«

Im Namen des Vaters, des Sohnes und des Heiligen Lampenschirms lasse ich das Geschlechterklischee heute mal gelten. Außerdem freue ich mich darüber, was Anna aus meinem winzigen Schlafzimmer herausgeholt hat. Es sieht viel gemütlicher aus als zuvor, und ich plane, Ideen von ihr abzuschauen.

»Da war auch Bier im blush... *base*ment.« Anna verzieht das Gesicht, als hätte sie ein Haar auf der Zunge. »Aber das Bier war *alkoholfrei*.«

»Das Bier ist von einem Freund.« Ich muss laut lachen. »Er hat es mir als Spende mitgegeben, für das Haus, in dem sich die ukrainische Wohngemeinschaft gebildet hat. Ich warte, bis ich genügend Sachen zusammenhabe, damit sich die Fahrt ans andere Ende Berlins lohnt.«

»Oh wow«, bemüht Anna sich, ihre Fassung zurückzuerlangen. »Das ist ja ... nett?«

Alkoholfreies Bier ist wohl der deutscheste Weg, Geflüchtete willkommen zu heißen. Samt gekühlter Brause gibt es zur Begrüßung gleich noch die Ermahnung dazu, sich zu benehmen und bloß nicht dem Rausch zu erliegen. Und das bei einem durchschnittlichen Pro-Kopf-Konsum des fleißigen, pflichtbewussten Deutschen von 92 Litern Bier im Jahr.

Devilish basement versus holy basement

Der eine Keller ist voller Angst, der andere voller Geschenke.

Im Februar ging ich in den Keller, um zu überleben,

im März, um mir Geschenke auszusuchen. Eigentlich war unser Keller in der Region Kyiv dazu da, Kartoffeln und andere Vorräte zu lagern. Es ist mehr ein Loch im Boden, eng, klein, niedrige, gewölbte Decken. Die Männer hatten Schusswaffen mitgenommen, um uns im Notfall zu verteidigen, was ich für dumm hielt. Ich hatte Angst, dass sie potenzielle Angreifer erst recht wütend machen würden. Ich hielt es für sinnvoll, sich im Notfall zu ergeben. Dabei war das gar nicht die größte Gefahr. Die Keller in der Ukraine sind nicht für den Schutz bei Bombenangriffen ausgelegt. Viele Menschen starben in den Kellern, unter Schutt begraben.

Als ich das erste Mal Biancas Keller betrat, bemerkte ich sofort die gepanzerte Tür für den Notfall. Doch im Inneren erwarteten mich kleine Schätze. Ich habe beinahe eine Ladenklingel bimmeln hören. Da stehen zwei Fahrräder, Kleiderständer voller Jacken, eine Schneiderpuppe, Werkzeugkästen, ein Regal voller Bücher, mehrere Koffer, ein Nachttisch und ein Wohnzimmertisch. Ein paar der Sachen konnte ich nutzen, um es mir in meinem neuen Zimmer gemütlicher zu machen.

Calvin Klein im Sozialamt. Anna führt stolz das Parfüm meiner Mutter aus, es ist ein besonderer Anlass für sie. Zum ersten Mal höre ich meine Mitbewohnerin davon sprechen, dass sie gern Kontakt zu anderen Ukrainer:innen aufnehmen würde. Anna plant ihre Zukunft in Deutschland, die mit jedem Schritt Richtung Rathaus greifbarer scheint, und sie freut sich darauf. Annas Freiheit, die wir zwischen grauen Wänden schwarz auf weiß zu finden versuchen, liegt im Bleibendürfen.

Erst mal finden wir leider nur eine Schlange vor. Und noch eine. Auf den Treppen zum Rathaus Reinickendorf weist ein hagerer Mann in gelber Warnweste darauf hin, dass man ein Bändchen braucht, um auf die Party zu kommen. Zum ersten Mal bin ich es, die Anna zum Übersetzen braucht. Der Mann spricht fließend Russisch und Ukrainisch, aber nur brüchiges Deutsch. Macht in diesen Tagen auch mehr Sinn als andersherum. Anna hält die Klarsichtfolie mit den Dokumenten fest umklammert, will, dass ich die Frau, die in Schlange zwei vor uns steht, darum bitte, dass sie uns einen Platz freihält, bis wir von Schlange eins zurück sind.

»Das geht nicht, Anna. Stell dir vor, alle würden das so machen. Dann gäbe es eine Prügelei.«

»Okay, okay.« Sie zuckt zurück. »Nur eine Idee.«

Anna kann es kaum erwarten. Wir stellen uns hinter einer Frau an, die ihre Tochter an der Hand hält und deren »Mascha und der Bär«-Turnbeutel, der vor einem Monat noch an einem Kleiderhaken vor einem ukrainischen Klassenzimmer baumelte, auf dem Rücken trägt. Der Anblick erinnert mich daran, dass ich das letzte Mal vor dem zum Rathaus gehörenden Ernst-Reuter-Saal anstand, eingehakt in den Arm meiner Mutter, um mein Abiturzeugnis entgegenzunehmen. Als ich Anna gerade davon erzähle, spricht der hinter uns wartende Mann uns an, sein Oberteil ist blau-gelb: »You german?« Ich nicke. Sieht er in meinen Augen nur müder aus als alle anderen, weil ich weiß, wie schwer es BIPoC (Black, Indigenous and People of Color) an den Grenzen haben, oder ist er tatsächlich erschöpfter von der »Reise«? »Komm uns doch mal besuchen!«, schlage ich nach kurzem Small Talk vor, mit dem Gedanken an Annas Aussage, neue Leute kennenlernen zu wollen, sich eine Community aufzubauen.

»Eins nach dem anderen«, geht Anna dazwischen, was mich stutzen lässt. War ich vorschnell vertrauensvoll, gar naiv als Frau? Ich will Anna niemanden aufdrängen wie eine Mutter, die Sorgen ums introvertierte Kind hat. Der junge Mann sucht derweil nach seinem Personalausweis, hat Angst, ihn verloren zu haben, und zieht sich auf eine ruhige Bank zurück.

»Es gibt ja auch einige, die die Gelegenheit nutzen ...«, sagt Anna, kaum, dass er außer Hörweite ist. »Vielleicht ist er gar kein Ukrainer.«

Ihre Vorbehalte erschrecken mich. Liegt der Grund in internalisiertem Rassismus oder der Angst verborgen, dass nicht genug Platz für alle ist? Vielleicht ist es beides. Ersteres bedingt durch Letzteres oder andersherum. Heute erst habe ich Anna den Begriff »Teufelskreis« beigebracht.

»Sag so etwas nicht«, erwidere ich deutlich verspätet und halbstark. Der Mann kramt und kramt in Bauchtasche und Beutel. »Du hast keinen Anlass, das zu glauben.«

Ähnliche Vorbehalte gegenüber Schwarzen Menschen kenne ich von meinen Eltern, und doch habe ich mir noch nicht die richtige Antwort zurechtgelegt, um ihnen zu begegnen.

»Ich hatte es auch schwer als Frau«, erinnert Anna mich, als würde ich daran zweifeln, bloß weil sie sich die Last mit jemandem teilt.

Der Mann findet schließlich seinen Personalausweis, erleichtert reiht er sich wieder in die Schlange ein.

»Darf ich kurz ein paar Schritte austreten?«, frage ich Anna und deute auf den wenige Meter entfernten und von der Sonne beschienenen Beton. Der aus den 50ern importierte Ernst-Reuter-Saal wirft seinen langen Schatten ausgerechnet auf den Pulk wartender Menschen, die sich die Beine in den Bauch stehen.

»Klar doch.« Anna lächelt mir zu.

Ich stelle mich zu einer Frau, die etwa mein Alter hat. Wir stellen uns einander vor. Darin ist 25 Jahre alt, hat tiefschwarzes Haar aus der Flasche, getuschte Wimpern, eine Kippe klemmt im Mundwinkel. In der Hand das Handy mit der Anatomie-Vorlesung via Zoom.

»Die Dozentin steckt an der slowakischen Grenze fest. Sie ist superdiszipliniert«, erklärt Darin und deutet auf das Handy. Darin kann beides: Flucht und Studium, ein neues Leben aufbauen und Alltagssorgen weglachen, schlau sein und schön. Das ist Feminismus, wenn ich meine von zu viel Kaffee geschwängerte Gefühlsduseligkeit frage. Darin erzählt mir von ihrer so offenherzigen Pflegefamilie in Tegel, der beeindruckenden Hilfsbereitschaft der Deutschen.

»2015 war das anders.« Scham zwingt mich an dieser Stelle des Gesprächs zur Relativierung ihrer überschwänglichen Komplimente. Ich bin Teil von diesem verantwortungslosen 2015. Darin nickt.

Wer hat damals die Verantwortung getragen, der wir uns entzogen haben? Wer trägt sie in diesem Moment? Mittlerweile gilt Syrien, unter anderem laut *Tagesschau*, als »Versuchslabor« für Putin. Damals haben russische Kampfjets und Hubschrauber Städte und Dörfer, die unter Kontrolle der Aufständischen waren, angegriffen, offiziell, um Terroristen zu bekämpfen. Getroffen haben sie vor allem die Bevölkerung. Putin habe auf diese Weise die Niederlage des Präsidenten Syriens und seines Verbündeten Assad abwenden wollen, dem die Kontrolle über weite Teile seines Landes entglitten sei, erklärt die *Tagesschau*. Und weiter: Für Russland sei es die Chance, im Nahen Osten Fuß zu fassen und so eine wichtige Basis für russische Flugzeuge und Schiffe zu schaffen. Gleichzeitig testete Putin mehr als 200 Waffensysteme. Auch ein Training für 2022?

»Die Charité hat auf der ganzen Welt einen großartigen Ruf.« Darin redet lieber über Deutschlands gute Seiten. Sie versucht, sich trotz bürokratischen Wahnsinns nicht von ihrer optimistischen Zuneigung zu meiner Heimat abbringen zu lassen. Auch wenn die es ihr besonders schwer macht, auch zu *ihrer* Heimat zu werden.

Es heißt »Man kommt auf die Welt«, wenn man geboren wird, doch in Wirklichkeit kommt man in ein

Land. Die Lotterie des Lebens entscheidet über deine Startbedingungen. Darin muss kämpfen für etwas, was mir geschenkt wurde.

»Ich hatte schon in der Ukraine nur ein zehnjähriges Bleiberecht dank meines Studiums, deshalb ist für mich alles aufwendiger als für richtige Ukrainerinnen.« Darin lässt es wie eine plausible Begründung klingen. »Ich komme aus Bangladesch, und dahin würde ich auch zurückkehren. Nur ist das Studium dort nichts wert, und ich will eine gute Ärztin werden.«

Ich glaube nicht, dass ich den Mut hätte, mir in völliger Fremde allein ein neues Leben aufzubauen. Vor allem, wenn ich die viel einfachere Exit-Möglichkeit zurück zur Familie hätte.

»Ich kenne Studierende und auch eine Ärztin an der Charité, vielleicht können sie dich herumführen oder dir einen Studi-Job besorgen, wenn die Anträge durch sind«, schlage ich vor und gebe Darin meine Nummer. »Oder du kommst mal auf ein Abendessen vorbei, wenn du die ukrainische Sprache vermisst. Dann kannst du dich mit meiner Mitbewohnerin Anna austauschen, die dasselbe durchmacht wie du.«

Wie aufs Stichwort ruft Anna nach mir. Sie ist in der Schlange die Nächste, die in den Saal eintreten darf. Mit entschuldigendem Blick Richtung Darin eile ich nach vorn und schiebe mich an der schweren Glastür vorbei in den Vorraum mit hohen Decken und seltsam geformten Lampen. Wie wichtig hat es sich für mich vor wenigen Jahren angefühlt, in diesen Räumlichkeiten mein Abiturzeugnis überreicht zu bekommen, und wie muss es sich nun für all die Menschen hier anfühlen, das Bleiberecht zu erhalten?

Am besten vergleichen kann das Calvin Klein, der war in beiden Fällen dabei. Beim ersten Mal an Mamas, jetzt an Annas Hals. Auf jeden Fall war es damals eine unverhältnismäßig feierliche Angelegenheit, nur weil wir in schicken Kostümchen und Smoking mit zu großen Schulterpolstern ein Stück Papier entgegennahmen, von dem ich aktuell nicht mal weiß, in welchem meiner mit »WICHTIG!« gekennzeichneten Aktenordner es verstaubt. Während die Menschen heute mit »Mascha und der Bär«-Turnbeutel auf die Bestätigung warten, vor dem Krieg sicher zu sein, und sich dafür an einen provisorisch aufgestellten weißen Plastiktisch setzen. Sie reihen sich dicht aneinander, keine Abtrennung – weder der Privatsphäre noch der Pandemie wegen. Die gibt's ja auch noch.

»Kein Blabla.« Anna holt mich aus meiner Erinnerung ab. Sie deutet mit dem Zeigefinger in Richtung Darin, die noch immer vor der Tür wartet und wieder konzentriert auf ihr Handy schaut. Dann zeigt Anna auf meine Brust. »Ich brauche dich als meine Übersetzerin.«

Ich erlebe Anna zum ersten Mal launisch mir gegenüber. Gleichzeitig fängt hinter uns ein Kind an zu weinen, und sie stolpert ein Stück vorwärts, weil jemand eine Tasche in ihren Rücken drückt. Anna pustet sich eine Strähne aus der Stirn. Die Erinnerung an die Unsicherheit, die sie inmitten dieses Stimmengewirrs fühlen muss, sowie das Wissen, dass sie und der Mann in

Blau-Gelb letztendlich doch Nummern ausgetauscht haben, worüber sie ehrlich glücklich zu sein scheint, stopfen das kurzzeitig entstandene Leck in meinem Verständnis für sie. Noch glücklicher ist Anna darüber, dass wir endlich an der Reihe sind. Wir werden begrüßt von einer Dame mit ordentlichem Bob, weicher, ruhiger Stimme sowie ehrlich freundlichem und mitleidsvollem Auftreten. Mitleid haben Anna und ich auch nötig, denn wir standen zwei Stunden umsonst an, wie wir jetzt erfahren: »Erst müssen Sie zur Ankunftsstelle am ehemaligen Flughafen Tegel, dann die Bestätigung Ihrer Wohngenossenschaft einholen, und dann erst können Sie zu mir zurückkommen. Es tut mir leid, es ändert sich jeden Tag etwas. Aber ich gebe Ihnen meine Nummer, damit Sie das nächste Mal an der Schlange vorbeikommen.«

Wie gut, dass ich mich vorab bei einer offiziellen Info-Hotline der Stadt Berlin informiert habe und mir diese Information nicht gegeben wurde. Anna und ich bedanken uns mit hängenden Schultern. Im Hinausgehen wünscht Anna dem Mann in Blau-Gelb »Good luck«, draußen aber platzt es aus ihr heraus. Wütend beschwert sie sich über die deutsche Bürokratie, und ich gerate auf der Suche nach der richtigen Reaktion wiederholt ins Schwimmen.

»Sei doch nicht so wütend«, sage ausgerechnet ich, die im Streit um nicht mehr als Ausgehzeiten schon mal einen Teller kaputt gehauen hat.

»Ich bin nicht wütend!« Eine Duftwolke erinnert mich daran, wie wichtig ihr dieser Moment war.

»Weißt du was? Eigentlich hast du recht«, ändere ich meine Haltung mit Calvin Klein in der Nase. »Deutsche Bürokratie ist scheiße. Du *solltest* wütend sein!«

Meine Vorurteile

Bianca und ich reden oft darüber, dass uns die Lage in anderen Kriegsländern bislang nicht wirklich interessiert hat. Die mediale Berichterstattung hat bestimmt ihren Teil dazu beigetragen, dass ich dachte, alle Syrer seien Terroristen, Schwarze Menschen Drogenhändler und Russen unsere Brüder. So haben wir sie im allgemeinen Sprachgebrauch tatsächlich genannt: »unsere Brüder«. Jetzt behaupten unsere Brüder, wir wären Nationalsozialisten. Ich habe Freunde, die mit ihren Eltern in Russland telefonieren, aber sich nicht länger ertragen. Sie sagen »Mama, Papa, mein Haus ist zerstört«, und ihre Eltern wollen sie beruhigen: »Russland kommt und rettet euch.« Viele brechen deshalb den Kontakt ab, blockieren sich gegenseitig bei WhatsApp, wollen nichts mehr voneinander wissen – und wir sehen, wer wirklich unsere Brüder und Schwestern sind: Europa, Polen, Menschen, die uns helfen.

Immer noch haben viele meiner Freundinnen und Freunde Sorgen, wenn ich ihnen erzähle, dass ich mit Menschen aus arabischen Ländern oder der Türkei zu tun habe. Erst recht, seitdem ich in der Integrationsklasse bin. Egal, ob es meine Freundin Dalal aus Syrien ist oder Asal aus dem Iran – ich sehe ja, dass sie nett sind. Sie haben genau das Gleiche durchgemacht wie ich, sind geflohen, weil sie

ein besseres, weil sie ein Leben haben wollten. Es tut mir
leid, dass ich ihnen anfangs distanziert begegnet bin.

Am Abend kaufe ich uns einen Wein zum Wegspülen
des Frustes über die gescheiterte Mission des Tages.

»Wie kann die Welt es zulassen, dass ein Mann alle
terrorisiert?«, fragt Anna, als wir auf den Küchenfliesen sitzend in unsere Gläser starren. Nach eigener
Darstellung treiben die ukrainischen Truppen die russischen Besatzer in der Stadt Charkiw (Ukrainisch:
Харків/Kharkiv) erfolgreich in Richtung der russischen Grenze zurück. Ebenfalls in der Nacht wurde bei
russischen Luftangriffen auf die Ortschaft Oskil im
Bezirk Isjum ein Wohnhaus getroffen. Eine vierköpfige
Familie starb. Putin nennt es immer noch einen »Be-
freiungsakt«. Viele Menschen in Russland glauben
ihm. Sie hatten eine funktionierende Demokratie nie
zur Auswahl. Sie haben nie demokratische Vorzüge erlebt und können sie somit gar nicht zu schätzen wissen.
Die Menschen in Russland glauben daran, dass Kriege
helfen, sie suchen im Regal der Möglichkeiten nach
dem gutherzigen Herrscher, und Putin hat sich selbst
als solcher verkauft.

Die Einrichtung von Fluchtwegen scheitert immer
wieder, wofür die Kriegsparteien sich gegenseitig die
Schuld zuweisen, während allein in der Hafenstadt
Mariupol 170.000 Menschen warten. Eine Stadt, von
der bald nur noch ihr schöner Name übrig ist. In der
Gegend um die Atomruine Tschernobyl kommt es laut
Ukraine zu neuen gefährlichen Bränden, die aktuell

aufgrund russischer Militäreinsätze nicht vollständig zu kontrollieren und zu löschen seien. In einer UNO-Mission soll eine Schutzzone in dem Gebiet errichtet werden, so zumindest die Forderung von Vize-Regierungschefin Iryna Wereschtschuk, nach Angaben der *Ukrajinska Prawda* am gestrigen Sonntag.

Tschernobyl ist zwei Stunden Autofahrt von Kyiv entfernt, wo Annas Freund gerade sitzt, als wir ihn per Videochat erreichen. »Cheers!«, ruft Slawyk, als er die Weingläser in unserer Hand entdeckt. Anna beginnt auf die Frage nach unserem Wohlbefinden von der einzig schönen Nachricht des Tages zu berichten: »Bianca und ich wurden auf ein Borshch and Barbecue eingeladen!«

Annas Freude löst wiederum Freude bei Slawyk aus. »Wirklich?«, fragt er. »Wo denn?«

Die beiden sind ein schönes Paar, daran können auch Augenringe nichts ändern. Anna erzählt Slawyk davon, dass ich nach dem Sozialamt Tobias getroffen habe, einen meiner besten Freunde, um mit ihm zusammen seine Spende von zwei Fahrrädern und einem MacBook auszuliefern. In einer Unterkunft im Süden der Stadt für zehn Menschen aus der Ukraine, die uns zum Dank zu besagtem Barbecue einladen wollen. Als Tobias und ich ankamen, herrschte buntes Treiben. Viele Kinder huschten um unsere Beine, eines davon tat so, als wäre es eine Sobaka, ein Hund. Als ich das mithilfe der von Anna erlernten ukrainischen Sprachkenntnisse erkannte und benannte, trafen mich gleich vier glückliche Augenpaare von den umstehenden Erwachsenen. Ich erklärte, dass ich Polnisch spreche, vieles ähnlich sei und Anna deshalb nicht müde werde, mir ihre Muttersprache einzutrichten. Simone, die mit einer Freundin zusammen kostenfrei das Haus zur Verfügung stellt und sich um alles kümmert (ich war zuvor über drei Ecken auf Instagram auf sie aufmerksam geworden), fragte mich daraufhin, ob wir uns bei bürokratischen Angelegenheiten zusammentun könnten. Simones Haar war so verwuschelt wie das der Sobaka zwischen unseren Beinen, ihre Augen sahen müde aus, wenn auch ein glückliches Müde. Simones Ausstrahlung ist ununterbrochen einnehmend. Selbstwirksamkeit steht Menschen besonders gut, wenn sie mit Fremdwirksamkeit einhergeht.

»Ruf mich an, wenn was ist«, antwortete ich Simone. »Nach dem Stress im Sozialamt heute und den Terminen letzte Woche habe ich so langsam verstanden, wie es funktioniert.«

Kaum dass die Tür zwischen Simone und uns ins Schloss gefallen war, erinnerte mich ein Anruf meines Bruders Thomas daran, dass ich nicht zu voreilig und selbstbewusst Versprechungen bezüglich meiner Fähigkeiten machen sollte. Während ich mit der Auslieferung der Spenden beschäftigt war, hatte er sich dankenswerterweise mit Anna zum Flughafen Tegel begeben, um wenigstens schon mal diesen Teil der Registrierung abzuhaken.

»*Erst* brauchen wir die Meldung der Wohngenossenschaft, *dann* müssen wir zur Registrierung am Flughafen, und zuletzt geht es ins Sozialamt«, erklärte Thomas. Auch am Flughafen haben sie Anna also wieder nach Hause geschickt. Die Frau mit Bob im Sozialamt hatte es doch genau andersherum erklärt.

»Wie viel kann man falsch machen?«, fragte ich.

»Andere bekommen das auch hin.« Manchmal haben sogar große Brüder recht. »Dann drehen wir eben eine Extra-Schleife.« Und manchmal sind große Brüder alles, was du brauchst. Dankbar verabschiedete ich mich von ihm und legte auf.

Thomas und ich streiten uns oft und besonders leidenschaftlich, gerade weil wir uns lieben. Wir haben beide mal recht, mal unrecht, wissen genau, wo die Schwachstellen des:der jeweils anderen liegen, und vor allem in den letzten Monaten endeten unsere Streits (wenn man mich fragt) und Diskussionen (wenn man ihn fragt) häufig damit, dass eine weint. Also ich. Wir leben den typischen Konflikt zwischen konservativ denkendem Familienvater und linker Studentin in den 20ern, die nur Verantwortung für sich selbst trägt. Doch trotz aller Konflikte sprechen seine Handlungen für sich. Er ist da, wenn ich ihn brauche. Ich könnte jetzt aufstehen, zu ihm hinfahren und ihn in den Arm nehmen. Mich in den Arm nehmen lassen. Anna und Slawyk können das nicht.

Mittlerweile hat sich Anna in ihr Zimmer zurückgezogen, um in Ruhe mit ihrem Freund zu sprechen. Vielleicht berichtet er von seinem Alltag, der nun schon seit über einem Monat aus dem Gang in den Supermarkt und der Arbeit im Homeoffice besteht. Ohne dass ich ihre Sprache verstehe und selbst durch die geschlossene Zimmertür hindurch ist dem Paar anzuhören, wie sehr es sich vermisst. Noch nie habe ich jemandem die »normalen« Sorgen einer Fernbeziehung gewünscht. Noch immer werden die Männer nicht aus der Ukraine gelassen, weil sie eventuell zum Kämpfen eingezogen werden müssen. Slawyk würde an der Grenze stecken bleiben. Im selben Moment, in dem ich mir versuche vorzustellen, wie einsam er sich gerade fühlen muss in den vier Wänden, die er gewohnt ist mit seiner Freundin zu teilen, vibriert mein Handy. Ein Update will gemacht werden. Ich trinke den letzten Schluck Wein in einem Zug leer. Wann hat das Konzept der Grenze eigentlich sein letztes Update erhalten?

27. Februar 2022, Tag 4

Die Inzidenzen gehen durch die Decke, und ich trage seit heute meinen Teil dazu bei.

Nachdem der Taxifahrer mich zu Hause abgesetzt hat, spürte ich bereits ein Kratzen im Hals und plünderte meine drei letzten Tests. Zwei von drei schlugen aus. Bingo. Nun bin ich offiziell Teil des Teams, worüber es sich nur so leicht lachen lässt, da ich nahezu symptomfrei in die Quarantäne starte und der Taxifahrer so ein Arschloch war, dass sich mein Mitleid in Grenzen hält, sollte ich ihn angesteckt haben. Fast schon genieße ich die Zwangspause, die Ausrede für unliebsame Treffen und Zeit nur für mich. Zumindest einen Vormittag lang.

Als ich am Nachmittag die Steuer vorbereite, beginne ich mir Sorgen um meinen Zustand zu machen. Nach zwölf Stunden Quarantäne habe ich dann nicht nur den Kühlschrank ausgewischt, sondern auch Fenster geputzt (!) und sämtliche Fotos in den Bilderrahmen ausgetauscht. In meinen Oberschenkeln kitzelt der Bewegungsmangel. Um 23 Uhr gehe ich dazu über, Nägel in meine Holzcouch zu hämmern, wo sie nicht hingehören. Besser als mit dem Kopf gegen die Wand. Fast wünsche ich mir ein mich ans Bett fesselndes Fieberdelirium herbei, das die Zeit schneller vergehen lässt. Wie lange kann man sich in vier Wänden beschäftigt halten, ohne wahnsinnig zu werden?

28. März 2022, Tag 33
Annas Stimme schallt vorwurfsvoll aus der Küche zu mir herüber ins Bad: »Biancaaa! Wer hat die Teller sauber gemacht?«

»Oscar! Es war Oscar!«, antworte ich schnell und deute auf den Chihuahua, der daraufhin seinem Spieltrieb folgend mein Bein hochhüpft. »Du hast völlig recht. Es ist nicht okay, dass er den Abwasch macht. Wir sollten mit ihm reden.«

Anna legt den Kopf schief, lächelt noch schiefer und stemmt die Arme in die Seiten.

»Oscar?«, wiederholt sie spöttisch. »Schon klar.«

»Ich kann dich nicht alles machen lassen!«, verteidige ich mich. Anna hat mich darum gebeten, sie den kompletten Hausputz übernehmen zu lassen. Erstens als Dankeschön, zweitens, um etwas zu tun zu haben. Auch wenn Letzteres ein Argument ist, das ich nachvollziehen kann, fühlt es sich völlig falsch an, ihrer Aufforderung Folge zu leisten.

Immer noch kopfschüttelnd holt Anna ihre Hacksuppe vom Balkon und wärmt sie auf. Im Kühlschrank ist kein Platz für den Topf, dessen Inhalt eine Großfamilie satt machen würde, weil Anna jeden Tag aufs Neue kocht, selbst wenn noch Reste übrig sind. Auch das, um etwas zu tun zu haben. Während ihr Teller sich in der Mikrowelle dreht, schmiere ich mir meine übliche Morgenstulle. Anna macht sich gern darüber lustig, dass ich tatsächlich so viel Brot esse, wie man es von jemandem erwartet, der in Deutschland aufgewachsen ist. Bling! In der Mikrowelle geht das Licht aus. Anna bevorzugt Suppe zum Frühstück, kein dünnes Prenzlauer-Berg-Wässerchen, das Detox-Jüngern das Geld aus der Tasche zieht, sondern deftige Hacksuppe auf Brühe- anstatt Pulverbasis mit Reis und Kartoffeln, worüber ich mich wiederum lautstark amüsiere. Es ist eine Suppe, wie ich sie von meiner Mutter kenne. Zumindest, wenn keine Deutschen eingeladen sind, die sie mit einem Currycremesüppchen an Kokosmilchschäumchen mit Thai-Basilikumblättchen und einem Spritzer Limette begeistern will. Den Hauch Knorr-Tüte hat bislang noch keiner der feinen Gaumen herausgeschmeckt. Während Annas Löffel nun also die Innenseite des Porzellans entlangschabt und ich in meine deutsche Butterstulle beiße, wärmen wir uns mit Sticheleien und Anekdoten für den Tag auf. Meine

Küche ist nicht für zwei Menschen gemacht. Anna sitzt auf dem kleinen Hocker, der eigentlich für meine Nichte gedacht ist und dementsprechend auch eher die Anforderung erfüllt, die ein dreijähriger Hintern an eine Sitzfläche hat. Ich sitze mit ausgestreckten Beinen auf den Fliesen, die Holztür unter der Spüle im Rücken, den Teller im Schoß, die Zehenspitzen geben sich einen schüchternen Kuss. Oscar nutzt unsere weggestreckten und abgeknickten Gliedmaßen für seinen Morgensport – wahlweise als Hürde oder Ballettstange, um sich daran zu dehnen.

Normalerweise würde ich mit dem Frühstück jetzt schon am Laptop sitzen. Erstaunlicherweise erlaubt der mir eigene wie gleichermaßen lästige Produktivitätsgedanke diese Umstellung der Alltagsstruktur ohne schlechtes Gewissen. Denn das Essen schmeckt besser, wenn ich in Augen anstatt auf Pixel gucke. Und immerhin haben Anna und ich jeweils ein ganzes, wenn auch noch nicht sehr langes Leben voller Geschichten, von denen wir berichten können. Anna zeigt mir Fotos von ihrer Mutter und ihrem Vater. Wir tauschen uns über die skurrilen Spitznamen unserer Eltern aus. Kurzum: Wir tauen auf, Tag für Tag ein Stückchen mehr. Ich mache mir keine Illusionen über anstehende Konflikte und gegenseitiges Genervt-voneinander-Sein. Umso mehr will ich genießen, solange wir genießen.

Als die Teller leer sind und bevor ich mich ans Tagewerk mache, teile ich Anna noch schnell mit, was der Plan für heute ist: »Um zehn macht die Genossenschaft auf. Dann können wir anrufen, um die Bescheinigung anzufordern, dass du bei mir wohnen darfst.«

»Okay.« Sie nickt und lässt mich ins Wohnzimmer verschwinden, um in Ruhe an einer Drehbuchidee zu arbeiten. Währenddessen geht sie mit Oscar spazieren, ein paar Kaninchen verschrecken. Zehn vor zehn kehren die beiden zurück, fünf vor zehn klopft Anna an meine Tür: »Und? Was sagt die Genossenschaft?«

Milde lächelnd greife ich nach dem Handy. Ich kann Anna nur zu gut verstehen.

28. Februar 2022, Tag 5

Meine Daumen sind stumpf vom Tippen und Wischen auf dem Handydisplay. Die Quarantäne sperrt mich mit *dem* Suchtmittel unseres Jahrhunderts ein. Meine Augen werden zwei kleine Klötze bleiben, wenn ich so weitermache, und doch kann ich nicht aufhören, durch die Postings meiner Freund:innen zu scrollen, die auf Demos Frieden in der Ukraine fordern. Parallel zur Netflixserie, wie sich das gehört. So lächerlich erschien mir die globale Pandemie noch nie. Ich fühle mich schäbig, dass ich angetrocknete Ketchupflecken von meiner Jogginghose pule, anstatt mit ihnen vor der russischen Botschaft zu stehen, doch mein Test zeigt konsequent zwei Striche an. Zum Ausgleich teile ich Postings in den sozialen Medien, allerdings auch nur selektiv, um nicht Teil einer Flut von Informationen zu sein, in der die wichtigen untergehen. Insbesondere meine polnische Community feuert einen Post nach dem nächsten ab, teilt Ankunftsstellen, Unterkünfte und wo welche Spenden benötigt werden. Endlich scheint Instagram mal für etwas gut zu sein, das »sozial« in »soziale Medien« nicht willkürlich. Wie zu erwarten, verabschieden sich im Gegenzug ein paar Follower:innen. Ob nur ich die Beobachtung mache, dass politische, grüne oder feministische Postings mich zuverlässig drei bis zehn Follower:innen »kosten«, während mein wahlweise lächelndes oder gestellt ernstes Gesicht mir etwa genauso viele neue Follower:innen einbringt?

Nachrichtenfluten sind wir gewohnt, doch der Krieg in der Ukraine lässt Wellen ungeahnten Ausmaßes über dem sonst nur aus der Ferne zusehenden Europa zusammenschlagen. Die geografische Nähe sowie die optische Ähnlichkeit zu den Ukrainer:innen lassen Mitleid entstehen, wo bislang keines war. Mich jedoch plötzlich als Teil einer Generation zu bezeichnen, die von vor und nach dem Krieg sprechen kann, wäre im Hinblick auf den Jemen, die Demokratische Republik Kongo, Palästina, Syrien, Nigeria, Äthiopien, Myanmar, Sahel, Afghanistan, Irak, Südsudan und Venezuela wohl genauso verblendet, wie in eine Zeitrechnung vor und nach dem Klimawandel zu unterteilen.

Freund:innen sammeln Geld mit Straßenmusik für gemeinnützige Organisationen, andere fahren an die Grenze und bringen Menschen zu den von ihnen anvisierten Unterkünften. Die Straßen sind überfüllt, es soll mit dem Zug fahren, wer kann.

Ich kann mir nicht vorstellen, wie das sein muss,

seine Heimat zurückzulassen und von vorn anzufangen. Dafür können meine Eltern mitreden, auch wenn ihre Flucht vor dem polnischen Sozialismus 1989 eine stillere und weniger bedrohliche war. Die ersten Jahre verbrachten sie im Übersiedlerheim, teilten sich ein Bad und eine Küche mit drei weiteren Familien. Sie sahen ostdeutsche Familien kommen und gehen, die aufgrund deutscher Sprachkenntnisse schnellere Einstiegschancen in einen Alltag in der BRD hatten. Noch heute sprechen meine Eltern voller Dankbarkeit über jeden einzelnen Deutschen, der ihnen bei der Wohnungssuche half oder auch nur ein besonderes Maß der Offenheit zeigte, das sie ermutigte, am Ball zu bleiben.

Es gab eine Zeit, in der ich mich gefühlt habe, als würde ich meinen Migrationshintergrund, der vielmehr der Migrationshintergrund meiner Eltern ist, für meinen privaten Erfolg ausnutzen. Nach der Veröffentlichung von zwei Romanen über eine deutsch-polnische Familie kam es mir vor, als würde ich meine Ost-Herkunft überbetonen, als würde ich mich zu sehr darüber definieren. Und das, nachdem ich gerade erst gelernt hatte, besagte Herkunft nicht zu verschweigen, wie ich es als Kind getan hatte, um Polenwitzen zu entgehen. Ich schämte mich erneut. Es dauerte eine Weile, bis ich verstand, dass Ärger das richtige Gefühl ist. Ärger darüber, dass ich die mir anerzogene Scham für mich sprechen lasse. Sie kommt aus einer Zeit, in der man Jungs den Fußball ansozialisiert hat, Mädchen das Tutu und den Deutschen ihren Spargel. Also heute.

»Ich habe mich angemeldet, dass ich jemanden aufnehmen will«, verkünde ich Mama stolz am Telefon,
da die Quarantäne ein persönliches Treffen nicht zulässt.

»Hast du nicht.« Anders als erwartet reagiert Mama
nicht gerade mit Begeisterung. Aber vielleicht ist es
auch nur ein Missverständnis.

»Jemanden aus der Ukraine«, werde ich deshalb
genauer. »Es gibt verschiedene Websites, wo das unkompliziert per Formular möglich ist, und ich habe
zusätzlich einen Post bei Instagram abgesetzt, dass bei
mir ein Zimmer frei ist.«

»Hast du dir das auch gut überlegt?«

»Was soll das denn jetzt heißen, Mama?«

»Das heißt, was es heißt. Ich glaube, du unterschätzt
das. Du bist eine junge, alleinstehende Frau.«

»Wie aufmerksam von dir, dass dir das nicht ent-
gangen ist.«

»Und du arbeitest von zu Hause aus.«

»Ich weiß, dass du dir schnell Sorgen machst,
aber das sind doch gerade wirklich besondere Umstände.«

»Du weißt überhaupt nicht, wer da kommt«, lässt
Mama nicht locker. Die ihr wesenseigene Hypochon-
drie macht Sorgen zu dauerhaft zirpenden Begleiterin-
nen ihres Unterbewusstseins. »Du lässt jemand Frem-
des in deine Privatsphäre eindringen. Am Ende wirst
du noch beklaut.«

»Mama!«, widerspreche ich vehement. »Ich hatte,
ehrlich gesagt, erwartet, dass du stolz bist!«

»Ich freue mich ja, dass du so ein gutes Herz hast und so weiter und so weiter, aber …«

Das Gespräch verläuft noch eine Weile so weiter, bis wir beide genervt voneinander auflegen. Was zurückbleibt, sind Zweifel an meinem Entschluss. So selbstsicher ich Mama auch widersprochen habe, ich bleibe ein Mama-Kind. Nicht ganz das Ausmaß des Klischees eines italienischen Sohnes, aber doch weit von Selbstständigkeit entfernt. Was Mama sagt, ist immer noch Gold wert und löst etwas in mir aus, ob ich will oder nicht.

Bianca: Wovor hattest du Angst?

Mama: Ich bin deine Mutter, natürlich mache ich mir Sorgen, wenn jemand bei dir einzieht, den du vorher noch nie gesehen hast. Erst recht, als anfangs ein Mann bei dir einziehen sollte. Jetzt, wo ich Anna kenne, bin ich sehr froh darüber, dass sie ein Teil unserer Familie ist. (Anmerkung der töchterlichen Redaktion: Sorry, Anna, ich wurde auch getauft, ohne gefragt zu werden. Zwar gibt es in der polnischen Sprache das Sprichwort »Tropfen für Tropfen formt das Meer« – »*Kropla do kropli i bedzie morze*« –, jedoch hält Mama nicht viel davon.) Dass Anna Oscar mitgebracht hat, freut mich umso mehr. Ein Mädchen, das einen Hund mitbringt, muss ein liebes Mädchen sein, habe ich gedacht. Und dann war sie da. Eine modebewusste, hübsche Frau und trotzdem zurückhaltend. In der Art und Weise, wie sie über Familie sprach, war erkennbar, wie warmherzig sie ist. Gleichzeitig hat sie genug Stolz und Mut, um ihre Ziele auch ganz allein durchzusetzen. Und sie ist bescheiden, will wirklich nie etwas annehmen, erst recht kein Geld. Selbst wenn ich Oscar ein neues Spielzeug besorge, schimpft Anna mit mir. Die Chemie stimmt einfach zwischen uns und ihr. Ihr seid euch in mehrerlei Hinsicht ähnlicher, als ihr denkt. Die oberflächlichen Dinge, wie die Ernährungsweise, mögen sich voneinander unterscheiden, doch ihr macht beide, was ihr wollt. Ich muss das wissen, glaub mir. Mittlerweile bin ich sehr stolz auf dich, meine Tochter, dass du das durchgezogen hast. Dass du dich trotz Gegenwind nicht hast beeinflussen lassen. Nun hast du eine Freundin gefunden und wir auch.

29. März 2022, Tag 34
Politischer Paradigmenwechsel im Schnelldurchlauf: Unser grüner Wirtschafts- und Klimaschutz- und Philosophie- und Instagramminister Robert Habeck hat einen Krisenstab zusammengetrommelt, also die Frühwarnstufe verkündet, Deutschland bereitet sich auf eine mögliche Gasknappheit vor. Putin wiederum hat angekündigt, in der Ukraine weniger kämpfen zu lassen, was ihm keiner glauben will. Und wir? Wir müssen den Abfluss der Badewanne entkalken, die bislang nur einen Kopf Frauenhaar gewöhnt war. Anstatt sich

von der Nachrichten- und Badezimmerlage lähmen zu lassen, startet Anna handlungseifrig in den Tag. Sie konzentriert sich auf das Positive: Unser Anruf bei der Genossenschaft war erfolgreich. Sie sichern volle Unterstützung zu, bitten aber um einige Tage Geduld, um uns die nötigen Formulare postalisch zukommen zu lassen. Anna ist damit für ein Jahr in meiner Wohnung registriert. Und wenn sie nach Ablauf der 365 Tage immer noch bei mir bleiben wollen würde, könnten wir erneut mit der Vermietung ins Gespräch gehen. Zumindest laut meiner zuständigen Beraterin mit der hellen Stimme und dem Bilderbuchnamen »Frau Herbst«. So lange haben Anna und ich Zeit für andere Dinge.

Im ketchuproten Bademantel (Kellerfund) steht sie vor meinem/ihrem/unserem Schrank und murmelt leise vor sich hin: »Ich sprechen nicht Deutsch. Ich sprechen kein Deutsch. Ich spreche keine Deutsch.« Wenn nicht sie selbst deutsche Wortfetzen wiederholt, dann tut es die Stimme aus der App. Ich klopfe an ihre offene Tür, und Anna bedankt sich, als ich ihr eine Tasse Kaffee mit Milch und Zucker reiche, wie sie ihn am liebsten trinkt. Der Löffel darin ist ein Souvenir, das auf der Reise durch Polen ihren Besitz vergrößert hat. Sie liebt diesen Löffel, vielleicht, weil er Zeuge dessen ist, was sie geleistet hat, weil sein Anblick Stolz auf sich selbst in ihr auslöst.

»Es ist Wochenende«, stelle ich fest. »Lust, etwas mit mir und meinen Freund:innen zu unternehmen?«

Kyiv versus Berlin

Kyiv ist genauso eine europäische Metropole wie Berlin. Voller Menschen von verschiedenen Orten. Es gibt alte und neue Gebäude. Wenige Städte innerhalb der Ukraine sind wie Kyiv und Berlin. Kharkov war eine davon, sie wurde von vielen »die zweite Hauptstadt« genannt. Die Entfernungen innerhalb Kyivs sind nicht so weit wie in Berlin. Die Leute sind spontaner, wenn es darum geht, sich zu verabreden. Wenn ich einen freien Samstag vor dem 24. Februar in Kyiv verbringen könnte, würde er natürlich mit einem Spaziergang mit Oscar anfangen. Sauber machen, kochen, entspannen und sich mit Freunden auf ein Barbecue treffen. Wir könnten alle gemeinsam in den Wald gehen, spazieren. Cafés, Restaurants, Kinos haben mich nicht so sehr interessiert, ich bevorzuge es, im Grünen zu sein. Da lade ich auf, während mich zu viele fremde Menschen eher Energie kosten. In der Nähe von meinem Zuhause gab es einen kleinen See, den hätten meine Freunde und ich bestimmt besucht. Ich vermisse diesen Ort.

Runa und Bjarne entführen Anna, Oscar und mich zu einem Tag am Bernsteinsee. Die Sonne lässt das Wasser glitzern, Oscar nutzt die vielen Hände, um unterschiedliche Massagetechniken kennenzulernen, und Anna hat einen Anlass, um nicht nur Calvin Klein, sondern auch ihre Sonnenbrille auszuführen. Sie hat darauf bestanden, uns alle auf ein Getränk einzuladen, deshalb stecken die Flaschen nun im Sand zwischen unseren ausgestreckten Beinen. Es ist eine andere Atmosphäre als sonst zwischen Bjarne, Runa und mir.

Weniger intim vielleicht, aber nicht weniger schön. Anna bringt neue Stimmungen, Geschichten, Perspektiven und Witze mit in die Runde, sie lacht über meine Eigenarten wie ich über ihre. Doch es herrscht nicht nur eine eigene Dynamik zwischen uns beiden und mir und meinen jahrelangen Freund:innen, sondern auch zwischen uns vieren. Ich will unser Lachen in Konserven füllen und sie erst in den Wahlkabinen besonders rechter Wahlbezirke wieder aufschrauben. Wen diese Freude nervt, der ist sich selbst das größte Hindernis.

Eine Autofahrt lang trainierten Runa, Anna und Bjarne für das Wechselspiel zwischen leichten und ernsten Themen, was eine knappe Stunde später und am Zielort angekommen, bereits wettbewerbsfähig gelingt.

»Ich weiß nicht, wie es sich anfühlt, aufgrund seiner Herkunft ausgegrenzt zu werden.« Runa pult an dem feucht gewordenen Flaschenetikett herum. »Mir passiert das nur wegen meines Körpers.« Wenn sie spricht, versteht man, dass Sprache Musik ist, und sie ist noch schöner, als sie klingt. Runa hat volle Brüste, attraktiv kurvig-weiche Hüften, aufgeregt aufblitzende Augen. Aber sie hat auch recht, und es wäre unfair, das Problem des Pretty Privilege nicht zu sehen, gar zu leugnen, dass manche Menschen von potenziellen Datingpartner:innen schnell in die Freundschaftsschublade geschoben werden. Wir mögen nicht nur mehr weiße Haut in der Öffentlichkeit, sondern auch weniger Fett.

»Es ist stark, wie ehrlich du bist, Runa«, spreche ich den Gedanken aus, der auch in Annas und Bjarnes Blicken zu erkennen ist, und muss an Worte denken, die ich kürzlich in einem Essay von Donatella Di Cesare dreimal umkreist habe. Die italienische Philosophin spricht darin vom Leben »im Zeichen einer neu entdeckten und artikulierten gemeinsamen Verletzlichkeit«.

Erst als Anna sich ein paar Schritte von uns entfernt, um mit Oscar Gassi zu gehen, erlauben Bjarne und Runa sich den Wechsel in die deutsche Sprache. Auch für mich ist es ungewohnt, den ganzen Tag Englisch zu sprechen.

»Und wie geht es dir?«, will Bjarne wissen. »Wenn du mal eine Auszeit brauchst, dann sag Bescheid.«

»Meine Wohnung ist deine Wohnung, das weißt du«, ergänzt Runa und breitet ihr Lächeln vor mir aus. Worte wie Doping. Ich habe gute Freundinnen und Freunde, richtig gute: »Vielleicht komme ich darauf zurück, danke.«

»Gut.« Runa nickt. »Es ist nämlich wichtig und gut, was du da machst, und ich würde gern mit meiner Energie dazu beitragen, dass du genug Energie hast, um Energie für Anna zu haben.«

»Klingt energetisch.«

»Aber eine Frage habe ich noch: Warum machst du das? Ist der Solidaritätsgedanke der einzige Grund, warum du jemanden aufnehmen wolltest?«

1. März 2022, Tag 6

»Kommen Sie zu uns – für einen Tag, einen Monat oder ein Jahr! Wir suchen das ganze Jahr über kurz-, mittel- oder langfristig Freiwillige, die an unseren Aktionen im Lager und vor Ort teilnehmen«, lese ich auf der Website der *Auberge des Migrants* in Calais. Der Dachverband bietet Exilant:innen, die an der französisch-britischen Grenze gestrandet sind, konkrete Hilfe an. »Dachverband« klingt zu amtlich und seelenlos, um das Bild der Menschen in den Köpfen der Lesenden zu wecken, die letztendlich der Dachverband *sind. L'Auberge des Migrants* wird ausschließlich von Ehrenamtlichen getragen.

Als ich auf ihrer Website weiterscrolle, finde ich den Namen eines alten Bekannten: Loan Torondel, Vizepräsident. Ich war damals sofort verknallt in den Franzosen mit den braunen Locken und markanten Gesichtszügen. Loan war weder unsympathisch breit vom Fitnessstudio wie so viele der Berliner Jungs, mit denen ich zu tun hatte, noch legte er viel Wert auf besonderes Styling. Er sah aus wie jemand, der seine Zeit nutzte, um mit anzupacken, wo es gebraucht wurde, um nachzudenken und miteinander zu sein. Jemand, mit dem man abends auf dem Sofa sitzen wollte, nur um seine Gedanken zu hören. Vielleicht hatte ich diese Faszination entwickelt, weil ich zu diesem Zeitpunkt zu viel Jane Austen las. Vielleicht aber auch, weil Loan war, was ich sein wollte, weil Menschen mit Idol- und Vorbild-Charakter so sehr dazu einladen, sie zu lieben. Seine Freundin war mindestens genauso toll, was mir zwar jegliche Aussicht auf eine Romanze mit Loan verwehrte, aber dafür einen weiteren Menschen schenkte, zu dem ich aufsehen konnte. Während *L'Auberge des Migrants* für mich nur eine Etappe war, ist es für die beiden ihr Leben. Während ich vor allem meinem guten Gewissen einen Vorsprung verschaffte, haben Loan und seine Freundin das Helfen zu ihrem Tagesgeschäft erklärt. Auf Instagram sieht es so aus, als wäre Loan mittlerweile auch für *Amnesty* unterwegs. Ich könnte ihn fragen, doch ich schäme mich. Wir drei lernten uns 2016 in Calais kennen, als ich für ein paar Wochen gemeinsam mit Kommiliton:innen an die französische Küste fuhr. Die Tatsache, dass wir in Calais waren, weil wir einem Aushang in unserer Journalist:innenschule gefolgt waren, hatte vermutlich nicht gerade für Sympathiepunkte gesorgt. Es stank nach Eigennutz, nach Leuten, die nur für eine gute Geschichte helfen wollen. Zu diesem Zeitpunkt leiteten Loan und seine Freundin den Dachverband. In malerischer Gegend kamen wir in einer Herberge unter, in der freiwillige Helfer:innen aus allen möglichen Ländern für einen schmalen Taler wohnten. Fußläufig 15 Minuten vom Strand entfernt und einen Wimpernschlag von allgemein akzeptiertem zu konservativem Gedankengut. Dass ausgerechnet Calais einer der von den Rechten regierten Wahlbezirke Frankreichs ist oder zu diesem Zeitpunkt zumindest war, sorgte nicht nur für angespannte Stimmung, sondern auch für angezündete Geflüchtetenlager. Als wären die Konflikte unter den Ankommenden noch nicht genug. Frust, kulturelle Unterschiede und Wut auf das Leben vermischten sich zu einem explosiven Cocktail.

Pünktlich zum Wahlkampfbeginn sprach am 26. September 2016 Präsident François Hollande bei einem Besuch in Calais davon, das improvisierte Lager »komplett und definitiv« auflösen zu wollen, nachdem wenige Tage zuvor Lastwagenfahrer:innen und Bauern sowie Bäuerinnen aus Protest Straßen in der Region um Calais blockiert und eine ganze Autobahn gesperrt hatten. Sie hatten Banner vorbereitet mit Slogans wie: »Die Bürger von Calais sind eingesperrt, die Flüchtlinge sind frei«, weil sich die Bewohner:innen von Calais durch das Camp eingeschränkt fühlten. Die konservative Opposition, darunter Ex-Präsident Nicolas Sarkozy und Marine Le Pen, erklärte die Begrenzung der Migration zu einem ihrer wichtigsten Wahlkampfthemen. Proteste sämtlicher Hilfsorganisationen scheiterten. Die Räumung des Lagers fand vom 24. bis 26. Oktober 2016 statt, obwohl ursprünglich eine Woche dafür angesetzt war. Vor der geplanten Räumung gab es gewaltsame Zusammenstöße zwischen Geflüchteten und der Polizei, während der Räumung selbst kam es zu einem Brand.

»Freiwilligenarbeit ist eine Möglichkeit, die Realität mit eigenen Augen zu sehen«, lese ich weiter auf der Website der *Auberge des Migrants.* »Calais ist nicht mehr wirklich ein heißes Thema in den Medien, aber das humanitäre Drama bleibt bestehen. Wir wollen es den Bürgerinnen und Bürgern ermöglichen, mit eigenen Augen zu sehen, selbst zu urteilen und zu handeln.

Unsere Freiwilligen können dann unsere Stimme zu den Menschen tragen, die um sie herum sind.«

Ich habe nach meiner Rückkehr aus Calais nur ungern über die Zeit vor Ort gesprochen. Nicht, dass ich keine Freude gehabt hätte, ganz im Gegenteil, die Arbeit mit den anderen Freiwilligen hat sich zeitweise wie eine große Party angefühlt. Bei lauter Musik tanzten wir uns in der kühlen und heruntergekommenen Lagerhalle warm, die in verschiedene Arbeitsbereiche unterteilt war. In einem Bereich kochten wir Chili sin Carne sowie andere ausschließlich vegane Gerichte, damit möglichst viele Religionen respektiert wurden und Unverträglichkeiten kaum eine Rolle spielten. Die Töpfe waren so groß, dass wir sie im Hof mit Gartenschläuchen auswaschen mussten. Von hier aus konnte man auch die Nebenhalle erreichen, in der Tonnen an Kleiderspenden nach Art und Brauchbarkeit sortiert wurden. Wir haben uns gemeinsam darüber echauffiert, was für Dreckswäsche manche Menschen »Spende« nennen, als hätten die Geflohenen kein Ehrgefühl, als wären sie nichts wert. Eine Gruppe von uns fuhr zur Essensausgabe, stand zwischen Polizist:innen mit riesigen Gewehren und Sturmausrüstung. Sie patrouillierten, um uns einzuschüchtern und einzugreifen, sobald unsere genehmigte Stunde vorbei war. Wir schöpften die Zeit bis zur letzten Sekunde aus, um möglichst viele Menschen mit nicht mal dem Nötigsten zu versorgen, damit ihre Mägen aufhörten zu knurren und die Menschen nicht noch mehr Gewicht verloren. Die Polizei kontrollierte unsere Ausweise.

Wer ihn nicht dabeihatte, wurde mit zur Wache genommen. Die, bei denen man sich hätte beschweren können und um Schutz bitten, waren es selbst, die uns grob, ausfällig behandelten und teilweise aggressiv anpackten. Keine Angst musste man in den Jugendzentren mit sanitärer Grundversorgung haben, bestehend aus Duschen und Toiletten. Wir besuchten sie, um mit den Jugendlichen aus unter anderem Syrien und Afghanistan auf dem Bolzplatz zu kicken. Um ihnen zu zeigen, dass auch Menschen hier sind, die sie willkommen heißen. An den Abenden und nach getaner Arbeit zischten wir in der Herberge gemeinsam ein Bier, hörten französische Musik oder spielten Gruppenspiele im Innenhof. Ich hatte Spaß, zeitweise sogar großen Spaß.

Der Grund, warum ich trotzdem nicht gern über die Zeit in der *Auberge* rede, ist der, dass ich nach wenigen Wochen zurückgekehrt bin, während andere geblieben sind. Ich habe auch Dinge erlebt, die alles andere als eine Party waren. Ich habe gesehen, dass Hände gebraucht wurden.

Das dauerhafte Team der *Auberge* versuchte uns das Gefühl zu geben, dass es okay sei, wenn für uns Calais nur eine Zwischenstation war. Sie sind auch auf diejenigen angewiesen, die kaum eingearbeitet wieder fahren, um später behaupten zu können, sie waren da. Leute wie mich. Nicht sofort, aber in der Reflexion meinte ich, unterdrückten Vorwurf in manchen Blicken wahrgenommen zu haben. Auch in Loans. Er hatte so viel mehr gesehen und verstanden. Vor allem an einen Moment denke ich mit Schaudern zurück. Ein älteres Paar aus der Gegend besuchte uns in der Herberge mit dem Geflüchteten, den es aufgenommen hatte. Uns wurde gesagt, dass er seine Erfahrungen mitteilen wollte, um uns verstehen zu lassen, wie die Dinge hier funktionierten, damit wir sie in unsere Heimatländer tragen konnten und sich vielleicht etwas änderte. Irgendwann, irgendwie. Der Junge trug Skinny Jeans und ein Deutschland-Trikot, das er von einem mehrwöchigen Aufenthalt in Bayern mitgebracht hatte, was vielleicht nach Urlaub klingt, aber rein gar nichts damit zu tun hatte. Der Junge war wieder dorthin zurückgeschickt worden, da irgendwelche Paragrafen wollten, dass er in dem Bundesland blieb, in dem er angekommen war. Oder am besten dahin zurückkehrte, wo er herkam.

Anfangs kam mir das Gespräch mit dem geflohenen Jungen nicht merkwürdig vor. Wir Helfenden hatten in einem Raum einen Sitzkreis gebildet, und er bildete zusammen mit seinen Gasteltern einen Teil davon. Der Junge berichtete davon, aus einer verhältnismäßig reichen Familie zu kommen, die sich trotzdem für einen Angehörigen entscheiden musste, für den sie sich die Flucht überhaupt leisten konnte. Die Ursache für Loans verkrampften Blick führte ich so lange auf Mitleid zurück, bis die Gasteltern des Jungen ihn nicht nur durch ihre Präsenz, sondern auch verbal zum Weiterreden aufforderten. Loan hatte mit Sicherheit Mitleid mit dem Geflohenen, vor allem aber war er wütend auf dessen Begleitung. Der Junge war noch nicht so weit, über das Erlebte zu reden, aber seine Gasteltern waren so weit, sich zu präsentieren.

Als die neben mir sitzende Kommilitonin begann, Fragen zu stellen, die auch eine Bild-Redakteurin hätte stellen können, galten Loans wütende Blicke nicht mehr nur den Gasteltern. Dabei meinte sie es nicht einmal böse, dafür kannte und kenne ich sie zu gut. Vielleicht waren ihr fehlende Empathie und ungezügelte Naivität vorzuwerfen, und mit Sicherheit war auch blinder Ehrgeiz einer ihrer Antriebe, doch sicher keine Boshaftigkeit. Die damals 20-Jährige glaubte einfach daran, dass Geschichten wie diese geteilt werden mussten, um Menschen nicht nur der Emotionalisierung wegen zu emotionalisieren, sondern auch des Handelns wegen. Es war das, was wir in unseren Vorlesungen lernten und womit wir irgendwann unseren Lebensunterhalt bestreiten wollten.

Nach diesem Vorfall kam eine Freundin von Loan zu mir und sagte: »Du bist anders als deine Kommilitonen, oder? Dir geht es nicht nur darum.« Doch so ganz sicher schien sie sich nicht zu sein. Die darauffolgenden letzten Tage meiner Reise bestritt ich vor Scham dem Boden gleich. Still, möglichst unauffällig und mit Stein in der Magengrube.

Nun scrolle ich Jahre später im Zuge meiner Corona-Langeweile durch das Netz und bin diesen Stein noch immer nicht ganz los. Ich suche nach der Website des Dachverbands, weil ich beim Lesen der Artikel über die aktuelle Freiwilligenarbeit der Deutschen an Loan und das Team denken musste. Er hätte gewusst, wie man sich hier in Deutschland schnell Strukturen schafft, um als Ehrenamtliche die Geflüchteten aus der Ukraine zu versorgen. Seine Wohnung anzubieten, wäre das Mindeste, was er gemacht hätte. Ich dachte viel an ihn, als ich mich auf der Website für zur Verfügung gestellte Unterkünfte anmeldete, und wenig an Mama. Jetzt ist es andersherum. Ihre Stimme klingelt in meinen Ohren, ich denke an ihre Widersprüche, an das Zögern, das sie viel zu leicht in mir ausgelöst hat … und dann ganz schnell wieder an Loan, um es mir nicht anders zu überlegen.

Zum Glück gibt es auch deutsche Loans, und die retten unserer Regierung gerade den Arsch. Die ankommenden Geflüchteten am Hauptbahnhof werden in dieser Sekunde ausschließlich von Freiwilligen versorgt, während die Regierung pennt und ich Covid verfluche. Vielleicht denkt Loan bei der aktuellen Nachrichtenlage auch an mich und meine Kommiliton:innen. Ich hoffe jedoch, dass nicht. In Loans Erinnerung muss ich eine der deutschen Nachwuchsjournalistinnen sein, die naiv und neugierig in einen geschützten Raum eindringt und der es genügt, wenige Wochen lang ein paar Kleider zu sortieren und Chili zu kochen, um beruhigten Gewissens mit ein paar Geschichten über eigene Wohltaten im Gepäck in Mamas und Papas gemütliche Wohnung zurückzukehren.

30. März 2022, Tag 35

Rote Tropfen benetzen die stählerne Klinge. »Warum tut sie so, als wäre ich anstrengend?!« Trotzdem hören sich die gezischten S-Laute schärfer an, als das Messer in Mamas Hand aussieht. »Womit habe ich das verdient, hm?!« Ihre hohe Stimme klingelt in meinen Ohren. »Alles nur, weil deine Schwester sich schämt.«

Das Drama ist groß, denn Julia möchte die für sie eingetupperten Essensreste nicht mitnehmen. Ein Kardinalfehler, für den ich früher auch in regelmäßigen Abständen mit halbstündigen Streitereien bezahlte. Zum Beispiel dann, wenn mir klar war, dass die mit Mayotürmchen gekrönten Eier in meinem bereits platzenden Kühlschrank nur schlecht werden würden. Oder wenn ich schlicht und einfach das Gefühl hatte, Mama tat mir mit dem halben Blech Kuchen und dem neuen Standmixer schon genügend Gutes, auch wenn Letzterer bei Tchibo im Angebot gewesen war.

»Beruhig dich, Mama«, versuche ich die Position der Schlichterin auszufüllen, in die ich gedrängt wurde. »Julia meint es nicht so.«

Papa macht es richtig. Seit zehn Minuten stapelt er in sicherer Entfernung die letzten drei Teller, die noch nicht aus dem Wohnzimmer abgeräumt wurden. Dabei ist er für Mamas Kellerlaune durchaus mit verantwortlich, weil er heute ihre liebste Tischdecke gleich mehrfach mit Bratensoße besudelt hat. »Das hat doch alles keinen Sinn, Mama!« Meine Schwester müsste es eigentlich genauso gut wissen. Man überlebt keine 37 Jahre als Tochter, um naiv genug zu bleiben und zu glauben, Familie habe stets einen Sinn. »Was ist an einem einfachen Nein so schwer zu verstehen?«

Während Mama und Julia sich den Tupperdosenturm hin und her schieben, steht Anna bereits in Schal und Schuhen an der Tür. Eigentlich wollten wir gerade gehen, als ich unfreiwillig zur Schlichterin zwischen Mama und Julia erklärt wurde. Es ist die erste Familienzickerei, die Anna mitbekommt. Ich hatte eigentlich gehofft, dass wir uns ein paar Wochen länger zusammenreißen können. Unangenehm berührt, zucke ich mit den Schultern und bedeute Anna mit gehobenem Zeigefinger, dass es nur noch eine Minute braucht. Hoffentlich. Zu meinem eigenen Erstaunen reagiert Anna mit einem ehrlich amüsierten Lächeln und einer entspannt abwinkenden Handgeste. Die polnische und die ukrainische Sprache ähneln sich genug, als dass sie Fetzen der Streiterei verstehen wird, und selbst wenn nicht, gerade spielen Mama und Julia Tauziehen mit einer der Plastikboxen, als würden sie die darin enthaltenen Schnittchen zu einem Brotcocktail schütteln wollen. Deutlicher geht es nicht. Ich hatte erwartet, dass Anna ähnlich wie meine deutschen Freund:innen reagieren würde: »*Darüber* streitet ihr?« Ich würde gern behaupten, dass diese Situation in ihrer Lächerlichkeit einzigartig ist, doch das wäre so gelogen wie Mamas Unterlippenbeben. Die Mischung aus bewusst gesetzter Nettigkeit und dosiert offengelegter Verletzlichkeit, mit einer vielleicht etwas stärkeren Prise Narzissmus, als sie zugeben wollen würde, macht sie gefährlich.

Meine Freund:innen haben nie verstanden, was mich stört. Warum meine Geschwister und ich Mamas Geschenke nicht freudig entgegennehmen. Einer hatte mal behauptet, seine »Kartoffeleltern« sofort gegen meine einzutauschen, wenn ich wollte: »Seit ich 18 bin, teilen wir uns sogar die Rechnung im Restaurant.«

Natürlich sind nicht alle Kartoffeleltern so, trotzdem benimmt sich auch keiner wie meine Eltern. Genauso wie man den Deutschen Sauerkraut und Bier auf die Fahne schreibt und beides in Polen viel häufiger konsumiert wird, habe ich noch nie deutsche Eltern erlebt, die so sehr Eltern sein wollen. Bis zum Tod.

Oder bis zur Flucht. Während Papa immer noch im Wohnzimmer feststeckt (die Teller sind heute aber auch schwer), schiebe ich mich Richtung Haustür und lasse Julia allein zurück.

»Entschuldige bitte«, murmle ich auf dem Weg nach Hause in Annas Richtung. »Aber Mama ist so überfürsorglich, dass das manchmal ein schlechtes Gewissen in mir auslöst.«

»Der Klassiker.« Anna lacht. Ich mag, was ihr Akzent mit der englischen Sprache macht. »So sind Eltern, du bleibst immer Kind.«

»Immer?«, frage ich wehleidig.

»Immer.« Sie nickt. »Zumindest drüben bei uns.«

Ich blicke Anna schweigend von der Seite aus an, beobachte die kleinen Atemwölkchen, die vor ihrem Mund aufsteigen und in der uns umgebenden schwarzen Nacht verschwinden. *Drüben bei uns*, wiederhole ich ihre Worte im Kopf, um zu schauen, ob sich an ihrem Klang etwas ändert. Ob sich etwas an den Gefühlen ändert, die der Klang ihrer Stimme bei mir auslöst. *Drüben bei uns – im Osten.* Ich frage mich, ob es mich stören sollte, dass Anna Deutschland mit dem Wir ausschließt, das sie benennt. Doch dafür freut es mich viel zu sehr, dass sie mich und meine Familie in besagtes Wir inkludiert hat. Es wäre wohl auch viel von Anna und Deutschland verlangt, dass sie nach nicht einmal zwei Wochen schon miteinander warm geworden sind.

Anna hängt der Erinnerung an Mamas und Julias Diskurs offenbar noch eine Weile lang nach, sie grinst in sich hinein. Scheint, als wüsste sie, wie es ist, wenn ausgerechnet Liebe die Ursuppe deftigster Streitigkeiten ist.

Zu Hause angekommen, brühe ich, nach einer Runde Tupperdosen-Tetris im Kühlschrank, zwei Tassen Tee auf. Pfefferminze schadet nie nach einem Besuch an Mamas Tisch. Doch meine gehobene Faust verharrt vor Annas Schlafzimmertür, als ich ihr die Tasse bringen möchte, da ich sie von innen telefonieren höre.

»*Я розумію, що ваш дім важливий для вас.*« (»*Ya rozumiyu, shcho vash dim vazhlyvyy dlya vas.*«) Annas Stimme klingt ähnlich aufgebracht wie Julias vorhin. Ich kann mir nicht sicher sein, sie richtig zu verstehen, doch mein polnisches Sprachzentrum meint die Worte »Ich verstehe«, »Zuhause« und »bedeutet« zu erkennen. *Ich verstehe, was euch euer Zuhause bedeutet.* Anschließend wird es schwerer, dem hitzigen Gesprächsverlauf zu folgen, und abgesehen davon will ich nicht lauschen. Also fülle ich den Tee in einen Bierkrug um, um mich nicht mit zwei Tassen auf das Sofa zu setzen. Tatsächlich hätte ich damit auch warten können, denn Anna verlässt ihr Schlafzimmer, noch bevor der Tee die geeignete Trinktemperatur erreicht hat, klopft bei mir an und fragt, ob wir eine Serie schauen wollen.

Ich traue mich nicht zu fragen, was da gerade am Telefon los war, doch ich habe eine eindeutige Vermutung. Annas Eltern wollen die Ukraine nicht verlassen, weil sie ihr Zuhause ist, weil sie meinen, der Krieg würde sie schon verschonen, weil allein die Vorstellung der Reise sie müde macht. Vor ein paar Tagen hat Anna über einen Freund ihres Vaters versucht, ihrem Papa Vernunft einzubläuen. Sie hatte gehofft, dass er als vertrauter Kumpane auf Augenhöhe mehr würde erreichen können als sie, als ewige Tochter. Fehlanzeige. Fast jeden Tag ruft Anna bei ihren Eltern an, die bewusst am Schaufenster der Möglichkeiten vorbeispazieren. Sie könnten die Ukraine verlassen. Im Gegensatz zu ihrem Freund. Der eine will, aber kann nicht, die anderen können, aber wollen nicht.

2. März 2022, Tag 7

»Aber ich bin noch krank«, antworte ich Sabine auf ihre Frage, ob mein Zimmer noch frei sei, um einen Geflüchteten aufzunehmen. Wir kennen uns über drei Ecken und sind via Instagram in Kontakt getreten, wo ich auf mein freies Zimmer aufmerksam gemacht habe. Mama erinnert sich.

»Ich glaube, er sucht dringend nach einer Unterkunft, und das ist besser als die Straße.« Sabine ist gut vernetzt in der ukrainischen Community und bemüht sich um Vermittlung. »Es handelt sich um einen Künstler.«

Aufregung schnürt mir die Luft ab wie ein Korsett. Ich wäre gern cooler, aber ich bin es nicht. Ich könnte lügen, behaupten, das Zimmer sei schon vergeben, oder ich gebe ominöse »private Umstände« an. Aber das hier ist kein schlechtes Tinder-Date, das ist Krieg.

»Vielleicht könnt ihr euch einigermaßen in verschiedenen Zimmern isolieren?«, schickt Sabine noch eine Nachricht hinterher, da ich noch immer nicht geantwortet habe.

»Schick ihm meine Nummer, er kann sich jederzeit melden.« Ich starre auf das Feld, lese mir meine eigenen Worte noch mal durch … und schicke sie ab.

»Klasse!« Sabine ist Schnelltipperin. »Hier schon mal sein Instagram-Profil.«

Ich beschließe kurzerhand, besagtes Profil nicht mit meinen Eltern zu teilen. Auf einem Foto ist eine Discokugel, auf einem anderen der Mond zu sehen. Auf den meisten finden sich Lack und Leder in knapper Form – manchmal, aber nicht zwangsweise, auch in Kombination. »Stories about sex and love« steht in der Profilbeschreibung. Auf einem Foto trägt er dunkelblaue Spitzenunterwäsche, die ich ebenfalls besitze und die ein Weihnachtsgeschenk von Mama war, wenn mich nicht alles täuscht. Vermutlich könnte sie sich über diese Gemeinsamkeit weniger freuen als ich.

Immerhin die Zähne dürften ihr gefallen. Sie sehen gesund aus, wie sie auf mehreren Detailshots in violett glitzernde Lippen beißen. Ich weiß nicht, ob der Mann schwul ist, tue zur Beruhigung meiner Familie aber mal so, als ich sie telefonisch darüber informiere, dass vielleicht noch heute, spätestens morgen, ein mir fremder Mann bei mir einzieht. Übergangsweise erlaube ich mir diese taktische, wenn auch mittelmäßig moralische Maßnahme. Ich liebe Mama und Papa, aber sie verstehen nicht mal lackierte Fingernägel bei Männern.

Ich habe erwartet, dass Mama sich meine Wut sparen will und angesichts der geritzten Gegebenheiten kapituliert. Falsch gedacht. Ich beende das in die laute Leere führende Telefonat nach fünf Minuten. Immerhin lenkt mich der Ärger über Mamas Reaktion von meiner Aufregung ab. Im Anschluss rufe ich Bjarne an und befehle ihm, mir Mut zu machen. Es fehlt mir an Kraft und Rückgrat, um allein gegen die Widerstände anzuarbeiten, die sich viel zu gut mit meiner Komfortzone verstehen. Es vergeht fast der ganze Tag, ohne dass ich etwas essen kann. Trotzdem spüre ich keinen Hunger, als ich mich abends ins Bett lege.

Ich setze noch ein letztes Fragezeichen in den digitalen Raum zwischen mir und meinem zukünftigen Mitbewohner ab, bevor ich um eins nicht länger die Augen offen halten kann. Das Display ist das Letzte, was ich an diesem Abend sehe, und das Erste, was ich am nächsten Morgen vom Nachttisch zu mir heranziehe. Das Handy blinkt. Seine Nachricht kam um

02:21 Uhr an: »Sorry, I just arrived in Berlin, we had no internet.«

Weiterhin erklärt er, dass er unerwarteterweise doch bei einem Freund unterkommen könne.

»Melde dich, wenn was ist.« Auf diese meine Antwort muss er nicht so lange warten wie Sabine gestern auf meine Zusage. Noch während ich ins Handy tippe, fällt mir ein Stein vom Herzen, nur um kurz darauf in der Magengrube zu landen. Mit der Aussicht auf ein Ende meiner Handlungsunfähigkeit war das schlechte Gewissen verschwunden, ohne dass ich es bemerkt hatte. Jetzt muss ich feststellen, dass ein schlechtes Gewissen fester zeckt als Aufregung. Unangenehme Gefühle haben ähnlich wie Schmerzen die Eigenschaft, dass man nur versteht, wie schlimm sie sind, solange sie da sind.

31. März 2022, Tag 36
Damit Anna irreversibel versteht, wie Deutschland funktioniert, fahre ich mit ihr zu TK Maxx.

»Crazy people.« Anna beobachtet das Geschehen. »Die sind wie ich in deinem Keller.«

Wir merken schnell, dass Shoppingtrips eher frustrieren, als dass sie Freude bereiten, wenn man gerade aufs Geld schauen muss. Zum Glück wissen wir, wie man es sich trotzdem schön macht. Die zwischen uns hin- und herwandernde Thermoskanne ist mit Kakao gefüllt, während wir die Schönhauser Allee entlangflanieren. Die untergehende Sonne drückt auf meine

Lider. Einen Moment lang laufe ich mit geschlossenen Augen durch die Welt, nur um schon im nächsten Moment abrupt zu stoppen. Mit geschlossenen Lidern von der Sonne in den unerwarteten Schatten zu treten, fühlt sich an, als würde man gegen eine Wand laufen, wo eigentlich keine ist. Und genauso fühlen sich Grenzen an. Wände, wo keine sein dürften. Anna sieht verwundert zu mir: »Warum bist du stehen geblieben?«

»Es wird Zeit für eine neue Premiere!«, verkünde ich im Übersprungseifer und einer spontanen Eingebung folgend. »Eine neue Premiere für Berlin-Anna.« Das Gute an Wänden ist, dass man sie einreißen kann.

Anna und ich haben quasi ein Spiel daraus gemacht, ihre ersten Male in Deutschland, in Berlin, wie Medaillen zu sammeln. Es sind neu geschriebene Erinnerungen in einer neuen Stadt in einem neuen Lebensabschnitt, der aufgrund der Vorbelastung jede Form des Anspornens verdient. Erinnerungen besetzen unsere Köpfe ohne Mietvertrag, schöne und schlechte wohnen Tür an Tür. Das hat zumindest den Vorteil, dass man es nicht weit hat, wenn es bei der einen mal ungemütlich wird.

Ich schnappe mir einen der winzigen pinkfarbenen Körbe und ziehe sie in das kleine Geschäft, das wie der ausgebaute 18+-Bereich einer Nanu-Nana-Filiale daherkommt, dem ein Anstrich aus ausgelaufener Textmarkertinte verpasst worden zu sein scheint.

»Oh, ohhh!« Anna versteht schnell. Das Wort »Sex« ist auch in nichtkyrillischer Schreibweise schwer falsch zu verstehen. »Interessant.« Die Gespräche, die wir von hier an führen, gehören dem Moment, lediglich eine Situation will festgehalten werden. Kurz vor dem Ausgang beugt Anna sich vertrauensvoll über den Tresen in Richtung Verkäufer, ein kleiner Glatzkopf mit dicken Brillengläsern. Ich habe schon Angst, dass sie ihn nach etwas Peinlichem für mich fragt, auch wenn mir nicht konkret einfallen will, was das sein könnte, da sagt sie: »Wird hier auch Sexspielzeug für Hunde verkauft?«

»Für Hunde?« Der Mann sah schon vor der Frage nicht aus wie jemand, der in diesen Laden gehört. Jetzt wirkt er, als würde er sich selbst wünschen, nicht anwesend zu sein. Er könnte mein Opa sein, auch wenn sein Englisch dafür zu gut ist. »Also, wollt ihr eine Hundemaske haben?«

»Nein, nein!«

»Dann eine Puppe, die wie ein Hund aussieht?« Ihm fällt beinahe die Brille in die Kasse, als er mit einer ruckartigen Bewegung die Hand Richtung Glatze hebt. »Ich denke nicht, dass wir so etwas dahaben ...« Der Mann wischt sich die Schweißperlen aus den Stirnfalten, dreht sich Hilfe suchend mir zu.

»Sie meinte eine Puppe für Hunde, nicht für Menschen«, erkläre ich, so schnell ich kann, um den Verkäufer vor einem Herzinfarkt zu bewahren. Den heutigen Tag wird er nicht vergessen. Wahrscheinlich ist es das Erste, was er erzählt, wenn er zu seinem Partner, seiner Partnerin und/oder seinem Mops nach Hause kommt. Anna und ich kichern haltlos, als wir uns dieses Szenario ausmalen, nachdem wir den Sexshop verlassen haben und weiterspazieren. Richtung U-Bahn. Es wird immer kälter, und der Kakao ist alle. Auf dem Heimweg in der ruckelnden U8 hören wir schließlich auf, über Sexpuppen zu sprechen, bleiben jedoch bei aufgeblasenen Inhalten. »Ich glaube nicht an Gott«, antworte ich auf ihre Frage hin, während ich aufgrund besetzter Plätze ihren Schoß zur Sitzfläche erkläre. Rücken an Brust stellen Anna und ich fest, beide nicht an Gott zu glauben, auch wenn sie orthodox ist und ich katholisch war. Anna glaubt an Energien, ich glaube, dass ich wie eine Pflanze bin, die irgendwann eingeht. Sie hat zuletzt im Keller unter Kyiv gebetet, ich bei der Beerdigung meiner Oma, weil sie es gewollt hätte. Zumindest haben mein rationales Selbstbild und ich uns darauf geeinigt, dass das die offizielle Version ist, die wir uns gegenseitig erzählen.

Scheint ein spannendes Thema zu sein, so viele Blicke, wie wir während unseres Gesprächs auf uns ziehen. Vielleicht ist es aber auch Annas Akzent, der die Leute aufhorchen und letztendlich sogar von ihren Suchtgeräten aufblicken lässt. Auch wenn man die beiden Einstichstellen an ihren Lippen nur erkennt, wenn man direkt vor ihr steht, fühlen sich unsere Beobachter:innen bestimmt von Annas Äußerem darin bestätigt, wie sie sich osteuropäische Frauen vorstellen. Eine Kombination aus gemachten Wimpern, stolz gereckter Brust und markanten Wangenknochen trotz rundlicher Gesichtszüge. Ich bemerke, dass auch Anna die Blicke wahrnimmt. Sie sieht zu Boden.

»Stimmt es eigentlich, dass die Ukraine und vor allem die Hauptstadt für ihre Techno-Szene bekannt sind?« Ich nutze das erstbeste Thema, das mir einfällt, um unseren Erzählstrang nicht abbrechen zu lassen. »Zumindest hat mir ein Freund davon erzählt.«

»Das stimmt.« Annas Brust mag nach außen gewölbt sein, ihre Stimme aber ist in sich gekehrt. Zum Glück teilen wir das Interesse für fromme Themenfelder, so scheint sie sich ablenken zu können, zumindest in Gedanken. »Und was ist mit Berlin?«, gibt sie die Frage an mich zurück. »In Polen erzählen sich die Leute, dass es in Berlin Clubs gibt, in denen man auf der Tanzfläche Sex haben kann.«

»Ich war noch nie in so einem Club, aber ich weiß von Freundinnen, dass das mitunter im KitKat vorkommen kann.«

»Verrückt.«

»Wenn du interessiert bist, kannst du meine Freundinnen mal begleiten.«

Anna hebt sofort abwehrend die Hände: »Nein, nein. Erst mal Soziale-Soziale.«

Mit »Soziale-Soziale« meint sie das Sozialamt. Ich muss lachen.

»Was auch immer du vom Sozialamt erwartest, es hat definitiv nichts mit dem KitKat gemeinsam.« Ich hake mich bei ihr unter, als wir unsere Station erreichen. Anna gibt mir einen spielerischen Schubser: »Wie kannst du dir da so sicher sein, wenn du noch nie da warst?«

Wo sie recht hat.

»Was hat er gesagt?« Anna deutet plötzlich Richtung Lautsprecher, aus dem gerade die tiefe Stimme des Bahnhofsansagers zu uns herunterschallt. »Hat er gesagt: ›Ein Schwein, bitte‹?«

»Einsteigen, bitte«, korrigiere ich sie lachend und erfolgreich abgelenkt.

Die Ankunft

Als ich aus dem Zug stieg, hielt ich meinen Taser in der Jackentasche fest umschlossen (den mir die ukrainischen Mädchen, mit denen ich in Polen ein Haus teilte, überreicht hatten). »Was, wenn diese Deutsche namens Bianca es sich doch noch mal anders überlegt hat? Oder wenn es ein alter Perverser ist?« »Nein, wir haben uns bei Whats-App unterhalten, und ich mochte dieses nette Mädchen sehr.« Im Zug fragten sie mich: »Zu wem gehst du, hast du keine Angst? Kennst du diese Person?« Natürlich weiß ich das nicht, aber ich muss das Risiko eingehen und das Beste hoffen! Unsere Regierung hat bereits zu Beginn des Krieges Textnachrichten an die Bevölkerung verschickt. »Achtung, um nicht Opfer von Menschenhandel im Ausland zu werden: Ruhe bewahren und kritisch denken. Suchen Sie keine Hilfe bei ungeprüften Personen oder nehmen Sie deren Dienste in Anspruch.«

Doch dann sah ich Biancas kakibraunen Mantel zwischen all den gelben Westen wehen, und mein Griff um den Taser lockerte sich. Wenn ich es aus heutiger Perspektive betrachte, ist es fast niedlich, wie zurückhaltend Bianca und ich einander am Bahnhof begrüßten. Ich schickte

Slawyk die Nummer des Kennzeichens vom Auto ihrer El-
tern. Er hatte darauf gedrängt, wollte nicht, dass ich bei
Fremden einstieg. Doch ich war allein unterwegs. Ich kann
und muss auf mich selbst aufpassen, also beschloss ich, po-
sitiv zu bleiben.

3. März 2022, Tag 8

Heimlich und unheimlich sind wir Überbezahlten, aus welcher Branche auch immer, uns dessen bewusst. Ich hätte mich beinahe verziehen lassen von dem Wunsch, eine Legitimation für meine Privilegien zu finden, anstatt froh darüber zu sein, dass ich im Lebenslotto den Sechser mit Zusatzzahl erwischt habe. Option A: Ich verdränge mein schlechtes Gewissen. Rede mir mein Leben anstrengend, bis ich mir selbst unsympathisch werde. »So viele Überstunden«, »Nervige Spielpartner:innen«, »Wir haben den ganzen Tag in der Kälte gefroren.« Immer noch 1500 brutto am Tag. Option B: Ich finde einen Ausgleich für meine Privilegien, um mein Gewissen zu entlasten. Wäre das ein Ratgeber, würde an dieser Stelle stehen: Schöpfe Selbstwirksamkeit aus dem Teilen und Helfen. Wer Privilegien anspart aufgrund des Sechsers im Lebenslotto, darf sie für anderes einsetzen. Und siehe da: gewinnt dadurch sogar selbst.

Erst recht während Covid kam der Begriff der »systemrelevanten Berufe« auf und wurde von vielen meiner Kolleg:innen kritisiert. Eine Kritik, die ich akzeptiere, zumal ich als Vertreterin der selbigen künstlerischen Berufsgruppen ihre Großartigkeit nicht absprechen will. Gleichzeitig bin ich anderer Meinung. Der Begriff der Systemrelevanz, z. B. in Bezug auf Pflegeberufe, unterstützt das Zurechtrücken unseres verkorksten Wertesystems. Es ist nun mal so: Wenn es hart auf hart kommt, kann man auf mich als Schauspielerin verzichten, aber nicht auf meine Schwester als Altenpflegerin. Mittlerweile hat sie den Job gewechselt, weil der Körper nicht mehr mitmacht, auch wenn der Job in einer Wäscherei nur eine minimale Entlastung darstellt. Immerhin ist sie jetzt an Weihnachten zu Hause, anhaltend schlechte Bezahlung hin oder her. Ich verdiene an drei Tagen so viel wie Julia im ganzen Monat. Selbstverständlich arbeite ich nicht jeden Tag an Sets, gehe mitunter monatelang nur zu Castings. Ich habe keine Sicherheit auf monatliche Auszahlungen, muss meine Rente selbst planen, die Agentur bezahlen, und auch die Krankenversicherung ist teuer. Am Ende steht mein Gehalt jedoch trotzdem nicht in Relation zu dem meiner Schwester, zumindest, wenn meine Joblage so gut bleibt wie aktuell. Von irgendwelchen Konzernbossen wollen wir gar nicht erst anfangen.

Wer jetzt findet, dass ich mich wie ein Moralapostel verhalte, hat recht. Aber so wie jeder mal irgendwann recht hat, selbst große Brüder (»Du Hohlbirne, den Weihnachtsmann gibt es nicht!«), Attila Hildmann (»Erst Wein, dann Tomatenmark in die Sauce geben«) und AfDler:innen (... na gut, fast alle), kann auch der Moralapostel mehr als nach Weihrauch riechen.

1. April 2022, Tag 37

Auch wenn die Anfang März neu erlassene Ukraine-Aufenthalts-Übergangsverordnung zunächst Einreise und Aufenthalt aller aus der Ukraine geflüchteten Menschen regelt und dafür sorgt, dass sie sich im Gegensatz zu Menschen aus anderen Ländern (#willkommenskultur) zunächst auch ohne Aufenthaltstitel in Deutschland aufhalten dürfen, muss zumindest die Aufenthaltserlaubnis eingeholt werden. Der Papierkram ist damit nicht aufgehoben, nur aufgeschoben. Die Regelung heißt nicht umsonst »Übergangsverordnung«. Sobald es Änderungen innerhalb der Verordnung gibt und falls Anna dann nach wie vor in Deutschland würde bleiben wollen, werden wir uns darum kümmern, dass sie einen Aufenthaltstitel bekommt, wovon es laut Aufenthaltsgesetz so viele gibt wie Weltwunder: die Aufenthaltserlaubnis, die Blaue Karte EU, die ICT-Karte, die Mobiler-ICT-Karte, die Erlaubnis zum Daueraufenthalt – EU, die Niederlassungserlaubnis und das Visum.

Obwohl die meisten Ämter ihre Öffnungszeiten verlängert haben, laufen die Registrierungsprozesse aber nicht so schnell ab wie erwartet. Die immense Masse, das Durcheinanderbringen der Reihenfolge sowie mein Berufsleben funken dazwischen. Aber immerhin ist heute die Bestätigung der Genossenschaft im Briefkasten, und mein Bruder übernimmt prompt die zweite Fahrt zum Flughafen, damit ich einen Teil der liegen gelassenen Arbeit wegschaffen kann. Gern hätten Anna und ich heute direkt im Anschluss im Sozialamt unterstützende Gelder für sie beantragt, doch leider ist das nur von Montag bis Donnerstag zwischen neun und elf Uhr möglich. Eine Woche mehr oder weniger lässt uns vor Ungeduld nun aber auch nicht platzen, und allein die Aussicht darauf, danach Ämter fürs Erste nur noch von außen sehen zu müssen, macht mich glücklich.

Laut Artikel 16a des deutschen Grundgesetzes »genießen« politisch Verfolgte in Deutschland zwar das Recht auf Asyl, besagter Genuss ist jedoch fraglich, wenn man die zeitliche Begrenzung sowie die genauen Konditionen bedenkt, mit denen das Asylrecht einhergeht. Laut dem US-amerikanischen Intellektuellen Michael Walzer besitze der Staat eine souveräne Macht, die er über die politische, vielmehr biopolitische Wahl der Neuankömmlinge ausübe, die zugelassen werden, wenn sie den Bedingungen und Eigenschaften des Lastlandes entsprechen. Oder wie Anna sagen würde: »Ich will keine Sklavin sein.«

Das Wort »Asyl« mag, entlehnt aus dem Lateinischen und Griechischen, zwar für »Zufluchtsstätte« stehen und der Staat mit netten Geldsummen locken, doch als Asylant:in ist und bleibt man Gast. Ein Asylantrag bedeutet die Unterbringung in einer Asylunterkunft sowie die Zuweisung in ein bestimmtes Bundesland und später eventuell in einen bestimmten Landkreis – auch wenn die Menschen bereits privat untergebracht sind. Ein Umzug in eine andere Stadt, um dort beispielsweise das Studium fortzusetzen, ist dann kaum noch möglich. Nach der endgültigen Entscheidung des Bundesamtes, also nach Abschluss des Asylverfahrens – und das dauert selten nur sechs Monate, eher bis zu zwölf –, folgt entweder das Aufenthalts- bzw. Bleibe*recht* oder aber die Ausreise*pflicht*. Eine Duldung (hört, hört!) erhält, wer zur Ausreise verpflichtet ist, aber vorerst nicht abgeschoben werden *kann*. Man wird also geduldet, soll das Land aber wieder verlassen, sobald möglich. Außerdem führt ein Asylantrag zu einer Sperre für die Erteilung einer Aufenthalts*erlaubnis*. Vor Abschluss des Asylverfahrens darf schlicht keine Aufenthaltserlaubnis erteilt werden, es sei denn, es besteht ein gesetzlicher Anspruch darauf. Dabei sind die Bedingungen einer Aufenthaltserlaubnis, abgesehen davon, dass sie nicht nur für die Dauer eines laufenden (Asyl-)Verfahrens gilt, so viel schöner als die des Asylrechts. Der vorübergehende Schutz nach § 24 AufenthG beinhaltet das Recht auf Erwerbstätigkeit, den Anspruch auf Sozialleistungen und Gesundheitsversorgung, den Zugang zu Deutschkursen sowie zum Schulsystem und das Recht auf Familiennachzug. Läuft die Aufenthaltserlaubnis ab, sollte auf keinen Fall vergessen werden, einen neuen Antrag zu stellen, sonst droht der Verlust des Bleiberechts. Der ganz heiße Scheiß ist wiederum die Niederlassungserlaubnis, die jedoch erst erteilt wird, wenn man schon fünf Jahre mit Aufenthaltserlaubnis straffrei in Deutschland gelebt und gearbeitet hat. Hat man die Niederlassungserlaubnis erreicht, hat man einen unbefristeten Aufenthalt in Deutschland gewonnen. Eine Niederlassungserlaubnis darf nie durch Auflagen eingeschränkt werden. Mit ihr darf man jeder Art Beschäftigung nachgehen und überall in Deutschland wohnen. Die Entscheidung, ob das jetzt besonders nett oder einfach normal ist, sei jedem und jeder selbst überlassen.

Bianca: Papa, wie waren deine ersten Besuche auf deutschen Ämtern 1989?

Papa: Mein Cousin war bereits seit einem Jahr in Deutschland, er hat mich dorthin begleitet. Allerdings wollte er das Sozialamt nicht betreten, da er bereits eine Wohnung besaß und wir Sorge hatten, sie könnten von mir fordern, bei ihm unterzukommen. Er war Ende 30, ich 28, wir wollten beide ein eigenes Leben für uns und unsere Familien aufbauen. Als ich das Gebäude betrat, waren meine Hände schwitzig, und ich habe den ganzen Morgen nichts essen können (Anmerkung der töchterlichen Redaktion: Es muss ernst gewesen sein).

Der Beamte, der für mich zuständig war, sprach ausschließlich Deutsch. Das einzige Wort, das ich verstand, war »Asyl«. Passt schon zu meiner Situation, dachte ich, »Asyl« klingt nach »Ausländer«. Der Mann nickte, nahm meinen Pass mit und brachte ihn gemeinsam mit einem abgesegneten Antrag zurück.

Als ich das Gebäude verließ, jubelte mein Cousin, dass ich so problemlos, ohne Wartezeit, einen Heimplatz ergattert hatte. Erst in der U-Bahn fiel ihm der Fehler auf. »Du bist doch kein Asylant!«, schrie er. »Du willst nicht ins Asylanten-, du willst ins Aussiedlerheim!« Ich verstand die Welt nicht mehr. Der Beamte hatte doch meinen Pass gesehen und hätte meine deutschen Wurzeln herauslesen können. Oder was auch immer nötig war, um mich als Aussiedler[*] einzuordnen.

Nach zwei Nächten im Doppelstockbett des engen Asylantenheims korrigierte ich den Fehler auf dem Amt in Marienfelde. In der Zwischenzeit hätte ich bei meinem Cousin schlafen können, doch dann hätte ich auf dem Amt erklären müssen, warum ich nicht im Asylantenheim aufgekreuzt war, und wie gesagt: Es sollte niemand wissen, dass ich Alternativen zum Aussiedlerheim hatte.

---

[*] Als Aussiedler:innen und Spätaussiedler:innen versteht man zugewanderte Menschen deutscher Abstammung, die aus einem Staat des Ostblocks bzw. des ehemaligen Ostblocks in die Bundesrepublik Deutschland kamen, um dort ansässig zu werden. Diese rechtliche Kategorie umfasste Menschen mit verschiedenen Hintergründen aus unterschiedlichen Ländern wie Polen, Rumänien, Jugoslawien und der ehemaligen Sowjetunion. Was sie gemeinsam hatten, war, dass ihre Heimatländer während des Kalten Krieges kommunistisch regiert wurden und sie dort in den meisten Fällen als Deutsche galten. So wurden die Privilegien begründet, die sie nach ihrer Ausreise in Deutschland erhielten. Dazu gehörte unmittelbarer Zugang zur deutschen Staatsangehörigkeit sowie aktive Integrationshilfe in Form von Sprachkursen und Finanzhilfen durch den Staat. Kurzum: (Spät-)Aussiedler:innen genossen als »deutsche Volkszugehörige« (Anmerkung der Redaktion: würg) privilegierte Aufnahmebedingungen in der Bundesrepublik Deutschland.

Bei meinem zweiten Versuch lief alles glatt, und ich kam ins Heim in der Keithstraße 17.[*] Als Mama mit euch Kindern nachkam, zogen wir nach Wannsee ins nächste Heim um.

Bianca: Mama, wie war die Zeit im Heim in Wannsee für dich? Ich stelle mir das wahnsinnig anstrengend vor, sich mit mehreren Familien und zwei Kleinkindern eine Küche und ein Bad zu teilen.

Mama: Wir haben nicht gemeckert, wir waren zufrieden mit dem, was wir hatten.

Bianca: Das sagt viel Gutes über euch aus, aber manchmal ist es auch okay zu meckern. Also?

Mama: Natürlich war es anstrengend, den ostdeutschen Familien mit deutschen Sprachkenntnissen und Verwandten im Land dabei zuzusehen, wie sie nur wenige Wochen oder Monate blieben. Natürlich war es anstrengend, dass man sich eine Küche und ein Bad teilen

---

[*] Die Keithstraße kreuzt die Kurfürstenstraße, den Straßenstrich Berlins mit verruchtem Image. An selber Stelle, an der sich früher das Aussiedlerheim befand, kann man nun zum Podologen gehen und direkt danach nebenan ins Make-up-Studio. Um die Ecke gibt es Clubs, Sex-Shops und Motels. Papa boten sich also zahlreiche Unterhaltungsmöglichkeiten. Die töchterliche Redaktion bittet um Verständnis, dass aus Gründen des Selbstschutzes an dieser Stelle keine weiteren Fragen gestellt wurden.

musste und nicht jeder immer ordentlich war. Da gab es dann auch mal kleine Streitereien. Aber wir wussten, dass es nur für eine gewisse Zeit war, und danach kamen wir ja schon in unsere schöne, große Wohnung. (Anmerkung der töchterlichen Redaktion: Gemeint ist eine Wohnung im elften Stock einer Plattenbausiedlung.)

4. März 2022, Tag 9

Anstatt mich vor dem Sumpf aus Nachrichten in Acht zu nehmen, scrolle ich weiter durch Artikel von 2014, die es bereits besser wussten und vor Putins möglichen Plänen warnten. Jeder Gedanke, den ich in meinem Kopf aufmache, öffnet drei weitere Gedanken, dann flüchte ich erst in Metaphern sowie Bilder und anschließend in Sätze wie »Die Welt ist eben kompliziert geworden« oder in inbrünstig ausgeatmete Ein-Wort-Folgerungen wie »Globalisierung …«. Verbales Handtuchwerfen at its best. Gefühle verdrängen, Denkprozess beenden und lieber schnell ablenken.

Greta Thunberg (immer noch erst 19 Jahre alt, immer noch schlauer als die meisten) hat dem *Guardian* gesagt, für sie sei Hoffnung nichts, das einem gegeben würde, sondern etwas, was man sich verdienen, etwas, was man schaffen müsse. Hoffnung entstehe nicht, indem man darauf wartet, dass jemand anderes etwas tut. Hoffnung bedeute, aktiv zu werden.

Wenn ich meine Eltern frage, was ihnen in ihrer ersten Zeit in Deutschland am meisten Hoffnung gegeben hat, ob es ihr Miteinander war oder erste Erfolge oder Menschen, die ihnen halfen, dann sagen sie: Es war die Aussicht auf ein Leben in Deutschland. Papa: »In Polen gab es nichts. Wir hatten nichts zu verlieren.«

Menschen, die vor dem Krieg fliehen, könnten ihr Leben verlieren.

Hoffnung bedeutet Zukunft. Oder zumindest die Aussicht darauf.

Ich setze einen neuen Post auf, in dem ich darauf aufmerksam mache, dass bei mir noch immer ein Zimmer frei ist. Sollte das in den nächsten Tagen nichts ergeben, fahre ich zum Hauptbahnhof, sobald ich Covid hinter mir habe. Wenn Nawalny aus dem Knast heraus kommunizieren kann, dann kann ich das doch wohl auch aus der Quarantäne.

2. April 2022, Tag 38

»Hier waren die Klitschkos!«, rufe ich aufgeregt, als der Weg zur U-Bahn Anna und mich am chinesischen Restaurant »Bei-Ling« vorbeiführt. Ich springe auf die Rampe, die den Reinickendorfer Rentner:innen über den Treppenstufen vor dem Eingang verlegt wurde. »Für eine alte Fitnessstudiowerbung. Sie haben dafür einen Fatsuit getragen und sind die Rampe vom Restaurant runtergelaufen.«

»Was?« Anna hat zu Recht Schwierigkeiten, meine Euphorie ad hoc zu teilen.

»Die Boxer, die Politiker!«

»Ich weiß, wer die Klitschkos sind.« Natürlich weiß Anna das. Eher dürfte sie verwundert sein, dass *ich* sie kenne. Doch schon in dem Alter, in dem eher Lolek und Bolek und Herr Nilsson und der Kleine Onkel zu meinen Heldenpaaren gehörten, waren mir Wladimir und Vitali Klitschko ein Begriff. Mit Staunen und Freude beobachtete ich die leuchtenden Augen meines Bruders und meines Vaters, wann immer die Namen der Klitschkos fielen. Zwei Männer, die es schafften, ausgerechnet meinen Vater und meinen Bruder in ihrer Bewunderung zu vereinen, obwohl sie sonst so gern anderer Meinung waren. Mama sagte, sie hasse Boxen, aber selbst sie holte ihre Mon Chéri aus der Schublade, in der sie sie vor Papa versteckte, wenn die ansehnlichen, großen Klitschko-Brüder zur Prime Time im Ring erschienen. Als ich Mama einmal darauf ansprach, wurde sie so rot, als wäre ihr der Kirschlikör direkt in die Wangen gestiegen. »Pst!«, machten mein Bruder und mein Vater einvernehmlich wie aus einem Mund. Dabei hatte ich mit meiner Frage an Mama bereits extra auf die Werbung gewartet, auf den hemmungslos auf sich aufmerksam machenden Bierschaum in Kombination mit rauschenden Niagarafällen, lediglich übertönt von einer tiefen Männerstimme, die »Warsteiner« brummte. Mein Bruder bat mich höflich um Ruhe (»Nerv nicht!«), da selbst in besagter Werbung unerwartet die Klitschkos auftauchten, um die Männerstimme um ein »Ahhh« und »vitalisierend« zu ergänzen.

Mittlerweile schlagen sie andere Töne an. »Das ist

blutiges Geld«, sagte Vitali in seiner Funktion als Bürgermeister der ukrainischen Hauptstadt vor wenigen Tagen in einer Rede, die live in die Ratsversammlung von Hannover übertragen wurde, und meinte damit Geld, das die deutsche Industrie in die russische steckt. »Jeden Euro und jeden Cent, den die Russische Föderation bekommt, investiert sie nicht in ihre Wirtschaft und nicht in ihr Volk, sondern in ihre Armee.«

Er kämpft nicht länger um Goldene Gürtel und private Millionen, sondern um das Leben der ukrainischen Bevölkerung. Vitali und Wladimir fordern mehr Unterstützung aus Deutschland. Genauso wie auf Waffen sei die Ukraine auf finanzielle und humanitäre Hilfe angewiesen. Die Wirtschaft liege am Boden, und in manchen Städten gebe es weder Lebensmittel noch Wasser noch medizinische Versorgung. Auch Wladimir Klitschkos verbale Schlagkraft steht seiner physischen in nichts nach: »Wir haben keine Zeit.«

In Anbetracht der Bilder, die uns heute aus Butscha erreichen, ist kein Widerspruch mehr möglich. Nach Angaben des Bürgermeisters der Stadt mussten 280 Menschen in Massengräbern beigesetzt werden, da die drei städtischen Friedhöfe noch in Reichweite des russischen Militärs liegen. Die Straßen seien voller Leichen, und es stünden Autos auf den Straßen, in denen ganze Familien getötet worden waren. Außerdem warnte Präsident Selenskyj bei Facebook vor verminten Gebieten und weiteren Luftangriffen.

»Wir haben keine Zeit«, hat Wladimir Klitschko vor drei Tagen gesagt. Aber vielleicht hatten wir die

Zeit. Vielleicht wiederholen wir in dieser Sekunde denselben Fehler der letzten Jahre, indem wir nur im Gestern und im Heute nach Fehlern graben. Vielleicht gab es den Moment, in dem man Bilder wie die aus Butscha hätte vermeiden können, die heute um die Welt gehen. Vielleicht ist jetzt der Moment, um ein Butscha von morgen zu verhindern.

5. März 2022, Tag 10

»Gemeinsam menschlich werden«, lese ich auf einer Schrifttafel in meiner Timeline auf Instagram. Es ist relativ, was das bedeutet. Putin ist ein Mensch. Alle fünf Minuten kontrolliere ich, ob sich jemand gemeldet hat. Ob eine Mail von einer Organisation zur Vermittlung Geflüchteter eingetroffen ist oder eine Nachricht in den Private Messages meines Instagram-Accounts. Bislang nichts.

3. April 2022, Tag 39

Entschuldigend blicke ich zu dem kauzigen Fremden auf, der schon zum dritten Mal meine heruntergefallene Thermoskanne davor bewahrt hat, durch fragwürdige Flüssigkeiten zu rollen. Anna und ich sitzen mal wieder in der U8. Die Gleise quietschen unangenehm laut, und durch das offene Bahnfenster pfeift der Wind und scheint den in der Nase zeckenden Geruch nach gegärter Kotze eher noch im Abteil zu verteilen, als ihn zu beseitigen. Die Tränen wegblinzelnd, stecke ich meine Nase in Simone de Beauvoirs Roman »Sie kam und blieb« und Anna ihre in die dünnblättrige Abbildung des Berliner U-Bahn-Netzes, welche wir aus einem der BVG-Magazine herausgerissen haben.

»Ahh, Kurfürstenstraße ist da, wo das KaDeWe ist«, Anna deutet mit ihrem behandschuhten Finger auf das kleine Rechteck, das zwei kurzzeitig parallel zueinander verlaufende Linien in Türkis und Grasgrün miteinander verbindet, die stellvertretend für die U1 und die U3 stehen. »Wo sie teure Sachen verkaufen.«

»Nein, das ist, wo sie Körper verkaufen«, erwidere ich. »Du meinst den Kurfürsten*damm*, die Kurfürsten*straße* ist die Straße mit den Prostituierten.«

»Ups.«

»Aber nah dran.«

Das Klingeln von Annas Telefon unterbricht uns. Ich senke den Blick an meiner Maske vorbei wieder auf die Seiten, bemüht darum, an den beschlagenen Stellen meiner Brille vorbeizulesen. Zwei Jahre Covid, und ich kriege es immer noch nicht hin, sie vernünftig unter mein Brillengestell zu klemmen. In diesem Fall stellen sich meine Bemühungen ohnehin als hinfällig heraus, weil Annas plötzlich aufgebrachte Stimme mich allzu sehr von den Buchstaben in meiner Hand ablenkt. Die Worte scheinen sich in ihrem Mund zu überschlagen. Ich verstehe kaum etwas außer »da«, »net« und »ya ne znayu«. Kaum dass Anna aufgelegt hat, will ich wissen, was los ist. Sie winkt ab, als würde sie die ganze Hand abwerfen wollen: »Nicht hier!«

Die Leute gucken. Dass ich darauf gucke, ob die Leute gucken, erinnert mich ungut an meine Eltern. Anna wendet sich von mir ab, ihre Knie zeigen Richtung Ausgang. Als ich ankündige, dass diese Station unsere ist, springt sie sofort auf und raus. Für die anderen Bahngäste muss es so aussehen, als hätten Anna und ich einen Streit.

Noch auf den Bahngleisen frage ich sie, was passiert ist, und erfahre, dass sie mit ihrem Freund gesprochen hat, der ihr die Frage stellte, was eigentlich mit dem ukrainischen Konto passiert, wenn wir ein deutsches eröffnen.

»Ich glaube nicht, dass Deutschland dein Geld einsackt«, vermute ich ohne handfestes Wissen. »Ich meine, du bist vorm Krieg geflohen. Es wäre grausam, dir jetzt auch noch deinen letzten Besitz wegzunehmen ...« Slawyk will Anna Geld auf ihr ukrainisches Konto überweisen, hat aber Angst, dass es von staatlichen Institutionen eingezogen wird, weil sie in Deutschland registriert ist, aber nicht erwerbstätig.

»Ich werde es googeln«, ist meine sowie keine Antwort. Dementsprechend fällt Annas Reaktion aus.

»Sei doch nicht so wütend«, stelle ich dieselbe Anforderung an sie wie schon vor dem Sozialamt. Es mag sein, dass sich ihre Schroffheit nicht gegen mich, sondern die Situation an sich wendet, doch sosehr ich auch daran glauben möchte, es fällt mir nicht leicht. Unser beider Selbstbeherrschung verschwimmt zu einer horizontlosen Suppe aus Unsicherheit, Wut, Erkenntnis. »Ich gebe mein Bestes.«

»Ich weiß. Sorry! Es ist nicht deinetwegen ...«
Anna lässt die zweite Satzhälfte in der Luft hängen.

»Ich glaube wirklich an unser System«, sage ich einen Satz, von dem ich nicht genau weiß, welcher blindverträumte Teil meines Hirns ihn mir ausspuckt. Auf jeden Fall einer, den ich bereits als abgestorben abgestempelt hatte. Als jüngste Tochter war es immer mein Job, beim Familienessen konträre und kritische Meinungsanteile beizusteuern. Mindestens aus Prinzip. Meine Eltern glauben an den Sinn, den alles hat, was Deutschland sich so ausdenkt. Zum Beispiel, dass, wer von Hartz IV schlecht leben kann, selbst schuld ist. Eine These, die sie so selbstbewusst vertreten, als hätten sie schon mal Hartz IV bekommen. Seit dem Erwachen meines pubertären Widerspruchsgeists waren Mama und Papa dementsprechend stets eine dankbare Spielfläche. Sie fühlen sich Deutschland gegenüber, im Gegensatz zu mir, die ich hier geboren wurde, stets zu Dank verpflichtet, weil das Land sie entgegen jeder Selbstverständlichkeit auf- und angenommen habe.

Manchmal vergessen wir in unseren Diskussionen, dass wir das gleiche Jetzt mit einem unterschiedlichen Früher vergleichen. Meine Eltern haben altersbedingt ein anderes Früher erlebt als ich. Ihr Früher hat mein Früher vorbereitet, befand sich dementsprechend auf einem anderen Entwicklungsstand. Deshalb sieht unser gemeinsames Jetzt durch ihre Augen besser aus als durch meine. Als wäre das nicht Konfliktpotenzial genug, sind Mama und Papa im polnischen Sozialismus aufgewachsen, wurden zu Systemtreue und Obrigkeitshörigkeit erzogen gegenüber Instanzen wie dem Staat und der Kirche. Sie stellen die natürliche Autorität des Landes, in dem sie leben, nicht infrage. Ich hingegen habe nicht das Gefühl, dass ich mir Kritik erlauben *darf*, sondern erlauben *muss*. Dass es meine Pflicht als mündige Bürgerin ist, selbiges zu tun. Politisch zu sein ist ein Privileg, schon klar, unpolitisch zu sein allerdings auch.

Während bereits die nächste Bahn einfährt, schüttelt Anna noch immer schweratmig den Kopf.

»Ich glaube an das System«, schaffe ich es tatsächlich noch mal zu sagen, als schon im nächsten Moment die Stimme einer Fremden in meinem Rücken ertönt: »*Karuna Kompass*, guter Preis. Wer will eine Straßenzeitung? Ich verkaufe Straßenzeitung!«

»Und ich werde einen Freund um Rat bitten, der sich besser mit finanziellen Angelegenheiten auskennt«, korrigiere ich mich daraufhin schnell. »Wir versuchen Klarheit zu bekommen. Okay?«

Anna nickt: »Okay.«

6. März 2022, Tag 11

Auf meinen Post hin hat sich nach wenigen Stunden eine Freundin gemeldet und mir das Profil einer jungen Frau weitergeleitet, die in ihrer Story für eine Freundin um Hilfe bittet. Die beiden haben gerade eine vorübergehende Unterkunft in Polen gefunden, sehr nah bei der Grenze, und sie wollen weiterreisen: »Ich habe schon einen Ort in Berlin gefunden, an dem ich bleiben kann, aber meine Freundin hat einen Hund, und deshalb ist es nicht so einfach für sie.«

Ehrlich gesagt hebt die Aussicht auf ein mitgebrachtes Haustier meine Laune mehr, als dass sie sie senkt. Ich lese weiter.

»Ihr Name ist Hanna, 30 Jahre. Der Name des Hundes ist Oscar, ein Chihuahua.«

Hund oder Ratte, höre ich sofort die Stimme meines Bruders im Ohr. Und auch ich muss gestehen, dass Chihuahuas in meinen Augen eher Verwandtschaft mit Nagetieren als mit Hunden aufweisen. Doch Konzentration aufs Wesentliche: Hanna und ich werden durch die Freundin miteinander in Verbindung gesetzt. Ich leite meine private Telefonnummer weiter, doch als sie das erste Mal anruft, bin ich gerade unterwegs. Wir verabreden uns für einen Videocall am nächsten Tag, um den Hanna vermutlich gebeten hat, um herauszufinden, ob ich wirklich Bianca (24, Autorin und Schauspielerin) und nicht Ulf (58, LKW-Fahrer und stolzer Briefmarkensammler) bin. Sie will nächste Woche gemeinsam mit Oscar bei mir einziehen. Fotos von ihm verschicke ich großzügiger an Mama als die von dunkelblauer Spitzenunterwäsche. Mit etwas Glück ist mein PCR-Test morgen negativ, und ich werde aus der Quarantäne raus sein, um alles vorzubereiten.

4. April 2022, Tag 40

»So …?« Anna schaut unruhig abwechselnd auf das Handy in meiner Hand und in meine Augen. »Was denkst du?«

Sie hat mir eine Telegramnachricht weitergeleitet, die in einem der Chats kursierte, in denen sich in Deutschland angekommene Ukrainer:innen miteinander austauschten. Die Tatsache, dass besagte Nachricht mit zwölf Ausrufen und höchst reißerisch eingeleitet wurde, gab mir zwar zu denken, doch der Inhalt bereitet mir trotzdem Sorgen. Gestern ist ein mit russischen Fahnen bestückter Konvoi durch Berlin gefahren, und auch wenn ich weiß, dass deshalb nicht alle Welt den Verstand verloren hat und ein normales Leben unmöglich macht, bin ich verunsichert. Also recherchiere ich, ob man sich als osteuropäisch gelesener Mensch heute tatsächlich von den Straßen Berlins fernhalten sollte, weil eine russische Schlägertruppe von mehreren Hundert Leuten unterwegs sei, um »den Krieg und die brutale Tötung von Ukrainern zu unterstützen«, wie es in der Telegramnachricht heißt. Nach wenigen Minuten und der Absicherung durch einen Freund war ich mir sicher, dass es sich um einen Fake handelt. Verlässliche Quellen mit Informationen über eine solche Schlägertruppe sind nicht auffindbar, und mindestens genauso viele Nachrichten, wie es über den Konvoi zu lesen gibt, berichten von Anfeindungen, mit denen Russen und Russinnen selbst in Deutschland zu kämpfen haben.

Welche Menschen haben so wenig zu tun, dass

genug Zeit bleibt, um ellenlange Kettenbriefe aufzusetzen, die nicht mal frei von Rechtschreibfehlern sind? Wie viel Wut und wie viel schlechten Humor muss jemand haben, dass nicht mehr übrig bleibt, als mit Angst und Verunsicherung zu spielen, Menschen gegeneinander aufzuhetzen? Als gehörte das Gemeinsein zum Dabeisein dazu.

»Better buy condoms«

Ich wurde von Freundinnen oder Freunden mehrerer Telegram-Gruppen hinzugefügt, in denen sich Ukrainerinnen und Ukrainer über den Krieg austauschen. Ich kenne diese Leute nicht, aber wir teilen unser Wissen oder das, was wir für Wissen halten. Es ist schlimm. So viel Trash of News auf einem Haufen habe ich selten erlebt, die Wahrheit ist schwer zu finden, weil die Leute alles ungefiltert teilen. Natürlich können die Telegram-Gruppen praktisch sein, wenn man mal eine bürokratische Frage hat oder das Gefühl sucht, nicht allein zu sein, sonst wäre ich schon längst ausgetreten, doch ich muss alles filtern. Das bezieht sich nicht nur auf Schlagzeilen, Videos und Fotos, sondern selbst auf Erfahrungsberichte. Am Ende lehren mich nur die Situationen mit Sicherheit etwas, die Bianca und ich miteinander durchleben.

Meinung wird viel zu schnell als Tatsache verkauft, anderen wie sich selbst. Menschen, die einen ähnlichen Weg hinter sich haben und im gleichen Land angekommen sind, streiten sich in der Telegram-Gruppe. Die einen regen sich auf, Deutschland würde sie zu Sklaven machen, andere verteidigen das Land und sagen, wir sollten dankbar sein, denn die deutsche Regierung mache viel mehr für uns als die ukrainische jemals zuvor.

Am meisten aber nervt die ständige Panikmache, die meine Laune manchmal negativ beeinflusst, ob ich will oder nicht. Zum Beispiel hat einmal eine Frau gefragt, ob wir alle schon Toilettenpapier gebunkert hätten, weil sie in den deutschen Medien gelesen habe, dass das jetzt wichtig sei. Und ob man bei Rossmann größere Mengen Kondome bekomme. Eine Woche später schrieb sie hysterisch, dass sie Sirenen gehört habe und der Krieg auch nach Deutschland käme. Dass wir schon bald alle tot seien. Der Rest der Gruppe war sich einig: »Better go and buy condoms.«

Wir haben nur ein Paar Handschuhe, deshalb teilen wir es. Anna trägt den linken, ich den rechten.

»›Handschuh‹ ist ein lustiges deutsches Wort.« Der Mangel an besserer Ablenkung senkt meinen Humoranspruch. »Ein Schuh für die Hand.«

Deutlich.

Anna nickt: »Noch ein Puzzle-Wort.«

Sozialamt – Klappe, die zweite. Im Gegensatz zum letzten Mal steht diesmal nicht mal die Bank in der Sonne. Anna tritt vom rechten auf den linken Fuß und andersherum, rechts von uns hält eine fitte Mutter ihre eigenen und fremde Kinder mit Kniebeugen und anderen Übungen warm. Die biegsamen kleinen Körper zittern, obgleich sie in Schals und Mützen gehüllt sind. Direkt vor uns warten zwei Männer, deren Jacken und Frisuren ich vom letzten Mal wiedererkenne. Wie versprochen vorgelassen in der Schlange werden weder sie noch wir. Vermutlich ist dieses mitleidige Angebot der Angestellten ein voreiliges gewesen und würde in der Umsetzung Chaos bedeuten. Wer weiß, wer hier außer uns noch alles eine Ehrenrunde dreht, weil beim ersten Besuch nicht alle Dokumente komplett waren. Hinter uns hat eine Frau ihrem Yorkshire-Terrier die Kapuze seines kleinen Mäntelchens übergestreift, auf das die Buchstaben L und V gestickt sind. Anna unterhält sich mit der Besitzerin über die Flucht samt Hund und darüber, was sie alles zurücklassen mussten, was ich nur verstehe, weil sie es mir ins Englische übersetzt. Ihre Gucci-Turnschuhe stehen ihr gut und sorgen dafür, dass Calvin Klein heute in nicht so schlechter Gesellschaft ist. Die Klänge der slawischen Sprache erinnern mich an zu Hause, doch so schön und wohltuend der Klang auch sein mag, der Reiz, den Frauen zuzuhören, erschöpft sich nach wenigen Minuten, weil ich kaum etwas verstehen kann. So muss Anna sich also fühlen, wenn wir uns mit Freund:innen treffen oder in der Bahn unterwegs sind oder an der Kasse im Supermarkt anstehen oder uns mit den Angestellten irgendwelcher Ämter unterhalten oder, oder, oder.

»Die Nächsten, bitte.« Eine Frau in goldener Maske und gelber Weste öffnet uns die Tür zum Ernst-Reuter-Saal. Wir werden umgehend einem Tisch zugewiesen, an dem ein russischsprachiger Sachbearbeiter die von uns mitgebrachten Unterlagen durchgeht und einzelne Informationen in ein Formular überträgt. In seinem Rücken sitzen zwei Kinder auf einem Sofa und sind mit

Ausmalbildern beschäftigt. Vermutlich warten sie auf ihre Eltern oder Mütter, die an einem der Tische neben uns die etwa zehnminütige Bearbeitungszeit pro Person absitzen. Die im Hintergrund spielende Jazzmusik mag manch einem hier fehl am Platz erscheinen, andere wiederum freuen sich gerade deshalb, dass sie da ist. Anna zum Beispiel.

»Sie benötigen noch ein Dokument, das Sie am Flughafen Tegel erhalten. Erst dann …«, höre ich zu den verspielten Pianoklängen aus den Boxen eine Frauenstimme hinter uns erklären, bevor sich meine Aufmerksamkeit wieder auf unseren Sachbearbeiter richtet, der mit den Dokumenten gerade vom Kopierer zurückkehrt.

»Hanna, die Gräfin«, stellt er mit Blick in den Ausweis fest. »Toller Nachname.«

»Die Gräfin?« Endlich verstehe ich mal wieder ein Wort. Er sieht verwundert zu mir. »Ja?«

»Entschuldigung, ich spreche die Sprache nicht.« Ich lächle leicht verschüchtert. Der Mann ist wirklich freundlich, doch es fühlt sich trotzdem an, als hätte ich ein Fließband zum Stoppen gebracht. Erst als wir den Ernst-Reuter-Saal verlassen, flüstere ich Anna zu, dass ich finde, dass die Bedeutung ihres Namens gut zu ihr passt. Sie lebt nun schon seit über zwei Wochen bei mir, und wir sind nie darauf zu sprechen gekommen. Aber warum auch?

Wir stellen uns in die nächste kollektiv ungeduldige Schlange, in der Hoffnung, vor der Schließungszeit des Sozialamts um zwölf Uhr noch dranzukommen. Ich habe es gerade mal geschafft, das Infoblatt über dringend gesuchte medizinische Fachkräfte wie z. B. Kranken- und Altenpfleger:innen durchzulesen, das der Sachbearbeiter uns mitgegeben hat, als ein Mann durch die Schwingtür stürmt. Er schreit den Sicherheitsbeamten an, der den Einlass reguliert: »Von irgendwat muss ick doch leben!«

Camouflage-Hose, Hertha-Trikot und das Haar igelig aufgelegt. Der mal vorsichtig von mir als deutsch gelesene Mann droht dem Sicherheitsbeamten mit der Cola-Flasche: »In Friedrichshain war allet besser!«

Anna zieht ihre Kapuze tiefer ins Gesicht. Ich vermute, dass sie eigentlich eine Frau ist, die sich gern schön macht. Die sich Anlässe sucht, um sich schön zu machen. Unsere Blicke treffen sich in der Spiegelung der Eingangstür. 21, 22.

Wieselhaft wechselartig guckt Anna wieder weg, wischt sich flink mit dem Daumen über die Reste des gestrigen Lidstrichs unter ihren Augen und lässt den Blick auf der Suche nach Reflexionen der vorbeiziehenden Wolken über weiter oben gelegene Fenster wandern, als ein Mann aus dem Rathaus gelaufen kommt und dem Sicherheitsbeamten vier Zettelchen mit Nummern überreicht. Jeweils die Menschen, die zueinander gehören, sowie Anna und ich bekommen einen Zettel überreicht: »*Odin i dva: vnizu sleva. Tri i chetyre: vverkhu sleva.*«

»Eins und zwei: linke Seite, unteres Stockwerk. Drei und vier: linke Seite, oberes Stockwerk«, übersetzt Anna für mich, während mich die Hand des Sicherheitsbeamten am Rücken nach vorn schiebt. Die Zettel sind also dafür da, von vornherein eine gleichmäßige Aufteilung der Anstehenden auf Sachbearbeiter:innen zu garantieren. Eine Aufgabe, die ich sonst eher einem Automaten und einer dazugehörigen elektronischen Anzeigentafel zugeordnet hätte, aber wahrscheinlich soll der Typ, der stattdessen zwischen den Büros und dem Sicherheitsbeamten hin- und herpendelt, dafür sorgen, dass die Schlange sich vor dem Rathaus bildet anstatt darin. Anna und ich gelangen in einen langen, schmalen Flur, der genauso aussieht, wie man sich einen langen, schmalen Flur in Amtsgebäuden vorstellt. Auf den Bänken am Rand sitzen fast ausschließlich Frauen mit Kindern.

Glücklich und zufrieden lassen Anna und ich uns auf zwei leere Sitzplätze fallen. Wie schon vor zwei Stunden schauen wir wieder dem Yorkshire-Terrier in die Augen, diesmal liegen auch die spitzen kleinen Ohren frei, anstatt von der Kapuze verdeckt zu werden. Anna streift sich den einen, ich mir den anderen Handschuh ab. Wir müssen wieder warten, aber diesmal wenigstens nicht umgeben von Zitternden, sondern von Heizkörpern.

»Wir sollten unsere Jacken ausziehen«, sage ich vernünftigerweise. »Sodass wir nicht frieren, wenn wir wieder draußen sind.«

»Da.« Anna nickt zustimmend, aber das bleibt für eine Weile die einzige Bewegung, die sie macht. Auch ich ziehe die Jacke eher weiter zu, anstatt sie abzulegen. Erst mal richtig aufwärmen, dann bleibt immer noch genug Zeit, um vernünftig zu sein, anstatt nur vernünftig zu reden. Um die letzte Wartezeit zu überbrücken, ziehe ich mein Buch hervor. Sämtliche Türen stehen offen, doch es wurden kleine Tische mit Plastikverdeck zum Corona-Schutz davorgeschoben. Dass man sich seine Sozialleistungen nicht mal mit Sicherheitsabstand zwischen Fremden auf dem Flur abholen muss, scheint hier keinen zu stören. Was vielleicht auch daran liegt, dass sich heute hier niemand seine Sozialleistungen abholen kann.

»Sie müssen leider am Mittwoch wiederkommen«, erklärt die Frau mit dem Wollhaar, das von vielen kleinen Spangen fixiert wurde, wie sie Ballettkinder oft tragen, aus dem uns am nächsten gelegenen Büro heraus. »Aber ich gebe Ihnen einen Termin, dann können Sie an der Schlange vorbei, und es dauert nur wenige Minuten.«

Eine weitere Arbeitskraft übersetzt das der Familie, die vor uns dran ist, und ich übersetze es Anna.

»Aber warum?« Neue Lidstrichreste rieseln auf Annas Wangen nach.

»Leider sind heute sämtliche Computer ausgefallen.«

Willkommen im kupfernen Deutschland des Jahres 2022. Durchdigitalisiert bis zum OH-Projektor. Trotzdem ist Anna froh, dass wir jetzt hier sind, und ich bin es auch. Ein halber Vorwärtsschritt ist besser als keiner. Dann machen wir am Mittwoch eben den nächsten Spaziergang zum Rathaus, Frischluft tut gut.

Der Vormittag heute erinnert mich an den »Laufzettel«, wie Papa das vollgestempelte Schriftstück nennt, das er in den 90ern von Amt zu Amt geschleppt hat und das nun in einer von Mamas Erinnerungskisten vergilbt. Es muss ähnlich viel Geduld nötig gewesen sein wie die, die Anna heute an den Tag gelegt hat. Sie bleibt genügsam und entspannt, jetzt, wo sie sieht, dass ihr geholfen wird. Genügsam und entspannt, wie meine Freund:innen und ich es mitnichten gewesen wären. Selbst als ihr aus Versehen mit der Schere in den Arm geschnitten wird, anstatt einfach nur das gelbe Bändchen zu entfernen, das wir am Ende von Schlange Nummer eins erhielten, verzieht sie keine Miene. Auf dem Heimweg erlauben wir uns sogar richtig gute Laune, während in Ungarn gerade ein Orbán, trotz seiner Nähe zu Putin, seinen vierten Wahlsieg in Folge und fünften insgesamt feiert. Manchmal habe ich das Gefühl, dass wir uns einfach nur noch einer großen Sex-und-Drogen-Orgie hingeben sollten, bis in ein paar Monaten eh die Welt untergeht. Was man eben so macht, wenn man weiß, dass auf Urknall Atomknall folgt. Vielleicht haben wir auch Glück, und die Sonne denkt sich: »Ich fackel den Laden lieber ab, bevor einer dieser Möchtegern-Götter sich dabei mächtig fühlen darf, Allerweltsende zu spielen.« Wahrscheinlich wird es so kommen, denn es werden immer Putins nachwuchern, selbst wenn wir den aktuellen ausrotten würden. Es wäre verständlich, wenn Mutter Natur dem Ausmaß des auf der Erde produzierten Rotzes entsprechend die Supernova als Strafmaß wählt.

Jouana

Wenn mein Weltschmerz mich auf direktem Wege in die Weltuntergangsstimmung befördert, erinnert mich irgendetwas, Magie wahrscheinlich, beinahe automatisch an Menschen in meinem Umfeld, die lange und ausdauernd und beeindruckend beharrlich für etwas Einsatz zeigen. Einer dieser Menschen ist Jouana. Während ich mit Anna im Sozialamt saß, musste ich gleich mehrfach an sie denken, die in ihrem Leben bereits wesentlich mehr Erfahrung mit deutschen Ämtern sammeln musste als ich. Doch dazu gleich mehr.

First things first: Jedes Mal, wenn ich Jouana begegne, will ich Konfetti oder Schneeflocken über ihre Haare rieseln lassen. Ebenholzschwarze Kringel, die unzählig gegen die Schwerkraft anschwingen, wenn sie vor Lachen den Kopf schüttelt. Oder wenn sie tanzt. Schwerkraft spielt sowieso keine Rolle, sobald sie sich in Bewegung setzt. Räume zerfließen, Musik schäumt auf, nichts löscht das Feuer, das sie ist. Jouana Samia hat als Unternehmerin, Tänzerin und Choreografin 2017 »The Company« gegründet. Aus einer vagen Idee, die jungen Mädchen einen Raum geben sollte, sich freizeitlich zum Tanzen zu treffen, wurde ein handfestes Netzwerk. Europaweit wurde »The Company« bereits für Workshops, Musikvideos, Filme gebucht. So haben wir uns kennengelernt. Am Set eines Kurzfilms war sie als Choreografin und ich als Schauspielerin tätig. Zusätzlich zu dem Tanz, den Jouana für eine Kollegin und mich choreografierte, unterstützte sie mich dabei, eine Panikattacke so darzustellen, dass es realistisch aussah. Auch damit, wie sich Panikattacken anfühlen, hat sie mehr Erfahrung als ich sammeln müssen.

Unterstützt wurde sie bei ihrer Arbeit von Anthony, einem engen Freund und ebenso talentierten Tänzer und Choreografen, der sich auf High Heels bewegen kann wie ich nicht mal in Turnschuhen. Ich sag's, wie es ist (und mit ihrer Erlaubnis): Die beiden sind unfassbar sexy. Keine Ahnung, auf wen ich den größeren Crush habe. Anthonys Bewegungen wechseln zwischen Weichheit und Härte, die Grenzen zwischen feminin und maskulin verschwimmen, bis man sich fragt: Welche Grenzen? Jouana und ihm in Kombination beim Tanzen zuzusehen, gibt mir einerseits zwar das Gefühl, eine träge Fliege im Sommer zu sein, verleiht mir andererseits aber auch den unbedingten Willen, keine träge Fliege im Sommer mehr zu sein.

Nicht nur die Liebe zum Tanz, sondern auch ihre libanesischen Wurzeln verbinden die beiden. Im Gegensatz zu Jouana ist Anthony erst seit einem Jahr in Berlin. Als ich Annas und meine Erfahrungen in deutschen Ämtern mit den beiden teilen will, nicken sie bereits wissend und haben ebenfalls jüngste Anekdoten beizusteuern. »Es gab eine riesige Krise rund um Anthonys Asylantrag. Als er im Jobcenter sein Geld beantragen wollte, hieß es, die Ukrainer hätten Vorrang«, erzählt Jouana. »Das war super uncool.« Anthony spricht glücklicherweise fließend Englisch und konnte das nutzen, um sich im Amt zu verteidigen, um zu benennen, was unfair sei und dass er das Geld brauche, um zu leben. Doch die meisten Geflohenen sprechen ausschließlich Afghanisch, Arabisch oder zum Beispiel Farsi. »Dann kann man sich nicht für sich selbst starkmachen, sich überhaupt verständigen oder irgendetwas verstehen, außer, dass man eben nicht die gleichen Rechte hat wie andere Menschen.« Jouanas Locken wippen auf und ab. Ihre Wut ist ansteckend gut. »Vor dem Jobcenter gab es ein Zelt mit Snacks für die Ukrainerinnen und Ukrainer, das war bei den anderen Geflüchteten nicht so, und sie sehen das. Ihnen wird vor Augen geführt, dass man ihnen einen anderen Wert beimisst, wenn sie nicht aus Europa kommen und dunkle Haut oder Haare haben, wenn sie muslimisch gelesen werden, egal, ob sie muslimisch sind oder nicht.«

Während Jouana mir davon berichtet, lacht Anthony. Er zuckt mit den Schultern, als würde er die Last, die er bei dem Gedanken an diese Episoden seines Alltags empfinden muss, nicht auch noch mir aufbürden wollen. Ich hoffe, dass er im Jobcenter so richtig schön laut geworden ist, damit die Umstehenden in derselben Situation verstehen, dass sie sich nicht kleinmachen müssen. Dass ihre Wut berechtigt ist. Gleichzeitig weiß ich, was bei denjenigen hängen bleibt, die »auf der anderen Seite stehen«, die keinen Einblick in Anthonys Innenleben und seinen bisherigen Lebensweg haben. *Der Mann mit den kantigen Gesichtszügen und dem dichten schwarzen Bart randaliert.* Anstatt Konfetti regnet es Vorurteile.

Anthony und Jouana sind genervt davon, sich immer wieder erklären zu müssen: »Wir können lesen und schreiben und reiten nicht auf Kamelen. Wenn ich mir vorstelle, dass Menschen eine gefährliche Reise auf sich nehmen und stetig auf Ablehnung treffen, weil sie so aussehen wie ich, ist das einfach extrem mies.«

Jouana gibt die Suche nach Hoffnung nicht auf. »Ich glaube, dass wir durch Menschen, die ihre persönliche, private Recherche betreiben und sich austauschen, eine bessere Zukunft haben werden. Hoffentlich.«

Durch Menschen, die bereit sind zuzuhören, aber auch durch Menschen wie Anthony und Jouana, die bereit sind, ihre Geschichten zu teilen. Jouana wird über die nächsten Seiten verteilt ein paarmal zu Wort kommen, ihre Erfahrungen, Eindrücke und schlauen Gedanken mit uns teilen.

7. März 2022, Tag 12

»Hello, ich bin Ann.«

»Ann? Ich dachte, du heißt Hanna.«

»Nein, Ann passt.«

Frisch gewaschen und frisch negativ getestet sehe ich meiner zukünftigen Mitbewohnerin das erste Mal ins Gesicht. Zumindest virtuell. Schwer zu sagen, ob die Blässe den Umständen geschuldet ist oder ihrem Make-up. Sie sitzt vor einer beißend orange gestrichenen Wand. Ann dreht die Kamera, sodass ihr Hund in die Linse hecheln kann. Einen merkwürdigen Moment lang schweigen wir uns beide an.

»Sooo.« Ann nickt langsam. »Wie ist die Situation in Deutschland?«

»Die Situation in Deutschland?« Ich bin etwas überfordert. Was will sie hören?

»Ergibt es Sinn, nach Deutschland zu kommen? Gibt es da Jobs? Ich kann alles machen, wirklich. Ich kann auch putzen oder so was.«

Ich dachte eigentlich, dass sie erst mal hier ankommen will, aber Ann denkt schon eine Runde weiter. Ann, die gerade mal 30 Jahre alt ist und mit Sicherheit einen gewissen beruflichen Werdegang hinter sich hat und jetzt bereit ist, als Putzkraft bei null anzufangen. Als ich mir einen Moment zur Sortierung meiner Gedanken Zeit lasse, schiebt Ann gleich noch ein paar Fragen hinterher: »Gibt es Orte, an denen ich kostenfrei Essen für meinen Hund bekomme? In Polen gibt es solche Ausgabestellen, aber es sind so viele Menschen hier angekommen, dass es schwer wird, eine Wohnung zu finden. Außerdem: Wie lange kann ich bei dir unterkommen? Wie teuer ist die Miete?«

Wäre da nicht dieses unruhige Zittern von Anns Händen, während sie sich eine Zigarette anzündet – sie würde einen durch und durch abgeklärten Eindruck machen. Nacheinander beantworte ich all ihre Fragen und versichere, dass sie so lange bei mir wohnen kann, wie es brauchen wird. Anns wenig überzeugt aussehender Gesichtsausdruck lässt mich dieses Versprechen mehrfach wiederholen. Sowohl ihr brüchiges Englisch als auch die Tatsache, dass sie nichts annehmen möchte, erinnert mich an meine Eltern. Sie wollten und wollen sich ihren Platz *verdienen.*

Ann berichtet, dass ein paar der anderen Frauen, mit denen sie unterwegs ist, weiter in die Türkei reisen wollen, doch dass sie zu viel Respekt vor einem muslimischen Land habe. Sie kenne die Kultur nicht, drückt sie es vorsichtig aus. Wieder etwas, was mich an Mama und Papa erinnert. Die Vorbehalte gegenüber dem »Süden«, das In-einen-Topf-Werfen von Religion und Nationalität und Stigmen. Im Fall meiner Eltern hätte ich mir an dieser Stelle ein stärkeres verbales Gegenrudern erlaubt, ihnen womöglich gar Rassismus vorgeworfen. Anns Erklärung hingegen lasse ich unkommentiert. Wäre ich in ihrer Situation, ich hätte auch Sorge, in ein Land zu reisen, dessen Bildung und Medien, dessen *Alles* von einem Erdoğan geprägt werden.

Ann scheint zu wissen, was sie will. Ich frage mich, wie viele der Geflohenen sich die Erkenntnis, auf unabsehbar lange Zeit nicht in die Ukraine zurückkehren zu können, so eindeutig erlauben wie sie. Zumindest nicht in die Ukraine, die sie kennt.

»Was ist dein Plan?«, frage ich, als sich unser Gespräch merklich dem Ende zuneigt. »Wann willst du hier ankommen?«

Ann antwortet, ohne zu zögern: »Ich würde morgen zur Station gehen, an der die Züge losfahren, und versuchen, ein Ticket für in zwei Tagen zu bekommen. Wäre das okay?«

Mit jeder Stunde, die nach dem Telefonat mit Ann vergeht, lässt das frische Gefühl der eigenen Nützlichkeit nach, die, wie ich feststellen muss, wohl eher das war, was mich kurzzeitig trösten konnte. Ich habe in den letzten Tagen so viel Zeit mit halbgarer Küchenphilosophie verbracht, dass es ein wohltuendes Gefühl war, aus dem Denken ins Tun zu kommen. Allerdings habe ich noch nicht wirklich etwas getan. Bislang habe ich nur viel versprochen.

5. April 2022, Tag 41

Lebenskünstlerin oder Hochstaplerin?

Vermutlich bin ich ein bisschen von beidem, wie ich so die Verpackung der Tütensuppe im Müll verschwinden lasse, um beim Mittagessen mit Geschmacksverstärkern auszugleichen, was meine großkotzig angekündigten Kochkünste nicht hergeben. Das Überleben lehrt uns Strategien. Anna behauptet von sich, nicht kochen zu können, bereitet aber jedes Gericht aufwendig auf Brühebasis und mit Mehlschwitze zu, statt nach bereitstehendem Soßenbinder zu greifen. Die Fotos, die sie mir in einem Anflug von Sehnsucht von dem Essen ihres Freundes gezeigt hat, sahen nach Sterneküche aus. Gut, ganz schön volle Teller für Sterneküche, aber Sterneküche.

Anna wird eh sagen, dass es ihr schmecke, egal, was ich koche. Das hat sie sogar behauptet, als es Tofu-Curry gab. Kaum dass ich kurz aus der Küche raus war, um Salz und Pfeffer vom Balkon zu holen (habe ich überhaupt gewürzt?), hörte ich Oscar verdächtig laut schmatzen. Als ich zurückkam, rieb Anna sich genüsslich den Bauch: »Mmmmh.« Der Teller hatte sich innerhalb weniger Sekunden komplett geleert. Fast hätte ich laut aufgelacht.

Lebenskünstlerin oder Hochstaplerin?

Vermutlich ist Anna ein bisschen von beidem.

»Ich habe eine Liste mit Regeln gefunden, die hier in Deutschland gelten.« Annas Stirn legt sich in Falten. »Kannst du mir sagen, ob die wirklich existieren?«

»Gern.« Ich benutze ein Buch als Untersetzer für meine Tassen, das ich eh nicht zu Ende lesen werde, wenn nicht auf den nächsten drei Seiten endlich etwas passiert. »Was für Regeln? Hast du ein Beispiel?«

»Zum Beispiel, dass man keine Bienen töten darf!« Anna klingt fassungslos. »Man kann dafür ins Gefängnis kommen?«

»Vielleicht nicht ins Gefängnis.« Ich muss lachen, während Anna beginnt, etwas in ihr Handy zu tippen. Wenige Sekunden später blendet ein Screenshot des deutschen Grundgesetzes meine an die Düsternis der Küche gewöhnten Augen. Neben dem deutschen Original ist eine ukrainische Übersetzung abgebildet. Das sieht mir nicht nach einer offiziellen Seite aus, eher, als würden Ausschnitte des Grundgesetzes in einem blaugelb gehaltenen Forum bearbeitet werden. »Deutschland ist verrückt«, Anna muss diesen Kulturschock erst noch verstoffwechseln. Sie zieht sich den Bademantel enger um die Brust, spielt mit dem von Oscars Zähnen durchlöcherten Ärmel.

Abgesehen vom Grundgesetz führt die Website auch ganz allgemeine Benimmregeln auf. Es ist sehr viel von Pünktlichkeit die Rede, verschwiegen wird das längst auch hierzulande gesellschaftlich etablierte akademische Viertel, eher noch gilt alles Darunterliegende selbst bei uns fast schon als unhöflich früh. Meine aus Polen stammenden Eltern sind die einzigen immer (über)pünktlichen Menschen meines Umfelds.

Es wird Zeit, Verhältnisse zu klären. Wenn wir schon dabei sind, uns über offizielle Regelwerke auszutauschen, sollten Anna und ich auch die privat-politischen Themenfelder nicht auslassen.

»*Sikać* ... Ich meine, Pinkeln«, leite ich meine Frage sowohl auf Polnisch als auch auf Englisch ein (doppelt hält besser). »Bei offener Tür: ja oder nein?«

Ich habe nun schon mehrfach vergessen, die Tür zu schließen, als ich auf der Toilette saß. Die Macht der Gewohnheit. Drei Jahre alleinstehendes Leben haben ihre Spuren hinterlassen.

»Komm schon, natürlich ist das okay!« Anna schnaubt. »Ich bin nicht Slawyk! Der ist sogar genervt, wenn du direkt aus dem *gorshok* ... ehm ...«

»*Garnek?* Topf?«

»Yes! Er ist sogar genervt, wenn du direkt aus dem Topf isst.« Von Annas Schnipsen angelockt, springt Oscar zu uns auf das Sofa. Vielleicht auch, um ein paar Haare auf der Kuscheldecke zu verteilen, damit ich ihn nicht vergesse. Damit ich wie eine Liebhaberin über seine Abwesenheit trauere, wenn er sich mit Anna gleich in ihr Schlafzimmer zurückziehen wird.

8. März 2022, Tag 13

Erste Amtshandlung: Hundekörbe aus dem Keller meiner Eltern holen. Zum Glück hat Mama all die Spielsachen und Utensilien von unserem vor Jahren verstorbenen Familienhund Duszek (polnisch für »Geist«) aufgehoben. Im Zuge meiner Vorbereitungen hinsichtlich Anns Ankunft werde ich später die Wohnung auf Vorderfrau bringen und hundgerecht gestalten. Der Putzteufel ist wohl der Einzige, den Mama nicht exorzieren würde.

»Ich mache dann mal einen Polnischen!«, rufe ich ihr mit der Hand an der Türklinke und den Armen voller Hundeartikel zu, die gerade in den Dampfwolken und Lorbeergerüchen der Küche verschwunden ist. »*Kocham Cię! Pa pa!*«, verabschiede ich mich mit Liebesbekundung.

In einer polnischen Familie einen Polnischen zu machen, ist gar nicht so einfach. Vielleicht, weil es bei uns heißt, »einen Englischen« machen.

»Wo willst du hin?« Mama stampft nur einen Sekundenbruchteil später so nachdrücklich durch den Türrahmen, dass das mit Segensspruch bedruckte Kreuz über der Tür verrutscht. Hätte ich doch mal einen Englischen gemacht.

»Ich muss noch Betten neu beziehen, wischen …«, antworte ich, »… staubsaugen, Handtücher rauslegen, den Aschenbecher bereitstellen. Du weißt ja, wie das ist.«

Der Fehler fällt mir auf, als es bereits zu spät ist. Auch wenn die Aussicht auf einen neuen Hund in greifbarer Nähe meine Mutter kurz milde gestimmt hat, regt sich erneut die Skepsis Ann gegenüber, die sie in Sorge um mich verpackt.

»Sie raucht?« Mama hört gut zu. »Dann wird deine ganze Wohnung stinken!«

»Ich habe einen Balkon«, erinnere ich sie.

»Wie kann sie sich das gerade überhaupt leisten?«

»Habt ihr nicht auch ausgerechnet dann mit dem Rauchen angefangen, als ihr nach Berlin kamt?«

»Aber direkt wieder aufgehört, um keinen Krebs zu bekommen.«

»Stattdessen Kinder.«

»Ganz genau.«

»Hab dich lieb, Mama.« Ich öffne die Wohnungstür und lasse sie zur Unterstreichung meiner Liebesbekundung hinter mir extra laut ins Schloss fallen.

In der Pfanne verrückt

In der Ukraine sagen wir, die Deutschen mögen Hunde lieber als Menschen. Ich will mir nach wenigen Wochen kein Urteil erlauben, aber: Es gibt TV-Sender, die sich 24 Stunden lang nur mit Hunden beschäftigen. Hundetrainer und -trainerinnen schaffen es zu kleinen Berühmtheiten. Auf den Straßen sieht man ständig Hunde, keine Straßenhunde, sondern gepflegte, unverletzte und gut genährte, die Herrchen oder Frauchen haben. Bislang habe ich keinen Hundezwinger im Garten stehen sehen. Dafür gibt es Läden, die sich mit einer speziellen Ernährungsform für die Vierbeiner auseinandersetzen, und eine Freundin von

Bianca hat 220 Euro für den Anorak ihres Begleiters aus-
gegeben. Wäre mir das nicht wahnsinnig sympathisch,
würde ich mich drüber lustig machen. Ich finde das auch
richtig so. Von wem bekommt man schon Liebe und Loya-
lität für nichts?

»Mama beruhigt sich schon wieder.«

Kaum zu Hause angekommen, habe ich versucht, meinen Frust zusammen mit den Staubflusen in den Zimmerecken wegzusaugen, doch als das nicht helfen wollte, um mich nach dem Gespräch mit Mama abzureagieren, rufe ich meinen Bruder an.

»Ich hätte nie gedacht, dass ich das mal sagen würde«, sage ich mit dem Handy zwischen Schulter und Ohr. »Aber du bist gerade der Einzige in der Familie, der nicht den Verstand verloren hat.«

Seit ich aus dem Alter raus bin, in dem ich Thomas über die Maßen glorifiziert habe und ihm um jeden Preis gefallen wollte, verbinden uns vor allem Differenzen. Fahrrad, Demo, Seitanschnitzel versus Auto, Plasma-Bildschirm und Grill. Er sagt: »Krieg du erst mal Kinder«, ich sage: »Ja, eben! Wir müssen an nächste Generationen und nicht nur an die jetzige Wirtschaft denken«, er sagt: »Früher warst du entspannter«, ich sage: »Fick dich.« Wie das eben so läuft, wenn großer Bruder und kleine Schwester sich wirklich wichtig sind. Ich wäre Thomas schon längst losgeworden, wäre er mir nicht von der Liebe höchstpersönlich an die Backe genäht worden.

»Es ist gut, was du da machst.« In der Sache mit

Ann sind wir uns zur Abwechslung einig. »Und du hast meine volle Unterstützung, wenn du mich mal für Amtstermine oder Ähnliches brauchen solltest.«

»Danke, das beruhigt mich. Echt.«

»Mama und Papa lernen die Frau erst mal kennen, und dann wird das schon.«

»Ich glaube dir das jetzt einfach mal.«

»Was anderes bleibt dir eh nicht übrig.«

»Da sagst du was …«

»War das eigentlich gerade der Kühlschrank?«, will Thomas wissen, während ich tatsächlich mit einem Lappen über die durchsichtigen Plastikregale wische. Dank schmatzender Gummidichtung nimmt unser Gespräch eine scharfe Kurve in Richtung seines Lieblingsthemas. »Aber du kannst einer Frau aus der Ukraine keinen Tofu vorsetzen.«

Gefährlich, ganz gefährlich. Ich weiß, dass ich fortan jedes Wort wohl durchdenken muss, bevor ich es ausspreche, soll eine Eskalation vermieden werden.

»Was meinst du …« Ich wähle Ablenkung als Taktik der heutigen Krisenbewältigung. »Sollte ich einen ungewaschenen Topf in der Spüle stehen lassen, um den Anschein zu erwecken, so sauber sei es hier immer? Der erste Eindruck zählt.« Ein Alibi-Topf täuscht über die sonst ungesund blitzeblank geputzte Wohnung hinweg. Jemand, der extra für jemanden aufräumt, anstatt *immer* ordentlich zu sein, lässt doch nicht ausgerechnet einen ungewaschenen Topf in der Spüle stehen …

Leider lässt sich Thomas nicht von der Freude über

meine, wenn ich ehrlich bin, längst vorbereitete Selbstinszenierung ablenken.

»Du musst unbedingt den Kühlschrank füllen, sie soll nicht das Gefühl haben, nach irgendetwas fragen zu müssen.« Jetzt klingt er wie Mama. »Und noch mal: keinen Tofu. Damit kannst du dich selbst quälen, aber keine Gäste.«

»Denkst du eigentlich, die Menschen in der Ukraine sind so viel anders als wir?«

»Warst du schon mal in Brandenburg?«

»Haha.«

»Um mit normalen Menschen zu tun zu haben, muss ich nicht in die Ukraine fahren.«

»Wer weiß, vielleicht ist Ann auch vegetarisch unterwegs.«

Thomas lacht: »Du weißt, dass große Brüder immer recht haben.«

»Träum weiter.«

6. April 2022, Tag 42

In meiner Hand halte ich einen eingeschweißten Schinken für Anna, mit so festem Griff wie Mama wenige Minuten zuvor. Feierlich überreichte sie mir den Schinken , als wäre es der Heilige Gral: »Ganz frisch vom Metzger. Da wird Anna sich freuen.« Selbst die Vegetarierin in mir kann sich bei diesem Anblick gegen einen Anflug nostalgischer Sentimentalität nicht wehren. Das dürfen zwar meine Fridays-for-Future-Freund:innen nicht wissen, aber der Anblick von

Mama, wie sie luftdicht verpackte Liebe verschenkt, ist durchaus ein Anblick, der etwas mit mir macht. Möglicherweise ist es auch die Beruhigung darüber, dass sie trotz anfänglicher Skepsis von ihrer eigenen Herzenswärme überrascht wurde und Anna, kaum kennengelernt, am liebsten adoptieren würde.

Als ich die Treppen zu meiner Wohnung hochstapfe, Annas Geschenk unter dem Arm, höre ich bereits Oscar bellen, der mich wenige Sekunden später schwanzwedelnd begrüßt. Wenn ich nicht aufpasse und versehentlich loslasse, steht auf seinem Grabstein »Erschlagen von 2,5 Kilo Lende, Landrasse«.

Winkend erscheint Anna im Türrahmen zu ihrem Schlafzimmer, nur um kurz darauf wieder im Inneren zu verschwinden. Die Kopfhörer in ihren Ohren erinnern mich daran, dass sie heute ihren IT-Kurs fortsetzt, den sie in der Ukraine begonnen, aber aus bekannten Gründen unterbrochen hat. Sie will ihre technischen Fähigkeiten schulen, die sie als Kauffrau im Online-Handel gut gebrauchen kann. Im Gegensatz zu dem IT-Kurs kann sie ihren Job nicht ohne Weiteres fortsetzen. Die Leute in der Ukraine sind gerade nicht unbedingt damit beschäftigt, den Bestand ihres Kleiderschranks zu erweitern, und es ist nun mal ein Mode-Geschäft, für das Anna arbeitet. Es wurden zwei Kurse zusammengelegt, damit sie auf die Mindestteilnehmerzahl kommen. Viele der ursprünglichen Kursbesucher:innen stecken irgendwo zwischen den Grenzen auf der Flucht fest oder sind aus anderen Gründen persönlicher Betroffenheit vorübergehend ausgestiegen.

Anna aber hat ein ansteckendes Leuchten in den Augen, das ich so noch nicht von ihr kenne. Ihre Wangen sind gerötet, Haarsträhnen hängen ihr wirr ins Gesicht. Sie sitzt auf der Bettkante, vor ihr der aufgeklappte Laptop. Das Gerät sieht so ausrangiert aus, als handele es sich um das Relikt einer Gamerin aus den frühen 2000ern. Der Akku schnarcht lauter als Oscar. Anna lauscht der Sprache, mit der sie aufgewachsen ist, folgt konzentriert einem Inhalt, der sie vor der Flucht womöglich genervt, gar gelangweilt hätte. Ich versuche die Buchstaben zu entziffern, zumindest die Namen der Teilnehmenden zu lesen, was bei *Тина* vielleicht noch funktioniert, aber spätestens bei *Виктория* zwecklos ist.

Ich stehle mich in die Küche, wo ich zwei Tassen Tee vorbereite und parallel meinen Namen in den Google-Übersetzer eingebe. Bianca Veronika: бианка Вероника. Kommt mir unser lateinisches Alphabet nur unansehnlicher vor, weil ich mich sattgesehen habe?

»Für die Konzentration«, flüstere ich Anna zu und stelle ihre Tasse neben das Bett, missbrauche Virginia Woolfs »Ein Zimmer für sich allein« als Untersetzer. Zwei Minuten später lässt WhatsApp mein Handy vibrieren.

Anna schreibt: »Danke!«

Ich antworte: »*С удовольствием.*«

Die Fahrt

Die Schlange für den Evakuierungszug zur polnischen Grenze scheint endlos zu sein. Die Leute lassen ihre Sachen neben dem Zug fallen, und auch ich habe den Gedanken, alles fallen zu lassen, nur um die Hände für Oscar frei zu haben und ihn vor der Menge schützen zu können. Ein Mann ergreift meinen Mantel und zieht mich zurück, um Platz für seine Frau zu machen. Aber ich schaffe es, mich in den Wagen zu quetschen, der mit Menschen und Tieren vollgestopft ist wie eine Dose Fisch. Die einzigen freien Plätze befinden sich auf dem Boden. Wir werden angewiesen, das Licht und die Telefone auszuschalten und den Kopf von den Fenstern fernzuhalten. Ich lerne eine Familie kennen (eine Mutter, ihre Tochter und deren Kind), und wir vereinbaren, zusammenzubleiben. Die Mutter ärgert sich die ganze Zeit darüber, dass sie ihre Heimat verlassen mussten und nun in einem fremden Land ein Niemand sein werden. Aber ihre Tochter ist optimistisch: »Mach dir keine Sorgen, Mama, wir werden eine Arbeit und eine Wohnung in Polen finden, und meine Tochter wird zur Schule gehen ...!«

Nachdem wir die polnische Grenze überquert haben, beruhige ich mich: Wir sind weit weg, wir haben es geschafft. Aber was ist mit den anderen? Meine Verwandten sind immer noch in der Ukraine, und ich bin von ganz verschiedenen Gefühlen erfüllt – sowohl Freude als auch Angst.

Am Bahnhof in Polen wird meine neu gefundene Familie von einem Strom von Geflüchteten abgeholt; leider haben wir keine Telefonnummern ausgetauscht, ich habe sie *verloren. Am Bahnhof kommt ein polnischer Mann, Konrad, mit seiner Schwiegermutter auf mich zu und bietet mir seine Hilfe bei der Wohnungssuche an. Er nimmt mich mit in das Dorf, in dem sein kleines Haus steht und in dem bereits Ukrainer leben. Ich finde neue Freunde.*

Zwei Wochen in Polen vergehen wie ein Tag. Bald ruft mich eine ukrainische Bekannte an und sagt, sie sei in Polen, wolle aber nach Deutschland gehen. Sie habe Leute gefunden, die bereit seien, Ukrainer für einen vorübergehenden Aufenthalt aufzunehmen. Ich sage, ich muss alles abwägen und mit der Person sprechen, die mich aufnehmen will. Nach Biancas Anruf geben mir ihre positive Einstellung und Freundlichkeit Hoffnung. Ich muss meine Chancen nutzen und weitergehen!

9. März 2022, Tag 14

Im Meer aus gelben und orangefarbenen Westen suche ich nach Waggon 256. Es sind Helfende aller Altersgruppen da, auf ihren Westen sind die Sprachen abgedruckt, die sie sprechen. Beinahe hat man das Gefühl, es sind mehr Ehrenamtliche, als Menschen aus dem Zug steigen, und sie sind auf allen Etagen des Berliner Hauptbahnhofs vertreten. Das weiß ich so genau, weil ich bereits seit einer halben Stunde durch die untere Ladenpassage streife, nur um vor dem Reiseführerregal fast und zwischen Snacktresen und Kühlregal dann noch mal richtig zu maulen. Aus Beschämung und zur Entschuldigung habe ich 15 Euro für überteuerte Schokoriegel dagelassen, obwohl es der studentischen Aushilfskraft herzlich egal sein dürfte, ob ich etwas kaufe oder nicht. Zumindest hat sie recht emotionslos dabei ausgesehen, wie sie unter ihrer FFP2-Maske Kaugummi kaute und die Riegel über den Scanner zog.

Die Aussicht auf Anns Ankunft macht mich aufgeregter als gedacht. Ich versuche, wenigstens am Gleis das Gleichgewicht zu wahren, und beeile mich deshalb nicht, als ich den Waggon mit der Nummer 256 endlich entdecke. Stattdessen straffe ich meinen vom ungeplanten Sturz schmutzig gewordenen Mantel, von dem ich Ann bereits ein Foto geschickt habe, damit sie mich trotz Maske erkennt.

»Thx!«, hat sie per WhatsApp-Nachricht geantwortet. »Ich bin die mit dem Chihuahua und dem exakt selben Mantel. Mango, stimmts?«

Ich musste lachen, als ich die Nachricht erhielt. Das war schon mal ein guter Start. Und tatsächlich: Wenn man nur mit einem reisemüden Auge hinschaut, könnte man meinen, das doppelte Lottchen würde sich am Hauptbahnhof begrüßen. Beide haben wir langes, dunkles Haar und eine ähnliche Statur sowie Größe. Im Gegensatz zu mir trägt sie jedoch keine Maske, erst bei meinem Anblick zieht sie eine ordentlich zerknautschte aus der Jackentasche. Das Lächeln gefriert mir für eine Sekunde, doch als sie sie überzieht, entspanne ich mich. Heißt ja nicht gleich, dass sie eine Corona-Leugnerin ist.

»Hey, ich bin Bianca.«

»Schön, dich kennenzulernen. Ich bin Ann.«

Erst mal eine Zigarette.

»Rauchst du auch?«, fragt Ann zwischen zwei Hustern.

»Nein«, antworte ich nach kurzem Zögern. Kurz überlege ich, ob es sich um ein Initiationsritual handeln könnte, doch stattdessen frage ich, ob ich so lange die Leine halten soll, damit auch Oscar und ich uns näher kennenlernen können. Ann hat einen Rucksack, eine große Tasche und ansonsten nur den kleinen Hund dabei, der mich für einen Chihuahua untypisch freundlich begrüßt.

»Sorry, ich will eigentlich auch aufhören.« Ann lässt ihr Feuerzeug klackern, hustet erneut.

»Keine Sorge«, winke ich ab. »Ich habe einen Balkon.«

»Ich habe bloß angefangen, weil die anderen alle angefangen haben. Als wir im *blushment* eingeschlossen waren.«

Ich schweige. Anna schüttelt genervt über sich selbst den Kopf, bläst kleine Wölkchen in die Luft, bevor sie fortfährt: »Als wir runtergegangen sind, weil die Sirenen losgelegt haben, weißt du?«

»Du musst dich nicht erklären«, erwidere ich, weil mir nichts Besseres einfällt, und tue so, als gelte meine gesamte Aufmerksamkeit nur Oscar. »Viele Menschen rauchen, erst recht, wenn sie im Stress sind.«

War das jetzt schon zu privat, zu viel gesagt? Oder zu wenig? Ist es anmaßend, Flucht mit Alltagsstress gleichzusetzen?

»Und auch so im Allgemeinen«, ergänze ich schnell.

»Ich habe kein Problem mit dem Rauchen, bloß weil ich selbst nicht rauche.«

Vielleicht werde ich einfach Raucherin. Ein Stummel zwischen den Lippen hat den Vorteil, dass man weniger Zeit zum Stammeln hat. Vielleicht rauchen deshalb immer die Coolen in den Filmen. Die sind gar nicht cool, die haben nur weniger Zeit, Uncooles zu sagen.

»Ja, aber es ist teuer.« Ann drückt den letzten Rest in einem öffentlichen Aschenbecher aus, während über uns die Gleise ruckeln. »Und ungesund.« Ich gehe dazu über, einfach nur cool zu nicken.

Ann und ich laufen weiter in Richtung Auto. Sie erzählt, dass sie im Zug gesagt hätten, dass nur Leute in Berlin aussteigen sollten, die bereits wissen, wo sie unterkommen, und dass alle anderen nach Hamburg weitersollten: »Und wir sollen auf die Zuhälter achtgeben.«

»Arschlöcher«, brumme ich. Zum ersten Mal zucken Anns Mundwinkel. Es ist noch kein Lächeln, aber die Tendenz ist schon mal gut. Es scheint, als würden sie meine Direktheit und mein offensichtlicher Hang zur Vulgarität amüsieren.

Dass Zuhälter geflüchtete Frauen abfangen und zu eigenen Zwecken missbrauchen, hat medial bereits die Runde gemacht.

»Arschlöcher«, brummt nun auch Ann bestätigend, dann hustet sie wieder, reibt sich den Hals. So tief ihre Augenringe auch sind, es ist ein gutes Zeichen, dass sie noch Energie hat, um sich aufzuregen.

»Sorry wegen des Chaos ...« Ich deute auf den

nicht abgewaschenen Topf in der Spüle, als Ann das erste Mal die Küche betritt, die ab jetzt unsere gemeinsame ist. »Ich hatte keine Zeit mehr, alles sauber zu machen, weißt du.«

»Es ist eine sehr hübsche Wohnung«, bemerkt Ann mit Blick auf die Lichterketten, die glücklicherweise keinen Wohnungsbrand verursacht haben. Ich habe sie beim Verlassen absichtlich glühen lassen, damit die Wohnung in gemütliches, warmes Licht getaucht ist, wenn Ann sie zum ersten Mal betritt. Wie ein Weltmeister im Ankommen macht Oscar es sich derweil in dem für ihn vorgesehenen Korb bequem. Er hat sein kleines Köpfchen auf dem Rand abgelegt, als wäre es unaushaltbar gedankenschwer. Zwecks Aufgabenteilung übernehme ich also den nervösen Part des Hin-und-her-Rennens, als würde ich meine eigene Wohnung erst noch beschnuppern müssen.

Auf der Fahrt waren Ann und ich in Schweigen verfallen, und ich hoffe anhaltend unruhig, dass sie es als angenehmes Schweigen empfunden hat. Für mich ist es nämlich nur ein angenehmes Schweigen, wenn es für beide Seiten angenehm ist. Es wurde lediglich von ihren ständigen Hustenanfällen unterbrochen. Einmal, als ich ihr einen alarmierten Seitenblick zuwarf, weil mir klar wurde, dass das kein normaler Raucher:innenhusten ist, erwischte sie mich dabei. »No Covid«, hat sie direkt entschuldigend gesagt. »Ich bin geimpft und getestet. Zweimal.« Ann meinte, sie habe sich bei der Reise erkältet, woraufhin mir meine Blicke in ihre Richtung noch mehr leidtaten.

»Sorry!«, habe ich gemurmelt, genauso wie jetzt, weil ich in meine wuselnden Gedanken gekehrt in Ann hineinlaufe, die unerwarteterweise aus der Küche in den Flur tritt, wo ich gerade den Straßenschutt mithilfe eines Handfegers transportiere, damit sie ihn sich nicht in die Socken läuft.

»Was machst du?«, frage ich, als könnte sie das nicht genauso gut mich fragen. Ob des schweren Gewichts ihres Rucksacks und unseres Zusammenstoßes wegen gerät Ann ins Straucheln. Sie hat ihn sich über die Schulter geworfen, als würde sie gleich wieder gehen wollen.

»Wo kann ich meine Sachen hintun?«, fragt sie, sich mit einer Hand an der Wand abstützend. Jetzt erst fällt mir auf, dass ich Ann zwar Wohnzimmer, Küche und Bad, nicht aber ihr Zimmer gezeigt habe.

»Ich schlafe im Wohnzimmer, weil da auch meine Arbeitsecke ist und …«

»*Ich* kann im Wohnzimmer schlafen«, widerspricht sie sofort.

»Nein, nein! Ich habe ein total gemütliches Schlafsofa. Es ist so gut wie ein Bett. Außerdem bin ich ein früher Vogel.« Ann weiß bestimmt nicht, wie es ist, mit jemandem zusammenzuwohnen, der jeden Tag spätestens um 6 Uhr 30, gern auch mal früher, aufsteht. »Also besser, dass mein Schreibtisch im selben Zimmer ist. Die Morgenstunden sind meine produktivsten.«

Schon wieder zu viele Informationen. Zu viel und zu unwichtig.

»Hier ist dein Bett«, korrigiere ich meinen Fehler. Dann öffne ich die rechte Tür des Kleiderschranks. »Und dieser Teil im Schrank ist deiner. Genügt das?«

»Klar.«

»Wenn du irgendwann mal Kleidung brauchst, nimm einfach meine.«

»Gerade habe ich noch nicht so viele Sachen dabei, aber mein Freund schickt welche mit der Post nach. Ich musste mich beeilen beim Verlassen der Wohnung.«

Während sie die Taschen ausräumt, in denen mehr Sachen für ihren Hund zu stecken scheinen als für sie, erzählt sie von ihrem spontanen Aufbruch. Sie berichtet von abgedunkelten Zügen, in denen sie stundenlang zusammengerollt am Boden liegend zur Ruhe aufgefordert wurden. An dieser Stelle der Erzählung holt sie einen Elektroschocker aus den Tiefen ihrer Tasche, ein Geschenk von Frauen, die sie auf der Reise kennengelernt hat, damit sie sich im Notfall wehren kann. Es ist das erste Mal in meinem Leben, dass ich einen Taser in der Hand halte. Währenddessen beginnt Oscar leise zu schnarchen. Scheint, als hätte er die Strapazen der Reise traumafrei überstanden.

»Ist es okay, wenn ich mich kurz dusche?«, fragt Ann, während sie sich die Haarsträhnen zu einem Dutt zusammenfasst. »Im Zug roch es überall nach altem Schweiß.«

Ich schüttle den Kopf so ausdauernd, als wäre ein Gelenk locker. »Bitte, frag nicht!«

Fünf Minuten später steigt Ann so glücklich aus der

Badewanne, als wäre ihr eine Massage verpasst worden. Noch nie habe ich jemanden so eingehend eine Shampooflasche studieren sehen. »Rossmann Eigenmarke«, flüstert Anna ehrfürchtig, während sie eine Honig-Milch-Duftwolke in die Küche trägt, wo ich in der Zwischenzeit dezent eine Rotweinflasche positioniert habe. Gern würde ich mit Anna auf ein gutes Miteinander und ihren Mut anstoßen, gleichzeitig wurde ihrer Heimat vor zwei Wochen (oder vor acht Jahren?) der Krieg erklärt.

»Willst du etwas trinken?«, frage ich lose definiert. »Wasser, Tee oder etwas anderes?«

Ann grinst.

Fünf Minuten später sitzen wir auf dem Balkon und starren in die Nacht hinaus, die den Innenhof in einen schwarzen Schleier hüllt. Mit näher rückender Zubettgehzeit legt sich meine Aufregung. Gleich ist der Moment gekommen, in dem ich fürs Erste nichts Falsches mehr sagen oder tun kann.

»Berlin riecht gut, riecht sicher.« Ann nimmt einen Schluck, hustet, beruhigt den Husten mit noch mehr Wein. Die Indizien verdichten sich, dass wir uns gut verstehen werden.

7. April 2022, Tag 43

»Hast du eigentlich Nachbarn?«, fragt Anna mit der Hand am Treppenhausgeländer. Ich sehe sie verwundert über die Schulter hinweg an: »Klar.«

»Weil ich sie nie sehe, nie.«

»Du hörst sie manchmal schnauben …«

Im Gegensatz zu mir hat Anna viele Geschichten ihrer Nachbar:innen zu erzählen, kennt teilweise sogar die Kinder und Enkel dazu. Der Hausflur scheint ein Ort wie die Tischtennisplatte auf dem Schulhof, die Stammkneipe am Marktplatz oder der Marktplatz selbst zu sein. Es wird getuschelt, getratscht, Politik besprochen und sich gegenseitig geholfen. Ich hingegen gebe, wenn ich verreise, Familienmitgliedern oder Bekannten die Schlüssel für meine Wohnung, die einen längeren Weg hinter sich bringen müssen als nur einmal quer über den Hausflur, um zwei Gießkannen zu befüllen und einen Briefkasten zu öffnen. Ich verlasse nicht einmal meine Wohnung, wenn ich jemanden durch den Hausflur stapfen höre, um mir unangenehm ausweichende Begrüßungen zu ersparen, die nur noch mehr deutlich machen, dass man keine Verzögerungen gebrauchen kann. Apropos: Mittlerweile kennen wir den Weg ins Rathaus so gut, dass wir keine zeitlichen Puffer mehr einbauen, deshalb wird auch jede rote Ampelphase mit einem Schnalzen meinerseits quittiert. Anna hingegen streicht besonnen über den kleinen gelben Kasten auf Hüfthöhe.

»Was ist das?« Sie zeichnet mit der Fingerkuppe die drei schwarzen Punkte nach. »Ich vergesse immer, dich zu fragen.«

Ich deute mit dem Finger in Richtung des Lautsprechers am oberen Ende des Kastens: »Hör mal.«

»Was?«

»Kannst du es hören?«

»Nein.« Anna sieht mich ratlos an, ohne zu blinzeln. »Sollte ich etwas hören?«

Dann schaltet die Ampel auf Grün.

»Und jetzt?«, frage ich im Losgehen, begleitet von dem »Tok, Tok, Tok« des Blindensignals. Annas Augen werden, wenn möglich, noch größer: »Ahh! Jaa!«

Ich erkläre ihr das Prinzip hinter dem Blindensignal und den Unterschied zu den Ampeldrückern, die nur den Wechsel zur Grünphase beschleunigen, um zum Beispiel vor Schulen Kinder vor ihrer eigenen Ungeduld zu bewahren.

»Das ist ja toll!« Anna nickt anerkennend.

»Schon.« Ich zucke mit den Schultern. »Aber da gibt es trotzdem noch so viele Hürden in unserem Alltag für Menschen mit Behinderung.« Einerseits will ich, dass Anna Deutschland gefällt, andererseits will ich nicht, dass es ihr zu gut gefällt, weil ich mit all meinem Protesteifer nicht glaube, dass wir pauschale Komplimente verdient haben. Anna deutet mit offenen Armen Richtung Rathaus, als würde sie es umarmen wollen. Ihre Bereitschaft, diesem Ort entgegen jeglicher Wahrscheinlichkeit nach wie vor zugeneigt und motiviert zu begegnen, grenzt an Liebe. Weil das Wort »Sozialamt« zu sperrig für ihre an slawische Aussprache gewöhnte Zunge ist, sagt Anna »Soziale-Soziale«, als würde sie singen »Olé, olé«.

Aus dem »Nur mal kurz warten«, wie es die Sachbearbeiterin uns bei unserem letzten Besuch im Rathaus versprochen hat, als die Computer kaputt waren und sie uns das Terminzettelchen wie den Schlüssel zum

Glück überreichte, wurde wieder eine Stunde. Die Einzige, die Spaß hat, ist die Kleine, die die Fliesen zählt. Natürlich wurden nicht nur uns beruhigende Versprechungen gemacht, und so hat sich im langen Flur des Sozialamts ein Stau aus Kinderwagen gebildet. Anna und ich teilen uns eine Bank mit alten Bekannten. Heute trägt der Yorkshire-Terrier ein Mäntelchen ohne Kapuze. Auch den alten Mann, der sich mit beiden Händen auf seinen Krückstock stützt und gerade dem Fliesen zählenden Mädchen Platz macht, erkenne ich wieder.

»*Niet.*« Die Mutter des Mädchens geht dazwischen und schenkt dem alten Mann entschuldigende Blicke für die Ungezogenheit ihrer Tochter. Er nickt nur beschwichtigend, hinter der Maske blinzeln kleine Augen freundlich auf.

Ich blättere abwechselnd durch mein Buch oder schaue auf das Handy. Eine Freundin ist gerade in Thailand und bombardiert mich mit Bildern von weißen Stränden, hellblauem Wasser und endlos langen Holzschaukeln, die nur noch weißer, hellblauer und endloser wirken, wenn ich sie mit den grauen Wänden vergleiche, die Anna und mich in diesem Moment umgeben. Wäre meine Freundin nicht auch darauf zu sehen, würde ich glauben, sie hat sie aus dem Internet rauskopiert. Um meinen Neid zu teilen, aber auch, um daran zu erinnern, dass es da draußen eine Welt gibt, für die es sich lohnt, diese ganze Warterei hier auszuhalten, drehe ich Anna das Handy hin. Ihr Blick haftet jedoch gerade am Display ihres eigenen Smartphones.

Auch sie schaut sich Bilder von der Welt da draußen an.

»Gibt's was Neues?«, frage ich leise.

»Ja.« Anna atmet schwer aus. »Slawyk hat geschrieben.«

»Und?«

»In der Stadt, in der seine Schwester und Mutter leben, hat die Regierung gesagt, dass alle sie verlassen sollen.«

»Oh nein.« Sofort erscheinen die Schlagzeilen und Bilder aus Butscha vor meinem inneren Auge. »Das tut mir leid.«

»Slawyk hat schon Zugtickets für morgen gekauft, sodass sie nach Kyiv kommen. Da sind sie erst mal sicher.«

Ich biete ihr an, einen Transport ab der Grenze zu organisieren, doch sie sagt, dass erst mal keine weitere Flucht geplant sei. Slawyks Mutter hängt an ihrem Land, doch Slawyk selbst mache das wütend, er will, dass seine Mutter und Schwester sich in Sicherheit bringen, solange sie können.

»Und ich habe auch Neues von den Mädels gehört.« Anna meint die Frauen, mit denen sie fast in die Türkei gereist wäre. Sie seien mittlerweile dort angekommen und todunglücklich: »Sie planen, die Türkei zu verlassen und nach Bulgarien zu ziehen, weil das Land eine ähnliche Kultur hat wie unseres.«

»Wie lange dürfen sie denn in Bulgarien bleiben?«, frage ich, weil ich nicht weiß, wie die Regelungen in anderen europäischen Ländern aussehen.

»Nur zwei Monate. Aber vielleicht ist die Situation in zwei Monaten wieder so sicher, dass sie zurückkehren können.« Anna zuckt mit den Schultern und schiebt sich einen Apfelspalt in den Mund. »Oder Bulgarien verlängert das Aufenthaltsrecht. Wer weiß das schon.«

Mal wieder gibt es keine allgemeingültigen EU-Richtlinien, die das konsequent regeln. Wobei das vermutlich ohnehin keinen Unterschied machen würde, weil die EU schon zu oft bewiesen hat, wie gut es sich auf ihrer Nase herumtanzen lässt.

Ich beschließe, vorerst darauf zu verzichten, Anna die Reisefotos meiner Freundin zu zeigen.

Die Sachbearbeiterin, die uns nach knapp zwei Stunden endlich die Kassenkarte überreicht, massiert sich die Nasenwurzel. Sie kommt kaum mit den Anträgen hinterher. Nur die russische Übersetzerin, eine für alle, wirkt noch gehetzter. Teilweise können die älteren Geschwister der Familien mit brüchigem Netflix-Englisch zwischen Eltern und Sozialarbeitenden vermitteln, doch dafür müsste jeder der Sozialarbeitenden auch Englisch sprechen.

Anna und ich sind froh, als wir den kellerartig beleuchteten Flur endlich verlassen, verschnaufen kurz in der offenen Eingangshalle und betreten dann den nächsten Korridor, an dessen Ende unter der Treppe der Kassenautomat wartet, der unsere Karte gegen Geld tauscht. Als das wie ein herkömmlicher Bankautomat aussehende Gerät unsere Karte verschluckt, sind wir kurz beunruhigt. Soll das so? Oder müssen wir uns beschweren? Ein Sicherheitsbeamter spürt unsere Unsicherheit, tritt an uns heran und beruhigt uns: »Keine Sorge, das ist alles richtig so. Ich weiß das, ich stand früher auch hier.«

»Danke«, sage ich. »Merken wir uns.«

»Ich habe mitbekommen, dass ihr Russisch oder Ukrainisch sprecht oder so was. Seid ihr aus der Ukraine?«

Ich antworte mit einer Mischung aus Schulterzucken und Nicken, aus der immer mehr ein deutliches Nicken wird, in Annas Richtung.

»Es tut mir leid, was da gerade in dem Land passiert.«

»Ja, das ist scheiße.«

»Ich weiß, wie das ist.« Der Sicherheitsbeamte lockert seinen Ausschnitt. Unter seinem Schlüsselbein zeichnet sich eine mindestens 15 Zentimeter lange Narbe ab. »Irak.«

»Scheiße.«

Er nickt: »Scheiße.«

»Geht es dir gut?«, fragt Anna.

»Ja, klar!«, lüge ich, weil es nicht wahr sein kann, dass sie sich jetzt auch noch um mich kümmern muss. »Die Atmosphäre da drin war nur so ...« Ich winke ab.

»Wo müssen wir als Nächstes hin?«, fragt Anna. Weitermachen. Sie hat recht.

Zuerst rufe ich Simone zurück, die vor 15 Minuten versucht hat, mich zu erreichen. Sie erklärt, dass aufgrund der jüngsten Vorfälle in Butscha nicht der richtige Zeitpunkt für das Barbecue und Borschtsch sei. »Es ist wichtig, dass wir etwas haben, auf das wir uns freuen, aber vielleicht ist das alles einfach noch zu frisch … Ein paar Bewohnerinnen haben sich das so gewünscht.« Ich traue mich nicht zu fragen, ob diese Bewohnerinnen ihres Hauses direkte Verwandtschaft in Butscha haben.

»Alles klar. Danke fürs Bescheidgeben«, antworte ich stattdessen. »Melde dich, wenn du Hilfe brauchst.«

»Du auch.« Damit legt Simone auf. Sosehr Anna sich auf das Kennenlernen mit den anderen Frauen aus der Ukraine gefreut hat, der Aufschub ist aufgrund der abscheulichen Ereignisse in Butscha auch in ihrem Sinne. Ich frage sie, ob ich den Besuch in der Bar lieber auch absagen soll, und komme mir reichlich unsensibel dabei vor, diesen Vorschlag nicht schon längst gemacht zu haben. Doch Anna schüttelt den Kopf: »Nein, ich muss irgendwas anderes sehen. Ich brauche ein bisschen … *diversiva.*«

»*Distraction*, Ablenkung.« Ich nicke. Es gibt viele Arten, mit Trauer umzugehen, und keine ist mehr wert als die andere. »Okay, aber gib mir jederzeit Bescheid, falls du deine Meinung änderst.«

Danach klemme ich mich in die telefonische Warteschlange der Bank, um einen Termin für Anna und mich zu vereinbaren, damit die 330 Euro Sozialgeld zukünftig auf ein Konto fließen, anstatt dass sie das Geld jedes Mal bar am Kassenautomat abholen muss. Der 20-minütige Fußweg zur Bahn vergeht dementsprechend schnell, und wir können in die S1 Richtung Oranienburg steigen.

Nächster Termin: Integrationsschule. Auf den ersten Blick sieht Oranienburg aus wie das Deutschland in US-amerikanischen Filmen, wo alle Brezeln essen und Heidi heißen. Guckt man genauer hin, erkennt man, dass der Brandenburger Vorort Berlin ähnlicher ist, als er sein will. Google führt uns im Kreis um die Integrationsschule herum, vorbei an der von rüpelhaften Teenagern bevölkerten Bäckerei, dem von Sparfüchsen finanzierten Mäc-Geiz und von Spielsüchtigen bepflanzten Spielautomaten einer Kebap-Bude. Ab Mai wird Anna den weiten Weg nach Oranienburg ein halbes Jahr lang täglich nehmen müssen, um von 9 bis 13 Uhr deutsche Lückentexte auszufüllen und sich in der Pause beim Bäcker in eine Schlange mit 16-Jährigen zu stellen, die sich gegenseitig ihre Hausaufgaben abschreiben lassen. Beinahe wäre ihr dieses unverhoffte Glück nicht vergönnt gewesen, denn schon vor dem 24. Februar 2022 mangelte es Berlin und Brandenburg an Plätzen für kostenfreie Sprachkurse. »Die Sprache ist das A und O«, sagte Berlins Integrationsministerin Elke Breitenbach vor der 14. Integrationsministerkonferenz, bei der sich die entsprechenden Minister:innen aller Länder auf Maßnahmen einigen wollten, um Bildungschancen auszuweiten. Das war 2019. »Ohne Sprache werde ich mir nie eine berufliche Perspektive aufbauen können, ohne Sprache werde ich nie ein Teil dieser Gesellschaft sein.«

Anna bekommt einen der letzten drei Plätze in der Oranienburger »Filiale«, was laut Aussage der Schuldirektion die am nächsten gelegene zu unserem Zuhause ist. Mithilfe der sprachlichen Grundlage hofft sie einen Platz in einem deutschen Geschäft oder Online-Handel für Mode zu bekommen, um den beruflichen Werdegang fortzusetzen, den sie in der Ukraine begonnen hat. Egal, ob vorübergehend oder auf Dauer, Anna will nicht lang von staatlichen Geldern abhängig sein. Sie wirkt zufrieden, als wir uns von der uns betreuenden Lehrerin verabschieden, die ihrerseits aus Polen nach Deutschland gezogen ist, und die Büroräume verlassen.

»Schön, eine *polish kolezanka* zu treffen.« Anna nennt jeden Polen, den wir treffen, *kolega* und jede Polin *kolezanka*, also ihre Freund:innen. Und es sind viele Pol:innen, die wir treffen, insbesondere in Berlin.

»Pol:innen sind die zweitgrößte migrantische Gruppe in Deutschland«, erkläre ich. »Wir sind überall.«

»Und bald sind *wir* auch überall«, antwortet Anna auf gewohnt kecke Weise. Mal wieder ist sie es, die mich zum Lachen bringt, nicht andersherum. Ich hake mich bei Anna unter: »Wenigstens *eine* gute Nachricht am heutigen Tag.«

10. März 2022, Tag 15

»Fuck!« In der Dunkelheit des Zimmers stoße ich mir den Zeh und beiße mir auf die Zunge. Letzteres mit Absicht. Schließlich ist da jetzt jemand, den ich um vier Uhr früh nicht mit Flüchen wecken will. Noch ist mir das Wohnzimmer bei Dunkelheit nicht so vertraut wie das Schlafzimmer, in dem Ann sich gerade ausruht. Während ich, geweckt von meiner vollen Blase, beim Hürdenlauf vorbei an meinem Wohnzimmertisch und Schreibtischstuhl scheitere und schließlich einbeinig die Tür erreiche, stocke ich erneut. Vom Flur her ist ein gedämpftes Kratzen wahrzunehmen, das sich verdächtig nach Hundepfoten auf Parkett anhört. Macht Oscar einen Nachtspaziergang durch die Wohnung? Einen Griff nach der Türklinke später ist kein Oscar in Sicht, dafür Licht auf Flurboden. Es schlüpft durch den Spalt unter Anns geschlossener Tür. Schläft sie bei Licht, oder kann sie nicht schlafen? Ich meine, ein beruhigendes Flüstern und wiederholt den Namen »Oscar« zu hören. Dann ein Husten. Soll ich klopfen? Nicht klopfen? Was, wenn ich mir das nur einbilde und Ann wecke? Was, wenn sie etwas braucht? Die knarzende Tür nimmt mir die Entscheidung ab. Oscar kommt vorausgezischt, Ann folgt. Bei meinem Anblick öffnet sie den Mund, als würde sie etwas sagen wollen, zieht dann jedoch ruckartig die Ellenbeuge davor und vergräbt ihr Gesicht darin. Ann wird von einem Husten geschüttelt. »Verzeihung! Oscar hat an der Tür gekratzt. Zu laut?« Kaum dass sie wieder Luft bekommt, beginnt sie sich zu entschuldigen. »Oder habe ich dich geweckt mit meinem ...?« Sie tastet nach ihrem Hals, sucht das richtige Wort. »Mit meinem ...?« Letztlich imitiert sie ein Hustengeräusch, nur um kurz darauf erneut in echten Husten zu verfallen.

»Nein! Nein!«, antworte ich eilig, halb geflüstert, halb geschrien. Ein Blick auf die Uhr verrät mir, dass die Zeit zum Aufstehen eine selbst für mich als Frühaufsteherin unchristliche ist. »Geht es dir gut? Brauchst du etwas? Tabletten?«

»Ich habe alles, ich habe Medizin in einer *polish apteka* gekauft«, beginnt sie sich immer noch räuspernd zu erklären. So verharren wir einen Moment barfuß in der Dunkelheit des Flurs, bis Oscar die Stille mit einem leisen Bellen unterbricht, geradezu so, als würde auch er sich der nächtlichen Stimmung anpassen.

»Psst.« Ann unterbricht ihn trotzdem sofort. »*Oscar, zatknis' ty d'yavol!*«

»Du hast ihn einen Teufel genannt«, rufe ich triumphierend aus und muss gleich darauf lachen. »Und gesagt, dass er die Klappe halten soll!« Es macht Spaß, sich die russische oder ukrainische Sprache mithilfe der polnischen zu erschließen, fühlt sich an wie Kreuzworträtsel ausfüllen. Ann sieht überrascht auf, dann lächelt sie müde: »Ich wollte mich gerade auf den Balkon setzen und eine Zigarette rauchen. Willst du uns Gesellschaft leisten?«

Rauchen bei Husten. Ich weiß ja nicht, ob das so eine sinnvolle Idee ist. Mein Schweigen verrät mich. Ann zupft sich das zerknitterte Schlafshirt zurecht. »Ich weiß, es ist ungesund«, schiebt sie schnell hinterher. »Aber vielleicht hilft es mir, wieder einzuschlafen.«

»Selbstverständlich.« Ich schüttle verärgert den Kopf. Verärgert über mich selbst, nicht über Ann. Es gibt Momente, in denen sollte man sich auf die Zunge beißen, und es gibt Momente, da sollte man sich daran erinnern, wozu der Lappen zwischen den Zähnen eigentlich da ist.

Zu der Zigarette machen wir uns zwei Tassen Tee, nachdem ich wieder Platz in meiner Blase geschaffen habe. Oscar stützt sich mit den Vorderpfoten abwechselnd bei mir und bei Ann ab, auf der Suche nach Händen, die ihn verwöhnen. Der Service seines nächtlichen Begleitschutzes gehört entlohnt.

»Ich wollte schon immer mal nach Berlin kommen und die Stadt sehen«, erklärt Ann nach einigem Schweigen ohne Ankündigung. Ich sehe fragend von Oscars Knopfaugen zu Ann auf. »Tja, Träume werden wahr. Sagt man das nicht so?«

In diesem Moment klingt ihre Stimme zum ersten Mal weder trocken vom Husten noch trocken vom Wein, nur trocken vom Humor. Sie sieht mich an, atmet aus, Lider auf Halbmast, das Lächeln fällt schwer, aber es fällt. Dann ein undefinierbarer Laut, während sie den Stummel ihrer Zigarette mit harscher Bewegung im Aschenbecher ausdrückt. »Ach, verdammter Mist! Ist doch beschissen ...« Es hört sich nicht so an, als würden ihre Flüche lediglich der Nikotinsucht gelten. Schon im nächsten Moment fasst Ann sich beschämt an den Mund: »Sorry, das war unhöflich.«

»Fühl dich frei zu sagen, was du sagen willst«, antworte ich schnell. »In Deutschland haben wir ein Sprichwort, das besagt, dass man sich manchmal lieber auf die Zunge beißen sollte, anstatt zu reden. Keine gute Alternative, wenn du mich fragst.« Und ich weiß, wovon ich rede, meine Zunge fühlt sich immer noch taub an. Seien wir mal ehrlich: Wenn, dann würde ich höchstens aus Neid pikiert reagieren, weil sie flucht. Mit Anns Akzent klingen Kraftausdrücke einfach so viel cooler.

Es wartet ein Vormittag voller Erledigungen auf uns, die sich nicht alle in Reinickendorf machen lassen. Während mein Kiez nicht das Berlin ist, das Ann erwartet hat, erfüllt der Alexanderplatz in Mitte schon mehr die Erwartung nach erster Google-Suche und laut Postkartenmotiven. Wobei auch der Alex für mich wenig mit dem zu tun hat, was Berlin zu Berlin macht. Ann wird vermutlich noch genügend Zeit haben, das selbst herauszufinden, doch bis dahin eignet sich der Alexanderplatz aufgrund seiner Masse an Geschäften gut für die Dinge, die es zu organisieren gilt.

Erster Halt: eine Telefonanbieterfiliale, die gegen das Vorzeigen eines ukrainischen Ausweises kostenlose Sim-Karten für die ersten Monate anbietet. Vielleicht setzen sie auf dasselbe Prinzip wie einige Autohersteller:innen, die ihre Wagen kostenlos oder vergünstigt Fahrschulen zur Verfügung stellen, in der Hoffnung, dass die zukünftigen Autofahrer:innen der Marke treu bleiben.

Zweiter Halt: ein Späti. Womit die Vermittlung Berliner Kulturguts beginnt. Auch wenn Ann einen Tee zur Beruhigung ihrer kratzigen Stimme bestellt, bringe ich ihr das wichtige Wort »Weg-Bier« bei.

»Also ist das ein Weg-Tee?« Sie prostet in die Luft.

Dritter Halt: Drogeriemarkt. Für die anstehenden Amtstermine werden wir Passbilder von Ann brauchen. Während wir auf ihren Druck warten, fragt Ann, ob es Aktionen für Ukrainer:innen gibt, sodass sie die Fotos günstiger oder kostenfrei erhält wie zuvor die Sim. Nachdem die Verkäuferin verneint hat, biete ich Ann an, die Kosten zu tragen. »Vergiss es!« Sie lässt mich nicht mal den Geldbeutel aus der Tasche ziehen. »Du hast schon genug bezahlt. Ich dachte nur, dass es nicht schaden kann, zu fragen ...« Wir werden von der Verkäuferin unterbrochen, die uns mit unaufdringlichem Lächeln die Fotos in einem Umschlag zuschiebt: »Ein Geschenk. Ich übernehme das.« Sie verschwindet schnell, ohne großen Auftritt und ohne einen Dank zu erwarten. Noch den ganzen Tag lang kommen Ann und ich immer wieder auf diese Frau und ihre rührende Geste zu sprechen. Ann lächelt dann jedes Mal breit.

Vierter Halt: der Supermarkt. Es fehlt Schinken in meinem Kühlschrank. Und Ann soll sich auch sonst ein paar der Dinge aussuchen, die sie gern isst. Leider ist es gar nicht so einfach, sie dazu zu überreden. »Ich esse alles«, sagt sie und bleibt erst interessiert stehen, als wir am Pfandautomaten vorbeilaufen. »Was ist das?«

»Wir sortieren nicht nur unseren Müll, im Falle von Flaschen bringen wir ihn sogar zurück in den Supermarkt und bekommen Geld dafür zurück«, erkläre ich Ann unser Pfandsystem. Sie findet es klasse. Bereitwillig lenkt sie ihre Aufmerksamkeit auf die logischen der deutschen Gewohnheiten anstatt auf den Rest. Wir dürfen unbegrenzt schnell auf Autobahnen fahren, aber keine Bienen töten. Wir schreiben offen unsere Nachnamen an Türklingeln anstelle von Zahlencodes, wir lassen die Balkontür offen, wenn wir gehen, lüften sogar im Erdgeschoss, wir verdoppeln ein Haus, um es dann wieder zu halbieren, und nennen es auch noch Doppelhaushälfte.

Ich stoppe meine Gedanken, um nicht im eigenen Kopf zu versacken. Ann und ich erweitern unseren kleinen Einkaufsbummel um die typische Touri-Route. Vorbei am Fernsehturm und den darunter kiffenden Skater:innen – Kinder in immer noch (oder wieder?) zu tief hängenden Hosen, mit hässlichen Haarschnitten und überzeichneten Augenbrauen. Vorbei an mittelmäßig atmosphärischen Eisdielen, mexikanischen Cocktailbars und Kneipen, die so tun, als wären sie typisch deutsch, und die Tourist:innen von den echten Berliner:innen fernhalten. Vorbei am Berliner Dom, der Humboldt-Universität, der Friedrichstraße samt beliebtem Ampelmännchen-Shop. Vorbei an der russischen Botschaft, vor der Plakate klemmen und jeden Tag protestiert wird, unter dem Brandenburger Tor hindurch. Vorbei am Holocaust-Denkmal und weiter bis zum new-yorkig wirken wollenden Potsdamer Platz. Von hier aus geht es zurück nach Hause.

In der Bahn wischt Ann durch die Bildergalerie auf

ihrem Handy, die voll ist mit Schnappschüssen blau-gelber Aushänge, Beleuchtungen und Banner. Während ich bei Kindern wünschenswert finde, dass politische Anteilnahme zur Gewohnheit wird, und gefärbte Papiertauben genau dem Level der Möglichkeiten entsprechen, die sie gerade haben, muss bei Erwachsenen doch mehr gehen, oder? Ein aufgehängtes Banner kann ein Pflaster auf dem eigenen schlechten Gewissen sein und mehr denen dienen, die sich durch ihre Solidaritätsbekundung entlastet fühlen, als denen, die Solidarität brauchen. Kurzum: Wo fängt echte Solidarität an? Ich habe keine Antwort auf diese Frage. Bislang hielt ich die Ukraine-Sticker, -Plakate, -Farbprojektionen in der Stadt für ein Symptom anstrengend engagierter Selbsterzählung. Doch Anns Freude über den Anblick jedes einzelnen davon ändert mein negatives Vorurteil.

»Und, hast du mitbekommen, dass Pink Floyd einen Song für die Ukraine herausbringen wird?«, fragt Ann, während ihr Daumen weiter über das Handydisplay huscht, um Fotos des Tages an Freund:innen und Familienmitglieder in ihrer Heimat zu versenden. Anns Frage muss ich verneinen, sage aber, dass ich schon gespannt bin, den Song zu hören, und stelle stattdessen eine Gegenfrage, während Station für Station an uns vorbeizieht: »Was denkst du über Berlin und die Leute, die hier leben? Vielleicht hat sich dein Bild durch unsere kleine Sightseeingtour verändert.«

»Nicht wirklich.« Sie überlegt nicht lange. »Es gibt viele Ausländer, aber ich habe mehr Schwule und Lesben erwartet.« Ich ertappe mich dabei, die Blicke der Umsitzenden abzuscannen, in der Hoffnung, sie haben Ann nicht gehört. Noch kenne ich die Maßstäbe nicht, mit denen sie misst, genauso wenig, wie viel davon sie nur gesehen hat, weil sie erwartet hat, es zu sehen. Ich beschließe, ein näheres Nachfragen und damit möglicherweise zusammenhängende Einsprüche auf einen anderen Zeitpunkt zu verschieben. Es war schließlich ein langer Tag, und Anns Papa hat noch keine Fotos bekommen.

8. April 2022, Tag 44

Getreu unserem morgendlichen Ritual folgt Oscar mir ins Badezimmer, wenn ich zur ersten Blasenentleerung des Tages antrete. Ein Ritual, das ich noch lieber habe, seit Anna mir erklärt hat, dass Tiere oft gegenseitig beim Toilettengang Schmiere stehen, um sich in diesem vulnerablen Moment zu schützen. Während ich also bei offener Tür die Hose herunterlasse, schiebt Oscar sich durch die angelehnte Tür aus Annas Schlafzimmer, die meistens noch mindestens eine Stunde länger im Bett bleibt. Ich beuge mich zu Oscar hinunter und kraule ihn, mein ganzer Oberkörper ist auf den nackten Oberschenkeln abgelegt, während er sich seine verdiente Massage abholt. Sobald ich aufhöre, murrt er. Anders als sonst ist Anna ihm heute schon zu so früher Stunde aus dem Zimmer gefolgt. Sie winkt mit rechts und reibt sich mit links den Schlaf aus den Augen. Zeitgleich treten wir ans Waschbecken, benetzen nebeneinanderstehend Hände und Gesicht mit kaltem Nass und lassen ein paar Tropfen auf Oscars Rücken regnen. Wir haben uns ganz gut miteinander eingelebt, würde ich sagen.

»In Deutschland sagt man zu frechen Menschen, sie seien ›frech wie Oscar‹«, erkläre ich Anna, während Oscar nicht zulässt, dass die Streicheleinheiten aufhören. »Die Redewendung kommt wahrscheinlich von dem jiddischen Wort ›Ossoker‹, was ›frecher Junge‹ bedeutet.« Ich tue mal so, als würde dieses Wissen aus meinem Allgemeinwissen stammen und nicht aus der gestrigen Google-Recherche. Anna lacht laut auf: »Also habe ich den besten Namen für ihn ausgesucht!«

Mehr und mehr kommt Anna (auch auf dem Papier) in Deutschland an. Eigentlich hatte ich angenommen, wir würden mit der Bürokratie auf den Ämtern das praktizieren, was sich »Integration« oder »Migration« nennt. Wo auch immer da schon wieder der Unterschied liegt. Doch während Anna erst mir und dann sich selbst Zahnpasta auf die Zahnbürste drückt und mit dem nächsten selbstverständlichen Griff die Kontaktlinsen in meine Richtung schiebt, verstehe ich, dass Integration in Wirklichkeit gerade jetzt und hier stattfindet.

11. März 2022, Tag 16

»Heute habe ich anderthalb Stunden länger geschlafen!«, triumphiert Ann. Es ist 6 Uhr 38.

Und in meiner Küche riecht es wie in der Küche meiner Mutter. Ann macht sich ihre gestern gekochte Suppe warm, die sie jeden Tag zum Frühstück isst und die eigentlich ein Eintopf werden wollte. »Asiatische Küche macht nicht satt«, erklärt sie mir, während sich Hack, Reis und Kartoffeln gleichzeitig auf ihrem Löffel häufen. »Nach Sushi oder Curry fühle ich mich immer so leer.« Man merkt, dass sie aus einem Land kommt, in dem Männer für das Mastzuchtschwein den Urlaub absagen.

Während Ann und ich uns also unser Frühstück zubereiten, wie wir es am liebsten haben, schlawinert Oscar in die Küche. Ann hebt ihn hoch und drückt ihn liebevoll an die Brust. »Armes kleines Kerlchen, wie geht es dir heute?«, summt sie in das Ohr, das auch einer Fledermaus gehören könnte. »Die letzten Tage waren stressig für dich, hm?« Mal wieder spricht sie nur in Zusammenhang mit Oscar vom Leid der Flucht. Als wäre er es, der sie gerettet hat, und nicht andersherum. Oscar schleckt ihre Wange, woraufhin Ann den Kopf lachend zurückwirft.

Na gut. Vielleicht beruht die Rettung tatsächlich auf Gegenseitigkeit.

»In der Nacht habe ich ihn gehört, wie er ...« Ann sucht nach dem richtigen Wort. »*Khrap?*«

Leider muss ich den Kopf schütteln. Der Google-Übersetzer hilft, woraufhin ich doch eine Ähnlichkeit erkenne zwischen dem Polnisch, das ich spreche, und dem Russisch, das Ann spricht. »*On chrapał!*«, freue ich mich. »Auf Deutsch heißt es ›schnarchen‹. Ich mag das Wort, weil es genauso klingt wie das, was es beschreibt. Schnarchen, schnarchen, schnarchen.« Ich wiederhole das Wort so lange, bis es sich fremd in meinen Ohren anhört, wenn auch nicht so fremd wie für Ann. Das harte R macht ihr zu schaffen. In Zungengymnastik vertieft, kommt sie gar nicht auf die Idee, dass es vielleicht gar nicht Oscar war, der gestern Nacht geschnarcht hat. Ich schlafe besser, seit Ann bei mir wohnt. Es genügt das Wissen, dass da zwei Wände weiter jemand ist, um mich zu beruhigen.

Wenn ich nicht schlafen kann, lege ich mir eine schwere Decke über die Schultern, um mich umarmt zu fühlen, und versuche, mich von oben, wie ein schwebender Geist, selbst zu beobachten. Ich versuche vor meinem inneren Auge zu visualisieren, wie kuschelig ich aussehen muss – eingesunken in die Matratze, bedeckt von plusternder Bettwäsche und mit sich regelmäßig hebender und senkender Brust. Seit Ann bei mir wohnt, fühle ich eine andere Grundsicherheit in meinem Bauch, die diesen Tricks erlaubt, in ihrer Trickkiste zu bleiben.

»Was, denkst du, hat Oscar für Träume?«, frage ich Ann, die Oscar auf den Fliesen absetzt, um weiter in der Suppe zu rühren. Die Antwort kommt sofort.

»Frauen.« Anns Lachen schallt ähnlich laut durch die Küche wie der Klang des Holzlöffels, der an der Innenseite des Kochtopfes entlangschrappt. »Oscar träumt definitiv von Frauen.«

»Und du?«, frage ich weiter. »Wovon träumst du?«

»Heute habe ich von Zigaretten geträumt, es ist verrückt.«

»Oh.«

»Wahrscheinlich, weil ich gestern beschlossen habe, mit dem Rauchen aufzuhören.« Anns Stimme hat beinahe etwas Feierliches.

»Hast du?«, frage ich skeptisch. Selbstbestimmt nickend klingt sie wie der Werbejingle einer Turnschuhmarke: »*If you want it, you can do it.*«

Zur Abwechslung habe ich keine weiteren Fragen.

9. April 2022, Tag 45

»*Skryt' ikh.*« Anna streckt mir eine Packung Zigaretten entgegen, an Marke und polnischer Aufschrift erkenne ich, dass sie sie in meiner Küche gefunden haben muss.

»Das sind meine Gästezigaretten«, antworte ich verwundert. »*Papierosy dla gości.*«

»Yes. *Skryt' ikh.*«

»Warum soll ich sie verstecken?«

»*Ya proshu tebya.*« Annas unsichere Blicke gelten eher der Schachtel als mir. »Du weißt, warum.«

Natürlich weiß ich, warum. Es macht nur sehr viel Spaß, sie zu ärgern. Ich nehme ihr die Schachtel ab, gehe zu meinem Schreibtisch und lasse sie in eine der Schubladen gleiten.

»Willst du eine heiße Schokolade?« Anna spielt an ihrer Nagelhaut herum. Schokolade ist ihr neues

Nikotin. Tatsächlich hat sie ihr Wort, das sie mir an dem einen Abend auf dem Balkon gegeben hat, tapfer gehalten. Sie ist nicht rückfällig geworden, und offensichtlich hat sie gute Schutzmechanismen entwickelt. Wenn mein Schreibtisch einer dieser Schutzmechanismen sein kann, steht er gern zur Verfügung.

»Ich muss jetzt gehen«, erkläre ich, warum ich leider keine Zeit für heiße Schokolade habe. »Aber vielleicht am Abend?«

Als ich am Abend wiederkomme, ist meine Schreibtischschublade nicht ganz geschlossen, in Kombination mit dem verdächtigen Rauchgeruch in meiner Küche sind keine weiteren Indizien vonnöten. Als ich zu Anna auf den Balkon hinaustrete, senkt sie schuldbewusst den Blick in Richtung der auf dem Tisch liegenden Kippenschachtel. Dann müssen wir beide lachen.

Und wir lachen auch noch darüber, als wir Balkon gegen Bar austauschen. Heute gehen Anna und ich gemeinsam aus. Um in die Bar zu kommen, in die ein Kollege von mir uns eingeladen hat, muss man an einer dicken schwarzen Tür klingeln, die von einem schlaksig-großen Türsteher bewacht wird, der durch seine Sonnenbrille auf uns hinabschaut. Exklusives Club-Feeling, Einlass nur für Stammgäste. Finde ich eigentlich zum Kotzen. Der Türsteher strafft seinen schwarzen Anzug und führt uns zu einem Tisch, auch wenn mein Kollege noch gar nicht da ist. Von da an fällt die Spannungskurve eindeutig ab. Anna starrt auf das Bild an der holzvertäfelten Wand, das an Malen nach Zahlen erinnert. »Alles ist so normal.« Sie stöhnt enttäuscht in mein Ohr. Die Bar sieht aus wie jede andere Bar, es tanzt auch niemand auf dem Tisch, und die Drinks sind schwach. Nachdem wir die Hälfte ausgetrunken haben, bestellen wir zwei Shots nach. Zeitgleich klippen wir den kompletten Inhalt unser beider Schnapsgläser in die Drinks, um das Mischverhältnis zu korrigieren. Gelinde gesagt hat Anna sich von einer Bar mitten in der kosmopolitischen Metropole Berlin wohl etwas mehr erwartet als fade Longdrinks und Menschen in Rollkragenpullovern. Einzig ekstatisch in Bewegung ist die Perle am Ohr des Kellners, der bei Annas Akzent aufgehorcht und begonnen hat, eine Literaturliste vorzutragen, bestehend aus den osteuropäischen Autor:innen, die er seit der Annexion der Krim gelesen hat.

»Jeder war vom Beginn des Krieges überrascht«, erklärt er. Die Perle hört gar nicht mehr auf zu wackeln. »Aber nicht ich. Ich wusste schon lange, dass Putin etwas plant.«

»Aha.« Anna schaut ins Glas anstatt in sein Gesicht. »Toll.«

Im Rücken des Kellners taucht einer seiner Kollegen auf. Anstelle einer Perle steckt ihm eine Büroklammer im Ohrläppchen. Ich bin mir nicht sicher, ob er seinen gesprächigen Kollegen weiterzieht, weil er tatsächlich Hilfe braucht, oder uns zuliebe. Dann taucht unsere Verabredung auf. Mein Kollege hat weitere Freundinnen und Freunde im Schlepptau. Einige von ihnen sind so angeknipst, als gehörten sie zum Animationsprogramm einer All-inclusive-Hotelanlage, was mich mehr Energie kostet, als es mir schenkt. Alle sind wirklich sehr freundlich, aber auch wirklich sehr *da*. Schauspieler:innen, die ihre Geschichten ausprobieren. Journalist:innen, die lieber am Mikro stehen, als am Schreibtisch zu sitzen. Ein Fotograf, der ein Problem mit seinem Alter hat und nicht zugeben will, dass die dicken Gläser mit Sicherheit mehr Stärke als 1,1 Dioptrien haben, sowie ein Möchtegern-Filmproduzent, ein Jungspund mit beneidenswertem Selbstbewusstsein, dessen Job bei genauerer Nachfrage eher nach einem von Papa verschafften Praktikumsplatz klingt. Es fühlt sich an, als wäre unser Tisch eine einzige Partie »Reise nach Jerusalem«. Im Gegensatz zu Anna fällt es mir wesentlich schwerer, entspannt zurückgelehnt zu beobachten, wie jedes Gespräch endet, bevor es inhaltlich wird. Meist unterbunden durch Komplimente, vorgetragen mit von Alkohol geschwängerter Sentimentalität. Ich bitte den Kellner darum, mir noch einen Jackie Brown zu bringen. Je später es wird, umso rührseliger wird das Miteinander. Anna zuckt nicht zusammen, als die Schauspielerin mit blonden Locken und seidenem Kimono über meinen Schoß hinweg nach ihrer Hand greift.

»Ich arbeite für *Leave No One Behind*.« Ihre Augen glitzern, zwischen ihre Brauen gräbt sich eine Falte. »Ich habe schon immer viel Charity gemacht, auch bevor der Krieg angefangen hat, aber jetzt setze ich wirklich all meine Zeit dafür ein. Natürlich. Also, wenn du was brauchst ...«

Anna reicht der Frau ein Taschentuch. Ich lehne meinen Oberkörper nach vorn, als die Linse der Handykamera der Schauspielerin sich in Annas Richtung bewegt. Anna selbst zupft derweil ihren Jumpsuit zurecht, den sie immer trägt, wenn wir zu meinen Eltern oder Freund:innen gehen. Wieder habe ich ihr meine Kleidung angeboten, wieder lehnte sie ab: »Ich trage, was ich habe.« Maximal Schlaf-T-Shirts oder Tops leiht sie sich aus.

»Ich mag deinen Jumpsuit wirklich sehr«, sage ich, nicht nur, um dem Gespräch mit dem von der Toilette zurückgekehrten »Filmproduzenten« auszuweichen oder um Anna ein gutes Gefühl zu geben, sondern weil es wirklich stimmt. Sie sagt immer, es sei ihr »*Jumpsuit in Military Look*«, und wir sind uns beide einig, dass dieser ihr so gut steht, weil sie eine Kämpferin *ist*. Anna sagt: »Wenn du dich schön fühlst, siehst du auch schön aus – also lass uns heute Cinderellas sein!«

»Cinderellas im Military Look.«

»Du sagst es.«

»Heute aber keine *zasos* für mich«, antworte ich, ganz die schlaue Schülerin. »Keine *zasos* nötig.« Seit Anna mir beigebracht hat, dass *zasos* »Knutschfleck« auf Ukrainisch und Russisch bedeutet, versuche ich, das Wort bei jeder Gelegenheit einzusetzen. Ich bin nicht die Einzige, die ihren Wortschatz an Anna ausprobiert. Zielstrebig tritt ein Mann an uns heran, der bislang an der Bar gelehnt und sich mit einem der Leute von unserem Tisch unterhalten hat. »*Privet!* Habe gerade gehört, dass du aus der Ukraine bist. Willkommen in Berlin.« Trotzdem er sich auf dem mit Bierdeckeln gepflasterten Tisch abstützt, schwankt sein Oberkörper gefährlich. Er ergänzt weitere Wortfetzen auf Russisch, so stümperhaft, dass selbst für ein deutsches Ohr sofort klar ist, dass es sich nicht um einen Muttersprachler handelt. Dabei lacht er so laut, dass die Leute am Nebentisch zu uns herüberschauen. Anna zuckt zusammen, dann reckt sie stumm das Kinn in die entgegengesetzte Richtung. Ihr Rücken strafft sich. Der Mann geht.

»Was hat er gesagt?«, frage ich. Etwas an ihrer Reaktion ist merkwürdig.

»Er hat gesagt, dass ich mir keine Sorgen machen müsse, er sei kein Russe.« Annas Blick ist Richtung Kronleuchter gewandt. »Schön für ihn.«

»*Otvali!*«, zische ich, wie Anna es mir beigebracht hat. »*Tupitsa ...*« Wir sind noch dabei, den Mann dafür auszulachen, sich für lustig zu halten, obwohl er genau das Gegenteil war, als Anna etwas zu entdecken scheint. Wieder bewegt sich ihr Kinn, diesmal aber in Richtung zweier Männer, die sich in den Armen liegen. Sie zieht die Augenbrauen hoch.

»Ja?«, frage ich.

»Meinst du, sie sind schwul?«

»Sie sind Brüder.«

»Woher weißt du das?«

»Ich habe mich kurz mit ihnen unterhalten, als sie nach einem Feuerzeug gefragt haben.«

Anna beobachtet die Männer noch einen Moment länger: »Ich finde das trotzdem toll, dass die Leute in

Berlin so offen sind, wenn es um Sexualität geht.« Mit später werdender Stunde versteht Anna, dass nicht alle, die auf den ersten Blick homosexuell auf sie wirken, auch wirklich homosexuell sind. Genauso, wie nicht alle hetero sind, die hetero erscheinen. Derweil kämpfe ich mit einem Ohrwurm, den ich mir schon auf dem Weg hierher eingefangen habe, als Anna und ich uns mit geteilten Kopfhörern die italienische Band Måneskin angehört haben. Es war Annas Vorschlag. Die Band hat den letzten ESC gewonnen, der in der Ukraine offenbar immer noch eine große Rolle spielt. Måneskin haben kürzlich einen solidarischen Soundtrack für Annas Heimat veröffentlicht. Dazu gehört auch ein Musikvideo, das in Sekundenbruchteilen mit Ausschnitten von Gräueltaten unterschnitten ist, die die russische Wehrmacht in ihrer Heimat anrichtet.

Im Grunde genommen ist Anna mein ganzer Abend. Zumindest der gute Teil. Sie ist für meine besten Gespräche, für meine Ausreden sowie für meine einzigen echten Lacher zuständig. Sie ist beinahe die Einzige, mit der man sich über Dinge unterhalten kann, die nicht mit Job, Status oder Affären zusammenhängen.

Als die Party letztendlich in die Wohnung von meinem Kollegen verlegt wird, verpassen wir den Moment, um einen Polnischen zu machen. So kommt es, dass Anna und ich die restliche Nacht und bis in den Morgen unbeholfen um eine Mischung aus Tisch und abstrakter Skulptur herumtanzen wie Rumpelstilzchen ums Feuer. Darauf verteilt liegen Gläser, Kippenschachteln und die Capri-Sonne des Typen im Smoking, der unbedingt auffallen will. Immerhin hat er einen guten Humor.

So richtig wohl scheint sich keiner zu fühlen, wobei Anna sich irgendwann als Erste und für eine Weile Einzige dem Gruppenzwang entzieht und nicht versucht, der Coolness wegen zu tanzen, sondern sich allein als stille Beobachterin auf dem Sofa genügt. Ich fliehe zu ihr, sobald es möglich ist. Dafür, dass heute schon so viel über das Berghain, KitKat und Ficken 3000 gesprochen wurde, erinnern mich die Tanzschritte unserer Party People stark an die meiner Eltern.

»Denkst du, dass sie denken, dass wir hier die Unnormalen sind?«, fragt Anna mit ehrlichem Interesse. »Ich habe das Gefühl, in Berlin ist normal unnormal.« Sogar hundemüde bringt sie mich noch zum Lachen.

»Vielleicht.« Ich nicke, während wir uns an dem anhänglichen Filmproduzenten vorbeitanzen, der auf Teufel komm raus noch jemanden abschleppen will. Er ist das letzte Hindernis auf unserem Weg in die frische Nachtluft. Erleichtert lasse ich meine Lunge durchlüften, nur um kurz darauf in die Tiefen eines der drogenversifftesten U-Bahnhöfe Berlins abzusteigen: die Kurfürstenstraße. »Die dunkle Seite«, flüstere ich Anna mit Blick auf die beiden Männer zu, die sich auf dem verbogenen Löffel ihre Drogen warm kokeln. »Soll ich uns ein Taxi rufen?«

»Nein, warum denn? Wenn ich allein wäre, ja, aber ich fühle mich sicher mit dir.«

Aufs Stichwort werden wir von einer zahnlosen Frau angefaucht. Ihr Weggefährte, ein Typ mit Büscheln anstatt Haaren, quietscht uns die sieben Minuten lang bis zur Ankunft der Bahn mit einem Hundespielzeug an. Vermutlich sollten wir das nicht lustig finden, aber Anna und ich kichern, als hätten wir mehr Gras geraucht als er. Vermutlich wäre es moralischer, seinen Anblick traurig zu finden, doch das Absurditäten-Fass läuft über. Immerhin hat der Typ es zur Abwechslung mal nicht nötig, seinen Wissensstand bezüglich der Ukraine darzulegen.

»Nächstes Mal gebe ich mich als Polin aus«, erklärt Anna, als wir endlich die Stufen zu unserer Wohnung erklimmen. »Für Deutsche klingen eh alle Ost-Akzente gleich.« Und nach den Schurken, die sie in ihren Kinderfilmen kennengelernt habe. Nickend schnappe ich mir Oscar, um noch mal eine Runde mit ihm Gassi zu gehen, bevor wir ins Bett fallen. Durch die vor Müdigkeit halb geschlossenen Augen übersehen wir leider den Schlüssel, der auf dem Küchentisch liegt.

»Fuck.«

So kommt es, dass aus der Extrarunde mit Oscar noch eine Extrarunde mit Papa wird. Glücklicherweise wohnen meine Eltern im selben Kiez. Glück für uns, Pech für sie. Um sechs Uhr in der Früh an einem Sonntag stehen Anna und ich vor ihrer Tür, riechen wie Kippenschachteln auf Beinen und haben ein Problem.

»Wenn mir das noch öfter passiert, hast du dich schon bald ans Türschlossknacken gewöhnt.« Vielleicht habe ich auch ein paar Kinderfilme zu viel gesehen, dass ich mich noch für witzig halte. Weil meine Eltern die Besten sind, lachen sie gnädig. Papa zieht sich Socken und Schuhe an sowie eine Jacke über den Pyjama. Mama rüstet ihn mit dem nötigen Werkzeug aus, damit er zur Lösung von Annas und meinem Problem werden kann. Lediglich ein dünner, doch robuster Plastikheftstreifen sowie eine entschieden ruckartige Bewegung sind nötig, um bei mir einzusteigen. Und natürlich Papas Zauberkraft. Ich habe genügend Galileo-Folgen zu dem Thema gesehen und zu wenige (gar keine) echte Einbrüche erlebt, als dass mich das schockieren könnte.

In Sicherheit?

Bianca hat nicht mal Angst davor, dass ihr die Unterwäsche vom Balkon geklaut werden könnte. Weder ist ein Alarm in der Wohnung angebracht noch mehrere Schlösser an der Tür. Bianca schließt nicht ab, wenn sie zu Hause ist oder nur mal kurz den Müll runterbringt.

In der Ukraine lebte ich im fünften Stock hinter zwei Türen, eine davon aus Stahl. Damit bin ich nicht allein. Wenn jemand unangekündigt klingelte und ich allein war, machte ich nicht auf. Erst recht nicht als Frau. Wollte ich in den Urlaub fahren, brachte ich meinen Laptop und andere Wertsachen zu den Nachbarn. Deshalb war es nicht nur schön, sondern auch wichtig, dass man den Kontakt zur Nachbarschaft in der Ukraine pflegte.

Hier in Deutschland fühle ich mich sicherer. Ich kann auch um elf Uhr in der Nacht allein mit Oscar spazieren

gehen und muss mich nicht unsicher fühlen. Dass Bianca
Sicherheitsvorkehrungen schleifen lässt, ist kein Problem,
weil der Slip bleibt, wo er ist.

12. März 2022, Tag 17

Um sich für einen Film zu bewerben, braucht es
manchmal sogenannte E-Castings. Das heißt, Freundinnen und Freunde nehmen mich dabei auf, wie ich
in den eigenen vier Wänden so tue, als würde ich vor
Zombies fliehend durch gespenstische Tunnel krie-
chen (wer gerade keinen Tunnel zu Hause hat, nimmt
einfach einen zusammengerollten Teppich), ein Baby
gebären (wer gerade kein Baby zu Hause hat, nimmt
einfach eine ebenso saugfähige Zewa-Rolle) oder mich
lautstark von meinem Freund trennen (entschuldigt,
liebe Nachbar:innen). Heute haben Annika und ich
die Kamera in ihrem Schlafzimmer aufgebaut, in dem
ich noch lieber als in meiner Wohnung E-Castings auf-
nehme, weil es schön lichtdurchflutet ist. Doch kaum
damit angefangen, erreicht mich eine Nachricht. Drei
weinende Emojis. Ann schreibt: »Sorry! Aber ich hab
Angst, bin außerhalb der Wohnung. Was soll ich machen?!«

Sofort rufe ich an: »Was ist denn passiert?«

Ann hebt nach wenigen Sekunden ab. »Es tut mir so
leid. Da war dieser Mann und ich …«

»Ein Mann?«

»Er meinte, er will Gas und Strom kontrollieren
oder so was.«

»Mist, ich habe vergessen, dir das zu sagen.« Beim Gedanken an den im Flur hängenden Aushang fasse ich mir an die Stirn. Mein »Sorry« geht in einem heftigen Hustenanfall unter, von dem Ann geschüttelt wird. Ihre Erkältung schien sich gerade zu bessern, bleibt zu hoffen, dass der Ausflug in den windigen Flur nicht gegenteilige Effekte erzielt. »Sorry!«

»Also bin ich raus auf den Flur, um mir anzuhören, was er sagen will, habe aber die Schlüssel drin vergessen.« Anns Stimme klingt verzweifelt. Meine auch: »Aber warum?!«

»Was?«

»Ich habe gefragt, warum?«

»Ich verstehe die Frage nicht.«

»Warum hast du die Wohnung verlassen?«

»Damit der Mann nicht kontrollieren kann, wie es drin aussieht.« Nun klingt Ann, als hätte ich gefragt, warum man nicht einfach Gemüse anstatt Fleisch für die Brühe verwendet. »Stell dir vor, das ist ein Dieb, der nur auschecken will, ob es sich lohnt!«

»Also bist du lieber allein auf dem Flur mit dem Dieb als sicher im Inneren der Wohnung?«

Wie kann man so mutig und so ängstlich zugleich sein? Annika sieht mich mit fragendem Blick an. Eigentlich habe ich es ziemlich eilig, mit der Aufnahme des E-Castings fertig zu werden (mich nach anfänglicher Abwägung von einer Brücke zu stürzen – wer keine Brücke hat, nimmt einen Küchentisch), da die Casterin es bis spätestens heute Mittag haben will. Das würde allerdings bedeuten, dass ich Anna noch mindestens zwei, eher drei Stunden im Hausflur sitzen lassen müsste. Mir bleibt keine Wahl. Annika zeigt Verständnis: »Ich habe heute nichts anderes vor, ich kann warten.«

Fünf Minuten später klappert meine verrostete Fahrradkette durch Berlin. Meine Sachen habe ich bei Annika liegen lassen, da ich hoffe, schnell zurück zu sein. Ich trete stehend in die Pedale. Besser stinkend als spät.

»Tut mir leid!« Als ich Ann im Hausflur gegenübertrete, sitzt die mit eingefallenen Schultern und Oscar im Schoß auf der Treppe. Wenn sie schnell spricht, wird der Akzent noch härter. »Aber in der Ukraine trauen wir keinen Fremden, ich habe gedacht, dass ...«

»Schon okay. So was passiert.« Ich schiebe meinen Schlüssel ins Schloss und ... stocke. Noch mal raus, checken, ob es der richtige Schlüssel ist, und ... immer noch nichts. Langsam drehe ich mich zu Ann um.

»Steckt der Schlüssel in der Tür?« Ich ziehe meine Frage ungewöhnlich in die Länge, vielleicht, weil ich bereits ahne, dass Anns Antwort nicht zu meiner Zufriedenheit ausfallen wird.

Sie schluckt sichtlich einen erneuten Hustenreiz hinunter: »Ja.«

Ich tue also, was Erwachsene in so einer Situation tun. Ich rufe Mama an. Die fasst die Gesamtsituation nach meiner Ausführung zusammen: »Scheiße.«

»Ja.«

»Dann kommt ihr erst mal zu uns, und wir reden mit Papa.« Auf Zusammenfassung folgt Rat, und auf

Rat folgt Tat. »Papa schafft das schon. Er ist in zwei Stunden von der Arbeit zurück, spätestens.«

»Ihr seid die Besten!« Wenn ich an die letzten Gespräche zurückdenke, die Mama und ich geführt haben, fällt dieses positiv aus der Reihe.

Mama und Papa hatten noch keine Gelegenheit, Ann kennenzulernen, dann tun sie es jetzt eben in Hausschuhen. Mit den gestohlenen Hotelschlappen, die ich Ann bei ihrer Ankunft vor das Bett gestellt habe, laufen wir rüber zum Wohnhaus meiner Eltern, das glücklicherweise nur fünf Minuten entfernt von uns liegt. Das regelmäßige *Schlapp, Schlapp, Schlapp* der Hausschuhe wird lediglich von Oscars vereinzeltem Bellen unterbrochen, der sich vermutlich fragt, wo seine Mutter ihn jetzt schon wieder hin entführt. Das waren ziemlich viele neue Umgebungen in ziemlich kurzer Zeit für den kleinen Vierbeiner, der sich zum Ass in unserem Ärmel entpuppt. Beim Anblick des Chihuahuas reißt Mama die Arme auf. Sie hat Ann noch gar nicht begrüßt, da streichelt sie bereits stakkatoartig über Oscars Rücken. Ihre Stimme rutscht zwei Oktaven höher.

»*On milyy!*« Mamas Schulrussisch macht sich bezahlt. Im polnischen Sozialismus aufgewachsen, ist ihr die englische Sprache zwar fremd, dafür weiß sie sich auf Russisch zu verständigen. Wobei sie sich bislang vor allem mit Oscar verständigt.

Ich war unsicher, ob Mama sich Ann gegenüber unangenehm distanziert verhalten würde, doch von Angesicht zu Angesicht ist sie meiner neuen Mitbewohnerin gegenüber weitaus weniger skeptisch eingestellt als noch vor wenigen Tagen in Gesprächen mit mir. Ihr zwischenzeitliches Starren ist das einzig Unangenehme, und das scheint Ann nicht aufzufallen, die viel zu sehr damit beschäftigt ist, sich für die Unannehmlichkeiten zu entschuldigen.

»Ist das wirklich okay für deine Mutter?«, fragt sie mich nun schon zum dritten Mal. Statt einer Antwort deute ich auf den Boden, auf dem Mama sich gerade neben Oscar auf dem Teppich wälzt.

Während ich zum E-Casting zurückkehre, schickt Ann mir per WhatsApp bereits das erste Foto von einem reich gedeckten Tisch zu. Dazu die Worte: »Deine Mutter ist verrückt!« Dabei handelt es sich lediglich um aufgetaute Vorräte, die Mama auf die Schnelle kredenzt, sowie polnische Tapas, die immer gehen. Es folgt ein Detailshot von Fleischsalat auf geblümten Porzellantellern. »Ich liebe es!« Ann ist wohl die einzige meiner Freundinnen, die sich so sehr über Mamas Fleischsalat freuen kann. Mehr als über jede Acai-Bowl. Sie wird sich noch wundern, wenn sie das erste Mal zu einem Familiensonntag mitkommt ...

Als ich einen halben Tag später, mit nach wie vor klappernder Fahrradkette, zu Hause ankomme, ist Papa bereits in meine Wohnung eingebrochen, Ann hat Suppe gekocht, und ihre Pantoffeln entsprechen wieder der Kleiderordnung. Oscar begrüßt mich schwanzwedelnd, während ein Duft von Zwiebeln, Dill und eingelegtem Fleisch die Wohnung flutet. Vielleicht habe ich Glück und kann in dem Bratöl, in dem zuvor das Fleisch seinen Saft gelassen hat, meinen Tofu anbraten. Muss ja keiner wissen. Und wenn es schon mal da ist …

»Dein Papa ist ein Held!« Ann kommt von der Küche in den Flur und wirft sich ein kariertes Geschirrtuch über die Schulter. »Ein deutscher Papa hätte nicht gewusst, wie man das hinbekommt.« Sie meint das keinesfalls despektierlich, sie macht auch keinen billigen Polenwitz. Nein, Ann macht Papas handwerklichen Fähigkeiten aka Panzerknackerqualitäten das Kompliment, das sie verdienen.

»Jetzt brauche ich erst mal etwas zu essen.« Kopfschüttelnd kehrt sie zu den brutzelnden Töpfen zurück. »Wie sagt ihr *Food is nearly ready* auf Deutsch?«

»Essen ist fast fertig.«

»Fast fertig?« Das wie ein CH gesprochene G am Ende des Wortes macht Ann zu schaffen. Erst als ich ihr in die Küche folge, sehe ich das zweideutige Grinsen in ihrem Gesicht. »Fast fertig … klingt interessant.«

»Oh no!« Ich muss lachen. »Nicht ›Fetisch‹! Fertig … Fetisch ist was anderes.«

»So oder so: Food ist fast fertig«, kichert Ann, woraufhin ich den Deckel von den Töpfen hebe.

»Deine Mutter hat uns sehr leckeres Fleisch geschenkt, also habe ich uns eine kräftige Brühe gekocht.«

»Fleisch?«, frage ich vorsichtig.

Anns Augen funkeln verliebt: »*Da!*«

»Ich glaube, ich muss dir etwas sagen.« Nie hat es sich so sehr wie ein Geständnis angefühlt, jemandem zu erzählen, dass ich Vegetarierin bin.

»Aber ein paar meiner Freundinnen und Freunde sind sogar vegan. Das ist noch viel schlimmer!«, ergänze ich schnell. »Keine Eier, keine Milch, nichts von Tieren.«

»Aber du hast Fleischsalat gekauft!«

»Für dich ...«

»Oh ... oh! Sorry.«

»Warum sorry?«

»Es ist nur ... Ich kenne noch keine Veganer.« Ann hält sich ganz gut, bislang. Aber sie war auch noch nicht im Prenzlauer Berg. »Auch keine Vegetarier, zumindest nicht persönlich. Ich hab schon mal über Ecken von welchen gehört, aber ...«

»Hier in Berlin wirst du einige kennenlernen.«

»Hmm. Zum Glück habe ich heute Suppe gemacht.«

»Aber hast du nicht gesagt, du hast sie mit Fleisch zubereitet?«

»Ja, aber nur die Brühe. Da sind keine Stücke drin.«

»Verstehe, okay, also ... Aber ehrlich gesagt macht das keinen Unterschied für mich.«

»Oh. Noch mal sorry.«

»Entschuldige dich nicht! Da ist noch so viel im Kühlschrank und im Tiefkühler.« Schnell ziehe ich eine TK-Pizza heraus. »Dann hast du länger was von der Suppe, ist doch super, und ich schieb 'ne Pizza in den Ofen.«

»Ja, aber was ist denn auf der Pizza drauf?« Ann schaut mir über die Schulter, während ich die Margherita aus der Pappe befreie. »Schinken ist okay?«

»Ich habe Margherita gekauft, die ist ohne Schinken.«

»Hmm.«

Ich beschließe, Thomas niemals von diesem Gespräch zu erzählen. Wie war das noch mal mit den großen Brüdern, die auch mal recht haben dürfen?

Beim Abendessen wechseln wir dann das Thema. Für den Anfang sollte es vielleicht darum gehen, Gemeinsamkeiten festzustellen, deshalb erzählt Ann mir mehr von den Pol:innen, die sie auf ihrer Durchreise kennengelernt hat. Ich erfahre, dass sie bei einem gewissen Konrad untergekommen ist. Konrad ist 40, verheiratet und Vater. Er hat eine ganze Gruppe von Frauen in seinem Zweithaus an der Grenze zu Krakau untergebracht, während seine Familie in ihrer Wohnung innerhalb der Stadt nächtigte. Trotzdem blieb er rund um die Uhr bei den geflohenen Frauen, schlief mit ihnen in einem Zimmer. In der Nachbarschaft erzählte man sich, er hätte die Ukrainerinnen nur aufgenommen, um Geld von der Regierung zu bekommen.

»Hat er …?« Ich gerate ins Stocken, doch Ann versteht auch so.

»Nein, er hat uns nie angefasst«, antwortet sie. »Vielleicht hat er sich selbst angefasst, aber niemals uns.«

»Ich kann nicht ausstehen, dass er eure Situation zum Geldverdienen ausgenutzt hat.«

»Aber wenigstens hat er uns geholfen.«

»Es klingt trotzdem, als wäre er ein merkwürdiger Kerl.«

»*Da!* Ich meine: Ja, das war er schon. Definitiv war er merkwürdig.« Ann hält ihren Teller schief, um die letzten Kartoffelwürfel und Reiskörner herauszuschaufeln. »Und trotzdem … Die Leute hier toppt er nicht in ihrer Merkwürdigkeit.« Sie sagt es mit einem Augenzwinkern und mehr, um das Gespräch rund um Konrad aufzulösen. »Aus den Deutschen werde ich einfach nicht schlau.« Auch wenn er nicht ganz vertrauenswürdig war, hat Konrad ihr geholfen, und das will sie zu würdigen wissen.

Aus den Deutschen werde ich einfach nicht schlau. Ein Satz, der mich schmunzeln lässt. Wie erkläre ich ihr, warum die Leute sich hier Zucchini als Nudeln verkaufen lassen? Es ist eine Lektion, die wir besser auf einen anderen Zeitpunkt vertagen.

»Ich würde sagen, dass jemand sich *biodeutsch* verhält, wenn der- oder diejenige deutsche Gepflogenheiten allzu ernst nimmt«, sage ich stattdessen. »Oder kurz: dass die Person eine Kartoffel ist.«

Ann legt die Stirn in Falten: »Kartoffel? In der Ukraine bezeichnen wir Menschen aus Belarus als Kartoffeln!«

»Was?«

»Ja!«

Ann und ich machen an diesem Abend einen Sport daraus, Redewendungen und Wörter zu übersetzen, während sie auf dem Balkon sitzend eine der Zigaretten raucht, die Mama ihr mitgegeben hat.

»Mama?«, frage ich ungläubig, als Ann mir verrät, dass sie sich auf einem Spaziergang nicht davon hat abhalten lassen, sie auf eine Schachtel einzuladen. »Reden wir über *meine* Mutter? Sie hat dir Zigaretten gekauft?«

Noch am selben Abend rufe ich sie an. Die Frau aus Anns Erzählungen ist nicht mit der Frau vereinbar, die ich vor ihrer Ankunft erlebt habe.

»Es ist gut, dass wir sie aufgenommen haben.« Wüsste ich nicht, dass Mama Füße auf Tischen kategorisch ablehnt, würde ich meinen, sie legt gerade die Beine hoch.

»Wir?«, frage ich. Ich komme mir etwas lächerlich dabei vor, so besitzergreifend das Terrain der Wohltat zu markieren, das ich für mich beanspruche. Doch die Worte sind raus, bevor ich sie im Kopf noch mal auf rechts drehen kann. »Soweit ich weiß, schläft Anna in *meiner* Wohnung, wogegen du eindringlich protestiert hast.«

»Ich protestiere nie!«, protestiert sie. »Erst recht nicht gegen ein so nettes Mädchen wie Ann.«

»Du wolltest nicht, dass ich mich auf den Plattformen registriere, um Menschen aufzunehmen.«

»Ja, aber doch nur, weil ich nicht wusste, wer da kommt. Hat ihr das Fleisch denn geschmeckt? Ich habe ihr extra das gute Stück aus der …«

»Ich fasse es nicht!«

»Beruhige dich.«

»Mama! Erst lästerst du darüber, dass sie raucht,

und heute erfahre ich, dass du ihr sogar Kippen kaufst?!«

»*Lästern* … Du übertreibst.« Vielleicht ist meine Mama einfach »eine andere Generation«, wie es so schlecht heißt. Oder weil sie älter ist, hatten Meinungen mehr Zeit, um sich festzufahren. Vielleicht sollte ich dieses Gespräch lieber fortsetzen, wenn ich wacher bin und nicht einen ganzen Tag hinter mir habe. Ich beschließe, dass es besser ist, aufzulegen.

10. April 2022, Tag 46

Ich hätte nie rangehen sollen. Dabei hat das Telefonat mit einer Freundin so gut begonnen: Es ging um Will Smith, ihre Basilikumzucht und Schuhe. Dann wechselt die Stimmung.

»Mit den Bildern kommt der Krieg nach Deutschland.« Meine Freundin ruft aus den USA an. Sie trägt Sätze vor, von denen ich nicht weiß, ob sie sie auch schon gedacht hat, bevor sie sie in Artikeln gelesen hat. Ausgeliehene Ausreden. »Ich kann mir das einfach nicht angucken, ich ertrage das nicht.« So ging es ihr auch schon mit Corona. Sie wollte erst mal abwarten mit der Impfung, bis sie besser erforscht ist. Vegan, Bio, ayurvedisch, übliches Eso-Halal. Sie hat schon immer genau darauf geachtet, was in ihren Körper hineinkommt. Zumindest so lange, bis der US-Trip anstand, um ihren Freund zu besuchen, dann war die Corona-Impfung auf einmal kein Problem mehr. Beim Gedanken an lustige Tage am Strand und andere gemeinsame

Erlebnisse bemühe ich mich um Verständnis. Ich will andere Meinungen aushalten, mit Menschen ins Gespräch gehen und sie überzeugen, nicht überreden. Doch längst habe ich aufgehört, dieser Selbsterzählung Taten folgen zu lassen. Während ich mich mit besagter Freundin unterhalte, suche ich nach Gründen, unliebsame Gesprächsthemen zu wechseln.

»Ich kann mir das einfach nicht angucken, ich ertrage das nicht«, wiederholt sie in weinerlichem Tonfall, warum sie der Krieg so sehr belastet. Als würde nur das potenziell schaden, was man in seinen Körper tut, nicht auch das, was man vergisst in seinen Körper zu tun. Zahnspangen, Insulin, Impfungen – Wissen.

»Und ich ertrage *dich* nicht.« Wieder denke ich mehr, als ich sage. Was weder ihr noch meiner Selbstachtung gerecht wird. Es mag gute Gründe geben, wie Depressionen, um sich vor der Realität zu verstecken, aber der Krieg ist keine Naturkatastrophe, er ist menschengemacht. Und wenn alle Menschen sagen, dass sie »Abstand gewinnen« müssen, um es zu ertragen, dann lassen wir die Menschen im Stich, die gar nicht die Möglichkeit dazu haben. Was würde Anna antworten, würde meine Freundin gerade mit ihr anstatt mit mir sprechen? *Pech gehabt?* Würde meine Freundin überhaupt so mit Anna reden, oder wäre sie automatisch reflektierter? Der Krieg ist nicht in Deutschland *angekommen,* bloß weil wir uns ein paar Bilder im Netz anschauen. Der Krieg findet in der Ukraine statt. Die Menschen in der Ukraine sterben, nicht wir.

»Außerdem, mal ganz ehrlich: Ich weiß nicht, was

die Ukraine jetzt von der Welt erwartet. Die haben Syrien auch nicht geholfen.« Meine Freundin oder die Frau, die mal meine Freundin war, spricht von Syrien, als stünde es stellvertretend für all die anderen Kriege auf der Welt.

»Und Deutschland?« Zum ersten Mal und viel zu spät widerspreche ich. »Hat Deutschland geholfen?«

Was sich die letzten Monate als Meinungsverschiedenheit zwischen Harmoniebedürfnis und Faulheit meinerseits tarnen ließ, zieht nun mehr und mehr als grundsätzlicher Wertegegensatz blank. Nicht zum ersten Mal frage ich mich heimlich, ob ich die Anzeige für das freie Zimmer in meiner Wohnung auch dann auf Instagram gepostet hätte, wenn ich nicht gerade in Quarantäne gesteckt hätte. Während ich eingesperrt und völlig allein die Nachrichten auf und ab scrollte, dachte ich wirklich: Das machen jetzt alle. Alle meine Freund:innen werden Geflüchtete bei sich aufnehmen. Was wäre gewesen, hätte ich die Wahrheit geahnt? Wäre ich genügend Menschen begegnet, die sich dagegen entschlossen haben, jemanden aufzunehmen, wäre es mir leichter gefallen, ebenso zu entscheiden und in meiner Komfortzone zu bleiben. Wir können als Gesellschaft unser gegenseitiger Motivator sein, aber genauso unsere gegenseitige Ausrede.

»Was meinst du damit, ob Deutschland geholfen hat?«, fragt meine Freundin nach kurzer Stille. Wenn ich mich schon nicht traue zu widersprechen, sollte ich vielleicht mehr Fragen stellen, so lange, bis die Leute sich selbst widersprechen.

»Was sagst du zu Frankreich?!«, spielt meine Freundin den Ball unnachgiebig zurück. Als hätte plumpe Ablenkung etwas mit Taktik zu tun. Das Gespräch über die aktuell anstehenden Erstwahlen habe ich beim Frühstück auch schon mit Anna geführt.

»Macron ist nicht perfekt, aber besser als Le Pen«, habe ich gesagt und mit dem Brot in den Hummus gedippt. Anna hat schulterzuckend nach dem Senf gegriffen und erwidert: »Gute Menschen gehen nicht in die Politik.«

Ist es traurig oder realistisch, dass sie so denkt? Ich wollte Anna widersprechen, wollte pauschale Verurteilung unterbinden, aber ich konnte nicht. Nicht nur, weil ich verstand, warum sie insbesondere aufgrund ihrer aktuellen Situation so fühlt, sondern auch, weil ich den Widerspruch nur gedacht, nicht gefühlt habe. Anders als im Telefonat mit meiner Freundin von früher spiegeln sich meine Gefühle in denen von Anna wider.

13. März 2022, Tag 18

5 Uhr 30, der Wecker klingelt. Heute hat Ann ihren ersten Termin auf dem Bürgeramt, um sich in Berlin und meiner Wohnung anzumelden. Meine Mutter übernimmt Oscar, den wir nicht von heute auf morgen in einer neuen Umgebung allein lassen wollen. Ich schiebe Aufbackbrötchen in den Ofen, Ann holt sie raus. Der Wasserkocher röhrt, das grüne Klebchen mit den drei Übersetzungen (нагреватель воды, Wasser-

kocher, water heater) will nicht mehr halten, dafür wollen wir zurück ins Bett. Und dieses Bedürfnis lässt auch in der schunkelnden Bahn nicht nach.

Fürs Nettsein bezahlt und trotzdem genau das Gegenteil davon ist dafür der Beamte, der uns am Rathaus den richtigen Weg weisen soll.

»Was ist denn daran so schwer zu verstehen?!«, schreit er den Mann vor uns an, der ihm vermutlich antworten würde, dass so ziemlich alles daran schwer zu verstehen ist, wenn er ihn nur verstehen und Deutsch sprechen könnte. Wir waren nicht die Einzigen mit der glorreichen Idee, unsere Ankunft *vor* Beginn der Bürozeit zu legen. Ein Umstand, aus dem nicht eine lange Menschenschlange, sondern ein Menschenpulk resultiert. Der kulminierende Klang unserer Schritte hallt durch das Rathaus, das sich als reichlich hässliches Puzzle aus tristen Fluren und büroartigen Räumen entpuppt, worüber auch der imposante Eingang mit den Holzvertäfelungen nicht hinwegtäuschen kann.

»Da lang, verdammt noch mal!« Der Beamte hat sich immer noch nicht von seinen schlechten Manieren erholt. Was bei den Ukrainer:innen ankommt, sind Schreie, keine Worte oder gar Inhalte. Ann sieht mich alarmiert an: »Was hat er gesagt? Es ist nicht möglich?«

»Nicht möglich?«, wiederholt das junge Mädchen neben uns, zieht fest am Arm seiner Mutter und sagt irgendetwas Russisches, was die Mutter wiederum noch alarmierter dreinschauen lässt als zuvor die Tochter. Willkommen beim Domino Day der Sorgen. Steht einer auf, stehen alle auf. Alle wollen Erste sein, falls die Plätze nur begrenzt verfügbar sind. Anstatt mithilfe von russisch- oder ukrainischsprachigen Arbeitskräften oder wenigstens durch kyrillische Texttafeln für Aufklärung und somit Ruhe zu sorgen, scheint Deutschland nach wie vor allergisch auf Digitalisierungsmöglichkeiten aller Art zu reagieren. Selbst auf dem Level von Google-Übersetzer.

Eindringliches Schluchzen lässt mich herumfahren. Ein Junge hämmert mit den kleinen Fäusten auf die Brust seiner Mutter ein. »*Ya khochu domoy!*«, wiederholt er wieder und wieder, was mich stark an das polnische »*do domu*« erinnert. Es bedeutet »nach Hause«.

»Ruhe bitte!«, ruft der Beamte, dem ich mittlerweile wirklich gern ins Gesicht spucken würde. Vielleicht sind es Vorurteile den Deutschen gegenüber, aber ich habe das Gefühl, dass die Menschen, die ich ausländisch lese, eher mit Verständnis reagieren. Vielleicht, weil sie aus eigener Erfahrung oder Erzählungen von Freunden oder Bekannten wissen, wie sich die in diesen Tagen zuhauf ankommenden Ukrainer:innen fühlen.

Glücklicherweise sind wir den Beamten dann doch schneller los als gedacht. »Schon« nach einer Stunde können wir wieder gehen, und Ann ist offiziell in meiner Wohnung und in Berlin gemeldet.

Ann guckt etwas enttäuscht auf das alkoholfreie Bier in Papas Hand.

»Alles Fake in Deutschland.« Sie zuckt mit den Schultern. Das Fleisch, das Lächeln der Verkäuferinnen, der Alkohol. Meine Mutter lädt uns ein, noch zum Abendessen zu bleiben. Unterhalten wird sich auf Polnisch, Deutsch, Russisch, Englisch und irgendwas dazwischen. Immer wieder spreche ich die falsche Person in der falschen Sprache an, wechsle mitten im Satz. »*I like Pierogi i to jak.*« Ann hat nichts gegen mit Mayo gefüllte Eier, schaufelt Butterstreusel in sich hinein wie meine Freundinnen Chiasamen. Wir lachen über Mama, die sich über Papas neuen Haarschnitt aufregt. Er war heute zum ersten Mal allein beim Barber, anstatt sich von ihr begleiten oder die Haare gleich eigenhändig von ihr schneiden zu lassen.

»Du hast doch gesagt, du seist nicht meine Mutter!«, ruft mein Vater auf Polnisch und streicht sich über den Schädel. Ihm fehlt offensichtlich jedes Gespür dafür, wie wenig drei Millimeter Resthaar sind. Da er sein polnisches, rundes Gesicht nun noch besser in Szene gesetzt fürchtet, kontert er mit Hertha-Trikot. Nicht, dass der Nachbar denkt, Papa würde sich desintegrieren.

Anna hilft mir mit meinem halb vollen Wein, der nicht schmecken will: »Jetzt bin *ich* wenigstens mal *deine* Helferin.« Sie berichtet von geselligen Trinkrunden mit Freund:innen, aber auch ersten Abstürzen. Das Spannende an einem neuen Menschen in gewohnten Gefügen ist, dass er die gewohnten Gefüge in ungewohnte Bahnen lenkt. Ich erfahre Geschichten von Mama und Papa, die sie noch nie erzählt haben. Dabei fallen mir immer mehr Ähnlichkeiten zwischen Ann und Mama auf. Nicht nur, dass sie beide nicht Auto fahren können, sie können auch beide nicht schwimmen. Vielleicht rede ich mir das Systemische hinter diesen Beobachtungen nur ein, die vielmehr willkürlicher Natur sind, doch Anns geseufztes »Ihr habt bessere Schulen. Ihr habt Politik als Schulfach und lernt schwimmen« bestärkt mich in ersterer Vermutung.

Papa kann übrigens sowohl Auto fahren als auch schwimmen. Was Ersteres anbelangt, wollte er »aus Sorge um Mama« nie, dass sie Fahrpraxis erhält, obwohl sie einen Führerschein hat. Woher diese Sorge rührt und warum es sicherer ist, wenn *er* fährt, hat er nie erklären können. An seinem besseren Gespür für Raum- und Größenordnungen kann es nicht liegen, wenn ich mir seine Beinahe-Glatze so anschaue.

11. April 2022, Tag 47

Das Tolle an Kindern ist ihre grenzenlose Neugierde, gepaart mit einer schutzbedürftigen und die harte Welt da draußen noch nicht kennenden Zerbrechlich- sowie Ehrlichkeit.

»Anna soll gehen.« Meine Nichte malt einen schwarzen Strich über die Eistüte, die wir gemeinsam gemalt haben. »Jetzt sofort. Keine neuen Menschen, keine neuen Annas.«

»What did she say?« Anna muss kein Deutsch sprechen, um ihren Namen aus Maras Worten herauszuhören. Ihren Namen, vorgetragen mit gnadenlosem Unterton. Maras Mutter mischt sich ein.

»Sag so etwas nicht!«, zischt sie. Noch ein schwarzer Strich.

»Ich will aber, dass sie geht.« Mara reckt das Kinn, während Anna mich immer noch abwartend ansieht. Meine Zunge wird pelzig.

»She said that …« Am liebsten würde ich meiner Nichte zum Dank für die Situation, in die sie mich gebracht hat, ihren Schleich-Panda wegnehmen. »Weißt du, Mara, sie ist meine Freundin, ich würde mir wünschen, dass du nett zu ihr bist.« Auf dem Weg zu einer Antwort für Anna nehme ich noch eine Kurve über Mara. Da weiß ich wenigstens, was zu sagen ist. »Du willst doch auch, dass andere Menschen nett zu dir sind. Und sie bleibt jetzt meine Freundin, das heißt, du wirst sie häufiger sehen.«

Mara presst einen erstaunlich tiefen Grunzlaut aus der schmalen Kinderbrust.

»Zum Beispiel wollte ich nächste Woche mit euch beiden Eis essen gehen«, erinnere ich sie. Die Grenzen zwischen Pädagogik und Bestechung verlaufen mitunter fließend.

»Bianca?« Anna wartet noch.

»Ich helfe Thomas dann mal mit dem Kaffee.« Papa, der mit seiner Schieberkappe wie einer von den Peaky Blinders aussehen will, aber maximal an Uropa Rolf heranreicht, zieht sich selbige tiefer in die Stirn. »Der hat ja einige Tassen zu tragen.«

»Ich helfe auch.« Mama springt so hastig auf, dass die Polsterung Geräusche macht, und folgt Papa in die Küche. Tür zu. Ich liebe meine Familie.

»Bianca?« Und immer noch. Ich lächle Anna an, als wäre ich gerade mit den Zähnen an einem Pfirsichkern entlanggeschrappt.

»Mara ist *cheeky*«, urteile ich Anna gegenüber zu nett über meine Nichte. »She wants to play with me alone. Children are shy sometimes.«

Das ist nicht gelogen, zumindest nicht ganz.

»Aha.« Nur glaubt Anna mir deshalb auch nicht ganz. »I understand.«

Ich fühle mich schlecht.

»Kaffee? *Kawa?*« Möchtegern-Murphy kehrt mit vollen Tassen aus der Küche zurück.

»Spielen!«, schreit Mara. Ihre Mutter legt ihr eine Hand auf die Schulter: »Erst mal essen wir Kuchen, Schatz.«

»Spieeeleeeen!«

»Wir haben auch Kakao für dich.«

Anna steht auf, alle sehen sie an. Wortlos geht sie zu Maras Gummiball, schnappt ihn sich, hockt sich auf Augenhöhe mit selbiger und deutet in Richtung Kinderzimmer, wo ein kleines Tor aufgebaut ist. Mara hört auf zu blinzeln. Sie vergisst sogar, dass sie eigentlich gerade dabei war, krampfhaft Tränen aus den Augen zu pressen. Als Anna sich aus der Hocke hochdrückt und in Richtung von Maras Zimmer schlendert, folgt sie ihr.

18 Tore und einen geopferten Bilderrahmen später hat Anna Maras Herz im wortlosen Sturm erobert.

»*Dawai, dawai!*«, beinahe wortlos zumindest. Dass auch mal aneinander vorbeigeredet werden darf, gehört zum Spiel so sehr dazu wie der Schuss ins Elternschlafzimmer. Anderes wiederum ist selbsterklärend. »Toooor!«, hören wir mittlerweile auch Annas Stimme rufen, während Mara nun die ist, die »*Vorota!*« kreischt. Außerdem findet Mara es großartig, dass Anna »superpuper« anstatt »superduper« sagt. Als die Kraftreserven der bald Vierjährigen endlich so weit erschöpft sind, dass sie zumindest eine Puzzlepause einlegen möchte, wird Anna bei der Hand genommen und darf sogar das Motiv aussuchen.

»Wir nennen das einen Ritterinnenschlag.« Ich geselle mich zu den beiden. Anna zieht belustigt die Augenbrauen nach oben, während sie die Tierwelt in 24 Teilen aus dem Regal zieht.

»Ich bin der Affe, Tante Bianca ist der Löwe, und Tante Anna ist … die Giraffe!«, entscheidet Mara, bevor auch nur die Ecken des Puzzles an richtiger Stelle liegen. Ich nutze die Gelegenheit.

»Weißt du eigentlich, warum Anna und ich so ungewohnt klingen, wenn wir miteinander reden?«, frage ich meine Nichte. Sie schüttelt auf der Suche nach Tigers linker Pfote den Kopf. »Weil sie eine andere Sprache spricht. Anna kommt nämlich aus einem anderen Land.«

Nun sieht Mara interessiert auf.

»Die Welt ist riesengroß, und je nachdem, wo auf der Welt du lebst, wird eine andere Sprache gesprochen. Da benutzen die Leute dann andere Wörter für die gleichen Sachen.« Ich deute auf Maras Hundekuscheltier. »>Hund< heißt auf Annas Sprache *Sobaka*.«

»*Sobaka*«, wiederholt Mara mit besserer Betonung als ich. Anna lacht und nickt.

»*Sobaka!*«, wiederholt auch sie. »Like Oscar.«

Ihr Hund musste heute leider zu Hause bleiben, weil Maras Mama keine Hundehaare in ihrer Wohnung haben will. Etwas, wofür Anna vollstes, ich kaum Verständnis habe. Allein schon, weil Mara sich gefreut hätte über tierischen Besuch. Spontan wird das Kuscheltier in Oscar umbenannt. Jetzt lacht Anna noch lauter, und Mara sieht freudigen Blickes zu ihr auf. Ganz Kind hat sie die Fähigkeit, sich den Dingen, dem Leben einfach hinzugeben. Kontrollverlust äußert sich in ihrer Person in der schönsten Form.

Sprachlos glücklich

Mara versteht kein Wort von dem, was ich sage, und gibt doch nicht auf, sich mit mir zu verständigen. Zumindest nach einigen Startschwierigkeiten. Sie will einfach nur Spaß haben und spielen, mit allen Mitteln. Kinder kennen keine Sprachbarrieren, und gleichzeitig kennen sie sie so gut wie niemand sonst, was vielleicht beides erklären kann: die anfängliche Scheu und das schnelle Ablegen derselben.

14. März 2022, Tag 19

Merke: Wäsche aufhängen macht zu zweit mehr Spaß. In übergroßen Schlafshirts springen Ann und ich um das klapprige Gestell herum, das noch zur Aussteuer meiner Eltern gehört. Bis das Paket ankommt, das

Slawyk seiner Freundin hinterhergeschickt hat, will Ann mit der Handvoll Kleidung klarkommen, die sie schultern konnte. Sie verzichtet weiterhin partout darauf, sich Dinge von mir auszuleihen. Nur Geschenke für Oscar nimmt sie an. Meine Mutter hat uns heute eine Hundehütte vor die Tür gestellt, darauf ein Klebchen: »War bei *Fressnapf* im Angebot.« Nachdem wir unsere Wäsche aufgehängt haben, setzen Ann und ich uns im Schneidersitz auf den Boden, um das »Hundehotel«, wie es auf der Verpackung heißt, aufzubauen. In Anns kleines Zimmer wird es nicht mehr passen, wenn sie ohne Slalom zum Bett durchkommen will, zumal dort auch schon Körbchen und Decke platziert sind, also stellen wir Oscars Geschenk ins Wohnzimmer und damit auch in mein Schlafzimmer und Büro. Der Aufbau ist unkompliziert. Etwas übertrieben ist dementsprechend unser Stolz, als wir fünf Minuten später zufrieden unseren handwerklichen Erfolg aus drei Schritten Entfernung betrachten. Oscar zieht anstandslos ein, und seine Angestellten belohnen sich selbst mit einer Mandarine für die getane Arbeit.

»Riecht nach Weihnachten«, sagt Ann, wie sie es immer sagt, wenn sie sich ihr Lieblingsobst aus dem Korb greift, doch schon im nächsten Moment verzieht sie gequält den Mund von der im Rachen kratzenden Säure der Zitrusfrucht. Wir lassen uns auf das Sofa fallen und legen die Beine hoch, doch der nach wie vor schmerzende Hals macht Ann zu schaffen. Immerhin hat sie sich heute Medikamente in der Apotheke besorgt, nachdem sie die letzten Tage mit einem selbst gebastelten Inhaliergerät, bestehend aus einer aufgeschnittenen Plastikflasche, einer Knetschüssel, einem Handtuch, Küchensalz und Kiefernzweigen, überstanden hat. Letztere hat sie bei einer Gassirunde mit Oscar gesammelt, abgekocht und ins Wasserbad gelegt. Ohne uns Deutschen mit rassistischen Vorurteilen begegnen zu wollen, frage ich mich, wie viele Kartoffeln sich mit leeren Händen auf solche kreative Weise selbst hätten helfen können. *Wir Deutschen* kennen uns zum Glück gut genug mit Rassismus aus, als dass wir mir nicht übelnehmen, dass meine Schätzungen eher gegen null tendieren, okay? Ann hat nicht mal ein Inhalator-DIY-YouTube-Tutorial dafür gebraucht. Trotzdem war die Kartoffel in mir auch froh, als sie mit auf Kniehöhe schlackernder Plastiktüte, darauf abgedruckt der rote, unverkennbare Äskulapstab, wiederkehrte. Ann hat Medikamente, aber auch Menthol-Öl besorgt, um ihren selbst gebastelten Inhalator auf ein neues Level zu bringen. Ich steckte in Telefonkonferenzen fest, weshalb sie den Google-Übersetzer zu ihrem Begleiter erklärte, doch auch der scheiterte dabei, das Problem mit ihrer ukrainischen Bankkarte zu lösen, die in der Apotheke aus irgendeinem Grund nicht funktionieren wollte. Zum Glück wartete in der Schlange direkt hinter Ann ein Mann aus Belarus, der sich auf Russisch mit ihr unterhalten konnte und die Zahlung übernahm. Danach gingen sie gemeinsam zu einem ATM-Geldautomaten, sodass Ann ihm die Schulden erstatten konnte. Außerdem tauschten sie

Nummern aus, falls sie noch mal Hilfe brauche oder jemanden zum Reden.

»Das ist ja nett von ihm«, rufe ich. Ann nickt. Das nächste Detail hätte ich gern nicht von ihr erfahren.

»Ich schreibe dir, wenn meine Frau schläft«, soll der Mann nämlich zum Abschied gesagt haben. »Ein Spaß«, entschuldigt Ann ihn, als ich, ähnlich säuerlich wie sie zuvor, das Gesicht verziehe. Natürlich war das ein Spaß. Aber natürlich heißt nicht immer berechtigt. Ich komme mir vor wie eine Spaßbremse, dass ich dem Mann seine Witzchen nicht gestatte, nur habe ich bereits so viele solcher Witzchen gehört, dass ich um all die guten trauere, die stattdessen unterwegs liegen gelassen und verpasst wurden.

»Wollen wir einen Film zusammen sehen?«, wechsle ich das Thema, um mich nicht länger aufzuregen, wo es verschwendete Liebesmüh ist. »Mit russischen Untertiteln?«

Ann nickt sofort vorfreudig. Während ich eine Tüte Popcorn in die Mikrowelle stecke, durchsucht sie die herkömmlichen Streamingdienste nach Angeboten mit russischen Untertiteln, was sich als gar nicht so einfach erweist. Letztendlich entscheidet sie sich für einen Horrorfilm über Frauen, die von einem Entführer festgehalten, per Indikation gelähmt und dann in Einzelteilen zu Suppe verkocht werden sollen. Ist jetzt keine Geschichte, die man noch nie gehört hat, aber Anna fühlt sich abgelenkt und unterhalten, während sie eine Halspastille nach der anderen lutscht. Vielleicht ist es auch einfach mal schön, wenn der Schrecken nur in Pixeln passiert.

»Ein Happy End!«, ruft sie freudig aus, als die Frauen ihren Peiniger am Ende gemeinschaftlich zerstückeln.

Verhext

Bianca ist aufgewacht mit roten Sprenkeln auf der einen Gesichtshälfte. Auf der linken hat sie geschlafen, doch auf der rechten haben sich Mücken ausgetobt. »Heute sind wir wie Schwestern mit demselben Problem«, habe ich sie erfolglos aufmuntern wollen. Sie schnalzte und stöhnte und beschwerte sich, dass sie aussehe wie ein Teenager. Da ich selbst mit Hautproblemen zu tun habe, bot ich meine Hilfe an und teilte eine sehr effektive Tinktur mit ihr. Bianca fragte mich, was das ukrainische Wort für »Hexe« ist, und seitdem nennt sie mich ihre vid'ma, wahlweise auch Baba Jaga. Wobei unsere slawische Märchenhexe ihre Zauberkräfte selten für Äußerlichkeiten einsetzt. Baba Jaga wird gern mit Lippen hängend bis zum Kinn beschrieben, einer krumm und schief gewachsenen Nase zwischen dicken, schwarzen Warzen und über eisern blitzenden Zähnen. Also, wenn es das ist, was Bianca will, dann kann ich ihr nicht weiterhelfen. Meine Tinktur habe ich tatsächlich wie in einer Hexenküche selbst gebraut, weil ich ein bestimmtes Serum aus der Ukraine vermisse, das mir mit meinen Unreinheiten immer sehr geholfen hat. Also habe ich die Bestandteile gegoogelt und einzeln bestellt. Biancas Euphorie darüber ist etwas übertrieben, aber wer weiß, was sie gewöhnt ist. Eine Freundin hat mir gesagt, die Deutschen würden Bauchschmerzen mit Coca-Cola heilen, wir waschen damit die Badfliesen. Cola ätzt einem die Knochen weg, egal, ob man Salzstangen dazu isst oder nicht.

12. April 2022, Tag 48

Bald 4,6 Millionen Menschen sind bereits auf der Flucht. Nein, das stimmt nicht. Bald 4,6 Millionen Menschen *aus der Ukraine* sind bereits auf der Flucht. Weltweit sind 84 plus 4,6 Millionen Menschen auf der Flucht. Zumindest geht das aus den Zahlen des sogenannten Mid-Year-Trends 2021 des UN-Flüchtlingskommissariats hervor, die im November 2021 erschienen sind. Zu diesem Zeitpunkt fielen unter die 84 Millionen Geflüchteten weltweit 4,4 Millionen Asylsuchende und schätzungsweise fast 51 Millionen Binnenvertriebene. Wenn jetzt noch alle AfD-Wähler:innen wüssten, was der Unterschied ist, würden sie verstehen, dass der weitaus größere Anteil von Geflüchteten innerhalb des eigenen Landes flieht anstatt über Grenzen hinweg und bis zu uns.

Der Begriff »Geflüchteter« wird zwar im Alltag als Synonym für geflüchtete Menschen genutzt, im Verständnis des Asylrechts umfasst er jedoch ausschließlich »anerkannte« Geflüchtete nach der Genfer Flüchtlingskonvention, d.h. Personen, die nach Abschluss eines Asylverfahrens Schutz erhalten. Asylsuchende sind also die *noch nicht* anerkannten Geflüchteten. Nett. Wir benehmen uns wie ein Geburtshelfer, dem es nicht reicht, dass das Baby schreit, wenn es sich aus dem Mutterleib gekämpft hat. Zusätzlich muss er es noch ordentlich auf rechts und links drehen, um festzustellen, ob es *wirklich* lebt. Binnenvertriebene hingegen sind die den Le Pens, Weidels und Dudas dieser Welt sympathischeren Geflüchteten, die innerhalb eigener Landesgrenzen fliehen. Also dort bleiben, woher sie stammen oder bislang anerkannt lebten. Wie sehr ein Land den jeweiligen Einwohner:innen »gehört« und als ihnen eigen beschrieben werden kann, sei dahingestellt, wenn besagtes Land diese Menschen nicht will. Vielleicht baut Anna, wenn sie sich vorstellt, deshalb so gern schon im dritten Satz ein, dass sie nächsten Monat bereits mit der Integrationsklasse beginnt, um unsere Sprache zu lernen. Vielleicht lässt sie deshalb so gern aus, dass sie zwar in der Ukraine gelebt hat, seit sie ein Kleinkind ist, aber im Autonomen Kreis der Tschuktschen geboren wurde, was an sich schon exotisch genug klingt und dann auch noch ausgerechnet im Norden Russlands liegt.

Polen hat von den Geflüchteten aus der Ukraine mit über 2,6 Millionen Menschen mehr als die Hälfte aufgenommen. Die Gesamtzahl der offiziell gezählten Kriegsflüchtlinge aus der Ukraine in Deutschland beträgt aktuell etwa 320.000. Und wo sind gerade die anderen 84 Millionen?

Also *Menschen,* meine ich.

Wenn es tatsächlich so ist, dass ab einer bestimmten Größe unsere Fähigkeit der Einordnung und des Verständnisses für Zahlen flöten geht, wieso ist dann medial so häufig von »besorgten Bürger:innen« zu lesen?

84 Millionen Menschen. Das ist, als wäre ganz Deutschland auf der Flucht. Richtig scheiße.

Wenn wir uns aber die rein theoretischen Verteilungsmöglichkeiten auf einer reichlich fett geratenen Erdkugel mit einem Umfang von 40.075 Kilometern (25.046-mal ich) am Äquator anschauen, wo ist dann das Problem? Die einzige Rüstung, die Deutschland aktuell braucht, ist ein bisschen mehr Menschlichkeit. Und wenn ich mir die Spendenzahlen und das ehrenamtliche Engagement im Land genauer ansehe, bin ich mir sicher, dass irgendwo noch viel mehr davon versteckt ist.

15. März 2022, Tag 20

»Er isst vegan.« Ich lasse die Bombe besser platzen, bevor Tobias Ann und mich heute besuchen kommt. »Und er trinkt so gut wie keinen Alkohol. Ist es okay, wenn er kommt?«

»Oh, okay.« Resigniert schaut Ann wieder auf ihr Handy. »Aber frag doch so was nicht. Natürlich kann er kommen, es ist dein Zuhause.«

Das hat sie schon mal gesagt. Schon mal habe ich widersprochen, dass es »unser Zuhause« ist. Es erneut zu tun, kommt mir allzu schmalzig vor. Außerdem ist es nicht unser Zuhause, solange es sich nicht für uns beide nach unserem Zuhause anfühlt.

»Was ist sein Job?«

»Er ist Schauspieler.« Schade, dass Ann die Unterschiede zwischen einem sächsischen und einem bayrischen Dialekt nicht hören kann. Tobias ist großartig darin, Dialekte nachzuahmen.

»Actors, actors«, seufzt Ann. »Ich wäre wirklich gern eine Schauspielerin. Ich könnte einen Baum spielen. Oder einen Pilz.«

Es ist immer interessant zu erfahren, was für ein Bild die Leute von meinem Beruf haben.

»Ich habe das Gefühl, du wärst besser als Brokkoli«, sage ich.

»Lass mich dein Brokkoli sein!« Sie nickt feierlich in spielerischem Ernst. »Und für Oscar finden wir auch noch eine Rolle.«

»Bei seinem Namen muss der Schauspielberuf für ihn Schicksal sein.«

»Aber bevor wir ihm einen Job suchen, finden wir erst mal eine Freundin für ihn. Er treibt es mit meinem Bein. Das ist wirklich ermüdend.«

»Oder wir kaufen ihm eine Sexpuppe.«

Anna ist nicht überzeugt von meinem Vorschlag.

»Ich denke, er braucht etwas Warmes, etwas Lebendes«, widerspricht sie. »Gibt es Internetseiten, auf denen er andere Hunde kennenlernen kann?«

»Du meinst, so was wie Facebook oder Tinder für Hunde?«

Willst du mit mir Gassi gehen? Ja, Nein, Wuff.

Eine Google-Runde später muss ich hart an meinem Glauben an die Menschheit festhalten, damit er nicht irgendwo zwischen der Entdeckung von »Tin-Dog« und »Pawtner« verloren geht.

My wife is in Europe – you wanna have sex?

Menschen nutzen ihre Datingprofile, um Informationen an Matches zu verteilen: »Ich weiß, dass es sich um eine unerwartete Art der Kontaktaufnahme handelt, aber lies bitte weiter! Am 24. Februar hat Russland einen unrechtmäßigen Angriffskrieg gegen die Ukraine begonnen. Im Gegensatz zu dem, was die Regierung und Präsident Putin dir erzählen, gibt es dafür keine Rechtfertigung ...« Solche und ähnliche Nachrichten werden sowohl von Kriegsgegnerinnen und -gegnern aus der Ukraine als auch aus Russland selbst, vereinzelt sogar aus anderen Ländern verschickt. Innerhalb der Ukraine, so beschreibt es eine Freundin, komme es auf Tinder immer häufiger zu Anfragen à la: »Meine Frau ist mit den Kindern in Europa, ich suche jemanden für unverbindlichen Sex.« Doch Tinder ist nicht die einzige Plattform, auf der Gutes wie Schlechtes getrieben wird und die verdeutlicht, wie besonders Kriege unserer Zeit aufgrund digitaler Möglichkeiten sind. Putin hat einen gewaltigen Überwachungsapparat. Und doch finden Hacker immer wieder einen Weg an ihm vorbei. Das Hackerkollektiv »Anonymous« zum Beispiel hat über Twitter dazu aufgerufen, Google Maps für die Verbreitung von Infos über den Krieg in der russischen Bevölkerung zu nutzen, indem mithilfe der Sterne-Bewertungen von russischen Restaurants nicht nur über das Essen, sondern auch die derzeitige Situation geschrieben werden soll.

Zur Abwechslung wird heute Abend jemand lauter niesen als Ann, die noch immer mit Rückständen ihrer

Erkältung zu kämpfen hat. Tobias stellt sich tapfer seiner Tierhaarallergie, um sie kennenzulernen.

»Wie ist noch mal dein Name?«, fragt Tobias, als er zur Tür hereinkommt. Wie immer hat er als Gastgeschenk einen Ohrwurm dabei. Man hört ihn schon im Hausflur Melodien pfeifen. »Ann or Anna?«

Meine neue Mitbewohnerin reicht Tobias die Hand: »Wie du magst.«

»Was?«

»Sie nennen mich unterschiedlich«, erklärt sie oder meint zumindest zu erklären. Tobias hebt die Augenbrauen: »Wer sind *sie*?«

Auch ich blicke meine neue Mitbewohnerin aufmerksam an. Die Frage, warum sie sich abwechselnd als Ann, Anna, Hanna und Ganna vorstellt, ist zwischen uns genauso ungeklärt.

»Laut meinem ukrainischen Pass heiße ich Ganna. Aber ins Deutsche oder Englische übersetzt heißt der Name Hanna oder Anna.«

»Also willst du Anna genannt werden?«, frage ich. Sie zuckt mit den Schultern: »Anna klingt internationaler, das hat auch auf der Reise am wenigsten Probleme gemacht.«

»Schon klar, aber mögliche Verständnisprobleme mal beiseitegelassen, wie *willst* du genannt werden?« Mein Tonfall ist strenger als beabsichtigt. Ann wirkt verunsichert: »Du kannst mich nennen, wie du willst ...«

»Ich will dich nennen, wie *du* genannt werden willst.«

»Dann gern Anna. In der Ukraine war Anna mein Spitzname. Nur mein Papa hängt an dem Namen Ganna.«

»Gut, Anna.« Ich versuche, mein Drängen mit einem Lächeln wiedergutzumachen. Ich muss an einen Freund meines Bruders denken, dessen Familie vor circa 40 Jahren von Russland nach Deutschland gezogen ist. In den 80ern wurde Juri zu Jürgen umbenannt, weil das für die Deutschen besser zu verstehen und zu sprechen ist. Und ein Freund von mir heißt nicht länger Marcin, sondern Martin, eine Kollegin wird nicht Kasia, sondern Katrin genannt. Es sind Menschen, die eine komplette Sprache neu erlernen, und wir tun uns schon schwer damit, uns ihren richtigen Namen zu merken.

Wir veranstalten ein Picknick auf dem Küchenboden mit Ofengemüse, Salat und Pellkartoffeln mit veganen Dips, was Anna erneut vor das Rätsel der letzten Tage stellt.

»Tobias, was isst du eigentlich?«, war ihre erste Frage, mittlerweile hat sie sich persönlich davon überzeugen können. Tobias reibt sich zufrieden den Bauch: »Ich bin so voll …«

»Du bist *voll*.« Annas Tonfall sackt irgendwo zwischen Frage- und Feststellung ab, währenddessen springt Tobias auf, um im Wohnzimmer seinen Job zu machen. Die Schlafcouch, auf die ich seit Annas Ankunft umgezogen bin, ist sein Werk, jedoch fehlen noch die Regalbretter an den Seiten, die mir als Bücherregal dienen sollen und Deko-Möglichkeiten bieten. Als er bemerkt, dass ich im Zuge meines Corona-Wahns und der Quarantäne-Langeweile wüst Nägel in die Bretter geschlagen habe, wird er laut: »Wie sieht das denn aus? Das war doch alles durchdacht!«

»Wäre es dir lieber gewesen, ich hätte an den Wänden gekratzt?«

»Ehrlich gesagt, ja.«

»Das ist immer noch meine Couch.«

Anna versteht nur Gemecker. Muss sich ähnlich anfühlen wie im Rathaus. Sie tritt an mein Ohr heran und flüstert mir auf Russisch zu, dass sie ihn für mich rausschmeißen könne, wenn er sich nicht benehme.

»*Entschuldigung?*« Tobias ist empört. »Was tuschelt ihr da?« Seine Frage geht beinahe in einem Niesen unter.

»Wir haben nur darüber gesprochen, dass wir uns sehr freuen würden, wenn du uns etwas auf dem Klavier vorspielst …«, lüge ich, um Frieden bemüht. Tobias kann nur schwer widerstehen, wenn er zur Abwechslung mal auf einer richtigen Klaviertastatur anstatt seiner Plastik-Keyboard-Tastatur spielen kann. Das wird ihn beruhigen, vorausgesetzt, er kann die Tasten überhaupt noch erkennen. Mittlerweile niest er nämlich nicht nur alle zwei Minuten, sondern tränt auch noch aus rot unterlaufenen Augen. Mit etwas Pech können wir Anna heute noch zeigen, wo sich die nächste Notaufnahme befindet. Tobias tut so, als würde er sich uns zuliebe auf den kleinen Schemel setzen und das Verdeck aufklappen. Nach zehn Minuten Geklimper bewegt er aber schon den Oberkörper vor und zurück wie Beethoven – oder ein Seekranker an der Reling. Als Anna ein Stück von Ludovico Einaudi erkennt, das Tobias sich mithilfe eines YouTube-Tutorials selbst beigebracht hat, springt sie aufgeregt auf. Tobias niest.

»Er war in der Ukraine, und ich wollte so gern auf das Konzert gehen!« Anna nutzt die kurze Nies- und Spielpause, um wie ein verliebter Teenie von dem weißhaarigen Ludovico zu schwärmen, der ganz ohne Sprache funktioniert. »Aber ich musste arbeiten.«

»Du kennst Ludovico Einaudi?«, frage ich selten dämlich, als hätte sie das nicht gerade erst gesagt und als würde in Kyiv der Pfeffer wachsen. »Tobias und ich gehen nächsten Monat auf ein Konzert in Berlin«, schiebe ich schnell hinterher. »Willst du mitkommen?«

15 Minuten und wenige Klicks später ist das Ticket bestellt.

»Ich musste erst den ganzen Weg nach Berlin kommen für meine zweite Chance, Ludovico Einaudi live zu sehen.« Annas gewohnt trockener Humor hat heute einen melancholischen Beigeschmack. Tobias schlägt vor, dass wir darauf anstoßen. Anna freut sich so lange, bis er ihr seinen frisch gepressten O-Saft mit Kurkumanote überreicht.

»Danke …?« Anna starrt das Glas mit der orangefarbenen Flüssigkeit an wie Schneewittchen den Apfel. »Das ist echt … danke.«

Tobias hebt stolz seinen selbst gebrauten Absacker: »*Na zdrowie!*«

Während er den Kopf in den Nacken legt, deute ich heimlich auf die Spüle und zwinkere Anna zu. Wir beide nippen nur am Glas.

»Schmeckt es euch nicht?«, fragt Tobias.

»Doch, doch, und wie!«, rufe ich. »Deshalb wollen wir ihn ja genießen und nicht alles auf einmal runterspülen.« Tobias beschließt, dass es für ihn und seine Hundehaarallergie Zeit ist zu gehen. Anna und ich bringen ihn zum Auto, was sich schon allein dadurch bezahlt macht, dass er von seinem Opa erzählt, dem er zu Weihnachten Duolingo Premium geschenkt hat. Er will nämlich Englisch lernen, um ohne Frau reisefähig zu bleiben. Anna beschließt, sich die App noch heute Abend genauer anzusehen.

»Ich schicke euch den Link, zusammen mit dem Rezept für den Kurkuma-O-Saft.« Tobias ist einfach zu großzügig.

13. April 2022, Tag 49

»Ich bin nicht besonders sicher in der ukrainischen Sprache.« Ich habe erst durch Anna erfahren, dass viele Ukrainer:innen die russische Sprache besser beherrschen als die ukrainische. Auch wenn Ukrainisch nach einigem Hin und Her seit 1991 offizielle Amtssprache der Ukraine ist, fühlen viele Menschen sich mit der russischen Sprache noch immer wohler. Bei der Annexion der Krim 2014 nutzte Putin das Argument, die russischsprachige Bevölkerung im Land schützen zu wollen, als einen Rechtfertigungsgrund für sein Handeln.

Amtssprachen regeln unter anderem, welche Sprachen in der Schule unterrichtet werden, wie die Nachrichten präsentiert und wie Kunst und Kultur ausgelebt werden. Es ist ein einfaches Beispiel dafür, dass Gesetze nicht nur Worte sind und dass »nur Worte« eine fatale Untertreibung ist. Wie sehr kann Sprache zur Waffe werden, wenn man sie als Mittel nutzt, um die innere Zerrissenheit eines Individuums gleichermaßen wie die Zerrissenheit innerhalb einer Bevölkerung zu befeuern? Und sind all diese Fragen überhaupt wichtig, wenn am Ende noch so viel übrig bleibt, was, egal in welcher Sprache, eh nie gesagt werden wird können?

Einen Orgasmus erleben, die große Liebe finden, ein Kind bekommen, flüchten, sterben, vermissen. Niemand hat mir besser beigebracht, was Sprache bedeutet, als Kübra Gümüşay mit ihrem Buch »Sprache und Sein«, in dem sie so viele schlaue Gedanken mit uns teilt, dass ich beim Lesen gedacht habe, ich platze vor Freude. Gümüşay beschreibt in ihrem Bestseller, dass wir in der Sprache, die wir als unsere empfinden, »sprachlos« sein können, »weil sie für (unsere) Erfahrung keinen Ausdruck kennt«. Momentan muss es vielen Ukrainer:innen im vielfachen Sinne so gehen. Egal, ob sie in ihrer Heimat sind oder auf der Flucht. Selbst wenn sie gefragt worden *wären* – die Rationalität hat ihnen längst verboten, eine Stimme in der Frage »Russisch oder Ukrainisch« abzugeben, die persönlichen Vorlieben entspricht, die Antwort *muss* politisch sein. Erst wenn Kopf und Kragen sicher sind, kann für das Herz gesprochen werden.

It's still Russian power

Wenn ich jetzt wieder in die Ukraine zurückkehren würde, würde ich nur noch Ukrainisch sprechen. Es ist doch verrückt. Ich habe in einem Land gelebt, dessen Sprache ich nicht spreche. Wenn ich mit meiner Freundin Oxana telefoniere, meckert sie immer mit mir, wenn ich ins Russische wechsle. Doch es ist so schwer für mich, ich habe Russisch in der Schule gelernt, bei der Arbeit, mit meinem Freund, einfach immer Russisch gesprochen. Das wird sich jetzt ändern.

Dass Politik und Individuum zwei verschiedene Kategorien sind, steht wiederum dafür, dass ein Staat gegen sein Volk arbeitet, anstatt sich als sein Diener zu verstehen. In Deutschland haben viele Menschen die Möglichkeit, auf der Spitze der Bedürfnispyramide zu tanzen, sie haben überhaupt ein Bewusstsein dafür, was Bedürfnispyramiden sind, während die meisten Ukrainer:innen schon vor dem 24. Februar 2022 mit anderen Maßstäben maßen. Sie besitzen eine Resilienz, für die man sie bewundern wie bemitleiden kann.

Wir Deutschen können es uns leisten, sensibel zu sein. Für jedes Problem soll Raum geschaffen werden, es gibt Therapiemöglichkeiten, Kuren, Ratgeber boomen wie noch nie, es gibt die *Flow,* die *Happy,* die sonst was. Helfen, teilen, lieben wollen. Eine schöne Vorstellung, dass die fortlaufende Evolution uns zum reinen Friede-Freude-Eierkuchen-Volk erwachsen lässt. Stattdessen entscheiden sich viele jedoch für das egoistische Modell der Sensibilität, reden sich ein, zu sensibel für die Welt zu sein. Ich nehme mich da gar nicht aus. Doch Selbstmitleid ist der Tinnitus, der uns taub gegenüber individuellen Wachstumsmöglichkeiten macht. Nur wer seine Sensibilität einsetzt, um anderen Menschen offen zu begegnen, Mut aus Mitgefühl schöpft und im nächsten Schritt sogar handelt, hat die Möglichkeit, sich weiterzuentwickeln.

Oscar reißt mich, die eigene Ankunft aus der Küche mit einem Bellen ankündigend, aus meinen Gedanken. Er kommt ins Wohnzimmer gelaufen, springt auf die Couch zwischen Anna und mich und legt seinen Kopf auf ihrem Schoß ab. Genussvoll schließt er die Augen, als sie kopfschüttelnd seinen Nacken krault. Zum Glück gibt es auch eine Sprache, die wir alle sprechen, eine Sprache, die ohne Worte funktioniert.

16. März 2022, Tag 21
Mama hat gekocht. So viel, dass wir mit den Händen werden essen müssen, weil auf dem Tisch kein Platz mehr für Teller ist. »Hab mich ein bisschen verschätzt«, sagt sie, den Schnitzel-Teller ins Wohnzimmer tragend und neben den Buletten-Teller abstellend. »Aber macht ja nichts, dann kann jeder noch etwas mitnehmen.« Die Pollenzeit sorgt dafür, dass ihre Stimme klingt, als hätte jemand zu lange an den Stimmbändern gerupft, doch das hindert sie nicht daran, übergangslos und in wirren Schnappschüssen vom gestrigen Abend zu erzählen. Papa und sie haben über eine polnische Bekannte von einer Ukrainerin er-

fahren, die sich auf den Weg nach Berlin gemacht hat. Sie hat einen Platz in einem Hotel ergattert, das für drei Monate kostenlose Unterkünfte für Geflohene zur Verfügung stellt. Mama berichtet nun also davon, wie Papa und sie die Frau mit dem Auto abgeholt und dort hingefahren haben, wobei sie ganz vergisst, dass auf einem Teller nur begrenzt Platz ist. »Vorsicht, die Tischdecke!«, rufe ich, doch da ist die Soßenflut bereits über den Tellerrand auf den weißen Stoff geschwappt. Mamas Euphorie kennt keinen Schmerz: »Macht nichts, die Tischdecke ist ohnehin von deiner Oma.« Papa kommt zum Glück erst einen Moment später ins Zimmer getrödelt. Er schaut uns an wie ein Gemälde, irgendwie zweidimensional. Mamas Erzählungen ergänzt er nur auf Nachfrage und mit verlässlich schlichter Antwort: »War gut.« Mamas Hochstimmung tut das keinen Abbruch. Das gute Gewissen lässt sie taumeln. Während sich mein Blick in dem optisch überfrachteten Wohnzimmer zwischen Sammelpuppen und Sammeltellern verliert, grinse ich in mich hinein. Ich habe eine ziemlich coole Mama. Eine Mama, die bereit ist, innerhalb weniger Tage und Wochen einen Sinneswandel durchzumachen und darauf Handlungen folgen zu lassen. Eine Mama, die gute Erfahrungen in Gefühle transkribiert und daraus Gewohnheiten schöpft. Eine Mama, die gerade schon wieder gekleckert hat.

14. April 2022, Tag 50

»Sorry, haben Sie Zigaretten?« Anna nimmt ihre Sonnenbrille ab, damit der Mann ihre Augen lächeln sehen kann. Doch der Mann beachtet sie gar nicht. Schnell setzt sie die Brille wieder auf.

»War das ein Fehler?«, zischt Anna in meine Richtung.

Ich verstehe nicht, was sie meint: »Ein Fehler?«

»Vielleicht fragt man hier in Deutschland Fremde nicht nach Zigaretten?«

»Doch, natürlich kann man das hier machen.«

Anna hat ihre Zigaretten zu Hause vergessen, weshalb ich ihr dazu riet, sich eine zu schnorren.

»Lass uns lieber eine Schachtel kaufen«, sagt sie jetzt. »Oder ich warte bis zu Hause.«

»Lass uns die Frau da vorn fragen, sie sieht nett aus.«

Uns kommt eine Mittzwanzigerin entgegengelaufen, die Beenie schlackert im Nacken, und die Kippenschachtel klemmt in der Brusttasche ihrer Jeansjacke. Sieht so der deutschen Ehre Rettung aus?

»Sorry, wir …« Diesmal schafft Anna es nicht mal, die Frage ganz auszusprechen. Die Frau deutet auf ihre In-Ears und beschleunigt ihren Schritt. Aller guten Dinge sind drei.

»Ein Versuch noch, komm!«, rufe ich, weil mir meine eigenen Leute peinlich sind. Der Junge, der so aussieht, als würde er noch zur Schule gehen, rettet dann zum Glück unseren Ruf.

»'türlich!«, ruft er, lässt den Rucksack voller Patches vorschnellen, reicht uns ein Metalletui voller Selbstgedrehter und ein Feuerzeug. »Ich hoffe, ihr mögt die Tabaksorte, die ich nutze.«

Er gleicht mit seinem breiten Grinsen fast die Unfreundlichkeit der Pappnasen vor ihm aus.

»Thank you!«, ruft Anna ihm noch hinterher. »Danke!« Dabei müssten sich vielmehr seine Eltern bei ihr bedanken, dafür, dass sie ihren schätzungsweise 16-Jährigen um 80 Millimeter Nikotin erleichtert hat.

»Mein Präsident ist überall«, flüstert Anna mir am Bankschalter zu, während wir darauf warten, einen Termin bei den Berater:innen zu bekommen, um ihr ein Konto anzulegen. Anna deutet auf den Spalt zwischen zwei milchig getönten Glasscheiben, durch den man einen Blick in den Wartebereich vor den Büros werfen kann. Zur allgemeinen Unterhaltung der Wartenden läuft ein Fernseher, wenn auch auf stumm gestellt. Lediglich die Bauchbinden geben Aufschluss darüber, wovon das Statement handelt, das Selenskyi in die Kamera sagt. Wahrscheinlich geht es darum, dass in der Ukraine viele deutsche Politiker, darunter auch Scholz und Steinmeier, nicht willkommen sind (Überraschung). Selenskyi hat sich mehr Unterstützung erwartet. Kyiv kritisiert Deutschlands Freundlichkeit Russland gegenüber, im Gestern wie im Heute. »Manche Leute aus meiner Telegram-Gruppe nennen Merkel eine Schlampe«, flüstert Anna mir zu. Die Bankangestellte an der Rezeption schaut einen Wimpernschlag lang von ihrem Desktop auf und dann mit unmerklichem Aufwärtszucken um die Mundwinkel wieder auf den Kalender. Als sie das nächste Mal aufsieht, bietet sie uns nächsten Dienstag, 11 Uhr, als Termin an.

Nachdem wir das stickige Bankgebäude wieder verlassen haben, steuern wir einen Späti an. Die Zigarette für den Heimweg will Anna sich nach der Vorerfahrung nicht noch mal schnorren. Außer dem Verkäufer mit den buschigen Brauen ist noch eine Frau im Laden. Sie scheint den Energydrink und die Katjes-Tüte in ihrer Hand bereits bezahlt zu haben. Die beiden unterhalten sich gerade über die steigenden Lebensmittelpreise. Es ist eine Szene, wie ich sie nur aus den Erzählungen meiner Großeltern kenne.

»Egal wie teuer dit Brot ist, dat hindert die Leute nicht am Bunkern.« Wobei das Zischen der Drinkkonserve, die die Kundin sich in diesem Moment öffnet, das Ploppen eines Korkens mit Bügelverschluss aus besagten Erzählungen ersetzt. »Heute Morgen hat der Mann im Aldi vor mir fünf Flaschen Öl uffs Band jelegt, durfte aber nur zwehe mitnehmen.«

»Vielleicht wollte der Schlawiner sie für sein Auto haben?«, mutmaßt ihr Gegenüber.

»Wie fürs Auto? Versteh ick nich …«

»Soll echt Affen geben, die sich jetzt damit den Tank auffüllen.«

»Wat?!«

»Weil nichts so sehr durch die Decke schießt wie die Spritpreise.«

»Dat funktioniert?«

Anna lässt den Blick durch das Regal mit den Zigaretten gleiten: »Kannst du übersetzen? Ich brauche günstige und nicht zu starke Zigaretten.« Ich tue, was sie sagt, und unterbreche Kundin und Verkäufer bei ihrem Gespräch. Zwei Minuten später stehen Anna und ich vor dem Laden an einem der drei Stehtische, auf denen praktischerweise Feuerzeuge bereitliegen. Anna raucht am liebsten im Stehen oder Sitzen, weil sie sagt, dass in der Ukraine Frauen selten im Gehen rauchen würden. Das gehöre sich nicht und gelte dort als etwas Frivoles. Nicht, dass diese unausgesprochene Regel auch für Männer gelten würde, die rauchen wohl ständig im Gehen. Annas Zigarette ist nur noch ein Stummel, da kommt die Frau, die sich eben noch so angeregt unterhalten hat, aus dem Laden. Sie hält uns ihre Katjes-Tüte hin: »Darf ick wat anbieten?«

Wir schütteln beide den Kopf. Im Gegenzug hält Anna ihr die Zigarettenpackung hin und deutet die Intention hinter dem Gummitierchen-Angebot damit wohl ganz richtig. Dankend nimmt die Frau an. »Ick lieb die Solidarität unter Rauchern«, schnauft sie.

Mein Präsident?

Ich möchte das Handeln unseres Präsidenten nicht kritisieren, doch unser Kampf ist nicht sein Verdienst. Das ist der Verdienst des ukrainischen Volkes und seiner Unterstützer. Wie viele unserer Verteidiger riskieren jede Minute ihr Leben, verlieren ihre Gesundheit, um für uns einzustehen?

Wie viele Freiwillige bleiben tagelang wach und bringen das, was sie brauchen, an die Front? Wie viele Retter sind unter Einsatz ihres Lebens dabei, die Trümmer zu beseitigen? Wie viele Tierschützer retten Tiere, egal, was passiert? Und unser Bombenkommando? Risiko auf Schritt und Tritt. Jeder an seinem Platz leistet viel, ohne dafür Auszeichnungen oder Beifall zu erwarten.

17. März 2022, Tag 22

»Du hasst mich, du hasst mich.« Anna wiederholt es wie ein Mantra.

»Ist alles okay?« Ich klopfe an ihre Tür. »Brauchst du etwas?«

»Ja, ich habe eine Frage.« Annas Haar ist unter einem Frottee-Turm versteckt. Als ich den Kopf in ihr Zimmer schiebe, versucht sie gerade, ihn am Zusammensturz zu hindern. »What does that mean, ›Du hasst mich‹?«

Babbel scheint vielfältige Lektionen anzubieten. Zusatzkurs: Depression.

»Übersetzen sie das nicht in der App?« Ich lehne mich mit fragendem Blick am Türrahmen an. Anna zieht mindestens genauso verwundert die Stirnfalte kraus, auf der ein Pflaster zur Faltenbekämpfung klebt.

»Es ist nicht aus der App. Es ist Rammstein.«

»Rammstein?«

»Die Band, Musikgruppe.«

»Woher weißt du, wer Rammstein sind?«

»Sie sind berühmt in der Ukraine.«

»Wirklich? Das wusste ich nicht. Kennst du auch Modern Talking?« Von denen weiß ich zumindest, dass sie in Russland große Erfolge gefeiert haben. »Dieter Bohlen? Thomas Anderle?«

»Thomas Anders.« Anna nickt. »Ja, die sind auch berühmt. Aber du hast mir nicht auf meine Frage geantwortet.«

»Was war noch mal die Frage?«

»›Du hasst mich.‹ Was bedeutet das?«

»Kommt drauf an. Mit einem S bedeutet es *You have me*. Mit zwei S bedeutet es *You hate me.*«

»Da wir über Rammstein sprechen, gehe ich mal davon aus, dass sie meinen ›You hate me‹.«

»Wahrscheinlich.«

Deutsch lernen mit Rammstein. Wer hätte gedacht, dass Till Lindemann und Kollegen einen Bildungsauftrag erfüllen? Annas Lerneifer haben sie auf jeden Fall geweckt: »Und ... was bedeutet ›Rammstein‹ übersetzt?«

»Ehm ...« Die Gute hat vielleicht Fragen. Was zum Henker bedeutet »rammen« auf Englisch? »I would translate it as a stone to push somebody really hard.«

»What does ›stone‹ mean?« Anna lässt sich auf das Bett fallen, ohne den Blick von mir abzuwenden. »I don't know the word, sorry.« Wenn das so weitergeht, brauche ich bald auch ein Faltenpflaster – für die krause Nasenwurzel.

»A stone is a ... *kamień?*« Vielleicht kann die polnische Sprache weiterhelfen.

»*Kamin'!*« Anna hüpft aufgeregt auf dem Polster auf und ab, woraufhin sich das Handtuch endgültig von ihrem Kopf verabschiedet. »Was für ein hässlicher Bandname!«

Mein Versuch, Anna deutsches Musikgut näherzubringen, in dem es weniger darum geht, dass zu wenig Nippel geleckt werden und jemand »in Hast und ohne Samen« gezeugt wurde (Willkommen im Land der Dichter und Denker), versandet kurzzeitig in einer Mischung aus Mark Forster und Helene Fischer, aus der ich mich zum Glück mithilfe von Elif und Alli Neumann, AnnenMayKantereit und schließlich Udo Jürgens herauszumanövrieren weiß. Ich mache weiter mit Peter Fox und Cassandra Steen, Jan Delay und Marteria, komme irgendwann bei den No Angels an. Was muss, das muss.

»Das ist Kindheit für mich«, erkläre ich Anna. Das Poster der No Angels hing damals auf Höhe der Türklinke, damit ich es überhaupt sehen konnte mit meinen fünf Jahren. Anna will mehr Musik aus meiner Kindheit hören, was zwangsläufig dazu führt, dass ich ihr polnische Lieder vorspiele. Das waren nun mal die Songs, in denen meine Eltern textsicher waren und die in der fremden neuen Heimat ein wohliges Gefühl in ihnen auslösten.

> *Klaun, zakochany klaun*
> *On ma takie czułe serce*
> *Jest jak rozbity dzban*
> *Klaun, zakochany klaun.«*

Das YouTube-Video ist maximaler Trash und hat wenig mit dem seichten Singsang meiner Mutter zu tun. Doch Anna schunkelt bereits. Es ist das Phänomen, das mir schon bei den Mayo-Eiern aufgefallen ist. Sie meint das Schunkeln ernst, während sich die Begeisterung der meisten meiner Freund:innen ohne slawische Wurzeln eher in irritiertem Stirnrunzeln und suchenden Blicken nach der nächsten Tür geäußert hätte.

»In dem Song geht es um einen traurigen Clown«, rufe ich Anna zu, die mein Wohnzimmer zum Tanzparkett erklärt. Es ist 20 Uhr 04. Wir sind von Luft, Sonne und Tag nicht müde genug, als dass nicht noch durch mein Wohn- und mittlerweile Schlafzimmer getanzt werden könnte. Anna versucht mitzusingen und ruft: »Noch mal!«, als die Melodie abbricht. Sie will, dass ich ihr den Songtext beibringe, damit wir meiner Mama eine Freude machen, wenn wir es bei unserem nächsten Besuch als Überraschung singen.

15. April 2022, Tag 51
Ich zähle die Regentropfen an unserem Fenster, fahre die Schlieren mit dem Finger nach, die sie hinterlassen, während meine Kleidung auf der Heizung trocknet. Natürlich hat der Regen aufgehört, sobald ich im Trockenen war. Hier habe ich auch zum ersten Mal die Sprachnachricht meiner Cousine Amalia abgehört. »Ihr könnt gern kommen, aber ohne Oscar.« Nicht jeder in meiner Familie heißt meinen neuen Mitbe-

wohner willkommen. »Anna darf uns natürlich besuchen, aber bitte hab Verständnis, dass ich den Hund nicht hier haben will.«

Anna hat Verständnis. Mehr Verständnis als ich.

»Nicht jeder muss Hunde lieben«, sagt sie. »Kein Problem!«

»Dann lass uns einfach woandershin gehen.«

»Nein! Ich will keine Probleme verursachen, das passt schon.«

Fünf Minuten später meldete sich der Ehemann zu der Cousine, die Oscar ausgeladen hat: »Sag Anna nicht, was Amalia gesagt hat! Natürlich darf Oscar mitkommen. Ich rede mit ihr!« Amalia und ihr Mann Max haben viele grundsätzliche Meinungsverschiedenheiten, und wie so oft treten unterdrückte Herausforderungen und Schwierigkeiten besonders zutage, wenn ein Faktor von außen sich ohne Vorwarnung verändert. Genauso wie der unerwartete Regenschauer den Staub auf den Straßen weggewaschen hat, der sonst noch immer den darunter liegenden, verkrusteten Dreck tarnen würde.

Meine Mutter hat mich heute bei einem gemeinsamen Frühstück gefragt, wie es sich für mich anfühlt, nicht mehr allein zu wohnen, und scheint nicht ganz zu glauben, dass ich mich wirklich so schnell umgewöhnen konnte. Ich wechselte schulterzuckend das Thema, aus Angst, Mamas Fragen zu meinen zu machen, ihre Unsicherheiten zu übernehmen. Wieder schaue ich nach draußen. Immerhin kämpft sich langsam die Sonne ihren Weg durch die Wolkendecke frei.

Das, was gerade sichtbar wird, ist, wie kaputt »wir« sind und nicht wie kaputt »sie« sind. Deshalb haben »wir« Angst vor »ihnen«, nicht ihretwegen, sondern unseretwegen. Nichts bringt Gewohntes so leicht durcheinander wie das Fremde, doch es macht nur sichtbar, was sowieso schon da ist.

Ich zucke zusammen, als plötzlich Anna hinter mir auftaucht und das durchweichte Handtuch auf meinen Schultern gegen ein trockenes tauscht. Sie stellt eine dampfende Tasse vor mir auf dem Fensterbrett ab. Ich glaube, das mag ich mit am liebsten: dass man sich nicht jeden Tee selbst machen muss, wenn man mit jemandem zusammenlebt.

»*Spasibo.*« Lächelnd schaue ich wieder nach draußen, während Anna zurück in die Küche geht. Gleißend helles Licht trifft die Sprenkel auf meiner Fensterscheibe, deren Glas mal so flüssig war wie die Reste des Regens selbst, und hinterlässt einen Regenbogenschimmer, der irgendwo zwischen Tropfen und Oberfläche in allen Spektralfarben aufgeht.

18. März 2022, Tag 23

»Wie geht's?«, frage ich, als sie die Kamera in meine Richtung dreht.

»Was esst ihr da gerade?«, antwortet Slawyk. Botschaft angekommen.

»Es ist mein erstes Mal *Kulesha!*«, versuche ich, unbeschwert zu klingen. Mir ist aufgefallen, dass Anna oft fröhlicher scheint, als sie ist, wenn sie mit ihm telefoniert. Vielleicht, weil sie meint, im Vergleich zu Slawyk das bessere Los gezogen zu haben und ihre Last deswegen nicht auf seinen Schultern ablegen zu dürfen. Stolz halte ich also meinen Teller in die Kamera, auf dem Anna einen festen traditionellen Mais-Brei für mich zubereitet hat, die Polenta der Westukraine, insbesondere der Karpaten. Anna meint, dass es noch leckerer wird, wenn sie die Reste der *Kulesha* anbrät. Danach dreht sie das Display wieder in ihre Richtung, und ich ziehe mich in mein Zimmer zurück, um eine Folge »This Is Us« zu schauen. In dieser Folge geht es in Rückblicken auch um den Vietnamkrieg. Explosionsgeräusche treiben die kleinen Lautsprecherboxen an die Grenzen ihrer Belastbarkeit. Ich schalte den Laptop schnell aus, damit Anna die gespielten Schreie und Bomben nicht hören muss. Heute Abend verzichte ich auch auf meinen üblichen Nachrichtenpodcast. Ich weiß nicht, ob Anna reden will, nachdem sie aufgehört hat zu telefonieren. Noch weniger kann ich nachempfinden, was sie gerade fühlt und was es mit ihr macht. Aber ich kann ihre Option sein, dass jemand da ist, wenn sie es will. Wenn wir unsere Komfortzonen miteinander teilen, haben wir mehr Platz, um in ihnen zu tanzen. Ich werde diese Einladung noch einmal deutlich aussprechen und dann warten. Darauf, dass die Einladung angenommen wird oder eben nicht.

16. April 2022, Tag 52

Jede Familie hat ein eigenes Rezept für *Paskha,* das ukrainische Osterbrot, dessen Zubereitung Anna und ich uns zu diesem Osterfest vorgenommen haben. Es ist ein weiteres gemeinsames erstes Mal, denn auch wenn es sich um eine orthodoxe Tradition handelt, hat Anna den Kuchen noch nie selbst zubereitet, sondern immer nur als Gast verspeist oder in der Bäckerei gekauft.

»Das Gute ist, dass meine Familie nicht weiß, wie es schmecken soll«, versuche ich, die Ärmel hochkrempelnd, Druck aus der Sache zu nehmen. »Das heißt, wenn es nichts wird, tun wir einfach so, als gehörte es so.« Anna nickt.

Während sich die westliche Christenheit bei der Berechnung des Osterdatums am Gregorianischen Kalender orientiert, wird dem orthodoxen Osterfest der Julianische Kalender zugrunde gelegt. Da dieser dem Gregorianischen Kalender um 13 Tage nachfolgt, findet das orthodoxe Ostern später statt, trotzdem will Anna mit mir und meiner Familie feiern. Oder wir feiern einfach doppelt.

»Mehr ist mehr« ist auch das Credo, mit dem wir an das Abwiegen der Zutaten für den *Paskha* herangehen. Dementsprechend schnell verwerfen wir den Versuch, das Rezept für die Nachwelt oder zumindest unsere Enkelkinder zu dokumentieren. Nachdem wir aus Versehen 500 ml statt 80 ml Wasser zur Hefe gaben, deshalb einen geschätzten Teil des Gemisches in den Abfluss gießen mussten und stattdessen mit etwas Backpulver streckten, beschlossen wir, wie unsere

Mütter »nach Gefühl« ans Backen heranzugehen. Dann ist es auch nicht so schlimm, dass wir vergessen haben, Zitrone zu kaufen.

»Stopp!«, rufe ich, als Anna beginnt, die Haselnüsse aus meinem Studentenfutter auf dem Schneidebrett zu zerkleinern. Das Messer landet klirrend auf der Arbeitsplatte.

»Was ist passiert?« Anna hebt die Hände auf Brusthöhe, wie um zu zeigen, dass sie unbewaffnet ist.

»Meine Mama ist gegen Haselnüsse allergisch«, erkläre ich, woraufhin sie beschwichtigend abwinkt.

»Kein Problem.« Anna kippt die Haselnüsse zurück in die Tüte. »Dann nehmen wir einfach Walnüsse.«

»Sie ist auch gegen Walnüsse allergisch.«

»Erdnüsse?«

»Sorry.«

»Okay …«

»Pistazien gehen!«, rufe ich triumphierend. Anna strahlt: »Dann Pistazien!«

»Aber nicht zu viele«, räuspere ich noch hinterher. »Manchmal überrascht Mamas Körper uns mit neuen allergischen Reaktionen.«

»Dann lassen wir die Nüsse vielleicht besser ganz weg?«

»Ja, vielleicht ist das besser.«

Stattdessen nehmen wir mehr von den kandierten Aprikosen und von den Cranberrys, die in dem von Anna recherchierten Rezept eigentlich Rosinen sind, aber ich hasse Rosinen.

»Im Notfall können wir ja noch etwas in der Bäckerei kaufen«, schlägt Anna vor. Eine Idee, die ich unter Aufbringung all meines Stolzes gerade noch schaffe vehement zurückzuweisen, bevor der trompetenförmige Ärmel meines Bademantels in die Hefesuppe tunkt. Ich verschwinde ins Bad und tausche den Bademantel gegen einen Schlabberpullover mit passendem Oster-Aufdruck. Zu meiner eigenen Verteidigung erkläre ich Anna, dass es sich bei dem Kleidungsstück um ein Geschenk handelt.

»Ich habe gelesen, dass die Deutschen Ostern mit einem Hasen feiern.« Sie deutet auf die Karikatur des Hasen auf meiner Brust. »Aber ich verstehe immer noch nicht, warum.«

»Gibt es den Osterhasen in der Ukraine nicht?«

»Nein.«

»Echt nicht?« Ich komme mir schon in der nächsten Sekunde ziemlich blöd dabei vor, es wirklich für so unwahrscheinlich zu halten, dass nicht überall auf der Welt auf dieselbe Weise Ostern gefeiert wird wie in Deutschland. Zumal, was den Osterhasen angeht, selbst mein Kinderkopf mit all seiner Fantasie kaum einen Sinn hinter dem eierbringenden Hasen erkennen konnte. Damit ich nicht in zwei Minuten überheblich ins nächste Fettnäpfchen trete, beginne ich Anna lieber über die Festlichkeiten in ihrer Heimat auszufragen. Während der Osterhase völlig unbekannt ist, spielen zumindest die Eier auch in der Ukraine eine große Rolle. Ähnlich wie bei uns schlägt man zwei hart gekochte Eier an der Spitze aneinander und schaut, welches das stärkere ist. In unserem Kühlschrank liegen bereits mehrere mit Zwiebelschalen eingefärbte Exemplare, weshalb ich darauf bestehe, dass wir das »Ostereiertitschen« direkt ausprobieren. Das Resultat ist eindeutig: Annas Ei ist stärker als meins, und zwar von beiden Seiten.

»Ich denke, das ist fair«, sage ich schulterzuckend. »Du bist hier die Kämpferin.« Anna erklärt, dass die einfach gefärbten Eier in der Ukraine *Krashanky* genannt werden, die kunstvoll mit einer Wachstechnik verzierten hingegen *Pysanky*. Die Muster darauf haben bestimmte Bedeutungen und können, je nach Stil, sogar verschiedenen Regionen in der Ukraine zugeordnet werden. »Vor den Osterferien fanden immer Wettbewerbe an meiner Schule statt«, erzählt Anna, während sie versucht, mit zusätzlichem Mehl so etwas wie Konsistenz in den Teig zu bringen. »Wettbewerbe für die am besten gestalteten Ostereier.«

Während der Teig zugedeckt eine halbe Stunde lang ruhen muss, bereiten Anna und ich die Dekoration für unser Osterbrot vor. Google inspiriert uns mit Bildern von besonders hochgewachsenen *Paskhas,* zu deren Füßen zwei Eier drapiert wurden, um es an einen Penis erinnern zu lassen. Die Eischneehaube schafft dabei mühelos die Assoziation mit Sperma. Kinder wachsen aus dem Kacka- und Pipi-Humor nur heraus, um direkt in einen schweinischen hineinzuwachsen, der auch nicht erwachsener wird, wenn man ihn stattdessen als frivol oder ordinär bezeichnet. Wir beschließen ganz erwachsen, nicht zu Nachahmerinnen zu werden, und nutzen deshalb Aprikosen und Cranberrys, um auf dem Rücken unseres viel flacheren *Paskhas* (blöde Hefe) einen Penis aus Früchten anzuordnen. Dann kommt der Brot-Kuchen in den Ofen.

»Wofür ist das eigentlich?«, frage ich leider erst gegen Ende der ersten Hälfte der Backzeit und deute dabei auf eine Tasse, deren Inhalt verdächtig nach aufgeschlagenem Eiweiß aussieht. Es dauert einen Moment, bis Anna den Wasserhahn zudreht und sich die Hände abtrocknet. Wir haben die Zeit genutzt, um Geschirr und Arbeitsflächen zu reinigen sowie die Reste der Zutaten mottendicht verschlossen an ihre Plätze zurückzuräumen.

»Was hast du …?« Anna gerät ins Stocken, kaum dass sie meinem Blick gefolgt ist. »Oh.«

Es zuckt gefährlich um ihre Mundwinkel herum. Wenige Sekunden später können wir uns vor Lachen kaum noch auf den Beinen halten und rühren behelfsmäßig mit einem Löffel das Eiweiß in den halbfesten Teig. Natürlich sehr darauf bedacht, unser phallisches Kunstwerk nicht zu zerstören – immerhin »goes love through the stomach«, versuche ich Anna beim Anblick der mehr und mehr versinkenden Aprikosen das deutsche Sprichwort zu übersetzen, das es auf Ukrainisch nicht gibt. Essen ist nun mal eine dieser seltenen Genussformen, die keine Worte braucht.

Rezept für
unser *Paskha*

ZUTATEN
Für den Teig
1 Mandarine, Abrieb und Saft
150 g Zucker (+ 2 Hände voll)
200 g Cranberries
100 g Mandeln, gehackt
50 g Pistazien
800 g Weizenmehl Type 550
½ Pck. Hefe
400 ml Milch
2 Pck. Backpulver
200 g Butter, mikrowellen-
flüssig
4 Eier
1 Pck. Vanillezucker
Zimt nach Gefühl
Muskatnuss nach Gefühl
1 Prise Salz

Für die Eistreiche
1 Ei
je 1 Prise Salz und Zucker

Für die Tarnung
3 El Wasser
viel Puderzucker
Saft von 1 Mandarine
bunte Zuckerstreusel

Für die Nerven
· 1 Flasche Wein

essbares *Paskha*

ZUTATEN
Für den Teig
1 Bio-Orange, Abrieb und Saft
100 g Zucker
200 g Cranberries (oder
Sultaninen)
50 g Mandeln, gehackt
300 ml Milch, zimmerwarm
5 g Hefe, frisch
2 Eier
550 g Weizenmehl Type 550
50 g Butter, zimmerwarm, in
Würfeln
50 g Haselnüsse, gehackt
50 g Walnüsse, gehackt
50 g Pistazien
½ TL Kardamom, gemahlen
¼ TL Muskatnuss, frisch
gerieben
Mark 1 Vanilleschote
½ TL Zimt, frisch gemahlen
¼ TL Tonkabohne, frisch
gemahlen
1 Prise Salz
75 g Orangeat (oder Sukkade,
beides optional)

Für die Eistreiche
1 Ei
je 1 Prise Salz und Zucker
2 EL Milch

ZUBEREITUNG
Vorbereitungen am Vortag

Vortag?

Oh.

Am Backtag

Auf jeden Fall den mit
Backpulver gestreckten
Hefe-Rest mit Milch eine halbe
Stunde lang gehen lassen,
durchkneten, noch mal gehen
lassen. Immer schön ruhig
bleiben, der Klumpen geht eh
nicht auf. Zwischendurch Wein
trinken. Dann muss alles
irgendwie mit den restlichen
Zutaten zusammen. Falls die
Konsistenz komisch ist, einfach
bisschen was nachschütten.
Mehl und Zucker, falls es zu
flüssig ist, und Flüssiges, falls
der Teig zu fest wirkt.
Wichtig: Wein nachschütten. In
sich selbst. Dann Backform
fetten, Paniermehl vergessen.
Ansonsten gilt weiterhin: Mehr
ist mehr. Teig rein da. Die Form
abdecken und den Teig für eine
weitere Stunde ruhen lassen.
Toi, toi, toi!
Den Backofen auf 50 °C Umluft
vorheizen. Die Eistreiche
zubereiten und Teigoberfläche

ZUBEREITUNG
Vorbereitungen am Vortag

Die Orange waschen und
abtrocknen. Anschließend die
Schale abreiben und mit dem
Zucker vermischt abgedeckt
beiseitestellen.
In den Saft der Orange werden
die Cranberries und/oder
Sultaninen eingelegt, ebenfalls
abgedeckt und mindestens
zwei Stunden lang ziehen
gelassen. 20 Minuten vor der
Teigherstellung abtropfen
lassen.
Die gehackten Mandeln in
einer fettfreien Pfanne leicht
anrösten. Für den Teig zuerst
die Hefe in die zimmerwarme
Milch bröckeln, dann verrühren
und auflösen. Im nächsten
Schritt müssen die Eier mit
dem Orangen-Zucker zu einer
Creme aufgeschlagen werden.
Zuletzt werden alle restlichen
Teigzutaten mit der Hand oder
dem Holzlöffel untergemischt,
aber nicht verknetet. Es soll
lediglich eine homogene
Masse entstehen.
Den abgedeckten Teig bei Zim-
mertemperatur 14 Stunden
gehen lassen. Während dieser

nach der Ruhezeit damit einstreichen. Anschließend die Oberfläche kreuzförmig einschneiden oder auf Wunsch z. B. mithilfe von Cranberries mit besinnlichen Motiven dekorieren. Nerven mit Wein ablöschen. Die Form ins untere Drittel des Backofens stellen und den Teig für 30 Minuten reifen lassen. Danach die Temperatur auf 180 °C Umluft erhöhen und das Osterbrot 50 Minuten, je nach Ofenleistung und Backform, goldbraun backen. Falls die Oberfläche frühzeitig dunkel wird, rausnehmen. Der fertig gebackene **Paskha** sieht beim Backen von unten schwarz aus und wirkt oben vielleicht noch etwas roh. Osterbrot irgendwo auskühlen lassen. Anschließend Wasser, Mandarinensaft und Puderzucker zu einem Guss verrühren. Das Ergebnis unbedingt unter einer dicken (!) Schicht davon und bunten Streuseln verstecken. Wein nicht vergessen. Guten Appetit – werdet ihr brauchen!

Zeit dehnen und falten. Die ersten drei Stunden lang alle 30 Minuten, danach in seltenen Abständen.

Am Backtag
Zuerst muss der Teig auf einer leicht bemehlten Arbeitsfläche geformt werden. Dazu alle Seiten rundherum bis zur Mitte einschlagen. Danach den Teig umdrehen und die Teighülle straff nach unten ziehen und unter dem Teigling zusammendrücken. Das Ergebnis sollte eine straffe Teigkugel sein. Eine zylindrische Backform einfetten und die Teigkugel mit dem Zusammenschluss nach unten hineinlegen. Die Form abdecken und den Teig für weitere zwei Stunden ruhen lassen.
Den Backofen auf 50 °C Umluft vorheizen. Die Eistreiche zubereiten und die Teigoberfläche nach der Ruhezeit damit einstreichen. Anschließend die Oberfläche kreuzförmig einschneiden oder nach Wunsch z. B. mit geflochtenen Teigsträngen dekorieren (diese dann aber auch mit Eistreiche bepinseln). Das Osterbrot ins

untere Drittel des Backofens stellen und den Teig für 30 Minuten reifen lassen. Danach die Temperatur auf 180 °C Umluft erhöhen. Die Backzeit beträgt, je nach Ofenleistung und Backform, etwa 40 Minuten. Falls die Oberfläche des Osterbrots frühzeitig dunkel wird, mit Alufolie oder Backtrennpapier abdecken. Der fertig gebackene **Paskha** hat eine goldbraune Farbe und hört sich beim Klopfen von unten hohl an. Am besten auf einem Kuchengitter auskühlen lassen. Wer mag, kann das Osterbrot mit einer Schicht Zuckerguss sowie Streuseln dekorieren oder einfach mit Puderzucker bestreuen. Guten Appetit!

PS: Hab mal gehört, dass irgendwo eine Fee stirbt, wenn man die Kuchenform nicht ausleckt.

19. März 2022, Tag 24

Es klingelt. Anna fährt verwundert zu mir herum: »Deine Eltern?«

»Warum bist du so sicher, dass es meine Familie ist?«

»Weil es zu spät für die Post ist und wir auch nichts bestellt haben.«

»Freunde?«

»Hmm.« Es kräuselt sich auf Annas Nasenwurzel. »Wer sollte es sein, wenn nicht deine Eltern?«

Ich öffne den Mund und schließe ihn wieder. Es klingelt erneut, diesmal ungeduldiger. Anna hat schon recht, es muss eigentlich jemand aus meiner Familie sein. Nicht, dass ich keine Freund:innen hätte, aber die kommen nicht spontan vorbei. Anna hat mir gebeichtet, dass man sich in der Ukraine über Deutsche erzähle, dass sie sich einen Monat vorher für ein Treffen miteinander verabredeten. Tatsächlich hat ein Freund mich einmal gefragt, ob es mich eigentlich stören würde, dass meine Familie gern mal unangekündigt vorbeikomme, weil Thomas mit seinen Kindern für einen Überfallbesuch auf der Matte stand, während wir gerade einen Film schauten.

»Was erzählen sich die Menschen in der Ukraine denn noch so über uns Deutsche?«, frage ich Anna und bin nicht sicher, ob ich es eigentlich wirklich wissen will.

»Dass ihr pedantisch und überpünktlich seid, viele Regeln habt, dass ihr gern arbeitet und nackt in die Sauna geht.«

17. April 2022, Tag 53

Mamas Bestreben, das Vegetariertum ihrer Tochter zu akzeptieren, und die gleichzeitige Angst, ihre ukrainische Freundin könnte bei ihr verhungern, mündet in veganer Bifi und Schweineschulter in einem Osterkorb. Das hat die Heilige Dreifaltigkeit so bestimmt auch noch nicht gesehen. Auch wenn ich nicht mehr zur Speisensegnung in die Kirche gehe, lässt Mama es sich nicht nehmen, stellvertretend für den ungläubigen Nachwuchs der Familie ein zweites Körbchen dorthin mitzunehmen. Die *Wielkanocne święcenie pokarmów* bereitet das Ende der Fastenzeit vor, die wir traditionell überspringen. Sowohl die Ungläubigen als auch die Gläubigen der Familie. Da kein Korb dieser Welt groß genug ist, um Mama genügend Weide für Zutaten für die Zubereitung eines Ostermahls zu liefern, und es gleichzeitig nicht möglich ist, heimlich acht Körbe bei der Segnung abzugeben, die vor dem Altar und den Augen aller vom Pfarrer vollzogen wird, ergänzt Mama das mit Weihwasser besprenkelte Fleisch und Brot sowie die Eier, den Käse und, ganz wichtig, Meerrettich und Salz eben durch ungeweihte Aufläufe, Salate, eingelegten Fisch, Eintöpfe, Klöße und ganz einfach noch mehr Fleisch. Wobei Mama schon mal fünf Plastikflaschen Weihwasser von einer polnischen Kirche abgefüllt (und abgekauft) hat, um 100 Prozent halal … eh, heilig zu bleiben. Neben dem Gulasch, den Schnitzeln, gepökelt, paniert und mit Sahnesoße, ganz neu mit dabei und meine Schuld sind gesegnete Sojanuggets (Achtung, Culture- und Generationenclash). Im Gegensatz zum Inhalt der Körbchen haben die von Mama gewählten Bonusspeisen keinerlei christliche Bedeutung. Sie stehen weder für Reichtum und Wohlstand (Brot) noch für die Bitterkeit der Leiden Christi (Meerrettich) noch für die Reinigung der Herzen und den Bund zwischen Gott und den Menschen (Salz). Sie stehen für Gönnung (Käse) und Genuss (geschmolzen).

»May I help you?« Ich trete in die Küche und gebe Mama einen Kuss auf die Wange, die gerade eine logistische Meisterinnenleistung dabei vollbringt, zu viele Töpfe für zu wenige Herdplatten warm zu halten. Es dauert einen Moment, bis ich realisiere, warum sie mich im Gegenzug nur ansieht wie ein Auto.

»Ach, *przeprazam!*« Ich schließe die Augen, lasse sie rollen. »Sprachensalat.«

»Polnisch, Deutsch, Russisch und Englisch verquirlen dir die Oberrübe.« Mama tippt mit dem Zeigefinger gegen meine Schläfe. Ich greife nach dem Finger und führe ihn an ihre eigene Stirn.

»Es heißt ›Rübe‹, Mama. ›Oberstübchen‹ oder ›Rübe‹, aber nicht ›Oberrübe‹.«

»Ich pflege eben einen kreativen Umgang mit Sprache.«

»Schon klar ... Also, was kann ich helfen?«

»Nimm den glutfreien Kuchen für ...«

»Glutenfrei?«

»... für Amalia mit, und füll die Milch in Kännchen um.«

»Amalia kommt?« Mit der von Mama feierlich überreichten Kuchenform in der Hand bleibe ich wie angewurzelt im Türrahmen stehen. »Ich dachte, sie will dieses Jahr ihr eigenes Osterfest veranstalten?«

»Dumme Idee, oder? Wir haben uns doch darauf geeinigt, dass es schöner ist, wenn die ganze Familie zusammen feiert.«

Während Mama durch die Küche rotiert, rotieren in meinem Kopf die Gedanken wegen meines letzten Kontakts zu Amalia. Das war, als sie Oscar auslud.

»Amalia kann ja dafür einfach mal so zu sich einladen.« Mama bekommt davon nichts mit. »Nicht ausgerechnet an Ostern! Wenn schon der Großteil der Familie in Polen hockt, dann muss doch wenigstens die Berliner Fraktion zusammenhalten.«

»Sollen wir dann Oscar rüberbringen?« Nur ungern unterbreche ich den Redefluss meiner Mutter, aber noch ist Anna mit ihrem Hund spazieren. Ich müsste ihr nur kurz eine WhatsApp-Nachricht schreiben und vielleicht eine Hundehaarallergie erfinden, um das an Feiertagen ohnehin schon überdurchschnittlich hohe Stresspotenzial zu senken.

»Was? Wieso?« Mama schaut, als hätte ich schon wieder auf Englisch mit ihr gesprochen.

»Amalia hat ein Problem mit Oscar«, erkläre ich dann doch kurzerhand.

»Wegen der Kinder, oder was?«

»Das hat sie nicht gesagt. Max meinte, die Kinder mögen Hunde, aber ...«

»Aber was?«

»Vielleicht wegen der Haare, was weiß ich.« Hilflos zucke ich mit den Schultern. So langsam tun mir die

Arme weh, drei Biskuitböden wiegen schwerer, als man denkt. »Also, soll ich Anna schnell Bescheid geben?«

»Mein Zuhause, meine Regeln.«

»Sicher?«

»Ich liebe Oscar, und ich will, dass er mein Gast ist.« Wie zur Untermauerung ihrer Aussage hört die Köchin gar nicht mehr auf, resolut an der Salzmühle zu drehen. Ich rette das Gulasch, indem ich ihr die Mühle abnehme und in sicherer Entfernung auf dem Küchentisch hinter ihr abstelle. Fehlen nur noch die Satansbraten.

Wie aufs Stichwort klingelt es schon im nächsten Moment bedrohlich an der Tür. Mama setzt auf Amalia, ich setze auf Anna, am Ende schulden wir uns gegenseitig ein Eis, denn es sind beide zusammen. Und sie scheinen sich schon gut miteinander aufgewärmt zu haben.

»Du bist aus Russland?« Meine Cousine bleibt auf dem obersten Treppenabsatz stehen und sieht Anna hinterher, die vor ihr über die Türschwelle flieht. »Ich dachte, du bist aus der Ukraine?«

»Vielleicht kommen wir erst mal alle in der Wohnung an, hm?« Max nimmt seine Frau am Arm, die für den Bruchteil eines Entsetzens vergessen hat, wie anstrengend sie Schwangersein findet. Schnell landet die Hand wieder in der Leiste, die noch kaum sichtbare Kugel wird weiter rausgedrückt. An seiner noch freien Hand hält Max ihren gemeinsamen Sohn Arnold fest im Griff, dessen Fuß-Augen-Kontrolle mit drei Jahren ihr Maximum erst noch erreichen muss. Fast werden

sie von den Kindern meines Bruders und seiner ebenfalls schwangeren Lebensgefährtin Sina überholt, die
sich zuletzt die Treppe hochschleppen.

»Nur die ersten drei Jahre meines Lebens«, höre
ich Anna verspätet vom Küchenabsatz aus antworten.
Sie ist bis zum Ende des Flurs durchgelaufen, damit
überhaupt alle reinpassen. »Ich wurde in Russland geboren, in Tschukotka, aber wir sind mit der Familie in
die Ukraine umgezogen, als ich so alt war wie Mara
jetzt.«

Ich finde ganz entschieden, dass der entschuldigende Unterton in Annas Stimme nichts darin verloren hat. Ganz im Gegenteil, wir sollten doch froh sein
über jeden Russen und jede Russin, der und die sich
nicht von Putins Machtapparat einspannen lässt.

»Interessant …« Der Unterton in der Stimme meiner Cousine hingegen ist schwer definierbar. Lediglich
ihre vorgeschobene Unterlippe weist ganz eindeutige
Ähnlichkeit mit Oscars Kieferfehlstellung auf, wie ich
in dem Moment feststelle, in dem sie auf ihn herab-
schaut. Der Hund hängt noch immer an seiner Leine,
er achtet aufmerksam darauf, von den vielen Füßen
nicht erwischt zu werden.

»Ich wusste gar nicht, dass er kommt.« Amalia
schiebt die Unterlippe, wenn überhaupt möglich, noch
weiter vor. Ich nehme sie zur Begrüßung in den Arm.

»Das ist ja witzig«, antworte ich, jedes Wort überdeutlich betonend. »Ich wollte gerade dasselbe über
dich sagen.«

Oscars verloren geglaubter Bruder

Ich glaube, Bianca ist eifersüchtig auf mich.

»Why do my parents call and text you more often than me?« Die Lippen verkniffen, die Hände in die Seite gestützt, versucht sie sich auf einem Bein balancierend mit dem großen Zeh die Wade zu kratzen. »They replaced me.« Dabei hatte ich ihr das Foto von ihrem Vater zusammen mit Oscar nur zeigen wollen, weil sie darauf tatsächlich ein bisschen aussehen wie Brüder. Veronika behauptet nämlich immer, dass es so ist. Und wie Siegfried in die Knie geht, den Rücken mehr durchstreckt als sonst und beim Lachen Zunge und Zähne zeigt, bekommt auch sein Blick eine Wachheit, die an die von Oscar kurz vor der Fütterungszeit erinnert. Sie haben vor Kurzem über Nacht auf meinen Kleinen aufgepasst, weil Bianca und ich auf einem Konzert waren. Als ich ihn am nächsten Tag abholte, trug er ein neues Leinengeschirr, dessen sportlicher Schnitt mich an die Waffenholster erinnert, die Polizisten und Polizistinnen sich um ihre Oberkörper schnallen. Bianca ist in Gelächter ausgebrochen, als sie ihn damit nach Hause kommen sah. Sie nennt Oscar nun den »Bodyguard«. Abgesehen von dem neuen Leinengeschirr gab es noch vier neue Kuscheltiere beim großelterlichen Besuch abzusahnen. »Wir kamen zufällig bei Fressnapf vorbei ... «, erklärte Veronika mir. Da durfte Oscar sich »nur mal kurz« etwas aussuchen. Auf einmal verstehe ich, warum Thomas immer schimpft, dass Mara mit Schokomund von Oma und Opa wiederkommt. Vielleicht hat bald nicht nur Bianca Anlass, eifersüchtig zu sein, sondern auch ich, weil Veronika und Siegfried mich ganz schön blass in Oscars Augen aussehen lassen.

Während die Kinder zur Strafe für die nicht asap überreichten Ostergeschenke sämtliche Schuhe in der Wohnung verteilen, Papa die Nacktfotos meiner Kindheit auspackt und Thomas heimlich meine Begrüßungsschokolade vom Teller klaut, verzweifle ich mit dem an der Form klebenden Osterbrot. Ich rufe nach Mama, die im Wohnzimmer gerade schimpft, Papa solle sich nicht so auf das Sofa fläzen, damit wirke er noch dicker als sowieso schon. Familie.

Dafür, dass sie so kleine Schritte macht, ist Mama erstaunlich schnell in der Küche. Die Erinnerung daran, dass ich unbeaufsichtigt hier herumtobe, scheint sie zur Besinnung gebracht zu haben.

»Was ist los?«, fragt sie alarmiert, wartet meine Antwort jedoch gar nicht ab, sie sieht es ja selbst. Zwei Minuten später schon darf ich meiner Mama das Kompliment machen, dass sie den Kuchen nur dank meiner Vorarbeit so schnell hat retten können.

»Das nächste Mal bestreut ihr die Form nach dem Fetten noch mit Paniermehl«, schimpft sie und gibt mir das Messer zurück. »Verstanden?«

»Haben wir doch …«, lüge ich und beobachte, wie sich langsam, aber sicher etwas in Mamas Gesicht verändert, die erst jetzt die Dekoration des Kuchens bemerkt. Sie sieht aus, als hätte sie gern das Messer zurück. »Wenn die Kinder fragen …«, ruft sie mir hinterher, die ich geistesgegenwärtig nach dem Teller greife und mich in Sicherheit bringe. »Dann ist das ein Baum«, vollende ich Mamas Satz, bevor sie selbst es kann. »Schon klar.«

Im Wohnzimmer angekommen, versuche ich die Lage zu überblicken. Anna und Amalia sind bislang die Einzigen, die am Tisch Platz genommen haben, sie schweigen sich an. Alle anderen haben sich im Raum verteilt und passen auf die Kinder, das Mobiliar oder beides auf. Ich kämpfe mir den Weg zum Esstisch frei und stelle den Teller ab. »Unser Osterbrot« Mein aufgeregter Blick gilt Anna, die sich den Eckplatz am Fenster gesichert hat und dort Oscar an kurzer Leine hält.

»Warum trägt er noch seine ...?« Mit pantomimischem Eifer versuche ich meine fehlenden Sprachkenntnisse im Hinblick auf das englische Wort für »Leine« auszugleichen und fülle zur Sicherheit die entsprechende Satzstelle mit einem »You know« auf. Beinahe unmerklich und vermutlich auch unbeabsichtigt ruht Annas Blick einen Wimpernschlag lang auf Amalia, die zum Glück gerade damit beschäftigt ist, Gabel und Messer symmetrisch zum Teller auszurichten.

»Was ist das?!« Eine Patschehand hinterlässt ihre klebrigen Spuren an meinem Unterarm. »Tante Biancaaaa, was ist daaaas?« Mara bleibt nicht lange allein, Arnold will auch wissen, was so interessant ist, und eine Etage über den beiden taucht Max auf. Von seinen 1,75 Metern aus ist die Sicht auf den Kuchen eine freiere, als wenn die Tischkante direkt im Gesicht klebt.

»Wer hat den Kuchen gemacht?« Max deutet auf unseren *Paskha*. Amalia erhebt sich ächzend, hakt sich bei ihrem Mann unter und streichelt mit der noch freien Hand versonnen über den Hubbel, den sie

Schwangerschaftskugel nennt: »Das waren Bianca und ...«

21, 22, 23.

»Anna«, sage ich schnell, bevor die Stille noch länger anhält. Anna schaut zu mir auf, die Augenbrauen berühren beinahe den Haaransatz. Am liebsten würde ich ihr schnell erklären, dass mein genervter Unterton nicht ihr galt, doch gleichzeitig würde das bedeuten, dass ich die Ignoranz meiner Cousine klar benenne, die sich nicht mal Annas Namen gemerkt hat. Anna selbst muss sich an diesem Tag sieben neue Namen einprägen, da wird es doch wohl nicht zu viel verlangt sein, dass Amalia sich *einen* neuen Namen merkt. Oscars Beinchen zittern, die Rute ist eingeklappt, ihn scheint das auch zu stören. Manchmal habe ich das Gefühl, er versteht uns Menschen besser, als wir uns gegenseitig verstehen, selbst wenn wir die gleiche Sprache sprechen. »Wau!«, ruft Arnold, packt sich ein Tischbein und schüttelt es wie Goldmarie den Stamm des Apfelbaums. »Wau, wau!«

»Du musst keine Angst haben.« Nun streicht Amalia versonnen über den Hubbel, den sie den Hinterkopf ihres Sohnes nennt. »Mama ist ja da.« Dafür ist Arnold weg. Mara geht voraus, er läuft hinterher. Mara ruft: »Streicheln!«, was man im besten Fall noch als höfliche Frage auslegen kann, Arnold widmet sich ihrem Oberarm mit der gleichen Euphorie wie eben noch dem Tischbein, um als Erster bei Oscar anzukommen. »Du hast recht.« Ich nicke Amalia zu. »Euer Sohn scheint wirklich sehr viel Angst zu haben.« In die

Hocke gehend, versuche ich, in Arnolds und Maras vom Spieltrieb vernebeltes Bewusstsein vorzudringen, und fühle mich dabei wie Morpheus, der Neo in der Matrix besucht. Der Einzige, um den ich mir in dieser Konstellation Sorgen mache, ist Oscar. Doch mein Zutun scheint gar nicht nötig zu sein, weil der kleine Vierbeiner ganz gut klarzukommen scheint. Zwar hält Anna ihn noch immer an kurzer Leine, doch seinen Bewegungsraum voll ausnutzend, schnuppert er neugierig an den kleinen Speckfingern, die sich gierig nach ihm ausstrecken. Seine Kieferfehlstellung sorgt dafür, dass stets ein Ende der Zunge aus seinem Mund hängt, ob er hechelt oder nicht. Der Schwanz wedelt so schnell, dass es gar nicht anders sein kann, als dass Oscar physikalische Gesetze mit purer Willenskraft zu beugen weiß. Amalia scheint derweil in ihrer ganz eigenen Matrix gefangen zu sein: »Mama ist ja da, um dich zu beschützen, mein Arnold. Komm her!«

»Wau, wau!«, antwortet Arnold nur.

»Herkommen, Arnold.«

»Wuff?«

Wie ich es zuletzt schon Mara erklärt habe, bringe ich nun auch Arnold bei, dass es »Hund« oder *Sobaka* heißt. Max besucht unsere kleine Welt unterhalb der Tischplatte, wiederholt mit mir die Worte und fragt, wie man »Hund« auf Polnisch sagt. Die Sprachkenntnisse seiner Frau, ihrer Muttersprache, gehen gen null. Von ihr kann er nichts lernen. Amalia gefällt es nicht, wenn wir bei Familienfeiern Polnisch miteinander reden oder gar mit ihren Kindern. Anstatt sich zu freuen, wenn Letzteren ohne eigenes Zutun eine weitere Sprache geschenkt wird, echauffiert sie sich darüber. »Ich möchte auch noch etwas verstehen.« Auch heute hat Amalia nach spätestens einer Stunde Beisammenseins das erste Mal aufgemuckt. »Hört auf, euch so exklusiv zu benehmen.«

»Ist das vielleicht lecker!« Papa übergeht sie nicht mit Absicht. Papa übergeht sie, weil Papa Papa ist. Genussvoll beißt er in das von Anna und mir improvisierte Osterbrot. Entweder ist an ihm ein Schauspieler verloren gegangen, oder ihn stört die steinähnliche Konsistenz tatsächlich nicht. Während Mama Papa auf die Finger schlägt, als der sich, kaum, dass er den letzten Bissen hinuntergeschluckt hat, ein weiteres Stück aufhäuft, beuge ich mich zu meiner Cousine hinüber.

»Wenn wir Deutsch reden, benehmen wir uns aber exklusiv Anna gegenüber. Auf Polnisch versteht sie uns besser.« Ich bemühe mich wirklich um einen freundlichen Umgangston. In Amalias Gesicht tritt die Kaumuskulatur deutlich sichtbar hervor, obwohl das Kuchenstück bislang unberührt vor ihr liegt. »Du musst mehr essen«, höre ich meine Mutter zu Anna sagen, die sich derweil darum bemüht, mit Händen und Füßen am Geschehen teilzunehmen. Mara bringt ihr das Zählen bei, Arnold applaudiert, als es Anna endlich gelingt, die Sechs sauber auszusprechen.

»Wirklich lecker …« Papa ist bei Stück drei unseres *Paskhas* angelangt, was Anna und mich blinzelfreie Blicke tauschen lässt. Mama weiß seine sportliche Leistung weniger zu schätzen. »Ich habe gesagt, dass

Anna mehr essen soll, nicht du!«, schimpft sie. »Denk an deine Leberwerte.«

Dafür, dass Jesu Tod und seine Wiederauferstehung gefeiert werden, reden wir erstaunlich wenig über ihn, aber viel über den Tod unseres verstorbenen Familienhundes. Mama präsentiert nicht nur stolz das Foto, das über seinem Bettchen hing und für das er extra bei einem Fotografen war, sondern auch seine erste Leine und letztendlich sogar seine Urne. Samtene Keramik mit silbernen Pfoten drauf. Papa steuert die Erzählung zum Prozess der Einäscherung bei, die ich natürlich bereits kenne, obwohl ich damals nicht dabei war, weil ich einen Arbeitstag in Köln hatte. »Wir wurden in verschiedene Räume geführt, in jedem lief eine andere Musik.« Papa faltet seine Serviette auseinander. »Schöne Musik und nur ganz leise im Hintergrund. Und die Mitarbeiter waren so freundlich!« Er faltet die Serviette wieder zusammen. »Einmal kam eine der Frauen in den Raum, ich glaube, um uns zu holen, weil wir schon so lange da waren.« Papa zeichnet Details schärfer nach, die ich so noch nicht gehört habe. »Die Frau ging einfach wieder, als sie uns weinen sah. Sie tat so, als wäre sie nie da gewesen. Sie haben uns alle Zeit der Welt gelassen.« Bald ist die Serviette eine einzige Knickfalte. Wenn Papas Blick nicht gerade auf seinen Fingern ruht, dann ausschließlich auf Mama. Ob aufgrund der dazwischenliegenden Zeit und somit möglich gewesenen Reflexion oder aufgrund anderer Zuhörer:innen, es bleiben nicht die letzten Einzelheiten dieser Anekdote, die ich noch nicht kenne. Thomas scheint es nicht anders zu gehen, er hängt genauso an Papas Lippen wie ich. Erst jetzt verstehe ich, was für ein großer Schritt das gemeinsame Durchstehen von Duszeks Tod und die gegenseitige Unterstützung im Tier-Krematorium in der Beziehung meiner Eltern war. Obwohl sie zu diesem Zeitpunkt schon mehr als 30 Jahre verheiratet waren. Vor Freund:innen habe ich Duszek in der Urne längst als Anekdote ausgenutzt. Das erste Mal habe ich einem Freund gegenüber nur in einem Nebensatz erwähnt, dass unser Hund bei meinen Eltern auf dem Nachttisch stehe, doch er reagierte so überrascht darauf, dass ich begann, diesen Umstand häufiger zu erwähnen, um weitere Reaktionen zu beobachten. In so gut wie allen Fällen wiederholten sich Ungläubigkeit, Erheiterung, Sensationslust. Erst da begriff ich, dass die Einäscherung eines Hundes nicht für jeden selbstverständlich ist. Ich war damals nicht dabei. Der traurige Blick meines Vaters lässt in mir die Frage aufkommen, ob ich nicht vielleicht etwas verpasst habe, zum Beispiel die Chance, zu wachsen, individuell wie in Beziehung zu meinen Eltern. Vielleicht ist es die falsche Anekdote, um Mama und Papa zur Karikatur zu machen, zumindest, wenn *ich* sie erzähle. Papas Blick geht erneut zu Mama, selten sind mir die altersbedingten Falten auf seiner Stirn so sehr aufgefallen wie heute. Mama erwidert seinen Blick mit einem Lächeln, wenn auch mit einem traurigen. Ich habe in den letzten Jahren zwar gefühlt, dass die beiden enger zusammengewachsen sind, aber nicht genau benennen können, warum. So langsam verstehe ich es. Papa im

Krematorium wegen eines toten Chihuahuas weinen zu sehen, scheint etwas an Mamas Bild von ihrem Mann verbessert zu haben. Papa, der sonst gemeckert hat, wenn die Urlaubsplanung durch »den Scheißköter« erschwert wurde, durchlebte in diesem Moment eine ähnliche Trauer wie sie. Er war stark genug, die Bürde seiner klischeehaft männlichen Erziehung für einen entscheidenden Moment abzulegen und den Kummer um den Verlust sichtbar werden zu lassen. Die Trauer gemeinsam mit seiner Frau zu fühlen, sodass keiner von beiden mit seinen Emotionen allein sein musste. Wahrscheinlich kam meiner Mama ihr Ehemann nie so stark vor wie in diesem Moment der Schwäche. Ich zumindest habe meinen Papa selten so cool gefunden wie jetzt, wo er seine sensible Perspektive offen darlegt. Unser Hund konnte vielleicht nicht Wasser zu Wein werden lassen, aber Ohnmacht zu Macht. Ich mochte unseren Hund, doch jetzt mag ich ihn noch mehr.

20. März 2022, Tag 25
»Dafür ist es doch längst zu spät«, meint Bjarne, während wir uns darüber unterhalten, wie man Putin-Unterstützer:innen die gewaschenen Hirne wieder verdrecken könnte. »Die wollen die Wahrheit gar nicht kennen.«

»Sei nicht so negativ«, zische ich. Diese »Ich habe verstanden, wie böse die Welt ist, deshalb kann mich nichts mehr schockieren«-Coolness hilft wirklich niemandem. Vielleicht würde Bjarne ein wenig Verblendung nicht schaden. Stattdessen beteuert er nur noch einmal, dass das Narrativ der Kämpfernation für die Gerechtigkeit in Russland auf festem Sockel stünde.

»Und wie erklärst du dir dann die trotz Propaganda gegen Putin protestierenden Russ:innen?«, frage ich herausfordernd. Mein teilweise zwanghafter Optimismus kann anstrengend sein und verblendet wirken, das weiß ich. Als ich meinen Führerschein gemacht habe, gab mein Vater mir seinen Autoschlüssel mit den Worten: »Die erste Delle ist die Taufe.« Und mit dieser Haltung gehe ich durchs Leben. Ich wurde von Familie und Freund:innen mit so viel Urvertrauen betankt, dass es für zwei Seelen reicht. Aber dieses Urvertrauen muss man sich auch leisten können. Manchmal würde ich Bjarne gern etwas davon abgeben, dafür, dass er mich mit seinen Widersprüchen ständig zum Nachdenken bringt und dazu, mich an meine Privilegien zu erinnern. Wir gucken uns genau die Artikel an, merken uns die Argumente besonders schnell, die unsere ohnehin schon vorhandene Meinung stützen. Um im Gespräch auf die gleiche Grundsatzdiskussion zu reduzieren: Ist der Mensch von Natur aus gut oder böse? Vielleicht sollte ich Bjarne zur Antwort auf diese Frage einen Spiegel vorhalten, immerhin ist er mein bestes Argument.

Während des Blitzkriegs im Zweiten Weltkrieg stellten Briten Schilder vor ihre zerstörten Geschäfte mit Aufschriften wie »More open than usually«. Natürlich war das Leid groß, es gab Trauer und Wut, aber gleichzeitig auch Mut. Ein Phänomen, das scheinbar keines ist, denn es wiederholt sich im Laufe der Geschichte immer wieder. Nicht nur Hitler machte den Fehler, zu glauben, dass Bomben reichen würden, um Menschlichkeit zu brechen. Menschen scheinen an ihren Aufgaben zu wachsen, an der Erfahrung, einander zu helfen. Oder gilt das nicht für jede Generation? Gilt es nicht länger für jedes Land?

18. April 2022, Tag 54

Dass das Internet für uns alle Neuland ist, wissen wir dank Ex-Kanzlerin Merkel. Neu und doch als einziges Land in jedem Krieg mit dabei. Ausgenutzt als Überwachungstool, aber auch eingesetzt als Sprachrohr von Solidarisierung gleichermaßen wie Hass. Meinung als Munition. Beim Scrollen durch Kommentarspalten leuchtet nicht selten der Populismus-Radar in meinem Kopf auf, als ginge ich am Regal mit den Bild-Covern kurz vor der Kasse vorbei. Trotzdem (oder gerade deswegen) scrolle ich weiter. Kontroversen sind spannend. Erst recht, wenn die aufeinandertreffenden Zielgruppen potenziell verschieden sozialisiert wurden und/oder aus unterschiedlichen Altersgruppen stammen.

»Wie wäre es gewesen, wenn Putin Deutschland angegriffen hätte?«, fragt Thomas Papa, nachdem wir uns spontan bei unseren Eltern eingeladen haben. »Wie hätten die Deutschen reagiert?«

»Also, wir Polen hätten direkt bereitgestanden«, antwortet Papa, während ich daran zweifle, ob diese

Frage, so, wie Thomas sie gestellt hat, überhaupt gestellt werden darf. Ob es nicht respektlos und anmaßend ist, eine Situation, die für Millionen von Menschen gerade den Ernst oder gar das Ende des Lebens bedeutet, als Gedankenspiel weiterzuspinnen.

»Und du meinst, die deutschen Männer wären nicht in so hoher Zahl freiwillig in den Krieg gegangen?« Thomas genügt die kurze Antwort unseres Vaters nicht. Papa zuckt mit den Schultern: »Bei den Deutschen bin ich mir da tatsächlich nicht so sicher, nein.«

»Und warum denkst du das?« Thomas dreht sich mir zu, doch bekommt lediglich ein Schulterzucken, ohne den Versuch einer Antwort. Vielleicht ist mein Zögern, mein endloses Hinterfragen, der ewige Konjunktiv, das leidenschaftliche Mimimi nur ein Beweis für Papas These. »Ihr seid einfach eine andere Generation«, ergänzt er an meiner Stelle, als könnte er mich denken hören.

»Meinst du, dass das damit zu tun hat, dass es keine Wehrpflicht mehr gibt?«, fragt Thomas, der sich dank Knieproblemen schon damals erfolgreich vor der ihm unliebsam erscheinenden Aussicht auf die Zeit bei der Bundeswehr drücken konnte. Nachfolgende Jahrgänge hatten es noch leichter. Papa nickt: »Das könnte ein Grund sein.«

»Und was noch? Der Mangel an Ritualen, die uns zu Männern machen?«

»Oder zu Erwachsenen«, hake ich mit kleiner Schönheitskorrektur ein. Thomas verschränkt die

Arme vor der Brust: »Es gibt die Konfirmation oder Firmung.«

»Die jeder von uns nur des Geldes wegen gemacht hat«, spotte ich. Wenn die Jugendlichen nicht, je nach Gemeinschaft, mit Geld geködert oder mit Verlust des Ansehens unter Druck gesetzt würden, dann würden sie sich den Ritualen wohl wesentlich seltener stellen, die ihre Kultur ihnen diktiert. Als Minibraut und Minibräutigam rhythmusbefreite Sprechgesänge einzustudieren, eigenhändig Tiere zu töten, sich geknüppelte oder mit Rasierklingen gestochene Tätowierungen anfertigen zu lassen, Handschuhe voller Feuerameisen zu tragen, unter schlimmsten Hygienebedingungen beschnitten oder ausgepeitscht zu werden – sicher nicht der Traum. Die in Deutschland noch immer weit verbreitete Verurteilung zu einjähriger Langeweile in Form von Konfirmandenunterricht mag vergleichsweise harmlos wirken, die Konditionierung eines Kindes dahingehend, Langeweile stumm für Geld zu ertragen, kann aufs Leben betrachtet aber auch Konsequenzen haben (zum Beispiel einen Beamt:innenjob) und entspricht definitiv nicht dem fortschrittlichen, selbstbestimmten Bild, das »der Westen« von sich hat. Ich frage mich, ob es das ist, was Papa meint, wenn er von Traditionen spricht.

»Ich glaube, die deutschen Männer ...« – An dieser Stelle zieht er sein zwischen zwei Bauchfalten eingeklemmtes T-Shirt gerade, es rieselt Krümel – »... würden wegen zu wenig Traditionsempfinden auf ihrem Hosenboden sitzen bleiben.«

»Krieg als Tradition?« Mein Bruder schnaubt. »Na toll.«

»So ist es doch.«

»Papa!«

»Ich meine nur, dass unsere Männer in allen Lebenslagen früher Verantwortung übernommen haben. Niemand studierte, bis er 35 war, niemand wartete mit dem ersten Kind bis zur zwanzigsten Frau.«

»Apropos, wie geht es Sina?« Meine Mutter kommt in derselben Sekunde mit Teetassen für alle ins Zimmer. »Und die Kinder? Sind sie gerade in der Kita?«

Mein Bruder nickt abwesend, Papa faltet die Hände über dem Bauch zusammen, woraufhin Mama ärgerlich schnalzt, doch er bemerkt das gar nicht (will es nicht bemerken?), vollendet stattdessen seinen angefangenen Gedanken: »Meine Generation stellte sich einfach nicht ständig die Frage, was man verpassen könnte.«

»Weil ihr weniger Auswahl hattet.« Thomas klingt wie sein eigener Anwalt. »Sonst hättet auch ihr euch die Frage gestellt.«

»Egal warum, Fakt ist: Wir waren genügsamer, konnten uns an Regelungen anpassen. Es musste nicht ständig das Beste und mehr vom Besten sein.«

An dieser Stelle verschlucke ich mich fast an der Mischung aus zu heißem Tee und zu trockenem Lachen. Papa haut mir so fest auf den Rücken, dass ich Angst habe, meine Lunge mit auszuhusten. »Deshalb seid ihr auch nach Deutschland gezogen«, spreche ich meine unerwartete Gefühlsregung nach beendetem Keuchen offen aus. »Weil ihr euch nie die Frage gestellt habt, ob man es nicht besser haben könnte.« Mein Bruder lacht nun ebenfalls. Ich finde, es wird Zeit für einen kleinen Fokuswechsel. »Was denkt ihr, inwiefern die deutschen *Frauen* anders reagieren würden als die ukrainischen?« Wenn ich schon keine schlauen Antworten zu diesem Gespräch beisteuern kann, dann doch wenigstens schlaue Fragen. Leider sorgen die Gesichtsausdrücke meines Bruders und meines Vaters dafür, dass ich mich erneut vor Lachen verschlucke. Diesmal klopft Papa mir nicht auf den Rücken. »Was ist schon wieder so witzig?« Er knubbelt an der Sofanaht herum. »Ihr seht euch selten so ähnlich, wie wenn ihr die Schnuten skeptisch oder fragend verzieht«, stelle ich milde lächelnd fest. »Oder beides gleichzeitig«, ergänzt Mama und legt ihre Hand auf Papas, damit er mit dem Knubbeln aufhört. Das allgemeine Schweigen gibt mir das Gefühl, meine Frage näher erläutern zu müssen: »Ihr habt zwar über die Männer im Krieg gesprochen, aber was ist mit den Frauen?« Manchmal wäre es wirklich praktisch, einen Lieferstatus des Unheils, das einen ereilen wird, verfolgen zu können. »Die Frauen hat der Krieg genauso unangekündigt getroffen wie die Männer.«

Frauen sind an Kriege gewöhnt. Und sie springen nicht erst ein, wenn die Männer fehlen. Frauen springen in die Sichtbarkeit, wenn Männer ausfallen, aber sie sind immer da. Halten Familien zusammen, Traditionen, Lust und Liebe. Nicht zuletzt die Nerven ihrer Männer. Ob wir nach Belarus schauen, in die Ukraine, nach Pakistan, in den Jemen oder den Kongo. Ob wir die Frauen nehmen, die als Hexen in Indien verbrannt werden, oder Frauen, die Mann im mexikanischen Drogenkrieg zu Objekten degradiert – es gibt mehr Kriege auf dieser Welt, als wir denken. Im Großen wie im Kleinen, öffentlich wie privat. Natürlich denke ich in diesem Moment an Anna, und ich weiß, dass meine Familie es auch tut. Ich frage mich, ob wir an dieser Stelle alle nachdenklich verstummt wären, wenn sie nicht zu einem Teil unseres Lebens geworden wäre.

Keine Zeit für Fragen

Die Ukrainerinnen und Ukrainer befanden sich in einem Umfeld, in dem sie keine Zeit hatten, darüber nachzudenken, ob sie bereit waren, sich zu verteidigen. Von den ersten Kriegstagen an sind unsere Bürger einfach aufgestanden, um ihr Heimatland und ihre Unabhängigkeit zu verteidigen. Wir sind nicht mit dem Krieg gekommen, er kam zu uns. Wir haben die Wahrheit auf unserer Seite. Ich wünsche den Deutschen diese Erfahrung nicht. Bianca und ich haben uns einmal darüber unterhalten, wie die Menschen in ihrem Land reagieren würden, käme es zu einer ähnlichen Situation wie in der Ukraine. Wer weiß das schon. Auch wenn Bianca sagt, sie könne sich eine Solidarität und eine Gegenwehr wie in der Ukraine in Deutschland schwer vorstellen, denke ich da anders. Widerstandswillen gibt es in so vielen Ländern dieser Welt, nicht nur bei uns. Es kann sein, dass Bianca recht hat, vielleicht sind die Menschen in Deutschland eine Ausnahme, aber andererseits haben

auch sie 1989 gezeigt, dass sie sich nicht alles gefallen las-
sen. Die Klimabewegung lockt hier Tausende auf die Straße.
Vor allem die Jüngeren scheinen durchaus solidarisch und
verantwortungsvoll leben zu wollen.

21. März 2022, Tag 26

»Die Russen kommen!«

»Angriff!«

»Bumm, bumm, bumm!«

Die Stimmen, die durch den Innenhof schallen, sind kurz vorm Stimmbruch. Der Rand der mit dürren Resten gespickten Pflanzkästen drückt unangenehm gegen meine Magengrube, doch ich lehne mich noch weiter über den Balkon hinaus, um zwischen den Bäumen nach den Jungs zu den Stimmen zu suchen.

»Schieß, na los, schieß!«

»Da sind die Ukrainer, versteckt euch!«

Zwischen Sandkasten und Biotonne werde ich fündig. Zahnspange, Pickel, Topfschnitt – da hat jemand das Pech gepachtet. Direkt in seinem Rücken steht ein älter aussehender Junge, wobei das in dem Alter täuschen kann, und hält sich einen dicken Ast vor das gefälschte Lacoste-Shirt.

»Wie schön, wenn Kinder nichts als ihren Kopf brauchen, um sich ganze Spielwelten zu erdenken«, habe ich gestern erst bei einem Telefonat mit Mama gesagt. »Wenn sie nicht den ganzen Tag Pokémon Go spielen oder welche Apps gerade auch immer im Trend sind.«

Der mit dem Lacoste-Shirt sprintet los, er zieht an einem anderen Jungen vorbei, der aus einem Gebüsch herausspringt, sie richten ihre Äste aufeinander und schmeißen sich lachend zu Boden.

»Tot! Fili ist tot!«

»Ein Russe ist tot, juhu, ein Russe!«

»Das schreit nach Rache!«

»Holt euch den Ukrainer!«

Die benachbarten Balkone sind leer, ich scheine vorerst die Einzige zu sein, die sich von dem maximal pietätlosen Gebrüll hat anlocken lassen. Keine Eltern, keine wütenden Nachbar:innen, die zu Belehrungen ansetzen. Das sind Kinder. Schon klar. Aber die Kindheit ist kein Freifahrtschein für jedes Benehmen. Als Anna im selben Moment zu mir auf den Balkon tritt, schiebe ich sie an den Oberarmen wieder zurück in die Wohnung. Auch ohne Deutschkenntnisse lässt sich leicht verstehen, dass die Jungs Krieg »spielen«.

19. April 2022, Tag 55

»Mit dem Alter kommt die Vernunft«, hat mein Vater immer gesagt. Die Frage ist nur, mit welchem Alter. »Du wirst schon sehen, die Jungs werden noch vernünftig. So war das bei mir und meinen Freunden auch.«

Ich trete in Tobias' Wohnzimmer. Er hat mich und einen weiteren Freund zu einem Kochabend eingeladen, Jazzmusik dudelt im Hintergrund, auf Netflix ist der flackernde Kamin eingestellt. Er tut alles, um dem zu entsprechen, was er unter »Erwachsensein« versteht. Fast alles.

»Nur 15 Minuten!«, hat Sascha gebeten und bereits die Kopfhörer aufgesetzt. Wie so oft, wenn Tobias Sascha zu Gast hat, zocken sie eine Runde miteinander. Meine Anwesenheit ist der einzige Grund, warum sie nicht ungewaschen ins Bett gehen und Crunchips zum Abendbrot essen.

»Na gut«, knurre ich, als ihre Hinterteile längst in den Polstern versunken sind. »Dann kümmere ich mich um den Salat.«

Vielleicht will ich doch keine Kinder.

»Sobald die Nudeln durch sind, macht ihr aber Schluss.« Ich kann den flehenden Unterton in meiner Stimme nicht ganz unterdrücken. »Versprochen?«

»Online-Games verbinden die ganze Welt miteinander«, erklärt Tobias mir euphorisch. Saschas Ellenbogen versucht ihn mit stakkatoartigen Schlägen zum Schweigen zu bringen: »Geht los, Diggah, geht los!«

28 Jahre alt, erinnere ich mich selbst noch einmal, 28 Jahre alt.

»Spieler:innen von überallher suchen und finden sich im Netz.« Tobias hat im Gegensatz zu Sascha die Hoffnung noch nicht aufgegeben, mich von dem Sinn hinter ihren Spielen zu überzeugen. »Per Chat oder Kopfhörer sind wir miteinander verbunden. Vom Wohnzimmer aus die ganze Welt kennenlernen!«

»Tobi! Läuft schon!«

»Was?«

»Ja!«

»Oh, okay.« Schnell streift auch er sich die Kopfhörer wieder über. Das Blau-Weiß des Smartphone-Displays leuchtet ihnen in die unnatürlich selten blinzelnden Augen.

»Ich gehe dann mal …«

»Psst!«, zischen die Jungs wie aus einem Mund. »Wir müssen uns konzentrieren!«

Ganz sicher will ich keine Kinder.

In der Küche beruhige ich mich mit meditativem Gurkenscheibenschneiden, lausche dem regelmäßigen Klacken des Messers auf dem Schneidebrett. Eine Gurke, zwei Paprikaschoten und einen halben Salatkopf später trage ich die Schüssel ins Wohnzimmer.

»Hat er *nicht* gesagt!«, ruft Sascha gerade, als ich die Schüssel auf dem langen Esstisch abstelle, der mich schrecklich neidisch macht. Ich will zurück in die Küche, um Salz- und Pfefferstreuer sowie die Schale mit dem Dressing zu holen, als Tobias' Ausruf mich anhalten lässt.

»Alter, die Russen hören nicht auf!«, ruft er. »Und wie die ballern. Ich fasse es nicht!«

»Spielt ihr ein Kriegsspiel?« Ich stehe im Türrahmen.

»Nein!«, verteidigt der eine sich.

»Na ja, schon …«, gibt der andere zu. Letztendlich erklären Tobias und Sascha mir und sind sich in diesem Fall immerhin einig, dass ich weniger wütend auf sie und dafür lieber wütend auf die Typen sein sollte, gegen die sie spielen. In dem Game sind sie live per Kopfhörer mit zwei Jungs in Moskau verbunden, die vielleicht ganz ähnlich wie meine Freunde mit geöffneter Chipspackung neben sich in die Online-Welt eingetaucht sind. Die in Russland ansässigen Kontrahenten haben mittendrin angefangen, Kriegsparolen gegen die Ukraine zu rufen.

»Das macht alles so … *real.*« Sascha starrt auf das in Pixel gegossene Schlachtfeld. Inwiefern »real« das richtige Wort für aus virtueller Knetmasse geformte Pumpguns ist, sei mal dahingestellt. Die im rechten Bildrand klebenden zweieinhalb von fünf Herzen leuchten auf, dann sind es nur noch zwei. Selbst Sascha ist der Spaß am Spiel vergangen, er drückt auf Off. So viel zum Thema *Online-Games verbinden die ganze Welt miteinander.*

Tobias streift die Kopfhörer ab, legt das Handy vor sich auf den Tisch und starrt es an, als wäre es toxisch verseucht. »Nicht alle Spieler sind so, wirklich.«

Sascha nickt. »Scheißnazis.«

»Echt.«

Per Chat oder Kopfhörer sind wir miteinander verbunden. Vom Wohnzimmer aus die ganze Welt kennenlernen.

Seit dem Einmarsch in die Ukraine wird Russland oft mit Nazideutschland verglichen. Die Bombardierung von Wohnvierteln, Geburtskliniken und Krankenhäusern gibt Anlass dazu. Es handelt sich um eine Kriegspraxis, die an die Methoden der Nationalsozialisten während des Zweiten Weltkriegs erinnert. Der in Kyiv ansässige Yosyf Zisels ist Vorsitzender der jüdischen Gemeinden der Ukraine und sprach in einem Telefoninterview mit der ARD deshalb von »Raschismus«. Die Kombination aus dem Anfangsbuchstaben des Ländernamens und dem Wort »Faschismus« sei ein in der Ukraine weit verbreiteter Begriff, der auf die offizielle Kremlpropaganda anspiele. Gleichzeitig begegnen mir auch Artikel, die betonen, man dürfe Putin nicht mit Russlands Bevölkerung gleichsetzen. Es sei Putins Krieg, nicht der Krieg der Russin:innen. Beides richtig, beides falsch? Und wie reden wir über die Ukraine?

In den gestrigen Nachrichten haben sie von der »historischen Schicksalsgemeinschaft der Ukrainer:innen« gesprochen. Ein Begriff, der mir stärker aufgestoßen ist als dem zu meinen Füßen liegenden Oscar das Nassfutter. Die historische Schicksalsgemeinschaft ist Trend. Manche werden als diese gesehen, andere wollen sich selbst so sehen. Ich hasse den Begriff. Er ist aufgebläht und beschreibt fiktive Begründungen für Rassismus sowie Antisemitismus, was mir wiederum Anlass gibt zu glauben, dass Putin und seine Befürworter:innen durchaus etwas mit dem Begriff anfangen können. Lasst es mich in ihren Worten sagen, falls heimlich jemand mitliest: Putin hat nicht damit gerechnet, dass sich eine neue historische Schicksalsgemeinschaft formieren würde, die über Staatsgrenzen hinausgehend ihn als Feindbild als Gemeinsamkeit teilt. Er hat nicht mit unserer Solidarität gerechnet, mit dem Widerstand der Ukraine, er hat seine Stärke im Vergleich zu unserer überschätzt.

22. März 2022, Tag 27

Er rammelt das Kissen. Oscar rammelt mit seinem kleinen Hintern und schlackernden Eiern mal wieder mein für ihn viel zu großes Kissen. Doch zur Abwechslung ist das nicht sein größtes Problem. Seit Anna da ist, habe ich sie kein einziges Mal weinen sehen. Wenn ich sie frage, wie es ihr geht, sagt sie immer »good«, es ist immer alles »okay« und »no problem«, obwohl sie ihr komplettes Leben zurücklassen musste. Wenn wir uns über die Nachrichten unterhalten, wird Anna laut und wütend, aber nie still und leise. Und selbst Mamas Mayo-Eier konnten ihr keine Reaktion des Schreckens entlocken. »Ich habe Angst.« Annas feuchter Blick ist nach unten gerichtet. Sie hockt sich zu Oscar, nur um kurz darauf aufzustehen und seinen Gang aus der Ferne zu betrachten, dann kniet sie sich wieder zu ihm und nimmt ihn fest in den Arm. »Was können wir tun? Was können wir …« Anna versagt die Stimme. »Armer, armer Oscar.« Die ganze Nacht hat Oscar gehustet und gewürgt. Schon gestern Abend wollte er weder essen noch trinken, doch da war Anna noch nicht besorgt. Sie vermutete, dass etwas in seinem Hals klemmt, das er früher oder später aushusten würde. Vielleicht ein Fellball oder Staub. Doch dem war nicht so, und so haben weder sie noch Oscar in der Nacht ein Auge zugemacht, während ich nichts ahnend in Traumwelten unterwegs war, an die ich mich jetzt nicht mehr erinnern kann. Ich rufe bei einer Tierärztin an. Sie sagt, wir sollen Oscar auf keinen Fall etwas zu essen geben und einfach 24 Stunden abwarten, weil sein Magen womöglich übersäuert sei. Als ich Anna die Ferndiagnose mitteile, ist sie nicht zufrieden: »Können wir bitte einen anderen Arzt um eine zweite Meinung bitten?« Warten ist schlimmer als Handeln. Zugegeben: Ich bin genervt. Eigentlich war mein Plan, um diese Zeit zu arbeiten, und wenn die Tierärztin doch sagt, Abwarten sei die beste Option, warum zweifelt sie dann daran? Trotzdem rufe ich bei einer weiteren Tierärztin an, und ihr Rat belehrt mich augenblicklich eines Besseren. »Unbedingt sofort etwas zu trinken und zu essen geben, vielleicht rutscht dann im Hals durch, was da festklemmt.« Zwei Tierärztinnen, zwei völlig unterschiedliche Meinungen. Wir beschließen, dass auf Ferndiagnosen kein Verlass ist.

Im Wartesaal herrscht eine drückende Stimmung. Es riecht feucht, nach Tier, aber auch nach Desinfektionsmittel. Darunter mischt sich immer wieder ein beißender Geruch, von dem ich nicht weiß, ob er von der Dogge gegenüber oder der Kaninchenbesitzerin mit dem ungewaschenen Haar links von uns ausgeht. Anna drückt Oscar fest an ihre Brust, der als neuer Patient gemeinsam mit seiner Erziehungsberechtigten einen Fragebogen ausfüllen muss. Während die beiden auf den unbequemen Stühlen sitzen bleiben, bringe ich das Klemmbrett zurück zur Rezeptionistin, die noch mal alle Daten durchgeht.

»Hanna?« Sie deutet auf das Feld, in das ich vom Personalausweis alle notwendigen Daten übertragen habe.

»Nein, Ganna«, antworte ich und buchstabiere direkt den Nachnamen, da der manikürte Zeigefinger der Frau im nächsten Feld schon wieder ins Stocken gerät.

»Da Sie ohne Termin hier sind, kann es leider etwas dauern«, erklärt sie. »Aber wir versprechen, dass Sie drankommen.«

»Kein Problem«, sage ich zerknirscht. Wenigstens habe ich alle beruflichen Termine für den Tag absagen können, nur wartet da auch noch einiges auf meinem Schreibtisch. Ich kehre zu Anna zurück und klappe eines der herumliegenden Tiermagazine auf. Sie beginnt auf ihrem Handy Nachrichten zu gucken, woraufhin ich ihr meine Kopfhörer anbiete. »Störe ich jemanden?« Anna zieht die Augenbrauen hoch. »Vielleicht.« Ich zucke mit den Schultern. Sind die Deutschen wirklich so viel unentspannter als die Menschen in der Ukraine, oder ist Anna einfach nur ignorant? Vielleicht sind die Deutschen auch gar nicht unentspannt, und ich denke nur, dass die ungefragte Beschallung jemanden stören könnte. Vielleicht bin ich in Wirklichkeit unentspannt. Vielleicht bin ich genervt, weil ich gerade durchrechne, wie viel Arbeit sich bei mir für den Nachmittag und Abend anstaut, weil wir hier sind. Ich bin genervt, auch wenn niemand etwas dafür kann, am allerwenigsten Oscar, den schon wieder eine Mischung aus Husten- und Würgereiz schüttelt.

»Wir müssen dir eine neue Maske kaufen«, lenke ich mit Blick auf Annas völlig zerknitterten Mund-

Nasen-Schutz ab. »Die Deutschen sind immer noch streng, wenn es darum geht.«

Als würde mich das Leben ärgern wollen, betritt im selben Moment ein jaulender Dobermann den Warteraum, dessen Herrchen seinen Nasen-Mund- zum Kinnschutz erklärt hat.

»Könnten Sie Ihrem Hund bitte den Maulkorb aufsetzen?«, bittet die Dame vom Empfang. Der Mann zupft sich im eigenen Gesicht herum, legt ein lückenhaftes Lächeln frei. »Reicht es nicht, dass ich einen trage?«, prollt er herum, folgt dann aber trotzdem der Anweisung der Angestellten. Menschen wie er sind der Grund dafür, dass man bei dem Wort »Maulkorb« eher an die Tierbesitzer als an die Tiere denkt. Anna beugt sich zu mir. »Was haben sie gesagt?«, flüstert sie mit fragendem Blick. Ich winke ab: »Ach, weißt du ... Sie haben nur ... über den Hund geredet.« Das ist nicht gelogen. Die darauffolgende Stille wird lediglich unterbrochen vom Knistern der Zeitung, Oscars Husten und dem Kratzen der Krallen auf kalten Fliesen. Mit jeder Minute, die vergeht, wird mir meine Zickigkeit, ausgelöst durch allzu deutsche Arbeitsamkeit, unangenehmer. Mein Gedankengang wird unterbrochen von der sich plötzlich neben mir aufrichtenden Anna. »Ich mache einen kleinen Spaziergang mit ihm, okay?« Sie deutet auf Oscar. Ich nicke, bemüht um ein besonders freundliches Lächeln, das meine latent genervte Ausstrahlung von gerade eben wieder wettmachen soll. »Aber bleib im Vorgarten«, bitte ich sie. »Also, auf jeden Fall nah an der Praxis dran. Sodass ich dich nur kurz rufen muss, wenn Oscar dran ist.«

»Klar.«

Anna ist kaum 15 Minuten draußen, da passiert es entgegen aller Wahrscheinlichkeit tatsächlich, dass wir aufgerufen werden. Also verlasse ich die Praxis, um Anna aus dem Vorgarten hereinzurufen, doch als ich meinen Kopf aus der Tür halte, sehe ich nur Vorgarten, keine Anna.

»Anna?« Ich trete weiter hinaus. »Anna, wo bist du?!«

Ich verlasse das Grundstück der Praxis und trete auf die Straße, schaue nach rechts und links, doch weit und breit keine Anna sichtbar. Wie weit kann sie denn mit dem hustenden Oscar gekommen sein? Einen leisen Wutschrei unterdrückend, kehre ich in den Wartesaal zurück und erkläre das Problem: »Vielleicht hat sie mich falsch verstanden.«

»Dann machen wir mit jemand anderem weiter.«

»Ja, bitte.«

Sofort greife ich nach meinem Handy und wähle Annas Nummer. Nach zweimal Tuten hebt sie ab.

»Wo bist du?«

»Sind wir schon dran?«

»Ja! Wo bist du?«

»Ich bin gerade mit Oscar spazieren.« Dafür, dass sie behauptet, einen Spaziergang mit ihrem Hund zu machen, klingt es im Hintergrund erstaunlich wenig nach Vogelgezwitscher und viel nach klingelnder Kasse. »Mit oder ohne Füllung?«, meine ich eine kratzige Frauenstimme fragen zu hören.

»Anna … Bist du in einem Kio…« Ich komme nicht dazu, meine Wut rauszulassen, weil sie mich unterbricht.

»Bin schon auf dem Weg!«

»Fast.« Mein Knurren macht dem der Dogge Konkurrenz, die an unserer Stelle aufgerufen wird und so gar nicht erfreut über diesen Umstand ist.

»Ich gehe mit dir zur Tierärztin, obwohl ich arbeiten muss.« Meine ausgestreckte Hand zeigt in die falsche Himmelsrichtung, nicht gen Tierarztpraxis, sondern gen Kaufland, aber ich denke, mein Punkt wird trotzdem klar. »Ich warte da auf dich, und du ziehst einfach los, um dir Schokolade zu kaufen?!«

»Ich hatte noch kein Frühstück.«

»Ich auch nicht!«

»Und dann hat auch noch der Mann mit dem Dobermann einen Schokoriegel ausgepackt.«

»Ja und?!«

»Ich habe die Schokolade für meine Nerven gebraucht.«

»Das ist keine Entschuldigung!«

»Es tut mir leid.«

Den ganzen Heimweg über haben wir geschwiegen. Erst als wir die Wohnung betraten, kam Anna auf die Idee, eine vorsichtige Entschuldigung zu formulieren. »Tut mir leid, dass du jetzt traurig bist.«

»Ich bin nicht traurig, ich bin wütend!« Gerade noch rechtzeitig unterdrücke ich das Bedürfnis, eine Tür knallen zu lassen. Anna tritt derweil ins Bad, um dem frisch versorgten Oscar die Pfoten abzutrocknen.

»Es war nicht okay, dass ich gelogen habe, um zum Kiosk zu gehen«, sagt sie und zieht Oscars winziges Handtuch vom Heizkörper. »Ich weiß das.«

»Okay«, sage ich, weil es offensichtlich keinen Sinn macht, an dieser Stelle weiterzumachen. Anna sieht skeptisch aus.

»Okay?«, vergewissert sie sich.

»Okay.« Diesmal lege ich mehr Nachdruck in meine Stimme. Es ist alles gesagt, was gesagt werden kann. In die Stille hinein gibt Oscar einen undefinierbaren Laut von sich, als würde auch er etwas zu unserer Versöhnung beisteuern wollen. Ich muss ein Grinsen unterdrücken. Erleichtert bin ich froh über jeden Laut, den er macht, der kein Husten ist. Die Tierärztin war trotz des Vorfalls sehr freundlich und hat lediglich elf Euro für die Behandlung verlangt, was bei den sonst üblichen horrenden Preisen wohl gerade so die Kosten des Medikaments deckt, das sie Oscar verabreicht hat. Nach kurzer Untersuchung diagnostizierte die Tierärztin eine schlichte Erkältung und konnte das Ergebnis auch sehr gut auf Englisch wiedergeben. Ich durfte also eingeschnappt an der Tür stehen bleiben, während sie vermutete, dass in drei Tagen alle Symptome der Erkältung von Oscars Immunsystem beseitigt sein dürften. Bis dahin würde das Medikament seinen gereizten Rachenraum weiten und beruhigen.

20. April 2022, Tag 56

Vor dem kleinen Altar am Eingang des Blumengeschäfts stapeln sich die Pink-Lady-Äpfel. Am liebsten würde ich einen davon wie einen Fußball durch die Gegend kicken. »Ganesha hätte bestimmt nicht gewollt, dass wir uns eine Blasenentzündung holen«, murre ich, benebelt vom Duft der Räucherstäbchen. »Oder Kopfschmerzen.«

»Redest du mit mir?« Anna dreht sich mir zu. Ich frage mich, was die royalblau gefärbten, mit Glitzer bestäubten Rosen in ihren Händen zu suchen haben. Eigentlich dachte ich, mir die letzten 15 Minuten giftige Blicke beim Versperren der viel zu engen Gänge eingefangen zu haben, weil ihr die Wahl zwischen orangefarbenen und gelben Gerbera so schwerfiel. »Die sind echt schön«, sage ich mit Fingerzeig auf den Strauß in Annas Hand und werde zur Strafe beinahe von einem Tontopf erschlagen. Ganesha wird wohl nicht gern unterschätzt. Anna bekommt von meinem Karma gar nichts mit, ihr Blick haftet an den Blütenblättern. »Sicher?« Sie legt den Kopf schief. »Vielleicht bestäuben sie die mit Glitzer, damit man nicht sieht, wie alt die Blumen sind.« In der nächsten Sekunde ist Anna sich sogar ganz sicher, dass es so ist. »Ich nehme besser die … Wie nennt ihr die hier noch mal?«

»Gerbera!«, rufe ich mit der Euphorie einer Marathonläuferin, die schon das Ziel sehen kann.

»Gerbera, genau.« Anna strahlt. »Aber gelb oder orange?« Meine Antwort geht in einem undefinierbaren Laut unter. »Oder rot?« Während ich mir Blumenerde aus den Strähnen klaube, fängt Anna wieder von vorne an. Streift an Lilien, Hortensien und Chrysanthemen entlang, scheinbar stört sie die Feuchtigkeit im Laden nicht, die sich in meinem Nacken anfühlt wie der erstaunlich feste Griff klammer, dürrer Finger. Die Neonröhren sorgen für unangenehmes Licht und unaufhörliches Rauschen im Ohr. Die Verkäuferin sah anfangs noch ungeduldig, mittlerweile sieht sie misstrauisch zu uns. Vielleicht denkt die Frau, dass wir etwas klauen wollen. Vielleicht überlegt sie sich gerade, was sie zur Strafe mit uns macht. Vielleicht ist das Dunkle unter ihren Fingernägeln gar keine Erde. Ich bekomme es mit der Angst zu tun. Vom Kassentresen geht ein schmaler Tunnel aus Backsteinen ab, dessen tiefe Decke mehr nach Keller als nach Erdgeschoss aussieht. Ein pfeifender Luftzug schlägt mir von dort entgegen, trägt einen modrigen Duft in den Verkaufsraum. Nach drei Schritten führt der Tunnel um die Ecke und gibt Rätsel darüber auf, was sich dahinter verbirgt. Folterkammer für potenzielle Ladendiebinnen?

»Worauf wartest du?« Annas Stimme lässt mich zusammenzucken. Als ich mich zu ihr drehe, erwidert sie erwartungsvoll meinen Blick, so, als würde ich ihr im Weg stehen. »Ich würde gern zahlen.« Ich mache Platz und beobachte Anna dabei, wie sie rote Ranunkeln auf dem Tresen ablegt. Die Verkäuferin nimmt den Strauß entgegen und inspiziert ihn, während die freie Hand blind nach dem Papier zum Einpacken greift. »Rot wie Blut«, summt sie leise und beginnt zu falten. »Gute Wahl, gute Wahl.«

Mit einer groben Blutwurst oder einer knüppeligen Salami hätte sie meinem Papa mit Sicherheit mehr Freude bereitet, doch dafür drückt Mama beim Anblick des Straußes die Hände aufs Herz: »Das wäre doch nicht nötig gewesen!«, und zu mir sagt sie: »Warum hast du sie Geld für uns ausgeben lassen?« Für Annas Strauß wird die Villeroy-&-Boch-Vase aus ihrer Zewa-Polsterung gerollt, die gute, für die man selbst mit den gesammelten Treuepunkten noch 34,99 Euro zahlen muss. Während Mama Anna von Treuepunkten vorschwärmt, hebe ich die Topfdeckel an, um mehr von dem Lorbeerduft zu haben. Dünne Apfelspalten liegen sanft gebettet inmitten des köchelnden Rotkohls. Jeden Sonntag denke ich aufs Neue, dass zwölf Uhr viel zu früh für das deftige Essen meiner Mutter ist, jeden Sonntag stelle ich aufs Neue fest, dass ich mich irre.

»Nicht doch, mit den offenen Haaren!« Mama tritt von hinten an mich heran, um die mir ins Gesicht fallenden Strähnen in den Kragen meines Pullovers zu stecken. »Sonst haben wir die gleich zwischen den Zähnen.«

»Soll ich vielleicht rausgehen, damit ich dich nicht störe? Ich habe sogar meinen Laptop dabei, weil ich heute noch etwas arbeiten muss.«

»Das wäre ja noch schöner! Das Essen ist gleich fertig.«

»Das Essen ist auch in 15 Minuten noch fertig.« Mein beim Anblick der üppig gefüllten Töpfe aufgewachter Magen knurrt aus Protest gleich noch ein bisschen lauter, doch mein Wille, Mama zu ärgern, ist nicht zu übertönen. »Ich gehe nur kurz ins Schlafzimmer und …«

»Vergiss es.«

»Ach, Mama …«

»Was heißt hier ›Ach, Mama‹? Erst kommst du zu spät, und dann …«

»Wir waren um zwölf Uhr zwei da!«

»Sag ich doch. Erst kommst du zu spät, und dann kannst du dich nicht mal … Hast du gerade mit den Augen gerollt?!«

Das Gespräch wäre vermutlich noch eine Weile so weitergegangen, hätte nicht in diesem Moment die Eieruhr geläutet. Kurz denke ich, es wäre Annas Handy, weil sie es im selben Augenblick aus ihrer Gesäßtasche zieht, doch schon im nächsten Moment schmeißt Mama mir den Küchenlappen zu: »Ofen auf! Rausholen!«

»Aye, aye, Captain.«

»Und Herdplatten ausstellen, nicht, dass mir deinetwegen noch das Essen verkocht.«

»Sicher? Vielleicht verkocht sich das dann besser mit meinen Haaren.«

Als ich mich schwungvoll zum Ofen umdrehe, stoße ich beinahe mit Anna zusammen, die mich ansieht, als wüsste sie gerade nicht mehr ganz genau, wo sie eigentlich ist. Sie guckt mich an, aber irgendwie auch nicht. Zwar sind noch Reste des Grinsens erkennbar, mit dem sie den Schlagabtausch zwischen meiner Mama und mir beobachtet hat, doch ihr Blick ist plötzlich leer.

»Darf ich vor dem Essen noch telefonieren?«, fragt sie meine Mama, die gerade die Nudeln in das Sieb gießt, falls jemand heute keine Lust auf Klöße haben sollte, auf Russisch.

»Aber natürlich«, sagt Mama. »Wir haben alle Zeit der Welt.«

Papa macht Sudoku, Mama tauscht zum dritten Mal die Platzdeckchen unter den Tellern aus, und ich schaue auf die Uhr. Mittlerweile telefoniert Anna seit 20 Minuten auf dem Balkon. Anfangs hatte ich mich noch gefreut, dass sie so nicht jede Einzelheit der sich fortsetzenden kindischen Auseinandersetzung zwischen mir und meiner Mutter mitbekam, doch wenn ich an den leeren Blick denke, mit dem sie die Küche verlassen hat, rollen sich die Gefühle in meinem Bauch zu einem kleinen Klumpen zusammen. Ich will ihre Privatsphäre nicht stören, trotzdem wüsste ich gern, ob es ihr gut geht. Als ich ins Schlafzimmer gehe, um von dort aus einen Blick durch das Fenster zu werfen, tritt sie gerade durch die angelehnte Balkontür herein.

»Alles okay?«, frage ich sie und klinge dabei nicht ganz so nebensächlich wie geplant.

Anna nickt. »Ich wollte nur kurz meine Eltern anrufen.«

Bislang hat sie ihre Eltern jedes Mal angerufen, wenn wir von meinen Eltern kamen. Anna hat immer noch keinerlei Erfolge mit dem Bestreben erzielt, sie zur Flucht zu bewegen. Seit über einem Monat ist sie nun schon in Berlin, und die Gespräche, die Anna mit

Mutter und Vater führt, sind immer noch die gleichen. »Es ist ihre Entscheidung«, sagt Anna und ruft doch wieder an, stellt doch wieder die Fragen, die sie stellen muss.

»Wie geht es ihnen?«, frage ich vorsichtig.

Unerwarteterweise lacht Anna zu meiner Beruhigung an dieser Stelle sogar auf: »Keine Ahnung, wir haben nur über Papas Schwein gesprochen.«

»Sein Schwein?«

»Ja, er hat Angst, dass es krank ist.«

»Dasselbe Schwein, das er essen will, sobald es dick genug ist.«

»Ja, genau das.«

»Okay …«

»Und er hat nach dir gefragt.«

Interessanter Übergang. Vom Mastschwein, das der Vater bei jedem der Gespräche mit seiner Tochter als einen die Flucht unmöglich machenden Grund angibt, hin zu – mir.

»Was wollte er denn über mich wissen?«, frage ich nach.

»Er wollte wissen, ob du deiner Seele den polnischen Spirit bewahrst.«

»Wirklich?« Irgendetwas daran rührt mich. »Macht er sich Sorgen, du könntest deinen ukrainischen Spirit verlieren, weil du hier bist?«

»Vielleicht.«

Wie aufs Stichwort schreit Mama aus der Küche: »Soll ich das Gulasch jetzt warm machen?!«

Vorwahl in die Ukraine: +38

Mein Vater fragt mich oft: »Wie geht es deiner deutschen Vegetarierin?« Ebenso fragt er mich über ihre polnischen Wurzeln aus. Papa interessiert es, ob sie ihre zweite Muttersprache spricht, ob ihr die Herkunft ihrer Eltern peinlich ist. Er hat deshalb immer Druck auf mich ausgeübt, weil ich in der Ukraine Russisch gesprochen habe. Viele Menschen waren unglücklich, als das Sprachengesetz in Kraft trat. Alle öffentlichen Dienste in den von diesem Gesetz betroffenen Gebieten mussten auf einmal die offizielle Landessprache verwenden. Ich bin damit aufgewachsen, auf Russisch zu denken, zu fühlen und zu träumen. Eine Familie, zwei Sprachen. Zwei Sprachen, ein Land.

Die russischen Liberalen nutzen die Unterdrückung der russischsprachigen Bevölkerung in der Ukraine als weiteres Argument in diesem sinnlosen Krieg. Es bleibt unklar, wie hilfreich es für dieses Ziel war, die russischsprachigen Regionen Charkiw und Mariupol völlig zu zerstören.

Ich erinnere mich an eine Situation, als ich ein Kind war, in der ich meinen Vater darum bat, in der Öffentlichkeit leiser zu sprechen, weil es mir peinlich war, dass er die ukrainische Sprache verwendete. Nach der Annexion der Krim spitzten sich die Konflikte im Land zu, und die Sprache, die man sprach, kam einem politischen Statement gleich. Je nachdem, in welcher Region du dich aufgehalten hast, gehörtest du plötzlich zu einer sprachlichen Minder- oder Mehrheit.

Für meinen Vater sind die eigenen Wurzeln sehr wichtig. Er will, dass ich stolz auf das Land bin, aus dem ich komme. Wobei das nicht der Grund ist, warum er nicht nach Deutschland kommt. Er sagt jetzt: »Na gut. Du hast jetzt eine Wohnung. Dann warte ich auf unseren Sieg und komme nach.«

Er unterstützt mich in meiner Entscheidung, hat für sich aber eine andere gefällt. Es fällt mir schwer, das zu akzeptieren, ich bitte ihn oft darum, zu fliehen. Doch wirkliche Erfolgschancen, ihn zu überzeugen, male ich mir im Moment nicht aus.

Ich möchte wirklich, dass so schnell wie möglich Frieden herrscht. Aber das Ende des Krieges und ein normales Leben liegen in der Regel weit auseinander. Wie viele Dinge müssen wieder aufgebaut werden? Wie viele Menschen sind verloren gegangen? Wie viel Tod und Zerstörung gibt es? Es wird sicherlich Jahre dauern. Ich weiß nicht, wann der Krieg zu Ende sein wird, aber dass er gar nicht erst hätte sein sollen, weiß ich mit Sicherheit.

Tatsächlich ist der Stolz auf meine Herkunft mit dem Erwachsenwerden kurzzeitig flöten gegangen. Es war das Alter, in dem meine Klassenkamerad:innen die Polenwitze von zu Hause mitbrachten und ich noch nicht ganz einordnen konnte, ob der Spaß zu meinen Gunsten oder auf meine Kosten ging. Die, die die Witze erzählten, wussten das wahrscheinlich auch nicht so genau, sie wussten ja noch nicht einmal, ob sie eine Zahnspange bekommen würden oder nicht.

Der Stolz meiner Eltern war so zwiegespalten wie der der Polinnen und Polen selbst. Wir gelten als stolzes Volk, aber darf dieser Stolz auch von denen gefühlt werden, die das Land verlassen (haben)? Meine Eltern sind ins »Westlich von uns« ausgewandert, ausgerechnet in das Land der verurteilten Täter:innen des Zweiten Weltkriegs, die trotzdem vermögender leben als die Polen.

Eigene Unsicherheit ist ein Sichtschutz aus Beton. Es dauerte also eine Weile, bis ich begriff, dass das Land, in dem ich aufwuchs, noch größere Probleme mit dem Stolz-Begriff hatte als meine Eltern. Das Wort »Stolz« war an Deutsche geopfert worden, die im Zusammenhang mit »ihrem Land« stolz auf die falschen Dinge waren. Dabei sind sie heute die Minderheit, auch wenn es in Talkshows manchmal nicht so aussieht. Deutschland hat so viel, auf das es *wirklich* stolz sein kann, zum Beispiel eine junge Generation, die, Smartphones hin oder her, anstrengend aktivistisch ist, und genauso stolz darf Deutschland auf seine Einwander:innen sein.

Irgendwann wurde es dann cool, etwas Besonderes an sich zu haben. Mit etwas Besonderem meine ich »einen Migrationshintergrund« oder bevorzugt »Wurzeln in einem anderen Land«. Ich wollte nicht die steife Art von besonders sein, sondern besonders besonders. Also erzählte ich Geschichten von der polnischen Club- und Kulturszene, wenn ich mit meinen Freund:innen sprach, und nickte jede Erwähnung über die fleißige und arbeitsame Pflege- sowie Putzkraft ab, die ihr Zuhause reinigte. Ich lobte sie dafür, dem polnischen Handwerker ein Extra-Trinkgeld gegeben zu haben, dankbar im Namen meiner Sippe. Ich erzählte ihnen, was sie hören wollten. Genügsamkeit und Fleiß auf der einen, hippes Artsysein auf der anderen Seite. Vielleicht hat Berlin es mir leichter gemacht als andere Städte, meinen polnischen Wurzeln eine Sexiness zu verleihen. Hier gehen die Leute in Art-House-Kinos und gucken die Filme von Małgorzata Szumowska oder lesen Bücher oder Artikel von Emilia Smechowski, holen sich Pierogi im Tak Tak Deli am Rosi oder hören zumindest Mark Forster.

Wer Stolz auf die eigenen Wurzeln entwickelt, tapeziert den Raum für Ironie im hirneigenen Humorzentrum neu. Genauso wie jüngere deutsche Generationen mit Alman-Memes einen Humor entwickeln, der selbstbewusst genug ist, um über sich selbst zu lachen. Dabei bauen sie auf dem Humor ihrer Eltern auf. Schon Loriot hat nur aufgezeigt, was da ist, um komisch zu sein. Nicht alles Damalige ist schlecht, genauso, wie nicht alles Neue gut ist. Heute mache ich selbst Polenwitze und kann ehrlich darüber lachen. Als Teenagerin habe ich nur so getan, als fände ich das lustig, während sich in meinem Hinterkopf ein ganzer Fragenkatalog abspulte, der immer wieder den ernsten Vorwurf im Spaß vermutete.

Mithilfe der Bücher »Wir Strebermigranten« und »Rückkehr nach Polen« von Smechowski verstand ich, wie sehr mir auch der Vergleich zu Schulkamerad:innen und später Kommiliton:innen aus Ländern wie z. B. der Türkei, Albanien, Kroatien oder Marokko geholfen hat, einen gesunden Stolz zu meinen Wurzeln aufzubauen. Sie leben eine wesentlich »lautere« Art und

Weise der Integration, fordern geradezu ein, dass andere sie sehen und wahrnehmen. Stehen offen zu ihrer Herkunft. Eben auch, weil sie sich rein äußerlich nur schwer verstecken konnten und können.

»Wir waren Premium-Flüchtlinge«, beschreibt Smechowski es in einem Satz, die mit fünf Jahren ebenfalls mit ihren Eltern aus Polen ausgewandert ist. Meine Eltern kamen als Aussiedler:innen nach Deutschland und bekamen dadurch sehr schnell einen deutschen Pass. Das hat etwas mit ihnen gemacht. Wenn sie von der Zeit im Aussiedler:innenheim berichten, dann immer davon, wie schnell die ostdeutschen Familien sich integrieren konnten. Bei allem Respekt für die Leistung meiner Eltern – wenn ich mir ansehe, was Menschen mit dunkler Haut oder anderer Religion alles leisten müssen und doch nicht bleiben dürfen, haben wir Glück gehabt. Wir sind eindeutig Wirtschaftsgeflüchtete, kamen für mehr Lebensqualität ins Land, nicht als Geflüchtete vor einem Krieg, mit dem Streben nach Frieden. Ich glaube, dass meine Eltern dieses Glück schon damals wahrgenommen haben. Für sie ging der Staat in Vorleistung, und sie haben versucht, ihrer empfundenen Bringschuld zu entsprechen. Das hat eine Weile gedauert, doch mittlerweile kennen sie ihre Rolle, wissen ihren Text, haben sich die Requisiten zurechtgelegt.

Meine Mama greift nach einem Latte-macchiato-Glas in der Glasvitrine aus heller Eiche: »Mag jemand einen Latte aus unserer guten Maschine?« Sie sagt bewusst nur »Latte«, weil mein Bruder und ich uns so gern darüber lustig machen, dass sie es sonst »Latto-mattschatto« ausspricht.

Bei all dem Heckmeck um Staatsangehörigkeiten, Duldungen, Pässe und Vorleistungen liegt die eigentliche Bringschuld auf Seiten der Menschlichkeit. Die eher mittelmäßig ist. Ich würde Mama gern sagen, dass sie das alles, ihren Pass, jeden offenen Arm und erst recht den Lattomattschatto aus dem Kaffeevollautomaten schon verdient hatte, bevor sie Leistung erbrachte. Weil wir alle Menschen sind und sie sich nur das Glück erkämpft hat, mit dem andere geboren wurden. »Ich mach dir eine besonders dicke Milchschaumkrone, einverstanden?«, frage ich Mama.

Zeit in Polen

Polen hat mich überrascht mit Hilfe und Offenheit. Die Bahnstation war voller Menschen, die Spenden mitgebracht haben und Geflohene bei sich aufnahmen. Wir weinten vor Verzweiflung, Rührung und Müdigkeit. Ich wäre gern in Polen geblieben, aber dort gibt es wenig Arbeit, keine Wohnungen, es wäre noch schwerer gewesen als in Deutschland, Fuß zu fassen. Die Familie, bei der ich untergekommen war, ermutigte mich, weiterzureisen. Wenn ich mich ohnehin der Herausforderung stellen wollte, an einem neuen Ort ein Leben aufzubauen, dann sollte dieser Ort wenigstens gut gewählt sein. Doch was unsere polnischen Gastgeber auch sagten, war: »Ihr seid Teil unserer Familie«, und genauso lebten wir. Wir waren mehrere Frauen und noch mehr Kinder aus unterschiedlichen Städ-

ten der Ukraine. Die Zeit, die ich dort verbrachte, werde ich nie vergessen. Kochen, Wäsche waschen, heizen im Kamin, fernsehen, zu Abend essen – wir machten alles zusammen und teilten alles. Lebensmittel, Shampoo, Sorgen. Schon am ersten Tag hatte ich neue Vokabeln gelernt: *Spoko*, übersetzt »Immer mit der Ruhe«, und *Masakra*, übersetzt »das Massaker« (Anmerkung der halbpolnischen Redaktion: Beide Begriffe werden inflationär benutzt und genießen im Polnischen einen ähnlichen Füllwortstatus wie das allseits bekannte *Kurwa*. Dass das Gulasch zu lange zieht, kann ein *Masakra* sein, dass die Teenagetochter Pickel bekommt, kann ein *Masakra* sein, dass der Nachbar zur Ostermesse nicht in der Kirche war, kann ein *Masakra* sein. Ein *Masakra* beschreibt also noch lange nicht das Drama eines Massakers.) Beim Abschied weinten die anderen Ukrainerinnen und ich, denn für die Weiterreise hatten wir unterschiedliche Pläne. Von einer der Frauen weiß ich, dass sie mittlerweile in die Heimat zurückgekehrt ist. Sie hat es erst in der Türkei, dann in Bulgarien versucht. Schließlich haben ihre Kinder und sie die Ukraine und den Vater zu sehr vermisst. Ich mache mir große Sorgen um sie. Mein Freund Slawyk klang die ersten Wochen übrigens auch so, als wäre ich bald zurück. Ganz selbstverständlich bezog er diesen Glauben in unsere Gespräche mit ein. Ich hatte versucht, meinen Freund zu überreden, mit mir zusammen wegzugehen, aber er war genauso unnachgiebig wie meine Eltern. Ich beschloss, allein mit dem Hund zu gehen. Mittlerweile würde Slawyk kommen, wenn er könnte. Auch wenn Deutschland aufgrund der Bürokratie und seiner Arbeit nicht der Ort wäre, an

dem er leben wollen würde. Problem Nummer drei ist die
Sprache. Slawyk spricht fließend Englisch, ihm stünden
andere Länder zur Auswahl, in denen er sich ohne Auf-
wand einwandfrei zu verständigen wüsste. Ich aber mag es
hier. Und bei Bianca auf dem Balkon kann es sich ein biss-
chen anfühlen wie in Polen. Nicht wie zu Hause, aber okay.
Nur zu Hause fühlt sich nach zu Hause an. Manchmal
sitze ich mit Bianca an der frischen Luft, und sie deutet auf
die Wolken und sagt auf Ukrainisch chmury, ich übersetze
auf Polnisch khmary.

23. März 2022, Tag 28

Dunkle Strähnen auf weißen Fliesen, das regelmäßige
Ratsch, Ratsch, Ratsch der ineinandergleitenden Sche-
renflügel. »*Dva santimetra*«, hat Anna gesagt und mir
die von Mama geliehene Haarschneideschere gereicht.
Mutig stellt sie sich meiner ungeübten Hand, die bislang höchstens die glänzenden Kunststoffbändchen
an Geschenken lockig zwirbelte, und selbst das nicht
sonderlich gut. Meine Küche wird zum Friseursalon.
»I trust you.« Anna schluckt. *Ratsch, Ratsch, Ratsch.*
Mit jedem Schnitt, der kein Ohrläppchen kostet, werde
ich mutiger. »You said twelve centimeters, right?«,
frage ich. »*DVA!*«, um bei der Gelegenheit herauszufinden, wie laut Annas Stimme eigentlich werden kann.
»*DVA SANTIMETRA!*«

Merke: Nicht der richtige Zeitpunkt für Witze.
Glücklicherweise kann ich kurz darauf meine Finger
aus den kleinen Stahlaugen von Mamas Schere be-

freien, die rote Dellen auf meiner Haut hinterlassen hat. Einen Schritt zurücktretend, betrachte ich Annas Hinterkopf, bevor ich sage »*Gotove!*« und dabei klinge wie Mama, wenn die Kluski durch sind. Links treten zwar noch ein paar Strähnen ungewollt aus, aber das wird sich verspielen, genauso wie die rechtsbündig gelagerte Fluse. Außerdem, wenn ich weiterschneide, werden aus den bereits drei Zentimeter langen zwei Zentimetern vier oder fünf Zentimeter. Anna tritt vor den Spiegel und beginnt endlich wieder zu atmen. »*Spasibo!*« Nun klingt sie wie Mama, wenn Papa den Abwasch macht. »Ich mag es!«

»Sicher?«

Ihr euphorisches Nicken lässt die Haarfluse über ihre rechte Schulter nach vorn fallen. Ad hoc hört Anna auf zu nicken. Zum Glück ist Asymmetrie gerade im Trend, denke ich so bei mir und gehe rückwärts auf die Tür zu. »Wo ist eigentlich Oscar?« Plötzlich habe ich es eilig, das Bad zu verlassen. »Nicht, dass er sich gerade Haarreste als Snack gönnt und wir wieder zur Tierärztin müssen.« Möglich, dass mich Annas Haar auf der rechten Kopfseite ein wenig an Oscars linke Vorderpfote erinnert hat, bei der die Nägel weiter unter dem Fell verschwinden als rechts. Aber immerhin bezeichnet Anna besagte Locke liebevoll als Oscars »Glückssträhne«. Bestimmt sind nur deshalb Scherengeräusche aus dem Bad zu hören, in das Anna sich mittlerweile eingeschlossen hat, weil der ihr von mir verpasste Look Lust auf mehr macht, also auf weniger, denn weniger ist ja eigentlich mehr.

Ratsch, Ratsch, Ratsch. Leise, aber nicht leise genug. Als ich die geschlossene Badezimmertür hinter mir lasse und mich zu Oscar auf den Wohnzimmerboden setze, streckt er mir seine mit Glückssträhne versehene Pfote entgegen. Die Erklärung für die Herkunft der umgangssprachlichen Glückssträhne ist so simpel wie langweilig: Das Glück verläuft in Linie, reiht sich aneinander, anstatt abzureißen, das Glück ist lang wie eine Strähne. Heutzutage steht langes Haar vor allem für Weiblichkeit. Dass ich gerade noch darüber nachdachte, ob meine Freundinnen mit einem Kurzhaarschnitt eine Steigerung ihrer Seriosität suggerieren wollen, schlägt in dieselbe Kerbe wie der verbreitete Ausspruch, dass jemand, der mutig sei, »Eier hat«. Natürlich geht Karriere auch ohne Bubikopf, genauso, wie Weiblichkeit mit Glatze funktioniert und Mut ohne Hoden.

»Anna? Geht es dir gut?« Nun klopfe ich doch vorsichtig an die Badezimmertür, weil es mir zunehmend schwerfällt zu verdrängen, dass Anna sich heimlich den Haarschnitt korrigiert, den ich versaut habe.

»Klar!«, ruft sie von innen. Das *Ratsch, Ratsch, Ratsch* ist schon eine Weile lang verstummt, stattdessen klickt nun das Türschloss. »Komm rein.« Die Schere liegt vor Anna auf dem Waschbeckenrand, sie bürstet sich. Das Haar scheint nicht weiter an Länge verloren zu haben, und ich weiß nicht, was sie gemacht hat, aber irgendetwas hat sie gemacht. Irgendetwas Gutes. Statt sich selbst auf die Schulter zu klopfen, klopft sie erneut auf meine: »*Spasibo,* ich mag deinen

Schnitt.« Lediglich die Haare, die sich am Badewannenstöpsel verfangen haben, zeugen von ihrer heimlichen Korrektur. Es ist offensichtlich, dass sie ohne große Geschwister aufgewachsen ist, sonst würde sie meinen misslungenen Versuch als Erpressungsmaterial oder Foltergrund gegen mich verwenden, anstatt still und höflich meine Würde in Schutz zu nehmen. Gerade, weil sie bereits davon gesprochen hat, wie wichtig den Frauen in der Ukraine ihre Weiblichkeit ist, hätte ich eine andere Reaktion für wahrscheinlicher gehalten.

In meinem Kopf war es eine schöne Vorstellung, wie wir uns beide kichernd und kabbelnd in meiner Küche die Haare frisieren, wie aus einer einmaligen Sache vielleicht ein Ritual werden würde. Als wären wir in einer Jane-Austen-Verfilmung gefangen. Die wiedergeborenen Bennet-Schwestern bereiten sich vor für den anstehenden Ball in einer Berliner Kneipe oder Bar. Vielleicht kommt es mir nur so vor, als würde das Bild der sich gegenseitig die Haare flechtenden, schneidenden oder waschenden Frauen immer wieder in Filmen, Büchern und anderen popkulturellen Erzeugnissen stattfinden. Oder aber das Bild der Frauen, die sich etwas offensichtlich so Bedeutungsgeladenes wie ihre Haare anvertrauen, wird tatsächlich gern verwendet, um ihre gegenseitige Nähe zu symbolisieren. Sie setzen sich einander schutzlos aus. Die einzigen Menschen, die es bisher geschafft haben, meinen Haaren gefährlich zu werden, sind Boris aus der 2B und Mama. Ersterer mit einem Kaugummi, Letztere mit ihrer Liebe zu Topfschnitten. Meine Mutter ist es auch, die immer sagt, sie sei zu alt für lange Haare. Vielleicht hat sie auch schon mal Frauen über andere Frauen lästern hören: »Will wohl jung bleiben, die Gute.« Ein Kommentar ganz im Stile der Geschichten, die im Laufe der Jahrhunderte eher über statt mit Frauen verfasst zu sein scheinen. Denken wir nur an Eva mit dem Apfel der Erkenntnis, an Pandora und die Büchse, an Medusa und die Schlangen auf dem Kopf. Dabei sollten wir uns nicht auch noch gegenseitig mit zischenden Zungen begegnen, wenn uns schon Reptilien anstelle von Haaren angedichtet werden. Aus Schwarm-Selbstbewusstsein wird individuelles Selbstbewusstsein und andersherum. Erst heute habe ich Mama die Frage gestellt, ab wann sie sich als Frau gefühlt hat, genauso wie ich von Papa wissen wollte, seit wann er sich selbst als Mann bezeichnet. Die Frauen, denen ich diese Frage bereits gestellt habe, warten gern darauf, dass erst mal jemand anderes antwortet. Mama bildet keine Ausnahme, sie schaute zu Boden, überlegte. Papa hingegen hat wie aus der Pistole geschossen geantwortet: »14.«

Der Bienenstich blieb irgendwo zwischen meinem Rachen und Magen kleben. Papa schlug mir auf den Rücken: »Geht's?« Ich nickte, doch irgendwie schien mein dankbares Lächeln reichlich schief zu geraten, mein Schulterzucken nicht lässig, sondern hilflos. Papa stockte: »Oder wie meintest du die Frage?«

»Gar nicht!«, wollte ich schreien. »Ich meinte die Frage gar nicht! Ich nehme sie zurück!« Doch da klebte ja noch der Bienenstich. Mama hatte recht, ich sollte wirklich lernen, vernünftig zu essen.

»Meinst du …?« Papa sah mich an, wackelte ein bisschen mit den Augenbrauen, ein bisschen mit dem Kopf. »… Oder meinst du …?« Wieder Wackeln, noch mehr Wackeln. »Ja, dann zehn«, korrigierte er nach. Mama wurde stellvertretend für ihn rot, und Anna war es, die uns aus dem Schlamassel befreite. Sie lachte.

»Menschen sind so unterschiedlich, stimmt's?« Schön allgemein bleiben, dasselbe Thema, eine andere Facette. Schlaue Frau. Wirkte fast natürlich, ihr Anknüpfen an den Unterhaltungsfluss. »Auch wenn man Ukrainerinnen mit den deutschen Frauen vergleicht. Die Ukrainerinnen denken zu viel über ihr Äußeres nach.« Sie tupfte sich über die mit Konturenstift nachgezeichneten Lippen. Vielleicht weiß Anna, wovon sie spricht. Es war der Moment, in dem ich mich langsam von der Couch meiner Eltern erhob. Anna tat es mir gleich, in wortloser Einigkeit darüber, dass es Zeit war, aufzubrechen. Auf dem anschließenden Nachhauseweg wunderte sie sich: »Ich dachte, du redest mit deinen Eltern nicht über *solche Sachen*.« Als Anna und ich uns vor ein paar Tagen einig waren, niemals (nienienie) Sextalk mit unseren Eltern zu führen, dachte ich nicht, dass die Frage »Wann hast du dich als Frau bzw. Mann gefühlt?« schon dazu gehört. Wir haben beide darüber lachen müssen.

Das war jedoch, bevor ich Annas Haare geschnitten habe. Gespannt warte ich auf ihre Antwort, als sie bei einem abendlichen Zoomcall von einer Freundin, die mittlerweile in Polen angekommen ist, auf ihren neuen Haarschnitt angesprochen wird. »Sieht toll aus, oder? Hat Bianca mir so super geschnitten!«, höre ich Anna lügen. »Ich lasse mir jetzt immer von ihr die Haare schneiden!« In Geschichten über sie haben weder unlautere Äpfel noch Schlangenhaare etwas verloren.

Und dann gibt es noch die Geschichten, von denen man wünschte, jemand hätte sie erfunden. Wenn es überhaupt gute Nachrichten gibt, dann diese: Die EU will einen Solidaritätsfonds für die Ukraine auflegen und Israel ein Feldkrankenhaus in der Ukraine errichten. Außerdem steckt die russische Armee vor Kyiv fest. In der deutschen Hauptstadt fand heute am Brandenburger Tor das Charity-Konzert »Peace of hope« statt. Natalia Klitschko war da, Frau des Ex-Profi-Boxers und aktuellen Bürgermeisters von Kyiv. Am Rande der Veranstaltung sprach sie davon, dass es jetzt wichtig sei, die Massen zu sehen, die hier zusammenkommen. Es sei wichtig zu sehen, dass die ganze Welt für die Ukraine stehe. Doch sie sprach auch von einem zurückbleibenden Schuldgefühl, weil man in Deutschland sicher sei, während die Lieben in der Ukraine kämpfen.

Ohne Zweifel für die Angeklagte

Ich bereue keine Sekunde lang, dass ich geflohen bin, weil ich für mein Recht zu leben geradestehe. Natürlich gibt es viel, das ich vermisse: meine Eltern, meine Lieben, meine

Freunde. Unsere schönen Städte. Ich wusste nicht viel von dem zu schätzen, was ich hatte. Das ist etwas, was sich geändert hat. In der Ferne rieche ich Wasser, direkt vor mir die bittere Süße eines Mojitos, die Dunkelheit versteckt den Dreck der Straßen. Bianca und ich schlendern durch die Nacht.

»May I steel you one of the … ah, how are they called?«, Bianca deutet auf mein Glas. »Green lemon?«

»Take it!«

»But with finger?«

»Of course!« Mein Hund schläft mit seinem dreckigen Hintern in ihrem Bett, und sie fragt mich, ob sie mit dem Finger in den Drink fassen darf, um sich eine Limette herauszufischen …

21. April 2022, Tag 57

»Typisch, dat hier dann auch keener hilft.«

»Zum Kotzen.«

»Mama, ich muss maa-haaal!«

»Einfach zum Kotzen.«

»Was machen wir denn jetzt?«

»Muss nicht mehr.«

»Sorry, do you speak English?« Ich drehe mich zu der Stimme um, die näher dran und doch leiser zu mir spricht als die der meisten anderen Zuggäste, die sich wonnevoll über den ungeplanten Halt aufregen. Hellgraue Augen, umgeben von blasser Haut und dünnem Haar, den Rest verdeckt die Maske. Würde er etwas lauter sprechen, könnte ich vielleicht genauer einordnen, aus welchem osteuropäischen Land er sein gerolltes R mitgebracht hat: »What did they say in the train?«

Mir war nicht einmal aufgefallen, dass die Zugdurchsage lediglich auf Deutsch erfolgt war.

»There is somebody on the Gleise, äh, track«, antworte ich und hoffe, dass man meinen Augen das entschuldigende Lächeln ansieht, für den holperigen Übergang meiner deutschen Gedanken in die englische Sprache. »Deshalb hat der Zug angehalten, sie wissen nicht, wie lang es dauert, bis die Polizei da ist, um sich darum zu kümmern, und wir sollen nach Alternativen suchen.«

»Oh.«

»Ja.«

»Weißt du, wie man nach Lübeck kommt, wenn nicht mit dem Zug?«

Aus Leidens- werden Weggenoss:innen. Wir suchen nach einem Info-Point oder einem herumlaufenden Mitarbeitenden der Bahn. Dabei werden wir dankenswerterweise von einem Schüler mit Chipstüte in der Hand abgefangen, der uns die Suche im Gesicht ansieht und von sich aus Hilfe anbietet: »Ich muss eh in die Richtung des Busbahnhofs. Von dort gibt es eine Direktverbindung in die Stadt.« Während wir dem Jungen folgen, muss ich beschämt feststellen, dass ich ihn aufgrund fleckiger Jacke mit kaputtem Reißverschluss sowie Pom-Bär-Resten im Oberlippenflaum gleich als faul und nachlässig abgestempelt hatte.

»Seriously, ich hoffe, ihr verpasst keine wichtigen Meetings oder like … you know, Anschlusszüge«, sagt er in sauberem Netflix-Englisch. Es rieselt Pom-Bär-Reste. Luckywise, I have actually einen zeitlichen Puffer in meine, like … you know, Anreise einkalkuliert. Meine Lesung in Neustadt an der Ostsee beginnt erst um 19 Uhr. Das bedeutet, dass ich immer noch überpünktlich im Hotel ankomme, um mein durchgeschwitztes Shirt zu wechseln.

»Und du?« Diesmal gilt das Wackeln des Oberlippenflaums nicht mir.

»Ich bin hier, um einen Arzt zu besuchen.« Wenn die Sonne rauskommt, erinnern seine grauen Augen an die eines Huskys. »Sonst hätte ich nicht die Erlaubnis, die Ukraine zu verlassen.«

Die Chipstüte hört auf zu knistern. Das Glutamat wird nicht länger von den Fingerkuppen geleckt.

»Sorry, wenn die Frage zu … kind of persönlich war, bro.« Der Junge zieht sich die Ärmel über die Handballen, doch das Grau funkelt freundlich. »Keine Sorge.« Der Mann winkt ab. Mittlerweile haben wir uns alle die Masken unter das Kinn gezogen, weil wir weit genug vom Gelände der Bahn entfernt sind. »Das einzige Problem ist, dass ich bereits spät dran bin.« Auch wenn ich den Mann nicht kenne und es deshalb schwer zu sagen ist, wirkt sein Lächeln auf mich zurückhaltend, aber ehrlich. »Deshalb bin ich so nervös.« Er müsste in etwa so alt sein wie ich. Die zunehmend spürbare Stille wird unterbrochen von dem aufdringlichen Hupen eines Autos. In Gedanken und Scham vertieft, waren wir, ohne einen Blick nach links oder rechts zu werfen, auf die Straße gelaufen. Reflexartig greife ich nach dem Arm des Mannes mit den Husky-Augen, um ihn oder mich selbst zum Anhalten zu zwingen, kann ich nicht genau sagen. Letztendlich egal, denn der Griff geht ohnehin daneben. Es ist das Glück, das uns rettet.

»That's maybe not the best Abkürzung auf dem Weg ins Krankenhaus«, versuche ich mein schneller schlagendes Herz mit Witzen zu beruhigen. Die darauffolgende Stille hält nicht so lange an wie die vorherige, fühlt sich aber mindestens genauso zäh für mich an. War das taktlos?

Der Mann mit den Husky-Augen bricht in Gelächter aus.

»Stimmt wohl.« Sein Mund verzieht sich, als würde er mit der Zunge nach Essensresten suchen, während er versucht, nicht zu lachen. »Zum Sterben bin ich nicht nach Deutschland gekommen.«

Zeit, um sich über die Absurdität der kompletten Situation Gedanken zu machen, bleibt nicht, denn schon im nächsten Moment und gerade noch rechtzeitig erreichen wir den Busbahnhof. Unser Wegweiser verabschiedet sich mit einem »Watch out!« und einem Winken, während wir, begleitet vom Blinken der Türlichter, ins Innere des Busses springen. Auch wenn die Masken wieder unsere halben Gesichter verdecken, bin ich mir sicher, dass er lächelt. Mit Zähnen. Zumindest so lange, bis wir sitzen und er beginnt, am Boden seines Backpacker-Rucksacks nach dem Handy zu fischen.

»Jetzt muss ich im Krankenhaus anrufen und Bescheid geben, dass ich zu spät bin.« Sein ganzer Arm verschwindet in dem Monstrum von einem Gepäckstück. »Ich habe Angst, dass die Ärztin wütend ist.«

»Sie wird das schon verstehen«, beruhige ich ihn, mich zeitgleich meiner notwendigen Erledigung widmend. Endlich kann ich in aller Ruhe die angeschmolzene zweite Hälfte meines Schokoriegels aus der Verpackung lecken, die seit der unerwarteten Zugdurchsage in meiner Jackentasche auf mich wartet. Abgelenkt von dem schwierigen Unterfangen, den Riegel unter meine Maske zu schieben, bin ich nicht ganz bei der Sache. »Es ist schließlich nicht deine Schuld.«

»Aber sie war schon so unfreundlich, als ich das letzte Mal angerufen habe.«

»Vielleicht war sie nicht unfreundlich, sondern einfach nur sehr … deutsch.«

»Um ehrlich zu sein …« Sein Handy wandert von der einen in die andere Hand. »Das letzte Mal habe ich vor einer Stunde im Krankenhaus angerufen.«

»Hm.« Ich kann gerade nicht reden, ich muss schmecken.

»Weil ich den eigentlichen Zug verpasst habe.«

»Oh.«

»Und jetzt rufe ich an, und es liegt plötzlich am Zug.«

»Verstehe.«

»Eben.«

»Ja, gut, dann wird sie denken, du hast eine Ausrede erfunden.«

»Danke vielmals, wirklich sehr ermutigend.«

Unser Lachen klingt wie das Lachen von Freunden.

»Ich sollte lieber sagen, dass der Zug kaputt ist oder so.« Nun hält er das Handy mit beiden Händen fest umklammert. »Eine Zugstörung, genau!«

»Warum?«

»Sie wird denken, ich spinne, wenn ich ihr erzähle, da sind Leute vor dem Zug.«

Die Wahrheit erscheint mir zwar wesentlich logischer als seine Ausrede, andererseits muss es einem in seiner Situation wohl ungewöhnlich vorkommen, wenn Menschen keine anderen Probleme haben und genügend Zeit, um auf den Gleisen zu tanzen. Der junge Mann hält die Luft an, während er die Nummer wählt, doch seinen sich wenige Sekunden später entspannenden Gesichtszügen nach zu urteilen ist die Reaktion auf der anderen Seite der Leitung besser als erwartet. Für mich bringt der Anruf ebenfalls etwas Gutes mit sich, ich erfahre seinen Namen. Der Mann mit den grauen Augen stellt sich gleich zu Beginn des Telefonats als Oleksandr vor.

»Wie Usyk!«, rufe ich deshalb, als er aufgelegt hat, und gebe mit dem von Anna erlernten Wissen an. Oleksandrs Augen leuchten jetzt ohne direkt einfallendes Sonnenlicht: »Du weißt, wer Oleksandr Usyk ist?«

»Klar!« Seit zwei Wochen. »Also bitte …«

»Ich liebe Boxen!«

»Zugucken oder selbst boxen?«

»Ich hab früher geboxt, aber dann bin ich als Teenager krank geworden.«

»Tut mir leid.«

»Schon okay. Bin auf Tischtennis ausgewichen, als es mir etwas besser ging. Und Fahrradfahren.«

Oleksandr und ich schauen beide aus dem Fenster, unsere Blicke treffen sich über die Spiegelung.

»Nach meiner Diagnose habe ich zehn Kilo verloren.« Er spricht nun wieder leiser. Hinter dem Spiegelbild unserer ernsten Gesichter ziehen Gasthäuser ins Leere. Manches bleibt, anderes geht, die Gleichzeitigkeit des Seins und Nichtseins, Woanders- oder Andersseins.

»Du siehst gut aus, keine Sorge.« Ich frage mich, ob man durch so durchdringend graue Augen die Welt in anderen Farben sicht. Oleksandr schnaubt: »Ich sehe aus wie ein kleiner Junge, seit ich so viel Gewicht verloren habe.« Er zuckt mit den Schultern. »Vielleicht kann der Doktor etwas für mich tun.«

»Fingers crossed«, sage ich und hoffe, dass das nicht zu banal klingt. Ich will etwas ergänzen, es besser machen: »Was sind deine Pläne?«, und mache es stattdessen noch schlimmer.

Er räuspert sich: »Weiß nicht.«

»Ich meine … falls der Doktor helfen kann, wo willst du wohnen?« Ich will meine Frage reparieren. »Gibt es eine Stadt, die dir gefällt?«

Oleksandr zuckt wieder mit den Schultern.

»Warst du schon mal in Berlin?«, frage ich.

»Ja, und ich hasse es da.«

»Das ist gut, ich liebe es da.«

Wir lachen. Oleksandr spielt an einem Bändchen

seines Rucksacks herum, das aussieht, als hätte es schon viele Jahre und Reisen mit ihm verbracht. Vielleicht wurde es auf einem Schulhof von seinen Kinderfingern selbst geknüpft, die sich jetzt, erwachsen geworden, blass und starr daran festhalten.

»Aber …« Er räuspert sich. »Ich weiß ja nicht einmal, wie lange ich in Deutschland bleibe.«

»Wo gefällt es dir denn in Europa?«, frage ich. »Oder willst du noch weiter weg?«

»Zurück in mein Land.«

»Was?«

»All meine Freunde sind da.«

»Aber …«

»Und meine Familie.«

Es ist ein sehr privates Gespräch, das wir führen, dafür, dass wir uns eigentlich gar nicht kennen. In einer anderen Zeit wäre es vielleicht zu privat gewesen.

»Vielleicht wirst du nie wieder die Chance haben …« Selten hat sich so wahr angefühlt, was ich gesagt habe, als wäre nur wahr, was wichtig ist. Ich hole Luft. »Vielleicht wirst du nie wieder die Chance haben, die Ukraine zu verlassen, wenn du erst mal zurückgekehrt bist.«

»Meine Freunde haben diese Chance auch nicht.« Seine Antwort kommt sofort. Meine aber auch: »Ich bin mir sicher, dass sie sich das Beste für dich wünschen, dass sie dir wünschen, am Leben zu sein.«

»Was soll ich meinen Kindern sagen, wenn sie mich irgendwann fragen, was ich während des Krieges gemacht habe?«

»Dass sie froh sein können, dass du die Chance hattest, ihr Vater zu werden.«

Unsere Gesprächsstimmung hat sich erhitzt, fast wie bei einem Streit. Mit fallen so viele Abers ein, dass ich mich kaum entscheiden kann. Oleksandr lässt sein Bändchen los und sieht mich an.

»Vielleicht sind wir da einfach anderer Meinung.« Er versucht die Situation diplomatisch aufzulösen. Mir ist nicht danach, doch ich bemühe mich trotzdem um ein Lächeln. Wenigstens ein zurückhaltendes, auch wenn ich ihm stattdessen lieber sagen würde, dass er sich mit den Falschen vergleicht. Dass er sich genauso gut mit uns Deutschen vergleichen könnte, deren Land nicht unter Beschuss steht. Die Lotterie des Lebens entschied, wo er geboren wurde, er ist nicht nur Ukrainer, sondern auch Mensch, und wenn er sich mit dem Großteil der Menschheit vergleicht anstatt nur mit seinem direkten Umfeld, dann hat er gerade jeden verdammten Grund, um sauer und traurig zu sein und mit jeder Zelle für das eigene Glück einzustehen. Ich habe mich immer gefragt, warum meine Oma so ins Schweigen verfallen war über die Zeit nach dem Krieg. Wie Oleksandr maß auch sie mit anderen Maßstäben in Ausnahmesituationen, sie sah sich nicht in Relation zu den Glücklichen, sondern zu denen, denen es noch schlechter ging als ihr.

Oleksandr drückt die Taste, die dem Busfahrer signalisiert, dass er aussteigen muss. Zum Abschied nennt er mir den Namen seines Instagram-Profils, die Visitenkarte des 21. Jahrhunderts. Wir reichen uns die

Hände. »Schön, dich getroffen zu haben«, sagt er. Husky-Grau ist wirklich eine überdurchschnittlich hübsche Farbe, selbst mit der Trübung, die sie durch den Schattenwurf der verdutzt zusammengezogenen Augenbrauen erhält. »Aber sag mal … Wie heißt du eigentlich?«

Mi Kiez, su Kiez

Einer meiner Lieblingsmomente in Berlin war, als Bianca und ich mit Oscar an der Leine aus dem Park herausspazierten und ein Mann auf uns zukam. Rucksackgürtel etwas zu straff, Cap etwas zu groß, wenn er lächelte, sah es aus, als würde er sich in die Unterlippe beißen. Dem zum Ende des Satzes aufgehellten Klang seiner Stimme nach zu urteilen, hatte er eine Frage gestellt, was ich auch in Biancas Reaktion bestätigt fand. Sie drehte den Kopf von links nach rechts, machte den Mund auf, Mund zu, Mund auf: »Ehhh … Anna, weißt du, wo man hier Lottoscheine bekommt?«

»Du gehst über die Straße, dann nach 50 Metern links abbiegen, und auf der rechten Straßenseite solltest du es dann wenige Schritte später schon sehen«, sagte ich, so gut ich konnte, auf Englisch und wies mit dem Zeigefinger in Richtung des Lottoshops, in dem ich selbst schon mehrfach Brötchen gekauft hatte. Wenn der Mann mit dem bissigen Lächeln Glück hat, steht der türkische Besitzer des Lottoshops höchstpersönlich am Verkaufstresen. Er ist immer zu einem netten Gespräch bereit. Insbesondere in den ersten Tagen in Berlin haben Oscar und ich Biancas komplette

Nachbarschaft zu Fuß und Pfote erkundet. Während er fleißig sein Revier markierte, studierte ich aus Langeweile jeden Winkel der Umgebung. Bianca lacht: »Du kennst meine Nachbarschaft ja schon besser als ich sie selbst.« Es fühlt sich gut an, nach langer Zeit mal nicht die zu sein, die nach dem Weg fragen muss.

24. März 2022, Tag 29

Die Zeit hat mich ein- und überholt. Während wir in der Schule fleißig Jahreszahlen geraten haben und uns so bewusst für A, B oder C entschieden wie unsere Väter freitags für die Lottozahlen, hat das Leben weitergemacht. »A nation that keeps one eye on the past is wise. A nation that keeps two eyes on the past is blind« lautet die Inschrift auf einer Wand in Belfast.

Anna zwingt mich zum Lernen aus dem Jetzt. Nächstes Level: Lernen aus dem Morgen.

Emilia Smechowski beschreibt in ihren Büchern, dass wir, der vermeintliche Westen, so ungern Richtung Osten schauen, weil wir nicht wissen, ob dort unsere Vergangenheit oder unsere Zukunft vor uns erscheine. Das haben wir jetzt davon.

Heute ist der Kriegsbeginn genau einen Monat her, wobei das viel zu abstrahiert klingt, als wäre die Katastrophe nicht menschengemacht, als wäre dieser Krieg zufällig entstanden, und wir müssten alle damit leben. Die Bezeichnung »Machtergreifung Putins« gefällt mir genauso wenig, weil es ihm zu sehr gefallen würde. Vor genau einem Monat hat sich ein größenwahnsinniger Winzling auf den Weg in die Ukraine gemacht. Noch immer weiß niemand, wovon das der Anfang war. Während sich für Anna und ihre Familie in Kyiv die Geschehnisse überschlugen, als hätte jemand auf »Mit doppelter Geschwindigkeit wiedergeben« gedrückt, fühlte sich für mich in Berlin alles so an, als würde ich es in Zeitlupe erleben. Die Politik wartet noch länger mit ihren Entscheidungen als vorher. Plötzlich funktioniert die Unterteilung in verschiedene Ministerien noch weniger als zuvor. Ein Umweltminister muss Außenpolitik machen, eine Außenpolitikerin Finanzpolitik und ein Finanzpolitiker privates Influencermarketing. Die Stimmung der Menschen war stiller, müder. Am Set zu stehen und zu arbeiten, etwas zu lesen, Small Talk. Alles fühlte sich sinnlos an. Dann setzte der ehrenamtliche Eifer ein, ein Freistrampeln aus der Sinnlosigkeit. Doch wie schnell verpufft der Antrieb, losgelöst von frischer Emotion? Haben wir mittlerweile genug an unseren privaten Heldengeschichten gestrickt, sodass wir mit Material versorgt sind, das wir bei Bedarf an zukünftigen Stammtischen zum Besten geben können, wenn sich die Frage stellt, wer eigentlich auf welche Weise geholfen hat, als der Krieg begann? Haben wir uns schon an den Krieg in Europa gewöhnt? Wie viele Menschen haben sofort auf einer Europakarte nachgeschaut, wie viel Puffer zwischen Deutschland und Russland liegt, und beim Anblick der Größe Polens beruhigt aufgeatmet? Belarus, Litauen, Lettland und Estland gibt es ja auch noch! Entspannt. Trotzdem: Jemen, Afghanistan, Syrien – da war es noch leichter wegzuschauen, sich nicht verantwortlich zu fühlen.

Wir haben einen Klimawandel, eine Pandemie, einen Putin. Im Radio sagen sie, das sei das historischste Datum seit 9/11, weil es den Krieg zurück nach Europa bringe. Wobei diese Gleichung Handels- und Drogenkriege rausrechnet, in die Europäer:innen sich mit ihrem Konsum einmischen. Die Wahrscheinlichkeit, dass das T-Shirt, das ich gerade trage, aus einer Fabrik stammt, in der die Arbeitsbedingungen menschenunwürdig sind, ist, nett gesagt, recht hoch. Wo ist der Unterschied, ob eine Fabrik explodiert, weil eine Bombe auf ihr landet oder ein Rohr undicht ist? Ob ein Mensch bei einem Attentat stirbt oder an den Folgen von Lungenkrebs?

Habe ich mich schon an Russlands Krieg gewöhnt, wie ich mich an die anderen Kriege gewöhnt habe? Mein Zeitgefühl hat sich eingependelt. Meine Angst vor »dem roten Knopf« ist kaum noch existent, obgleich sie vor einem Monat aufgrund von Putins Uneinschätzbarkeit unangenehm groß war. Dabei ist Putin ein Experiment mit Zurücklegen. Die Wahrscheinlichkeit ist immer noch so groß wie am Anfang des Krieges. Putin geht weit über toxische Männlichkeit hinaus, und doch ist toxische Männlichkeit ein formgebender Bestandteil von Kriegen. Sie hält eine lebensfeindliche Definition von Stärke am Leben. Egal ob Anna, Ganna oder Hanna – ihr Name steht zeitgleich für Anmut und Gnade. Das ist bestimmt kein zufälliger Zusammenhang und ändert sich auch dann nicht, wenn wir noch ein Lena dranhängen. Gestern forderte Baerbock 100 Milliarden Euro Sondervermögen für die Bundeswehr. Unionschef Merz machte klar, dass es mit der CDU/CSU keinen »Blankoscheck über 100 Milliarden Euro geben werde«. Er wandte sich direkt an die Außenministerin: »Sie können von mir aus feministische Außenpolitik oder feministische Entwicklungshilfepolitik … das können Sie alles machen. Aber nicht mit diesem Etat für die Bundeswehr«, woran Annalena Baerbock vom Redner:innenpult aus anknüpfte: »Ich habe mir lange überlegt, ob ich darauf reagiere. Aber weil es dann zweimal kam, gestern bei Herrn Dobrindt und dann heute bei Ihnen, Herr Merz … Die Bundeswehr hier hinzustellen und dann im gleichen Satz zu sagen: ›Okay, Bundeswehr – und nicht mehr die feministische Außenpolitik.‹ Mir bricht es das Herz.«

An dieser Stelle ihrer Bundestagsrede fasste Merz sich melodramatisch an die Brust und verzog gleichermaßen spöttisch und herablassend mitleidig das Gesicht. Baerbock konterte: »Und wissen Sie, warum? Weil ich vor einer Woche bei den Müttern von Srebrenica war und die mir beschrieben haben, wie die Spuren dieses Krieges in ihnen drin sind, und diese Mütter gesagt haben: ›Frau Baerbock, damals wurde nicht gehandelt.‹ Anfang der 90er-Jahre, als sie, als ihre Töchter, als ihre Freundinnen vergewaltigt worden sind, Vergewaltigung als Kriegswaffe nicht anerkannt war, nicht vom Internationalen Strafgerichtshof verfolgt wurde. Und deswegen gehört zu einer Sicherheitspolitik des 21. Jahrhunderts auch eine feministische Sichtweise.«

Weltweit zeigen Untersuchungen zum Thema »Geschlecht und Sicherheit«, dass Länder mit mehr Gleichberechtigung seltener von Bürgerkriegen betroffen sind. Männer können zu Helden werden wie Frauen zu Heldinnen, Männer können Arschlöcher sein, wie Frauen Arschlöcher sein können. Die Kategorien »Arschloch« und »Kein Arschloch« ergeben viel mehr Sinn als die Kategorien »Mann« und »Frau«, denn dafür, ob du ein Arschloch bist, kannst du etwas. Dafür, in welchem Land du geboren wurdest und ob mit oder ohne Gehänge, nicht. Geschlecht ist ein ausgedachtes Konstrukt, wie Grenzen ein ausgedachtes Konstrukt sind. Genauso gut könnten wir Menschen danach unterteilen, ob sie die Zunge rollen können oder ob sie *der, die* oder *das* Nutella sagen.

Die Ukrainer:innen bringen uns ein Geschenk mit – den Glauben an den Wert der Freiheit. Hoffentlich nehmen wir dieses Geschenk im nächsten Schritt auch von Menschen an, die nicht unsere Hautfarbe haben, Menschen mit einer sich deutlicher unterscheidenden Kultur, anstatt ungeöffnet darauf herumzutrampeln.

22. April 2022, Tag 58
Anna ist anzusehen, dass ihr die Energie fehlt. Sie starrt auf den Papierstapel vor sich: »In wenigen Monaten Deutschland habe ich mehr Papierkram gesammelt als in einem ganzen Leben in der Ukraine.«

Wir sitzen dem Bankangestellten in den schlabbrigen weißen Handschuhen gegenüber, mit denen er mich ein bisschen an Micky Maus erinnert. Er redet auch so langsam und überdeutlich wie Micky Maus in der Erklär-Show, die ich als Kind so gern geguckt habe.

»Mit der Unterschrift segnet sie ab, dass sie darüber informiert wurde, dass sie ihr Konto nicht überziehen darf«, erklärt der Bankangestellte. Ich übersetze. Anna nickt aufmerksam und unterschreibt.

»Mit der nächsten Unterschrift segnet sie ab, dass sie die Datenschutzerklärung erhalten hat«, erklärt der Bankangestellte. Ich übersetze. Anna nickt aufmerksam und unterschreibt.

»Mit der nächsten Unterschrift segnet sie ab, dass sie mit den benannten Konditionen einverstanden ist«, erklärt der Bankangestellte. Ich übersetze. Anna unterschreibt.

»Mit der nächsten Unterschrift segnet sie ab, dass sie Online-Banking machen will«, erklärt der Bankangestellte. Ich will übersetzen, doch Anna unterschreibt bereits.

»Mit der nächsten Unterschrift segnet sie ab, dass sie in Hinblick auf ihre …«, Anna unterschreibt, »… Kontaktdaten nicht gelogen hat.«

Der Bankangestellte sieht verwundert zu mir, ich zucke mit den Schultern. Es wundert ihn doch nicht wirklich. Natürlich folgen noch mehr nächste Unterschriften, sodass ich mich mit der Zeit frage, wie Annas Hand noch krampffrei schreiben kann.

»Ich gratuliere Ihnen zu Ihrem Konto.« Der Mann meint es gut, das merkt man ihm an. Er ist einfach nur ungelenk. »Willkommen in Deutschland.«

Jetzt, wo das Sparen losgehen kann, darf Anna sich ganz offiziell ein Stückchen deutsch fühlen.

Heute gibt es Nudeln mit Ketchup. »Was ganz Einfaches, kein Einhorn-Sperma nötig«, sagt Anna mit einem bewussten Seitenhieb in meine Richtung und schüttet die Nudeln ins kochende Wasser. Meine überwiegend veganen Kochkünste sind zugegeben manchmal aufwendiger, als sie schmecken. Nicht immer, aber oft. Die Nudeln werden mir helfen, heute Abend die liegen gebliebene Laptop-Arbeit nachzuholen. Der Banktermin hat länger gedauert als erwartet. Danach waren wir bei der Post, um nachzufragen, wo Annas Paket bleibt, wir waren im Buchladen, um das nötige Material für die Sprachschule zu besorgen, wo die Schlange vor der Kasse wenigstens nicht ganz so lang war wie im Rewe danach. Nachmittags begannen wir mit der Wohnungssuche, und jetzt haben wir uns unsere gehorteten Nudeln verdient.

Anna räumt die letzten Einkäufe aus ihrem Rucksack, wobei ihr Geldbeutel zu Boden segelt und ein paar Münzen über die Fliesen rollen. Oscar kommt sofort angerannt, um uns zu helfen. Wir beeilen uns, damit er die Münzen nicht spontan zur Vorspeise erklärt. Anna schnippt mir eine davon durch die Luft zu: »Will dein Vater sie haben?«

»Was?«

»Er sammelt doch Münzen, oder?«

»Ja, schon, aber …« Jetzt erst bemerke ich, dass es sich bei dem kleinen Kupferstück nicht um Cent oder Euro handelt. »Ist das ukrainisches Geld?«

Anna nickt, während sie sich eine Nudel aus dem Kochtopf fischt, um zu probieren, ob sie schon al dente ist. Ich bin froh, dass ihr Hunger sie beschäftigt genug hält, um nicht näher darauf einzugehen, dass ich außer Euro, Dollar und Zloty genau *keine* andere Währung kenne. Gibt ja auch nur circa 160 auf der Welt.

»Hier in Deutschland ist es Müll«, zischt sie und saugt gleichzeitig Luft durch den offenen Mund ein. »Oh mein Goooott! Es ist he-he-heiiiiß!«

Während Anna ihrer verbrannten Zunge Luft zufächelt, betrachte ich das güldene Rundstück mit der dicken Eins auf der einen und dem dicken Geistlichen auf der anderen Seite.

»Wie nennt ihr eure Währung?«

»Hhh-hhh …« Die Nudel ist wohl immer noch heiß. »Hhhhrywnja.«

»Kann ich die Münze haben?«

Annas Kopf hängt mittlerweile unter dem laufenden Wasserhahn, doch ich meine, ein Nicken zu erkennen. Papas Münzsammlung ist groß genug. Und auch wenn Anna das ukrainische Geldstück als »Müll« bezeichnet, ich ernenne es zu meiner Glücks-Hrywnja.

23. April 2022, Tag 59

Heute bleibt nur ein leichter Duft nach gepfefferter Brühe zurück, als Anna die Küche wieder verlässt. Wie jeden Morgen hat sie mich freundlich begrüßt, wie jeden Morgen hat sie einen Tee für mich mit aufgegossen, wie jeden Morgen hat sie sich ihre Suppe warm gemacht und gefragt, ob ich nicht doch probieren möchte. Anders als an jedem Morgen sahen Annas Bewegungen dabei mechanisch aus, nicht liebevoll, anders als an jedem Morgen wich sie meinem Blick aus, anders als an jedem Morgen wartete sie nicht, bis die Suppe warm war, und wollte auch nicht auf dem viel zu kleinen Küchenschemel sitzend den Teller leer löffeln. Der Duft nach gepfefferter Brühe ist schon kaum mehr wahrnehmbar, als ich mich leicht verwundert an den Laptop setze und die Küche an ihrer Stelle okkupiere. Meine Finger fliegen über die Tastatur, rufen die gewohnten Dateien auf, die Suchmaschine, mein Postfach, den Kalender und die üblichen Nachrichtenseiten. »In der Nähe von Mariupol sind Aufnahmen von Massengräbern für 9000 Tote gemacht worden.« Es ist die erste Schlagzeile, die mich an diesem Morgen anlacht. Mein Blick geht zu Annas geschlossener Zimmertür.

Als Anna vom Gassigehen wiederkommt, reden wir. Sie lächelt immer noch nicht, dafür ist ihr Blick weniger ausweichend.

»*Herbata?*«, frage diesmal ich und deute auf den Wasserkocher. Anna nickt dieses Nicken, das man kennen muss, um es zu bemerken. Ohne zu fragen, ziehe ich ihre Lieblingssorte Ingwer-Zitrone aus der kleinen

Blechbüchse, in der sich die unterschiedlichen Kräuterbeutel sammeln, und gebe Zucker in die Tasse. Noch bevor das Wasser 100 Grad erreicht hat, beginnt Anna zu erzählen, dass sie bei der Gassirunde eine ukrainische Familie getroffen hat, deren Ortschaft nun von den Russ:innen besetzt wurde. Ein Großteil der Familie lebt noch dort, jetzt unter russischer Führung. Die geflohene Familie musste ihren Hund an der Grenze zurücklassen.

»Ich hatte Glück«, sagt Anna, während wir beide im Schneidersitz auf dem Küchenboden sitzen. Ich schnaufe. Anstatt zu antworten, streichle ich über den auf meinem Schoß liegenden Oscar. Seine Brust hebt sich gleichmäßig und doch viel zu langsam für den schnellen Herzschlag, der unter meinen Fingern spürbar ist.

Weil ich nicht weiß, was ich sonst erzählen soll, berichte ich Anna von einer Freundin, die mit einer Hilfsorganisation nach Polen gefahren ist, um dort ankommende Haustiere weiterzuvermitteln. Sie sagt, dass sich die Zahl der Menschen, die einen Hund bei sich aufnehmen wollen, vergrößert hat. Dass viele Tiere, die zu groß waren, um in Zügen oder Bussen mitgenommen zu werden, auf diese Weise ein neues Zuhause finden werden. Dass auch die Familien, die ihren Hund zwar über die Grenze bringen konnten, aber im Ankunftsland abgeben mussten, weil nicht jede Gastfamilie Tiere aufnehmen möchte, darauf hoffen können, dass jemand ihren Liebling übergangsweise aufnimmt. Über die zahlreichen verstorbenen Tiere sprechen wir nicht.

Auch nicht darüber, dass meine Freundin ständig den Satz »Einen Hund aus der Ukraine, bitte« hört. Der Hund mit Migrationshintergrund – es ist die bessere Geschichte. »Wir würden gern einen Hund aus der Ukraine retten.« Die Geschichte einer Heldentat. Oscar wedelt mit seiner Rute, die Schnurrhaare tänzeln. Wenn er wüsste, was seine Mama für ihn auf sich genommen hat, und das nicht zum ersten Mal … Anna hat mir erzählt, dass Oscar einmal in einen Fahrstuhl geschlüpft ist und die Türen sich geschlossen haben, bevor sie hinterhereilen konnte. Lediglich die Leine verband die zwei, und genau das war so gefährlich. Was, wenn sich die Leine im Schacht verfangen würde? Wenn sie Oscar erdrosseln würde? Von Adrenalin durchflutet hat Anna die Leine durchgebissen, bis ihre Wangen blutig waren, ist die Stockwerke runtergerannt und hat Oscar zitternd, aber unversehrt in ihre Arme geschlossen.

»Was meinst du, worüber er nachdenkt?« Anna ist meinem Blick gefolgt.

»Frauen«, sagen wir gleichzeitig und lachen. »Oder Essen«, ergänze ich. »Und dass wir seine faulen Angestellten sind, die ihm verflixt noch mal bringen sollen, wonach er sich sehnt.«

»Wir sind nicht faul!« Anna protestiert, erhebt sich aus dem Schneidersitz und öffnet die Balkontür.

Eine halbe Stunde später glänzt der Schweiß bereits in meiner Bauchfalte, die als weißer Strich zurückbleiben wird, wenn ich noch lange so sitzen bleibe. Ich würde mich ja hinlegen, aber dann lässt es sich schwerer so tun, als würde ich arbeiten. 18 Grad und Sonne machen es mir schwer, den Balkon zu verlassen, deshalb erkläre ich ihn für den Rest des Tages zu meinem Büro. Auf den kalten Küchenfliesen kann ich auch wieder sitzen, wenn es regnet. Anna schließt sich an. Sie macht abwechselnd Duolingo-Lektionen und ihre Nägel, ich mache abwechselnd Textarbeit an meinem Laptop und gar nichts.

Oscar liegt zu unseren Füßen und genießt die Sonnenstrahlen, die auf seinem Rücken tanzen. Die Faulheit seiner leibeigenen Sklavinnen erträgt sich wohl leichter, wenn er selbst faul bleibt. Anna summt, begleitet vom regelmäßigen Raschraschrasch ihrer Nagelfeile, die Melodie von dem polnischen Kinderlied über den verliebten Clown, das ich ihr beigebracht habe. Ihrem Klang haftet noch immer die morgendliche Melancholie an, doch wir tun alles, um uns dabei zu helfen, weiterzumachen. Von Strophe zu Strophe wird das Summen lauter, vielleicht auch, um gegen die im Innenhof spielenden Kinder anzukommen.

»Mara!«, wiederholt Anna leise lächelnd, als auch der Name meiner Nichte fällt. Scheint, als hätte sie eine Namensvetterin in der Nachbarschaft. Anna erklärt mir, dass ihr die zahlreichen Innenhöfe gefallen, die sie auf Spaziergängen in der Nachbarschaft gesehen hat. Besonders für die Kinder sei das toll, genauso für die Alten. Ich nicke abwesend: »Sicher.«

Die Sonne drückt meine Lider herunter, ich überkreuze die Arme vor meiner Brust, um die erhitzten Schultern zu berühren.

»Wo ist die Sonnenmilch?«, frage ich.

24. April 2022, Tag 60

Annas Hauchen hinterlässt einen Atemschleier an der Fensterscheibe, an der ihre Nase klebt: »I would have my own Innenhof ...« Drei Fahrräder, eins umgekippt, eins rostig, eins ohne Räder. Daneben ein Strauch, der versucht, ein Baum zu sein. Jeglicher Lichteinfall wird von den umliegenden Häuserwänden versperrt. Ja. Wirklich ein traumhafter Innenhof ... Wir standen bis auf die Straße an, um uns nun im engen Flur aneinander vorbeizuquetschen und dem überlauten Lachen der Bewerber:innen zu lauschen, die sich vor dem Verlassen der Wohnung noch einmal beim Vermieter einschleimen. Es handelt sich um einen kerligen Mann mit breitem Nacken, in Jeans und T-Shirt, links ein kleiner Ohrring. Als wir an der Reihe sind, um noch einmal zu fragen, welche Unterlagen er benötigt, streckt Anna den Rücken wie ein braves Schulmädchen durch. Heute Morgen hat sie freiwillig meinen Trenchcoat ausgeliehen und gleich zweimal die Zähne geputzt.

»Wo kommt die Dame her?«, fragt der Vermieter mich, als er hört, dass ich auf Englisch übersetze.

»Aus Kyiv«, antworte ich. Er verzieht keine Miene. »Dann schreiben Sie das dazu.«

Die nächsten Tage werden wir uns viel Mühe geben müssen, uns nicht zu früh zu freuen.

25. April 2022, Tag 61

Vielleicht schmeckt die Gegenwart nicht überall nach Hummus, in Berlin schon. Das Wort stammt laut Wikipedia aus dem Arabischen: »*hummus* / صمح / *ḥummuṣ (dialektal) bzw. ḥimmiṣ / ḥimmaṣ (klassisch)*« und bedeutet »Kichererbse«. Das Wort wird im Hebräischen סומוח [ˈxumus] geschrieben, im Türkischen meist *humus*. Laut Duden ist *der Hummus* (Maskulinum) ebenso korrekt wie *das Hummus* (Neutrum) oder auch *dit* Hummus (Berlinum).

»Hummus ist ein Nationalgericht im Libanon, aber auch sehr verbreitet in Israel und Syrien«, erklärt Tarek, während wir in die Falafel beißen, die er mitgebracht hat. Cremig und frittiert sind die wohl leckersten Aggregatzustände dieser Welt. »Hummus gibt es jetzt aber auch überall im Nahen Osten. In der Türkei findet man es vor allem in Hatay.«

»Und in Deutschland vor allem auf Hauspartys in studentischen Küchen«, ergänze ich, um Anna mental auf die Hauspartys meiner Freund:innen vorzubereiten, auf denen das Büfett mit Notizzettelchen wie »Vorsicht, nicht vegan!« gespickt sein wird.

»Magst du es?«, fragt Tarek.

»Viel Salat«, antwortet Anna und schiebt ein schnelles »Aber sehr lecker« hinterher. Derweil versuche ich mit dem kleinen Finger umständlich die Ärmel hochzuziehen, bevor der/dit/das Hummus nicht nur die Klärung seiner Herkunft einfordert, sondern auch die Sauberkeit meiner Bluse. Die Soße suppt bereits mein Kinn runter und das dritte Taschentuch voll.

»Kannst du mir das Salz geben, *habibski*?«, fragt Tarek mich ausgerechnet in diesem Moment. Hätte ich den Mund nicht gerade mit Kichererbsen voll, würde ich mich danach erkundigen, ob er eigentlich Tomaten auf den Augen hat. Anna reicht ihm das Salz, während ich mit der Rettung meiner Bluse fortfahre.

»*Habibski?*« Annas Stimme hat etwas ungewöhnlich Forsches, das sowohl Tarek als auch mich aufsehen lässt. Sie schnalzt mit der Zunge, was mir umso mehr das Gefühl gibt, ein tapsiger Welpe zu sein, der vom Muttertier in Schutz genommen wird. Genauso wie ein Welpe verstehe ich nicht, was eigentlich passiert ist. Tarek anscheinend auch nicht, denn er sieht verunsichert zu mir, bevor er spricht: »*Habibski* ist die weibliche Form von *habibi* … Das Wort bedeutet Bruder oder Schwester.«

»Aha.«

»Es gibt keine gute deutsche Übersetzung. Es ist ein Wort voller Liebe.«

»Liebe?«

»Nicht wie ›Schatz‹ oder ›Babe‹.« Wie immer redet Tarek schneller als sonst, wenn er über Dinge spricht, die mit seinen Wurzeln zusammenhängen. Auch wenn das normalerweise dabei einsetzende kindliche Funkeln in seinen Augen jetzt abwartender Wachsamkeit gewichen ist. »*Habibi* ist ein warmes Wort. Du kannst deine Nachbarn so nennen, deine Freunde, deine Frau oder deinen Mann.«

Anna schweigt langmütig. Dann: »Ich habe nur das Gefühl, dass das Wort manchmal abschätzig verwendet wird, um Frauen hinterherzurufen. Eine Freundin hat mir erzählt, dass sie mal so gecatcalled wurde.«

Damit ist es passiert. Statt der Ärmel im Hummus landet der Hummus auf dem Bauch.

»*Habibi* ist arabisch, nicht türkisch«, erklärt Tarek, in die Defensive gehend, womit er mir zum letzten Mal zuvorkommt, bevor ich die Situation mit unangenehm lautem, leider offensichtlich aufgesetztem Lachen unterbreche: »Es ist völlig okay, wenn Tarek mich so nennt.« Ich klopfe ihm auf die Schulter, grinse. Bestimmt klebt mir noch Hummus im Mundwinkel oder Petersilie zwischen den Zähnen. Petersilie klemmt *gern* zwischen den Zähnen. Anna schaut abweisend aus dem Fenster. Für sich selbst setzt sie ihre Wut vorsichtiger ein. Die Tatsache, dass sie mich weiblich in Schutz nehmen wollte, lässt mir einen warmen Schauer über den Rücken laufen. Der Blick, mit dem Tarek uns anschaut, einen kalten.

»Das ist wirklich schlimm, wenn deine Freundin diese blöde Erfahrung gemacht hat, und es tut mir leid, aber es ist nicht das Wort *Habibi* schuld«, versuche ich reichlich schwach, die Situation zu entschärfen. »Das war ein Arschloch, ganz egal, woher er kommt.«

»Vielleicht war der Typ nicht mal ein Araber.« Tarek verschränkt die Arme vor der Brust. »Außerdem nutzen längst viele Deutsche das Wort *Habibi*.«

»Wir kopieren viele gute Sachen.« Ich knülle bestätigend die Alufolie meiner Falafel zusammen. Die deutsche Sprache ist wie deutsches Essen. Die Liebe fehlt. »Und wie du schon gesagt hast, ›Schatz‹ oder

›Babe‹ hat einen lange nicht so schönen Klang wie *Habibi*. Die deutsche Sprache klingt einfach nicht so schön.« Immerhin auf diese Feststellung sollten Anna und Tarek sich einigen können. Manchmal hört es sich während Annas Duolingo-Lektionen so an, als wäre sie kurz davor, das Handy aus dem Fenster zu schmeißen, und Tarek sagt immer, Deutsch als Zweitsprache hätte ihm die Zunge gebrochen. Fehlanzeige. Anna schaut unbeirrbar aus dem Fenster, als gebe es da mehr als nur ein Stück Baumkrone und nahende Nacht zu sehen, und Tarek zuckt stumpfsinnig mit den Schultern. Immerhin in ihrer Uneinigkeit sind sie sich einig.

Ich seufze: »Ihr erinnert mich an meine Eltern.«

»Was?!«, wie aus einem Mund, zwei Köpfe drehen sich ruckartig zu mir. Ich korrigiere: »Falsch. Ihr *seid* wie meine Eltern.«

Dass die beiden so leicht zu ärgern sind, bringt wiederum Spaß für mich ins Spiel.

»Wo soll ich anfangen …?«, frage ich, mein Grinsen hinter einem Schluck Wasser versteckend. Abgesehen davon, dass sie ähnlich niedlich die Nase rümpfen, wie meine Eltern das tun, sind sie auch noch gleichermaßen blind für den Herzschmerz des beziehungsweise der anderen. Tarek hat als junger Kerl nicht den Sexismus erfahren, den Anna als junge Frau kennt. Anna hat als Osteuropäerin nicht die Ausgrenzung erlebt, die Tarek als offensichtlich ausländisch gelesener Mensch in Deutschland ertragen muss. Es wird wohl mehr als Worte brauchen, um den Raum für Ironie zu schaffen, in dem es sich besser miteinander aushalten lässt.

»Was denkt ihr darüber, das nächste Mal gemeinsam Borschtsch zu machen?«, frage ich. »Wir könnten das Rezept um Kichererbsen ergänzen …«

Annas Borschtsch

6–8 Portionen
10 Tassen Wasser
900 Gramm Schweinefleisch
2 Zwiebeln
2 Möhren
3 Lorbeerblätter
2 Rote Bete, roh
40 Gramm Petersilienwurzel
2 EL Pflanzenöl
2 EL Tomatenmark
1 TL Essig
1 Prise Zucker
400 Gramm Kartoffeln, geschält
und gewürfelt
200 Gramm Kohl
1 Knoblauchzehe
2 Nelken
Salz
Pfeffer

Topping:
Petersilie oder Dill und
saure Sahne nach Geschmack

In einigen Regionen wird
Borschtsch nicht nur zum

Berlin-Borschtsch

6–8 Portionen
4 EL Margarine
1 kleines Stück Knollensellerie,
in Würfeln
2 Rote Bete, geschält, in
kleinen Streifen
2 EL Pflanzenöl
15 Falafelbällchen, halbiert
oder geviertelt
1 Zwiebel, geschält und
gewürfelt
3 Knoblauchzehen, gepresst
5 Kartoffeln, geschält und
gewürfelt
1 Dose Kichererbsen
1,25 l Gemüsebrühe
3 große Möhren, in Scheiben
geschnitten
1 Kopf Weißkohl, in Streifen
1 rote Paprikaschote, gewürfelt
Salz
Pfeffer
5 EL Tomatenmark
2 Lorbeerblätter
Salz
Pfeffer

Mittagessen, sondern auch zu Feiertagen wie Hochzeiten oder Geburtstagen serviert. Traditioneller ukrainischer Borschtsch basiert auf Fleischbrühe (Schweine- oder Rindfleisch) und kann im Voraus zubereitet werden.

Zubereitung:

Zuerst die Brühe kochen: Dafür Wasser in einen Topf gießen, das gewaschene Fleisch, die Zwiebel und eine Möhre hineingeben. Lorbeerblätter, Nelken und Pfefferkörner nach Belieben hinzufügen.

Das Wasser zum Kochen bringen und 90 bis 120 Minuten alles köcheln lassen, dabei regelmäßig abschäumen.

Nach der gewünschten Zeit das Fleisch herausnehmen und abkühlen lassen, dann in Stücke schneiden. Das Gemüse, die Pfefferkörner, Nelken und Lorbeerblätter herausnehmen und entsorgen. Die Brühe durch ein Sieb abseihen.

Die Rote Bete schälen und raspeln oder in dünne Streifen schneiden. Die Zwiebel schälen und fein würfeln, die Möhre raspeln. Die Petersilien-

Topping:

250 ml Sojajoghurt, ungesüßt
2 EL Tahin
2 El Agavendicksaft
Petersilie und Dill
Pflicht: Brot als Beilage (mit lieben Grüßen von Bianca)

Zubereitung:

2 El Margarine in einer Pfanne erhitzen. Sellerie und Rote Bete darin anschwitzen. In der Zwischenzeit in einer separaten Pfanne Falafelbällchen in Öl braten und beiseitestellen.

2 EL Margarine in einem großen Suppentopf erhitzen, darin die Gemüsezwiebel und den Knoblauch anbraten. Bedenke: Heute nicht mehr mit Menschen verabreden, die keinen Knoblauch verstehen. Anschließend die Kartoffelwürfel und Kichererbsen dazugeben, weiterbraten.

Jetzt erst die Brühe dazugießen und zum Kochen bringen. Das restliche Gemüse, die Pfefferkörner, Tomatenmark und Lorbeerblätter hineingeben und 20 Minuten köcheln lassen, bis das Gemüse gar ist.

wurzel schälen und klein reiben.

Eine Pfanne mit Pflanzenöl erhitzen, die Zwiebel anbraten, die Karotte und die Petersilienwurzel hinzugeben und weitere 5 Minuten braten, dann den Inhalt auf einen Teller geben. Die Pfanne wieder auf den Herd stellen und etwas Öl hineingießen, die Rote Bete hineingeben, das Tomatenmark, den Essig, Zucker und Salz hinzufügen und mit 1 Tasse Brühe aufgießen. 10 Minuten bei mittlerer Hitze schmoren. Die Brühe wieder auf den Herd stellen. Sobald sie kocht, die Kartoffeln und das Fleisch hinzufügen und 15 Minuten lang köcheln lassen. Gedünstete Zwiebeln, Möhren und Rote Bete unterrühren. Den Kohl zerkleinern und in den Topf geben, 5 Minuten kochen lassen. Den Knoblauch durch eine Presse pressen und in den Topf geben, mit Salz und Pfeffer abschmecken. Den Herd ausschalten und alles 20 Minuten ruhen lassen. Borschtsch mit Grünzeug und einem Löffel saurer Sahne servieren.

Dabei mehrfach umrühren und salzen.

Während des Kochens die Zutaten für das Topping verrühren und ziehen lassen. Borschtsch mit dem Brot und dem Joghurt-Dip servieren. Ob das Brot geröstet oder kalt serviert wird, ist egal, allerdings ist sein Vorhandensein Pflicht, um Deutschland in dem Rezept zu repräsentieren. Größere Alman-Anteile sind verboten, um das Genusserlebnis nicht zu schmälern. Kulinarisches dürfen die Deutschen getrost denen überlassen, die auch etwas davon verstehen.

أتمنى لك كل وجبة شهية

Смачного!

Guten Appetit!

26. April 2022, Tag 62

Ich sitze, umgeben von hohen Bücherregalen, in meinem liebsten Bagel-Laden, für den ich gern quer durch die Stadt reise. Als ich bei einem Blick auf das Handy, um lediglich die Uhrzeit zu checken, 13 Anrufe von Anna auf dem Display sehe, rufe ich sofort zurück.

»Das Online-Tracking sagt, sie haben mein Paket zurückgeschickt!«, ruft sie.

»Was?«

»Wir waren nicht zu Hause, und nun haben sie es zurückgeschickt!«

»Nein, bestimmt nicht. Bestimmt ist es beim nächsten Späti. Oder die Nachbarn haben das Paket angenommen.«

»Wie arbeitet *Detschaél?*« Zwei Minuten Aufgeregtheit später verstehe ich, dass wir über DHL sprechen. Seit Wochen warten wir auf ihr Paket, damit Anna mehr als drei T-Shirts zur Verfügung stehen, jetzt ist es endlich da, und wir kommen nicht heran. Anna klingt aufgelöster als jedes Kind, dem man sagt, Weihnachten wird gestrichen.

»Ich bin wirklich sicher, dass meine Nachbarn das Paket haben«, sage ich.

»Sicher? Weil online steht, dass ...«

»Guck in den Briefkasten. Ist da kein Schreiben?«

Ich verstehe ja, dass Anna nach wochenlanger Warterei auf das Paket aufgeregt ist, doch als Erwachsene hätte sie ruhig selbst auf die Idee kommen können, mal im Briefkasten nachzusehen, ob eine Meldebescheinigung eingetroffen ist. Ich starre auf die Frau, die ihre

Schuhe ausgezogen hat und im Schneidersitz auf dem Stuhl mitten im Café Aquarelle malt. In der Hoffnung, dass ein Teil ihrer meditativen Ausstrahlung auf mich abfärbt. Anna gibt mir die Nummer eines Servicetelefons, und ich telefoniere mich durch die Callcenter. Die Stimmen auf der anderen Seite der Leitungen scheinen allesamt mit meinem Anliegen abgeschlossen zu haben, bevor ich es komplett erklärt habe. Anna hat recht. Da ihr Name noch nicht an meinem Klingelschild steht, das Paket allerdings auf ihren Namen ausgestellt ist, haben wir kein Glück.

»Aber ich bin *hier*!«, sagt Anna, als wir erneut telefonieren. »Wir können da mit meinem Ausweis hingehen. Wo auch immer es gerade ist, wir holen es ab.« Ich bin froh, dass ich ihr enttäuschtes Gesicht in diesem Moment nicht sehen muss. Mein Bruder versucht es auch noch mal, telefoniert und liest, bittet und bettelt. Doch keine Chance, Deutschland und seine Prinzipien.

Der Wert von Dingen

In meiner Jacke hatte ich ein Loch für die wichtigsten Dokumente. Ich wusste nicht, was mich auf der Flucht erwarten würde, doch falls ich rennen müsste, wollte ich vorbereitet sein. Selbst wenn ich die wenigen Sachen, die ich tragen konnte, hätte stehen und liegen lassen müssen, wollte ich wenigstens meine Papiere bei mir haben. Mittlerweile konnte ich meine Jacke reparieren. Obwohl ich schon immer eine Shopaholic war, eins habe ich verstanden: Du überlebst auch mit drei Hosen, zwei Shirts und einer Jacke.

Es tut weh, wichtige Gegenstände aus deinem Leben zurückzulassen, aber es tut weniger weh im Vergleich zu den Menschen, von denen du dich trennen musst. Zum Glück ist das Wichtigste hier bei mir in Berlin: Oscar.

»Gleich muss ich Papa anrufen und ...« Anna hört bei meinem Anblick in ihrem Zimmer auf, sich die Haare trocken zu rubbeln. »Was machst du da?« Berechtigte Frage, die sie da stellt. Ihr Blick wandert zu meinen Händen hinab. »Bianca!«

Erwischt. Schnell lasse ich die Scheine hinter meinem Rücken verschwinden, aber nicht schnell genug.

»Du musst es nehmen!« Ich wippe flehend von Ferse auf Fußballen, fast, als müsste ich dringend aufs Klo. »Bitte!«

»Nein. Ich nutze dein Wasser, dein Licht.« Anna deutet auf die Tür neben sich. »Dein Gas – alles!«

»Aber ich will dein Geld nicht!«

»Und ich will, dass du mir meinen Stolz lässt.«

»Du kannst das Geld nehmen und Spielzeug für Oscar kaufen.« Als er seinen Namen aus meinem Mund hört, springt er aufgeregt auf das Bett, um sich größer zu machen, und sieht mich von dort aus schwanzwedelnd an. Ich wünschte, ich müsste nur ihn, nicht Anna überzeugen, die schlappe Sozialhilfe nicht auch noch mit mir zu teilen.

»Nein.« Anna schüttelt den Kopf. »Ich nutze sogar Licht mitten in der Nacht!«

»Wäre ja auch dumm, wenn du es nutzt, während die Sonne scheint.«

»Bianca.«

»Anna.«

Ich lege die Scheine, die mittlerweile schon ganz zerknittert davon sind, dass wir sie seit über zwei Wochen ständig beieinander verstecken, auf der Kommode ab und will mich an Anna vorbei aus dem Zimmer schieben, doch sie versperrt mir mit einem resoluten Schritt den Weg. So langsam müssen wir beide lachen, sie schüttelt den Kopf und verteilt damit den Honig-und-Milch-Duft ihres Shampoos im Raum. Das, in Kombination mit der blassen Haut, den vollen Lippen, dem permanenten Lidstrich und den langen schwarzen Haaren, lässt sie wie Kleopatra erscheinen. Bleibt zu hoffen, dass sie sich nicht in einen Teppich einwickeln lässt, um an unserer strengen Wache Oscar dem Ersten vorbei in mein Zimmer zu kommen und mich dort mit Verführungskunst, Intelligenz und Ehrgeiz gefügig zu machen wie einst Cäsar. Für heute heißt es unentschieden. Anna klemmt das Geld unter den Calvin-Klein-Flakon auf ihrer Kommode, und wir einigen uns darauf, dass es unser »Family Money« ist. Geld, das wir für gemeinsame Aktivitäten wie Barbesuche ausgeben.

»Wen wolltest du noch mal anrufen?«, knüpfe ich an den Anfang unseres Gesprächs an, als sie gerade erst aus dem Bad getreten war.

»Meinen Papa.« Sie selbst setzt derweil das Haarerubbeln fort. »Ostern ist ihm wichtig.«

»Du hast doch aber letzte Woche mehrmals mit ihm telefoniert, oder nicht?« Meine Brauen ziehen sich zusammen, Anna hat mit Sicherheit genügend

Gelegenheit gehabt, ihre Ostergrüße nachzuholen. Sie braucht nur zwei Worte, um mir auf die Sprünge zu helfen: »Orthodoxes Ostern.«

»Fuck!« Ich schlage mir so überdeutlich gegen die Stirn wie eine Comicfigur. »Sorry, ich hätte dran denken sollen!«

»Warum?«

»Weil du *unser* Ostern mit meiner Familie gefeiert hast ...«

»Aber es ist nicht wichtig für mich, nur für meinen Vater.«

»Trotzdem ... Frohe Ostern!«

»Danke.«

»Willst du was machen?« Meine auf Unaufmerksamkeit beruhende Vergesslichkeit ist mir peinlich. Ich fühle mich wie mein Vater, als er Mama zum 51. Geburtstag einen selbst gebastelten Gutschein schenkte. »Wir können in die Kirche gehen«, schlage ich vor, um es wiedergutzumachen.

»Hell, no«, antwortet Anna. »Bitte nicht.«

»Oder wir backen noch einen Osterkuchen.«

Nun lacht sie: »Um unsere Fähigkeiten auszubauen?«

»Warum nicht?«

»Mein bestes Ostergeschenk ist, dass Macron gestern gewonnen hat.«

In dieser Wohnung wurde noch nie so viel über Politik gesprochen wie seit Annas Ankunft. Sie läuft zurück ins Bad und holt die Creme aus dem Regal. Währenddessen hole ich zumindest die Reste unserer Ostersüßigkeiten aus dem Schrank und fülle sie in eine Schüssel. Als Annas Stimme und die ihres Vaters sich miteinander zu vermischen beginnen, greife ich ebenfalls nach meinem Handy und wähle die Nummer meiner Eltern. Wann habe ich sie eigentlich zuletzt gesprochen? Oder besucht? Next level: angerufen oder besucht aus *eigenem* Impuls heraus und nicht, weil sie mich angerufen oder mich eingeladen haben. Weil ich etwas brauchte. Nach dem dritten Ton lege ich wieder auf, weil sich in meinem Magen ein Gefühl ausgebreitet hat, als hätte ich ein rohes Ei verschluckt. Ich verstehe nicht, was Anna sagt, aber ich meine, die Ländernamen »Polen« und »Deutschland« herauszuhören. Sie hat noch nicht aufgegeben, ihre Eltern darum zu bitten, wenigstens bis nach Polen zu fliehen. 1.202,61 Kilometer Luftlinie, ein Krieg und viele Sorgen liegen zwischen Anna und ihrem Vater. Das Einzige, was mich von meinen Eltern trennt, ist ein wenige Minuten andauernder Fußweg und schlechte Ausreden. Leise ziehe ich die Tür hinter mir ins Schloss.

Ein Gedankenexperiment

Stellen wir uns vor, dass Anna in den nächsten Jahren in Deutschland Mutter wird. Ihre Zwillinge Oleksandr und Milla wachsen behütet in einer kleinen, aber feinen Wohnung mit Fenster Richtung Innenhof auf. Beim Frühstück streiten sie sich zwar oft darüber, dass einer von beiden einen viel volleren Teller mit Suppe bekommen hat, aber ansonsten verstehen sie sich sehr gut. Vor allem, wenn sie von dem altersschwachen Chihuahua erzählen, mit dem sie die ersten Jahre ihres Lebens verbracht haben. Wären sie ehrlich, müssten Oleksandr und Milla allerdings zugeben, dass sie sich nicht wirklich an Oscar erinnern. Es sind die Erzählungen der Mutter, die sie, fantasievoll angereichert, zum Besten geben. Und die Mutter der Zwillinge hat noch mehr zu erzählen, auch wenn sie dabei manchmal klingt, als würde Siri die Hausaufgaben aus den Geschichtsbüchern für den Unterricht vorlesen. Oleksandr und Milla sind sich sicher, dass ihre Mama hin und wieder improvisiert, so wie sie selbst bei den Erinnerungen an Oscar kreative Spielräume nutzen. Niemals war Mama mit einem Taser unterwegs. Niemals sind im Sozialamt alle Computer auf einmal ausgefallen (2022 war nicht 1922, Mama). Niemals steckt der Flyer für einen Sexshop in der Erinnerungskiste ihrer Mama, weil sie für Oscar dahin gegangen ist. Niemals ist Brokkoli in Deutschland zu ihrer Leibspeise geworden, bloß weil sie aus Höflichkeit immer wieder davon probiert hat.

Ihre Mutter Hanna hat viel aufgegeben und ganz allein ein neues Leben in einem fremden Land aufgebaut, bis Oleksandrs und Millas Vater nach Kriegsende nachkommen konnte. Ihre Mutter Hanna gehört zu einer ganzen Generation von Frauen, die in den Geschichtsbüchern der Zwillinge selten als Kriegerinnen bezeichnet werden und doch genau das sind. Oleksandr und Milla fühlen sich sehr geliebt bei der Vorstellung, was ihre Mutter alles auf sich genommen hat, auch, um ihren zukünftigen Kindern ein besseres Leben zu ermöglichen. Erst recht, falls das mit dem Brokkoli doch stimmen sollte. Deshalb ist es den Zwillingen wichtig, gute Noten mit nach Hause zu bringen, erfolgreich zu sein, ihre Mama stolz zu machen. So lange, bis endlich das Karma, Gott, wer oder was auch immer, die Payback-Zeit einläutet und Hanna gerecht entlohnt wird für all das Pech (noch mal: Brokkoli!), das sie hatte.

Lediglich ein paar Meinungsverschiedenheiten erlauben sich die Zwillinge mit ihrer Mutter. Als Milla mit 16 das erste Mal jemanden mit nach Hause bringt, also jemand Besonderes, lässt ihre Mutter sich zigmal erklären, was genau eine genderfluide Partnerschaft in der Praxis bedeutet. Wenn Milla genug von den hitzigen Gesprächen hat, lenkt sie die Aufmerksamkeit auf ihren Bruder, der gerade das VR-Dating für sich entdeckt und außerdem (noch schlimmer) vegan lebt. »Ganze Orte sind unbewohnbar, Mama, du darfst kein Fleisch mehr essen«, sagt Oleksandr. Milla nimmt ihre Mutter, nicht ganz uneigennützig, in Schutz: »Sie gibt sich doch schon Mühe! Einmal im Monat wird wohl in Ordnung sein.«

Wenn die Zwillinge ausgehen wollen, ziehen sie wieder an einem Strang, denn ihre Mutter erlaubt langes Wegbleiben am ehesten, wenn sie gemeinsam unterwegs sind. Und vielleicht nicht ausgerechnet in der Nähe der Kurfürstenstraße. Ihre Mutter hat mal von einer Freundin gehört, dass es dort schlimm zugehen soll, vor allem in der U-Bahn. »Keine Sorge, das ist nur eine ganz entspannte Hausparty«, werden ihre Kinder sagen und dabei vielleicht nicht mal lügen.

Während Milla dort direkt ins Wohnzimmer durchläuft, wo eine Drohne die bestellten Pizzen durch das Fenster einfliegt und die Musikanlage aus dem 3D-Drucker tanzbare Musik abspielt, biegt Oleksandr als Erstes in die Küche ab. Mit etwas Glück hat jemand den ukrainischen Wodka mitgebracht, den er von Familienfeiern kennt. Oleksandr wird begrüßt, wie er es am liebsten hat: »*Privet moj drug!*« Währenddessen sitzt ihre Mutter zu Hause und hält sich mit Kaffee wach, um den Anruf nicht zu überhören, wenn ihre Kinder abgeholt werden wollen. Tante Bianca schaut vorbei, um ihr notfalls die Augen aufzuhalten. Hanna und sie verbringen den Abend mit ein paar Folgen »Euphoria« (Oleksandr: »Das ist ja nicht mal 36K!«) sowie liebevollen Lästereien über ihre Männer, die heute ihrerseits einen Abend unter sich verbringen. Vielleicht wird Bianca sie an eine der ersten Hauspartys erinnern, auf der sie gemeinsam waren: »Erinnerst du dich, wie du in Ninas Bett eingeschlafen bist?«

»Und das vor Mitternacht.« Dann wird Hanna sich die Augen zuhalten, den Schauer der Scham über sich ergehen lassen. »Damals nahm ich mir vor, nie wieder zu mischen.«

»Und du hast es doch immer wieder getan.«

»Wein und Wodka sind einfach eine unvernünftige Kombination.«

»Erst recht, wenn wir von polnischem Wodka sprechen.«

»Aber deine Kollegen haben einfach nicht aufgehört, nachzuschenken!«

»Stimmt.«

»Ich schreibe den Kindern noch mal schnell, dass sie nicht mischen sollen. Und zwischendurch Wasser trinken.«

Es sind Geschichten von einem Damals, als Hanna sich noch Anna nannte und mit Händen und Füßen verständigen musste, um am Partygeschehen teilzunehmen. Währenddessen konnte Bianca nicht nur auf Deutsch, sondern auch in der Sprache ihrer Eltern an der Küchenphilosophie teilnehmen. Hauspartys, auf denen so viele Polinnen und Polen anwesend waren, wie es der Wahrscheinlichkeit entspricht, wenn etwa jeder zehnte Mensch in Deutschland seine Wurzeln in besagtem Nachbarland hatte, und dementsprechend in Berlin noch mehr Pol:innen lebten als in entfernteren Teilen der Republik. Genauso wie Tante Bianca damals wird es Oleksandr und Milla heute ergehen. Was früher die Pol:innen waren, sind heute die Ukrainer:innen. Die Zwillinge stehen für die nächste Generation der Ukrainer:innen, denen mehr Glück im Unglück vergönnt ist als den Kindern der Geflüchteten anderer Herkunftsländer. Vielleicht stellen sie beim Anstoßen mit polnischem und ukrainischem Wodka sogar fest, dass sie gern Teil der Generation wären, die schafft, was ihre Eltern nicht geschafft haben: wirklich *alle* zu integrieren. Vielleicht, weil ihnen auch nie das Gefühl gegeben wurde, ihren Platz verteidigen zu müssen. Vielleicht beschließen die Geschwister am Folgetag spontan, trotz Kater, zu einer Demonstration zu gehen. »Against war in Syria« wird dann auf ihren Plakaten stehen. Krieg wird es immer geben, das schaffe ich selbst in meiner als Gedankenexperiment getarnten Utopie nicht auszublenden.

So Berlin wie Kennedy

Die Menschen hier sind offener als die Menschen, mit denen ich aufgewachsen bin. Das mag ich. Nicht, dass sich das in ihrer Mimik und Gestik äußern würde, die setzen sie eher sparsam ein, aber zum Beispiel ist es für homosexuelle Paare viel einfacher, zu sich zu stehen. Ich dachte immer, deshalb würden die Menschen ihre Liebe auf der Straße auch mehr nach außen hin zeigen und ausleben. Erst recht, wenn sie schwul oder lesbisch lieben – wie zum Protest, weil sie es immer noch an so vielen Orten nicht so leicht haben. Aber das stimmt nicht. Ich höre besagte Offenheit aus den Gesprächen von Bianca und ihren Freundinnen und Freunden heraus. Das spricht für eine Selbstverständlichkeit.

Übrigens würde ich gern mal ins KitKat gehen und plane für diesen Anlass vorsorglich Biancas und mein Outfit. Wir machen das, nachdem wir dieses Buch verkauft haben, sozusagen als Belohnung. (Anmerkung der mitbewohnenden Redaktion: Was machen wir?!) Das wird super! So weit bin ich zwar noch nicht, aber ich arbeite dran, mich nicht nur in Deutschland, sondern in Berlin zu integrieren. In diesem Sinne: Ich bin eine Berlinerin.

27. April 2022, Tag 63

»Aufwachen …« Ich berühre sanft Annas Schulter, die sie bis zu den Ohren hochgezogen hat. Zusammengerollt wie ein Murmeltier döst sie vor sich hin und klingt dabei auch wie ein Murmeltier. »Genug geschnarcht. Wir müssen.«

Etwa drei Stunden war Anna verschwunden, war weder im Wohnzimmer noch im Bad noch in der Küche auffindbar. Was mir eben erst aufgefallen ist. Weil ich nach Hause will. Sie bezeichnet es als Powernap, was drei Stunden gedauert hat. Ich starte Weckversuch Nummer zwei.

»Auch die Botschafterin der Ukraine …« Ich schüttle den Kopf, nicke, schüttle erneut. »I mean, ehm … also the ambassador of Ukraine has to go home at some point.«

Mein betrunkenes Hirn hat es etwas schwerer, die richtigen Wörter zu finden, und das auch noch auf Englisch. Es fühlt sich an, als hätte jemand den rosaroten Klumpen in eine Lake eingelegt, die verdächtig nach einer Mischung aus Zubrowka-Shots und süßlichem Weißwein riecht. Wenn ich noch lange auf der freien Betthälfte neben Anna liegen bleibe, geht es mir gleich wie ihr. Erneut lege ich meine Hand auf ihrer Schulter ab, diesmal schüttle ich sie fester.

»Mwaaah!« Aus Murmeltier wird Grizzlybär. Anna dreht sich von mir weg, auf ihre andere Schulter, verheddert sich dabei umständlich in Ninas Bettdecke und schmeißt die Hälfte der Jacken herunter, unter denen sie begraben liegt. Da die meisten Gäste vor

23 Uhr ankamen und somit vor Annas Zubettgehzeit, vermute ich, dass sie auf der Suche nach einem Schlafplatz zu faul war, den Kleiderstapel vom Bett zu räumen, und stattdessen einfach druntergekrochen ist.

»Ich bin müde.« Der Grizzlybär kann sprechen. Ich begebe mich in die Senkrechte, um einen Anfang zu machen. Also, erst mal sitzen, nicht stehen, wir müssen ja nicht gleich übertreiben. Vielleicht dreht sich die Welt ein bisschen weniger, bis Anna auch so weit ist. Kein Wunder, dass sie müde ist. Sie hat heute einen guten Job gemacht, im Nachbarzimmer erzählen sich alle, wie lässig sie ist. Wie gut sie ohne Sprachkenntnisse sowohl am Trinkspiel als auch am allgemeinen Geschehen teilnahm. Mich macht eine Party schon müde, ohne dass ich mich darauf konzentrieren muss, mit weniger Sinnen lauter neue Eindrücke aufzunehmen und hoffentlich jeden zu verstehen. Apropos »verstehen«. Meine Stimme scheint mittlerweile so weit zu Anna durchgedrungen zu sein, dass sie sich nun ebenfalls aufrichtet.

»*Ne tak bystro …*«, flüstert sie und reibt sich mit einer Hand die Augen, während die andere stützend alles gibt, um der kreisförmigen Schwingung ihres an ein Pendel erinnernden Oberkörpers entgegenzuwirken. »Ich werde nie wieder Bier mit Wodka mischen.«

Ich lache.

»Nie wieder!« Annas Stimme klingt rauchig. Die Botschafterin der ukrainischen Kultur greift nach den Resten ihres Basil-Smash-Cocktails, der sich in Teilen bereits zwischen ihren Zähnen befindet und mit dem sie nun tapfer versucht, der eigenen Dehydrierung entgegenzuwirken. Bei dem Gedanken daran, wie wir uns morgen nach dem Aufwachen fühlen werden, schmecke ich schon jetzt Kalk und Mörtel: wie Teile der Decke, die bei einem Erdbeben auf Anna und mich herabund in unsere Münder geregnet sind. Morgen wird gekatert.

28. April 2022, Tag 64

In der Arte-Mediathek kann man aktuell die ukrainische Serie »Diener des Volkes« mit deutschen Untertiteln sehen, was Anna und ich für einen gemeinsamen Fernsehabend nutzen. Als Anna mir erzählt, dass die Serie auf Selenskyjs Weg in die Politik eingezahlt habe, sind wir gerade in einer Szene angekommen, in der er im Bauarbeiterunterhemd auf der Toilette sitzt, die Hose bis auf den knallroten Badvorleger heruntergezogen, und dabei in einer Zeitung blättert. Was ich bislang gesehen habe, ist eine Mischung aus GZSZ und Lenßen & Partner. Kurzum: Es ist wirklich schlimm. 23 Folgen Fremdscham. Wolodymyr Selenskyj spielt seine Geschichte, bevor er sie erlebt: einen Geschichtslehrer, der über Nacht zum Präsidenten der Ukraine wird. Es ist, als würde Jo Gerner Deutschland regieren. (Was im Grunde nicht absurder ist als ein Kanzler, der irgendwie nur dann die Wahrheit sagt, wenn sie eh schon jeder kennt #CumEx.)

2015 wurde die Serie im ukrainischen Fernsehen mit großem Erfolg ausgestrahlt, also knapp vier Jahre vor der Wahl, die Selenskyj mit seiner nach der Fernsehserie benannten Partei für sich entscheiden konnte.

»Und jetzt nutzt er die Hände seiner Bürger für den Krieg.« Anna verschränkt die Arme vor der Brust, wendet den Blick vom Laptop-Bildschirm ab. »Vielleicht könnte ein richtiger Politiker etwas verändern.«

»Sollen wir etwas anderes gucken?«, frage ich, da diese Serie offensichtlich nicht zur Besserung von Annas Laune beiträgt. Sie schüttelt den Kopf: »Nein, ist okay.«

Doch auch die nächste Viertelstunde lang guckt sie kaum hin. Schließlich drücke ich auf die Pausetaste, ein gemeinsamer Fernsehabend macht wenig Sinn, wenn 50 Prozent der Zuschauenden den Ausblick aus dem Fenster bevorzugen.

»Die Sache ist die ...« Anna verpasst der Sofalehne einen Schlag. »Die USA haben ihn gewarnt. Sie haben mithilfe von Sputnik gesehen, was Putin plant. Selenskyj wollte nicht hören. Er hat lieber neue Straßen gebaut. Jetzt haben ... *hatten* wir neue Straßen. Toll.«

Annas Leidenschaft spricht in anderen Tönen von dem ukrainischen Präsidenten als die deutsche Medienlandschaft. »Vielleicht ist er ein guter Mensch, aber kein guter Politiker«, versucht sie zusammenzufassen, was ihr durch den Kopf geht. In den letzten Wochen haben wir Selenskyj vor allem im Selfie-Modus und in Militärkleidung oder als Teil eines Memes erlebt. Er hat Social Media verstanden. Vom TV-Star zum Präsidenten. Hat Selenskyj sich überschätzt? Hat er die Aussicht auf Ruhm nicht gegen die eigenen Fähigkeiten abgewogen? Mit seinen regelmäßigen Videobotschaften versucht er, die Solidarität der Menschen in der Ukraine hochzuhalten, betont seine Anwesenheit im Land und baut eine Gegenwehr im Informationskrieg auf.

Putins Weste mag nie weiß gewesen sein, doch Selenskyjs ist es auch schon lange nicht mehr. Anna erzählt mir vom Krieg um Bergkarabach 2020, der in der deutschen Berichterstattung keine große Rolle spielte. Es handelte sich um eine militärische Auseinandersetzung zwischen den Streitkräften Armeniens und denen der Republik Arzach. Selenskyj soll mit Waffenlieferungen anstelle von Unterstützung der Friedensverhandlungen reagiert haben. Aber vielleicht ist jetzt auch nicht der richtige Zeitpunkt für Kritik an dem ukrainischen Präsidenten. Er gewann die Wahlen übrigens mit 73 Prozent, was nicht so klingt, als würden viele Menschen so schlecht von ihm denken wie Anna. Anderseits musste er da noch nichts beweisen, außer, dass er ein Drehbuch auswendig lernen kann. Ein Drehbuch, das es jetzt nicht gibt. Laut des Internationalen Instituts für Soziologie in Kyiv (KIIS) fand für viele ukrainische Staatsbürger:innen eine Art Verschmelzung zwischen dem Serienhelden Holoborodko und Selenskyj selbst statt. »Diener des Volkes« nährte den Traum, ein ehrlicher und einfacher Mann aus der bürgerlichen Mitte würde Präsident werden und alles ändern. Viele Expert:innen vermuten hinter der Serie einen entscheidenden Teil des Wahlkampfs, insbesondere in Anbetracht der hohen Einschaltquoten. Da hat die Produktionsfirma Kvartal 95 Studio vielleicht ganz schön was losgetreten, die von wem noch mal gegründet wurde? Ach ja, Wolodymyr Selenskyj. Zufälle gibt's. Es ist der allzu amerikanische Traum, den wir uns von den USA samt kapitalistischem System gleich mit haben verkaufen lassen. »Vom Tellerwäscher zum Millionär.« Andersherum wäre auch blöd.

In der Serie trug Selenskyj in der Rolle des Präsidenten Anzug und Krawatte. Stand ihm besser als Camouflage.

29. April 2022, Tag 65

Die Hose wirkt wie luftgepolstert an den dünnen Beinchen. Die Flecken in Oliv und Kaki, in Tannen- und Grasgrün wölben sich zu einer kleinen Hügellandschaft. An dem Jungen von vielleicht fünf Jahren erinnert das Muster der Hose mehr an eine Landschaft aus Hobbingen als an Militär. Die knallblaue Jacke, zu deren Kapuze orangefarbene Drachenzähne gehören, gefällt mir besser. Dem Jungen klemmt ein Stickerheft unter dem Arm. Piraten, die über Holzplanken laufen. Ich bin neidisch. Wenn ihm diese Welt nicht gefällt, scheinen ihm genügend andere zur Verfügung zu stehen, in die er fliehen kann. Seine Mutter scheint die maximal grauen Wände um sich herum nicht so leicht ausblenden zu können. Was wohl daran liegen dürfte, dass sie die Verantwortung dafür trägt, dass im Sozialamt alles erledigt wird, was erledigt werden muss. Ich kenne sie schon vom letzten Mal, auch wenn ihre Schwangerschaftskugel größer geworden ist.

Und sie ist nicht das einzige Gesicht, das Anna und ich wiedererkennen. Die Dolmetscherin ist noch da, und sie ist immer noch allein. Der Yorkshire-Terrier hat in der Zwischenzeit eine Operation hinter sich bringen müssen. »Frauensachen«, übersetzt Anna den Grund für seinen Besuch in der tierärztlichen Praxis. Da hat Oscar mit seiner Erkältung also noch mal Glück gehabt.

Anna und ich setzen uns wieder vor Tür zwei auf die Bank, wie schon beim letzten Mal und wie unser Terminzettel es von uns verlangt.

»Soziale-Soziale!«, flüstert Anna euphorisch.

»Soziale-Soziale!«, summe ich mit.

Dann sind wir dran. Ich stelle die Fragen, die Anna mich bittet zu stellen, auch wenn wir die Antworten bereits kennen. Bin ich krankenversichert? Wirklich? Dürfen wir erst ab Juni ins Jobcenter? Nicht schon nächste Woche? Wenn ich eine Wohnung miete, gibt es da, abgesehen von der begrenzten Mietpreishöhe, auch eine Grenze in Bezug auf die Quadratmeteranzahl?

In den Telegramgruppen teilen die Ukrainer:innen mehr schlechte als gute Erfahrungen, mehr Sorgen und Probleme als Lösungen, was Anna immer wieder den Kopf verdreht. Wie bei unserem ersten Besuch im Rathaus: Als einer aufstand, standen alle auf. Digitaler Herdentrieb. Es beruhigt Anna zu sehen, dass ich die Antworten auf ihre Fragen beim persönlichen Gespräch mit der Sozialarbeiterin gebe, nicht bei Google-

Recherchen oder bloßem Nachlesen in der Zettelage, die sich auf ihrer Kommode stapelt. Unsere Sozialarbeiterin bringt mit angekratzter Laune und nervösen Blicken in Richtung der hinter uns Wartenden die Fragerunde so schnell hinter sich wie unsereins die Bestätigung von AGBs. »Ja, ja, ja und nein. Wie schon gesagt, nein.«

Währenddessen erfährt die schwangere Frau neben uns, dass sie vermutlich nicht wie geplant nach Magdeburg wird ziehen können. »Sie müssen sich erst mal in Berlin aufhalten«, so der Sozialarbeiter. »Sie wurden diesem Bundesland zugewiesen.« Vielleicht hat sie Asyl beantragt? Mithilfe des sogenannten Königsteiner Schlüssels wird in Deutschland berechnet, welches Bundesland wie viele Asylsuchende aufnehmen soll, um dafür zu sorgen, dass keine Region über ihre Kapazitäten beansprucht wird. Solange der Asylantrag bearbeitet wird, was gern mal ein Jahr dauern kann, müssen sich Betroffene im festgelegten Gebiet aufhalten. Die Frau atmet hörbar aus. Eine Hand ruht auf ihrem Bauch, mit der anderen greift sie nach der Hand ihres Sohnes. Er lässt es passieren, auch wenn er dafür das Blättern in seinem Stickerheft unterlassen muss. Fragend sieht er zu seiner Mutter hoch. Sie nickt, und in diesem Moment denke ich, dass ihr das kämpferische Camouflage noch besser stehen würde als jedem Mann, den ich bislang darin gesehen habe.

Als hätten sie vor lauter Werbung und Abspann den Film vergessen. So fühlt es sich an, geblendet von der

Sonne, auf die Steinstufen vor dem Sozialamt hinauszutreten. Trotzdem ist die Stimmung selten so gut wie nach dem Sozialamt. Außerdem war das heute unser letztes Mal. Nächstes Mal dürfen wir nämlich ins Jobcenter.

»Soziale-Soziale ist ein bisschen zu einem Zuhause geworden …« Anna winkt der sich entfernenden Fassade zu, die ich mit abschätzigem Blick bedenke. Einen kurzen Moment lang glaube ich, sie hat mit der vielen Zeit auch den Verstand im schmalen Gang vor Tür zwei verloren. Hässliches Sepiabraun. Als würde man ein altes Foto betrachten, das ungefähr aus der Zeit stammt, als da drinnen die Zeit stehen geblieben sein muss.

»Vielleicht sehe ich irgendwann mal Italien.« Wo auch immer dieser Gedanke plötzlich herkommt, ich bin froh, dass Anna ihn ausspricht, denn er macht auch in meinem Kopf neue Bilder auf. Schöne Bilder. Warme Bilder. Pizza.

Wir lachen. Habe ich schon erwähnt, dass die Stimmung selten so gut ist wie nach dem Sozialamt? Das Danach ist maximal weit vom Davor entfernt.

Der Spiegel veröffentlicht die Kolumne »Wie umgehen mit Putin am ›Tag danach‹?« direkt über einer Meldung aus der Ukraine, die die Angst bekundet, der Krieg könne noch das ganze Jahr dauern. Die Pole-Position ist jedoch dem »Kaufkraftrechner« vorbehalten: »So frisst die Inflation Ihr Gehalt auf.« Es ist die größte Überschrift, die mich anlacht, als ich, im Café angekommen, *Spiegel Online* aufrufe. Eigentlich bin ich hier, um vor meinem Staubsauger, der Waschmaschine und anderen Prokrastinationswerkzeugen abzuhauen, um konzentrierter zu arbeiten. Ich weiß auch nicht, wie Nachrichtenmagazine, Instagram und YouTube in meiner Suchleiste gelandet sind. »Hier können Sie herausfinden, wie viel Geld Ihnen fehlt«, lese ich mich weiter in den Mist hinein, auf dem nichts wachsen kann. In den GMX-News geht die Welt sowieso schon seit mindestens drei Wochen unter. Was mich weniger beunruhigen würde, wären die Klickzahlen bei Meldungen besagter »Nachrichtendienste« von Mailservern nicht so groß. Neben eBay-Kleinanzeigen und Web.de gehörte GMX im April 2021 zu den meistbesuchten Onlinemarken der IVW-Statistik. Die IVW ist die sogenannte Informationsgemeinschaft zur Feststellung der Verbreitung von Werbeträgern e. V.

Ich mache einen Spaziergang zur Café-Toilette und hoffe, dass mein Kopf auf dem Rückweg Platz für neue Gedanken geschaffen hat. Der auf der Rückseite der Toilettentür klebende Sticker »Eat the rich« will mir wohl dabei helfen. Das wäre doch mal ein Lösungsansatz, wenn Brot zu teuer wird. Angesichts der durch den Krieg steigenden Preise sind viele Menschen in Deutschland beunruhigt. Manche Furcht mag knauserig übertrieben sein und mit medialer Panikmache zusammenhängen, doch wer nicht auf finanzielle Puffer zurückgreifen kann, dem tut der Blick auf den Kassenzettel aktuell zu Recht weh. Knapp ein Drittel mehr für Speiseöle, rund ein Fünftel mehr für Fleischwurst, über die Hälfte mehr für frische Gurken – das zeigen vorläufige Zahlen Statistischer Landesämter für den Monat April. Vor allem aber steigen die Energiepreise. Und vom Preisanstieg sollen wir wohl noch eine ganze Weile etwas haben. Diese Sorgen könnten der »Wir schaffen das«-Stimmung Konkurrenz machen und gleichzeitig Parteien mit einfachen, weil erlogenen Lösungsansätzen in die Karten spielen, wenn die Regierung nicht rechtzeitig Gegenperspektiven aufmacht.

30. April 2022, Tag 66

Die böse Stiefmutter meckert mal wieder – und *Schnitt* zum netten König, der noch Zeit für seine Enkelkinder haben möchte. Ich habe Disneys Aschenputtel seit mindestens 15 Jahren nicht mehr gesehen und offensichtlich beim letzten Mal einiges *über*sehen. Eigentlich wollen Anna und ich Boxen schauen. Einen alten Kampf von Oleksandr Usyk vielleicht, dem ukrainischen Klitschko-Nachfolger. Der Boxer soll im Februar 2022 seine Verhandlungen um einen Rückkampf mit Anthony Joshua abgebrochen haben, um sich freiwillig für den Wehrdienst in der Ukraine zu melden. Im März 2022 kehrte Usyk zum Training ins Ausland zurück, inklusive Shitstorm, wie Anna mir berichtet, während Cinderella singend die Küche schrubbt. Da Usyk Vater dreier Kinder ist, unterliegt er nicht dem Ausreiseverbot wie alle kinderlosen wehrfähigen ukrainischen Männer zwischen 18 und 60 Jahren. Das Internet ergänzt Annas Wissen um die Erklärung, dass der Boxpromoter Bob Arum zuvor laut eigenen Angaben in

Gesprächen mit der ukrainischen Regierung eine Sonderregelung für Usyk erwirkt hatte, um ihm die Chance zu geben, im Boxring für sein Land zu »kämpfen«.

Und Cinderella? Die schrubbt immer noch fröhlich tanzend und singend, von Vögeln begleitet, über den Bildschirm. Also, ich sah heute anders aus beim Badschrubben. Das war auch der Moment, in dem Anna und ich uns für den Trickfilm und gegen den Boxkampf entschieden haben. Wir wollten uns dieses Gefühl zurückholen, das wir als Kinder verspürt hatten bei der Vorstellung, wie wir einmal als erwachsene Frauen selbst hart mit anpacken würden, anstatt Mama beim Putzen nur zuzusehen und lediglich ein paar Legosteine zum eigenen Verantwortungsbereich zählen zu dürfen. Währenddessen klackert der Gasofen in der Küche, und Anna macht mit einem Zischen das Bier auf.

»Vielleicht kannst du es mit Saft mischen?«, schlage ich vor, als ich Annas Gesicht nach dem ersten Schluck sehe.

»Ach, es ist dann wie shit with honey«, winkt sie ab. »Es bleibt shit.«

Die Verkostung zur Ergründung deutscher Markenvielfalt läuft weiterhin. Dass der bisherige Favorit streng genommen nicht deutschen, sondern österreichischen Ursprungs ist, werde ich Anna erst verraten, wenn ein deutscher Biervertreter aufgeholt hat. Kulturelle Aneignung, wenn man so will (und ich will), in ihrer leckersten Form. Außerdem haben die Österreicher:innen schon ihren Kaiserschmarrn, die schönsten

Bergseen und Innsbruck. Wir Deutschen haben Pünktlichkeit und den *Tatort,* es sei uns gegönnt.

Ein leises Aufstoßen kämpft sich Annas Rachen hoch. Ich nutze die Gelegenheit, um ihr deutsche Gepflogenheiten beizubringen. Mein Daumen berührt die Stirn, während der abgespreizte kleine Finger Richtung Zimmerdecke zeigt: »Und dazu sagst du ›Schulz‹.«

»Scholz?«

»Nein, nicht Scholz!« Ich lache. »Schulz mit u.«

»Ich bevorzuge Scholz.«

Wir stoßen an.

»Und warum sagt man das so?«, fragt Anna. Ich öffne den Mund, um zu antworten, muss allerdings feststellen, dass mir dafür die Antwort fehlt. Das Internet weiß weiter: Angeblich geht die Sitte auf das Jahr 1978 zurück und beginnt recht unkreativ mit drei in einer Kneipe sitzenden Männern. Einer dieser Männer trug den Nachnamen »Schulz«, und ebendieser ließ einem lauten Rülpser freien Lauf, woraufhin die zwei anderen entsetzt »Schulz!« riefen. Am Nebentisch saßen junge Leute, die dies mitbekamen und fortan jeden Rülpser, der sich Bahn brach, mit einem »Schulz« feierten. Daraus habe sich dann sogar das »Rülpser-Schulz-Spiel« entwickelt. Zur Bestätigung dieser Information haue ich Anna auf die Stirn, als die vergisst, »Schulz« zu sagen, nachdem ihrem Magen schon wesentlich mehr Luft entwichen ist als beim ersten Mal. »Du hast mir nicht gesagt, dass das passiert, wenn ich nicht ›Scholz‹ sage!« Anna sieht mich entgeistert an.

»Hab ich nicht? Ups. Sorry.« In gespielter Bestürzung fasse ich mir an die Brust. »Jetzt weißt du's zum Glück.«

»Pff …«

»Learning by doing.«

Wir werden abgelenkt vom Auftritt des Prinzen. Kantiges Kinn, wache Augen, volles, rabenschwarzes Haar, sein Nacken so breit wie der Kopf. Prince Charming sieht so perfekt aus, wie ich mir den männlichen Protagonisten meines ersten Romans vorgestellt habe. Nicht umsonst ist der eine animiert, der andere geschrieben. Rückblickend muss ich schmunzeln, wenn ich die Entwicklung meines eigenen Männerbilds anhand meiner Romanhelden nachverfolge. »Iss das jetzt, wenn du mich liebst« habe ich mit 20 Jahren geschrieben. Protagonist Mahmut ist ein echter Kerl: muskulös, groß, dunkle Augen, dunkles Haar, erfährt Bestätigung von allen Frauen, ist trotzdem treu und sympathisch geblieben. Den darauf aufbauenden Roman »Wenn ich dir jetzt recht gebe, liegen wir beide falsch« habe ich geschrieben, als ich 21, 22 war. Hier verliebt sich die Protagonistin in einen liebevollen Schussel, aber ein Arzt, immer noch smart, immer noch schlank, immer noch nicht völlig hässlich. Zumindest wird das Aussehen der Figur im zweiten Band nicht so stark hervorgehoben wie im ersten, womit wir zum aktuellen Zustand meines Männergeschmacks kommen. Er spielt an dieser Stelle deshalb eine Rolle, weil er von außen beeinflusst ist. Ich bin eines von Prince Charmings Opfern. Mit 24 rede ich mir nicht ein, urplötzlich von Oberflächlichkeit befreit zu sein und zu wissen, worauf es in einer Beziehung wirklich ankommt, aber zumindest scheine ich mich zuletzt besseren Einflüssen ausgesetzt zu haben. Ich glaube, dass feminine Männer für alle Männer der Zukunft eine Lanze brechen, indem sie stark genug sind, ehrlich mit sich zu sein und Vulnerabilität zuzulassen. Was feminin ist und was nicht, ist zwar das nächste dumme Stigma, aber leider Stand der Gesellschaft und Realität, deshalb erlaube ich mir den Begriff als argumentative Grundlage zu verwenden. Ich finde nichts attraktiver, als wenn ein Mann jemanden sucht, der auch ohne ihn vollständig ist. Wenn er Schwächen zugeben und zeigen kann. Wenn er damit einen Raum aufmacht, in dem wir beide ehrlich verletzlich sein können und gerade dadurch eine besondere Beziehung aufbauen. Wenn ich auch mal der große Löffel sein darf.

Das Einzige, was Cinderella in diesem Film häufiger tut als putzen und tanzen, ist seufzen. Fraglich, ob der Grimm'sche Märchenkatalog ihre kaum existente Taille vorgesehen hat. Ich kann nur Vermutungen darüber anstellen, wie märchenhaft sich ein Leben anfühlen muss, in dem kein Platz für Organe ist, und Cinderellas Schuhe sind so klein, dass man meint, sie würden maximal Oscar passen. Der spitzt gerade eifersüchtig die Ohren, bestimmt merkt er, dass ein anderer Mann ihm Konkurrenz macht. »Der Prinz war eine Puppe in meiner Sindy Collection.« Anna deutet mit dem Bier in der Hand, das sie selbstverständlich stilvoll von der Dose ins Glas gekippt hat, Richtung Bildschirm.

»In meiner auch!«, rufe ich etwas zu schrill, um nicht peinlich zu klingen. Zwar hatte ich Barbies anstelle von Sindys, aber gehüpft wie gesprungen.

»Ich war das einzige Mädchen in meiner Klasse, das den Prinzen hatte.« Die Schaumkrone hinterlässt ihre Spuren auf Annas Oberlippe. »Also haben meine Freundinnen und ich uns bei mir getroffen, um ihm die Hose auszuziehen.«

»Enttäuschend, oder?«

»Ja.«

»Trotzdem hatten meine Barbies viel Sex.«

»Biancas-Barbie-Bordel.« Bei manchen Worten macht Annas russischer Akzent noch mehr Freude. Oscar fühlt sich angesprochen, er springt auf ihren Schoß.

»Mach dir keine Sorgen«, flüstere ich und streiche über den wohlgeformten Hundeschädel. Dösig schließt er die Augen. »Du bist der einzige Mann im Haus und der einzig wichtige in unserem Leben. Wir wissen, dass du uns beschützt.«

»Klar wird er das!«, sagt Anna und kontrolliert bei der Gelegenheit Oscars Pfötchen, um zu sehen, ob es einen Grund dafür gab, dass er vorhin so lange an der Pfote herumgekaut hat. Sie sieht beruhigt aus. Leider klingelt im nächsten Moment die Eieruhr und lässt Oscar hellwach aufschrecken. Er rennt vor, ich folge. »Bleib sitzen«, sage ich in Annas Richtung. »Und entspann dich, ich mache das.«

Wenn wir viel Zeit miteinander verbringen, bekommt mein Englisch einen russischen Einschlag. Intuitiv scheine ich Anteile ihres Akzents zu übernehmen. Ich hoffe nur, sie fühlt sich nicht parodiert, ich werde darauf achten, es zu unterdrücken.

Mit den Pizzen auf zwei Schneidebrettern zurückkehrend, stelle ich fest, dass der Film sich bereits dem Ende nähert. Die garstigen Schwestern kapieren, dass sie sich Ferse oder Zeh abhacken müssen, um in Schuhgröße Minus 36 zu passen. Ihre Hintern stehen ab wie bei den Kardashians. Anna nennt es einen »Push up for ass«, dahingegen positiver fällt ihr Urteil über eine andere Frau aus, eine aus Haut und Haar. »Schau, wie schön sie ist!« Mit ähnlich großen Augen wie Oscar schiebt Anna mir ihr Handy zu, auf dem Angelina Jolie zu sehen ist. Die Schauspielerin und Aktivistin war heute in Lwiw, scheint aus ihrem Besuch allerdings pressewirksames Trara machen zu wollen. Die Fotos und Videos, die aktuell von ihr kursieren, wirken wie heimlich aufgenommene Privataufnahmen. Während Cinderella ihr Füßchen in den Glasschuh gleiten lässt und die böse Stiefmutter wütend aufstampft, spaziert Angelina Jolie durch die Ukraine, um Menschen einen Moment zu schenken, von dem sie ihr Leben lang erzählen werden. Geduldig schüttelt sie Hände und lauscht Geschichten. Anna und ich stoßen mit unseren dampfend heißen Pizzastücken auf Angelina an: »*Na zdorov'je!*«

»Prost!« Anna nickt. »Auf Angelina und auf uns!« Das Happy End unseres Tages hat vielleicht keine Kürbiskutsche und keinen Prinzen zu bieten, dafür flüssigen Käse, Promille und Hundehaare. Nehme ich.

1. Mai 2022, Tag 67

An diesem Wochenende kann man in Berlin das Gefühl bekommen, man sei in Hamburg, und es sei eine Marktlücke, Pullover mit dem perfekten Schnitt zum Zusammenknoten der Ärmel vor der Brust zu vertreiben. Genauso gut wie ein Pullover über den Schultern statt am Oberkörper macht sich dieser Tage ein schief gelegter statt gerade gehaltener Kopf. Das Gallery Weekend lockt nicht nur Kunstinteressierte auf die Straßen, sondern auch die, die kunstinteressiert tun. So wie mich. Selbst im Hinterzimmer eines portugiesischen Bistros hängen Bilder und stehen Skulpturen, die ich ernst annicken kann, während mir der Duft von buttrigem Blätterteig und Vanillecreme in die Nase steigt. Rechts neben mir steht ein hübsches Paar, er klaubt ihm die *Pastel-de-nata*-Reste vom Shirt. Links von mir noch ein Paar, ihre Haare sehen aus, als wären sie heute Vormittag mit den Kindern auf dem Spielplatz gewesen. Also, einem Spielplatz im Prenzlauer Berg. Vielleicht Pankow. *So* inklusiv ist das Gallery Weekend dann auch wieder nicht.

Es gibt Kunst, die etwas zu sagen hat, die mehr ist als die Unterschrift, die drunter steht. Dieser Tage gehört definitiv das Schaffen von Kinder Album dazu. Sie hat Architektur in Deutschland studiert, wurde allerdings 1982 in Lwiw geboren und arbeitet schon seit Jahren von dort aus an ihrer Kunst. Auf aktuellen Bildern, die sie auf Instagram teilt, beschäftigt sich Kinder Album viel mit dem Krieg in ihrer Heimat. Kinder Albums Steckenpferd ist die Darstellung kollektiver

Ängste in bewusst trashiger Szenerie. Kindlich bunt und grob kommt Kinder Albums Kunst nur auf den ersten Blick daher, bei näherer Betrachtung stellt man fest, dass es sich um morbide Darstellungen einer von Zynismus durchzogenen Gesellschaft handelt. Auf der Website zur Ausstellung heißt es sinngemäß, dass die Grausamkeit der Gesellschaft besonders durch das Symbol des Papageis hervorgehoben würde, ein exotischer Vogel, der gekommen sei, um im Schnee zu sterben. Und der Schnee wiederum stehe für die Kälte der ukrainischen und europäischen Gesellschaften, die sich gegenseitig feindlich gesinnt seien. »Es waren einmal drei tote Papageien« heißt die Ausstellung, die wir auch Ivanna Bertrand und Cornélia Schmidmayr zu verdanken haben, die mit ihrer Peace for Art Foundation Künstler:innen aus der Ukraine unterstützen. An Kinder Album muss ich also denken, während ich zwischen anderen Besucher:innen des Kleinen Grosz Museums sitze und der Aufnahme des Podcasts lausche, zu der *Zeit-Magazin*-Chefredakteur Christoph Amend und der Kunstkurator Hans Ulrich Obrist dieser Tage luden. Designer Wolfgang Joop sitzt in einer der ersten Reihen und redet auf Nachfrage rein. Er erklärt, dass Weiß aktuell Trendfarbe sei. Die Farbe des Friedens, schießt es mir durch den Kopf, doch Joop sieht den Grund darin, dass die Leute sich eine weiße Leinwand wünschen. Die gebe es ja kaum noch, überall würden wir bespielt werden, alles existiere so oder so ähnlich bereits, man könne nichts Neues mehr kreieren. Passenderweise hat in der letzten Reihe jemand vergessen, sein Handy auf lautlos zu stellen, das im selben Moment aufmuckt.

»Die Frage ist auch für dieses Land nicht, wie es zu Europa steht, sondern wie Europa zu ihm steht.« (Roger Willemsen in »Unterwegs«)
Den Tag der Arbeit lassen Anna und ich stilgerecht in Jogginghose auf der Couch ausklingen, als wären drei Tage alte Kaffeeflecken politisches Statement genug. Wir entzünden das Teakwood-&-Tobacco-Feuer unserer Duftkerze. Ich schiebe das verhipsterte Apothekerglas zurecht, das mir die perfekte Ausrichtung meiner hochgelegten Füße auf dem Wohnzimmertisch verwehrt. In diesen vier Wänden riecht Revolution nach Wachs und Glutamat. Dem Eifer nach Freiheit, Gleichheit, Schwesterlichkeit entsprechend, treffen sich Annas und meine Hände in der Chipstüte.

»Feiert ihr den Ersten Mai in der Ukraine?«, frage ich.

Anna nickt, einen Kartoffelchip geräuschvoll im Mund pulverisierend: »Normalerweise schon.«

Wie Putin den Ersten Mai verbringt, frage ich lieber Google statt Anna. Doch die Suchmaschine scheint sich in Verbindung mit Russland wenig für den Ersten und mehr für den 9. Mai zu interessieren, den »russischen Tag des Sieges«, wie *Focus Online* titelt, auch wenn dieser Tag nicht nur in Russland als Feiertag des Sieges bezeichnet wird. Die Redaktion unkt, so wie viele Expert:innen prophezeien, dass Putin am diesjährigen 9. Mai einen großen Sieg in der Ukraine feiern wolle. Es scheine allerdings eher auf einen Tag der großen Mobilisierung hinauszulaufen. Bedeutet das verhältnismäßige Entwarnung? Der Sender n-tv ist sich nicht so sicher: »Tag des Sieges oder Tag des Krieges?« Im Vergleich dazu hat die Deutsche Welle weniger Clickbate nötig, spricht im Titel von einer »Zerreißprobe für die russischsprachige Community« und wirft damit den Blick im Gegensatz zu den meisten Kolleg:innen auf das eigene Land: »Es ist der Jahrestag, an dem Russland den Sieg über Hitler-Deutschland feiert. Die prorussischen Demos in Deutschland könnten dann ihren Höhepunkt erreichen – und die russischsprachige Gemeinschaft weiter spalten.« Allein in Berlin seien bereits 30 Veranstaltungen angemeldet. An der Stelle, an der sich heute Tausende Menschen in deutschen Städten an Protesten linker Gruppen zum Ersten Mai beteiligten, sollen also in acht Tagen die Pro-Putin-Flaggen wehen? Weil Demokratie das aushalten muss? Heute bewegte sich der Umzug in Berlin von Neukölln bis nach Kreuzberg unter dem Motto »Yallah Klassenkampf – No war but classwar!«, und am 9. sehen wir uns dann wieder mit Bannern, auf denen steht »No classwar but war«? Die Ukraine bittet mittlerweile sogar China um Hilfe, das bislang mehr auf Russlands Seite stand, und die Kritik an Scholz' zaudernder Warterei wächst. Nicht nur innerhalb russischsprachiger Gemeinschaften kommt es also zu Spaltungen. Trotzdem rufen Alice Schwarzer und 27 weitere Politikexpert:innen Prominente zu mehr Vorsicht auf. Ich verstehe, dass man zu vielen Dingen eine Meinung haben kann, vielleicht sogar sollte. Allein schon, um wählen zu gehen. Doch es gibt Meinungen, die man *hat*, und Meinungen, die man *äußert*. Meinungen, die man privat, und Meinungen, die man öffentlich kundtut. Meinungen, die auf wenig Wissen, und Meinungen, die auf viel Wissen basieren. Bei der Flut an Informationen, die uns erreicht, kann man doch gar nicht für jedes Thema Profi sein. Wer sich trotzdem äußert, riskiert seine Authentizität. Oder verwechselt im Interview schon mal die Ukraine mit Ungarn.

Auf der Homepage der »Emma« leuchtet ganz oben der rote Schriftzug, der zum Unterzeichnen des offenen Briefes auffordert. Es geht weiter mit einem Artikel über die Missbräuche in der katholischen Kirche, einem Artikel über den offenen Brief, dann folgt das ewige Lied über Alice und Romy, sich selbst nennt sie zuerst. Die Feministin und Gründerin der »Emma« weist die Kritik vieler an dem Schreiben zurück, in dem sogar eine Warnung vor einem Dritten Weltkrieg infolge der Waffenhilfe für die Ukraine ausgesprochen wird. Mehr als 140.000 Menschen haben gleich zu Beginn unterzeichnet. Dank ihres offenen Briefs an den Kanzler bekommt die Debatte über die Lieferung schwerer Waffen an die Ukraine neuen Zündstoff. Damit wir im Nachhinein wieder sagen können, wir konnten es nicht wissen, wir hätten doch leidenschaftlich abgewogen? Große Leistung. Deutschland benimmt sich wie Sankt Martin. Vom Soldaten zum

Priester, diplomatisch den eigenen Mantel in zwei Hälften teilend, damit der arme Bettler auch etwas davon hat. Was für ein Opfer, wenn man auf feinem Pferd und in voller Montur um die Ecke kommt, bis auf die Zähne bewaffnet und noch Reste der abendlichen Fleischkeule im Gepäck, die nicht mehr in den Magen passte. Mit jedem Tag, der vergeht, ist die Tragödie eine größere. Mariupol ist längst zu einer Betonwüste geworden, und trotzdem klingen unsere Politiker:innen, als müsste die Ukraine mit Dankbarkeit für humanitäre Selbstverständlichkeiten reagieren. Mit Sicherheit habe ich weniger Ahnung von Politik als viele derer, die ihren Namen unter den Brief gesetzt haben, trotzdem machen Herz, Bauch und Kopf es mir mit vereinter Kraft reichlich schwer, bei parallelem Blick zu Anna Verständnis für Schwarzer und Co. aufzubringen. Wir sprechen nicht von einem fairen Krieg, so fair wie Krieg überhaupt sein kann. Russland hat die Ukraine überfallen. Falsch. Russland überfällt die Ukraine in diesem Augenblick. Es handelt sich um einen klaren Verstoß gegen die Genfer Konventionen. Wie wäre es, wenn München eine Pulverlandschaft wäre und Frankfurt unter Beschuss stünde? Wie würde Deutschland sich fühlen, würden die umliegenden Staaten in so einem Fall erst mal einen Debattierclub zusammentrommeln, der mithilfe einer Pro- und Kontra-Liste erörtert, welche Unterstützungsmaßnahmen jetzt Sinn ergeben und welche nicht. Um dann zu reagieren, natürlich. Also, vielleicht. Unter Umständen, mal gucken.

2. Mai 2022, Tag 68

»Ursachenbekämpfung in den Ländern selbst ist natürlich das Wichtigste«, sage ich, weil ich mir so gern mit ihm in etwas einig sein möchte. »Symptombekämpfung.«

»Die Frage ist nur, wie viel davon wirklich in unserer Verantwortung liegt.« Immerhin nickt er zum ersten Mal, seit wir angefangen haben, uns über die Einwanderungspolitik Deutschlands zu unterhalten. Ich knüpfe sofort an: »In einer globalisierten Welt, da ...«

»Du immer mit deiner Globalisierung, dein Ass im Ärmel.«

»Du gibst also zu, dass meine Argumentation unschlagbar ist?«

»Dass du dich damit unschlagbar fühlst.«

Ich atme hörbar aus. Gespräche über die Einwanderungspolitik unseres Landes enden selten gut zwischen mir und diesem Kumpel, den ich schon seit dem Sandkasten kenne, in dem ich mit ihm zusammen ganze Burgen und Schlösser gebaut habe. Aber eben aus Sand. In letzter Zeit ist immer weniger übrig von dem, was unsere Freundschaft war. Trotzdem ist er der Erste, den ich anrufe, wenn mich etwas beschäftigt. Weil ich das schon immer so gemacht habe. Weil er für mich da ist, wenn es drauf ankommt. Weil ein Leben ohne Reibung langweilig wäre. Doch spätestens, wenn er das Wort »Ölaugen« in den Mund nimmt, setzt das verstärkte Blinzeln bei mir ein. Konnte ich ihn denn so gar nicht erreichen? Ich weiß, dass weder meine in höheren Sphären spazieren fahrende Stimmlage noch das

Weinen auf ausgeprägte Argumentationsstärke rückschließen lassen, und wahrscheinlich ist es das, was mich am meisten stört. Dass mir ab einem gewissen Punkt die Argumente ausgehen. Nicht, weil er recht hätte, vor allem nicht mit seiner Ausdrucksweise, sondern weil ich unvorbereitet bin. Ich habe Freund:innen, die sich darüber Sorgen machen, ob der Unverpackt-Laden noch Leinsamen da hat. Ich habe Freund:innen, die sich darüber Sorgen machen, ob der BAföG-Antrag bewilligt wird. Ich habe Freund:innen, die mit angemalter Stirn auf feministischen Demos tanzen. Ich habe Freund:innen, die sich darüber lustig machen, dass ich Freund:innen sage. Am Ende regen sich die einen darüber auf, dass die anderen zu wenig nachhaltig sind, und die anderen machen sich darüber lustig, dass die einen keine richtigen Probleme haben. Am Ende finden die einen die anderen zu schwer und die anderen die einen zu leicht im Kopf. Am Ende bleiben sie alle meine Freundinnen und Freunde. Und besagter Kumpel bleibt einer meiner Lieblingsmenschen. Oder?

Die Tatsache, dass wir uns seit dem Krieg in der Ukraine so einig waren und er stets da war, wenn ich seine Unterstützung brauchte, hat mich vergessen lassen, wie anders unsere Ansichten sein können.

»Wenn du selbst sagst, dass es dir an Begründungen fehlt, wie kannst du dir dann so sicher sein mit deiner Meinung?«

»Weil da auch dieses Gefühl ist«, antworte ich, wie jeder Otto-Normal-Querdenker das an meiner Stelle wohl auch tun würde. Mein Kumpel guckt wie Lanz:

Kopf schief gelegt, Augenbrauen hochgezogen, Beine übereinandergeschlagen: »Dieses Gefühl also?« Wenn ich jetzt das Wort »Nächstenliebe« in den Mund nehme, fängt er an zu lachen. Leider fehlen mir der Mangel an Empathie und die Liebe zum Widerspruch des Widerspruchs wegen. Vielleicht würde es mir helfen, zu allem und jedem Zahlen nennen zu können. Tue ich es selbstbewusst genug, müssen die auch gar nicht stimmen, und wenn ich dann noch ähnlichen Schmalz in die Stimme lege wie Richard David Precht, gibt mir sowieso jeder recht, Hauptsache, ich höre auf zu reden. Genauso wie mein Kumpel das jetzt von mir will, nur ohne mir recht zu geben.

Ich bleibe zwar bei meiner Meinung, aber vorerst still. Mein Harmoniebedürfnis funkt der Ehrlichkeit dazwischen. Der Ehrlichkeit und dem Mut.

»Ursachenbekämpfung in den Ländern selbst ist natürlich das Wichtigste«, kehre ich also zu dem Satz zurück, der gerade eben schon einigermaßen gut funktioniert hat, und senke meinen Tonfall, um den Wunsch eines Gesprächsendes zu signalisieren. Und schlucke gleich noch den Kommentar runter, dass mein Kumpel ruhig mal über seinen CO_2-Fußabdruck nachdenken sollte, da wir in den nächsten Jahren mit mehr Klimageflüchteten werden rechnen müssen, als Putin zählen kann. Nicht, dass das ein zufriedenstellendes Ende unserer *Diskussion* wäre, mehr erlaubt mir nur meine bebende Unterlippe gerade nicht.

Zwar ist es keine Lüge, dass ich es wichtig finde, dass Fluchtursachen bekämpft werden, gleichzeitig erscheint der Bogen zu diesem Punkt reichlich ungelenk, wenn man eigentlich über Einwanderungspolitik diskutiert. »Ursachenbekämpfung ist ein Teil von Einwanderungspolitik«, hat mein Kumpel gesagt, und ich habe nicht widersprochen. Dabei haben die beiden Begriffe so viel miteinander zu tun wie Knoblauch und Zucker. Sie mögen Platz finden in derselben Küche, aber nicht im selben Topf. Im Zuge von Einwanderungspolitik über Ursachenbekämpfung zu sprechen hat ein Geschmäckle, als würde man Einwandernden das Einwandern nur erlauben, wenn sie die Wieder-Auswanderung bereits mitgeplant haben. Als könnte man kaum erwarten, dass jemand geht, der gerade erst gekommen ist. »Kannst die Schuhe gleich anbehalten.« Hätte ich das mal zu meinem Kumpel gesagt, bevor er es sich auf meinem Sofa gemütlich gemacht und die Käsefüße neben meinen veganen Zucchinibrownies abgelegt hat.

Jouana, wie findest du unsere Kommunikation in 2022?

Durch das Leben auf Social Media und durch Covid hat das Ganze in seiner Qualität abgenommen, würde ich behaupten. Menschen fühlen sich schneller angegriffen, und da zähle ich mich dazu. Es gab eine Zeit, da konnte ich kein rationales, qualitatives Gespräch führen, ohne dass meine Emotionen übernommen haben. Daran habe ich die letzten Monate gearbeitet, um voranzukommen, weil Gespräche wichtig sind in allen Lebensbereichen.

In der Politik haben wir die wahrscheinlich größten Probleme. Menschen fühlen sich angegriffen, wenn man Dinge beim Namen nennt. Da wären wir zum Beispiel beim Thema »Rassismus« und »weiße Mehrheitsgesellschaft«. Immer wieder erfahre ich, dass Menschen, die weiß und nicht aufgeklärt sind, sich angegriffen fühlen, sobald man sie auf ihre Privilegien aufmerksam macht. Dabei geht es gar nicht darum, dass Menschen ihre Privilegien teilen, sondern darum, dass sie nur einen Moment lang einen Schritt auf andere Menschen zu machen, um zu verstehen, wie es ohne diese Privilegien ist. An dieser Stelle ein Buchtipp von Tupoka Ogette: In »exit Racism« beschreibt sie diesen Prozess als vorübergehendes Verlassen des eigenen »Happy Land«.

Grundlegend wünsche ich mir in Sachen Kommunikation weniger Ego, weniger Ich, Ich, Ich und weniger Blablabla. Ich finde, dass man lernen kann, wie man Empathie entwickelt, auch wenn einem das von zu Hause aus vielleicht nicht mitgegeben wurde.

Am Abend kehrt Anna nicht nur mit einem neuen Haarschnitt vom Friseurbesuch zurück, sondern auch mit anderer Laune.

»Nur um ein bisschen nachzufärben«, hat Anna noch geflötet, als ich sie gefragt habe, warum sie zum Friseur geht, obwohl ich ihr doch gerade erst die Haare geschnitten habe. Nett von ihr, zu lügen. Meine Mutter hat sich darum gekümmert und sie mit zu ihrer Stamm-Friseurin genommen, was nun dazu führt, dass eine sich wie neugeboren fühlende Anna vor mir steht. Zurück von einer Reise in die Zeit, als noch Platz für die schönen Dinge im Leben war. Anna redet viel und schnell, streicht sich immer wieder die Haare hinters Ohr, steckt sie hoch, macht sie wieder auf. Sie ist so aufgeregt, als würde sie gleich auf ein Date gehen und nicht Gassi mit Oscar. Sie hebt mit ihrer guten Laune auch meine, und das ist gar nicht so leicht nach dem Gespräch mit meinem Kumpel. Und das alles dank ein paar symmetrischer und *gewollt* asymmetrischer Scherenschnitte. Ich notiere einen neuen Pluspunkt auf meiner inneren Pro-WG-Liste: Es warten unverhoffte Aufmunterungen auf einen, aufgrund zwangsläufig gegebener Nähe zu einem anderen Menschen, dessen Anwesenheit daran erinnert, wie peinlich Selbstmitleid sein kann. Kurz: Anna macht mir Spaß.

Sie läuft in die Küche weiter, um die Essensvorräte einzuräumen, die Mama ihr nach dem Besuch im Salon für uns mitgegeben hat (warum gehe ich überhaupt noch einkaufen?), und ruft freudig zu mir herüber: »Weißt du was?«

Ich folge ihr, zucke als Antwort mit den Schultern, während sie sich für ein neues Level Tupper-Tetris bereit macht, das sie mittlerweile beinahe so gut beherrscht wie eine Nawrath.

»Wir brauchen ein Schwein, ein Hausschwein!« Sie kniet sich kichernd vor die geöffnete Kühlschranktür. »Lieber früher als später, das Essen deiner Mama macht uns noch dick.«

Ich lache: »Du meinst, Oscar würde es gefallen, sich unsere Aufmerksamkeit teilen zu müssen?«

3. Mai 2022, Tag 69

In meinem Augenwinkel flattert ein roter Bademantel ins Zimmer. Ich blicke von meinem Laptop auf. Annas Augen sind geschwollen vom Schlaf, das Schlafshirt ist zerknittert, zu ihren Füßen springt Oscar auf und ab.

»Hypnotisiere mich nicht!«, zischt Anna. »Du bekommst dein Futter in einer Minute!«

»Gut zu wissen«, antworte ich.

»Was?«

»Ich wollte nicht versuchen, dich zu hypnotisieren, entschuldige, solange ich Futter bekomme, bin ich glücklich.«

Anna verdreht die Augen: »Keine Zeit für Späße! Ich habe den Sendestatus verfolgt!«

»Was?« Ich runzle die Stirn.

»Mein Paket ist in Deutschland.«

»No way!«

»In Berlin. 20 Minuten Fußweg entfernt.« Der rote Bademantel flattert wieder und hinter ihm her ein lilafarbener.

Ab zwölf Uhr steht das Paket zur Abholung bereit, um zwölf steht Anna vor der Tür des Paketshops. Nach der Rückkehr hüpft sie ähnlich euphorisiert durch meine Wohnung wie nach dem Friseurbesuch. Manchmal lohnt sich die hartnäckige Beschwerde. Annas Paket, gefüllt mit Fragmenten ihres bisherigen Lebens, hat eine noch längere Reise hinter sich als sie selbst. Gerade als sie sich damit abgefunden hatte, weiterhin mit drei T-Shirts übersommern zu müssen – die Erlösung. Anna wirkt, als könnte sie nichts mehr daran hindern, Zukunft zu schreiben. Ihr Trenchcoat kommt an die Garderobe und Oscars Spielzeug Nummer »Ich hab aufgehört zu zählen« in sein Körbchen. Der Kulturbeutel wird umarmt, das Fotoalbum geküsst. Zuletzt zieht Anna so freudig wie behutsam ein olivfarbenes Kleid aus der Tasche, an dem noch das Preisschild hängt. Ich lese den Namen Calvin Klein.

»Unser Freund aus dem *blushment*.« Ich zwinkere ihr mit Fingerzeig auf den seidenen Stoff zu. »Es ist wunderschön.«

»Ich bin froh, dass du es magst.« Ihre Stimme könnte kaum mehr nach Trommelwirbel klingen, deshalb runzle ich die Stirn: »Warum?«

»Weil es ein Geschenk für dich ist.«

Und dann will *sie* sich mit mir darüber streiten, dass ich kein Geld für die Miete von ihr annehmen will.

4. Mai 2022, Tag 70

»Ich halte das nicht mehr aus mit dir!« Ihr Stimmvolumen eignet sich für die Oper. »Wie kannst du mir das antun?! Wie kannst du so mit mir umgehen?!«

Zwei Takte lang Stille. Dann erneutes Crescendo.

»Sag schon! Rede mit mir!«

Mucho más crescendo.

»Das! Habe! Ich! Nicht! Ver! Dient! Du elender Hund! Du kleines mickriges Arschloch!«

An dieser Stelle löst Anna ihre linke Gesichtshälfte von der Tür und dreht sich mir zu: »Vielleicht braucht sie unsere Hilfe.«

Fast hätte ich gelacht. Anna und ich haben einen Lauschangriff gestartet. Anders als Putin brauchen wir zur Verwanzung weder Hightech noch AfDler. Es genügt das an die Haustür gepresste Ohr. Gerade als ich den Mund öffne, um etwas zu sagen, geht etwas zu Bruch, das sich verdächtig wenig nach Teller, eher nach dem kompletten Service von Oma anhört. Mein Mund schließt sich wieder und zieht sich samt dem Rest meines Gesichts zu einem Knäuel zusammen. Wie das ungefähr aussehen muss, sehe ich in Annas Gesicht. *Oh nein. Sie sind aus der Winterpause zurück.* Fälschlicherweise hatte ich das Lamento bereits als der Vergangenheit angehörend eingestuft.

»Lass uns hingehen und fragen, ob sie unsere Hilfe braucht.« Anna umschließt mit ihren frisch manikürten Händen die Türklinke. Ich lege meine Finger auf ihre: »Ich denke, dass, falls jemand Hilfe benötigt, *er* derjenige von beiden ist.«

Dann ist das Besteckset dran.

»Geh doch! Trenn dich!« So beeindruckend ihr Stimmvolumen ist, die inhaltliche Vielfalt ihrer Tiraden lässt zu wünschen übrig. »Ich habe das nicht verdient!«

Als mein Nachbar letztes Jahr neu eingezogen ist, habe ich mich gefreut, endlich Party-Paul los zu sein. Auch bei Letzterem wurde gern geschrien, jedoch aus anderen Gründen (»Oh! Ja, genauso! Weiter, weiter!«). Nach solchen Nächten sah Party-Paul immer besonders selbstzufrieden aus, wenn man ihm an den Briefkästen begegnete. Erstaunlich, dass man 35 werden kann, ohne einen vorgetäuschten Orgasmus zu erkennen. Party-Paul lebt jetzt in Pankow in einer Wohnung, in der Platz für ein Kinderzimmer ist. Beim Anblick der schmalen Statur und der Hasenzähne seines Nachfolgers war ich beruhigt. Ich konnte mich sogar für ihn freuen, als er mir an den Briefkästen erzählte, dass er eine Freundin hat. So lange, bis besagte Freundin zu Besuch kam.

»ARSCHLOCH!!!«

Annas Hand ruht immer noch auf der Türklinke. Anfangs ging es mir wie ihr. Ob aufgrund von Sexismus oder Wahrscheinlichkeitsrechnung, machte ich mir sofort Sorgen um die Frau in der Beziehung. Doch war bei den regelmäßig am Wochenende stattfindenden Streitereien nur sie es, die ihr Repertoire an Beleidigungen in aller Ausführlichkeit zum Besten gab. Nur sie war durch die dicken Backsteinwände in meiner Wohnung zu hören. Meinen Nachbarn hörte man höchstens mal flüstern. Außer am Wochenende, wenn sie zu Besuch war, knallte auch nie die Tür. So wie jetzt gerade wieder, in diesem Moment.

Und noch mal.

Schritte im Treppenhaus, als wären die Absätze aus Eisen.

»CIAO!«

Annas Kopf stößt beinahe gegen meinen, als wir zeitgleich durch das Guckloch sehen wollen, um einen

Blick auf die Frau zu der Stimme zu erhaschen. Anna und ich sind unserem Nachbarn bei den Briefkästen einmal mit einer Begleitung begegnet, die allerdings viel zu schmal und schüchtern wirkte, um zu dieser Klangwalze zu gehören.

»Wenigstens wohnen sie nicht zusammen.« Anna schlurft in die Küche, jetzt, wo das Spektakel vorbei ist. »Dann würden sie uns *jeden Abend* entertainen.« Beim Anblick des vollen Wäscheständers auf dem Balkon läuft sie gleich bis dahin durch. Ich folge ihr, während sie die Vermutung anstellt, dass es sich bei der Freundin unseres Nachbarn um eine Schauspielerin handeln könnte.

»Willst du mich beleidigen?« Unernst knurrend nehme ich das erste Wäschestück von der Leine und falte es zusammen, wie ich gern unsere Ruhestörerin zusammenfalten würde. »Willst du etwa sagen, ich klinge wie sie?«

Anna zuckt mit den Schultern: »Vielleicht nimmt sie gerade ein E-Casting-Video auf.«

»Oder sie probt.«

»Siehst du!«

»Ich wünschte, er würde ausziehen, dann könntest du die Wohnung haben, und wir wären Nachbarinnen.«

»Stell dir das mal vor!« Anna schiebt mir, begeistert von der Idee, eine Wäscheklammer ins Haar, sodass sie neben dem Scheitel sitzt wie die *Bibi-&-Tina*-Spange einer Zwölfjährigen. Wie eine Zwölfjährige lasse ich auch meiner Fantasie freien Lauf: »Wir könnten eine Tür in die Wand zwischen den Schlafzimmern einbauen, dann hätten wir einen geheimen Durchgang.«

»Oder wir reißen gleich die ganze Wand ein und machen eine Riesenwohnung aus beiden.«

»Oscar bekommt sein eigenes Zimmer.«

»Mit Sicherheit. Er braucht ein Büro.«

»Wir würden die besten Hauspartys schmeißen!«

»Könnten zu einem Underground-Club werden: Freitags ist Ladies-Night im *Oscar's*.«

»Klingt nach einem Businessmodell.«

»Wobei ich finde, dass Freitage Filmen, Pizza und uns allein gehören.«

»Ich lieb's.«

»Und was tun wir jetzt, damit dein Nachbar auszieht?« Anna rollt die Socken zu kleinen Knödeln zusammen und stapelt sie auf den von mir zusammengefalteten Handtüchern, während wir still nachdenkend den geleerten Wäscheständer zusammenklappen. Die Wäscheklammer in meinem Haar verrutscht auf unangenehm ziepende Halbmaststellung, weshalb ich sie vorsichtig aus meinen Strähnen herausziehe und stattdessen unbemerkt an der Rückseite von Annas T-Shirt befestige.

»Wir könnten bei ihm einbrechen und alles verwüsten«, bringe ich einen ersten Output meines Brainstormings hervor. »Papa hilft uns bestimmt.«

Anna hebt ihren Zeigefinger: »Der Mann hat schließlich Übung. So oft, wie wir uns aussperren.«

»Oder wir bringen ihn einfach um.«

»Warum willst du deinen Vater umbringen?!«

»Unseren Nachbarn.«

»Ach so …« Anna nickt beruhigt. »Diese kleine Idee ist ganz schön schnell eskaliert.«

»Ich mag schnelle Lösungen«, bedanke ich mich für das Kompliment.

Anna setzt sich auf den Küchenschemel und lehnt sich gerade an die Heizung dahinter an, als sie wie von der Tarantel gestochen schon wieder hoch in den Stand fährt: »Aua!« Einen Griff um die eigene Achse später hält sie mir anklagend die Wäscheklammer unter die Nase. »Vielleicht ja genau *so!* Wir töten den Nachbarn mit einem Messer im Rücken!«

»Klingt ein bisschen langweilig, wenn du mich fragst, aber wenn …« Weiter komme ich nicht mit dem Schmieden meines Mord(s)plans, weil ich vor Anna fliehen muss, die mich mit der drohend auf- und zuschnappenden Klammer verfolgt. Lauschen und morden. Vielleicht haben wir uns unterbewusst tatsächlich von Putin inspirieren lassen.

Der Beginn meiner Karriere als Serienkillerin

Bianca hat mich schon einmal gerettet, sie könnte es wieder tun. Als wir den Balkon zu unserem privaten Nagelstudio erklärten, lockte das Licht auch unerwünschte Kundschaft an. »Ahh!« Mit einem Schrei sprang ich auf, die Hände wie ein Dino-Baby vor der Brust zusammengezogen, die Beine liefen meinem ausgehöhlten Kreuz davon, ich gestattete mir nur einen kurzen Schulterblick, um zu sehen, wer meinen Nacken zum Landeplatz erklärt hatte. Dann verschwand ich im Schutz der Küche.

»Verflucht, was war das?!«, fragte ich.

»Oh! Ein neuer Freund«, sagte Bianca.

Meinem neuen Kunden hätte ich mit einem Wisch Chitinpanzer, sechs Beine, Fühler und Flügel gleichzeitig lackieren können. Aber das wäre wohl weder in seinem noch in meinem Interesse gewesen.

»Warte, ich mache das.« Bianca begleitet die drängelnde Kundschaft kopfschüttelnd vorsichtig zwischen zwei Buchrücken geklemmt ins Freie. »Ich lasse mir doch den Platz als deine erste Klientin nicht wegnehmen. Erst recht nicht von so einem dahergeflogenen Störenfried.«

Ich hasse alles, was krabbelt. Je kleiner, umso unberechenbarer, umso schlimmer. Es ist, als hätten die Kleinsten unter den Blutsaugern Komplexe aufgrund ihres wenig einschüchternden Phänotyps und müssten diese durch hinterhältige Krabbel- und Kriechangriffe ausgleichen – was gewisse Parallelen zu Putin aufwirft.

Mein heutiger Angreifer schleicht sich nicht über den Balkon, sondern im Schlafzimmer an. Erst schreie ich, dann lausche ich. Ich will Bianca nicht wecken. Und irgendwie auch doch. Immerhin bin ich in großer Not. Aus Biancas Zimmer dröhnen noch Podcast-Stimmen, doch das Licht ist bereits aus. Die Hoffnung, mein schriller Schrei könnte sie geweckt haben, verpufft. (Anmerkung der verpennten Redaktion: Ich war sogar noch wach. Ich dachte nur, es wäre Oscar, der schreit, und dass Anna ihm auf den Schwanz getreten ist oder so. Da hätte ich eh nichts machen können.) Also muss ich es allein wagen. Ich be-

waffne mich mit einem von Biancas Kapcie, den klobigen polnischen Hausschuhen mit Plüschrand und Stickerei. Langsam schleiche ich auf das Krabbelvieh zu, doch es entwischt, noch bevor ich in Schlagnähe bin. Es erhebt sich, fliegt gegen die Decke, gerät ins Straucheln, fängt sich wieder und fliegt sogar noch weiter in die Wohnung hinein. Was, wenn das Tier stechen oder beißen kann? Was, wenn es Oscar attackiert? Mich packt neuer Eifer, und ich wage einen zweiten Angriff, als der Übeltäter sich auf das Glasfenster in unserer Küchentür setzt.

Diesmal habe ich Erfolg. Oscar kläfft zweimal, auch ich atme auf. Die Leiche muss trotzdem Bianca entsorgen. Ich hinterlasse ihr den leblosen Käferkörper als kleine Überraschung zum Frühstück (oder, wie Bianca auf lustigem Deutsch sagen würde, »Schmankerl«) in der Küche zurück. Heute Nacht schließe ich meine Zimmertür, genauso wie das Fenster.

5. Mai 2022, Tag 71

Ich habe geträumt, dass ich Reese Witherspoon bin und wie Jennifer Lawrence als Katniss Everdeen in einer martialischen Spielshow lande, die von Kameras und Kommentator:innen begleitet wird. Die Finalrunde besteht aus einer Wüstenlandschaft mit so aggressiver Sonne, dass sie uns Hände und Gesichter verätzt. Anders als die anderen Spieler:innen laufe ich nicht auf den in der Mitte der Spielarena wartenden Pokal zu, während ich unterwegs Gegnerinnen und Gegner abschlachte oder abgeschlachtet werde, sondern teile meine Kleidung mit den Kindern, die es ebenfalls bis in die letzte Runde geschafft haben, nun aber am Eingang der Arena den Halbschatten nutzen, um immer noch mehr schlecht als recht der Sonne zu entgehen. Ich verdecke ihre blassen Hautstellen mit den Stofffetzen und blicke immer wieder zu der sich dem Pokal nähernden Masse. Sobald einer dort angekommen ist, sind wir sowieso alle des Todes, das weiß die zu einer Person verschmolzene Reese Witherspoon/Jennifer Lawrence/Katniss Everdeen/ich. In dieser Hinsicht erlaubt sich mein Traum kreative Freiheit im Vergleich zum Film. Als meine heilige Vierfaltigkeit endlich mit dem Teilen der eigenen Lumpen fertig ist, fällt ihr/mir/uns jedoch etwas auf. Am rechten Rand der Arena, dort, wo auch einige Kameras auf Stativen auf dürren Grasinseln stehen, ist die Sonne mittlerweile gewandert und lässt einen Schattenwurf zu. Ich springe auf und laufe am Rand der Arena, geschützt von besagten Schatten, bis zur Höhe des Pokals vor. Überhole die Irren mit Axt und Schwert, um dann nur noch wenige Sonnenmeter aushalten zu müssen. Gerade noch so bekomme ich den Pokal zu fassen. Gewonnen. Ich habe gewonnen! Es gelingt mir noch, mich darüber zu wundern, dass sich der Pokal weder glühend heiß, aufgrund seiner spiegelnden Oberfläche, noch kalt, weil magisch und die Rettung, anfühlt. Sondern einfach nur nach nichts, der Pokal fühlt sich gar nicht an. Dann wache ich auf. Dass man gehen soll, wenn es am schönsten ist, gehört wirklich zu den größten Irrtümern der Menschheitsgeschichte.

Interessanter: Was würde die professionelle Traumdeutung wohl über die vielfarbige Spinnerei meiner grauen Zellen sagen? Zu nettes Selbstbild? Zu viel über die Erderwärmung und den Klimawandel nachgedacht? Trink weniger Alkohol?

Mein Hirn scheint mich in jedem Fall für ein übles Mainstreamopfer zu halten, wie es versucht, mich mit einer Privatvorführung à la *Die Tribute von Panem* zu unterhalten. Genauso gut hätte es mich eine Episode *Squid Game* träumen lassen können. Erst kürzlich habe ich den Streaming-Kassenschlager gesehen, dementsprechend präsent sind mir seine Bilder. Da hat die Marktforschung in meinem Kopf versagt, würde ich mal sagen. Denn eigentlich müsste die bei der Datenauswertung zu dem Schluss gekommen sein, dass ich das brutal negative Menschenbild verachte, das *Squid Game* gezeichnet hat, genauso wie die einfältige Kapitalismuskritik. Und das sage ich als Kapitalismuskritikerin. Ich glaube daran, dass sich viele Menschen in so einer Situation gegenseitig helfen würden oder zumindest mehr Menschen sich selbst das Leben nehmen würden, anstatt wild aufeinander loszugehen. Nennt mich naiv, zwanghaft optimistisch, harmoniebedürftig. Aber die Welt ist nicht voller Putins.

6. Mai 2022, Tag 72

Unter »Das sind wir« stellt meine Baugenossenschaft, die die Gemeinnützigkeit schon im Namen trägt, sich auf ihrer Website vor: »Die Gemeinnützige Baugenossenschaft Steglitz eG wurde am 29. April 1925 gegründet. Ihr vorrangiges Ziel war die Versorgung der durch den Ersten Weltkrieg geschädigten Menschen in Berlin mit der Schaffung billiger, gesunder und zweckmäßig eingerichteter Mietswohnungen.« *Nett*, denke ich und klemme mich, weiterhin durch die virtuelle Satzung blätternd, in die Leitung. »Zweck der Genossenschaft ist die Förderung ihrer Mitglieder vorrangig durch eine gute, sichere und sozial verantwortbare Wohnungsversorgung (gemeinnütziger Zweck)«, steht in dem PDF. Genau das, was wir brauchen. Nachdem die bisherigen Wohnungsbesichtigungen nichts ergaben und die Ausbeute bezahlbarer und zugleich weder schimmelnder noch sonst wie abgerockter Wohnungen in Berlin überschaubar bleibt, versuche ich die Frau zu erreichen, bei der ich meinen eigenen Mietvertrag unterschrieben habe. Im Internet steht, es seien keine Wohnungen in der Genossenschaft frei, aber vielleicht kann ein persönliches Gespräch mehr bewirken. Und wenn es nur dafür sorgt, dass Annas Name dreimal unterstrichen auf irgendeiner wichtigen Liste landet.

»Hallo, Bianca Nawrath hier.« Ja, ich klinge netter als gewöhnlich. »Wir haben ja schon einmal telefoniert wegen der Anmeldung einer Mitbewohnerin, und jetzt hätte ich noch eine Frage. Und zwar ...«

Parallel flirren die Worte »Wir gehen vertrauensvoll, respektvoll, transparent und solidarisch miteinander um« unter Punkt sechs der Satzung meiner gemeinnützigen Genossenschaft über meinen Bildschirm. Ihr Leitbild macht mir Mut. Ich klinge immer netter, bis ich das Gefühl habe, dass ich zu nett klinge, dann klinge ich wieder ein bisschen weniger nett, aber immer noch netter als sonst. Wie wenn ich für Gäste aufräume, aber bewusst einen Alibi-Topf in der Spüle stehen lasse. Selbes Prinzip.

»Also, wir haben nächste Woche eine wichtige Beiratsversammlung, da werde ich das ansprechen.« Die Antwort schmeckt mir noch besser als vom Gast unerwarteterweise mitgebrachter Kuchen. »Und ich werde betonen, dass Ihre Mitbewohnerin aus aktuellen Umständen in einer Notlage steckt.«

Ich schließe schon mal die Tabs von Immoscout24, Immonet, eBay-Kleinanzeigen am oberen Bildschirmrand und bedeute der in diesem Moment zu mir ins Zimmer tretenden Anna mit erhobenem Daumen, dass es tolle Nachrichten gibt. Dem Ich im Wir geht es gut!

»Aber leider.« Tja, und ab da hätte ich einfach auflegen sollen. Vielleicht ist doch was dran an »Wenn's am schönsten ist, soll man aufhören«. Mein Erfolg verblasst wie ein Foto im Licht. »Leider gibt es ein paar Klauseln in der Satzung, die es uns schwer machen, Menschen als Mieter:innen aufzunehmen, die nicht schon eine gewisse Zeit in Deutschland leben.«

Sprechen wir von derselben Satzung, die mir eben noch das Gefühl gegeben hat, man könne den Begriff »Gemeinnützigkeit« als Füllwort verwenden? Der Mitarbeiterin ist anzuhören, dass sie sich stellvertretend für ihre Arbeitgebenden schämt.

»Für Ukrainer:innen wird jetzt vielleicht eine Ausnahme gemacht«, schiebt sie schnell noch hinterher. »Was, wenn jemand aus Syrien anklopft?«, unterbreche ich die Frau mit zugegebenermaßen unfairer verbaler Blutgrätsche. Anna wechselt derweil neben mir sitzend aufgeregt von der rechten auf die linke Pobacke, überschlägt die Beine, um sie kurz darauf wieder aus ihrer Verschränkung zu lösen. »Ich werde alles versuchen, um Überzeugungsarbeit zu leisten.« Ich könnte der Frau in der Leitung nicht mehr glauben. Das Mitleid in ihrer Stimme wäre auch gegen den Wind hörbar. »Ich will nur keine falschen Hoffnungen machen.«

So wie ich, dumme Pflaume, und mein abstehender Daumen. Anna hängt an meinen Lippen, wartet auf die Erklärung zu meiner euphorischen Einstiegsreaktion.

»Okay …«, knurre ich. »Danke.«

Anna wartet keine Sekunde lang, nachdem ich aufgelegt habe: »Und? Was sagen sie?«

»Hmm.« Mein Hüsteln verschafft mir auch nicht viel mehr Zeit. »Vielleicht haben wir eine Chance.« Nicht gelogen.

»Wirklich?« Annas Mundwinkel berühren nun schon fast die Ohrläppchen.

»Vielleicht!«, rufe ich schnell. »Vielleicht …«

Ich bemühe mich darum, Hoffnung aus meiner Stimme und der allgemeinen Stimmung herauszunehmen, während ich genauer auf die Gemeinnützige (vielleicht kommt »gemeinnützig« auch von »gemein sein«, nicht von »gemein haben«) Baugenossenschaft und die noch abzuwartende Beiratssitzung eingehe. Vor allem aber bemühe ich mich um einen Themenwechsel: »Warum bist du eigentlich ins Zimmer gekommen? Brauchst du Hilfe mit irgendwas?«

Anna deutet auf mein Handy: »Nein, ich wollte nur fragen, ob du Hilfe mit deinem iPhone benötigst.«

Das hatte ich schon fast vergessen. Seit drei Tagen liegt das alte Handy meiner besten Freundin auf meinem Wohnzimmertisch herum, das sie mir geschenkt hat, weil mein altes Handy sich vor zwei Wochen einen Virus eingefangen hat, der mich weder telefonieren noch SMS verschicken oder das Internet außerhalb des WLANs nutzen lässt.

»Weißt du, woher du den Virus hast?«, fragt Anna.

»Corona«, mache ich den Witz, den ich schon seit zwei Wochen mache und der genauso gut von meinem Vater sein könnte. »Ich habe Drosten schon verständigt. Erst ich, dann das Smartphone …«

Natürlich weiß ich, wie ich meinem Handy den Virus eingebrockt habe. In derselben Sekunde, in der ich auf den merkwürdigen Link klickte (dumm, könnte man meinen, recht könnte man haben), schloss ich bereuend die Augen. Und hielt sie dann einfach tagelang geschlossen, weil ich zu faul war, mich um die Lösung des Problems zu kümmern, während mehr und mehr Funktionen versagten. Daten sichern, SIM-Karte in ein neues Gerät stecken, auf Werkseinstellungen gehen, 1&1 anrufen, zwei Stunden warten, neues Gerät anschalten, Apple ID einrichten, weitermachen. Jeder Handgriff, den ich laut meinem Berater aus der Hotline tun müsste, steht fein unleserlich auf dem kleinen Notizzettel neben meinem Handy. Doch es haben sich noch nicht genügend Menschen bei mir beschwert, dass ich nicht erreichbar sei, als dass sich genügend Änderungswillen hätte sammeln können.

»Lazy Schweinchen.« Anna schüttelt den Kopf, während ich gerührt feststelle, dass wir an dem Punkt in unserer Freundschaft angekommen sind, an dem wir uns beleidigen können. Sie greift nach dem iPhone: »Lass uns das gemeinsam machen.«

»Sicher? Ich denke, ich sollte …«

»Jetzt.« Anna steht auf und holt mein altes Handy aus der Küche, während ich langsam den Laptop schließe, auf dem als einzige Website die meiner gemeinnützigen Genossenschaft zurückgeblieben ist. »Das sind wir« steht da immer noch. Ihr Wir kann bleiben, wo der Pfeffer wächst. Anna und ich sind unser eigenes Wir. Und das Ich im Wir fühlt sich unverändert gut, trotz Misserfolgs.

»Bianca!«, höre ich Anna wie zur Bestätigung unserer Liebe aus dem Nebenzimmer rufen. »You lazy Schweinchen, beweg deinen Hintern!«

PS: Dem Wir im Ich geht es noch besser!

7. Mai 2022, Tag 73

»Das bedeutet *hero*, richtig?« Ich deute auf den kyrillischen Schriftzug innerhalb der Playlist, die Anna mir zeigt. »Es ist ein Song über Helden!«

»Nein, es ist ein Song über Heroin.« Anna lacht. »Aber nah dran, Bianca, nah dran.«

Und ich dachte, sie würde sich in Anbetracht meines Bieneneifers, das mir ungewohnte Alphabet zu entschlüsseln, unterhalten fühlen, nicht in Anbetracht meiner Unkenntnis. Sie zeigt mir das Foto eines schlanken, blassen Mannes mit Bartansatz: »Das ist Max Barskih, er ist total berühmt«, und im Anschluss seine Musik. Jedes Mal, wenn YouTube uns mit Werbung bespielt, flucht sie leise vor sich hin, und ich muss mir auf die Zunge beißen, um nicht mit einzustimmen. Seit Anna und ich so viel Zeit miteinander verbringen, hat die Anzahl ausgespuckter Flüche in diesen vier Wänden deutlich zugenommen. Sprachliche Vielfalt hin oder her, wir klingen wie eine Baustelle. Und damit immer noch besser als Max Barskih, wie ich im nächsten Moment feststellen muss. Trashiger Pop, bisschen Max Giesinger, bisschen Capital Bra, viel Buftabufta. Die Videos zu den Songs, die er vor dem Krieg veröffentlichte, beinhalten tanzende Frauen mit wenig Kleidung, gern in Clubs, auf der Rückbank von Cabrios oder auf Jachten. »Die ukrainischen Frauen lieben ihn«, erklärt Anna. »Nur kursiert das Gerücht, er sei schwul.« Vermutlich neidische Männer.

Mit Kriegsbeginn hat Max Barskih nicht aufgehört, Musik zu machen. Der erste Song, den er seitdem veröffentlicht hat, heißt: *Буде весна* – »Es wird wieder Frühling sein«. Nicht nur die Tonalität des Songs, auch das Musikvideo ist deutlich von seinem bisherigen Schaffen zu unterscheiden. Weniger Trash, mehr Piano. Das Musikvideo besteht aus Bildern zerbomb-

ter Häuser, Menschen, die fliehen müssen, und Soldaten, die Klavier spielen. Einige Wochen später verändert sich die Tonalität erneut. Es ist, als hätten sich
der alte und der neue Max in der Zwischenzeit getroffen und gemeinsam im Tonstudio eingeschlossen.
»Don't F@ck With Ukraine« *[Прем'єра кліпу]* heißt
das neuste Lied von Max Barskih, das selbst Anna noch
nicht kennt, und es beinhaltet wieder härtere Beats,
schnellere Wechsel und im Musikvideo ausschließlich
Bilder von Soldaten, überwiegend mit Waffen in der
Hand.

Anna klappt den Laptop zu. »Reicht jetzt, ich will
das nicht länger sehen.«

Billie Eilish soll es wiedergutmachen. Nächster
Song in der Warteschlange: »No time to die«.

8. Mai 2022, Tag 74

Nichts ist so harmlos und überhöht zugleich wie die
universellen Wünsche, die wir Menschen mit uns he-
rumtragen. Sie alle haben irgendwas mit Liebe zu tun.
Langweilig. Nicht die Liebe. Nur wir, die wir zu feige
sind zuzugeben, dass wir lieben wollen, geliebt werden
wollen, und das möglichst langweilig. Langweilig im
buchstäblichen wie im übertragenen Sinne. Für eine
lange Weile langweilig lieben.

Vielleicht fühle ich mich deshalb dieser Tage so
müde. Krieg, Corona, Klimawandel – alle Sorgen dieser Welt fühlen sich nicht so schlimm an wie die Sorgen meiner Welt.

Anna weiß nicht, dass ich Liebeskummer habe, während wir auf dem Sofa sitzend Mila Kunis und Ashton Kutcher beim Knutschen zusehen. Niemand weiß das. Es gibt keinen aktuellen Anlass, niemanden, den man beweinen kann, nur allgemeines Alleinsein-Gefühl. Kurzweilige Bettgeschichten sorgen zwar vorübergehend für ausreichende Versorgung mit Kuschelhormonen, heben jedoch im Abgang die Bitterkeit des Alleinseins erst recht hervor. Ähnlich zuverlässig gestaltet sich die Zusammenarbeit mit meinem Vibrator. Sex ist eben doch auch nur Sex. Ich mime die emanzipierte Workaholic, um mir das Beileid anderer zu ersparen. Das klappt gut, in einem Berlin, in dem fast schon uncool ist, wer sich nicht erst mal »ausprobiert«. Meistens spiele ich diese Rolle gut genug, dass auch die strengste Rezensentin meiner Kunst, ich selbst, sie mir abkaufen kann. Aber heute ist Sonntag.

»Schokolade?« Anna trägt die Weiße mit Nuss über die Schwelle unserer Sitzpolster, ihr Blick bleibt bei Ashton und Mila. »Bitte hilf mir, oder ich esse alles allein. Wie ein Staubsaurier.«

»Staubsauger.« Ich greife nach der knisternden Alufolie. Normalerweise würde ich mich einsam einigeln an einem Tag, der wie dafür gemacht zu sein scheint, sich in Melancholie zu wiegen. »Danke.« Stattdessen sitze ich hier mit Anna, die mich aufmuntert, ohne zu wissen, dass ich aufgemuntert werden muss. Manchmal hat man das größte Glück, wenn man gerade keins hat. Plötzlich sieht Anna zu mir, zieht die Stirn in Falten: »Sag mal …«

Och nö. Schnell die Mundwinkel hoch, Augenbrauen auch, Brust raus. *Ich will nicht darüber reden.*

»Welcher Tag ist morgen?«, fragt Anna, was mich ausatmen lässt. »Hab's gerade nicht parat.«

Ich lächle dankbar. »Montag«, erinnere ich Anna und durch Anna auch mich. »Morgen wird wieder Montag sein.«

9. Mai 2022, Tag 75

Die Arbeit ist ein guter Motivator, um in dieser Nacht wach zu bleiben. Meine sich streitenden Nachbarn allerdings auch. Es ist mal wieder so weit. Ich habe versucht, es auf die leichte Schulter zu nehmen. Gemeinsam mit Anna hat es sich beim letzten Mal leicht darüber lachen lassen, dass an Ausschlafen mit den beiden Pappenheimern nebenan nicht zu denken ist. Beinahe ließ es sich als integrative Maßnahme betrachten, schließlich ist das Belauschen der Nachbarschaft ein ebenso typisch deutsches Hobby wie das Wegschauen, wenn es heikel wird. Stefan Raab hat mit »Maschen-Draht-Zaun« einen Nummer-1-Hit draus gemacht. Bestimmt schon vor der guten alten Zeit mit Richterin Barbara Salesch wussten wir Deutschen den Nachbarschaftsstreit zu schätzen. Und wer keinen Gartenzaun hat, über den es sich schielen lässt, nimmt das Balkongeländer oder legt das Ohr an die Tür, bis die Wangenknochen sich dauerhaft verformen.

Unsere Nachbarin schreit bereits seit zwei Stunden, dabei ist es drei Uhr in der Nacht. Ich hatte gehofft, dass sich jemand anderes aus der Nachbarschaft darum kümmert. Dass vielleicht jemand die Polizei ruft. Andererseits teilt sich niemand so direkt Wände mit den beiden wie ich. Da die Hemmschwelle für die 110 eine größere ist, als kurz mal über den Flur zu staksen, wähle ich Option zwei.

»Sicher?«, flüstert Anna und wird dabei beinahe von einem Geräusch übertönt, das sich nach umgefallenem Stuhl anhört. Oder Sessel, schwer zu sagen. »Soll ich dich begleiten? Oder fragen wir noch jemanden aus dem Haus, um nicht allein zu gehen?«

Anna sieht nicht aus, als würde sie mitkommen wollen, wie sie sich über die geschwollenen Augen reibt und bei jedem Schrei zusammenzuckt. Ich habe auch etwas Angst vor dem, was mich erwartet. Aber mehr als Angst habe ich Schlafmangel. Und Schlafmangel kann auch ein erstaunlicher Motivator sein. Kurzentschlossen trete ich hinaus auf den Flur.

»Mach dir keine Sorgen«, will ich noch über die Schulter rufen und die Tür vor ihrer Nase schließen, als Anna durch den Spalt ins kühle Dunkle neben mich schlüpft. Hier draußen sind die Schimpfwörter im Echo sogar doppelt und dreifach zu hören. Der Weg zur Nachbartür dauert leider nur zwei Schritte. Anna und ich stehen Schulter an Schulter. Ich spüre ihren Blick auf mir ruhen, erwidere ihn. Selbst in der Dunkelheit ist erkennbar, dass sie blass um die Nase ist, doch sie nickt, also klingle ich. Klopfen nützt eh nichts.

21, 22. Nichts passiert. Wir klingeln noch einmal, diesmal halte ich meinen Finger drei Sekunden lang auf die Taste gedrückt. Es ertönt ein Geräusch, das klingt, wie ich mir den Alarm auf einer alten Feuerwache vorstelle. Hoch, laut, schrill. Umso leiser hört sich die darauffolgende Stille an. 23, 24. Ich erinnere mich daran, dass das bedrohliche Klappern in unseren Rücken nur von den undichten Fenstern des Hausflurs stammt, die dem Durchzug ausgesetzt sind, wie wir dem Ungewissen.

»Du gehst.«

»Ich?«

»Los!«

Gezische, Gemurmel. Dann öffnet er die Tür. Wobei mein Nachbar so schmal und dürftig von seinem Schlafanzug verschluckt wird, dass man das Gefühl bekommt, er kann gar nicht die notwendige Kraft gehabt haben, um auch nur die Klinke herunterzudrücken. Hinter ihm ist Dunkelheit. Als wäre er allein in der Wohnung. Ich mache eine Ansage: »Entschuldigung …?« Oder so was in der Art.

»Ja?« Mein Nachbar sieht auf seine Zehen, die genauso knollig aussehen wie der Rest seines Körpers. Die Dunkelheit des Flurs reduziert die Schärfe seiner Konturen und lässt ihn wie eine einzige kleine Knolle aussehen. Mit knolligen Auswüchsen.

»Könnten Sie bitte etwas leiser sein?« Ich flüstere, um die restliche Nachbarschaft nicht zu wecken. »Es ist ja schon relativ spät.« Die vor den Fenstern langsam von Dunkel- zu Hellblau übergehende Himmelsfarbe straft mich Lügen. Doch selbst die sich Richtung Horizontlinie hochkämpfende Sonne lässt die Freundin unseres Nachbarn nicht sichtbar werden. Vielleicht hat die andere Erdhälfte sie verschluckt.

»Es tut mir echt leid.« Die kleine Knolle hält sich am Türrahmen fest, und weiße Fingerknöchel werden sichtbar, wo mein Nachbar die Hand ins Holz krallt. »Wir sind sofort leiser.«

Seine Zehen wackeln, als würden sie Tonleitern üben. Plötzlich tut er mir wahnsinnig leid.

»Ich will dich wirklich nicht unter Druck setzen.« Hoffentlich spreche ich laut genug, damit man es auch auf der anderen Erdhälfte hört. Zum Du gehe ich versehentlich über. Aber wenn wir schon in einem Nachbarschaftsstreit stecken, können wir es auch persönlich nehmen, finde ich. »Die gesamte Nachbarschaft redet über dich und deine Freundin.«

»Hm.«

»Man versteht jedes Wort, und das wollt ihr bestimmt nicht.«

»Ja.«

»Auch wenn es nicht so klingt, als wäre der Lärm deine Schuld.«

»Dem muss ich in aller Vehemenz …«, (süß), »… widersprechen.« Die kleine Knolle atmet aus. »Es ist absolut meine Schuld, also, Teil meiner Schuld, es liegt in meiner Schuld, Mitschuld, Schuld liegend.« Die knollige Brust hebt sich noch knolliger hervor. Seine Worte scheinen wie meine Lautstärke an eine Postleitzahl unterhalb des Äquators adressiert. »Das alles ist meine Schuld, meine ich.«

Plötzlich spüre ich Annas Schulter deutlicher als

zuvor gegen meine drücken. Sie kann zwar nichts zum Gespräch beisteuern, aber zu unserem Auftreten. Was, wenn sie recht hat und der Mann Hilfe braucht? So zittrig und klein, wie unser Gegenüber auftritt, habe ich fast Angst, dass schon ein zu dolles Ausatmen unsererseits ihn umhaut. Wer auch immer sich feige in seinem Rücken versteckt, dürfte leichtes Spiel haben. Erst recht, wenn ihre Stimmkraft nur ansatzweise der physischen entspricht. Im Flur breitet sich Stille aus. Selbst der Wind vor den Fenstern gibt kurz Ruhe. Anna legt den Kopf schief, ein Haargummi hängt verloren zwischen den Strähnen zwischen Ohrläppchen und Schulter. Sie hat kein Wort verstanden, und doch liegt in ihrem Blick so viel Mitleid, dass ich mich nicht einfach von der kleinen Knolle verabschieden will. Zum ersten Mal rede ich extra leise, nicht extra laut.

»Wenn was ist, also, wenn du Unterstützung brauchst, dann …«, meine Lippen bewegen sich tonlos, dafür überdeutlich, »… dann kommst du rüber, und wir helfen dir oder rufen Hilfe.« Dazu ergänze ich ein pantomimisches Telefon (klassisch: Faust, abgespreizter Daumen und abgespreizter kleiner Finger) und deute hinter uns auf die Zimmertür. Keine Ahnung, ob meine Mimik und Gestik zu entschlüsseln sind, erst recht in der Dunkelheit. Doch Anna beginnt heftig zu nicken und ebenfalls Richtung Tür zu deuten. Zwei Stewardessen, die auf den Notausgang hinweisen.

»Okay?!«, flüstere ich abschließend, so laut ich kann. Unser Nachbar hält sich an der Tür fest, während er nickt. Dann schließt er sie, und Anna und ich kehren in unsere Wohnung zurück, um Schlaf nachzuholen. Für den Rest des Tages bleibt es still. Dafür wartet ein anderes Ärgernis auf uns.

Annas Integrationskurs wurde verschoben, weil die Berliner Ämter nicht rechtzeitig die Gelder zur Verfügung stellen. Das Problem betrifft so viele Schüler:innen, dass der komplette Kurs einen Monat später startet. Also, wenn bis dahin alle Anträge abgesegnet sind. #integrierteuch

Das wiederum bedeutet, dass Anna einen weiteren Monat meinen fraglichen Lehrmethoden ausgesetzt ist, die sich größtenteils auf typisch deutsche Vokabeln wie »Nabend« und »Tschüssikowski« beschränken. Dahingegen lernt Anna die polnische Sprache – ohne weiteres Zutun meinerseits. Ganz nebenbei wünscht sie mir vor dem Aufbruch zu einem Date eine *rura*. Wobei es sich um einen schmeichelhaften Begriff für das männliche Geschlechtsteil handeln soll, der ins Deutsche übersetzt bedeutet, wonach er klingt. »Oder bevorzugst du *big kiełbasa?*« Ich kann mir wirklich nicht erklären, woher sie das hat.

»Es ist sexistisch, so über Männer zu reden«, erwidert die verstockte Bianca in mir. Die Vernunft hat mich eingeholt. »Wir sollten das nicht länger sagen.«

»Ach, komm schon! Sie reden immer über Titten und Sex und auf abfällige Weise über uns.«

»Aber …«

»Du weißt, dass ich recht habe.«

Vielleicht hat sie recht. Ich will, dass sie recht hat. Denn es macht zu viel Spaß, mit aller Inbrunst und entsprechender Gestik *big kiełbasa* zu sagen. Zum Glück habe ich Anna. »Und vergiss die *guma* nicht!«, erinnert sie mich wie eine Mama. »Bring ein paar *zasos* nach Hause!«

Bei Fragen bezüglich unverständlicher russischer Vokabeln: Auf alle gibt es Zugriff über den Google-Übersetzer.

Das ukrainische rura

Oscar hat ein Cornichon, maximal. In der Ukraine bezeichnen wir Penisse gern als Gurken, manchmal auch als Stifte. In Deutschland gibt es die Gurke auch, genauso wie »Zipfel« und »Schwänze«. Die Vagina der Frau bewegt sich auf einer Skala von »Katzenauge« bis »Echo wiedergebende Höhle«. Bianca schimpft, wie schwachsinnig sie das finde, dass man »kleine Scheiden« verherrliche und damit vermeintlich »weite Scheiden« abwerte. Sie sagt, schlussendlich seien alle Vaginen enorm dehnbar, und »Du bist so schön eng« sei ein Satz, der in Pornos und in die Köpfe von Männern gehöre, die es nötig haben, sich einzureden, eine Frau wäre von ihnen so sehr erregt wie noch von keinem Mann zuvor. Wir wollen an dieser Stelle also den Gebrauchshinweis mitgeben, dass lustige Umschreibungen für Körperteile nur Spaß machen, wenn über sich selbst oder mit Menschen, aber nie über Menschen gelacht wird.

Weiter geht's: Im Deutschen nennt man die Vagina auch »Loch«, »Muschel« und »Wurstfach«. Apropos »Wurst«. Wer zu viel davon isst, hat in der Ukraine ir-

gendwann einen Bauch wie eine »Raupe«. Das im weitesten Sinne ebenfalls tierische, wenn auch tote Pendant im Deutschen ist dann wohl der »Speckgürtel«. Liebevoll »Rettungsring« genannt. Das sagen wir sowohl in der Ukraine als auch in Deutschland. Endlich bekommt das Fett mal weg, was es verdient, würden unsere Väter wohl sagen. Extra-Kilos können ja auch etwas Gutes haben. Sie schützen vor schlechten Zeiten und sind gemütlich. Wenn auf dem Bauch auch noch Hängebrüste aufliegen, sprechen wir von den »Ohren von Cockerspaniels«, so wie man in Deutschland pralle, große Dinger als »Möpse« bezeichnet. Oder noch deutscher: »Hupen«. Wenn sie hängen, sind es eher »Biertitten«. Manchmal macht Deutsch lernen auch Spaß.

10. Mai 2022, Tag 76

Erneut zieht es mich beruflich in den Norden. Halb beruflich. Ich besuche meinen Verlag in Hamburg, um die Idee für dieses Buch zu besprechen, will aber noch einen Tag dranhängen, um in Ruhe an meinen Texten zu arbeiten, ohne die in den eigenen vier Wänden an jeder Ecke lauernden Ablenkungen. Als Bjarne mich mit dem Auto vom Verlagsgebäude aus abholt, fahren wir direkt weiter in das Airbnb, das seine Arbeitgeber:innen ihm bezahlen. Wie es der Zufall so will, arbeiten wir diesen Monat beide in der Hansestadt. Für Bjarne soll es sich als nicht ganz so guter Zufall herausstellen.

»Du passt hier nach Hamburg.« Lachend startet er den Motor. »Die Schickeria steht dir.«

Ich sehe ihn nicht an, starre nur auf den zugeklappten Sonnenschutz oberhalb der Frontscheibe.

»Beleidige mich nicht.« Meine Stimme rutscht samt Stimmung in den Keller. Bjarne versteht nicht. Wie auch, ich verstehe mich ja selbst nicht.

»Das war doch nur Spaß«, versucht er die Situation zu retten. »Nimm das nicht wieder so persönlich.«

»Wieder?«

»Entschuldige, ich wollte damit nur sagen, dass ...«

»Warum warst du eigentlich eine halbe Stunde zu spät?«

»Wir mussten noch das Teamfoto korrigieren, weil die Produktionsfirma nicht zufrieden war.«

»Und dann kannst du nicht mal kurz Bescheid sagen?«

»Ich dachte, du hast eh deinen Spaß im Verlag.«

»Hatte ich auch. Keine Sorge.«

»Wie lief denn das Gespräch mit deiner Lektorin?«

»Gut.«

Bjarne wartet, doch mehr kommt nicht.

»Okay ...«

Ich verschränke die Arme. Mittlerweile haben wir die teure Wohngegend rund um die Alster verlassen und biegen auf die Stadtautobahn ein, um den Stadtrand anzusteuern.

»Und, habt ihr lecker gegessen? Wart ihr in diesem veganen Café auf der gegenüberliegenden Seite oder wo?« Bjarne tippt im Takt der im Hintergrund leise mitlaufenden Autoradiomelodie auf dem Lenkrad herum. »Am Set habe ich mich nur von Schokolade ernährt, ich muss unbedingt noch etwas Vernün...«

»Hör auf mit dem beschissenen Small Talk.«

»Worüber willst du dann reden?«

Keine Antwort.

Ich bin eine Zicke. Noch offenporiger als sonst. Den
Grund kenne ich selbst nicht. Zu wenig geschlafen? Zu
viel von der Arbeit gemacht, die ich immer machen
wollte? Luxusprobleme. Ich kann mir nicht vorstellen,
dass Bjarne mich gerade mag, wo ich mich doch selbst
nicht mag, und wenn weder Bjarne noch ich mich mögen, wer mag mich dann überhaupt noch? Ich bin
müde. Ich will weinen. Was soll ich sagen? Reinsteigern kann ich. Es geht gerade sehr vielen Menschen
schlechter als mir. Trotzdem will ich weinen. Also
nimmt Bjarne meine Hand. Mehr nicht. Kurz sehe ich
überrascht zu ihm, dann wieder aus dem Fenster. Seitenfenster, damit er nicht sieht, wie oft ich blinzeln
muss. Noch öfter, als ich schlucke. Bjarne lässt meine
Hand nur los, um nach dem Schaltknauf zu greifen.
Wir schweigen, während die an uns vorbeiziehenden
Häuser sich zu einer Perlenkette aufreihen und dann
mehr und mehr verschwimmen. Nichts bringt mich so
sehr zum Weinen wie das Glück in meinem Leben.
Meine Freundinnen und Freunde sind ein großer Anteil davon. Als wir aussteigen, habe ich fast wieder das
Gefühl, die Alte zu sein. Spätestens morgen habe ich
Bjarne sei Dank wieder Energie. Bis dahin werden
auch Ich und Ich das geklärt haben und uns miteinander versöhnen. Wir versprechen es uns.

Bloß nicht stören

Manchmal habe ich Angst, Bianca zu stören. Wenn mein Suppenlöffel nach Mitternacht auf dem Tellerrand klappert und sie schon schläft. Wenn Oscar morgens bespaßt werden will und ich noch schlafe. Wenn zehnseitige Formulare aus dem Jobcenter ihre Kugelschreibertinte leer machen. Wenn sie jemanden mit nach Hause bringt, auf ein Date geht. Wenn sie unterwegs ist und ich anrufen muss, weil eine Nachbarin einen Zettel in den Briefkasten gelegt hat und ich verunsichert bin, ob sie sich über etwas beschwert (letztendlich ging es nur um einen unserer Schlüssel, den wir zur Abwechslung von außen im Schloss haben stecken lassen, weil es für potenzielle Einbrecher noch nicht einfach genug ist). Mehrere Leute aus meiner Telegramgruppe haben geschrieben, dass die Deutschen, die sie aufgenommen haben, sie (teils direkt, teils indirekt) daran erinnern, dass sie bald mal ausziehen könnten. Was ich gut verstehe. Es ging von Anfang an um vorübergehende Aufenthaltsmöglichkeiten. Abgesehen davon: Wer weiß, wie die betreffenden Ukrainer:innen sich benehmen, ob sie sich den Gewohnheiten der Deutschen anzupassen wissen oder nur für Unordnung sorgen. In der Ukraine sagen wir: Manche Menschen leben wie Bliny in Butter. Bliny sind bei uns, was in Deutschland der Eierkuchen ist, in Ungarn der Gundel-Palatschinken, in Frankreich die Crêpe, in den USA der Pancake oder in Großbritannien der Scone. Egal, wie sehr ich mich darum bemühe, weder Eierkuchen und noch weniger Bliny in Butter zu sein, irgendwann ist doch jedermanns Geduld gesättigt, oder?

12. Mai 2022, Tag 78

Anna hat Ofenkartoffeln gemacht. Ich liebe Ofenkartoffeln. Bei ihrem Anblick durch das Fenster in der Küchentür genieße ich aus mehreren Gründen mehr als sonst, nach Hause zu kommen. Auch Oscar begrüßt mich, indem er mich umkreist, als wäre ich die Mitte einer Rennstrecke und er das Formel-1-Auto. Ich lege meine Reisetasche im Flur ab und folge dem Duft von Rosmarin. Anna schmeißt sich gerade das Geschirrtuch über die Schulter. »Tür zu!«, ruft sie, als ich einen Moment zu lange im Türrahmen stehen bleibe. Das Balkonfenster steht offen, alle Zimmertüren sind geschlossen, weil sie Angst hat, mir als Vegetarierin Unannehmlichkeiten zu bereiten, sollte der Fleischduft ihrer eigenen Mahlzeit durch die Wohnung ziehen. Wenn sie wüsste. Meine Nasenflügel blähen sich auf, doch ich tue so, als wäre die Extraportion, die sie extra nach meinem Geschmack zubereitet hat, der Grund dafür. Lauthals schwärme ich vom schönen Gefühl, nach Hause zu kommen, und komme mir schon im nächsten Moment unsensibel dabei vor, das ausgerechnet Anna gegenüber zu tun. Wenn es sie getroffen hat, lässt sie es sich nicht anmerken, steckt stattdessen die ganze Faust durch das Loch in der Achsel ihres Bademantels und ruft nicht minder euphorisch: »Zuhause ist, wo du löchrig herumlaufen kannst und dich trotzdem wohlfühlst!«

Ich muss lachen: »Zu Hause ist, wo du nachts den Weg zur Toilette findest, ohne dir den großen Zeh zu stoßen, und wo sich die Klobrille gemütlich anfühlt.«

»Zu Hause ist, wo das Essen besser schmeckt.«

»Zu Hause ist es einfach am schönsten.«

»*Koza Times!*«, ruft Anna abschließend. Das habe ich vermisst. »Koza Times« ist unser Codewort, wenn wir uns wie Kinder benehmen, wenn wir mit den Händen essen, wenn wir den Schlonz zelebrieren. *Koza* ist das polnische und ukrainische Wort für »Ziege«, auf Russisch heißt es *kozel*. Das Z wird in jeder der Sprachen als S ausgesprochen. Etabliert hat sich unser Codewort aufgrund einer Situation beim Frühstück. Anna reichte mir einen Löffel, doch ich lehnte ab, denn ich esse mein Müsli gern mit den Händen. Entweder rieselt es als trockener Snack in den weit geöffneten Schlund meines im Nacken liegenden Kopfes, oder (noch besser) ich führe die Schüssel samt Müsli und Milch mit den Händen zum Mund. »Kennst du die Kinder-TV-Serie ›Heidi‹?« Bis heute schiebe ich einer meiner Kindheitsheldinnen die Schuld für diese unhöfliche Angewohnheit zu, deren freie Auslebung ich als eines der Privilegien des Auszugs aus der elterlichen Wohnung betrachte. Heidi kippt ihre frisch gemolkene Milch erst in eine Holzschüssel und dann auf beschriebene Art und Weise den Rachen runter, bevor es mit dem Ziegen-Peter auf die Alm geht. Manchmal nehme ich ihr zu Ehren den Ärmel, um mir grob über den Mund zu wischen. »*Koza Times!*«, feuert Anna mich unaufhörlich an, während ich mich aus meinen Alltagsklamotten schäle, um sie gegen Jogginghose und Pullover zu tauschen. Kleckern statt klotzen.

13. Mai 2022, Tag 79

»Was hältst du davon, wenn wir heute einen Drink mit dem Nachbarn nehmen?«

»Was?«

»Acht Uhr, okay?«

Während ich in Hamburg gearbeitet habe, hat Anna gleich mehrere Freundschaften geschlossen. Zum einen mit meiner Schwester, die Anna im Bewusstsein meiner Abwesenheit zu sich eingeladen hat. Annas knappen Beschreibungen zufolge verlief der Abend ähnlich holperig wie erwartet. Julia spricht kein Wort Englisch, auch kein Russisch. Aus einer Übersprungshandlung heraus haben die beiden irgendwann einen Film angemacht, um die Stille zu bekämpfen. Anna scheint sich trotzdem immer noch über den gemeinsamen Abend zu freuen. Man kann eben auch *mit* der Hürde einer sprachlichen Barriere zeigen, dass man jemanden gern um sich hat. Nächstes Mal wollen die beiden gemeinsam Schaufenstershoppen.

Die zweite Freundschaft, die Anna geschlossen hat, während ich nicht da war, ist ausgerechnet die zu unserem Nachbarn. Sie hat mir zwar davon erzählt, dass sie einen kurzen Plausch von Fußmatte zu Fußmatte hatten und dass sie in zwei Wochen dafür zuständig sein wird, in seiner Abwesenheit bei ihm die Blumen zu gießen, aber dass die zwei Telefonnummern ausgetauscht haben, war mir bisher nicht bekannt. Anna übernimmt die komplette Etage, wird zur zweiten Hausmeisterin und schafft in wenigen Wochen, was ich in einem Jahr Nachbarschaft nicht geschafft habe.

»Warum nicht?!« Ich bin gespannt auf Christian. »Acht Uhr ist perfekt.« Und es wird noch besser. Annas Augenbrauen berühren beinahe ihren Haaransatz, als sie zwei Minuten später erneut mein Zimmer betritt. »Er hat noch mal geschrieben«, sagt sie. »Um zu fragen, ob er seine Freundin mitbringen darf.«

»Seine Freundin?« Heute habe ich wirklich eine lange Leitung. »*Die* Freundin?«

»*Da,* also, ja.«

»Wow.«

»Was soll ich antworten?«

»Also … Für mich wäre das kein Problem.«

»Für mich auch nicht, denke ich.«

»Na dann.« Ich nicke synchron zu einem Schulterzucken. Jedes Geschrei aufs Neue hoffen Anna und ich, dass die beiden es endlich schaffen, sich zu trennen. Tun sie nicht. Da kann es nicht schaden, ein entspanntes Verhältnis zu ihnen aufzubauen. Sollte er im Notfall doch mal Unterstützung brauchen, ist die Hemmschwelle sicher niedriger, bei den Nachbarinnen zu klopfen, mit denen man schon mal gemeinsam angestoßen hat. »Frauen helfen Männern, verrückte Zeiten«, fasst Anna zusammen. Zur Vorbereitung für den Abend backt sie TK-Pizza, legt Erdbeeren in Sahne und Zucker ein, räumt den Balkon auf und stellt vier Stühle bereit, während ich noch immer nicht so ganz weiß, ob Ohropax eine gute oder schlechte Idee sind. Anna nutzt die Gelegenheit und zieht eines ihrer liebsten Kleider an, das ihr seit der Ankunft des Pakets wieder zur Verfügung steht. Aus der Geheimagentin, die jeden Tag in schwarzer Jogginghose, mit schwarzer Jacke, Kapuzenpulli und Sonnenbrille auf die Straße ging, ist eine Frau in schreiend bunten Blumenkleidern geworden. Kein Kleidungsstück bleibt mehr ungebügelt, kein Haar mehr ungeglättet. Jetzt frage ich mich umso mehr, warum Anna nie Kleidungsstücke von mir annehmen wollte. Nach Jutebeuteln hat sie mich gefragt, um keine Handtaschen von mir auszuleihen, und alle zwei Tage mit der Hand ihre Kleidung gewaschen. Sie ist eine Frau, die es liebt, sich zurechtzumachen.

Ich bürste noch mal schnell mein Haar.

Dann klingelt es. »Unser italienisches Pärchen kommt.« Anna zwinkert mir verschmitzt zu. Sie sagt das öfter, wenn die beiden laut werden, dass sie streiten würden wie ein italienisches Pärchen. Annas Kommentar erinnert mich noch einmal daran, nicht allzu deutsch die Nase zu rümpfen.

Natürlich stiehlt Oscar uns die ersten Minuten lang die Show. Immer wieder erstaunlich, wie viel Raum ein so kleiner Hundekörper einnehmen kann. Vorurteilsfrei wird von Oscar abgeschleckt, was nicht bei drei auf dem Baum ist. Die beiden Menschen, mit denen wir uns bislang nicht mehr geteilt haben als eine Wand, schaffen es gerade so, sich die Schuhe auszuziehen.

»Hallo, ich bin Isa.« Christians Begleiterin reicht mir eine Sektflasche. Wenn sie in normaler Lautstärke spricht, ist ihre Stimme sogar ziemlich angenehm. Doch es gelingt mir nicht lange, ihre Aufmerksamkeit zu halten.

»Du erinnerst mich an meinen Kleinen.« Isa kniet sich melancholisch seufzend zu unserem Fell-Flummi. »Er ist leider mit elf Jahren gestorben. Es ist, als würde ein Familienmitglied fehlen.« Anna legt ihr die Hand auf die Schulter und führt sie Richtung Balkon, wo gerade die solarbetriebene Lichterkette anspringt. Wir werden schneller miteinander warm, als ich gedacht hätte. Die Nachbarn sind sehr diskret, stellen keine nervigen Fragen, teilen ihren Joint, wollen einfach nur einen guten Abend haben.

Würde ich die Freundin meines Nachbarn nicht so oft streiten hören, hätte ich sie heute Abend erst kennengelernt, ich hätte sie einfach nur spannend gefunden und sehr sympathisch. Eine Frau, die gleichzeitig einen Bachelor in Philosophie und Mathe absolviert, um irgendwann digitalphilosophisch in Politik oder NGOs zu arbeiten. Mir wäre gar nicht so sehr aufgefallen, dass sie Widerspruch seinerseits nicht leicht erträgt. Zarte Zickereien unter Pärchen, hätte ich eben angenommen. Erst recht, weil sie nur fünf Minuten später anfangen, sich gegenseitig die Rücken und Oberschenkel zu streicheln und verträumt davon zu erzählen, wie sie sich kennengelernt haben. Doch nicht nur die beiden finden in uns ein dankbares Publikum, um ihre Liebesgeschichte zu erzählen, auch wir in ihnen. Es gibt den Moment, kurz vor der letzten Erdbeere und dem zweiten Glas Sekt, da sehen Anna und ich uns erkenntnisgewinnend an. Wir sind eine modern love story, gefunden im Internet.

14. Mai 2022, Tag 80

Deutschland und der ESC. Keine Liebesgeschichte. Normalerweise sehe ich von der Musiksendung maximal die Zusammenschnitte in den Nachrichtensendungen der folgenden Tage. Anna hingegen scheint es als Selbstverständlichkeit zu betrachten, dass wir den vom Aussterben bedrohten Song Contest in voller Länge genießen. Ich wartete von Anfang an darauf, mich für Deutschland zu schämen. Schon beim Einlauf auf die Showbühne gibt es einen eindeutigen Applausabfall zwischen der Ukraine und Deutschland zu verzeichnen, deren Vertreter aufeinanderfolgend vorgestellt werden und auch aufeinander folgend auftreten. Der Ukraine wird der Sieg schon aufgrund politischer Gründe prophezeit, was nörgelnde Stimmen nicht lange schweigen lässt. Wer behauptet, dass ein Sieg der Ukraine aus politischen Gründen unverdient sei, hat sich hoffentlich auch darüber geärgert, als Nicole mit »Ein bisschen Frieden« Deutschland den Sieg nach Hause sang. Faktisch mag etwas dran sein an der Kritik. Der ESC versteht sich nicht als politisches Event, deswegen sind laut der Wahlkampfregel »Texte, Ansprachen und Gesten politischer Natur während des Contests untersagt«. Aber ist die harte Trennung von Politik und Leben nicht längst überholt? Falsch: Hat sie jemals über die Theorie hinaus funktioniert?

1993 tritt zu dem damals noch als »Grand Prix« bezeichneten Musikwettbewerb Muhamed Fazlagić für Bosnien und Herzegowina an. Zwei Jahre zuvor hatten sich Slowenien und Kroatien vom Vielvölkerstaat

Jugoslawien unabhängig erklärt, womit die sogenannten Jugoslawienkriege begannen. 1992 verkündete auch die damalige jugoslawische Teilrepublik Bosnien und Herzegowina ihre Unabhängigkeit. Der daraufhin ausbrechende Krieg dauert bis 1995 und kostet rund 100.000 Menschen das Leben. Um beim Wettbewerb in Irland dabei sein zu können, muss Muhamed Fazlagić gemeinsam mit seiner Band bei Nacht zu Fuß aus dem umkämpften Sarajevo fliehen. Sein Song »*Sva bol svijeta*« (»Alle Schmerzen der Welt«) handelt vom Leid des Krieges. »Für uns war das keine bloße Unterhaltung«, erzählt der Sänger Jahre später in einem Interview. »Wir waren die Ersten, die Bosnien auf internationaler Ebene vertraten. Wir bestätigten damit, dass unser Land existierte.«

Anderes Beispiel: 1974 spielt ein Grand-Prix-Beitrag eine wichtige Rolle für das Ende der langen Diktatur in Portugal. Paulo de Carvalho bringt mit »*E depois do Adeus*« (»Und nach dem Abschied«) zwar ein völlig unpolitisches Lied auf die Bühne, aber als es 18 Tage nach dem Grand Prix im portugiesischen Radio gespielt wird, ist es das erste von den aufständischen Truppen zuvor verabredete Geheimsignal für den Beginn der Nelkenrevolution. Ein lang geplanter Militärputsch beginnt, und Machthaber Marcelo Caetano dankt einen Tag später ab.

Ein Negativbeispiel dafür, dass sich die Veranstalter:innen des Musikwettbewerbs, entgegen eigenen Grundsätzen, nicht immer von Politik frei gemacht haben, ist der Fall um Joan Manuel Serrat. 1968 will

der junge Sänger für Spanien den Song »La, La, La«
in seiner Muttersprache Katalanisch präsentieren, damals eine Sprache, die unter der Herrschaft des faschistischen Diktators Franco mit Widerstand und Demokratie gleichgesetzt wird. Der Grand Prix lässt zu, dass
Serrat durch die Sängerin Massiel ausgetauscht wird,
die den Song auf Spanisch singt und den Grand Prix
sogar gewinnt. Hätte es damals bereits soziale Netzwerke gegeben, wäre daraus vielleicht ein Skandal geworden, und der Druck auf die Veranstalter:innen
wäre so groß geworden, dass sie das eigentlich von sich
gewiesene Einflussvermögen für den Fall Serrat doch
hätten geltend machen können.

Wenn ich schon mit Vielleichts argumentiere, erlaube ich mir auch eine Argumentation mit dem Herzen. Mein Herz mag es nämlich nicht, dass Musik ausschließlich in seinen Zuständigkeitsbereich fallen soll.
Selbst wenn Musik eher für das Herz als für den Kopf
gemacht wird – Musik löst Gefühle aus, Gefühle sind
Leben, und Leben ist Politik. Musik muss nicht, kann
aber durchaus sehr politisch sein. Wenn ich mich und
mein Herz frage, hat jede Stimme, die aus Gründen der
Solidarität vergeben wird, ihre Berechtigung. Ehrliche
Solidarität freut sich über Unterschiede, fördert und
fordert sie, anstatt sie nur hinzunehmen, falls sie zufällig anklopfen und dann schon mal da sind. Warum haben die Leute so ein Problem damit, wenn sich Wert
ausnahmsweise mal nicht anhand von Leistung be-
misst? Wäre ich Vertreterin eines anderen Landes als
der Ukraine, würde es mir gar keinen Spaß machen,

den ESC-Sieg nach Hause zu holen. »Falls wir den ESC gewinnen, wird er im nächsten Jahr vielleicht in Polen ausgetragen«, erklärt Anna. »Kommt drauf an.« Anna scheint den gestrigen Tag mit Recherchen verbracht zu haben und weiß mehr über die Kandidat:innen zu erzählen als das Moderationsteam. Das schließt selbstverständlich auch das »Kalush Orchestra« mit ein. Die Gruppe geht für die Ukraine mit einer Mischung aus folkloristischen Flöten und hartem Rap ins Rennen. Anna mag die traditionellen Anteile in dem Song, beschwert sich aber über den schroffen Wortsprint. »Niemand versteht, was sie sagen.« Was jeder versteht, ist der Hilfsaufruf für die Ukraine am Ende der Performance, insbesondere für Mariupol und die Kämpfer im Asow-Stahlwerk. Ups. So viel zum Thema »Texte, Ansprachen und Gesten politischer Natur während des Contests [seien] untersagt«. Dann müssen wir die Wahlkampfregeln heute wohl mal kurz vergessen.

Nach der Ukraine betritt Malik Harris für Deutschland die Bühne. Sein Song erinnert mich an Eminems und Rihannas »Love the way you lie«. Maximal austauschbare Chart-Musik, wenn man mich fragt. »German Max Barskih«, wenn man Anna fragt. Sie prostet mir mit ihrer Cola zu: »Ich mag es sehr gern, es ist wirklich nicht so schlecht.« Ich erwidere ihre Aufmunterung mit hochgezogener Augenbraue. »Love the way you lie, Anna.« Wir grinsen. Nett, dass sie versucht, die deutsche Performance weniger langweilig zu reden, aber keine Chance. Wir landen auf dem letzten Platz. Zu Malik Harris' Entlastung ist, ähnlich wie beim Sieg der Ukraine, womöglich ebenso der politische Faktor mit einzurechnen. Vielleicht, vielleicht auch nicht, stand Olafs Geist mit auf der Bühne und hat unsere Punktegeber:innen mit seiner zaudernden Handlungsweise verschreckt. Vielleicht, vielleicht auch nicht, hat er einfach zu viele Töne in Bezug auf die Unterstützung Osteuropas versemmelt, weshalb es der verdiente letzte Platz für uns wird. Dank Anna an meiner Seite darf ich trotzdem auf einen Sieg anstoßen und mich freuen. Ich habe die leise Vermutung, dass sie sich mehr über den ersten Platz für die Ukraine freut, als sie zugeben will. Ob die Menschen in Russland irgendetwas von dem Songcontest mitbekommen? Über Nachrichtendienste, Telegram-Gruppen oder soziale Netzwerke? Ob man in Russland auch die Schlagzeile »Sieg für die Ukraine« lesen kann?

Kein Sieg des Krieges, aber ein Sieg

Es war ein erster Sieg und hoffentlich nicht der letzte. Der ESC 2022 hat bei den Ukrainerinnen und Ukrainern viel Freude ausgelöst. Meine Chatgruppen waren voller euphorischer Nachrichten. Ohne die Situation, in der wir sind, hätten wir wahrscheinlich nicht gewonnen, aber das stört mich nicht. Unser Beitrag war zumindest nicht der schlechteste. Die Deutschen haben sich auch Mühe gegeben, aber wenn ich ehrlich sein darf: Das war ... no fish, no meat. In einer Woche erinnere ich mich nicht mehr da-

ran. *Dahingegen fand ich den polnischen Beitrag wirklich gut! Umso weniger verständlich ist, warum die ukrainische Jury peinliche null Punkte an unsere Brüder und Schwestern vergab. Die Ukrainer und Ukrainerinnen selbst waren extrem wütend deswegen, und es gab viel Kritik in den sozialen Medien. Polen hat uns schließlich auch mit zwölf Punkten versorgt, genauso wie unsere anderen Nachbarn. Warum unterstützen wir nicht die, die uns unterstützen? (Anmerkung der mitbewohnenden Redaktion: Was hätte der deutsche Leistungsgedanke zu dieser charmanten Logik gesagt? Wenn jeder an sich denkt, ist an alle gedacht? Das würde zumindest erklären, warum es uns nicht peinlich ist, uns in den ESC einzukaufen, indem wir ihn finanzieren, anstatt wie andere Länder an den Vorrunden teilzunehmen.)*

15. Mai 2022, Tag 81

»Und nur, wenn du gerade Zeit und Lust hast. Sonst mache ich es allein«, wiederholt sie, während ich den Kugelschreiber klicken lasse. Ich ignoriere Annas Einwand. Gerade habe ich nichts anderes gemacht, als unermüdlich Secondscreening zu betreiben, um dabei gleichzeitig meinen Kumpels Brad, Ryan und Christian in »The Big Short« sowie einer Freundin beim Alpakakuscheln zuzusehen. Da kann ich Anna auch kurz helfen und mich nützlich dabei fühlen, den Papierkram auszufüllen, den es für das Jobcenter auszufüllen gilt. Ich dachte, sie hätte mir bei meiner Rückkehr aus Hamburg bereits alles gegeben, doch offenbar hat sie etwas vergessen. Auf einem Schmierzettel mache ich mir Notizen zu dem Fragebogen, der mehr Fragen aufwirft, als er will.

Meine abstehenden Haare und die undefinierbaren Fragelaute, die ich zwischendurch auspuste, dürften an die Schrulligkeit eines Michael Burry heranreichen. Wobei meine zynischen Lästereien über deutsche Bürokratie eher zu dem von Steve Carell gespielten Mark Baum passen würden. Entscheidender ist, wo Margot Robbie und ihre Schaumbadewanne bleiben, um mir zu erklären, wie das Leben funktioniert.

»Und was ist das?« Gerade als ich meine, mich auf die Zielgerade zuzubewegen, entdecke ich, dass Anna hinter ihrem Rücken noch etwas versteckt hält.

»Nichts.« Sie lässt die Zettel flink in ihre Mappe gleiten, mit der sie ihre Dokumente beisammenhält. »Das ist nichts.«

»Anna.«

»Das ist für morgen.«

»Was ist das?«

»Papierkram für das Jobcenter.«

»Aber das ist doch schon der Papierkram fürs Jobcenter.« Ich deute auf die Kästchen und Linien, in die ich hoffentlich keine Lügen eingetragen habe.

Anna nickt. »Ja.«

»Oh.«

»Den Rest machen wir morgen.« Jetzt erst verstehe ich, dass sie den Papierkram häppchenweise portioniert, um mich nicht zu überfordern. Genauso, wie sie es mit dem Hundefutter macht, um Oscars Chihuahua-Magen vor dem Platzen zu bewahren, schützt sie meinen Kopf vor der eigenen Ungeduld, die mich Erledigungen am liebsten sofort machen lässt. Anna weiß, dass ich nicht prokrastinieren kann, und will mir dabei helfen, meine Ruhezonen zu bewahren. Als die Tischoberfläche wieder erkennbar ist, wedelt sie mit der Mappe vor meiner Nase herum: »Die hier gibt es zum Dessert.«

Na lecker.

16. Mai 2022, Tag 82

Unsere Beziehung wird auf die nächste Probe gestellt: Spargel.

»Wie sagt man Spargel auf Russisch oder Ukrainisch?«, frage ich, auf das Backblech deutend. Anna zuckt mit den Schultern. »Gras«, improvisiert sie, ich lache. Die Tatsache, dass sie nicht einmal das Wort für die langen grünen Stängel kennt, die in Deutschland zum Kulturgut gehören, sagt eigentlich alles. Wir einigen uns auf einen Kompromiss. Das nächste Mal rösten wir den Spargel nicht einfach nur mit Öl im Ofen, sondern umwickeln ihre Portion zusätzlich mit Prosciutto.

Essen

Spargel ist mir ein Geheimnis. Vielleicht düngen die Deutschen ihn mit narkotisierenden Mitteln. Anders als mit Drogen kann ich mir ihre Begeisterung für Spargel nicht erklären. Er nimmt viel Platz auf dem Teller weg, sieht nach nichts aus und schmeckt nach nichts. Wobei, das stimmt nicht. Spargel schmeckt wie süßliches Gras, auf Ukrainisch sagen wir *trava*. Entschuldigt, ich will wirklich nicht so hart sein und der Deutschen Leibspeise beleidigen. Vielleicht würde es mir sogar guttun, dem Spargel eine Chance zu geben. Vor Kurzem habe ich mich mit einer Frau aus meinem Sprachkurs unterhalten, die ihre Wurzeln in China hat. Sie war über 50 Jahre alt, hatte fünf Kinder und sah aus wie Anfang 30. Keine Falten, keine Unreinheiten, zierliche Statur und tolles Haar. Ich habe sie gefragt, was ihr Geheimnis ist, und sie zuckte mit den Schultern: »Vielleicht das Essen?« Sie isst kein Fleisch, viel Reis, Suppen und gern Gemüse. Also doch! Kein Botox, sondern Spargel. Wenn Biancas Mama ihn zubereitet, kann er vielleicht sogar schmecken. Ich liebe es, wenn sie polnische Speisen zubereitet, weil sie dem ähneln, was ich aus meiner Heimat kenne. Sie macht einen fantastischen Bohneneintopf, und der Käsekuchen schmeckt wie von meiner eigenen Mama, auch wenn die ihn in der *mul'tivarka*, also im Thermomix, macht. Nachdem ich mich von Biancas »Wurst« ernährt habe, war es der Himmel, als ihre Eltern mir richtige Wurst schenkten. Fast alle von Biancas Freunden ernähren sich vegan oder vegetarisch, sogar die Männer. Das ist nichts für mich, es ist zu hart. Biancas fake meat riecht maximal nach Fleisch, so viel Fantasie habe ich nicht. Wie soll man ohne Fleisch eine gute Brühe oder einen Borschtsch kochen? Entschuldigt, wieder zu negativ. Es ist nur einfach sehr anders.

Manchmal ist es schön, dass es zu unerwarteten Verzögerungen kommt, die mich eine Stunde vom Laptop fernhalten, obwohl ich doch nur kurz was zu trinken aus dem Kühlschrank holen wollte. Anna und ich saßen gestern eine halbe Stunde (»nur mal kurz«) auf den Küchenfliesen und lehnten anschließend eine weitere halbe Stunde (»die fünf Minuten ...«) am Balkongeländer, um die Füchse zu zählen, die abends unseren Innenhof erobern. Wir erzählen uns Wichtiges und Unwichtiges. Schweigen gemeinsam. Erzählen weiter, beginnend bei Lieblingsspielen aus der Kindheit über neue Stellungnahmen aus Finnland hin zu Abkürzungen in der Nachbarschaft, die Anna mir zeigen will, wenn wir das nächste Mal gemeinsam spazieren gehen. Vor einem Monat wusste sie nach zwei Kurven ums Haus schon nicht mehr, wo lang, heute hat sie ihre eigenen Abkürzungen, ihre üblichen Routen, Lieblingsstraßen, die sie wie eine Diddl-Maus sammelnde Großtante fotografiert, weil die Bäume so schön blühen. Ich mache Anna ein Kompliment dafür, dass ihr das T-Shirt wirklich gut steht, das ich vor drei Monaten nur mal kurz aus Mamas Schrank ausgeliehen habe. Seit ich Annas Geschenk angenommen habe, tut sie sich weniger schwer damit, Dinge von mir auszuleihen. Anna hilft mir dabei, das Tomatenmark aus meinem liebsten Rolli zu rubbeln, ohne ihn danach bauchfrei tragen zu müssen. Anschließend ätzen wir unsere Haare aus dem Abfluss der Badewanne. Meine neuen Lieblingstage sind die alltäglichen. Heute spielen wir »alles normal«. Das haben wir uns verdient, und den Umständen sowie der Kürze unseres Zusammenlebens entsprechend, haben wir uns tatsächlich einen normalen Alltag aufgebaut, eine erste Rohversion zumindest. Annas Gewinnerinnenlächeln spiegelt sich nicht nur im Badezimmerschrank, sondern auch in meinem Gesicht wider.

Im direkten Vergleich zum Alleinwohnen ist es genau dieses kleine Lächeln zwischendurch, der Kontakt zu einem Gesicht ohne Pixel, der etwas mit den Endorphinen in meinem Körper macht, die ich sonst vielleicht durch einen Aufruf meines Instagramprofils aus ihrem Versteck gelockt hätte. Und das ist ein schlechter Ersatz, für den ich spätestens beim Bikinifoto eines Models zwei Scrolls weiter bezahle.

17. Mai 2022, Tag 83

»Ich bin dein Hund, Hand, nein, dein Schwanz!«, schreit Anna sympathisch akzentuiert und vom Strampeln schwach gegen die eigene Ermüdung an. »Dein Schwanz?«, frage ich und versuche, ihr Windschatten zu geben. »Ich bin dein Schwanz?« Eine junge Frau mit Kinderwagen sieht kopfschüttelnd vom Bürgersteig aus in unsere Richtung. Anna erklärt mir, dass sie eine in der Ukraine übliche Redewendung übersetzen wollte. Man beschreibt einen Menschen, der einem anderen stets dicht auf den Fersen ist, als dessen Schwanz, so wie wir in Deutschland jemanden als jemandes Schatten bezeichnen. Anna schließt die Augen und streckt die Nase Richtung Sonne, was ich ihr gönnen würde, befänden wir uns nicht gerade auf den ausgeliehenen Fahrrädern meiner Eltern auf dem Fahrradweg neben einer Hauptstraße. »Du solltest wirklich mehr auf die Straße achten.« Ich fahre nicht nur Mamas Rad, ich klinge auch noch wie sie.

»Redest du schon wieder mit einem schlauen Menschen?« Anna lacht. Es scheint ihr Spaß zu machen, mich zu ärgern.

»Du solltest lieber andere Menschen über dich sagen lassen, dass du schlau bist.« Ich strecke ihr die Zunge heraus und versuche nicht von ihrem schlenkernden Fahrstil erwischt zu werden, während ich aufhole. »Das ist viel cooler, als es über sich selbst zu sagen.«

»Was?«

»Ich habe gesagt, dass ...«

»Ich habe nicht über mich selbst gesagt, dass ich schlau bin, ich meine ...« Anna schnaubt. »Okay, ich glaube, wir haben ein weiteres Sprichwort gefunden, das hier in Deutschland nicht existiert. In der Ukraine sagen wir gern, dass wir mit einem schlauen Menschen sprechen, um zu begründen, warum wir Selbstgespräche führen. Ich wollte *dich* als schlau bezeichnen.«

Es tut gut, mit Anna den Sorgen des Alltags davonzuradeln, Witze zu machen, zu kichern, über schöne Dinge zu reden. Vielleicht romantisiere ich, und nächste Woche schon gibt es die ersten großen Probleme zwischen uns, allerdings sind Probleme, wenn man mit einem Menschen zusammenlebt, zur Abwechslung ganz sicher normal. Ich habe immer gesagt, ich bräuchte meine Ruhe, sie sei mir heilig, und entschied mich deshalb ganz bewusst gegen eine WG. Ich machte meine Wohnung nicht nur zum Rückzugsort, sondern auch zu meinem Büro. Offensichtlich kannte ich mich nicht gut genug.

»Vielleicht finden wir vor Ort eine Frau für Oscar«, ruft Anna, als wir die gut besuchte Greenwichpromenade erreichen, an der wir von Mamas und Papas 1500 Euro teuren Statussymbolen absteigen, um sie zu schieben. Vor den Cafés wurden die Sonnenschirme ausgeklappt, das Wasser glitzert, die Schwäne lassen ihre Brust anschwellen, um die Menschen davor zu warnen, etwas im Gegenzug für das Brötchen um ihre Bratwurst zu erwarten. Ich deute über die auf- und zuschnappenden Schnäbel hinweg in Richtung einer rechts von uns gelegenen Uferstelle und erkläre Anna, dass die Humboldt-Brüder dort einen Baum nach der wohlbeleibten Schlossköchin benannt haben, mit der sie aufgewachsen sind, die Dicke Marie. Die Humboldt-Brüder haben ihre Jugendjahre in der Gegend verbracht. Die Dicke Marie gilt als ältester Baum der Stadt. Um das Bildungsprogramm nicht abreißen zu lassen, deute ich auf den kleinen Pavillon direkt neben dem Steg, an dem die Rentner:innen ihre Rundfahrten auf der MS Moby Dick beginnen: »Wie wäre es, wenn wir eine neue deutsche Biersorte austesten?« Anna packt ihre Sonnenbrille aus und sichert uns die letzte freie Bank, während ich das Bier hole. Zwischen den ganzen Steppjacken und Blümchenschals ist sie gut auszumachen, wir senken den Altersdurchschnitt deutlich. Die Familien mit Kindern sind beim Minigolf oder im Eiscafé. Ich will Anna auf das Getränk einladen, doch sie lässt es nicht zu, fordert ein, dass ich ihr sage, was sie mir schuldet. Dann schweigen wir, genießen die kitzelnden Sonnenstrahlen auf den Nasenrücken, die die Sommersprossen sprießen lassen. Meine Gedanken versanden irgendwo zwischen Zitroneneis und Tretbootfahren, zwischen den Geschichten, die sich am Nachbartisch über unerzogene Enkelkinder erzählt werden, und dem leisen Wasserrauschen. »Alte Menschen sehen hier glücklicher aus«, stellt Anna fest. In diesem Moment sind wir einfach nur zwei junge Frauen, die sich neu kennenlernen und aus denen Freundinnen werden. Das Wasser scheint Anna zu beruhigen, *mich* beruhigt es auf jeden Fall. Es gibt kaum etwas auf der Welt, das mich so ausgeglichen sein lässt wie der Anblick von Seen, Flüssen oder Meeren. Von Januar bis jetzt starben bereits 689 Menschen bei der Flucht über das Mittelmeer. Seit dem Jahr 2014 sind bis zu diesem Zeitpunkt mehr als 24.023 Geflüchtete im Mittelmeer ertrunken. Das gibt die International Organization for Migration (IOM) auf ihrer Homepage bekannt. Aufgrund von Krieg und Vertreibung erreichen jährlich bis zu mehrere Millionen Menschen als Geflüchtete Europa. Über den Seeweg kommt ein Großteil der Menschen in Spanien, Italien und Griechenland an. Seit Jahren diskutiert die Europäische Union über eine geeignete Aufnahmeregelung. Schon 1609 veröffentlichte Grotius das anonyme Pamphlet »Mare liberum«, das große Auswirkungen auf die

Geopolitik seiner und folgender Zeiten haben sollte. Er entwirft darin das Konzept einer offenen Gastfreundschaft, indem er behauptet, es sei barbarisch, Fremde zurückzuweisen. Den Raum für diese Gastfreundschaft biete das Meer. Laut Grotius müsse dieses frei zugänglich bleiben. Keinerlei Regime oder Souveränität könne dort akzeptiert werden. Luft und Meer unterschieden sich in dieser Hinsicht vom Land. Quellen und Flüsse könnten verpachtet werden, nicht aber das Meer. Der Ozean, der »mit dem ungestümen Rhythmus seiner Wellen weder eingedämmt noch abgeschlossen werden kann und der eher in Besitz nimmt, als dass er sich besitzen lässt.«

Anstatt dass das Wort »Gastfreundschaft« 2015 Wort des Jahres wurde, gewann »Flüchtlinge«. Dass im selben Jahr »Gutmensch« zum Unwort des Jahres gewählt wurde, könnte an dieser Stelle so stehen gelassen werden, hätte die Jury ihre Wahl nicht damit begründet, dass »Hilfsbereitschaft und Toleranz [...] mit diesem Wort diffamiert würden. Der Begriff verhinder[e] durch seine fehlende Sachlichkeit eine demokratische, gewinnbringende Diskussion.« *24.023 Geflüchtete im Mittelmeer ertrunken.* Welche Hilfsbereitschaft? Hätten wir in Hinblick auf Menschlichkeit nicht so sehr versagt – *von Januar bis jetzt starben bereits 689 Menschen –*, würden wir nicht nach wie vor versagen, würde ich der Jury zustimmen. Stattdessen sprechen wir seit 2015 immer häufiger von »Flüchtlingswellen« und meinen damit Menschen.

2022 ist es eine andere Welle, die Deutschland unerwartet trifft: *Solidaritätswelle für die Ukraine.* Wir unterscheiden in die guten und in die schlechten Geflüchteten.

Integration ist etwas Zukunftsgewandtes. Sowohl diejenigen, die bereits in dem Einwanderungsland leben, als auch diejenigen, die planen, dort ansässig zu werden, brauchen ein gemeinsames Ziel, dessen geteilte Aussicht sie verbindet und ihre Motivation oben hält. Wortwörtlich spannend, dass ausgerechnet ein jahrelang konservativ regiertes Deutschland ruft: »Integriert euch!«, obwohl Konservativismus der Inbegriff von Im-Jetzt-Verharren (bestenfalls) und Abwarten ist. Nix Zukunft. Das passt dazu, wie schwer es Menschen gemacht wird, dieser Forderung nachzukommen, um im Nachhinein zu hören, man habe sich nicht genügend angestrengt, nicht genügend Integrationswillen gezeigt. Die Floskel »Geste der Gastfreundschaft« gibt es schon länger. Weniger etabliert hat sich die Wortkombination »Pflicht der Gastfreundschaft«. Kombiniere, kombiniere. Andererseits ist Gastfreundschaft ohnehin das falsche Wort, weil »Gast« einen Besuch, nicht jemand Bleibendes beschreibt.

Wie wäre es, wenn wir »Integratin« zum Wort des Jahres 2022 machen? Zum Zeitpunkt der Manuskriptabgabe liegt mir das tatsächliche Wahlergebnis leider noch nicht vor, deshalb bin ich so frei und werfe »Integratin« in den Topf. Leider klingt das Wort »Integration« nämlich viel zu unsexy für das, was es beschreibt. Es klingt nicht ansatzweise nach dem Spaß, den integrative Prozesse für beide Seiten bereiten können: für diejenigen, die andere Menschen integrieren, als auch für diejenigen, die sich integrieren. »Integratin« ist eine Zusammensetzung aus der herkömmlichen Bezeichnung »Integration« und der allseits bekannten, mit Käse überbackenen Speise »Gratin«. Wie wir wissen, macht flüssiger Käse alles besser, so vielleicht auch das sperrige Wort, das ich an dieser Stelle nicht länger verwenden möchte. Und wenn wir schon dabei sind, wie wäre es mit »Erweiterung« statt »Einwanderung«? So vogue sollten wir 2022 schon sein.

»Scheiße!«, schreit ein Kind, dem das letzte Stück Wassereis vom Stiel gerutscht ist.

»Scheiße«, flüstert Anna leise für sich, wiederholend. Sich selbstbewusst unter die Menschen zu mischen, ist immer noch die effektivste Art, eine Sprache zu lernen und sich zu integratinieren.

Jouana, wie geht es dir, während du die Solidaritätswelle beobachtest?
Ich finde es wunderschön, dass es geht, dass man die Arme aufmacht und Menschen in Not unterstützt. Dass die Solidarisierung dieses Mal größer ist, hat damit zu tun, dass diese Menschen unsere Nachbarn sind und anders reagiert werden muss. Trotzdem finde ich das Verhältnis unfair zu Menschen, die aus anderen Kriegsgebieten kommen. Ich kenne viele Geflüchtete mit hohen Studienabschlüssen, die nicht anerkannt wurden. Verglichen dazu dürfen Menschen aus der

Ukraine ohne Abi hier studieren. Daran sieht man ja, dass es geht, und das ist nur ein Beispiel von vielen. Das heißt nicht, dass Ukrainerinnen und Ukrainern weniger Hilfe zuteilwerden soll. Im Gegenteil. Das geöffnete Auge für die Ukraine soll sich nicht schließen, sondern das zweite Auge für alle anderen Völker und Menschen mit Migrationshintergrund soll sich gleich mit öffnen. Etwas anderes würde ich niemals behaupten, erst recht, weil ich weiß, wie schwer es ist, wie viel Kraft und Geduld es erfordert, Asyl zu beantragen.

18. Mai 2022, Tag 84

Anna stolpert über die Schuhe im Flur, so eilig hat sie es, hinter sich die Tür zu schließen. »Oscar, *vedi sebya khorosho!*« Zum Glück ist aus ihrem wilden Wust aus Worten Oscars Name herauszuhören, denn der scharfe Tonfall, die vielen gezischten Laute hätten mir sonst das Gefühl gegeben, etwas wirklich Schlimmes verbrochen zu haben.

»Was ist passiert?« Ich trete näher an die beiden heran. Anna nimmt Oscar gerade die Leine ab.

»He is a *smel'chak!*« Sie schaut zwischen Oscar und mir hin und her. »*Vozbuzhdennyy smel'chak!*«

»Entschuldige, was hast du gesagt?«

»Er macht mich noch wahnsinnig!«

»Warum?«

»Es ist immer das Gleiche mit ihm. Er sieht ein Weibchen, und dann fängt er an zu heulen und zu bellen!«

»Hahahaha.«

»Oscar ist so ein Macho!«

»Hahahaha.«

»Ich musste ihn auf den Arm nehmen und nach Hause rennen!«

»Du bist nach Hause *gerannt*?!«

»Natürlich!«

»Hahahaha.«

»Und Oscar hat den ganzen Heimweg lang nicht aufgehört.« Anna rauft sich verzweifelt das Haar. Ich gebe zu, nicht die beste Gesprächspartnerin zu sein.

Anna erzählt, dass sie mal wieder einen anderen Hundebesitzer gefragt hat, ob sie ihre Haustiere nicht verkuppeln wollen, um Oscar die nötige Entlastung zu verschaffen: »Full balls, you know.« Doch leider muss sie mal wieder feststellen, dass das »here in Germany not common is«. Kastration ist wiederum keine Option für Anna.

»Er will nicht mal mehr essen!«, höre ich sie zehn Minuten später aus der Küche schreien. »Oscar, *nakonets uspokoysya!*«

19. Mai 2022, Tag 85

Es war Mamas Idee: ein Mädelstag im Keramikshop. Während wir Kleckse auf Farbpaletten verteilen, lernen Mama und ich von Anna, wofür die Farben der ukrainischen Flagge stehen. Natürlich denkt sie auch während dieser Freizeitbeschäftigung in erster Linie an Oscar. Sie hat einen rauen weißen Wassernapf aus dem

Regal genommen und malt eine Karikatur von ihm auf die Innenseite auf blau-gelben Grund.

»Blau steht für den Himmel – Gelb für die Ähren.« Und danach ist nur noch das regelmäßige Streichen des Pinselhaars zu hören sowie meine zwischenzeitlichen Seufzer der Verzweiflung, weil nichts so aussieht, wie es soll. Ich bemühe mich darum, nicht zu den beiden Streberinnen hinüberzuschauen, deren Wassernapf und Teekanne mehr und mehr Gestalt annehmen, während meine Schüssel kontinuierlich an Gestalt verliert.

Fließender Verlauf

Das Bemalen von Keramik war einer meiner Lieblingsmomente, weil es uns drei sehr unterschiedliche Persönlichkeiten an einen Tisch gebracht hat. Drei unterschiedliche Alter, drei unterschiedliche Geburtsorte, viele unterschiedliche Wesenszüge und Interessen, und alle hatten Spaß daran. Das Einzige, was Bianca, ihre Mama und mich verbindet, ist, dass wir Frauen sind. Unsere Unterschiede zeigten sich allein daran, wie verschieden wir an das Bemalen der Keramik herangingen. Veronika arbeitete akkurat und vorsichtig, Bianca tupfte einfach drauflos, und ich würde mich selbst irgendwo dazwischen verorten. Ich liebe das Malen. Als ich jünger war, gab es kaum eine unbemalte Oberfläche bei uns zu Hause. Wenn ich ein Stück Holz fand, nutzte ich es als Leinwand. Im Vergleich zu damals bin ich aus der Übung gekommen, doch das Gefühl ist gleich schön geblieben. Es fühlte sich ein wenig wie eine Meditation an.

20. Mai 2022, Tag 86

»Die alte Dame ist schon 13.« Sie deutet mit gepfleg-ten Nägeln auf das Fell ihrer Schäferhündin, das von mindestens so vielen grauen Strähnen durchfleuchtet ist wie ihr eigenes Haar, während die beiden Leine in Hand durch die Kleingartenkolonie spazieren, in der die Bank mit der perfekten Wölbung für meinen Nach-mittag mit Buch steht.

»13 Jahre?« Ich tue erstaunter, als ich bin, weil ich weiß, dass es die Frau mit der Steppweste über der Blümchenbluse freut. »Das ist aber ganz schön alt.« Hundebesitzer:innen sind nicht ungeschickter als El-tern. Sie lassen sich Komplimente am liebsten über Bande zuspielen.

»Ja, ja, wir pflegen uns auch gut, die Bella und ich. Nicht wahr, Bella?«

»Schöner Name!«

»Danke.«

»Und dem glänzenden Fell sieht man die Pflege an.«

»Bella ist mein letzter Hund, da kümmere ich mich natürlich besonders viel.«

Dem unausgesprochenen Verweis auf ihrer beider nahenden Lebensabend vermeintlich höflichen Wi-derspruch entgegenzubringen, wäre nicht nur dümm-lich, sondern würde uns auf eine unehrliche Gesprächs-ebene bringen.

»Na ja, man kann sich ja danach noch ein altes Tier holen …« Um Diplomatie zwischen der Frau und ih-rem Alter bemüht, mache ich aus dem persönlichen

»Du« das unpersönliche »Man«. Sie winkt ab: »Dann sitze ich nur beim Tierarzt. Nein, nein. Bella ist mein letzter Hund.«

Die Frau ist in einem Alter angekommen, in dem man sich häufiger Gedanken über letzte anstatt erste Male macht. Der letzte Hund, der letzte Urlaub, die letzte Liebe, das letzte Zuhause. Plötzlich rollt sich das Leben von hinten auf. In meinem Leben gibt es diese Gedanken nicht. Natürlich habe ich schon viele letzte Male erlebt. Irgendwann habe ich zum letzten Mal so selbstvergessen gespielt, wie nur Kinder es können. Irgendwann war ich zum letzten Mal klein genug, um von Oma hochgehoben zu werden. Irgendwann wurden mir zum letzten Mal von Mama die Ohren zugehalten, als ein Krankenwagen mit dröhnender Sirene an mir vorbeifuhr. Irgendwann habe ich zum letzten Mal angeekelt die Nase gerümpft bei dem Gedanken, einen Jungen zu küssen. Nur fanden diese letzten Male nie in meinem Bewusstsein statt. Mein Leben besteht aus ersten Malen. Das erste Mal zur Schule gehen, das erste Mal Auto fahren, der erste Urlaub ohne Eltern, der erste Arbeitstag, die erste Gehaltsverhandlung und natürlich der Klassiker: das erste Mal Sex. Wie wird sich wohl der letzte Sex meines Lebens anfühlen? Werde ich wissen, dass es der letzte ist? Und welche letzten und ersten Male sind weniger populär, gehören mehr mir als allen, sind einzigartige Male? Auf einem brennenden Segelboot nach einem Paddel suchen? Nach einem Sonnenstich in der U-Bahn Barcelonas in eine Pizzatüte kotzen? Sich fast Frostbeulen auf Husky-

Schlitten im Norden Schwedens bei −27 Grad Celsius holen? Was sind die letzten und ersten Male, die mich mit meiner besten Freundin verbinden oder mit meinem Bruder, mit Oscar? Es gibt auch die ersten und letzten Male, die sich die Klinke in die Hand geben. Abschiedssex nach einer langen Beziehung. Betrunken Auto fahren. Den neuen Schokoaufstrich im Supermarkt kaufen. Ein Baby bekommen. Aus der eigenen Heimat fliehen.

Wann hast du das letzte Mal etwas zum ersten Mal gemacht?

Natürlich sind dramatische Veränderungen im Leben spannend. Ein neues Land, eine neue Sprache, Menschen, die dich nicht verstehen. Vieles muss man zum ersten Mal machen. Aber man kann sich nicht entwickeln, ohne seine Komfortzone zu verlassen. Und diese Art von Veränderung ist genau das, was hilft, aus Krisen herauszukommen. Ich bin Bianca dankbar, dass sie mir bei der Bewältigung geholfen und mich unterstützt hat. Die schönsten Momente in Berlin sind die gemeinsame Zeit mit Bianca, ihrer Familie und ihren Freunden. Das alles gibt Kraft und enorme Unterstützung.

21. Mai 2022, Tag 87

Hier kennt sich jeder beim Namen. Mauro vom Eisladen betreibt gleichzeitig *das* Hotel und *die* Pizzeria im Ort. Bei ihm muss das Vanilleeis noch nicht so tun, als würde es nach New York Cheesecake schmecken, es erfreut sich auch als das, was es ist, großer Beliebtheit. Besser verkauft sich nur das Spaghetti-Eis, das sich in den Farben der Markise wiederfindet. In den Farben der echten Markise sowie der geschrumpften. Eine Frau aus dem Ort hat für Mauro seinen Laden als Miniaturwelt aus Papier nach- und in einen kleinen Glaskasten eingebaut. Dem Stammkunden Wolfgang hat sie aus Versehen ein Ohr abgeschnitten, dafür aber an die Fransen seines viel zu eng gezurrten Schals und an die viel zu warme Jacke gedacht, die er immer trägt. Im Buchladen nebenan wird gefragt, wie es den Kindern geht. In der Bäckerei kann man morgens vor Ladenöffnung am Hintereingang klopfen, um Handgeknetetes direkt aus dem Ofen zu bekommen, wenn man es eilig hat. Der Secondhand-Shop verkauft den Nachlass der Nachbarschaft. Der örtliche Club wurde für den Kurpark geschlossen, seitdem sind kaum noch junge Leute im Ort. Vor dem Hauptbahnhof warten keine Taxen. Keine ukrainische Flagge hängt aus dem Fenster, ich höre niemanden Russisch oder Ukrainisch reden. Dafür sehe ich viel weiße Haut. Mauro scheint hier *der* Ausländer zu sein. Ich bin mitten in Deutschland, für eine Lesung in einer Kleinstadt. Die Menschen, die hier leben, empfangen mich mit Herzlichkeit und offenen Armen. Mauro bringt mir die bestellten Kugeln Haselnuss und Zitrone an den Tisch. »Verbotene Mischung, aber wir sagen es keinem.« Er zwinkert und geht zurück zu der Frau mit dem grau melierten Dutt, die schon ihren dritten Tee bestellt, ohne auch nur einen auszutrinken. Da gibt es schließlich noch diese *eine* Geschichte, von der sie Mauro unbedingt erzählen muss ...

Dafür, dass 2015 so viel von Geflüchtetenkrise die Rede war, frage ich mich, wo die Menschen alle sind. Und wo der Platzmangel. Berlin macht am besten vor, dass hohe Ausländeranteile eine Stadt nicht zerstören. Im Gegenteil. Wenn ich auf Reisen erzähle, dass ich aus Berlin komme, werden die Augen groß: »Wirklich?! Ich wollte schon immer mal nach Berlin.« Vielleicht hätten die wenigen Kolleg:innen, die Mauro vor der Pandemie hatte, nicht dichtmachen müssen, wäre die Stadt attraktiv genug, damit hier Leute leben, die mehr als nur einmal Zitrone und Haselnuss bestellen. Vielleicht würden Leute hier leben wollen, würde der Ort Perspektiven bieten. Ein Kino, ein paar Ausgehmöglichkeiten, Jobs.

»Frühstück beginnt morgen übrigens um acht.« Mauro ist noch mal zurück zu meinem Tisch gekommen. »Wann können wir mit dir rechnen?«

»Da sitze ich leider schon im Bus, mein Zug geht um halb neun.«

Kein weißer Rabe sein

Immer häufiger begegne ich Ukrainerinnen und Ukrainern in Berlin. Heute bin ich nach dem Unterricht mit meiner Freundin an unseren Stammplatz am See gegangen, wo ich drei Menschen getroffen habe, die aus Odessa geflohen sind. In schlechtem Englisch wollten sie etwas fragen, doch bevor sie sich abmühten, erwiderte ich: »Ukrainian?« Danach war die Freude groß. Alle wollten mir die Hände schütteln, sie freuten sich überschwänglich, was auch daran liegen könnte, dass sie leicht angetrunken waren. Sie kamen ebenfalls gerade aus der Sprachschule, wenn auch aus einer anderen als ich, und wollten sich einen schönen Nachmittag machen. Sie luden mich zu sich nach Hause ein, sie sind in einem Ort hinter Birkenwerder untergekommen. Hätte ich heute nicht meine IT-Prüfung, wäre ich vielleicht sogar mitgekommen. Der Mann sprach viel von der Ukraine, zeigte mir Fotos der Löcher in der Wand seiner Wohnung, Rigips-Krater mit direkter Aussicht auf die Straße. Aber auch von seinem Business erzählte er, dass er sich hier in Deutschland wieder neu aufbauen wolle. Ich stelle mir das ganz schön schwierig vor, allein schon wegen der ganzen Steuern, die er wird zahlen müssen. Seine Motivation ist umso mehr zu bewundern und die gute Laune ansteckend! Seine Frau war währenddessen mal kurz einen Baum umarmen. Sie sagt, das sei ihre Strategie, um Stress zu reduzieren, um sich zu erden. Genauso rät sie mir dazu, im Wald schreien zu gehen, wenn Wut und Frust keinen Platz mehr in der Brust haben. Ich dachte immer, ich wäre die Einzige, die das tut. Mal wieder fühle ich mich weniger wie ein weißer Rabe, sobald ich Menschen aus der Ukraine begegne. In meiner Heimat bezeichnen wir jemanden als weißen Raben, wenn dieser Jemand auffällig ist und sich von anderen unterscheidet. Ob es positiv oder negativ gemeint ist, hängt von der Intonation ab. Bianca meint, das deutsche Pendant sei, dass man sich wie ein schwarzes Schaf fühle. Im weiteren tierischen Sinne könne man auch sagen, dass jemand ein komischer Kauz sei, wenn er oder sie sich wie ein Außenseiter bzw. eine Außenseiterin benimmt. Ich will weder Kauz noch Schaf noch Rabe sein. Und auch keine Schnecke, erst recht keine süße. Wo bitte sind Schnecken süß? Warum ist das hierzulande ein Kosename für Frauen? In der Ukraine bezeichnen wir langsame Menschen als Schnecke, aber doch keine Frauen, die wir attraktiv finden. Das einzige Tier, mit dem ich gern mal den Körper tauschen würde, ist Oscar, um mich dann von Veronika den ganzen Tag kraulen zu lassen.

Jouana, fühlst du dich in Deutschland zu Hause?
Ich kann auf jeden Fall sagen, dass ich mich in Berlin zu Hause fühle. Natürlich habe ich hie und da kleine Rassismus-Erfahrungen gemacht, aber die gibt es überall, das kann man nicht ändern. Insgesamt fühle ich mich sicher in Berlin. Komischerweise verändert sich das, sobald ich irgendwo anders innerhalb Deutschlands bin, und sei es nur Hamburg. Wenn ich mich in einer anderen deutschen Stadt aufhalte, wird mir noch mal besonders bewusst, dass es ein Privileg ist, ausgerechnet als Künstlerin in Berlin zu leben und mit all diesen fortgeschrittenen aktivistischen Denkansätzen konfrontiert zu werden, sie verstehen zu dürfen. Ich kann es nicht pauschalisieren, aber das ist meine Erfahrung. Ich lebe in Friedrichshain, und das ist das wahrscheinlich krasseste Beispiel innerhalb Berlins, weil ich glaube, dass die linke Bewegung hier zu Hause ist. Ich würde

mich nicht als links einstufen, aber ich finde es super-
cool, dass hier jedes Individuum seine Akzeptanz findet.
Außer Nazis. Ich bin Anfang des Jahres aus Charlotten-
burg hergezogen, und selbst das sind ja schon Parallel-
welten.

Es passiert oft, dass mein Kopf die Kulissen der Umgebung in den Film meiner Fantasie einbaut. Geschichten spulen sich ab, die die leeren Gleise nach mehr als
einem verlassenen Bahnhof aussehen lassen und aus
mir die Autorin auf Lesereise mit Ausblick auf ein eigenes Abenteuer machen. Plötzlich bin ich die Fremde in
der Kleinstadt, jeder Schritt ist bedeutend, die Musik
in meinen Kopfhörern scheint für mich komponiert.
Ich bin gut darin, die Wirklichkeit mit Bedeutung auf-
zuladen, um sie auszuhalten, während ich die nächste
Zugverbindung nach Berlin google. Der moderne Berliner nennt sich Weltenbürger, ohne die Orte der Welt
je gesehen zu haben, die er am meisten kaputt macht.
Oder Sachsen. Ein aus Instagram-Algorithmus und
Ratgeber-Podcast zusammengeklebtes Weltverständ-
nis. Hauptsache, wir hipstern uns ein nices, offenes
Mindset in überteuerten Sportstudios auf Yogamat-
ten aus Bangladesch zusammen. Nächsten Sommer
geht es dann nach Kapstadt (»Ich wollte schon immer
mal nach Afrika«) oder New York (»Wie konnte nur
ein Trump passieren?«). Wir Weltenbürger:innen, wir.
Ich spendiere jedem oder jeder einen Matcha Latte,
dem oder der sein oder ihr deutscher Pass bei dem Gedanken an den eigenen kosmopolitischen Lifestyle

wenigstens ansatzweise unangenehm in der Gesäßtasche brennt. Ohne den stünde es nämlich ganz schön
schlecht um das nächste #travellover-Posting.

23. Mai 2022, Tag 89

Es riecht nach selbst geschmierter Salamistulle, frisch
gespitztem Blei und ganz viel Aufregung. Normalerweise tapse ich in den ersten Morgenstunden allein
durch die Wohnung, jetzt kommt mir eine Anna entgegen, die in der einen Hand ein Glätteisen hält, in der
anderen eine Tupperdose und der im Mund die Zahnbürste steckt: »Ghhumogging.«

Ich wünsche ihr ebenfalls einen guten Morgen. Es
ist der Morgen ihres ersten Schultages.

»Bist du aufgeregt?«, frage ich mit Blick auf ihre Tasche, die wie ein ordentlich gepackter Schulranzen im
Flur auf ihren heutigen Einsatz wartet. Sie stopft die
Tupperdose zu dem Federmäppchen, den Blöcken und
dem Lernbuch: »Natürlich bin ich aufgeregt«, antwortet sie, ohne dass ihr Tonfall an von Ironie getragenem
Optimismus einbüßt. »Aber wenigstens muss ich nicht
Chinesisch lernen, das wäre bestimmt noch eine größere Herausforderung.« Wie ein guter Vater das tun
würde, plane ich, uns heute zur Feier des Tages Pizza zu
bestellen. Mit Käserand.

Dementsprechend euphorisch betrete ich am Nachmittag die Wohnung. Doch lediglich ein Oscar begrüßt mich, keine Anna. Stattdessen höre ich aus ihrem Zimmer die gewohnt tiefe Stimme, gewohnt

russisch, gewohnt streng, den in jeder Sprache der Welt für mich unverständlichen IT-Sprech herunterrattern. Um 21 Uhr ist dann endlich auch ihre zweite Lektion vorbei. Annas Gesicht ist zu keiner Regung mehr fähig, als sie in mein Zimmer tritt: »Wie viele Zeitformen habt ihr?«

»Fünf«, antwortet Frau Schriftstellerin. »Ähh, sechs!«

»Und warum sagt ihr ›Ich bin aus *der* Ukraine‹, aber nicht ›Ich bin aus der Syrien‹?«

»Willst du ein Stück Pizza?« In diesem Moment bin ich so froh wie selten, mit der deutschen Sprache aufgewachsen zu sein und deshalb ein Gefühl dafür zu haben, wie sie funktioniert. Für meine Eltern war das nicht so leicht, sie lernten die Sprache erst mit Anfang 20. Mein Papa hatte das Glück, in die Sprachschule zu dürfen, meiner Mama blieb keine Zeit dafür, weil sie zwei Kleinkinder mit gesundheitlichen Startschwierigkeiten zu Hause hatte und das System, in dem sie so gern leben wollte, es begünstigte, wenn der Mann arbeiten ging und die Frau zu Hause blieb. Für die Arbeit würde mein Vater die Sprache dringender brauchen, er lernte also Deutsch in einem Sprachkurs, Mama mit Quizshows, GZSZ und Kleinkind im Arm. »Da hat man auch ohne Worte verstanden, worum es geht«, beschreibt sie das Gestenfeuerwerk, das die Programmredaktionen zu ihren Gunsten täglich zündeten. Je älter wir Kinder wurden, umso leichter konnten unsere Eltern wiederum mit uns Deutsch lernen. Meine Geschwister und ich gehörten zu den Kindern, die ihre

Entschuldigungen für die Schule selbst schrieben. Mama schrieb dann allerdings ab, weil es ihr peinlich gewesen wäre, nur die Unterschrift darunterzusetzen, und sie erlaubte sich dabei kein einziges durchgestrichenes Wort. Wie sähe das auch vor dem Lehrer oder der Lehrerin aus? *Als würde man den Alltag mit Doppelt- und Dreifachbelastung wuppen, Mama.* Bis heute übernehmen mein Bruder und ich Papierkram für sie, lesen über Rentenbescheide oder Ähnliches drüber. Zur Sicherheit. Insbesondere slawische Sprachen wie Russisch und Polnisch haben noch weniger Ähnlichkeit mit dem Deutschen als germanische Sprachen wie zum Beispiel Englisch.

Anna erinnert mich an eine Grundschülerin, die nicht nur eine Doppelstunde Mathe, einen strengen Sportlehrer und eine Hausaufgabenkontrolle in Deutsch überlebt hat, sondern obendrein ein schlechtes Tauschgeschäft mit Sammelkarten auf dem Schulhof wegstecken musste. Eine Grundschülerin mit Terminkalender, denn an zwei Wochentagen wartet am Nachmittag noch der IT-Kurs.

»Du hattest heute keine richtige Pause.«

»Nicht wirklich, stimmt.« Ihre Schultern hängen. »Und morgen das Gleiche. Ich sollte lieber ins Bett gehen.«

In den letzten Wochen hat sie lernen müssen, dass man in Deutschland zum Aufteilen der Rechnung im Restaurant einen Taschenrechner braucht, dass wir nicht wissen, wie unsere Nachbar:innen mit Vornamen heißen, und dass am Ende der deutschen Bürokratie kein Wald mehr übrig ist. Nun soll der Kopf auch noch genügend Stauraum haben, um zu verstehen, dass der Spargel männlich ist und die Pünktlichkeit weiblich. Warum? Egal.

»Der Deutsche, die Deutsche, die Deutschen …«, murmelt Anna auf dem Weg ins Bett. Das wird sich wohl immer falsch anfühlen. Von »den Deutschen« zu schreiben, macht mir keinen Spaß. Von *uns* Deutschen aber auch nicht. Menschen, die den Namen Frauke Petry ohne Brechreiz aussprechen können, sprechen von *uns* Deutschen. Vielleicht wird es *das* nächste große Thema nach der Debatte ums Gendern, wenn die Zahl der Migrant:innen weiter wächst. Die Migrant:innen mit weißer Haut, für die wir bereit sind, uns zu ändern. Solange ich unser Uns nicht genau benennen kann, fühle ich es eben.

Sprachensalat

Nicht mal als Kind habe ich zur Einschulung eine Schultüte bekommen, und Biancas Mama hat mir eine für den ersten Tag an der Integrationsschule gepackt. Sie war gefüllt mit Stiften, einem Regenschirm, Süßigkeiten, Bier, den Proteinriegeln, die ich mag, Geld für Frühstück und sogar einem Brief, auf Ukrainisch verfasst.

Der Tag fing so gut an, dass ich nicht damit rechnete, wie deprimierend er enden würde. »Deutsch lernt man auf Deutsch«, hat unsere Lehrerin uns begrüßt. »Sorry, anders wäre es sowieso nicht fair.« Es wäre nicht fair, weil wir nicht nur Ukrainerinnen im Kurs sind. Unter den rund

30 Leuten sind beispielsweise ein Kurde, mehrere Syrerinnen und Syrer, Bulgaren, eine Frau aus China. Es ist interessant, all die Geschichten zu hören, die sie mitbringen, und gut, auch in ihren Augen die Verzweiflung zu sehen. Eine Sprache nicht zu sprechen, ist, wie als Einzige keine Karte für das Konzert zu haben, auf dem alle Freundinnen sind. Ist, wie auf einer Familienfeier als Kind am Elterntisch zu sitzen. Die ersten Tage in Deutschland waren die schlimmsten. Hände helfen, aber auch nicht immer. Wie war es vor zehn, zwanzig Jahren ohne Google-Translate?

Um uns das Wort »Apfel« zu erklären, malt unsere Lehrerin einen Apfel an die Tafel. Wenn wir ein Wort benutzen, das wir zwar einigermaßen korrekt anwenden, aber zum Beispiel in der falschen Zeitform, oder wenn wir schon ein besseres für dieselbe Situation gelernt haben, sagt sie: »Nein, nein – Straße!« So können wir auf der Straße reden, aber nicht hier, meint sie damit. Unsere Lehrerin ist total freundlich und engagiert, aber trotzdem: Ich frage mich, ob ich hier jemals Deutsch lernen werde. Ein paar Wörter mag ich, und die kann ich mir auch leicht merken. Aktuell an der Spitze der Charts: Schmetterling, Spargel, Schweinchen. Ich wäre gern wieder Kind. Fast ausschließlich Eltern sitzen mit mir im Sprachkurs, und sie alle erzählen, wie schnell ihre Kinder die Sprache in der Schule und im Alltag lernen.

Immerhin das soziale Klima in unserer Klasse dürfte sich wenig von dem an »normalen« Schulen unterscheiden. Es wird getuschelt und getratscht, als wären wir alle wieder 16. Es wird gelästert, aber es werden auch Freundschaften geschlossen. Joud ist einer der Gründe, warum ich nach Tag eins nicht sofort aufgebe. Sie kommt aus Syrien, und wir haben uns auf Anhieb gut verstanden. Selbst wenn es also zu Lästereien kommt, können wir uns gegenseitig stützen. Zum Beispiel freut sich nicht jeder darüber, dass Joud bereits etwas besser Deutsch spricht und helfen will, wenn Mitschüler sich schwertun. Im Gegenteil. Dafür wurde sie bereits angeschnauzt und heimlich beleidigt. Dass dieser Lästerangriff ausgerechnet von ukrainischen Mitschülerinnen ausging, ist mir peinlich. Als Joud eine der Frauen dann auch noch bittet, ihr Handy auszuschalten, ist die Stimmung komplett hinüber. Dabei hat sie recht, das Handy hat alle zwei Minuten nervig gebimmelt, was nicht nur unsere Konzentration stört, sondern auch unhöflich der Lehrerin gegenüber ist. Mal schauen, wie es weitergeht. Ich bleibe dran, denn mein Ziel ist es, Deutsch zu lernen, eine Arbeit zu finden, ein Sozialleben aufzubauen und natürlich Biancas Romane zu lesen. Es wäre schön gewesen, diese Zeilen ohne Google-Translate und ihre Hilfe geschrieben zu haben.

24. Mai 2022, Tag 90
Integrationskurs, Tag zwei: Annas Laune geht es heute deutlich besser. Grund scheinen die Menschen zu sein, denen sie in der Schule begegnet. Sie erzählt mir, dass ein paar ihrer Freundinnen aus der Ukraine sich wundern, wie gut sie mit Syrer:innen klarkommt. Anna verteidigt sie. Vor allem mit einer der syrischen Frauen scheint sie sich sehr gut zu verstehen, sie spricht immer

wieder bewundernd von ihrem Selbstbewusstsein. Die beiden Frauen planen jetzt ein Picknick zusammen am Fluss, und zwar mit dem gesamten Kurs, wenn das Wetter besser ist. Dass Anna fragt, ob ich auch kommen möchte, freut mich ehrlich. Bis es so weit ist, picknicken wir zwei allein auf dem Fliesenboden und naschen die Minitomaten, die Christian uns von seinem Balkon geschenkt hat. Weiterer Grund zur Freude: Annas Wohnberechtigungsschein wurde genehmigt, und es hat nur eine gute Woche gedauert! Vielleicht erziehen die Ämter einen absichtlich mit ihren langen Wartezeiten, damit wir uns übermäßig freuen, wenn mal etwas schnell funktioniert. Wir hatten genügend Zeit, das Schreiben zu lesen, da Anna und ich erneut vor unserer Wohnungstür standen und auf Papa warteten. Diesmal steckte kein Schlüssel, nur hatten wir beide unsere Schlüssel drinnen liegen gelassen. Die Variante gibt es auch.

Supersiegfried

Superman kann einpacken. Supersiegfried knackt Schlösser, isst steinharten Osterkuchen, fährt uns mit dem Auto auf eine Party in der verruchten Kurfürstenstraße. Mein Vater würde sagen, dass er sich lieber umbringt, als das mitzumachen.

26. Mai 2022, Tag 92

Die Show hat alles, was es braucht. Starke Kontrahent:innen, Konflikte, die verhandelt werden, einen langen Tisch. Bei »Bares für Rares« geht es noch um was. Die Dame mit dem erdbeereisfarbenen Bolero, passend zum Rouge auf ihren knochigen Wangen, schiebt eine Skulptur in einem Rollator auf unseren Superhelden zu. Horst »the Host« Lichter trägt seinen Bart wie immer gezwirbelt, nicht getrimmt. »Ute!« Er begrüßt seine Komplizin mit offenen Armen. »Darf ich Du sagen?« Womöglich bahnt sich eine Lovestory an. Das würde zumindest Horst »the Host« Lichters liebevolles Rückenstreicheln erklären. Wobei Horst »the Host« Lichter heute schon viele Rücken gestreichelt hat. Auch noch mit dabei: der Enkelsohn des zukünftigen Lichter-Girls. Er sieht aus wie ein Baby mit Fahrerlaubnis. Der junge Mann ist 19, trägt Schieberkappe und Pullunder. Hier wollte das Kostüm wohl mit gängigen Stereotypen brechen.

»Was schätzt unser Kunstkenner?«, fragt die tiefe Stimme aus dem Off. Es ist die Stimme von Jean-Claude Van Damme als Daniel in »We Die Young – Gegen die härteste Gang«! Ob er wohl auch noch irgendwo auftaucht? »Der Spannungsbogen steigt. Wird Ute die Händlerkarte bekommen?«

Sie wird. Horst bewaffnet seine Komplizin mit ihrem Ticket in die Arena. »Ab in den Händlerraum«, sagt Jean-Claude Van Damme. Ute rollt mutig los. Der Enkel dackelt hinterher. »Det is doch janz wat Scheenes!« Ludwig scharrt mit den Hufen, noch bevor das erste Gebot genannt wurde. Waldi fletscht die Zähne: »Ne! Also 120, mehr geht nicht.« Wolfgang nickt mit zu Schlitzen verzogenen Augen: »Wir Händler müssen schließlich noch etwas verdienen.« Fünf Minuten später liegt das Gebot schon bei 275 Euro. Immer noch sagt Waldi: »Mehr geht nicht.« Wolfgang: »Wir Händler müssen schließlich noch etwas verdienen.« 17 Uhr 15 ist die neue Prime Time. Ludwig zieht die Hosenträger lang und lässt sie knallen. Special Effects gibt es also auch. Die einzige Frau am Tisch mischt sich ein. »Ein schönes Stück, ich bin dafür nur leider nicht die Richtige.« Susanne mag keine falschen Spielchen. Sie weiß, was sie will und was sie nicht will. Langweilig. Die Männer sind sich plötzlich aber auch nicht mehr so sicher, ob das Stück so wertvoll ist, wie sie dachten, jetzt, wo Susanne raus ist. »Der Preis ist zu hoch«, knurrt Waldi und sieht erwartungsvoll in Richtung des jungen Fabian mit den coolen Outfits, der noch gar nichts gesagt hat. Sollte er zuschlagen, kann man sich sicher sein, dass es ein gutes Objekt ist. An dieser Stelle wird es Zeit für einen Cliffhanger. Es wurde schon zu viel gespoilert. Wer das Ende kaum erwarten kann, muss selbst einschalten, wenn die Goldfinger mal wieder ermitteln. Um mich von dem ganzen Nervenkitzel zu erholen, schalte ich um.

Einen Tastendruck weiter lande ich bei den Nachrichten im rbb. Auch in dieser Show ist von starken Kontrahenten, Konflikten, die verhandelt werden, und einem langen Tisch die Rede. Trotzdem fehlt etwas. »Die Zahlen der Toten steigen weiterhin rapide«, meldet die Stimme aus dem Off. Leider kein Jean-Claude. Es braucht einen Moment, bis ich verstehe, was genau fehlt. Die Protagonist:innen dieser Show scheinen nicht verstanden zu haben, was Ludwig, Waldi und Co. aus dem Effeff zu bieten haben. Der Moderator erklärt: »Unter den Opfern befinden sich auch viele Zivilistinnen und Zivilisten.« Ich wünsche mir den knurrenden Waldi zurück, der sagt: »Der Preis ist zu hoch.« Handeln bedeutet, mit der Utopie zu spielen.

»Der Sicherheitsrat berät darüber, welche Konsequenzen zur Eindämmung des Krieges als Nächstes getroffen werden.« Es fühlt sich an, als hätte die Welt sich auf einen Kompromiss geeinigt, der sich Krieg nennt. Der Frieden ist zur Utopie geworden, keine realistische Option. Dabei hat es entsprechend radikale Forderungen bereits mehrfach in der Geschichte gegeben. Zum Beispiel, als sich 1915 Feministinnen zu einer Friedenskonferenz in Den Haag versammelten und forderten, dass bewaffnete Konflikte als illegal angesehen werden sollten. Mir wurde schon als Kind beigebracht, *was* Krieg ist und *dass* er ist. Irgendwann habe ich aufgehört, nach dem *Warum* zu fragen, weil die Antwort nie befriedigend war. Übrig bleibt das Gegenargument, dass das Beharren auf radikalen Forderungen Wandel hemmt, anstatt ihn voranzubringen. Mag sein. Doch wenn wir Waldi fragen, muss man beim Handeln erst mal utopisch ansetzen, um am Ende einen Preis zu erreichen, mit dem es sich auch nur ansatzweise leben lässt.

Kompromiss oder Utopie?

Kompromiss *durch* Utopie.

27. Mai 2022, Tag 93

»Fünf Minuten noch!«

Kühlschranktür öffnen, Tupper raus, Kühlschranktür schließen, Tupper auf und mit der Gabel einen Deep Dive in die kalten Reste. Ab in den Mund damit. Würde in diesem Moment jemand die Küche betreten, hätte er vielleicht das Gefühl, dass Anna und ich für ein Wettessen trainieren. Nicht mal Oscar kann da mithalten. Grund ist, dass wir in einer halben Stunde an einem Ort sein müssen, zu dem man 45 Minuten fährt. Anna hat uns zu einem African-Dance-Kurs angemeldet, der ihr von anderen Ukrainerinnen in einer Telegram-Gruppe empfohlen wurde. Sie erwartet Ablenkung durch Bewegung, wie durch das Power Yoga, das sie aus ihrer Heimat kennt.

Wir rennen die Treppe hinunter. »Smartphone!«, ruft Anna, als wir schon bei der Tür sind. »Shit!« Wir rennen die Treppe hinauf. *Dawai, dawai!* Holen das Handy, rennen wieder runter. Ablenkung durch Bewegung, na bitte. Ich bleibe mit der Tasche am Geländer hängen. »Fuck off!« Unsere Wortwahl gehört in die Kneipe, unser Schritttempo an die Wall Street. Wir laufen, als ginge es darum, sich gegenseitig die Fersen abzutreten. Auch die Männerquote entspricht meinen Erwartungen an die Financial Districts dieser Welt. Es ist Vatertag. Obwohl erst Vormittag ist, laufen viele bereits Slalom. Hätte Anna mich nicht rechtzeitig weggezogen, hätte einer mich mit den Beinen des Grills erwischt, der unter seinem Arm klemmt. Unter den Männern sind auch viele junge Kerle, die, anstatt bei ihren Vätern zu sein, mit dem Bollerwagen saufen gehen. »Zur Mitte, zur Titte, zum Sack, zack, zack!«, ruft ein circa 20-Jähriger, von dem ich nicht sagen könnte, ob die Blässe seinem natürlichen Hautton entspricht. Der mit dem Sido-Tour-Shirt ergänzt fragwürdige Komplimente in Annas und meine Richtung.

»Was haben sie gesagt?«, fragt sie an mich gewandt auf Englisch.

»Dass wir schön aussehen«, antworte ich, den Teil mit den Titten weglassend. »*Wirklich schön.*«

»Wenn ich betrunken bin, sieht auch jeder Mensch schön aus.« Anna lacht. Während die Männer weitere Trinklieder anstimmen, singt sie: »Dance, dance, dance.« Die Vorfreude steigt. Der Veranstaltungsort ist das Sport- und Erholungszentrum (SEZ) in Friedrichshain. Der Gebäudekomplex dient Sport und Unterhaltungsmöglichkeiten und soll zur Eröffnung 1981 in seiner Größe weltweit einzigartig gewesen sein – damals ein öffentliches Prestigeobjekt der Partei- und Staatsführung der DDR. Die letzten Meter rennen wir, den Schildern folgend, auf das SEZ zu, den Pfeilen auf dem Boden folgend, durch die große Turnhalle hindurch, um letztendlich ins Geschehen zu platzen – mit einer Plumpheit, die unangenehm an unsere »Zur Mitte, zur Titte, zum Sack, zack, zack«-Freunde erinnert.

Auf dem Hallenboden wurde eine Picknickdecke ausgebreitet, darauf Kerzen und Köstlichkeiten auf kleinen bunten Tellern. Etwa 30 Personen haben sich barfuß im Kreis sitzend niedergelassen, das macht 60 Augen, die uns Zuspätkommerinnen in diesem Moment anschauen. Ich komme mir falsch vor zwischen all den bunten Leinengewändern und wehenden Stoffen mit meiner schwarzen Jogginghose und der Lederjacke, die ich schnell in eine Ecke werfe. Anna und ich setzen uns im Schneidersitz zu den anderen. Alle lächeln. Kurz denke ich: Oh, oh, Sekte.

»I don't know which language to talk«, fährt die Kursleiterin fort. Sie ist eine zierliche Frau in Kleidung, die meine Mutter höflich als selbst genäht, mein Bruder übertrieben als Lumpen bezeichnen würde. »But I feel like the universe wants me to talk German so: Schön, dass ihr alle da seid.« Direkt neben ihr sitzt ein Mann, der simultan übersetzt. Mal Russisch, mal Englisch. Er trägt auch gern Flicken. Die dicken Gläser seiner großen Brille lassen die Augen noch kleiner wirken. Seine Muskeln sehen so aus, als wäre da nicht nur Tanz, sondern auch Proteinpulver im Spiel. Er lächelt im Halbmond.

»Wir beginnen mit einer Kakao-Zeremonie.« Die Gruppenleiterin hat selbst einen osteuropäischen Akzent. Es hört sich nicht so an, als wäre es die leichte Wahl, Deutsch zu sprechen. »Ich freue mich sehr, dass ihr dabei geholfen habt, diese Turnhalle in einen wunderschönen Ort zu verwandeln.« Wenn möglich, fühle ich mich jetzt noch schlechter. Weiße Tücher wurden unter der Decke gespannt, bunte Bilder hängen an der Wand, genauso wie Lichterketten und Blumen. Sieht nach Arbeit aus. In einer Ecke des Raums kündigen Trommeln und ein DJ-Pult den anschließenden Tanzkurs an.

»We start with a cacao ceremony.« Die Kursleiterin hatte wohl einen weiteren heimlichen Plausch mit dem Universum und wechselt auf einmal zurück ins Englische. Sie klingt, als wäre sie gerade nach einer Narkose aufgewacht. »Seid ihr bereit?«

»Ja!« Anna ist die Einzige, die antwortet. Ihr lauter Enthusiasmus lässt die anderen leise lachen. Doch es klingt nicht, als würden sie Anna aus-, sondern mit ihr lachen. Als würde Anna aller Anspannung ein Ventil verschaffen. Sie erinnert mich in diesem Moment an meinen Bruder, der sich auf polnischen Hochzeiten den Verpflichtungen eines Anheizers verschreibt. Jetzt, wo die Aufmerksamkeit nicht mehr auf mich gerichtet ist, lasse ich den Blick schweifen und stelle beruhigt fest, dass Anna und ich nicht die Einzigen sind, deren Look eher auf eine mit Chips bekrümelte Sofalandschaft passt als zu einem Eso-Trip. Außerdem gibt es da noch die Frau mit Perlenkette, die wie für einen edlen Restaurantbesuch zurechtgemacht ist. Und der Mann neben ihr wiederum sieht in seiner Jack-Wolfskin-Jacke aus wie ein Lehrer auf Klassenfahrt.

»Bei der Kakao-Zeremonie geht es darum, mit jedem Sinn zu spüren, Bewusstsein zu entwickeln«, erklärt die Kursleiterin immer noch auf Englisch. »Viele Menschen beeilen sich zu sehr. Sie wissen nicht, wie man den Moment genießt.« Anna und ich wechseln einen kurzen Blick. Ihr zuckender Mundwinkel verrät, dass vor ihrem inneren Auge ähnliche Bilder aufblitzen wie vor meinem. Bilder von uns, wie wir vor dem offenen Kühlschrank kniend beherzt die Hände zu Schaufeln umfunktionieren. Zwischenzeitlich fluchend, wenn ein Essensrest am T-Shirt kleben bleibt. Ob die Kursleiterin das Wort »Shit« jemals in den Mund genommen hat? Kurz genieße ich die Vorstellung, dass sie sogar noch viel schlimmere Schimpfwörter beherrscht, als Anna und ich uns nur vorstellen können. Dass die Ruhe in Person innerhalb der eigenen vier Wände Teller zerdeppernd durch die Wohnung tigert, bloß, weil die Schranktür klemmt oder der Toaster kaputt ist. Die stillsten Wasser sind die tiefsten, oder nicht? Apropos »Wasser« – bei dem bedanken wir uns jetzt erst einmal. Genauso wie bei seinen Geschwistern, dem Feuer, der Erde und der Luft. »Wir benötigen alle vier Elemente für unsere Zeremonie.« Die Kursleiterin zündet den Campingkocher an und schüttet anschließend Wasser aus einem Krug in den darauf stehenden Topf um. »Hier haben wir Wasser und Feuer.« Dann greift sie nach einem Holzbrett mit den Zutaten darauf. »Alle Zutaten sind ein Geschenk von Mutter Natur, der Erde, und die Luft ist immer mit und um uns.« Die Kursleiterin läuft mit dem Brett von Nase zu Nase, damit wir an den zu kleinen Bergen gehäuften Zutaten für den Kakao riechen können, an jeder Zutat einzeln. »Perfekt für Glühwein«, flüstert Anna. Der holzig-warme Duft der Muskatnuss steigt mir in die Nase sowie die brennende Süße des Zimts in die Augen. Die leichte Zitrusnote des kandierten Ingwers besänftigt Nase, Rachen, Brust, wenn auch nicht so sehr wie der alles samtweich umschließende Kakaoduft. Die Kursleiterin überreicht jedem von uns einen der tiefschwarzen Splitter zum Naschen. Wieder trifft mich Annas Blick. Ich habe das Gefühl, dass mehr Schokolade verschmiert an meinen Händen kleben bleibt, als in meinem Magen landet. Mein Gaumen will mehr. »Erst riechen, dann essen«, erinnert mich die Kursleiterin leider etwas zu spät. »Hierbei kommt es auf Entspannung an und erneut Bewusstsein.« *Mehr, mehr, mehr.*

Die Zeremonie hat etwas so Feierliches wie die Übergabe der Hostien in der katholischen Kirche, nur dass Schokolade Schokolade bleiben darf, anstatt den Leib Gottes repräsentieren zu müssen. Als Kind habe ich mich eine Zeit lang gefragt, ob alle Pfarrer Vampire sind und meine Eltern verrückt, dass sie die Vorstellung nicht räudig finden, Jesu Blut zu trinken und sich seinen Leib in Esspapier gepresst auf der Zunge zergehen zu lassen. Schokolade ist die eindeutig bessere Hostie. Während der Kakao erhitzt wird, fassen wir uns an den Händen und singen. Die Kursleiterin stimmt einen Ton an, wir summen mit. Schief, aber gemeinsam schief. Noch nie habe ich mich so stark dabei gefühlt, wie eine Einparkhilfe zu klingen. Aus dem Augenwinkel die anderen Kursteilnehmer:innen zu sehen, sie zu hören, sie ebenfalls beim Schmulen zu erwischen, ihre schokoladigen Patschegriffe im eigenen zu spüren – das hat was. Wir fühlen uns in dieser Sekunde zum ersten Mal mit allen Sinnen und Unsicherheiten als Gruppe.

Es erinnert mich an eine meiner Dreherfahrungen in Wales, bei der mir bewusst geworden ist, was verstärkt erlebte Gruppendynamik mit dem eigenen Gefühlshaushalt anstellen kann. Ich spielte die Tochter eines Nationalsozialisten und Schülerin auf einem Mädcheninternat kurz vor Ausbruch des Zweiten Weltkriegs. Am Set unterhielten wir uns dementsprechend viel über den Nationalsozialismus, vor allem mit dem britischen Komiker, Schauspieler und Aktivisten Eddie Izzard, der in dem Film einen Lehrer verkörpert. Eddie sprach mit uns deutschen wie auch mit den jüngeren unter den britischen Kolleginnen über unseren Geschichtsunterricht. Letztere stellten in den meisten Fällen fest, ein bisschen über den Zweiten Weltkrieg gesprochen zu haben, aber so gut wie gar nicht über britische Straftaten im Laufe der Geschichte, zum Beispiel die Vergehen im Zuge von Kolonialisierungen. Wir deutschen Kolleginnen hatten zwar in aller Ausführlichkeit alles über den Zweiten Weltkrieg gelernt, jede von uns, aber ebenfalls verhältnismäßig wenig über andere Teile der Geschichte. Und wenn, dann in kurzer Zeit sehr viel auf einmal, sodass kaum etwas hängen geblieben ist. Die Gemeinsamkeit zwischen deutschen und britischen Kolleginnen schien zu sein, dass Geschichte in unseren Köpfen Vergangenheit beschrieb. Es war kein Reflex antrainiert, der uns Geschichte aufs Jetzt übertragen ließ.

In dem Film gibt es eine Szene, in der wir gemeinsam mit einer faschistischen Lehrerin, gespielt von der talentierten Carla Juri (bin Fan!), sowie »unserer« Direktorin, gespielt von Judi Dench, wiederholt den Hitlergruß machen. Im Gegensatz zur Lehrerin ist die

Direktorin keine Anhängerin der deutschen National-sozialisten, vielmehr zerreißt es sie innerlich, zu beob-achten, was die Hitlerideologie mit ihren Mädchen macht. Sie glaubt an die reinen Herzen der Kinder und an ihr Potenzial. Trotzdem widerspricht sie der for-schen und die Situation steuernden Lehrerin nicht. Diese Szene bedeutete, dass wir Schauspielerinnen wieder und wieder aufstehen und den Arm heben mussten, untermalt von einer abgespielten alten Origi-nal-Hitlerrede. Bestimmt 20-mal stellte ich mir vor, was meine Großmutter sagen würde, könnte sie mich jetzt so sehen. Trotzdem wurde es jedes Mal leichter, der Blick durch Omas Augen blasser. Anfangs ekelte ich mich davor, den Hitlergruß zu machen, doch dann gewöhnte ich mich daran, nur um mich zuletzt umso mehr vor mir selbst zu ekeln, gerade *weil* ich mich da-ran gewöhnt hatte. Selbst mit meinem Vorwissen über den Nationalsozialismus und der tief verwurzelten Ab-scheu gegen seine faschistische Ideologie konnte eine Art Gewohnheitsgefühl einsetzen. Das Geschnatter unter uns Schauspielerinnen wurde wieder lauter, die Themen seichter, wir lachten.

Genauso ging es uns im Bewegungsunterricht, den wir für eine Szene im Sportunterricht der 1930er-Jahre erhielten. Grobschlächtig und mechanisch führten wir dieselben Bewegungen aus, immer alle zusammen. Es war ein mächtiges Gefühl, in einer Gruppe von 30 Leu-ten zeitgleich im Chor das Gleiche zu rufen und zu tun. Teil eines Ganzen, einer Choreografie zu sein. Der Mensch ist ein Herdentier, im Guten wie im Schlech-

ten. Hitler nutzte die Macht des Gemeinschaftsge-
fühls gekonnt und unterschätzte nicht, was Körper mit
Kopf macht. Am Beispiel der drei Bürgerrechtlerinnen
Swetlana Tichanowskaja, Veronika Zepkalo und Maria
Kolesnikowa, die sich in Belarus gegen Lukaschenko
stellten und dabei eine Faust ballten, mit den Händen
ein Herz formten und ein Victory-Zeichen mit den
Fingern, hat es mal die gute Seite verstanden, Symbol-
kraft zu nutzen.

Ich bin froh, als die Tassen herausgeholt werden
und meine Gedanken aufhellen. Die Kursleiterin lächelt in die Runde. »Die Becher sind ein Geschenk
von unserem Freund Nio.« Sie deutet auf einen Kurs-
teilnehmer in einem kleidartigen Gewand, das ich als
traditionell afrikanisch einordnen würde, auch wenn
das eine kartoffelig ungenaue Beschreibung bleibt, in
Anbetracht der Tatsache, dass es sich um einen kompletten Kontinent handelt. »Nio hat sie aus seiner Heimat Kairo mitgebracht.« Nio ist ein Berg von einem
Mann, wodurch die Kindlichkeit in seinem Blick noch
weicher wirkt. Seine henkellosen Tassen sind in warmen Farben handbemalt, fraglos wunderschön, aber
kaum größer als Eierbecher, wenn man mich, oder
Wodka-Gläser, wenn man Anna fragt. Gierig sehen wir
der flüssigen Schokolade beim Fließen zu. Der Mann,
der im Halbmond lächelt und zwischenzeitlich das
Übersetzen vergisst, weil es ihn zu sehr beschäftigt, auf
Spotify durch die Cacao-Ceremony-Playlist zu skip-
pen, kümmert sich maßgeblich darum, dass das flüs-
sige Glück in den Tassen landet und reihum weiterge-

geben wird. Aus Halb- wird Vollmond, während er heimlich in seinen Rucksack greift und einen Löffel von etwas in den eigenen Becher mischt, das verdächtig nach Proteinpulver aussieht. Die Kursleiterin benennt derweil, welche der Zutaten importiert wurden und woher. Zimt aus Sri Lanka, Muskatnuss aus Grenada, Sternanis aus Vietnam (Proteinpulver von McFit). Bei all der Liebe zu naturnaher Atmosphäre überrascht mich die ehrliche Auseinandersetzung mit unserem Konsum. So gern ich mich auch über Esoterisches lustig mache, der Vorwurf der Scheinmoral wäre an dieser Stelle ungerecht. Erst recht von einer, die sich schon etwas darauf einbildet, wenn sie im Supermarkt darauf achtet, die regionalen Äpfel zu kaufen. Die kleine Tasse fühlt sich weich in meiner Hand an, ich sehe noch Reste der frisch geriebenen und im Steinmörser zerstoßenen Gewürze sowie des Rohrzuckers auf der nach Chai duftenden Oberfläche schwimmen. Diesmal denke ich von allein daran, erst zu riechen und dann zu kosten. Dazu werden Teller herumgereicht mit Mango- und Bananenchips.

Ich würde lügen, wenn ich sagen würde, dass ich es bis zur Erleuchtung geschafft habe. Dass mir der eine Schluck genügt hätte, dass ich nicht extra versucht habe, den größten Chip zu greifen, wenn ich schon nur einen bekomme. Annas Lächeln kommt mir entspannter vor als vor der Zeremonie. »Vielleicht sind wir ab jetzt achtsamer«, sagt sie. Ich lache. »Oder wir kehren morgen schon zurück zum usual business.« Trotzdem bin ich stolz darauf, mich bewusst dazu entschlossen zu haben, etwas Bedeutung zu verleihen, was es auch wert ist, dass ihm Bedeutung verliehen wird. Zukünftig werde ich bei Mamas »Kakao-Zeremonien« das Papier der Lindor-Kugeln ganz laaaaangsam entrollen, mir die Praline laaaaangsam auf die Zunge legen und laaaaangsam im Mund zergehen lassen.

Sonst passiert mir Bedeutung eher so zufällig. Ich lasse mich von Dingen stressen, die meine Nerven gar nicht wert sind. In meinem behüteten Alltag ist genügend Zeit dafür, in echten Krisensituationen kann diese Gewohnheit zum Verhängnis werden. Anna zieht mich in den Stand, weil es nun mit der Aufwärmung für das Tanzen weitergeht. Dehnen, Strecken, Knochen knacken lassen. Ich erkläre Anna, dass die Übung, die ich mache, im Deutschen als »Kerze«, also »candle« bezeichnet wird. Nacken auf den Boden, Hände in die Hüfte, Füße in die Luft. Anna benennt die Übung in »Spargel« um und rollt mit den Augen, als der Typ in Jack-Wolfskin-Jacke ruft »I love Spargel!«, weil er uns gehört hat. Die Kursleiterin nimmt unser Geschnatter zum Anlass, um davon auszugehen, dass wir genügend aufgewärmt sind. Am DJ-Pult wählt sie einen Song aus und stellt sich anschließend wieder vor unsere Gruppe, um eine Choreografie vorzutanzen. Wir machen Gesten so groß, als würden wir die auf- und untergehende Sonne am Himmel nachzeichnen. Als würden wir unsere Arme wie Schimpansen tief aushängen lassen. »Wenn du tanzt, solltest du vergessen, dass du eine Erwachsene bist«, hat Anna mir noch zugeflüstert, bevor es losging, weil sie den Stock-im-

Arsch-deutschen Anteilen in mir wohl zutraute, die Oberhand zu gewinnen. »Es geht nicht darum, gut auszusehen«, erklärt mir ausgerechnet *die* Frau, mit der ich im Drogeriemarkt nach den die Haut glättenden Stripes Ausschau halten musste. Ich muss mein Vorurteil ihr gegenüber genauso widerlegt finden wie Anna ihr Vorurteil mir gegenüber. Egal ob Stock im Arsch oder Botox im Gesicht: Ungehemmtes Tanzen ist nicht zwangsweise eine unangenehme Probe für jemanden, der jährlich etwa eine polnische Hochzeit überlebt, genauso wenig wie für jemanden, der besonders auf sein Äußeres achtet. Und ich habe noch mehr falsche Gewissheit mitgebracht. Die Männer im Kurs, die so breit und kantig sind, dass ich in der Nacht die Straßenseite wechseln würde, geben alles auf dem Parkett. Und tanzen dabei doch nicht so geschmeidig wie der herzallerliebst uncoole Jack-Wolfskin-Jackenträger, der mich nun konkreter an *die* Sorte Lehrer erinnert, die mit auf Ski-Fahrt geht, um am letzten Après-Ski-Tag auf Tischen zu tanzen. Als der Mann, der die Tassen mitgebracht hat, gemeinsam mit der Kursleiterin die Trommeln einweiht, halte ich meine Augen längst mehr geschlossen als offen. Die Bewegungen, die ich hier rauslassen darf, stehen im größtmöglichen Kontrast zu dem, was ich in den Proben für den 30er-Jahre-Film als typisch für den Nationalsozialismus kennengelernt habe. Ich darf frei sein, ich sein, machen, was gefällt – und mich trotzdem als Teil einer Gruppe fühlen. Es geht nicht darum, als Gruppe gesehen zu werden, sondern eine Gruppe zu sein.

29. Mai 2022, Tag 95

Heute wurde mein dritter Neffe geboren. Das erste Foto seines Lebens bahnt sich bereits seinen Weg durch die Familien- und Freunde-WhatsApp-Gruppen. Alle ringen sich halbwegs gut gespielte Begeisterung ab, als wäre das verquollene Gesicht eines Neugeborenen tatsächlich »supersüüüüß« und »niedlich«. Eine Freundin hat geschrieben: »Das sind doch deine Gene, Bianca, sehe ich sofort.« Ich hoffe sehr, dass ich keine Ähnlichkeit mit dem feuerlöscherroten Gesicht habe, dessen zusammengekniffene Augen auch zu einem Maulwurf gehören könnten. Während ich auf dem Balkon sitzend Nachrichten beantworte, kommt Anna dazu. Sie zündet eine Zigarette an, setzt sich mit angewinkelten Beinen auf den Boden und streicht über Oscars Fell. Nur das beinahe lautlose Tappen meiner Daumen auf dem Smartphonebildschirm ist zu hören. Ab und an das ebenso leise Auspusten von Rauch durch Annas fast geschlossene Lippen. Gerade als ich vorlesen will, um wie viel Uhr Joschua geboren wurde und wie viel er wiegt, unterbricht sie die Stille: »Denkst du manchmal darüber nach, was du machen würdest, wenn der Krieg nach Deutschland kommt?«

Ich höre auf zu tippen. Anna sieht mich nicht an, drückt ihre Zigarette aus.

»Nein«, sage ich, nach einem kurzen Moment. »Du?«

»Ja.« Annas Antwort kommt wesentlich schneller als meine. *Kein Wunder*, ist mein erster Gedanke, *nach dem, was sie durchgemacht hat.* Und dann schießen mehrere Gedanken gleichzeitig durch meinen Kopf. Schlagzeilen überschlagen sich. Bilder von Sanna Marin und Wolodymyr Selenskyj gehen um die Welt, Hände schüttelnd. Sie lobt den »heroischen Geist« der Ukraine, sichert dem ukrainischen Militär Unterstützung zu. Russland hat bereits so viele Kämpfer in der Ukraine verloren wie die UdSSR in zehn Jahren Afghanistan-Krieg, Großbritannien geht von 15.000 getöteten russischen Soldaten aus. Auf der anderen Seite treiben russische Streitkräfte, laut Angaben des ukrainischen Militärs bei Facebook, ihre Großoffensive im Donbass voran, es sterben weiterhin Zivilist:innen, Angaben von Präsident Selenskyj zufolge seien die russischen Truppen in einigen Teilen des Ostens »zahlenmäßig weit überlegen«. In meiner Happy-End-gewohnten Blase scheint die Sache trotzdem klar zu sein: Alle gegen Russland. Moskaus anhaltende Machtdemonstrationen nach außen kann man als Zeichen seiner Verzweiflung und Verletzlichkeit im Inneren werten. Diktaturen sind teuer, Krieg führen ist teuer. Es ist nur eine Frage der Zeit, bis die Ukraine gewinnt. Allerdings bin ich in meiner Happy-End-Blase nicht länger allein.

»Es gab erste Angriffe auf Orte in der Nähe der Heimatstadt meiner Mutter.«

»Was?«

»Die ukrainischen Nachrichten sagen, es sei nur eine Frage der Zeit, bis die Russen da sind.«

»Deine Mama kann zu uns kommen! Jetzt muss sie ihre Meinung ändern!«

»Das wird sie nicht. Mama will ja nicht mal nach Kyiv ziehen, wo sie zumindest fürs Erste sicherer wäre.«

Zumindest fürs Erste. Sicherer.

»Das tut mir wirklich leid, Anna.«

Und dann sagen wir erst mal nichts mehr. Plötzlich komme ich mir bescheuert vor, mit meinem Vertrauen in alles, und wünschte, ich hätte meinen zwanghaften Optimismus für mich behalten. Bin ich zu naiv, oder ist Anna zu pessimistisch? Vielleicht beides, vielleicht nichts von beidem. Was weiß ich schon. Die Tatsache, dass Anna und ich hier sitzen, dass sie sich getraut hat, zu fliehen, dass ich sie bei mir aufgenommen habe, dass wir immer wieder miteinander und mit anderen über die aktuelle Weltlage sprechen – ist bereits unsere Art der politischen Teilhabe. Es sind Formen eines politischen Akts. In Anbetracht der mich ereilenden Nachrichten käme es mir voyeuristisch vor, über einen Hätte-hätte-wäre-könnte-Krieg zu sprechen. Noch geht es uns gut, noch sind wir hier.

Annas Mutter ist es aber nicht. Auch ihr Vater will nach wie vor in der Ukraine bleiben. Annas Freund hingegen will raus, aber darf nicht. *Diktaturen sind teuer, Kriege sind teuer.* Der Preis, den ukrainische Familien gerade zahlen, genauso wie Familien, die anderswo auf der Welt unter Kriegen leiden, ist höher, als der Preis jeder Waffe je sein könnte.

»Wenn du etwas brauchst, wenn du reden willst.« Ich sehe Anna direkt in die Augen. »Wenn ich irgendwas für dich tun kann – dann sag es mir einfach.«

Sie lächelt sogar. »Danke.«

Es ist ein Lächeln, das es mir leichter machen soll. Ihr starkes Auftreten, die Episoden normalen Alltags, die wir immer wieder schaffen zu leben, haben mich vergessen lassen, dass wir den Krieg wahrscheinlich noch lange nicht hinter uns haben. Anna *hat* nicht schlimme Dinge durchgemacht, sie *macht* schlimme Dinge durch. So schwer kann es sein, Leichtigkeit zu leben. Trotzdem flüstert mein Optimismus mir, warum auch immer, nach wie vor Hoffnung zu. Hoffnung fühlt sich warm an.

Bling.

Ich schaue auf mein Handy hinunter.

Es ist ein zweites Foto von Joschua.

Am wärmsten in der Brust.

15. Juni 2022, Tag 112

Schon sein Lachen am Telefon hat auf viel Lungenvolumen schließen lassen und verraten, dass es sich um einen großen Mann handelt. Gelbweste, tätowierte Waden, die Haare igelig aufgestellt. »Also, wenn es kein Kampfhund ist, sollte das kein Problem sein«, hat der Hausmeister mir am Tag zuvor telefonisch erklärt und sich unheimlich ins Fäustchen gelacht, nachdem ich gestand, dass wir es mit einem waschechten Chihuahua zu tun hätten. Heute gucken Anna und ich uns zwei Wohnungen an. Die für mich zuständige Beraterin meiner Wohngenossenschaft, Frau Herbst, die Frau mit der hellen Stimme und dem Bilderbuchnamen, hatte endlich Neuigkeiten für uns. Die Chancen stehen wohl gut, wenn wir uns beeilen. Zu sehr freuen wollen Anna und ich uns nach den letzten Wochen jedoch nicht. Entweder wurden wir gar nicht zur Besichtigung eingeladen oder nach Einreichung unserer Bewerbung ignoriert, manchmal waren es die Genoss:innen, die Vorrang hatten (»Wir haben schon zwei Wohnungen an Geflohene aus der Ukraine vermittelt, jetzt müssen wir auch mal wieder an die eigenen Leute denken«), oder Oscar wurde zum Problem (»Ist mir egal, wie groß, Hund bleibt Hund«). So viel zum Thema »Deutschland, das Land der Hundeliebhaber:innen«. In den letzten Tagen hat Anna mich beinahe jeden Tag gefragt, ob sie in Berlin überhaupt Chancen habe, ob wir unsere Suche vielleicht auf die Umgebung Berlins wie Oranienburg ausweiten sollten oder ob sie mir nicht auf die Nerven gehen würde.

Als wir nun gemeinsam mit dem Hausmeister die erste Wohnung betreten, verweilt sie kaum drei Sekunden in jedem Raum und zischt weiter wie ein geölter Blitz. Von der Küche übers Bad ins Wohnzimmer mit Schlafnische.

»Perfekt.« Ihr Urteil ist schnell gefällt. »I like.« Der Hausmeister sieht verwundert zwischen Anna und mir hin und her. »Keller gibt es auch«, antwortet er auf eine Frage, die wir nicht stellen.

»Es gefällt dir?«, rückversichere ich mich noch mal bei Anna.

»Sehr!« Sie hört gar nicht mehr auf zu nicken. Der Boden in der Wohnung müsste neu gemacht werden, die Wände am besten gleich mit. Doch die Wohnung hat einen Balkon, und Herd sowie Waschbecken wären auch schon vorhanden. Vor den Fenstern ist es angenehm grün, ein Park ist zehn Minuten entfernt, die nächste Hauptstraße nicht in Hörweite. Anna hat recht, die Wohnung ist toll.

Trotzdem gucken wir uns auch Angebot Nummer zwei, sieben Hausnummern weiter, an. Die Wahrscheinlichkeit, dass wir uns, komme, was wolle, auf beide Wohnungen bewerben können, geht bei der aktuellen Wohnungslage in Berlin gegen unendlich. Wir folgen dem Hausmeister in seinem Schatten, der groß genug für uns beide ist. Der Bürgersteig ist seine Bühne, er ist hier der Star, wird von allen gegrüßt, rückt multitaskend ein Baustellenschild zurecht und winkt einem Nachbarn, der Anna und mich mit dumpfen Schlägen gegen die verstaubte Scheibe seines Fensters erschreckt. Hinter einem Vorhang aus Spitze und Sammelfiguren auf dem Fensterbrett winkt eine zerknitterte Hand mit einer Stange Marlboro Gold. »Karl fährt mit seinem Rentnerausweis regelmäßig für eine Portion Kartoffelpuffer über die polnische Grenze und bringt mir Zigaretten mit«, erklärt der Hausmeister. »Hole ich mir danach ab.« Manchmal ist Berlin eben doch nur ein Zusammenschluss vieler kleiner Dörfer. In Reinickendorf bekommt man für Berlin-Verhältnisse noch am ehesten ein Gefühl dafür, wie Deutschland eigentlich ist. Anna lacht, als ich für sie übersetze. »Gute Nachbarschaft, I like.« Sie liked bislang alles, und ich hoffe, dass das weniger aus Verzweiflung, mehr aus echtem Gefallen heraus passiert.

Wohnung Nummer zwei ist kleiner, ohne Balkon, dafür frisch renoviert.

»Sogar noch mehr Komfort, I love it.« Wieder ist Anna ein geölter Blitz, wieder ist Anna schnell begeistert.

»Es ist nicht besonders groß«, erinnere ich sie.

»Mehr brauche ich nicht.«

»Und du kannst die Fenster nicht offen lassen, weil es eine Erdgeschosswohnung ist.«

»Kein Problem.«

Dass Herd und Waschbecken in der Wohnung bleiben, scheint Annas Priorität zu sein. Ansonsten hat sie keine Fragen.

»Das war ja einfach.« Der Hausmeister lacht wieder sein vollmundiges Lachen. Er hatte die Tür zu dieser Wohnung wesentlich verhaltener geöffnet. Als gebe es dahinter etwas zu verstecken. Auf dem Rückweg zur Bahn setzen wir ihn bei seinem Zigarettenlieferanten ab, und Anna und ich gehen noch mal Vor- und Nachteile der jeweiligen Wohnungen durch. Sie will ungern fremde Hilfe annehmen und tendiert deshalb zur frisch renovierten, wenn auch kleineren Wohnung. »Und sie ist günstiger«, fasst Anna zusammen, als sich an der U8 unsere Wege trennen. »Sobald ich anfange zu arbeiten, muss ich sie selbst zahlen. Also, vielleicht ist die kleinere Wohnung besser.« Ich sattle auf meinem Fahrrad auf, Richtung Homeoffice, sie verschwindet in den Tiefen der Bahn, Richtung Sprachschule. »Danke für deine Zeit«, ruft Anna mir noch hinterher, dann ist sie weg. Noch auf dem Heimweg rufe ich Frau

Herbst an: »Wir nehmen, welche auch immer wir kriegen können. Was brauchen Sie von uns? Wir kümmern uns sofort.«

18. Juni 2022, Tag 115

Manche Filme gucke ich nicht zu Ende, weil ich das Ende nicht aushalte. »Becoming Jane« ist so ein Film. Er gehört zu meinen liebsten, weshalb ich halb mitsprechen kann, nur den Schluss akzeptiere ich nicht. Spätestens bei Minute 75 schalte ich ab und gehe lieber mit eingebildetem Happy End ins Bett. Dann kann ich mir wenigstens vorstellen, dass Anne Hathaway und James McAvoy am Ende zueinanderfinden, ganz egal, wie Jane Austens Leben, auf dem der Film basiert, in Wirklichkeit ausgesehen hat. Um noch mehr von einem unangenehm romantischen Teenie-Girl zu haben, schaue ich mir manchmal die von Fans zusammengeschnittenen »Best moments« auf YouTube an. Unterlegt mit Balladen von Leona Lewis und überfrachtet mit bunten Glitzereffekten sowie Slow Motion. Skills, die jeden Cutter und jede Cutterin blass aussehen lassen. Gerade habe ich so einen Moment, in dem ich das brauche, die volle Dröhnung James McAvoy in Pumphose. Damit Anna nichts mitbekommt von meinem peinlichen Vergnügen, habe ich mir Kopfhörer in die Ohren geschoben und drehe den Smartphonebildschirm von ihr weg. Wir sitzen gemeinsam auf dem Balkon, während die abendliche Sommersonne sich hinter den Häuserwänden versteckt. Wenn auch jeder seins macht, ist es schön, Anna im selben Moment neben mir zu wissen und nicht allein die Beine hochzulegen. Wobei – tatsächlich lege nur ich die Beine hoch, Anna macht Hausaufgaben für die Sprachschule.

»Kannst du mir bitte erklären, warum ihr keinen Artikel verwendet vor dem Wort *Fuß*?«, frustriert reibt sie mit dem Handballen über den Mittelscheitel ihres Arbeitsheftes und legt den Stift darin ab. »Ihr sagt ›Ich fahre mit das Bahn‹, aber nicht ›Ich gehe zu die Fuß‹. Warum?«

»Es heißt ›Ich fahre mit der Bahn‹.«

»Das war nicht meine Frage.«

»Ich weiß.«

»Also: Warum man sagt ›Ich gehe zu Fuß‹?«

»Weil, weil.« Ich zucke mal wieder mit den Schultern. Fragen wir den Typen, der die neue deutsche Bibel »Der Dativ ist dem Genitiv sein Tod« geschrieben hat. Wahrscheinlich liegt das Buch in mehr deutschen Haushalten als »Darm mit Charme« und der Ikea-Katalog. »Übrigens.« Ahnungslosigkeit lässt so viel Raum für neue Gedanken. »Ich habe ganz vergessen, dir zu sagen, dass gestern Diebe bei uns im Keller waren.«

»Was?!«

Wie sagt man »versuchter Einbruch« auf Englisch? Es ist einer dieser Google-Übersetzer-Momente. Annas Augen weiten sich, als sie die Worte entziffert, die ich mit der App übersetze. Drei Keller wurden aufgeknackt, unser war nicht darunter. Das Schloss war verbogen, aber entweder wurden sie bei uns gestört oder

haben sich zu blöd angestellt. Peinlich. Die Einbrecher:-
innen sollten bei Papa in die Lehre gehen. Der knackt
unser Wohnungsschloss, sie nicht mal die Kellertür.
Dabei könnte unser Kellerschloss genauso gut an einem Tagebuch hängen.

»Warum hast du mir nicht früher davon erzählt?«
Anna hat für einen Moment sogar das Bahn und die
Fuß vergessen. Sie wirkt erschrocken. Ich öffne den
Mund, doch schließe ihn sofort wieder. Natürlich
könnte ich jetzt behaupten, Anna nichts gesagt zu haben, um ihr unnötige Sorgen zu ersparen. Aber wenn
ich ehrlich bin, habe ich es einfach vergessen. Wo ist
die Sensation? Die potenziellen Einbrecher:innen sind
schließlich gescheitert. Anna sieht das anders, erst
recht nach den letzten Monaten. Erst im Unterschied
zu ihr verstehe ich mal wieder, wie sehr ich an das Gute
und an Happy Ends gewöhnt bin. So sehr, dass ich gar
nichts anderes erwarte, sodass sie mich fast schon lang-
weilen. *War doch klar, dass unser Keller verschont bleibt.
War doch klar, dass James McAvoy und Anne Hathaway
am Ende zusammenkommen.*

22. Juni 2022, Tag 119

Pilze musste ich nur oft genug probieren, um ihren
Geschmack lieben zu lernen, so wie ich Bauchtaschen
und Memes nur oft genug sehen musste, um mich an
ihren Humor zu gewöhnen. Woran ich mich niemals
gewöhnen werde, ist das Warteschlangen-Geklimper
in der Leitung des Jobcenters. Die freundlich gemeinte

Pianomusik lässt mich passiv-aggressiv die Buchseite umblättern, die ich zum parallelen Zeitvertreib seit sieben Minuten zu lesen versuche. Gibt es wirklich Menschen, die die »Classic Music for learning«-Playlist auf Spotify nutzen? Ich gebe es auf und schlage das Buch zu. »Zwei bis vier Minuten Wartezeit«, kündigte die freundlich gemeinte Stimme in der Leitung an. Nach acht Minuten ist immer noch niemand rangegangen. Das war beim letzten Mal auch schon so, genauso wie das Mal davor. Was an sich nicht schlimm ist, im Jobcenter ist bestimmt viel zu tun. Ich hätte mich nur über ehrliche Angaben gefreut, wenn sie die schon machen. Dann könnte ich vielleicht diese blöde Pianomusik eine Weile auf stumm schalten. Ich frage mich, ob sie absichtlich eine Frauenstimme gewählt haben, die in regelmäßigen Abständen daran erinnert, dass »der nächste Ansprechpartner« bereits für mich »reserviert« sei. Ich habe mal eine Zeit lang in einem Callcenter gearbeitet, und wir Kolleginnen hatten meistens mehr Zusagen für Umfragen zu verzeichnen als unsere männlichen Kollegen, was ich darauf zurückführte, dass Frauen vertrauenswürdiger scheinen. Gleichzeitig beglückte man uns im Gegensatz zu den männlichen Kollegen häufiger mit Angeboten für Sexhotlines und leidenschaftlichen Komplimenten in Bezug auf das Timbre unserer Stimme. Frauen machten solche Komplimente nie. Geschlechtertechnische Nachteile mal andersherum, liebe Kollegen. Sorry, not sorry, guys.

So langsam fühle ich mich wie eine Ratte in einem Experiment, nur dass ich nicht auf Schmerz, sondern auf Langeweile konditioniert werde, was sich in diesem Moment nicht unbedingt wie ein Unterschied anfühlt. Die freundlich gemeinte Pianomusik ist mein Trigger. Ich sollte mich glücklich schätzen, überhaupt in die Warteschlange gelangt zu sein. Das Golden Ticket dafür war Annas Kundennummer, die die deutsche Ansage direkt zu Beginn abgefragt hat. Wenn man keine nennen kann, heißt es in den meisten Fällen: Rufen Sie zu einem späteren Zeitpunkt an. Um die Kundennummer anzusagen, muss man aber nicht nur eine haben, sondern auch erst mal verstehen, dass man nach ihr gefragt wird.

»Der nächste Mitarbeiter steht in Kürze für Sie … Jahallo, Sie sind hier beim Jobcenter-Berlin.« Es dauert einen Moment, bis ich realisiere, dass die immer schneller werdende Stimme am anderen Ende ein Mensch ist und keine automatische Ansage. »WaskannichfürSietun?«

»Hallo, ich rufe im Namen von Frau Kniazieva an, um zu übersetzen. Kurze Frage: Wir haben ein erstes vorläufiges Wohnungsangebot, und ich wollte fragen, an welche Adresse sie das schicken soll? Postalisch oder per Mail?«

»Gernebeides.« Die Stimme klingt so freundlich wie zuvor die Pianomusik. »Aber zur schnellenBearbeitung vorallemperMail.«

»Wird gemacht.«

»Etwa indreiTagen können Sie mit einerEinschätzungrechnen, ob dieGelderzurVerfügung gestellt werden.«

»Haben Sie eine konkrete E-Mail-Adresse für mich, an die ich das Wohnungsangebot schicken soll?« Heimlich klopfe ich auf meine hölzerne Tischplatte, weil ich diesmal, ob bewusst oder unbewusst, weiß ich selbst nicht so genau, das »vorläufig« vor »Wohnungsangebot« verschluckt habe.

»Die E-Mail-Adresse finden Sie im BriefkopfIhrerbisherigenSchreiben. Sonstnochwas?«

»Nein, alles super, danke! Ich wünsche einen schönen Tag!« Ich lege auf, beschwingt vor guter Laune, weil Deutschland zur Abwechslung verstanden hat, wie E-Mail-Postfächer funktionieren. Und weil es Spaß macht, das Wort »Wohnungsangebot« auszusprechen. Und weil die Pianomusik weg ist.

Dass die Abstände zwischen den Tagen, die aus meinem Tagebuch teilungswürdig wären, größer werden, ist ein Zeichen dafür, dass alles normaler wird. Drei Monate Berlin mit Anna, und ich nehme bereits das Wort »normal« in den Mund. Entweder ist es vermessen oder gesunde Offenheit dafür, gute Zeichen wahrzunehmen, und das in einer Zeit, in der man nur noch mit schlechten rechnet. Wenn es so weitergeht, wird Anna und mir noch langweilig. Wer hätte gedacht, dass Langeweile so genussvoll sein kann?

24. Juni 2022, Tag 121

Oscar geht mit durchgestrecktem Rücken in die Hocke wie ein Eiskunstläufer kurz vor dem dreifachen Flip und starrt zu mir hoch wie zur Punkteanzeige. Beim Pressen trägt er einen ähnlich seriösen Ausdruck im Gesicht wie der Mann, der im selben Moment aus dem Hauseingang direkt vor uns kommt. Er trägt ein blaues Shirt, blaue Shorts, alles blau, die Sonnenbrille sitzt auf seiner Stirn, als hätte er dort ein zweites Paar Augen versteckt, mit denen er mich beobachtet. Vielleicht ist er Fahrlehrer, denke ich, die abgespreizten Ellenbogen würden schon mal passen, und nenne ihn im Geiste Jörg. Ein paarmal bin ich Jörg schon über den Weg gelaufen, wie das eben so ist, wenn man sich eine Nachbarschaft teilt. Aber wir haben noch nie ein Wort miteinander gewechselt. Ich versenke meine Hände in den Rocktaschen und tue so, als würde ich nach den Kotbeuteln suchen, die ich nie vorhatte mitzunehmen. Es handelt sich um ein sportliches Sonnenbrillenmodell, das mithilfe eines elastischen Gummibandes gleichzeitig als Kette tragbar ist. Schenkel und Hüfte abtastend sehe ich an mir herab, wohl darauf bedacht, Jörgs Blicke zu meiden. Aus dem Augenwinkel erkenne ich nur einen blauen Fleck, der sich mir nähert. Oscar presst eine Zugabe. Der Hauptteil seiner Performance schmiegt sich bereits fein säuberlich in die Fuge zwischen den grauen Betonplatten. Erst als der blaue Punkt in meinem toten Winkel verschwunden ist, atme ich aus. Gar nicht so deutsch, wie sein verkrampfter Gesichtsausdruck vermuten ließ, der Jörg, denke ich eine Sekunde, bevor er sich doch noch umdreht. Jörg deutet mit ausgestrecktem Zeigefinger auf den Gehweg: »Und?«

Meine neuen Sandalen meint er wohl nicht. Es ist ein Haufen, wie er aus einem Chihuahua eben rauspasst. Ich schnalze, mache nur kurz den Schulterblick, »Sorry, hab meine Beutel vergessen«, und tue so, als wäre ich über mich selbst und nicht über mein Pech verärgert. Kurz warte ich darauf, dass Jörg noch so etwas sagt wie »Der Bordstein kann nicht ausweichen«, doch es bleibt bei dem einen »Und?«. Immerhin das verurteilendste »Und?« meines bisherigen Lebens und das erste Mal, dass mich vier Augen aus demselben Gesicht anstarren. Oscar hört endlich auf zu squatten, ich ziehe ihn schnell weiter. Als ich mich ein letztes Mal nach Jörg umdrehe, steigt der gerade in seinen Toyota, der Motor heult auf, und er fährt los. »Das Stoppschild ist keine Empfehlung!« Ich schlucke die Worte hinunter, begnüge mich stattdessen stumm mit der Vorstellung, dass die Augen auf Jörgs Stirn schielen und er sie deshalb versteckt. Deutschland. Autos dürfen alles, Hunde dürfen nix. Da gehe ich einmal ohne Anna mit Oscar raus, weil sie sich mit einer Freundin aus der Sprachschule verabredet hat, und mache mich direkt strafbar. Anna wäre das nicht passiert, die Beutel sind das Erste, was sie einsteckt, auch wenn sie das aus der Ukraine nicht gewohnt ist. Viel zu sehr hat sie Angst davor, etwas falsch zu machen, schlecht aufzufallen. Ich fühle mich ein bisschen wie früher, wenn ich eine Freundin mit nach Hause gebracht habe und im

Gegensatz zu ihr kein schlechtes Gefühl haben musste, einfach an den Kühlschrank zu gehen. Theoretisch hätte ich zwar fragen sollen, bevor ich zwei Schokopuddings nehme, praktisch aber war die weiße Sahnehaube auf dem Pudding so schön luftig. Außerdem gab es nie eine Strafe für mich, selbst wenn Mama das Schmatzen der Gummidichtung unserer Kühlschranktür bemerkte. Genauso wie ich die 35 Euro, die ich der Stadt Berlin laut Umwelt-Bußgeldkatalog schulde, noch auf dem Konto habe. Würde ich Berlin mehr oder weniger schulden, wenn ich den Haufen zwar eintüten, ihn dann aber im Plastikschutz liegen lassen würde, damit das Päckchen 20 Jahre vor sich hin rottet? Mein halb ernst gemeinter Sarkasmus hilft mir leider auch nur halb gut darüber hinweg, dass ich so cool eigentlich gar nicht bin, dass mir die Situation egal ist. Und ein bisschen hat der Mann auch recht damit, dass man die stinkenden Tretminen nicht auf Bordsteinkanten liegen lassen sollte. Wahrscheinlich. Das Rot in meinem Gesicht, wir behaupten mal, ein leichtes auf den Wangen, bleibt nicht unbemerkt. Von ihrem Balkon im ersten Stock aus grinsen zwei Jungs von der anderen Straßenseite zu mir herunter. Sie dürften die perfekte Sicht auf den Verlauf meiner Haufen-Affäre gehabt haben. Ihr wissendes Augenbrauenwackeln verrät mir, dass ich mich nicht irre. Die Typen dürften so alt sein wie ich, beide mit Cap und Kippe ausgestattet. Einer macht eine wegwerfende Handbewegung nach hinten, der andere lässt seine Schultern zucken, weil die Hände damit beschäftigt sind, sich eine weitere Kippe zu dre-

hen. Als würden sie mir sagen wollen: »Mach dir
nichts draus, ein alter weißer Alman eben. Manche Regeln sind dafür da, gebrochen zu werden.« Ich grinse
zurück. Die Höhenmeter einer ganzen Etage zwischen
uns, spotten wir gemeinsam über den kleinlichen Frei-
zeit-Aufseher, ohne ein Wort miteinander zu wechseln.
Damit unterbieten wir sogar Jörgs einsames »Und?«.
Schon freue ich mich fast ein bisschen, von ihm erwischt worden zu sein. Sonst hätte ich einen Grund
weniger, um zu grinsen.

Noch ein bisschen mehr darf ich mich über einen
Umschlag freuen, der in meinem Briefkasten liegt. Er
ist vom Jobcenter, sowohl an Anna als auch an mich
adressiert. Das Amt teilt uns mit, dass die Kosten-
übernahme von Annas potenzieller erster Wohnung
bewilligt wird. Anna, die eigentlich kein besonders
körperlicher Mensch ist, fällt mir in die Arme: »Dan-
kedankedanke!« Noch am selben Abend scanne ich
den Brief ein und lasse ihn via Mail der Baugenossenschaft zukommen.

25. Juni 2022, Tag 122

Anna kommt in mein Zimmer gestürmt, der Bademantel hängt über eine ihrer Schultern, Oscar springt dem
herausgerutschten Ende des Frotteebands hinterher,
das ihr folgt: »Jetzt verstehe ich, was sie saa-haa...«
Anna gähnt so breit, dass nichts mehr von ihrem Gesicht übrig bleibt. »...aagt.«

»Was?«

»Jetzt verstehe ich, was sie sagt: Scheißkerl!«

Sie meint die Nachbarin. Um 7 Uhr 53, an einem Samstag, hat sie mal wieder viel zu sagen.

»Hat die Sprachschule doch was genützt …« Ich versuche, Annas Stimmung mit einem Witz zu heben, doch Samstag und Sonntag sind die einzigen Tage in der Woche, an denen sie ausschlafen kann. Könnte.

»Ich gehe jetzt rüber und rede mit ihnen«, sage ich und werde halb von Anna unterbrochen. »Ich komme mit!« Sie strafft den Bademantel, greift nach ihrem Schlüssel, überlässt Oscar kampflos das Frotteeband. Unsere Schlappen schlurfen über den Flur. Wir klingeln. Nichts passiert. Wir klingeln noch mal, diesmal mit scharrenden Schlappen. Immer noch nichts. Anna klopft.

Plötzlich öffnet sich die Tür. Unser Nachbar steckt nur den Kopf heraus, er schweigt. Also leitet Anna das Gespräch ein: »It is not okay! We wanna sleep, be quiet!«

»Sorry.« Er sieht zu Boden.

»What the fuck is the problem?«

»What?«

»What the fuck is the problem?«

Nun sieht er ratlos zwischen Anna und mir hin und her. Mal wieder scheint Annas Ost-Akzent es deutschen Ohren schwer zu machen, ihr Englisch zu verstehen.

»Früher oder später ruft jemand die Polizei«, übernehme ich. »Das geht einfach nicht, wir arbeiten alle und wollen wenigstens am Wochenende unsere Ruhe haben. Es war superschön auf dem Balkon, aber das hat damit nichts zu tun.«

»Entschuldigung.«

»Ja, wäre schön, wenn sie auch mal Entschuldigung sagt.« Ich deute auf den Spalt des Flurs, der hinter meinem Nachbarn, wenn möglich, noch kleiner wird. Er hat mehr oder weniger seinen Hals zwischen Tür und Rahmen eingeklemmt. »Sie versteckt sich feige da hinten und hält das ganze Haus wach. Wäre schön, wenn sie sich mal entschuldigt und vor allem etwas ändert.«

»Entschuldigung.«

»Ändert etwas.«

Die Tür schließt sich. Anna hebt die Hände: »Nichts verstanden!«

Ich übersetze ihr, was sie verpasst hat. Und dann benutzt Anna ein ganz schlimmes polnisches Fluchwort, das ich an dieser Stelle nicht wiederholen werde (vor allem, weil ich mal ganz vorsichtig vermute, dass das Copyright bei mir liegt). Anstatt sie zu maßregeln, nicke ich stumm, fühle, was sie fühlt. Ein bisschen müssen wir aber auch lachen. Unser gegenseitiger Anblick ist der Grund. Meine Nachbarn haben mich mehr gestört, als ich noch allein gewohnt habe. Dann war niemand da, mit dem ich über ihr Verkorkst- oder mein Verknautschtsein lachen konnte. In meinem Kopf meldet sich Frau Müller, Charlie-Chaplin-Grundschule, meine Klassenlehrerin in der Ersten: »Geteiltes Leid ist halbes Leid, Kinder.«

26. Juni 2022, Tag 123

Mitgefühl ist ein Muskel. Muskeln wollen genährt, bewegt und trainiert werden. Sie wollen eine Pause haben, aber bestimmt keinen Gips.

Als ich an diesem Abend nach Hause komme, hat Anna sich mal wieder eine Ecke der Wohnung vorgenommen und sie so gemütlich ausgeleuchtet, wie ich gar nicht auf die Idee gekommen wäre. Mithilfe eines Verlängerungskabels gibt sie der Tischleuchte aus meinem Keller eine Chance, auch auf dem umlackierten Balkontisch zum Einsatz zu kommen. Ihr warmes Licht spiegelt sich im Dunkelgrün der zur Vase umfunktionierten Weinflasche wider, genauso wie im abgekratzten Lack des kleinen Teedöschens. Dunkelblau mit kitschigen Sternen und Teddybären drauf. Es ist ein Souvenir meiner Kindheit, was mich zum Glück blind für seine Hässlichkeit macht. Ehemals enthielt das Döschen Gummibärchentee, 15 Jahre später sammeln sich darin die Kippenstummel meiner Mitbewohnerin. Doch Anna hat es uns nicht zum Rauchen so gemütlich gemacht. »Willkommen in meinem Nagelstudio.« Sie breitet die Arme aus, deutet auf ihr Kosmetiktäschchen, die Nagellacke, Nagelfeilen und weiteres Equipment, das ich so genau gar nicht benennen kann.

Oscar bellt unterstützend.

»Sieht aus, als würde er auch die Nägel gemacht haben wollen«, sage ich, ergänze aber schnell, wie schlimm ich Leute finde, die ihren Tieren ein Makeover verpassen, damit Anna nicht denkt, ich würde das ernst meinen. Und so verfallen wir direkt in unsere gewohnte Schnatterigkeit. Ich erzähle von dem Jahrgangstreffen meiner Schule: von Bene, der wird wie sein Vater. Von Charlotta, die uns nach ihrem Jurastudium aus dem Gefängnis holen kann, falls wir die Mordpläne an unseren Nachbarn umsetzen. Von Semi, der uns aus dem Land fliegt, falls wir doch verurteilt werden, weil er Pilot wird, obwohl niemand an ihn geglaubt hat. Von Sophie und Niklas, die immer noch zusammen sind. Von ehemaligen Außenseiter:innen, die die interessanteren Menschen geworden sind, weil sie Leidenschaften haben. Von mir, die immer wieder aufs Neue versteht, wie viel Glück sie hatte, Anna in dem Haufen von Unsicherheiten zu finden.

»Und wie war dein Tag so?«, will ich den Ball wieder abgeben.

»Normal.« Anna greift schulterzuckend nach der Nagelfeile. Nicht nur die Kürze, sondern auch die Art ihrer Antwort lässt mich hellhörig werden. Normalerweise antwortet sie an schlechten Tagen mit »normal« auf die Frage, wie es ihr geht.

Mit dem Saum meines T-Shirts fächere ich mir Luft zu. »Sicher?«

»Ja.«

»Wir müssen nicht reden, wenn du nicht möchtest, aber du kannst jederzeit zu mir kommen.« Es kann nicht schaden, sie wiederholt daran zu erinnern.

»Welche guten Sachen könnten schon in meinem Land passieren?« Die Frage steht in der Stille der Nacht wie die Schwüle des Tages. Noch spürbar, doch ohne direkten Sonneneinfall erträglicher als am Tag. Für Anna bleibt präsent, was ich mir erlaube, für eine Runde Bierpong, für einen Kinobesuch, für einen Tag am See, für eine Woche Leben auszublenden. Stimmt ja, es ist noch Krieg.

Falsch.

Es ist Krieg. *Irgendwo, immer.*

Krieg. Was für eine bescheuerte Erfindung. Wenn man sich die Nachrichten anschaut, die uns aktuell aus der Ukraine erreichen, dann haben sie seit dem 24. Februar die Spitze der Grausamkeit erreicht. Aber man muss sie sich nicht anschauen. Mit »man« meine ich mich als Deutsche. Ich für meinen Teil habe die ganze letzte Woche lang freimütig die Welt geschwänzt. Alle haben Bock auf einen Nach-Corona-Sommer, auf Reisen, Baden, Nächte in Bars, darauf, zu lieben, zu lachen, sorglos zu sein. Ein bisschen Schönwetterclub spielen eben. Es regnet? Macht man eben die Augen zu. Also ich. Es sei uns vergönnt. Also mir. Oder? Dass Mitleid sich erschöpft, ist menschlich. Doch eine Runde Bierpong, einen Kinobesuch, einen Tag am See, eine Woche News-und-Sorgen-der-Welt-Detox später kann man wieder Energie haben, um seine Aufmerksamkeit auf gesellschaftliche Themen zu richten. Themen, die uns gleichzeitig einen Klotz in die Magengrube legen, erinnern uns auch daran, wie gut wir es haben. Ich muss nicht, geläutert von meinem Glück, mit dauerhaft zum Dank gen Himmel gerichteten Händen durch die Weltgeschichte spazieren, aber ein bisschen Demut kann nicht schaden. Ich habe wieder genug Energie für

Demut und die daraus resultierenden Konsequenzen getankt. Genug geschwänzt, die Welt braucht uns. Ein Uns, das sich wichtig nimmt.

»Irgendwelche Wünsche für heute Abend?«, frage ich Anna. Sie will abgelenkt werden. Wie gut, dass sie es da mit einem Profi zu tun hat, der obendrein gerade in Übung ist. Manchmal schwänzt man, nur um festzustellen, dass man eh hitzefrei bekommt. Ich darf mich zurücklehnen, während Anna mir die Nägel macht.

Jouana, wie gehst du mit emotionaler Belastung um?

Es gibt Phasen, in denen ich gut mit emotionaler Belastung fertigwerde, und Phasen, in denen ich überhaupt nicht klarkomme. Ich stecke selbst in einem Prozess, in dem ich immer wieder neu für mich herausfinde, was gut und was schlecht für mich ist. Was ich sagen kann, ist, dass ich sehr viel tanze. Das ist die beste Therapie für mich. Wenn ich lange nicht beim Training war, geht es mir schlechter. Bewegung hilft vielen Menschen, Stress zu bewältigen, doch trotzdem muss jeder etwas für sich finden. Klassiker: Meditation, Schreiben, Lesen, Spazierengehen und Auszeiten, insbesondere vom Handy. Man sollte nicht alles einsaugen, sondern auch mal eine Pause machen. Ich habe das sehr gemerkt, als die Palästina-Bewegung Zuwachs bekam und ich mich schwer distanzieren konnte. Es hat sich wie meine Verantwortung angefühlt, etwas zu unternehmen. Ich habe Informationen aus Instagram geteilt, Menschen vernetzt und begann es mehr und mehr persönlich zu nehmen, wenn Freunde nicht auf die Postings reagierten. Das macht langfristig krank. In dieser Zeit war ich nicht mehr in der Lage, die klassischen alltäglichen Dinge zu bewältigen, und das ist natürlich nicht Sinn der Sache. Wenn ich selbst im Eimer bin, kann ich erst recht nicht anderen helfen.

28. Juni 2022, Tag 125

Yam und ich sind nicht mehr als eine zufällige Begegnung füreinander. Wir lernen uns in der Gemeinschaftsküche eines Hostels in London kennen. An dem Tag, an dem Yams Familie wieder in ihre Heimat Tel Aviv zurückgekehrt ist und sie ihren restlichen Weg nach Kalifornien allein bestreiten muss. Uns verbindet der Blick aus rot unterlaufenen Augen. Ihre vom Weinen, meine vom fehlenden Schlaf, dank der Schnarcherin in meinem Sechs-Bett-Dorm. Yam weiß, dass sie ihre Liebsten und ihre Heimat eine ganze Weile nicht wiedersehen wird, weil sie an der Berkeley University Jura studieren wird.

Ich bin für eine Preisverleihung nach England gereist, doch hänge hinten und vorn ein paar freie Tage dran, damit sich die Anreise lohnt und um eine Freundin auf dem Land zu besuchen. Yam und ich beschließen spontan, den Tag miteinander zu verbringen. Wir spazieren den Regent's Canal entlang und suchen uns ein Hausboot für die Zukunft aus, trinken Bier auf dem Camden Market und lassen von einem geschwätzigen Passanten unsere Nationalitäten erraten. »Vielleicht Südamerika, aber ich vermute eher, Mittlerer Osten. Israel?« Yam verortet der Mann mit den sonnenverbrannten Poren auf der Knollennase ganz richtig. In mir sieht er eine Französin, Italienerin, Spanierin, Portugiesin, Polin, Ungarin – alles, nur keine Deutsche. Das Allerweltsgesicht nehme ich als Kompliment.

Ich bitte Yam darum, mir mehr über ihr Land zu erzählen. Nicht nur, *was* sie sagt, sondern auch, mit welcher Leidenschaft sie über ihre Heimat spricht, lässt mich ein Gefühl dafür bekommen, wer Yam ist. »Wir haben keine lange Geschichte wie England, kein Hunderte Jahre altes Empire ...«, sagt sie genau in dem Moment, in dem wir eine Brücke passieren, unter der sich Obdachlose aus Laken und Einkaufswagen Möbel improvisiert haben. »Israel ist ein junges Land.« Es ist, als würde Yam die Lebenserfahrung ihrer Oma mit der ihres Neffen vergleichen. »Wir sind ein Land voller Konflikte.« Israel zieht alle jungen Leute, auch Frauen, nach der Schulzeit zum Militär ein. Die Einladung kommt mit der Post. Wobei »Einladung« relativ ist. Wer verweigert, muss ins Gefängnis. Sie bezeichnet die Position, die sie innehatte, als »Drill Instructor for men«. Ganz der Papa also, der bei seinen Ironman-Läufen (ja, Mehrzahl) von Unternehmen gesponsort wird. Ohne ihn zu kennen, meine ich, seinen Stolz aus Yams Stimme herauszuhören, während sie von ihrer Zeit beim Militär erzählt.

»Wir sind ein Land, das es sich nicht leisten kann, nicht auf Krieg vorbereitet zu sein. Wir sind von Feinden umgeben.« Yams Hände sind immer in Bewegung, wenn sie spricht. »Es ist nicht so, dass wir gern zum Militär gehen, dass wir kämpfen wollen.« Sie ist genauso klein wie ich, allerdings trägt sie wesentlich mehr Muskelmasse mit sich herum. Ich kann mir gut vorstellen, wie sie Männer in ihrer Position als »Drill Instructor« quer über Felder gescheucht hat. Immer mit einem Lachen auf den Lippen, das wahnsinnig macht, wenn man gerade schwitzt und ächzt. Und ausgerechnet von einer Frau herumkommandiert wird. »Es ist traurig zu wissen, dass man die eigenen Kinder zum Militär, gar in den Krieg schicken muss. Aber es ist unser Land, wir wollen unser Land beschützen.« Israel bedeutet übersetzt »Gott streitet für uns«.

Yam und ich tauschen Handynummern und Instagram-Namen aus. Ich stalke kurz, bescheuerterweise noch während wir uns gegenübersitzen. Auf Instagram hat Yam ein Storyhighlight namens »Family Tradition« gepostet. Auf den Videos isst sie Burger mit ihrem Vater oder tanzt mit den Schwestern durch die Wohnung. Auf einem Bild, das sie aus Mykonos gepostet hat, trägt Yam dasselbe Blümchenkleid, das auch Anna besitzt. Auf einem anderen Foto drückt sie eine halbe Zitrone über eigentlich unkoscheren Tintenfischringen aus. »Für mich geht es beim Glauben nicht um Kirche und Regeln, sondern um das, was ich fühle«, hat sie mir bei unserem Kennenlernen erzählt. Diese in ihrer Person vereinte selbstbestimmte Mischung aus

Vergangenheit und Zukunft, Tradition und Moderne, Zartheit und Stärke erinnert mich an Anna. Sie sind beides Frauen, die sich keine Ausreden erlauben. Ausreden in Bezug auf ihre eigene Familiengeschichte und Tradition, ihre kulturellen und geschichtlichen Wurzeln. Von Anna weiß ich, dass ihr Vater sie immer dazu ermutigt hat, an ihren ukrainischen Wurzeln festzuhalten.

Als Yam und ich schließlich auch auf Anna zu sprechen kommen, merke ich, dass Yam nichts davon weiß, wie viele Ukrainerinnen auf der Flucht sind. Es wundert mich, dass Yam sich wundert. Aber natürlich. Genauso wenig, wie ich über den israelischen Alltag Bescheid weiß, weiß sie über den deutschen oder ukrainischen Bescheid. Yams Lebensrealität ist so eine andere als die meine, dass sie mir genauso gut den Plot eines Films wiedergeben könnte. Ich versuche, nett zu mir zu sein und als menschlich zu bezeichnen, was auch etwas naiv ist. Erst durch ein Gesicht werden Theorien und angelesenes Wissen zu Erkenntnissen, die sich aus meinem Kurzzeitgedächtnis befreien, um nicht von neuen Erinnerungen überschrieben zu werden. Yam ist so ein Gesicht für mich, und vielleicht bin ich auch so ein Gesicht für sie.

Yam und ich sind nicht weniger als eine zufällige Begegnung füreinander.

Crazy Babcia

Ich habe heute mal wieder crazy Babcia getroffen, eine verrückte Oma, die gern in dem Park spaziert, in dem ich mit Oscar Gassi gehe. Sie ist aus der Ukraine und gab mir schon bei unserem ersten Gespräch den Tipp, mir doch hier in Deutschland einen Mann zu suchen. »Männer sind so, die brauchen ohnehin viele Frauen.« Mittlerweile hat sie sogar jemanden für mich gefunden. Den jungen Mitarbeiter in der physiotherapeutischen Praxis, in der sie sich massieren lässt. Bianca sagt, ich soll mir mit meinem Schröpfglas eigenhändig Knutschflecke verpassen, damit crazy Babcia Ruhe gibt. Ich weiß nicht, ob sie sich als Verfechterin der Befriedigung männlicher Bedürfnisse betrachtet oder sich tatsächlich nicht vorstellen kann, dass es eine andere Möglichkeit gibt, als Frau ein sicheres Dach über dem Kopf zu finden und durchs Leben zu kommen. Bianca hat eine ähnliche Situation bei einem Casting in Polen erlebt. »Erzähl mir etwas über dich, hast du einen Freund?«, hat die Casterin sie in einem Rutsch gefragt, als wäre Ersteres durch Letzteres geklärt. Bianca hat sich natürlich darüber aufgeregt: »Will sie etwas über uns wissen oder über die Männer an unserer Seite? Als wenn wir keine kompletten Menschen, als wenn wir nur unser Liebesleben wären. Wenn sie wenigstens gefragt hätte, ob ich einen Freund oder eine Freundin habe.« Im nächsten Moment wiederum mussten wir beide lachen, weil sich die Tatsache, sich 2022 über so etwas aufregen zu müssen, absurd und weltfremd für sie anfühlt.

4. Juli 22, Tag 131

Diesmal ist es mein Nachbar, der bei mir klingeln muss. Mit der einen Hand kratzt Christian sich am Bart, mit der anderen hält er mir sein Handy vors Gesicht: »Anna hat angerufen, sie sagt, du sollst sofort rangehen.« Das Gefühl setzt vor dem Verständnis für Christians Worte ein. Mein Magen scheint auf einen Schlag hohl, fein säuberlich mit einem Eisportionierer ausgeschabt. Ein Gefühl wie früher in der Schule beim Feueralarm, nur dass Christians Blick wenig mit der Ruhe zu tun hat, die meine in den Testlauf eingeweihten Lehrer:innen ausgestrahlt hatten. Ich eile in die Küche, wo mein Handy über den Küchentresen vibriert. Dafür, dass ich es gerade *gar* nicht gehört habe, höre ich es nun überlaut. Parallel spielen sich in meinem Kopf Krankenhausszenarien ab. Erst gestern hat Anna auf dem Balkon sitzend erzählt, dass sie drei Kilo verloren hat. Vielleicht ist ihr schwindelig geworden von der Belastung der letzten Monate, erst recht bei der hochsommerlichen Schwüle, die gerade durch jede Ritze in der Stadt kriecht und Berlin zur Betonwüste macht. Sechs verpasste Anrufe. Es piept keine zwei Mal in der Leitung, bis Anna abhebt.

»Ich brauche deine Hilfe.« Sie klingt aufgelöst, aber immerhin ist sie es, die rangeht, und keine Ärztin. Es klingt, als befände Anna sich in einem Pulk von Menschen. »Er sagt, er nimmt mich mit auf die Polizeistation.« Das wäre ein erstklassiger Beginn für einen Telefonstreich. »Weil ich meinen Ausweis nicht dabeihabe.«

»Wer will dich mit auf die Polizeistation nehmen?«, unterbreche ich ihren Satzfetzensalat.

»Ich meine, ich habe den Ausweis, aber in der ID-Wallet-App.«

»Anna. Wer will dich mit auf die Polizeistation nehmen?«

»Kannst du mir ein Foto von meinem Ausweis schicken?«

»Natürlich, aber wer will ihn sehen?«

»Der Ticketkontrolleur aus der S-Bahn.«

Ich bin beruhigt. Weder ist sie zusammengeklappt noch wurde sie überfallen, nur die Berliner Verkehrsbetriebe sind passiert. Es wundert mich nicht, dass sie aufgeregt ist, ohne Deutschkenntnisse, von Dativ, Genitiv und Spargel mal abgesehen, dafür mit einem offiziell auftretenden Beamten vor sich. So aufgeregt, dass sie sogar dem noch mit einem Bein unter der Dusche stehenden Christian befohlen hat, notfalls auch nackt dafür zu sorgen, dass ich rangehe. Doch wenn die Mitarbeitenden der BVG ansatzweise so entspannt sind, wie ihr hippes Marketing verspricht, wird das kein Problem sein.

»Gib ihm dein Telefon, ich erkläre die Situation«, bitte ich Anna. Wir sind bereits gemeinsam in eine Ticketkontrolle geraten, sie allein sogar mehr als einmal. Die App, auf der sie ihre Dokumente gespeichert hat, um nicht alles mitschleppen zu müssen und womöglich zu verlieren, hat bislang immer genügt. Die Ukrainer:innen in ihrem Sprachkurs nutzen alle dieselbe App, eine sogenannte ID-Wallet. Das Modell eines digitalen Portemonnaies scheint in Annas Heimat verbreiteter zu sein als in Deutschland. Laut Website der Bundesregierung arbeiten auch sie an der Entwicklung einer solchen App von offizieller Seite, aber Deutschland wäre nicht Deutschland, würde es sich damit beeilen. Oder vielleicht will es sich auch von der EU ins Ziel tragen lassen, die zeitgleich an vergleichbaren Modellen arbeitet. Kurzum: Darüber, ob Annas Personalausweis digital gültig ist, lässt sich streiten. Wahrscheinlich waren bisherige Kontrolleur:innen besonders kulant.

Bestimmt ist die Sprachbarriere das einzige Hindernis, das zwischen Anna und dem Verständnis des heutigen Kontrolleurs steht.

»Hallo?« Die Männerstimme klingt weder besonders tief noch besonders hell. »Wer ist da?«

Noch besonders freundlich. Ich bekomme Mitleid. Wer weiß, wie oft der Kontrolleur heute schon angepöbelt wurde. Kein leichter Job, kein Wunder, dass man da schlechte Laune bekommt.

»Gute Morgen, Bianca hier, die Mitbewohnerin von Anna.« Ich versuche, die suboptimalen Startbedingungen mit etwas mehr Freundlichkeit als nötig auszugleichen. Ich erkläre dem Mann die Situation und frage, welche Papiere ich abfotografieren soll. »Anna spricht kein Deutsch, aber als Ukrainerin darf sie doch immer noch kostenlos mitfahren, oder?«

»Ja, ja, sparen Sie sich das Gerede. Ich weiß schon, was hier los ist.«

»Wie bitte?«

»Die junge Frau spielt mit mir.«

»Ehm ...?«

»Sie will mich verarschen, ich will ein Ticket sehen.«

»Anna will Sie nicht verarschen, sie ...«

»Sofort!«

»Also wirklich. Anna versteht Sie nur nicht, weil sie kein Deutsch spricht.«

»Schon klar. Ich will jetzt ein Ticket sehen.«

Ich höre mich ungläubig lachen. Herr Naumann, der Lehrer, der sich immer darüber aufgeregt hat, dass wir zu langsam in unseren Klassenraum zurückkehrten und damit wertvolle Minuten des Unterrichts verloren, war eine Stimmungskanone im Vergleich zu diesem Typen.

»Sie kriegen Ihr Foto. Geben Sie mir Anna.« Ich muss mich zusammenreißen, um meine Verwünschungen über diesen Mann für ein abendliches Vier-Augen-und-eine-Kippe-Gespräch auf dem Balkon aufzuheben. »Damit sie mir sagen kann, wo in ihrem Zimmer ich die Dokumente finde.«

Zwei Minuten später halte ich den Reisepass, die Meldebescheinigung und die Bestätigung des staatlichen Schutzauftrags in der Hand und schicke Anna per WhatsApp Fotos davon zu. Im Hintergrund höre ich den Kontrolleur unnachgiebig wiederholen, dass er schon wisse, was hier los sei. Er wirkt wie jemand, der Städte googelt, anstatt sie zu bereisen. Der Mann behauptet, dass Anna eine Lügnerin sei und nicht mit ihm spielen solle. Ein Satz wie aus einem schlechten

Krimi abgeschrieben. Das Bild, das ich vor dem Telefonat von dem Mann hatte, verändert sich. Ich sehe nicht länger einen netten Kerl mit jugendlichem Lächeln vor mir, sondern einen Mann, der mal Polizist werden wollte (blau-weißes Sicherheitsversprechen), dann Bodyguard (vom Kevin zum Costner), aber gereicht hat es nur zum Ticketkontrolleur. Ich sehe einen Menschen vor mir, der sein gesamtes Ego auf die Uniform stützt, die er trägt. Einer, der gern mehr Boss wäre, als er ist. Als Anna und ich auflegen, kuschle ich mich zu Oscar und nehme zusätzlich noch ein Selfie für sie auf, auf dem ich den Mittelfinger gen Linse strecke. Oscar klettert über meine Brust, um die Fingerkuppe abzulecken. »Das nächste Mal kommst du mit und beschützt sie«, flüstere ich in seine Fledermausohren. Ich warte ein paar Minuten, bevor ich das Foto abschicke, sodass es nicht ausgerechnet in dem Moment aufpoppt, in dem Anna dem Kontrolleur das Handy unter die Nase hält. Zur Antwort bekomme ich das Foto einer Quittung über 60 Euro. »Was?!« Ich habe mich wohl zu früh gefreut, bin wütend, Anna immer noch aufgelöst. Sie schreibt, dass direkt neben ihr ein Mann sein Frühstücksbier verspeiste, ihn habe keiner ermahnt, geschweige denn rausgewunken. Mein erster Reflex ist, eine wütende Story auf Instagram zu machen und die BVG_weilwirdichlieben zu verlinken. Doch das wäre schlechter Stil. Rückblickend bin ich sogar ein bisschen erschrocken über meinen ersten Reflex. Einen Anruf im Kundencenter später schreibe ich Anna, dass wir noch heute selbigem einen Besuch abstatten. Selbst wenn Anna die Strafe wird zahlen müssen, die Art und Weise, wie mit ihr umgesprungen wurde, ist nicht hinzunehmen. Als wenn Anna nicht anzusehen und anzuhören wäre, dass sie ehrlich unsicher ist, dass sie bestimmt niemanden »verarschen« will. Sie schreibt, dass der Mann auf ihre Frage nach seinem Namen mit einem spöttischen Lachen reagiert habe. Ob im Journalismus, in Film und Fernsehen, an Schulen oder bei der Polizei: Manche Branchen sind wie Fruchtfliegenfallen für Menschen mit narzisstischer Tendenz. Es liegt in der Natur der Sache, dass diese Berufe mit gesteigerten Möglichkeiten der Selbstdarstellung und Machtausübung einhergehen. Unausgereifte Kontrollorgane kollidieren mit erhöhten Einstiegschancen aufgrund von Personalmangel und der Überhöhung dieser Berufsgruppen. Nicht umsonst steht die Polizei immer wieder in der Kritik, dass rechte Gesinnung in ihren Reihen allzu verbreitet sei. Ausgerechnet diejenigen, die uns schützen sollen, schauen weg.

Als Anna nach Hause kommt, ist der Ausdruck in ihrem Gesicht unruhiger als sonst, die Stimme flatteriger. »Es fühlt sich an, als hätte jemand einen Eimer Dreck über mir ausgekippt«, erklärt sie, warum sie sofort im Badezimmer verschwindet. Mit um die Haare gewickeltem Handtuch erzählt sie mir kurze Zeit später, dass sie, in der Schule angekommen, von allen Kursteilnehmer:innen bekräftigt wurde. Jeder hatte seine eigene These, was mit dem Kontrolleur los war. Eine sieht das Problem in der Kindheit, der Nächste sagt, der Typ wurde bestimmt von seiner Freundin verlassen, die Dritte vermutet eine generelle Aversion gegenüber dem weiblichen Geschlecht oder Ausländer:innen. Anna lächelt zum ersten Mal, seit sie zu Hause ist, während sie davon berichtet, dass vor allem die Solidarität unter den Frauen groß war.

Deshalb kann Wut so gesund sein, weil sie laut ist, weil sie mitteilt, weil sie anderen Menschen die Chance gibt, das Gegenwicht zu einem blöden Erlebnis zu sein. Es würde viel mehr Spaß machen, diese Seiten zu nutzen, um ausschließlich von guten Seelen zu berichten. Vom Nachbarn, der tropfend und im Bademantel über den Flur hetzt, um wichtige Nachrichten zu überbringen, von Mitschüler:innen, die einem das Gefühl geben, mit dem eigenen Ärger nicht allein zu sein, von der Ehrenamtlichen, die stundenlang im Sozialamt Anliegen und Sorgen übersetzt, von der Verkäuferin im Drogeriemarkt, die spontan Fotokosten übernimmt, von der Mama, die auf den Hund aufpasst, damit ohne Zeitdruck Erledigungen gemacht werden können, von dem Freund, der seine Freizeit nutzt, um Computer zu installieren, von dem Mann im Supermarkt, der sich 20 Minuten mit einem auf die Suche nach *Kasha* macht, was Google als »Haferbrei« übersetzt, obwohl man doch Buchweizen sucht, von der Genossenschafts-Angestellten, die in Konferenzen mit der Chefetage die Dringlichkeit betont, weiterhin Wohnungen an die Menschen zu vergeben, die sie am meisten brauchen, nicht die, die das meiste Geld haben. Manchmal passieren einem diese guten Seelen einfach, manchmal muss man sie aktiv suchen.

Wir betreten das Kundencenter der BVG mit gezückten Dokumenten. Die Strafe an sich nimmt Anna widerspruchslos an, hat Verständnis dafür. Sie hatte ihren Ausweis nur digital dabei. Pech gehabt. Doch die öffentliche Demütigung, die falschen Vorwürfe haben Einspruch verdient.

»Leider nicht mein Zuständigkeitsbereich«, sagt Mitarbeiterin Nummer eins. Sind wir wohl ins falsche Büro spaziert. »Leider nicht mein Zuständigkeitsbereich«, sagt allerdings auch Mitarbeiter Nummer zwei, obwohl seine Kollegin uns explizit zu ihm geschickt hat. Er ergänzt: »Egal, ob die junge Frau Ukrainerin ist oder nicht, sie muss sich an Regeln halten, und in diesem Land gelten nicht die Regeln der Ukraine, sondern deutsche Regeln.« Er schiebt uns eine Postadresse zu, an die Anna und ich uns wenden sollen. Wir sollen unsere Kritik ausformulieren und irgendjemandem zuschicken, der möglicherweise genauso viel Ähnlichkeit mit dem Faultier aus *Zoomania* hat wie er. Der Wartesaal ist leer, es ist nicht so, dass der Mitarbeiter, der uns gegenübersitzt, keine Zeit hätte. Selbst wenn es nicht direkt seine Verantwortung ist, könnte er doch aus Eigeninteresse handeln, uns aus eigenem Antrieb heraus unterstützen, weil Unfairness Menschen aufregen sollte, egal, ob sie sich gegen sie selbst richtet oder gegen jemand anderen. Heute Abend wäre er mit gutem Gefühl nach Hause gegangen, weil er Annas schlechte Erfahrung mit einer guten aufgewogen hätte. Ihr dankbares Lächeln ist eine gute Bezahlung.

Statt zu lächeln, sieht sie nun aber mit hochgezogenen Augenbrauen zu mir, während der Mitarbeiter wieder und wieder die Worte »Ukraine«, »Deutschland« und »Regeln« zu verschiedenen Sätzen zusammenwürfelt, die alle gleichermaßen unnötig sind. Ich will nicht übersetzen, was er sagt, er ist mir Anna gegenüber peinlich. »Denk lieber an die guten Menschen, an schöne Begegnungen«, sage ich stattdessen. Es ist mir ein von irrationaler Scham getriebenes Bedürfnis, Anna daran zu erinnern, auch wenn sie sich ihre gesunde Wut von dem Vorfall nicht nehmen lässt. »Nicht jeder ist wie dieser Mann, den du im Zug getroffen hast.« Sie zahlt die sieben Euro Strafe, die von den 60 übrig bleiben, wenn man das Ticket oder in Annas Fall den Ausweis nachzeigt, während ich mir die Postadresse der BVG notiere und im Kopf schon mal den Brief vorformuliere. Es fühlt sich an, als würde ich Kreuzchen auf einem Lottoschein setzen.

8. Juli 2022, Tag 135

Ich sehe uns schon in einem Artikel in der Reinickendorfer Allgemeinen: »Wer kennt diese beiden Frauen? Am Donnerstagabend wurden im Tegeler Forst zwei junge Frauen festgenommen, nachdem mehrere Notrufe bei der Polizei eingegangen waren. Sie haben mit Ästen gegen Stämme geschlagen und dabei ohne Unterlass geschrien. Aktuell befinden sich die beiden

Frauen, deren Identität bislang nicht vollständig geklärt werden konnte, in psychiatrischer Erstuntersuchung. Sie hatten keine Tatwaffe bei sich, lediglich Hipster-Zimtschnecken von ›Zeit für Brot‹, eingetupperten Borschtsch und zwei Flaschen Bier. Ausweisen konnten sie sich nicht. Eine der Frauen behauptet, der deutschen Sprache nicht mächtig zu sein, die andere gibt sich als Schauspielerin und Autorin Bianca Nawrath aus. Ersten Untersuchungen der Ärzte zufolge könnte es sich um Schizophrenie handeln. Die Ermittlungen laufen, die Polizei bittet um Mithilfe bei der Identifizierung.«

Ich frage mich, wie das am Anfang unseres Kennenlernens angekommen wäre, wenn die eine der anderen vorgeschlagen hätte, gemeinsam in den Wald zu fahren.

»Weiter, weiter!«, ruft Anna mir von hinten zu, kaum dass sie meinen Bremsvorgang bemerkt. Schutt knistert unter dem Gummi unserer Fahrräder. »Irgendwo, wo wir unbeobachtet sind.« Als sie Slawyk davon berichtet hat, dass wir heute endlich unseren Plan umsetzen, gemeinsam im Wald gegen allen Frust der letzten Wochen anzuschreien, hat er Anna gefragt, ob sie sicher sei, dass das okay für mich ist.

»Hier ist gut!« Anna lässt ihr Fahrrad in der Nähe des offiziellen Weges stehen, doch wir staksen weiter durch das Dickicht ins Innere des Waldes, um möglichst von Blättern und Geäst geschützt zur eigentlichen Tat überzugehen. Plötzlich greift Anna nach einem Stock und drischt damit auf einen Baum ein.

»WHUUUUAAAAA!« Die Hände zu Fäusten geballt, nach unten von sich gestreckt, schließt sie die Augen, reckt den Kopf gen Himmel und schreit mit einer Stimmgewalt, die man ihr kaum zutraut. Sie schreit tiefer, als sie spricht. Ich kontere mit einem »AAAAAAHHHH!« und verkloppe gleich zwei Bäume hintereinander. Die morschen Äste in unserer Hand brechen entzwei.

»WHUAAAA!«

»AHHHH!«

»WHUAAAA!«

»AHHHH-AH-AH-AHHH!«

Wir sind unterschiedliche Schreitypen. Anna schreit tiefer, brummend, vibrierend. Ich kürzer, dafür häufiger und manchmal in ein Knurren übergehend.

»Du denkst an alles, was dich stört, was dich wütend macht!«, ruft Anna mir zu und greift nach dem nächsten Ast. Ich nicke: »AAAAAHHH!«

Verfluchter Krieg!

»WHUAAAA!«

Verfluchter Putin!

»AAHHHH!«

Verfluchte Sehnsucht!

»WHUAAA!«

Verfluchter Gesellschaftsdruck!

»AAAAHHH!«

Verfluchtes Formular 23a!

»WHUAAAA!«

Verfluchter Fahrkartenkontrolleur!

Es tut gut, die eigene Stimme mal so laut zu hören

und auszutesten, was sie kann. Wenn ich es irgendwann mal nötig habe, in einem Konflikt laut »Stopp!« zu rufen, weiß ich schon, wie das geht. Das Wort, das am besten beschreibt, wie sich das anfühlt, ist wohl »ermächtigend«. Eine Macht, die man nicht an jemandem auslässt oder an sich selbst, sondern *für* sich selbst.

»Good job!« Anna und ich müssen zwischendurch immer wieder pausieren, um zu lachen. Wir lachen und schreien und schlagen und lachen und schreien und schlagen. Vielleicht gehen die Leute deshalb in Fußballstadien oder zu Konzerten, um gesellschaftlich akzeptiert zu schreien. Ich stelle mir vor, wie es wäre, auf dem Gehweg direkt vor meiner Tür das »innere Tier rauszulassen«, wie Anna es nennt. Sie streckt die Brust stolz gen Himmel. »WHUAAAA!« Sie ist ein Tiger, eindeutig. Ich mehr ein Känguru, würde ich sagen, Babykänguru. Ich renne von Baum zu Baum, während sie sich einen dicken Stamm sucht und ihm treu bleibt. Wir dreschen immer wieder mit neuen Ästen und neuer Energie auf die Stämme ein. »AAAAHH«, ich schreie, »AAAAHH«. Zur Auflockerung zwischendurch tanzen wir mit schwingenden Armen, als wäre unser beider inneres Tier in Wirklichkeit ein Orang-Utan. Wir tanzen so lange, bis sich die Fäuste lösen. Dann wird weitergeschrien, »AAAAHH«, und geschrien, »AAAAHH«, und geschrien, »AAAAHH«, und – »Verdammt!« Schnell verstecke ich mich hinter dem Baumstamm, dem ich eben noch als Sparringspartner gegenüberstand. Mit einem Fingerzeig gebe ich Anna zu verstehen, dass wir nicht länger allein sind, woraufhin wir beide unsere vor Lachen geschüttelten Körper an die Rinde des jeweils dicksten Baumes in unserer Nähe pressen. Wir haben eine Zeugin. Hinter einer Lichtung ist eine Frau *in Radlerhose* aufgetaucht. Nicht falsch verstehen, liebe Berlin-Mitte-Kids: keine Radlerhose von der Sorte, wie die Kardashians sie gerade tragen, um den guten Po zu betonen. Die Frau vollendet ihren Look nicht mit schnittiger Lederjacke, Creolen und Cat-Eye-Sonnenbrille, sondern mit Regenüberzug, Thermoskanne sowie Rucksack mit Klickgurt um den Bauch. Anna und ich können von unserem jeweiligen Versteck aus Blickkontakt miteinander halten. Vor Lachen können wir uns kaum noch auf den Beinen halten, tauschen verschwörerische Blicke miteinander aus, schmulen der Frau hinterher. Plötzlich zieht sie ihr Handy aus der Seitentasche ihres Rucksacks. »Es ist Therapie!«, entwarnt Anna schnell, ohne dass wir aus unseren Verstecken heraustreten. »Nicht wundern!« Die Frau blickt verwundert auf, nickt kurz, wirkt allerdings nicht so, als wäre sie hier, weil sie unseren Schreien gefolgt ist und helfen will. Mit dem Handy in der Hand läuft sie zielstrebig an uns vorbei und kniet vor einem Baumstamm nieder. Sie ignoriert uns. »Jetzt verstehe ich.« Ich eile hinüber zu Annas Versteck, während die Frau in das Logbuch einträgt, was sie in dem Verschlag hinter dem Stamm gefunden hat. »Sie betreibt Geocaching«, erkläre ich Anna. »Es handelt sich um eine Art GPS-Schnitzeljagd.« Die Frau ist eine Schatzsucherin des 21. Jahrhunderts. Zur Abwechslung ist die deutsche Anonymität ganz praktisch. Selbst wenn wir Hilfe bräuchten, müssten wir uns keine Sorgen machen, jemanden damit zu stören. Auch der Pokémon-GO-Zocker, der fünf Minuten später in der Ferne erscheint, läuft zielsicher auf uns zu und an uns vorbei. Also setzen Anna und ich unsere »Therapie« fort: »AAAAAHHH!« – »WHUAAAA!« – »AAAAAHHH!« – »WHU-AAAA!« Wir schreien so lange, bis wir nicht mehr können. Die Schreie werden dünner, und wir fühlen uns leer. Aber gut leer. Ein bisschen wie nach dem Schwimmen. Es ist keine Energie mehr übrig, weder, um sich über das Übel der großen weiten noch unserer kleinen Welt zu ärgern.

»Heute sind wir Amazonen«, sagt Anna mit rauer Stimme, während wir auf unsere Drahtesel steigen und hustend nach Hause fahren. Tatsächlich steht unsere Anmut der edler Kriegerinnen antiker Erzählungen in nichts nach. Amazonen, die gerüstet hoch zu Ross sitzen und so gut zu kämpfen wissen, dass nur die stärksten Helden wie Herakles, Theseus oder Achill eine Chance haben, um mit ihnen fertigzuwerden. Die »Männergleichen«, wie es bei Homer über Amazonen heißt, wurden nicht selten als wilde Barbarinnen gesehen. *Danke für das Kompliment, Anna.* Die Idee der Amazonen stellte die göttlich-gesittete Mann-Frau-Ordnung auf den Kopf, denn die Vorstellung, dass es im Osten am Fuß des Kaukasus ein Volk gebe, das aus weiblichen Kriegern bestehe, hat die Antike sehr fasziniert. Frauen, die sich nur zur Zeugung von Kindern mit Männern träfen, um geborene Mädchen zu behalten und Jungen wegzugeben, gar zu töten. Als griechische Siedler nach Kleinasien bis ans Schwarze Meer vorstießen, begegneten sie vielfach den Skythen, unter denen auch bewaffnete Reiterinnen waren. So entstanden vermutlich die Sagen um die Amazonen. Für das nomadische Leben in den Steppen nördlich des Kaukasus mussten Frauen wie Männer jagen und kämpfen. Dabei trugen sie Gewänder, die den griechischen Siedlern wie Männerkleidung vorkamen. Dennoch liebten die Frauen Schmuck, hübsche Kopfbedeckungen und Stiefelchen.

»Rätselhaft bleibt, wie die beiden Frauen einen solchen Lärm erzeugen und die dicken Äste mit bloßen Händen zertrümmern konnten«, werden meine Eltern morgen auf Seite 3 der Reinickendorfer Allgemeinen zu lesen bekommen. »Die Polizei spricht von beinahe unmenschlicher Kraftausübung, die die beiden unbekannten Frauen im Tegeler Forst laut Indizienwertung angewandt haben. Von der Boulevardpresse werden sie schon jetzt ›Die modernen Amazonen‹ genannt.«

Wenn es schlecht ist, schreien Sie!
Wenn Sie sich wirklich schlecht fühlen, gehen Sie nach draußen, suchen Sie ein verlassenes Haus, einen Wald, einen Park, setzen Sie sich in eine Ecke, umarmen Sie sich, und schreien Sie, so laut Sie können! Schreien ist in der Regel ein Gefühlsausbruch, eine Reaktion auf etwas:

Freude, Schmerz, Groll, Wut. In anderen Fällen kann es sich um einen Ausbruch von lange unterdrückten Emotionen handeln. Diese Reaktionen können schon bei den kleinsten Dingen auftreten. Zum Beispiel bei einer Zurechtweisung, weil ein Teller nicht abgewaschen wurde, weil eine Frist nicht eingehalten wurde oder weil ein schlechter Witz gemacht wurde. Dies ist eine sehr nützliche Therapie, weil sie uns hilft, viele Spannungen abzubauen, die sich in unserem Leben ansammeln und zu einer Quelle von Stress und damit von Krankheiten werden. Yogis verwenden oft Stimmübungen, um Negativität loszulassen. Ihr Körper ist nicht länger ein brennender Kessel! Behalten Sie einfach den Deckel auf dem Kopf, explodieren Sie nicht! Wir müssen nur einen geeigneten Ort finden, damit die vornehmeren Deutschen nicht die Polizei rufen, weil sie es für einen Streit unter Liebenden halten.

11. Juli 2022, Tag 138

Es waren einmal zwei Amazonen, die nutzten die Wartezeit zwischen Wohnungsbewerbung und Mietvertragsunterzeichnung, um die notwendigen Möbelstücke zusammenzusammeln. »Du bist meine *kobieta* auf Tesla«, ruft die eine, ihr Name ist Anna, während sie die andere, Bianca, die auf einem Schreibtischstuhl sitzt, vor sich her über den unebenen Bordstein schiebt. Anna erklärt Bianca somit feierlich zu ihrer Frau und den klapprigen Stuhl unter ihrem Hintern zum Tesla (sorry, Elon). Wie Speer und Schild zugleich hält Bianca einen kleinen Wohnzimmertisch auf ihrem Schoß, mit den Tischbeinen von sich weg. Über der Stadt Berlin liegt ein »Straße, deck dich«-Zauber. Keiner weiß, wer ihn ausgesprochen hat, doch seither finden sich Bücherkisten, Regale und Kleiderständer neben Eingangstüren und Fahrradständern. Mitunter erstöbert man sogar ganze Matratzen, die fragliche Spuren magischer Sekrete aufweisen. Oder eben Wohnzimmertische und rollbare Schreibtischstühle. Die Amazonen sind am liebsten unterwegs, wenn es dunkel wird. Wenn Berlins Straßen von anderen übernatürlichen Fabelwesen wie ihnen bevölkert werden. Dann befreien sie die Straßen von dem Zaubermüll, der in ihren Wohnungen neue Kräfte entfalten kann. »Der kommt in meine Arbeitsecke, vor den Schreibtisch deiner Mama!« Die Amazonen kommen ganz schön ins Schwitzen. Die letzten Meter muss Bianca vom Stuhl steigen und den Tisch unter Aufwand all ihrer Kräfte auf dem Kopf balancieren. Die magischen Schlüssel, auch *klucze* genannt, werden gesucht. »Hab sie!« Holper, holper, holper geht es über eine lange, schmale Treppe in den magischen Untergrund der Stadt, wo die Fabelwesen ihre geheimen Vorräte vor den jetzt schlafenden Menschen verstecken. Danke, Berlin, dass deine Leute überall ihr Zeug stehen lassen, als wäre »Bordsteinkante« ein Synonym für »Sperrmüllabstellort«. Zufrieden gehen die Amazonen ihren normalen Amazonentätigkeiten nach. »Oscar, gib sofort meine Socke zurück!«, Ungeheuer bändigen. So was eben.

Und wenn sie nicht gestorben sind, dann leben sie noch heute.

14. Juli 2022, Tag 141

Ich besuche ein Sommertheater in einer Burg in Roßlau an der Elbe. Ein Freund ist Teil des Ensembles und steckt neben den regulären Vorbereitungen für die Schenkelklopfer am Abend in den Proben für ein politisches Stück, das Kolleginnen aus der Ukraine mitgebracht haben. Drei wunderschöne Frauen, Blumenkleider, Jeansjacke, resolute Ansagen. Sie haben etwas vor, sind Botschafterinnen ihres Landes.

Die drei Ukrainerinnen werden von den deutschen Schauspieler:innen mit Aufregung im Bauch erwartet. Zur Beruhigung bereitet sich das deutsche Ensemble mithilfe der Texte vor, die ihnen von den ukrainischen Schauspielerinnen bereits zugeschickt wurden. Die Kommunikation vorab war aufgrund schlechter Internetverbindung und mittelmäßiger Englischkenntnisse auf allen Seiten erschwert. Der Umgangston der Ukrainerinnen stieß bei den Zoom-Calls auf Verwunderung, klang in den Ohren einiger allzu streng und fordernd. Einige der deutschen Schauspieler:innen teilen den Eindruck, dass die ukrainischen Kolleginnen Deutschland offenbar für so reich halten, dass jedes Theater in Geld schwimme und es großzügig für seine Inszenierungen einsetze. Tatsächlich hat das deutsche Ensemble alles mühevoll selbst aufgebaut. Begonnen beim Bühnenbau, es wird eigenhändig gekocht und geschminkt. Nachts kehren sie in leere Wohnungen zurück. In den WGs, in die sie für die Spielzeit gezogen sind, sieht man vor lauter Raufaser die Tapete nicht. In jedem Zimmer liegt sporadisch eine Matratze auf dem Boden, wenn man Glück hat, findet sich noch ein Rentnersessel in der küchenzeilenlosen Küche. Die Teelichter sind vom Norma, genauso wie die einsame Topfpflanze, und Uschis Katzenklo wurde von zu Hause mitgebracht. Plattenbauromantik. Künstlercharme. Könnte man romantisieren. Was, wenn die Ukrainerinnen mehr erwarten? Besseres gewohnt sind von den Theatern, an denen sie gerade spielen würden, wäre nicht Krieg in ihrem Land? Obwohl Ukrainerinnen und Deutsche sich darauf geeinigt haben, miteinander zu arbeiten, gemeinsam auf einer Bühne zu stehen, sich gegenseitig zu inszenieren, hat noch keiner ein Gefühl für den jeweils anderen. Fast keiner. Eine der deutschen Schauspielerinnen hat russische Wurzeln und erklärt, dass sie den schroffen Umgangston von zu Hause kenne. Dass sich für ein »deutsches Ohr« mitunter unherzlich anhöre, was neutral gemeint sei. »Meine Tante kann richtig laut und meckerig klingen, auch wenn sie nur danach fragt, wo man den nächsten Parkscheinautomaten findet.« Ich muss grinsen. Es klingt, als würde sie eine meiner Tanten beschreiben. Und es passt auch zu der Erfahrung, die ich auf dem polnischen Filmmarkt gesammelt habe. Mein erstes polnisches Casting verließ ich mit dem Gefühl, chancenlos zu sein. Letztendlich habe ich die Rolle bekommen, obwohl ich sowohl die streng gestellte Frage nach einer Schauspielausbildung verneinen musste als auch keine konkrete Antwort darauf hatte, wie viele Jahre von den sieben Jahren Ballettunterricht ich auf Spitze getanzt hätte.

Neben der Frage, *wie* die Dinge gesagt werden, taucht die Frage auf, *was* gesagt wird. Einer der deutschen Schauspieler will das Wort »Sieg« nicht in den Mund nehmen, zumindest nicht kontextlos, so wie es seiner Meinung nach in dem Text auftaucht, den die Ukrainerinnen den Deutschen zur Vorbereitung für die Proben haben zukommen lassen. Zwischen den deutschen Kolleg:innen entsteht eine hitzige Debatte. Was muss, soll, darf, kann Theater? Es wird argumentiert mit Worten wie »völkerrechtswidriger Angriffskrieg«, mit dem Solidaritätsbegriff, übrig bleibt nur ganz viel Unsicherheit. Eine Unsicherheit, die es vielleicht viel mehr wert wäre, einem Publikum gezeigt zu werden, als jede fertige Meinung dieser Welt. Eine Unsicherheit, mit der sich das Publikum identifizieren kann. Jeder hat gerade Meinungen, so scheint es, doch selbst die, die auf Bühnen stehen und stark, laut, selbstbestimmt wirken, wissen nicht, was sie denken, sagen, machen sollen.

Und dann sind sie da. Die vorab aufgebauten Unsicherheiten machen eine Distanz spürbar, die nur im Gespräch überwunden werden kann. Einige Vorurteile finden sich bestätigt.

»Hier in Deutschland muss man nur mit dem Finger schnipsen, damit ein Pferd auf der Bühne steht.«

»Na ja, ganz so ist es nicht. Zumindest in den meisten Theatern nicht.« Und werden widerlegt.

Andere Vorurteile widerlegen sich von selbst.

»Wir müssen unbedingt unseren Kollegen und Kolleginnen in der Ukraine Bilder davon schicken, wie schön ihr es hier habt.«

»Oh … Schön, dass es euch hier gefällt.«

»In einer echten Burg zu spielen! Großartig!«

Die drei Frauen sprechen mit viel Bewunderung von den Theaterstücken, die sie sich in Deutschland bereits angesehen haben. Jede schwärmt auf eigene Art. Eine von ihnen wirkt erhaben und elegant, die Nächste erwachsen und ernst, die Dritte jugendlich sprudelnd, beinahe kindlich-neugierig. Letztere ist es auch, die mir erzählt, wie spannend sie es findet, dass selbst Staatstheater moderne, lustige Inszenierungen erlauben. Die strengen Regeln seien immer der Grund dafür gewesen, dass sie in der Ukraine lieber an kleinen Theatern gearbeitet hat. »Die staatlichen sind so altbacken und steif.« Es ist eine Begeisterung, die sich auch am Abend fortsetzt, als sie die Vorführung ihrer deutschen Kolleg:innen besuchen. »Beeindruckend!«, höre ich sie einander auf Russisch zuflüstern. »Wirklich toll.« Sie lachen und klatschen. Alle fünf Minuten wird das Handy gezückt. Aus dem Augenwinkel sehe ich, dass WhatsApp-Gruppen mit Aufnahmen zugespammt werden. Nach der Vorstellung springen die drei ukrainischen Schauspielerinnen sofort und als Einzige auf. Eine Drei-Frauen-Standing-Ovation. Drei Frauen, die in diesem Moment vor allem Kolleginnen sind, die die

Arbeit Gleichgesinnter zu schätzen wissen. Bei 35 Grad leer geschwitzte Rentner und mürrisch dreinblickende Pubertierende zum Lachen zu bringen, ist gar nicht so leicht.

Fünf Minuten nach beendeter Vorführung kommt das erste Ensemble-Mitglied zu den Kolleginnen gelaufen und bittet sie, doch noch auf ein Bier zu bleiben. Die Frauen verneinen, wollen sich nicht aufdrängen, halten inne. Ausgerechnet diejenige, die bislang am zurückhaltendsten gewirkt hat, lässt ihr leichtes Lächeln zu einem das gesamte Gesicht einnehmenden Strahlen werden: »Du hattest gerade eben deine Vorstellung, und das Erste, woran du denkst, ist, *ob wir was zu trinken wollen*?« Fassungsloses Kopfschütteln, dann klangvolles Lachen, das durch den Innenhof der Burg schallt. Nacheinander nehmen die ukrainischen die deutschen Kolleg:innen in den Arm. Sie werden noch stundenlang nach der Vorstellung miteinander im Bühnenbild sitzen bleiben. Sie werden viele Gemeinsamkeiten feststellen, vor allem in Bezug auf die geteilte Leidenschaft. »Ich will nicht länger kleine Jungen und Prinzessinnen spielen«, höre ich eine der Ukrainerinnen sagen. Eine deutsche Kollegin prostet ihr zu. »Nicht ständig lieb und nett gucken.« Es ist der Moment, in dem ich mich an das polnische Lied »Ogién« von Natalia Przybysz erinnere. Ein Lied, das sowohl zu Anna und zu den drei Schauspielerinnen als auch zu den deutschen Kolleginnen passt, die ich heute auf der Bühne gesehen habe. Es handelt von einer Frau, die lernen will, wie man das Feuer malt.

19. Juli 2022, Tag 146

Ihre Hand fährt immer wieder hoch zu der Narbe neben dem Schlüsselbein. Eine Narbe von der Größe und Form eines Weidenblattes, ungefähr auf der Höhe, auf der eine Violinistin ihr Instrument auflegen würde. Als hätte das Leben anstatt mit dem Violinschlüssel mit ihrem Schlüsselbein gespielt. Vielleicht ist die Verletzung ein Überbleibsel aus der Kindheit? OP an einem fiesen Bruch? Hundebiss (keiner von Oscar, ein richtiger)? Ein Unfall? Eine Prügelei? Oder eine mitgewachsene Verbrennung von kochend heißem Tee auf einer Babybrust? Ich traue mich kaum, Anna nach der Wahrheit zu fragen. Die Tatsache, dass mir die Narbe bislang nicht aufgefallen ist, ist ein Zeichen dafür, dass sie sie versteckt hat, möglicherweise sogar überschminkt. Vielleicht triggert es böse Erinnerungen, gar Kindheitstraumata. Bestimmt will sie nicht über die Verletzung sprechen. Ich warte einfach, bis Anna mir aus Eigeninitiative heraus davon erzählt. *Falls* sie mir davon erzählen will. Denn ich habe Taktgefühl. Ich bin respektvoll, höflich.

Und dann doch zu neugierig.

»Darf ich dich fragen, wo die Narbe an deinem Schlüsselbein herkommt?«, frage ich vorsichtig unvorsichtig. »Oder ist das unsensibel?«

Anna nickt ernst. »Es war die ...« Ihre Faust schwingt in großen, schnellen Bewegungen über die Brust, als würde sie den Hummelflug anstimmen. »Wie sagt man? *Praska?*«

Ich kenne das Wort aus der polnischen Sprache: »Du meinst ... ein Bügeleisen?«

»Ja.«

»Und wann ist das passiert?«

»Gestern.«

»Oh.« So viel zum Thema »Kindheitstraumata«. Mein Kopf hat unnötig Filme geschoben. Weniger von Hitchcock als vielmehr von den Kriegsbildern aus der Tagesschau verzogen. Aber eine Frage bleibt noch: »Wie bügelst du denn? Sieht ja aus, als würdest du dich auf das Bügelbrett legen.«

»Ungefähr so war es auch.« Anna muss selbst lachen.

Die Einladung nehme ich an: »Wa-hahahaha-as?«

»Erst habe ich richtig gebügelt, auf dem Tisch. Ich war aber mit einer Stelle nicht zufrieden nach dem Anziehen und dachte, *da kann ich ja jetzt noch mal kurz drüberfahren.*«

»Hahahaha!«

»Ich lerne draus fürs nächste Mal.«

»Hahaha! Entschuldige, aber hahahaha!«

»Warum passiert so was immer mir?«

»Also …« Es braucht ein paar tiefe Atemzüge, bis ich die Fassung wiedererlangt habe. »Wenn es dich beruhigt, ich habe mich mal selbst angepinkelt. Ich hing an der Reling eines Segelboots mit dem Hintern über Bord.«

»Das beruhigt mich tatsächlich. Ein wenig.«

»Und wir können uns eine gute Geschichte zu deiner Verletzung ausdenken!«

»Ein Mann hat mich auf dem Rückweg von Kaufland überfallen und wollte meinen Leberkäse klauen.«

Anna startet direkt einen ersten Elevator-Pitch. So deutsch ist sie schon, dass gestohlener Leberkäse ein Horrorszenario für sie darstellt. Eigentlich ist das doch das Eindrucksvollste an der ganzen Geschichte.

»Auf dem Heimweg sah ich, wie mein Nachbar von seiner Freundin angegriffen wurde«, fährt Anna fort. Ich ergänze: »Oscar packte sich die Wade, du sprangst der fast Fremden auf die Schultern.«

»Der Nachbar rannte weg.«

»Eine Geocacherin sprang aus dem Gebüsch, du batest sie um Hilfe.«

»Doch sie stellte sich als Komplizin der Mordlustigen heraus.«

»Oscar biss immer fester zu, bis ...«

»Bis du sie mit dem Leberkäs erschlagen hast.«

»Rest in Peace, Leberkäs.«

25. Juli 2022, Tag 152

Ich betrete mein Treppenhaus, und es riecht, als würde Oma wieder Kohlrouladen machen. Anna kocht also für die nächsten Tage vor. Als ich meine Wohnung betrete, erhalte ich in den Beweis. Ich frage Anna, welche tierische Innerei in welchem Topf vor sich hin köchelt.

»Ach, ich dachte, das wäre das hier.« Ich deute auf eine Stelle meines Oberkörpers.

»Nein, das ist das hier.« Anna deutet auf eine andere Stelle ihres Oberkörpers.

»Nicht das hier?«

»Nein.«

»Und das? Ist es das hier?«

»Nein, das hier.«

»Hier?«

»Hier.«

Dafür, dass Anna mein mangelndes anatomisches Wissen aufbessert, kann ich ihr dabei helfen, eine Lösung für das viel zu viele Fleisch zu finden, das nicht in unseren Tiefkühler passt. Ein Freund aus der Sprachschule war an der polnischen Grenze und hat »das Gute« mitgebracht. Genauso wie Butter und Sahne, die in Polen wohl auch besser schmecken. Also trage ich sechs Kilo Schwein und zwei Butterwürfel zu Mama in die Wohnung. Anna bittet mich darum, Mama im Gegenzug für den geteilten Platz in ihrem Kühlschrank etwas von dem Essen zu schenken. »Das musst du nicht …«

»Ich will aber.«

Es heißt, die Fähigkeit zu teilen unterscheide den Menschen vom Tier, vor allem das Teilen von Wissen mache uns aus, aber auch generell teilen Menschen mehr als Tiere. Kinder teilen gerechter als Erwachsene. Menschen aus dem Dorf besser als Menschen aus der Stadt. Oder? Immerhin gibt es Carsharing und Co. in Berlin, aber hier sind es Unternehmen, die uns Teilgut gegen Zahlung zur Verfügung stellen. Privates Eigentum zu teilen, tut mehr weh. Wieso soll jemand etwas umsonst bekommen, wofür ich gearbeitet habe? Gar Abnutzungsspuren hinterlassen dürfen, ohne dass ich etwas davon habe? Vielleicht, weil es auch andersherum sein könnte und kann. Vielleicht, weil wir nicht mit den gleichen Startbedingungen ins Rennen gegangen sind und mein Besitz nicht nur meinem Zutun zu verdanken ist. Vielleicht, weil wir uns mögen. Vielleicht, weil es schön ist, die Freude, den Dank des Gegenübers zu spüren. Privates Eigentum zu teilen, tut mehr weh, macht aber auch glücklicher.

Als ich wieder zu Hause ankomme, liegt ein mir unbekannter BH auf meinem Schreibtisch. Weinrot, meine Lieblingsfarbe, mit Paillettenträgern. Unter anderen Umständen wäre das ein interessantes Szenario, in meiner Situation ist die Lösung recht eindeutig: »Anna, du hast etwas in meinem Zimmer vergessen.« Ich will ihren BH auf dem Bett ablegen, doch sie hält meine Hand fest. »Der ist für dich.« Anna will mich an extravagante Wäsche gewöhnen, damit ich mit ihr in einen von Berlins »besonderen Clubs« gehe. Gerade, als ich erfragen will, was sie mit »besonders« meint, präsentiert Anna mir stolz ihren eigenen BH, das gleiche Modell, nur ein anderer Rotton. »Partnerlook.« Sie grinst. Also sind nicht nur Butter und Innereien für Mama und Anna aus Polen angekommen, sondern auch ein Geschenk für mich. Es ist eine Geste, die absolut nicht nötig gewesen wäre. Gleichzeitig freue ich mich sehr darüber. »Ich trage ihn nur zu *besonderen ... Anlässen*«, antworte ich wohlbedacht. Anna klopft mir mit anhaltendem Grinsen auf die Schulter.

29. Juli 2022, Tag 156

Ich klappe meinen Laptop auf dem Schoß auf und tippe konzentriert. So lange, bis mir 20 Chicken Nuggets die Sicht auf das K versperren. »You want?« Die Frau, die mir im Zugabteil gegenübersitzt, hält mir ihre McDonald's-Beute entgegen. Der Duft nach Fett und Papiertüte steigt mir in die Nase und erinnert an lange Heimfahrten auf der Autobahn. Ich schüttle den Kopf, leicht verunsichert von ihrem Stimmungswechsel: »No.«

»Take one!«

»No, thank you.«

»Sure?«

»Yes.«

»You give me your seat, I give you a nugget.«

»I don't eat meat.«

»What?« Ihre Fassungslosigkeit bringt mich zum Schmunzeln und kommt mir gleichzeitig herrlich bekannt vor, genauso wie der Reflex, mithilfe von Essen Dankbarkeit auszudrücken. Aber ich will nicht zu schnelle Schlüsse ziehen. Als die Frau beginnt, mit der neben ihr sitzenden Begleitung auf Ukrainisch zu sprechen, habe ich Gewissheit. »Are you going to Berlin?«, frage ich. Anfangs ist sie wesentlich redefreudiger als er, erzählt mir, dass sie nach Rostock fahren, um zu studieren und Englischlehrer:innen zu werden. Mit der Zeit wendet sich das Blatt, und beide beteiligen sich gleichermaßen am Gespräch. Sein Name ist Slawyk, genau wie der von Annas Freund, sie heißt Anestasia. Auch wenn es mir auf den Nägeln brennt, traue ich mich nicht zu fragen, wie Slawyk es über die ukrainische Grenze geschafft hat. Vielleicht hat er etwas geahnt und ist *vor* Kriegsbeginn und der damit einhergehenden Grenzschließung für junge Männer geflohen, vielleicht durfte er das Land aus gesundheitlichen Gründen verlassen wie der Mann mit den Husky-Augen, vielleicht hatte er Hilfe. Anestasia lässt mir auch gar nicht die Zeit, einen Einstieg in dieses Thema zu finden, sie ist äußerst redefreudig. Mehrmals sagt sie: »Aber ich will dich auch gar nicht von deiner Arbeit abhalten«, und redet dann weiter. »Warum kann eigentlich niemand in Deutschland meinen Namen aussprechen?«, fragt sie etwa bei Nugget Nummer 15. »Sie machen ›Anastasja‹ aus ›Anestesja‹.« Bereits innerhalb der ersten Stunde unserer Fahrt äußern die beiden sich auf interessantere Weise als alle der gesellschaftlich relevanten Persönlichkeiten in der Polit-Talkshow, die ich gestern zum Einschlafen gehört habe. Sie scheinen sich als Botschafter:innen zu begreifen und wollen neben ihrem Studium ehrenamtlich über die Situation in der Ukraine aufklären. »Wir haben unsere Köpfe dabei, die kann uns niemand nehmen. Ich kann erzählen, und ich will erzählen. Wir haben eine Präsentation vorbereitet, wollen damit an Schulen gehen.« Und sie suchen nicht nur das Gespräch mit Kindern. Das junge Paar beschreibt die Begegnung mit einem Putin-Freund im Zug vor ein paar Tagen. »Wir hatten Argumente, er nicht. Sein Ton änderte sich im Laufe der Fahrt.« Sie sagen, dass sich nicht jeder bekehren ließe von dem Glauben, alle

Ukrainer:innen seien Nazis. »Aber es ist eine Lüge, die wir nicht zum ersten Mal hören. Wir haben gelernt, darauf zu antworten.« Ich frage sie, wo man die Energie hernimmt, immer wieder über den Krieg zu sprechen.

»Du sprichst doch auch darüber.« Sie sieht mich verwundert an.

»Aber ich bin nicht persönlich betroffen.«

»Zum Glück! Wir warten auf den Frieden. Was unserem Land passiert, soll keinem anderen passieren. Ich will in Deutschland, in Polen in Shopping Malls gehen und glückliche Menschen sehen.« Zu erklären, dass es sich um einen Angriffskrieg handelt, dass Ukrainer:innen keine Nazis sind, muss sich anfühlen, als würde man darüber reden, dass Feuer heiß und Wasser nass ist. »Ihr habt all meinen Respekt für eure Stärke«, sage ich. Anestasia klopft ihrem Freund auf den Oberschenkel. »Gerade muss vor allem er stark sein.« In Warschau haben sie Slawyks Mutter und zwei Schwestern besucht, er wäre lieber geblieben. Doch das Paar will weiter nach Neubrandenburg, dort kommen sie übergangsweise bei einer Familie unter, um bald mit dem Studium in Rostock zu beginnen. »Unsere Gastgeberin ist sehr interessiert und unfassbar lieb zu uns. In Warschau haben wir schöne Ohrringe für sie gefunden, hoffentlich gefallen sie ihr.« Ich muss an das Kleid denken, das Anna mir geschenkt hat. Und die Tasche. Und die Unterwäsche. Von außen betrachtet sind Anestasia und Slawyk ein ganz normales Pärchen in den 20ern. Sie rückt ihr pinkes Cap zurecht, er strafft sein Shirt mit Cartoon-Network-Print. Anestasia setzt sich auf Slawyks Schoß, fischt mit rechts Fritten aus der McDonald's-Tüte und teilt jede zweite mit ihm. Bloß weil sie Geflüchtete sind, bedeutet das nicht, dass dieser Anblick weniger anstrengend ist. Aber eben auch nicht weniger schön.

3. August 2022, Tag 161

Ich ziehe ein Oversize-T-Shirt an, damit der glitzernde Träger meines neuen BHs, das Geschenk von Anna, aus dem Ausschnitt herauslugt. Immer wieder wandern meine Finger zu den Glitzersteinchen und spielen scheinbar zufällig damit. Manch ein »besonderer Anlass« lässt nicht lange auf sich warten. Der Besuch im Keramikstudio bleibt keine einmalige Sache. Weil es beim letzten Mal so viel Spaß gemacht hat, aber auch, weil wir uns auf andere Gedanken bringen wollen. Wir warten auf Anträge. Anna und ich fühlen uns wie Estragon und Wladimir. Nur, dass unser Godot aus Ämtern besteht. Bleibt zu hoffen, dass (Spoiler) das Ende dieser Geschichte kein offenes und das Warten kein unendliches bleibt. In unserem Fall das Warten auf ein finales Okay vonseiten der Vermietung, die mit der Prüfung der wiederum von Seiten des Sozialamts zugesagten Mietkostenübernahme beschäftigt ist. Hoffentlich waren wir rechtzeitig, und niemand hat Anna die Wohnungen vor der Nase weggeschnappt.

»Durchhalten, geduldig bleiben«, erinnert Mama uns mit all ihrer Lebenserfahrung. »Aber jetzt mal etwas anderes: Würdet ihr hier noch mit Altrosa arbeiten, oder kann das so bleiben?« Sie teilt ein Stück ihrer Energie, ihrer guten Laune mit uns. Danke.

4. August 2022, Tag 162

Das Leben schickt mir einen Reminder. In den letzten Wochen habe ich mit Stolz an die Polinnen und Polen gedacht, die den Geflüchteten helfen. Diese Polinnen und Polen haben meinen Stolz zwar verdient, trotzdem hat ganz Europa ein Problem mit rechtem Gedankengut, und Polen ist vorne mit dabei. Im Zug Richtung Warschau »genieße« ich nicht nur den wunderschönen Ausblick auf Flöckchenwolken über Weizenfeldern, sondern auch den Monolog eines drahtigen Anhängers der PiS-Partei. Dabei war er die ersten zwei Stunden der Fahrt so freundlich gewesen. Er hat allen Leuten im Abteil Hilfe mit ihren Koffern angeboten, hat sich mit dem Kind einer übermüdeten Mutter beschäftigt. Dann sagte er, ohne dass wir gerade beim Thema gewesen wären: »Was da in der Ukraine los ist, ist doch der Wahnsinn. Und alle schieben es auf Putin.« Der Typ gibt eine wilde Kombination aus Informationen und »Wissen« zum Besten. »Alle gucken nach Russland, dabei will China die Weltherrschaft. Mit ihrem erfundenen Virus haben sie uns alle sonst was geimpft, und wir waren so dumm, dankend den Arm auszustrecken.« Wir Umsitzenden tauschen Blicke miteinander aus. Blicke, die irgendwo zwischen Verunsicherung und gegenseitiger Beruhigung liegen.

Wir lächeln uns an, wie Erwachsene über ein Kind lächeln, das vom Weihnachtsmann erzählt. *Süß, der Kleine* ... Wen genau wollen wir mit unserem Lächeln beruhigen? Unser Gewissen? Solange der Mund mit Lächeln beschäftigt ist, muss er nicht widersprechen, und wenn alle lächeln, kann die Situation ja auch gar nicht so schlimm sein, dass sie eines Widerspruchs bedarf. »Jüdische Wirtschaftsbosse arbeiten Hand in Hand mit China.« Der Mann hört nicht auf. Gesprächspartner:innen hat er nicht nötig. Mein Herz schlägt schneller, die Beine fühlen sich merkwürdig taub an. Wenn ich jetzt nichts sage, habe ich nicht nur gegenüber Anna ein schlechtes Gewissen, sondern werde mich auch den ganzen Tag lang ärgern. Nicht, weil ich ernsthaft meine, dem Mann seinen Wahnsinn austreiben zu können, sondern weil zu solchen Dummheiten ein Gegenstatement gehört. Gehören muss. Oder? Weil ich nicht zu denen gehören möchte, die so etwas belächeln und lieber schweigen. Ich weiß nur nicht, was ich sagen soll, ohne eine Eskalation zu riskieren. Ich habe Angst. Und auf der Suche nach einer Ausrede, nichts sagen zu müssen, bin ich auch. Mein Blick haftet immer noch an den Flöckchenwolken.

»Schönes Wetter, oder?« Ich versuche so böse und streng und scharf und selbstbewusst zu klingen, wie ich kann. Ich strecke meinen Rücken durch und starre den Mann an. Er starrt zurück, wird ernst: »Was?«

»Schönes. Wetter. Oder?«, wiederhole ich, nun jedes Wort überbetonend. Seinen sich blähenden Nasenflügeln ist anzusehen, dass er mich verstanden hat.

»Du bist auch schön, weißt du das?«, erwidert der Mann schnippisch, dann dreht er sich, die Rotze räudig hochziehend, von mir weg. Ich bedanke mich für das Kompliment, bevor wir schweigen. Auch wenn der Typ nach ein paar Minuten wieder anfängt zu reden, lässt er zumindest gesellschaftskritische, politische Themen aus. Einmal erwähnt er, dass in der Nähe einer Station, die wir passieren, in den 80ern seine Kaserne lag, doch das war's. Wir verabschieden uns nicht voneinander, als er endlich aussteigt.

8. August 2022, Tag 166
Meine Hoffnung geht auf wie Aspirin in Wasser. Als ich den Namen der Anruferin auf dem Display sehe, stelle ich mich sofort in den nächstbesten Hauseingang, um mich zwar ein wenig vor dem Verkehrslärm zu schützen, aber doch rechtzeitig genug ranzugehen. »Ja?«, begrüße ich Frau Herbst, als wäre sie ein Papagei, und ich müsste ihr die Zustimmung nur laut und deutlich und positiv konnotiert genug vorsprechen, damit sie Anna eine ebensolche für die Wohnung erteilt. »Schönen guten Tag, ich rufe an wegen der reparierten Kellertür, wir haben vergessen, da noch ein Formular und eine Unterschrift von Ihnen ...« Ich höre auf, zuzuhören. Es geht nicht um Anna, es geht um Papierkram (ganz was Neues), diesmal für mich. Zack und weg ist die Hoffnung, hinterlässt sprudelnden Frust. Fatigue.

Das Warten macht Anna und mich mürbe. Der

externe Stressfaktor »Krieg« hält nun schon so lange an, dass er in einen hineinzukriechen scheint, wie die Kälte eines nassen T-Shirts, das man zu lange trägt. Anna scheint nach wie vor verhältnismäßig gut mit dem Stress umzugehen. Wie ist es für sensiblere Menschen? Für Kinder? Für Mütter, die mit ihren Kindern mitfühlen und sich selbst dabei vergessen? Die Ukraine ist ein konservatives Land, in dem Therapien nicht so anerkannt sind wie in Deutschland, und auch hier schließlich erst seit ein paar Jahren. Suchen Betroffene sich die Hilfe, die sie brauchen? Erkennen sie überhaupt, dass sie Hilfe brauchen? Ist genügend Hilfe da? Ich höre vermehrt von deutsch-ukrainischen Wohngemeinschaften, in denen alle Beteiligten sich zurückziehen. Anna ist gekommen mit der Bereitschaft, zu bleiben, das macht sie offen dafür, unsere Meinungsverschiedenheiten auszufechten und mir nicht sofort Arroganz zu unterstellen, wenn ich über Ressourcenmangel und Tierquälerei und sprachliche Grundlagen als Integrationsvoraussetzung philosophiere, obwohl ihre Familie gerade im Krieg lebt. Kommunikation braucht Zeit, Bereitschaft, gegenseitiges Verständnis, kurzum: Kraft. Plötzlich wünschte ich, Frau Herbst hätte eine Sprachnachricht geschickt, um sie in doppelter Geschwindigkeit abspielen zu können.

»Mmh.« Ich gebe größtenteils zustimmendes Raunen von mir. »Dann schicken Sie mir einfach alles zu, und ich kümmere mich um die Formulare.«

»Super.« Frau Herbsts Ohrring klappert gegen das

Telefonmikrofon. Ich will mich gerade verabschieden, da holt sie noch einmal Luft: »Und liebe Grüße an Anna, wir freuen uns, sie als Teil unserer Genossenschaft und als unsere Mieterin begrüßen zu können.«

»Was?«

»Ja, Sie haben richtig gehört.«

»O mein Gott.«

Frau Herbst sollte Geschichten schreiben. Den Aufbau von Spannungsbögen hat sie drauf, und Freude empfindet sie dabei hörbar auch.

»Danke!« Meine Tasche schrappt an der Hausfassade entlang, weil ich aufgeregt auf und ab springe. Aus der Aspirin wird Mentos, aus dem Wasser wird Cola.

10. August 2022, Tag 168
Anna und ich haben ein Problem. Während unserer Wohnungssuche haben wir uns kein einziges Mal die Frage gestellt, ob wir es ohne einander überhaupt noch aushalten. Wir könnten täglich im Doppelpack die Wohnung wechseln. Eine Nacht gemeinsam bei der einen und die nächste Nacht gemeinsam bei der anderen übernachten. Möglich wär's, immerhin trennen uns auch in Zukunft nur drei U-Bahn-Stationen. Vielleicht ließe sich auch eine Seilbahn über Berlin spannen, die unsere Balkone miteinander verbindet. Oder wir erfinden einen geheimen Ruf (uns schwebt da etwas Eulenartiges vor), den wir in die Nacht hinausschreien, über sämtliche uns voneinander trennenden Berliner Dächer hinweg, um uns wenigstens kurz ver-

bunden zu fühlen. Die Suche nach einer Lösung ist akut. Aus Gründen.

»Sind Sie allein oder zu zweit für die Vertragsunterzeichnung hier?« Die Empfangsdame im Büro der Wohngenossenschaft schaut zwischen Anna und mir hin und her. »Zwei!«, antwortet Anna blitzschnell. Ich bezweifle, dass sie das Wort »Vertragsunterzeichnung« verstanden hat, andererseits ist nicht so schwer zu erschließen, was die Frau von uns wollen könnte. Das Vertrauen, das Anna in mich setzt, wärmt von innen. Ich ergänze, dass ich nur als Unterstützung da bin, Anna aber allein in der Wohnung leben wird. Auf dem Gesicht der Angestellten breitet sich ein warmherziges Lächeln aus. »Frau Herbst hat mir bereits alles erklärt. Selbstverständlich können Sie als Unterstützung bei der Unterzeichnung dabei sein.« Anna und ich sollen uns in den gegenüberliegenden Raum setzen. Im selben Raum habe ich meinen ersten eigenen Berliner Mietvertrag unterschrieben. Anna breitet ihren Papierkram auf dem Hellholztisch aus, bildet routiniert Häufchen nach Themenfeldern. Der Wohnberechtigungsschein, Briefe der Krankenkasse, der Bank, Briefe vom Sozialamt, vom Jobcenter. Sie hat alles an Papierkram mitgenommen, was sich in den letzten Monaten angesammelt hat, um nichts nicht dabeizuhaben. Es sieht aus, als besäße sie bereits fünf Wohnungen und wolle selbst eine zum Verkauf anbieten. Dann betritt Frau Herbst den Raum, die Frau, die alterstechnisch genau zwischen Anna und mir liegen dürfte und sich die letzten Wochen lang geduldig von meinen Anrufen hat nerven lassen. Ihre Stimme klingt in echt noch viel freundlicher und heller als am Telefon und passt zu den sommerlichen Farben, in die sie gekleidet ist. Frau Herbst bringt gute Laune mit, die trotz der in der Mitte des Tisches aufgestellten Plexiglasscheibe sowie ihrer FFP2-Maske ansteckend wirkt. Ihren Anruf bezüglich der Zusage für die Wohnung haben Anna und ich mit einem abendlichen Picknick am Wasser gefeiert.

»Das ist Ihr Vertrag, Sie bekommen jetzt Zeit zum Lesen.« Frau Herbst fackelt nicht lange. »So lange kümmere ich mich in meinem Büro darum, dass die vom Jobcenter übernommene Miete direkt an uns überwiesen wird.« Damit verlässt sie den Raum, und ich beginne, die deutschen Paragrafen auf Englisch und Polnisch zu übersetzen, so gut es mir möglich ist. Anna schüttelt das Handgelenk warm. Sie kennt Deutschland bereits gut genug, um zu wissen, dass Vertragsabschlüsse ein Marathon sind. Sie wirkt vorfreudig ungeduldig, aber wir sind erwachsen, und Erwachsene lesen Verträge, bevor sie sie unterzeichnen. Vor allem über den Abschnitt bezüglich der *klucze,* also der Schlüssel, sollten wir lieber zweimal statt keinmal drübergehen. Wir haben zwar meinen Papa, aber es ist trotzdem gut zu wissen, was die Anfertigung eines Generalschlüssels für das ganze Haus kosten würde, falls Anna ihren Schlüssel verlieren sollte. Viel. Also nicht verlieren. »Außerdem steht hier, dass man die Eingangstür zur Straße auf gar keinen Fall abschließen darf.« Meine Augen wandern die Zeilen entlang, während ich mich daran erinnere, dass Anna in den ersten

Wochen in Berlin jede Tür, die sie finden konnte, doppelt und dreifach abgeschlossen hat. »Damit in Notfällen, wie z. B. einem Brand, jeder und jede schnell das Haus verlassen kann.« Anna und ich stutzen gleichermaßen. Meistens lauern die größten Gefahren eben genau da, wo man nicht mit ihnen rechnet.

Mit Frau Herbst kehrt auch die gute Laune zurück. Und ein neuer Aktenordner für Anna, ein Geschenk der Genossenschaft. »Da können Sie den Durchschlag Ihres Mietvertrags einheften, sobald Sie überall unterschrieben haben. Damit haben wir nämlich alles«, verkündet sie. Es folgt die Vertragsunterzeichnung. Dafür, dass wir so lange auf diesen Moment gewartet haben, ist er ganz schön schnell vorbei. Während Anna beginnt, ihren Papierkram zu lochen, einzuheften und samt Ernst des Lebens in ihre Tasche zu packen, bleibt noch etwas Zeit für Small Talk. Ich spreche Frau Herbst auf ihre hübschen Nägel an, altrosa mit filigranen weißen Herzen drauf. Wir reden darüber, dass es gute Laune bereitet, wenn man bei jedem Blick auf die eigenen Hände ein bisschen mehr Farbe sieht als sonst. »Die Nägel habe ich mir für die Hochzeit meiner besten Freundin machen lassen, ich war Trauzeugin.« Bei aller Freude für die Freundin tauschen Frau Herbst und ich uns auch darüber aus, dass Zeitdruck entsteht, wenn im Freundeskreis alle heiraten und Kinder kriegen. Als würde Anna unser deutsches Geschnatter verstehen, überreicht sie Frau Herbst genau in diesem Moment die Merci-Schokolade, die sie für sie mitgebracht hat. Ein bisschen so, als würde sie neben dem

Danke in Form von Schokolade auch noch die Erinnerung in Form von ihrer Präsenz aussprechen, dass wir beide uns ruhig mal entspannen dürfen. Ein Leben kann auf viele unerwartete Weisen verlaufen. *Solange* es verläuft, ist schon mal vieles gut. Der Rest bleibt ohnehin nur begrenzt planbar.

11. August 2022, Tag 169

»Wir treffen uns dann in deiner Wohnung?«, frage ich Anna. Sie grinst. »In meiner Wohnung.« Es ist der Tag der Schlüsselübergabe. Weil ich einen Anschlusstermin habe, nehme ich das Fahrrad und bin etwas früher da als Anna und die Bahn. Frau Herbst ist ebenfalls zu früh und fragt, ob wir schon mal reingehen wollen. Doch ich will diesen Moment, der ohnehin Anna gehört, nicht ohne sie erleben. Wobei … vielleicht hat sie es sich auch anders überlegt. Frau Herbst und ich beobachten Anna, die auf das Handy starrend an ihrem eigenen Hauseingang und uns vorbeiläuft. »Willst du dir etwa doch eine andere Wohnung aussuchen?«, rufe ich ihr hinterher. Ihr zügiger Gang stoppt, als sie sich zu uns umdreht. Alle lachen. »Google Maps hat mich verwirrt.« Anna wedelt mit dem Handy in der Luft herum, während sie auf uns zukommt. Bald wird sie Google Maps nicht mehr brauchen. Als Dreiergespann geht es weiter, und zwar zuerst ins *blushment,* also *basement,* die *piwnica, пiдвaл,* in den Keller. »Hier sind die Stromzähler. Machen Sie am besten gleich ein Foto der Zählernummer für die Anbietersuche«, erinnert Frau

Herbst mich an etwas, an das ich noch gar nicht gedacht habe. »Na klar.« Fachfrauliches Nicken meinerseits, als hätten Anna und ich uns quasi schon darum gekümmert. »Sie wird auch eine Haftpflicht- und Hausratversicherung brauchen. Am besten versichern Sie die Schlüssel gleich mit.« Kurz frage ich mich, ob Frau Herbst uns heimlich belauscht hat, als wir gestern über der *Klucze*-Klausel kicherten. Aber diese Aussage scheint zum Standardvortrag zu gehören, genauso wie die Erinnerung an die Ummeldung von Annas Wohnsitz, die Wahl eines Internetanbieters sowie der Hinweis auf die Liste mit Notrufnummern, je nach Anlass, an der Pinnwand im Treppenhaus. Außerdem scheint die Pauschale, die das Jobcenter vorab für Heizkosten berechnet hat, sehr gering, erst recht in Anbetracht der durch den Krieg steigenden Gaspreise. »Vielleicht bringen Sie noch mal in Erfahrung, wie das Jobcenter hier verfährt. Ob sie einen von uns aktualisierten Kostenvoranschlag haben wollen oder eine höhere Nachzahlung in Kauf nehmen.« Ohne Handynotizen hätte ich die Hälfte von Frau Herbsts Ratschlägen und Anweisungen schon wieder vergessen. Was in welcher Reihenfolge wie und wie umständlich Sinn ergibt oder auch nicht, aber doch so gemacht werden muss, werde ich in Ruhe in Erfahrung bringen. »Das Internet sagt, dass ...« ist, wie ich in letzter Zeit viele meiner Sätze beginne. Wenn ich in den letzten Monaten eines gelernt habe, dann, dass ich als in Deutschland Aufgewachsene erstaunlich wenig darüber weiß, wie Deutschland funktioniert. Mit der Wohnungsübergabe, so dachte ich, beginnt der Spaßteil. Obwohl mein eigener Umzug erst wenige Jahre zurückliegt, scheint mein Hirn die Erinnerungen an Anträge und Amtsbesuche erfolgreich verdrängt zu haben. Zu der Vorstellung, die stattdessen in meinem Kopfkino ablief, kann ich mir mal wieder selbst gratulieren: Maler in Latzhosen, Ikea-Touren mit Hotdog (»Ja, die gibt es hier auch in vegan, Anna. Cool, oder?«), Duftkerzenschnuppern, Bilder einrahmen, Abende mit Pizzakartons, Bier und Freund:innen, die mit anpacken. Stattdessen läuft die Wohnungsübergabe seit 15 Minuten, und wir sind noch nicht mal in der Wohnung angekommen. Aber jetzt.

»Willkommen.« Frau Herbst stößt mit sichtlich geteilter Freude die Wohnungstür auf. »Welcome!« Annas Hände schwingen um den Saum ihres Blumenkleides herum. Es ist einer der seltenen Momente, in denen ihre taffe, seriöse, auf Fremde vielleicht manchmal distanziert wirkende Fassade bricht. Wenn das Wort »Strahlen« zur Beschreibung von etwas erfunden wurde, was nicht die Sonne ist, dann für Annas Gesicht in diesem Augenblick. Unser beider Grinsen reicht an das dämlich Verliebter heran. Verliebt in die erste eigene Wohnung, die zurückerkämpfte Privatsphäre, den Raum, um sich zu entfalten, ein Zimmer für sich allein. Unserem Grinsen entsprechend gehen wir auch an die Wohnungsabnahme heran. Wäre Frau Herbst nicht da, hätten Anna und ich uns weder über die wellige Tapete noch die Kratzer auf den Fliesen oder den hakenden Griff der Balkontür beschwert. Frau Herbst notiert all das mit ihren hübsch manikürten Fingern auf dem Zettel, den Anna zuletzt unterschreiben muss, damit ihr nicht der Anspruch auf Unterstützung seitens der Genossenschaft bei der Beseitigung besagter Mängel entgeht. Das ist die gute Seite am doch recht weit verbreiteten Pedantismus in Deutschland. Zum Glück haben wir mit einer ehrlich netten Frau Herbst zu tun, die ihn auf sympathischste Weise zu leben weiß. »Ich sorge dafür, dass jemand vorbeikommt und sich darum kümmert.« Wie resolut und bestimmt sie klingen kann, wenn sie will, macht sie noch cooler. »Ist es okay, wenn die Handwerker Frau Nawrath anrufen?«, fragt sie in Annas Richtung. »Ich habe die Erfahrung gemacht, dass es mit dem Englisch bei den Kollegen eher schwierig ist.«

»Klar.« Anna nickt, ich auch. Als Nächstes erklärt Frau Herbst noch, dass der Drehknauf, der den Wasserfluss regelt, einmal im Monat auf- und zugedreht werden muss, damit er nicht verkalkt. Ich übersetze Anna alles erst auf Englisch und dann auf Polnisch, in der Hoffnung, dass keine Missverständnisse entstehen. Sie sieht mich an: »Und gibt es dafür … einen speziellen Tag, an dem ich das machen darf?« Eine Frage, die mich nicht wundert, bei all den Regeln, die sie in den letzten Monaten in Deutschland neu kennengelernt hat. Wieder müssen alle lachen. Zuletzt hat Frau Herbst noch ein paar Nutzungshinweise zur Therme und Empfehlungen zur Beheizung der Wohnung für Anna, die sich bei ihr bedankt, dann verabschieden wir uns alle voneinander, und Anna und ich sind allein. Anna fängt an zu tanzen. Es ist, als hätten wir Lachgas geschluckt. Wir rauchen die erste Kippe auf dem neuen Balkon, um uns zu beruhigen. Ein guter Tag. »Ich wollte schon immer einen begehbaren Kleiderschrank haben.« Anna deutet auf das, was Frau Herbst als Schlafnische vorgestellt hat. »Und dort wird Johnny hängen.« Sie meint ein Johnny-Depp-Plakat, das ich beinahe in den Müll geschmissen hätte, als er sich vor Gericht als kompletter Vollhorst entpuppt hat. Anna beschwerte sich, dass weder Johnnys Gene noch der Fotograf etwas dafür könnten, dass Johnny selbst so ein Arschloch sei, und möchte seine symmetrischen Gesichtszüge noch eine Weile genießen. Der idealistische Teil in mir wollte widersprechen, doch wenn mein Verständnis für andere Meinungen schon an Johnny Depps Gesicht scheitert, kann mein Idealismus gleich nach Hause gehen.

12. August 2022, Tag 170

Mir gefällt, dass es in Deutschland ein Jobcenter gibt, das bereit ist, anfallende Kosten für materielle Lebensgrundlagen zu übernehmen.

»Eine Freundin aus der Integrationsklasse hat mir erzählt, dass das Jobcenter einen Beweis einfordert für die Kleidung, die sie beantragt hat.« Anna sieht mich ganz schön fragend an, dafür, dass es keine Frage ist, die sie stellt. »Ja, klar.« Ich zucke mit den Schultern. »Wir werden auch alle Belege sammeln und einsenden müssen.«

»Nein, meine Freundin hat noch gar nichts gekauft.

Das Jobcenter fragt, in welchen Anziehsachen sie denn die letzten drei Monate herumgelaufen ist, seit sie aus der Ukraine angekommen ist. Sie glauben ihr nicht, dass sie das Geld braucht.«

»Ach so?«

»Sie ist in Wintersachen hergekommen, und jetzt fehlen ihr die Sommersachen.«

»Das sollte sie dem Jobcenter genauso schreiben und nicht sofort aufgeben. Das wird als Beweis reichen.« Denke ich. Hoffe ich. Anna wartet ebenfalls auf eine Antwort des Jobcenters, jedoch bezüglich grundlegender Einrichtungsgegenstände für ihre Wohnung. Dass sie Internet und Strom wird selbst zahlen müssen, wissen wir bereits. »Na gut«, sagte Anna, nachdem wir das ergoogelt hatten. »Nicht gut«, dachte ich. Ist ein funktionierender Internetzugang nicht Lebensgrundlage in Deutschland in 2022? Bewerbungsschreiben, Antragstellungen und der ganze Bums – selbst wenn man nicht wie Anna aus einem beruflichen Umfeld kommt, das sich sowieso im Internet bewegt, ist der Alltag durch und durch über Technologie strukturiert. Aber gut: Anna bekommt monatlich 446 Euro zu der Miete obendrauf, und davon kann *man mehr als gut über die Runden kommen, wenn man wirklich will.* Da muss man schon *unfähig oder ein Schmarotzer sein*, wenn man sich beschwert über das gute Geld, das *der schützende Staat und seine steuerzahlenden Bürger:innen* zur Verfügung stellen. Es sind Sätze, die ich in der eigenen Familie, auf Hauspartys von Gleichaltrigen, bei Busfahrten von

Nachbar:innen gehört habe. Sätze, die mir in Kommentarspalten und schlechten Artikeln begegnen. Sätze, die einfach nicht aussterben wollen.

Vielleicht haben meine Eltern uns geraten, wir sollten nur das Nötigste beim Jobcenter beantragen, damit wir mit dem Nötigsten wenigstens keine Probleme bekämen. Damit wir eben nicht wie Schmarotzer wirken, die sich mithilfe der Staatskasse durchschlagen wollen. Immer schön bescheiden bleiben, bloß nicht zu viel verlangen. Wandfarbe wollen meine Eltern Anna schenken, die Renovierungsarbeiten übernehmen wir alle zusammen, machen den Boden neu, tapezieren, bessern morsche Stellen aus, anstatt auf Handwerker zu warten, und dank des Einsatzes einiger Freund:innen hat Anna bereits einiges an Aussteuer zusammen. Mama und Papa erweisen sich während des Umzugs als die größte Stütze. Mit ihrem Rat und ihrem Geschenk, vor allem aber, weil sie mit anpacken. Malern, Auslegware auslegen, schleppen, Waschmaschine anschließen ... Als ich umgezogen bin, habe ich manchmal drei Stunden an Dingen herumgewerkelt, dann hat Papa mir einen Handgriff gezeigt, und die Sache war in einer halben Stunde erledigt. Obwohl er den ganzen Tag auf dem Bau nichts anderes gemacht hat und auf die 60 zugeht, stellte er sich abends kommentarlos (!) in meine Wohnung. Keinen einzigen Spruch hat er mir gedrückt, dafür, dass ich mich mit 20 noch von Mama und Papa an die Hand nehmen lasse, dabei hätte ich mehrere verdient.

»Wenn wir alt sind, wird es andersrum sein«, hat

Mama mich beruhigt und mir den Schraubenschlüssel gereicht, mit dem wir meinen Schrank aufbauten. Nun reicht sie Anna den Schraubenschlüssel, Papas regelmäßige Pinselstriche dringen aus dem Wohnzimmer zu uns, und ich telefoniere mit den Stromanbietern.

Willkommen 2.0

Vor ein paar Monaten war ich obdachlos mit nicht mehr als zwei Taschen voll Habseligkeiten. Heute stecke ich den Schlüssel in die Tür zu meiner eigenen Wohnung. Jedes Mal, wenn ich das tue, höre ich Frau Herbsts freundliche Stimme »Willkommen« sagen, wie sie es bei der Wohnungsübergabe getan hat. Es war ein aufregender Moment für mich, erst recht nach all den Ablehnungen, weil ich ein Tier habe oder aus anderen Gründen. Aber jetzt stehe ich hier. Mit einer polnischen Familie renoviere ich mein neues Zuhause in Deutschland, und wir planen, wie es in Zukunft aussehen soll. Auf dem Balkon würde mir ein Rasenimitat gefallen, wie ich es aus Veronikas Wohnung kenne, und das Wohnzimmer soll in dem Farbton gestrichen werden, an den ich mich in Biancas Zimmer gewöhnt habe. Sogar mein Vater hat diese Farbwahl gutgeheißen. Er meint, dass eine warme Farbe mich in der Energiekrise im Winter warm halten wird. Manchmal ähnelt sein Humor dem von Biancas Vater. Während Letzterer in meiner Wohnung die Männerarbeit (Jaja, Bianca, ich weiß schon) übernimmt, teilt Veronika ihre Designideen mit mir, und Bianca kümmert sich um die Bürokratie. Viele Freundinnen und Freunde und Freunde

von Freunden von Bianca teilen ihre Sachen mit mir. Das
ist eine große Hilfe für mich!

Ich mag es, meinen eigenen Raum zu haben, ich wollte
Bianca nicht mit meiner ständigen Anwesenheit ermüden.
Aber es war ein sehr interessantes Experiment des Zusam-
menlebens. Ich werde unsere Gespräche auf dem Balkon
und die gemeinsame Zeit vermissen! Aber wir werden auf
jeden Fall weitermachen, nur eben woanders.

»Zu Hause« angekommen und müde von den halb
fertigen Renovierungsarbeiten, setzen Anna und ich
uns auf den Balkon. Erstaunlich, wie schnell Gewohnheiten entstehen. Leergelacht hängen wir schweigend
unseren eigenen Gedanken nach. »Ich glaube immer
noch nicht, dass ich jetzt eine eigene Wohnung habe«,
sagt Anna plötzlich und in die Stille hinein, die wir mit
Blick auf unseren Innenhof teilen. Bald ist es wieder
mein Innenhof.

Andererseits: So richtig war er das ja *noch* nie.

Nachtrag

Grenzen gab es schon immer. Nur waren damit nicht immer die Grenzen gemeint, die wir heute kennen. Der Begriff »*Horizont*« ist aus dem Altgriechischen entlehnt: ὅρος *hóros* bedeutet übersetzt »Grenze«. Wundert es einen, dass die einzig schöne Grenze der Welt, wahlweise glühend rot, milchig blau oder rosa bis lila daherkommend, nicht menschengemacht ist? Unser Buchcover ist dieser Grenze gewidmet, die einzige, die Anna und ich gewillt sind, ohne zu fragen zu akzeptieren. Und damit sind wir nicht allein. Überall auf der Welt bewegt sich etwas. Neben den geografischen, verschieben sich gesellschaftliche, moralische Grenzen. Mit den Grenzen in unseren Köpfen können wir alle ganz gemütlich anfangen. Wir müssen dafür nicht einmal unser Leben riskieren. Während ich das hier schreibe, gehen die Proteste im Iran weiter. Frauen gehen auf die Straße und schneiden sich die Haare ab, um gegen die selbsternannte »Moralpolizei« zu demonstrieren, nachdem die 22-jährige Iranerin Mahsa Amini in Polizeigewahrsam umgebracht wurde. Zurück bleiben Trauer und Ratlosigkeit, aber auch Gründe zur Hoffnung. Wir sehen diese Frauen, sind eingeschüchtert von ihrer Stärke und tief berührt. *Eine* Geschichte kann man allein schreiben, aber Geschichte schreibt man im Kollektiv. Den Menschen im Iran und all den anderen Kämpfer:innenseelen da draußen gilt unsere Solidarität. Sie bewegen etwas. DANKE.

Danksagung

Dieses Buch ist in kürzester Zeit entstanden, was ohne den Einsatz von ein paar wichtigen Menschen nicht möglich gewesen wäre. Besonders bedanken wollen wir uns bei unserer Lektorin Nina Schnackenbeck. Ich habe nicht vor, jemals mit jemand anderem an meinen Texten zu arbeiten. Anna und ich, wir mögen, wie du denkst. Du inspirierst (!), bist witzig, schnell, schlau, respektvoll. Und dann bildest du dir nicht mal etwas darauf ein. Coolste Frau einfach, ganz klar.

Danke auch Pascalina Murrone, für stabile Nerven und ständige Abrufbereitschaft, egal ob am Wochenende, am Morgen, in der Nacht, zwischen Tür und Angel, Drehtag und Amtsbesuch, WhatsApp und Zoom. Danke für den Glauben an unser Buch und dass du dich im Verlag für uns starkmachst. Nachdem ich meiner Mama von euch beiden Frauen vorgeschwärmt habe, hat sie euch offiziell auf Pierogi eingeladen. Bevorzugt ihr Pilze und Sauerkraut oder Kartoffeln und Quark als Füllung? Ach egal, wir bereiten einfach beides vor. Sicher ist sicher.

Zurück zum Thema. Weiterer Dank gilt Magdalena Mau. Sie ist die wahrscheinlich am besten gestylte Herstellungsleiterin Deutschlands und obendrein angenehm meinungsstark. Perfekt ergänzt wird sie durch Insa und Kathrin aus der Marketingabteilung von HarperCollins. Sie haben Briefings vorbereitet und andere planerische Aufgaben übernommen. Ohne sie wäre nie das schöne Cover entstanden. Apropos Cover: Dafür, dass dieses Buch einen guten ersten Eindruck macht, ist Dominic Wilhelm verantwortlich. Wir konnten uns bei der Auswahl schöner Vorschläge kaum entscheiden. Wer den Inhalt dieses Buches nicht mag, für den hat sich der Kauf allein deshalb gelohnt, weil es auch als Dekoartikel im Regal funktioniert.

Wir danken allen auftretenden Protagonisten und Protagonistinnen in diesem Buch. Danke für euren Mut, eure Zeit, eure Offenheit. Hervorheben möchte ich an dieser Stelle meine Eltern. Nicht nur dafür, dass ihr mir und den Leser:innen einen Teil eurer Geschichte anvertraut, sondern auch dafür, dass ihr mich im Leben in allem, was ich tue, bestärkt. Ich bin froh, dass wir uns haben. Ihr seid mein größtes Glück und meine Vorbilder, mit diesem Buch umso mehr, nicht nur für mich.

Außerdem möchte Anna allen Menschen in Deutschland danken, die ihr das Gefühl geben, willkommen zu sein und sich die Zeit nehmen, unser Buch zu lesen und unsere Perspektive zu verstehen. Biancas letzter Dank geht an die Kleingartenkolonie am Kienhorstpark Berlin. Danke, dass ihr mich auf der Bank zwischen euren Gärten unter euren Bäumen einen großen Teil dieses Buches habt schreiben lassen. Ihr hättet mich auch für eine Einbrecherin halten können, die mit dem

Laptop auf dem Schoß als Alibi Gärten ausspioniert. Stattdessen wurde ich mit Rosmarin, Zitronenmelisse, Zucchinis, Tomaten, Äpfeln und seltenen Früchten vom Schokoladenriegel-Baum versorgt.

Quellenverzeichnis

Bücher:

Arendt, Hannah: The Human Condition, Chicago 1958.

Bota, Alice: Die Frauen von Belarus: von Revolution, Mut und dem Drang nach Freiheit, Berlin 2021.

Di Cesare, Donatella: Philosophie der Migration © MSB Matthes & Seitz Berlin Verlagsgesellschaft GmbH, Berlin 2021.

Hudson, Valerie M./Ballif-Spanvill, Bonnie/Caprioli, Mary/Emmett, Chad F.: Sex & World Peace, New York 2014.

Smechowski, Emilia: Rückkehr nach Polen: Expeditionen in mein Heimatland, Berlin 2019.

Willemsen, Roger: Unterwegs. © S. Fischer Verlag GmbH, Frankfurt am Main 2020.

Filme/Serien:

arte: Diener des Volkes – Die Erfolgsserie, die Selenskyj zum Präsidenten machte, URL: www.ardmediathek.de/sendung/diener-des-volkes-die-erfolgsserie-die-selenskyj-zum-praesidenten-machte/staffel-1/Y3JpZDovL2FydGUudHYvY29sbGVjdGlvbnMvUkMtMtMDIxODA0MA0/1 (Stand: 18.8.2022).

Pixar Animation Studios: Findet Nemo, USA 2003.

Internet:

Amnesty International Deutschland e.V. (online): Die Polizei hat ein Problem (18.10.2021), URL: https://www.amnesty.de/informieren/amnesty-journal/deutschland-rassismus-polizeiarbeit (Stand: 18.9.2022).

B.Z. (online): Natalia Klitschko: Schuldgefühl, weil sie in Deutschland sicher ist (17.3.2022), URL: www.bz-berlin.de/welt/natalia-klitschko-schuldgefuehl-weil-sie-in-deutschland-sicher-ist (Stand: 20.6.2022).

Bundesamt für Migration und Flüchtlinge: Asylberechtigung (14.11.2019), URL: www.bamf.de/DE/Themen/Asyl Fluechtlingsschutz/AblaufAsylverfahrens/Schutzformen/Asylberechtigung/asylberechtigung-node.html (Stand: 21.9.2022).

Bundesministerium des Innern und für Heimat: Spätaussiedler, URL: www.bmi.bund.de/DE/themen/heimat-integration/kriegsfolgen/spaetaussiedler/spaetaussiedler-node.html (Stand: 25.9.2022).

Der Hohe Flüchtlingskommissar der Vereinten Nationen (UNHCR): Abkommen über die Rechtsstellung der Flüchtlinge vom 28. Juli 1951/Protokoll über die Rechtsstellung der Flüchtlinge vom 31. Januar 1967, URL: https://www.unhcr.org/dach/wp-content/uploads/sites/27/2017/03/GFK_Pocket_2015_RZ_final_ansicht.pdf (Stand: 15.6.2022).

Der Spiegel Online: Belagerung der Hafenstadt: Satellitenaufnahmen zeigen offenbar Massengrab für 9000 Tote bei Mariupol (22.4.2022), URL: www.spiegel.de/ausland/ukraine-krieg-mariupol-satellitenaufnahmen-zeigen-massengrab-fuer-9000-tote-a-34a393b4-e959-4899-99c4-febf0dbf2905 (Stand: 2.5.2022).

Der Spiegel Online: Die Lage am Morgen: Wie umgehen mit Putin am »Tag danach«?: Irgendwann wird auch dieser Krieg enden (27.4.2022), URL: https://www.spiegel.de/politik/deutschland/news-verhandeln-mit-putin-panzer-fuer-die-ukraine-exklusive-umfrage-zu-gerhard-schroeder-a-21c87b42–9548–4080-a2f7-ac8a29ac9796 (Stand: 15.9.2022)

Der Spiegel Online: Kaufkraftrechner: So frisst die Inflation Ihr Gehalt auf (27.4.2022), URL: www.spiegel.de/wirtschaft/inflationsrechner-so-frisst-die-inflation-ihr-gehalt-auf-a-69be1817–7063–4fed-8c34–1d52a8ff5e5f (Stand: 15.9.2022).

Der Spiegel Online: Putins Propaganda in Russland: Wo Krieg nicht so genannt werden darf (2.3.2022), URL: www.spiegel.de/ausland/wladimir-putins-propaganda-in-russland-der-krieg-den-man-nicht-krieg-nennen-darf-a-ae57bedd-c36d-427b-80ae-24141f5e90db (Stand: 28.6.2022).

Der Spiegel Online: Ukraine drängt russische Einheiten zurück, Mariupol wohl schlimmer zerstört als Tschetschenien – das geschah in der Nacht (28.3.2022), URL: www.spiegel.de/ausland/russlands-krieg-in-der-ukraine-das-geschah-in-der-nacht-zum-28-maerz-a-f89de2d4-d824–4880-bd4d-8048a5cff552? (Stand: 1.6.2022).

Deutsche Welle (online): Selenskyj: Wahlerfolg dank TV-Serie?, URL: learngerman.dw.com/de/selenskyj-wahlerfolg-dank-tv-serie/a-48199041 (Stand: 18.8.2022).

Deutsche Welle (online): 9. Mai: Zerreißprobe für russische Community in Deutschland (2.5.2022), URL: www.dw.com/de/9-mai-zerreißprobe-für-russische-community-in-deutschland/a-6161733 (Stand: 3.5.2022).

Deutschlandfunk (online): Rechtsextremismus in Sicherheits-
behörden: Den Blick nach rechts schärfen (24.9.2020),
URL: www.deutschlandfunk.de/rechtsextremismus-in-
sicherheitsbehoerden-den-blick-nach-100.html
(Stand: 18.9.2022).

Deutschlandfunk (online): Unsichtbare Polen in Deutschland
(24.7.2022), URL: www.deutschlandfunk.de/einwanderer-
unsichtbare-polen-in-deutschland-100.html
(Stand: 10.8.2022).

Dreizackreisen: Charkiw. Die zweite Hauptstadt der Ukraine,
URL: www.dreizackreisen.de/charkow-charkiv-kharkiv-
ostukraine#:~:text=Die%20zweite%20Hauptstadt%20
der%20Ukraine,-Städte%20 %26 %20Regionen%20
der&text=Die%20zweitgrößte%20Stadt%20der%20
Ukraine,legendären%20Gründer%2C%20dem%20
Kosaken%20Charko (Stand: 23.9.2022).

Duden (online): Hummus, der oder das, URL: www.duden.de/
rechtschreibung/Hummus (Stand: 21.7.2022).

fluter.: Wie politisch ist der ESC? (12.5.2022), URL: www.fluter.
de/eurovision-song-contest-esc-politik-geschichte
(Stand: 15.5.2022).

Focus Online: Am russischen Tag des Sieges: Putins Plan vom
Inferno: Auch britischer Minister glaubt an große Mobilisierung (3.5.2022), URL: www.focus.de/politik/ausland/
ukraine-krise/am-russischen-tag-des-sieges-putin-will-am-
9-mai-nicht-den-sieg-feiern-sondern-das-inferno-ausloesen_
id_91193516.html (Stand: 3.5.2022).

Focus Online: Arte zeigt Serien-Hit mit ukrainischem
Präsidenten Selenskyj (1.3.2022), URL: www.focus.de/
kultur/kino_tv/diener-des-volkes-arte-zeigt-serien-hit-mit-

wolodymyr-selenskyj_id_61312835.html
(Stand: 18.8.2022).

Gemeinnützige Baugenossenschaft Steglitz eG: Das sind wir
(6.5.2022), URL: www.gbst-berlin.de/Genossenschaft/
Das-sind-wir (Stand: 1.8.2022).

Gemeinnützige Baugenossenschaft Steglitz eG: Satzung
(6.5.2022), URL: www.gbst-berlin.de/Genossenschaft/
Satzung (Stand: 1.8.2022).

Gümüşay, Kübra: Sprache und Sein, Berlin 2020.

Handelsblatt (online): Komiker Selenski gewinnt Präsidenten-
wahl in der Ukraine (21.4.2019), URL: https://www.
handelsblatt.com/politik/international/machtwechsel-
komiker-selenski-gewinnt-praesidentenwahl-in-der-
ukraine/24241688.html (Stand: 18.8.2022).

L' Auberge des Migrants, URL: www.laubergedesmigrants.fr/fr/
(Stand: 3.5.2022).

Landesamt für Statistik in Niedersachsen: Die Inflationsrate in
Niedersachsen lag im April 2022 bei 6,9 % (28.4.2022),
URL: www.statistik.niedersachsen.de/presse/die-
inflationsrate-in-niedersachsen-lag-im-april-2022-bei-
6-9-210976.html (Stand: 4.9.2022).

Meedia: Online-IVW: »Ippen.Media« größter Verlierer,
»DuMont Newsnet« wird für mehr Transparenz aufgelöst
(10.5.2022), URL: meedia.de/2021/05/10/online-ivw-
ippen-media-groesster-verlierer-dumont-newsnet-heisst-
jetzt-express/ (Stand: 26.9.2022).

Missing Migrants Project: Migration within the Mediterranean,
URL: missingmigrants.iom.int/region/Mediterranean
(Stand: 18.5.2022).

n-tv (online): Wladimir Putins 9. Mai: Tag des Sieges oder Tag des Krieges? (29.4.2022), URL: www.n-tv.de/politik/ Tag-des-Sieges-oder-Tag-des-Krieges-article23298330.html (Stand: 1.5.2022).

NDR (online): Annalena Baerbock: Feministische Außenpolitik ist kein Gedöns (24.3.2022), URL: www.ndr.de/kultur/ Annalena-Baerbock-Feministische-Aussenpolitik-ist-kein-Gedoens,aussenpolitik110.html (Stand: 1.6.2022).

Süddeutsche Zeitung (online): Kiew oder Kyiv? Vier Buchstaben für die Freiheit (20.3.2022), URL: www.sueddeutsche. de/panorama/ukraine-kiew-kyiv-schreibweise-russisch-ukrainisch-1.5551119 (Stand: 12.7.2022).

Auswärtiges Amt: Außenministerin Annalena Baerbock bei der Einbringung des Bundeshaushalts 2022 zum Einzelplan 05, Auswärtiges Amt, im Deutschen Bundestag (23.3.2022), URL: www.auswaertiges-amt.de/de/newsroom/baerbock-epl-05/2519008 (Stand: 30.8.2022).

Süddeutsche Zeitung (online): Korrupt wie eh und je (25.2.2021), URL: www.sueddeutsche.de/meinung/ ukraine-korrupt-wie-eh-und-je-1.5217924 (Stand: 18.8.2022).

Südkurier (online): Langer Streit um den »Dschungel« von Calais – Frankreich und Großbritannien gehen seit Jahren gegen Flüchtlingslager vor (26.9.2016), URL: www. suedkurier.de/ueberregional/politik/Langer-Streit-um-den-Dschungel-von-Calais-Frankreich-und-Grossbritannien-gehen-seit-Jahren-gegen-Fluechtlingslager-vor;art410924, 8920853 (Stand: 3.5.2022).

Tagesschau (online): Extremismus bei der Polizei: Viele Verdachtsfälle, keine Studien (16.9.2020), URL:

www.tagesschau.de/inland/lagebild-rechtsextremismus-polizei-101.html (Stand: 18.9.2022).

Tagesschau (online): Putins Blaupause (6.3.2022), URL: www.tagesschau.de/ausland/asien/russland-syrien-151.html (Stand: 16.5.2022).

Tagesschau (online): Syrien: Putins Versuchslabor für den Krieg (7.3.2022), URL: www.tagesschau.de/multimedia/video/video-998997.html (Stand: 9.5.2022).

Tagesschau (online): Wie feministisch kann Entwicklungspolitik sein? (27.8.2022), URL: www.tagesschau.de/inland/innenpolitik/feministische-entwicklungspolitik-101.html (Stand: 20.8.2022).

Tharosa Rajaratne: Why Peradeniya was declared »More Open Than Usual« – some rare findings (21.2.2018), URL: tharosarajaratne.wordpress.com/2018/02/21/understanding-the-meaning-of-more-open-than-usual/ (Stand: 17.8.2022).

The Guardian (online): Greta Thunberg to publish a ›go-to source‹ book on the climate crisis (31.3.2022), URL: https://www.theguardian.com/books/2022/mar/31/greta-thunberg-the-climate-book-crisis (Stand: 2.8.2022).

Twitter: Go to Google Maps. Go to Russia. Find a restaurant or business and write a review. When you write the review explain what is happening in Ukraine (28.2.2022), URL: twitter.com/youranonnews/status/1498337491056836610 (Stand: 3.8.2022).

YouTube: Rede von Vitali Klitschko zu den Mitgliedern des Rates (31.3.2022), URL: www.youtube.com/watch?v=VnQo39178ko (Stand: 23.5.2022)